BASTEI
LÜBBE

Roman Kessing

DER SPION DER FUGGER

Historischer Roman

BASTEI LÜBBE

BASTEI LÜBBE TASCHENBUCH
Band 15 903

1. Auflage: September 2008

Bastei Lübbe Taschenbücher in der Verlagsgruppe Lübbe

Originalausgabe

Titelillustration: The Ambassadors, 1533 Coil on panel,
National Gallery, London, UK /
getty-images / The Bridgeman Art Library
Umschlaggestaltung: Tanja Østlyngen
Satz: Urban SatzKonzept, Düsseldorf
Druck und Verarbeitung: CPI – Ebner & Spiegel, Ulm
Printed in Germany
ISBN: 978-3-404-15903-1

Prolog

Sommer 1574

»Habt Ihr das Drachenblut dabei?« Wie üblich hatte Edward Talbot deutlich lauter gesprochen, als es sich für die späte Stunde und eine geöffnete Haustür geziemte.

»So redet doch bitte leiser, Master Talbot!« Der ältere Mann mit dem langen weißen, spitz zulaufenden Bart schüttelte unwirsch den Kopf unter seinem hohen Hut. Dann drängte er sich auch schon am Hausherrn vorbei in den dunklen Flur, ohne auf eine Aufforderung zu warten.

Erst als die aus dicken Balken gezimmerte Tür geschlossen und sorgfältig verriegelt war, öffnete der nächtliche Besucher seinen weiten Mantel, unter dem eine große lederne Tasche zum Vorschein kam.

»Es ist heute mit einer portugiesischen Karavelle aus La Coruña gekommen. Ich habe es persönlich in Empfang genommen, wie besprochen. Zu diesem Zweck war ich noch vor den königlichen Zollbeamten auf dem Schiff. Was für eine Plackerei! Die Kais von London sind ein schrecklicher Ort für einen Gelehrten wie mich. Ich hoffe sehr, dass ich nie wieder solche Botendienste für Euch verrichten muss, Talbot. Und schreit bitte nicht wieder!«

Der Angesprochene tastete mit der rechten Hand verlegen unter seinen schulterlangen Haaren nach seinen fehlenden Ohrmuscheln. Die Narben waren immer noch empfindlich. Beide Ohren zu verlieren war eine grausame Strafe gewesen. Er musste sich endlich angewöhnen, leiser zu sprechen, als sein schwaches Gehör ihm gebot.

»Ihr habt nun einmal mehr Privilegien als ich, Doktor«, sagte der Jüngere. »Und Euer Gesicht erregt bei der Obrigkeit keinen Verdacht, so wie meins. Deshalb war es sicherlich besser, dass Ihr diese Mühe auf Euch genommen habt. Ich bin Euch zu Dank verpflichtet – und den werde ich auch leisten, wie versprochen. Folgt mir bitte in mein Laboratorium. Es ist alles vorbereitet.«

Gemeinsam gingen die beiden Männer auf uralten knarrenden Dielen über den dunklen Flur bis zu einer breiten steinernen Kellertreppe. Eine brennende Kerze stand am Treppenabsatz. Der Hausherr hatte sie wohl abgestellt, als das späte Klopfen ihn an die Haustür gerufen hatte.

Schweigend nahm Edward nun das spärliche Licht auf und stieg dem Besucher voran die kunstvoll gewundene Treppe hinunter. Anders als der ältere Mann erwartet hatte, wurde es mit jedem Schritt in die dunklen Tiefen wärmer statt kühler, wie es in einem gewöhnlichen Keller der Fall gewesen wäre.

»Ihr habt den Athanor* bereits angeheizt?«, erkundigte sich der Ältere, der seine Freude über ein wenig Wärme nach der abendlichen Kälte am Fluss nicht verbergen konnte.

»Ja, Doktor«, antwortete der Angesprochene und ging voraus in einen großen Raum, dessen fensterlose Wände aus Naturstein die Grundmauern des Hauses bildeten. Mehrere schlichte Öllampen waren hier eine durchaus großzügige Beleuchtung.

»Schließt bitte die Tür hinter Euch, Doktor. Und nun seht her, der Ofen ist etwas ganz Besonderes geworden.« Mit einem Schritt war Edward Talbot auf den kreisrunden, ungefähr anderthalb Meter hohen Ofen zugetreten. »Hier, seht. Das sind die neuen Schieber, mit denen sich der Luftstrom im Innern und damit die Intensität der Glut regulieren lässt. Diesmal müsste es

---

* spezieller Ofen der Alchemie. Der Name leitet sich aus dem arabischen Wort at-tannur für (Back-)Ofen bzw. Wasserrohr ab.

endlich gelingen.« Der Gastgeber hatte beinahe andächtig gesprochen. »Aber legt doch Euren Mantel ab, dort auf den Stuhl. Ich kümmere mich derweil um das weiße Elixier, mit dem wir das Einhorn werden bändigen können. Es müsste bald soweit sein.«

Der Besucher nickte und entledigte sich seines dicken schwarzen Mantels. Dann nahm er die lederne Tasche ab, die er sich um die Schulter gebunden hatte, um die Hände stets frei zu haben, und legte sie auf das mit Büchern und Pergamenten übersäte Studierpult des Hausherrn.

»Ihr werdet nie ein rechter Alchemist, Master Talbot«, sagte er und schüttelte den Kopf. »Ordnung ist der Pfad der Tugend, der zur wahren Erkenntnis führt.«

»Das stimmt nicht«, ließ der Angesprochene sich vernehmen, wobei er geschäftig an dem neuen Ofen hantierte. »Ordnung pflügt halbwegs Bekanntes nur immer wieder um wie ein Bauer den Ackerboden. Wirklich Neues kann nur der Wagemut der Unordnung gewinnen. Gott schuf die Welt aus dem Chaos. Er selbst war es, der ihr Ordnung verlieh und dem Chaos damit ein Ende machte. Ich bin mit meiner Arbeit noch im Zustand des Chaos und muss erst sehen, was sich daraus erschaffen lässt.«

Nachdenklich trat nun auch der Besucher an den großen, angenehme Wärme verbreitenden Ofen heran. Hatte Talbot im Scherz gesprochen? Oder meinte er sein blasphemisches Gerede ernst?

Es hatte irgendetwas auf sich mit dem viel jüngeren, blitzgescheiten Gelehrten, der jedoch seine ehrbare Arbeit – und seine Ohren – als einstmals geachteter Gerichtsschreiber und Notar verloren hatte, weil er Dokumente fälschte, auf deren Echtheit die Menschen sich verlassen mussten. Der Besucher – ein erfolgreicher Mathematiker, Astronom, Astrologe, Geograph und Alchemist – fragte sich mit einem Mal, ob er richtig handelte, dass er hier in diesem verbotenen Laboratorium mit diesem fragwürdigen »Kollegen« zusammen arbeitete? War dies hier wirklich der richtige Weg, um endlich die größte aller Einsichten zu gewinnen und die Antwort auf die Frage zu finden, wie man wahrhaftiges Gold aus unedlen Metallen machte?

Jedenfalls schien es eine verheißungsvolle Geschichte zu sein, die ihn hierher geführt hatte und ihn die Schmach vergessen ließ, als niederer Bote eingesetzt worden zu sein.

Ein schepperndes Geräusch riss den Doktor aus seinen Gedanken.

»Seit Ihr soweit, Talbot?«, fragte er.

»Oh ja. Ist es nicht eine Ironie, dass in einfachem Kalk die Lösung für die von allen Alchemisten so verzweifelt gesuchte weiße Tinktur verborgen ist?« Mit einer langen eisernen Zange hatte Edward einen großen Tiegel aus dem Athanor gehoben, den er nun auf den aus gestampfter Erde bestehenden Boden vor den Ofen stellte. Im Tiegel war eine dampfende weiße Substanz zu sehen.

»Gebrannter Kalk? Das soll die weiße Tinktur sein?«

»Habt Ihr denn nicht *de la pirotechnia* von Vannoccio Biringuccio studiert? Seht dort, auf meinem Pult. Ich habe eine Ausgabe aus Deutschland kommen lassen. Beeindruckend! Wirklich, das muss ich sagen. Aber wärt Ihr so freundlich, mir kurz zur Hand zu gehen? Wir sollten uns nun um das Drachenblut kümmern.«

Mit diesen Worten lehnte Master Talbot die eiserne Zange an die Wand und schritt zum Pult, um die Tasche seines Besuchers an sich zu nehmen. Vorsichtig, beinahe andächtig öffnete er die lederne Klappe, hob ein großes, schweres Stoffbündel aus der Tasche und legte es auf der Tischplatte ab, wobei das Bündel ein dumpfes Geräusch erzeugte. Dann öffnete er mit großer Geste den verschnürten Packen.

»Welche Farben!« Der Anblick, der sich den beiden Männern bot, verschlug ihnen die Sprache. Rotglühend lag ein Mineral vor ihnen, durchzogen von feinem dunklem Taubgestein.

»Wahrlich, reinstes Drachenblut! Ich bin sehr zufrieden, Doktor«, ließ Talbot sich nach einer Weile der stillen, andächtigen Bewunderung vernehmen. »Fast zu schade, um ihn zu zerstören. Aber nehmt den großen Tiegel dort und den eisernen Stößel, während ich den Ofen vorbereite.«

Schweigsam machten die beiden Alchemisten sich erneut ans Werk. Während der Ältere den großen, unregelmäßig geformten Stein nahm und ihn im Tiegel langsam und mit leisem Knirschen zu feinem, leuchtend rotem Staub zerstieß, hob der Jüngere – die Hände durch feuchte Stoffballen geschützt – den mächtigen, glutheißen Deckel vom Ofen und lehnte ihn ächzend an eine Wand. Dann holte er aus einer der dunklen Ecken einen Alembik, einen kupfernen Destillierhelm, den er umständlich über die nun offene Brennkammer des Ofens hob.

»Was macht Ihr da?«, wollte der Doktor wissen.

»Ich ordne das Chaos«, antwortete Talbot geschäftig. »Ich verbinde die *calcinatio*, die Befreiung des Einhorns aus dem kostbaren spanischen Zinnober, mit der *destilatio*, dem Einfangen des Einhorns, das in den Äther zu flüchten versucht, damit es zu seiner Hochzeit kommen kann.« Talbot lachte. »Zu seiner großen chymischen Hochzeit.«

Dem Doktor schien es, als würde in diesen Worten ein Anflug von Irrsinn mitschwingen. Doch er fuhr fort, mit dem Stößel den Stein im Tiegel zu zerkleinern. Als er mit dieser Arbeit endlich fertig war und sich nur noch roter Staub in dem Gefäß befand, hob er den schweren Tiegel auf und trug ihn zum Ofen.

»Seit Ihr soweit, Master Talbot?«

Mit glühenden Augen blickte der Angesprochene ihm ins Gesicht.

»Ja, ich bin soweit. Stellt das Drachenblut dort neben dem anderen Tiegel mit dem weißen Elixier ab.«

Dann bückte sich Edward und schüttete den mittlerweile erkalteten gebrannten Kalk zum Zinnober hinzu. Mit dem Stößel vermischte er grob das weiße und rote Pulver.

»Der weiße Drache wird nun mit dem roten Drachen kämpfen, in der Höllenglut, Menschenseelen gleich. Und geläutert vom Feuer der Sterne wird das Einhorn der Hölle entfliehen und den dunklen Mächten entrinnen. Doch wir, wir wahren Adepten, werden es einfangen und bändigen ... dieses wunderschöne mystische Tier.«

Mit bloßen Händen hob Talbot den Tiegel samt dem Pulvergemisch in die obere Öffnung des Ofens. Dann verschloss er sorgfältig die Ofenkammer und legte den Tiegel, in dem der gebrannte Kalk gewesen war, unter das Ablaufrohr des Destillierhelms.

Aus einem hölzernen Eimer, der mit Wasser gefüllt war, nahm Edward nun wieder einen nassen Stoffballen und tupfte damit das Kupfer des Alembik sorgfältig ab. Augenblicklich stieg zischend heißer Dampf empor, dessen Nebel dem Alchemisten im Licht der Öllampen etwas Diabolisches verlieh, zumal die zunehmend feuchte Hitze dem schuftenden Meister den Schweiß auf die Stirn trieb, sodass ihm bald die langen Haare im Gesicht klebten und den Blick auf die narbigen Wülste freigab, wo einst seine Ohren gewesen waren.

»Ihr solltet über einen neuen Namen nachdenken, Master Talbot«, sprach der Ältere seine Gedanken beim Anblick des entstellten Kollegen aus. »Ihr seid wahrlich ein Meister. Ich glaube nicht, dass jemand in unserem Königreich schon einmal sah, was ich hier nun sehe. Schaut! Das Einhorn! Es kommt!«

Tatsächlich floss ein erster Tropfen wie glänzendes Silber in den aufgestellten Tiegel unter dem Auslaufrohr des Alembik.

Weitere silbrige Tropfen folgten und vereinigten sich zu einer Pfütze flüssigen Metalls, das keinerlei Anzeichen zeigte, sich trotz des Abkühlens zu verfestigen. Es blieb silbrig und flüssig.

»Das *hydragyrum*, das Quecksilber.« Der Alchemist lachte. »Doch Einhorn klingt viel schöner, nicht wahr? So – ich glaube, das war es. Mehr gibt der Zinnober wohl nicht her.«

Eduard öffnete wieder die Ofenklappe, hob mit der Eisenzange den heißen, nun verkrustet aussehenden Tiegel aus dem Innern und warf ihn in den jetzt halb leeren Eimer mit Wasser. Explosionsartig schoss Dampf empor, während die Schmelze schlagartig abkühlte.

»Ihr werdet den Tiegel verderben!«

»Aber nein, Doktor, so heiß ist er nicht geworden. Aber so lässt die Schlacke sich leichter wieder ablösen. Wir brauchen diesen Tiegel schließlich noch für die eigentliche Transmutation.«

Tatsächlich konnte Edward jetzt die Schlacke im Tiegel problemlos herausschlagen. Wieder mit bloßen Händen, füllte er dann das im Feuer des Ofens freigesetzte und im Destillierhelm kondensierte Quecksilber in den gereinigten Tiegel um. Den nun leeren zweiten Tiegel stellte er wieder unter das Auslassrohr.

»So, und jetzt beginnt die wahre Magie!« Mit großer Geste suchte Talbot in den Taschen seines Kittels nach irgendetwas, das sich schließlich als vollkommen eben gearbeitete, weißlich schimmernde Kugel aus Elfenbein erwies. An einer Stelle steckte ein kleiner hölzernen Pfropfen, der offenbar ein winziges Loch in der Kugel verschloss.

Mit Daumen und Zeigefinger löste der Alchemist nun diesen Pfropfen; dann schaute er seinen Besucher nachdenklich an.

»Dies ist mein größter und mächtigster Schatz. Einfache Menschen haben ihn einst im Grab eines bedeutenden Bischofs entdeckt, hoch oben in den Bergen. Auf seltsamen Wegen fand dieser Schatz seinen Weg zu mir – und zu Euch. Es enthält, was alle Welt sucht. Wir aber haben es!«

»Der Stein der Weisen!«, brach es aus dem fassungslosen Doktor hervor. »Ihr habt ihn tatsächlich!«

»Ja. Und jetzt werden wir gemeinsam seine Wunder schauen.«

Aus der elfenbeinernen Kugel schüttelte Talbot ein paar feine Krümel eines roten Pulvers auf das flüssige Silber im Tiegel. Das Pulver sammelte sich auf der Oberfläche des metallenen Sees und bildete eine feine Haut.

Der Alchemist verschloss seine Schatzkugel wieder und steckte sie ein. Den Tiegel aber stellte er abermals in den Ofen und verschloss ihn. Diesmal jedoch öffnete er auch die untere Ofenklappe, warf ein paar große Stücke Holzkohle nach und regelte mit dem neuen Lüftungsschieber die maximale Luftzufuhr. Knisternd nahm die Kohle die Glut auf, und die Hitze im Abgrund dieses Laboratoriums wurde immer unerträglicher, zumal Talbot nun auch wieder begann, das Metall der Destillierhaube zu kühlen.

Der Doktor wusste nicht, ob er vom Dampf oder vor Aufregung in Schweiß gebadet war. Voller Ungeduld blickte er in das irdene Gefäß unter dem Auslaufrohr. Und tatsächlich, es dauerte nicht lange, da tropfte erneut ein wenig flüssiges Silber in den Tiegel. Es folgte ein zweiter Tropfen. Ein kleines Rinnsal entstand, das dann aber so schnell versiegte, wie es entstanden war. Doch es schien dem Doktor, als hätte die Größe des winzigen Sees sich diesmal verringert.

»Aber ... es ist ja wieder nur das Einhorn«, konnte der Ältere einen Anflug von Enttäuschung nicht verbergen. Talbot erwiderte nichts; sein Gesicht zeigte nur ein unbeirrt zuversichtliches Lächeln.

»Oder sehe ich ihn nur nicht, Master Talbot? Ihr treibt ein grausames Spiel mit mir! Wo ist er? Wo hat der All-eine sich versteckt? Wo habt Ihr ihn versteckt? Oder ist die chymische Hochzeit womöglich doch nicht gelungen?«

»Ihr schaut in den falschen Tiegel, Doktor«, sagte Talbot. »Nicht auf dem weißen Einhorn reitet die Sonne in die Welt des Dinglichen. Nur der hellste und reinste Lebensgeist, der *mercurius vivus*, kann des Himmels Einfluss zu uns herabführen. Seht her!« Und mit einer neuerlichen großen Geste öffnete der Alchemist den Ofen und entnahm mit der langen eisernen Zange die rot glühende Schmelze, in die der Doktor sofort ein Blick warf. Doch sie schien ihm gänzlich leer zu sein.

»Ihr müsst besser schauen, Doktor. Ich sehe Enttäuschung auf Eurem Gesicht. Aber seid versichert: Das magische Experiment ist gelungen. Schaut nur gut hin! Vielleicht sind Eure alten Augen nur zu schwach zu dieser späten Stunde, so wie bei mir die Ohren.«

Und tatsächlich: Ganz unten im Tiegel, zu einer winzigen Kugel geformt und schwarz vom Ruß der Reaktionen, schimmerte irgendetwas.

»Seht nur genau hin, lieber Doktor. Das ist keine Täuschung. Ihr habt jeden meiner Handgriffe genau studiert und verfolgt. Es ist der wahre, reine Pfad, den ich Euch gezeigt habe. Es ist die Transmutation. Aus dem Chaos habe ich das Licht erschaffen, das magische Licht der reinen Sonne. Seht nur hin, seht ganz genau hin! Könnt Ihr es jetzt endlich erkennen?«

Dem älteren der beiden Männer wurde vor Aufregung der Mund trocken. Die Erhabenheit dieses Augenblicks drohte ihm die Sinne zu rauben. Konnte das sein? War dies der so lange, so schmerzlich, unter so vielen Entbehrungen und von so vielen Meistern gesuchte Weg? Und hatte er ihn hier, in diesem heißen, dampfenden Keller, nun endlich schauen dürfen?

»Ist es tatsächlich ...« Der Doktor wagte kaum, die großen bedeutungsschweren Worte auszusprechen. »Ist es tatsächlich tingiertes Gold, was ich in dem Gefäß sehe?«

Talbot genoss einige Augenblicke lang schweigend seinen Triumph, ehe er antworte: »Ja, es ist Gold. Reines, edles Gold, der Sonne gleich. Das weiße Einhorn ist zu seinem Vater zurückgekehrt und zu einer Einheit mit ihm verschmolzen. Vater Gold, Sohn Quecksilber und der heilige Geist eines wahren Adepten, eines Meisters der Alchemie. Das große Geheimnis ist nun keines mehr. Jedenfalls nicht mehr für uns, John Dee!«

1.

Am Tag darauf vor der portugiesischen Küste

Das Wetter war klar gewesen, der Wind günstig. Eine leichte Brise hatte von achtern geweht, so wie alle es sich gewünscht und wie der kluge Navigator es während ihres letzten Halts auf Terceira vorhergesagt hatte. Aus Richtung Sonnenuntergang hatte ein verlässlicher Wind geweht und sie diese letzte Etappe nach Hause gebracht. Funchal auf Madeira hatten sie sich bei diesen Bedingungen als weiteren Hafen sparen können. Alles war bestens gelaufen.

Aber dann ...

Nichts hatte auf die gewaltige Katastrophe hingedeutet, die das stolze Schiff wie eine Heimsuchung durch höllische Mächte erfasst hatte. Im einen Augenblick noch waren Friede und Zuversicht die Begleiter der Seefahrer auf den Weiten des Ozeans gewesen – im nächsten Moment brach das Unglück über sie herein, rasch und so verheerend. Binnen einer Sekunde war das Glück einer bislang erfolgreichen und sicheren Heimfahrt hoffnungslos zerstört worden – so fürchterlich, dass es keine Worte dafür gab. Nur Schmerz, Angst und Todesgewissheit waren den Seefahrern geblieben.

Diego wagte ein erstes Mal nach dem plötzlichen Schmerz, dem Entsetzen und der schwarzen Verzweiflung, die Augen zu öffnen. Der Himmel über ihm war immer noch blau, doch es war kein freundliches, heiteres Blau mehr wie noch am Morgen. Wie lange mochte es her sein, dass er gut gelaunt das erste Mal an diesem Tag aus dem Aufgang zu den Mannschaftsquartieren herausgetreten war und die frische Meeresluft geatmet hatte?

Drei Dutzend Männer, viele Tage und Nächte zusammen in einem gemeinsamen Raum unter Deck ... frische Seeluft kann eine fröhliche Verheißung sein. Diego musste trotz der Schmerzen in seiner Brust lächeln, obwohl schon das Atmen ihm unbeschreiblich weh tat, sodass er gegen ein hysterisches Lachen ankämpfte, das die Schmerzen nur noch schlimmer gemacht hätte.

Diego schloss die Augen wieder, um einen flachen Atemzug zu wagen. Ja, das musste das Ende sein. Er lauschte. Er hörte keine anderen Geräusche mehr als das leise Plätschern der niedrigen Wellen um das gewaltige Schiff herum. Wurde dieses Plätschern lauter? Kam es näher? Waren tatsächlich alle seine Freunde tot? Diego schaffte es nicht, seine Stimme zu einem Rufen zu heben: Es waren keine Kraft und kaum noch Luft in seinen Lungen.

Einfacher Bootsmann war er gewesen ... nein, er war es immer noch, rief Diego sich zur Ordnung. Er durfte nicht jetzt schon in der Vergangenheit von sich denken! Noch war es nicht so weit; noch war ein wenig Leben in ihm. Und sie konnten ja nicht weit vom rettenden Land, von der Küste entfernt sein. Vielleicht vermisste man die *Flor de la Mar* ja bereits, die einst so stolze »Blume des Ozeans«.

Ja, ganz sicher vermisste man das wertvolle Schiff! Ganz bestimmt hatte man ihnen bereits Kurierschiffe entgegengeschickt. Vielleicht näherte sich ja auch der rettende Konvoi, der in unbekannter Entfernung hinter ihnen unterwegs sein musste, bereits der Unglücksstelle. Er musste einfach nur am Leben bleiben. Irgendwie!

Aber Diego hatte keine Vorstellung, wie er das schaffen sollte. Es war kalt, obwohl das Meer und die Luft warm sein mussten. Am Morgen jedenfalls waren die Temperaturen noch angenehm gewesen, als Diego an Deck getreten war – und auch gegen Mittag, als er sich mit einem Eimer Meerwasser geschöpft hatte, um sich zu waschen. Aber jetzt spürte er unbarmherzige, beißende Kälte, die sich mit den Schmerzen verbrüderte und ihm immer mehr die Sinne raubte.

Du musst am Leben bleiben, beschwor er sich. Du musst am Leben bleiben!

Diego zwang seinen geschundenen Körper, ihn nicht im Stich zu lassen. Noch nicht. Noch ein wenig durchhalten! Die Freunde, die Geschwister, die Daheimgebliebenen mussten erfahren, was ihnen zugestoßen war. Er, Diego, war zwar nur Bootsmann gewesen …

Diegos Gedanken stockten erneut. Ja, verdammt, er war nur ein einfacher Bootsmann gewesen, doch was das schreckliche Schicksal bedeutete, das alle an Bord der *Flor de la Mar* heimgesucht hatte, konnte er trotzdem nur zu gut begreifen. Die Zeichen des Leibhaftigen konnte auch ein schlichter Bootsmann deuten.

Er musste die anderen warnen. Er musste sie alle vor dem unfassbaren Unglück warnen, das sie bedrohte!

Vor allem den König.

Eine Welle, höher als die vorherigen, hob den träge dümpelnden Schiffskörper plötzlich an. Diego öffnete die Augen, sah die in Fetzen hängenden Segel und die zerrissene Takelage, wie sie sich machtlos einer auffrischenden Brise ergaben. Ja, ihr Winde, eilt mir noch einmal zur Hilfe, sprach der Sterbende sich stumm und verzweifelt neuen Mut zu. Tragt mich auf euren Schwingen an die Ufer meiner Väter, sodass ich meine letzte Botschaft noch übermitteln kann!

»Hilf mir, o Herr!«, stieß Diego mit ersterbender Stimme hervor. Doch die Höllenqualen in seinen Lungen meldeten sich augenblicklich und raubten ihm den Atem.

So verhöhnst du mich also, Herr? Ich will dir huldigen, dich durch mein Flehen zu meinem höchsten Gott erheben, und du lässt mir nicht einmal die Luft zum Sprechen?

Diegos Wut regte sich wieder. Waren denn nicht alle seine Kameraden an Bord des Schiffes gute Christenmenschen gewesen? Warum hatte Gott sie dann verlassen in dieser schweren Stunde?

Dieses Schiff, Herr, das hier zerschlagen in den Fluten dümpelt, ist dein Schiff gewesen! Die Blume des Meere war für dich erblüht, Herr. Nun ist sie gepflückt und kann keinen Schmuck für deine Altäre mehr bringen, kann deiner Kirche keine Ehre mehr sein ...

Warum hast du uns verlassen, o Herr? Hast du denn keine Macht, deinen Kindern zu Hilfe zu eilen, wenn sie in größter Not sind? Bist du zu schwach? Sind andere als du die wahren Götter?

Der letzte Satz war kaum zuende gedacht, da bemerkte Diego abermals eine höhere Welle als die vorhergehenden, die das sinkende Schiff sanft auf ihren Kamm mit hinaufnahm.

Siehst du, Gott? So geht das, will man diesen Haufen gammelndes Holz und all die Leichen nach Hause bringen. Mir scheint, dass die Götter der so genannten Wilden, bei denen wir all die Schätze zu deinen Ehren gefunden haben, mehr Kraft haben als du mit deiner angeblichen Allmacht. Diese Götter gebieten den Winden, wenn man sie ruft. Und was tust du? Wo warst du, als meine Kameraden, meine Freunde dich riefen?

Diego wollte vor Schmerz und Verzweiflung weinen, doch er hatte keine Tränen mehr. Wieder schloss er die Augen und konzentrierte sich auf die Schmerzen in seiner Brust. Und er suchte den Tod, der doch ganz sicher seinen Körper erfasst hatte. Er wollte ihm ins Gesicht schauen, wollte sehen, ob er eine grausame Fratze hatte oder das milde Antlitz eines Engels.

Diego hatte im ersten Augenblick nicht mehr richtig spüren können, was sich da auf seine Stirn gelegt hatte. Er hatte offensichtlich auch die näher kommenden Geräusche nicht mehr vernommen ... andere Geräusche als die der Wellen und des Meeres.

Oh, welch eine Wohltat! Haut auf seiner Haut. Eine warme Hand ...

Oder war es der Tod?

Diego wagte diesmal nicht, die Augen zu öffnen. Er wollte diesen letzten Zauber seines Lebens nicht zerstören. Oder lebte er gar nicht mehr? War das schon die andere Seite? War nun der Engel gekommen, um ihn ins Paradies zu führen?

Plötzlich erfasste den Bootsmann eine abgrundtiefe Angst. Würde er in das Antlitz eines Engels schauen oder in die hässliche Fratze des Sensenmannes blicken?

Diego war unendlich müde, wollte nur noch seinen Frieden, wollte sich in sein Schicksal ergeben, das er ja doch nicht ändern konnte. Doch was, wenn es nicht der Frieden war, der auf ihn wartete?

Durch den schmalen Spalt seiner Lider, den er müde und ermattet zustande brachte, sah er das klare, vollkommen ebenmäßig und unbeschreiblich schöne Gesicht, das ihn schon auf der ganzen Überfahrt von den karibischen Inseln und Mexiko bis hierher begleitet hatte. Ein stolzes Gesicht, von tiefbrauner Farbe, in dem zwei klare schwarze Augen ruhten. Oh ja, sie ruhten, diese wunderschönen Augen. Sie zeigten keine Angst, keinen Schmerz, keine Verzweiflung. Sie zeigten nicht einmal Mitleid. Nur Frieden.

Diego hätte vor Glück jubeln mögen. Da halte ich in meinen letzten Gedanken Ausschau nach der Fratze des Todes, und der Engel der Ewigkeit war die ganze Zeit in meiner Nähe, ganz nah an meiner Seite! Die anderen Männer der Mannschaft hatten gesagt, es bringe Unglück, einen dieser Wilden mit an Bord zu haben und mit in die Heimat zu bringen. Doch er, Diego, fand diesen »Wilden« wunderschön. Er hatte ihn beobachtet, immer wieder, wie er wortkarg an Deck stand und den für ihn unbekannten Gestaden entgegenblickte.

Diego erinnerte sich an seine eigene erste Reise in eine für ihn neue Welt. Sicher, es war ein Abenteuer gewesen, das Unbekannte zu erobern. Aber vor allem hatte er Angst gehabt vor dem, was ihn in den neuen Welten erwarten würde. Erschüttert und zugleich mit wohligem Schauder hatte er die wundersamen Berichte von den vielen großen Reisen gehört, die bereits unternommen worden waren, doch die Fremde hatte ihm immer noch Angst gemacht.

Dieser stolze Häuptling aber, der jetzt seine weiche, warme Hand mitfühlend auf Diegos Stirn gelegt hatte, hatte nicht ängstlich ausgesehen, als er seine erste Reise in Richtung Osten antrat. Er hatte keine albere Heiterkeit gezeigt wie die Seeleute aus Europa, wenn sie ihre Furcht übertünchen wollten, sobald ihr Schiff das erste Mal von einer Kaimauer in der Heimat losmachte, um sich auf die lange und gefahrvolle Reise zu begeben.

Diego suchte die klaren schwarzen Augen des mexikanischen Prinzen, der ja vielleicht *doch* ein Gott war, dem die Winde gehorchten. Der sie vielleicht bis an die Küste, vielleicht sogar bis nach Lissabon und den Tejo würde bringen können ...

Diego wollte lächeln und sich bedanken, hatte aber keine Kraft mehr. Doch er sah, wie sich das stolze, wie aus Ebenholz geschnitzte, ruhige Gesicht nach und nach veränderte. Der Blick aus den schwarzen Augen drang tief in Diegos ersterbende Sinne und seinen schwindenden Geist. Die majestätische Miene verlor mit einem Mal ihren königlichen Ausdruck und verwandelte sich in die milde Freundlichkeit eines mitfühlenden Vaters, der seinem kranken Kind Liebe und Trost spenden will.

»Hab keine Angst, mein Sohn.«

Diego hörte diese Worte und hätte doch nicht sagen können,

ob der große König an seiner Seite sie sprach oder sein eigener Vater, der aber schon lange tot sein musste.

»Hab keine Angst. Ich bin bei dir. Du und ich, wir gehen diesen letzten Weg gemeinsam. Wenn du willst, als Brüder.«

Ein Schauder durchlief den Körper des Sterbenden und drang bis zu seiner Seele vor. Diego fühlte, wie sich ein letztes Mal Tränen in seinen brennenden Augen sammelten. Er verspürte eine tiefe Erschütterung, wie er sie nie zuvor empfunden hatte. Die Kraft dieses indianischen Prinzen hatte Diegos Verzweiflung hinweggefegt und ließ ihn am Mut und der Größe dieses Mannes teilhaben.

Danke, Herr, dass ich diese Kraft und Reinheit noch schauen durfte.

Als der letzte Lebensfunke in den Augen des Bootsmannes erloschen war, nahm der mexikanische Prinz die Handfläche von der Stirn des Toten und strich ihm behutsam die Lider über die nun starr ins Nichts blickenden Augen.

Hier bin ich, der Sohn des Königs Montezuma, dachte er, als er aufstand und einen letzten Blick auf den Leichnam mit der tiefen, klaffenden Wunde in der Brust warf.

So viel Tod, so viel Leid.

Der stolze Indianer hob das schwere Bündel auf, das er abgestellt hatte. Nun gab es nur noch Tote auf diesem sterbenden Schiff. Niemand hatte mehr überlebt, nur er selbst. Seine Freunde, seine Diener, die mit ihm auf diese Mission des Friedens gegangen waren, um den spanischen König doch noch zum Abschluss eines Pakts mit seinem Volk zu bewegen – sie alle waren tot. Mitten im Nirgendwo sollte es also zuende gehen.

Er würde nie wieder sein Glück und seine Liebe schauen können.

Der Prinz blickte sich um. Das also war übrig von seinem einst so stolzen Reich. Er sah die tiefe Symbolik in diesem Bild. Er, der letzte legitime Thronfolger der alten Herrscherdynastie, umgeben von toten Feinden, doch ohne Volk und Reich, dem Untergang geweiht. Den größten Schatz seiner Väter in Händen, doch erfüllt von dem Wissen, dass dieser Schatz mit ihm gemeinsam für immer und alle Zeit in den dunklen Tiefen des Meeres versinken würde.

Mit ruhigen Schritten machte der Indio sich auf den Weg zum Bug des immer bedenklicher dümpelnden Schiffes. Hier hatte er während der letzten Tage der Überfahrt oft gestanden, um das Neue, Unbekannte zu schauen. Er wollte jene Länder kennen lernen, aus denen die mächtigen Spanier gekommen waren, die sein Volk besiegt und beherrscht hatten. Seine Väter hatten die Weißen einst wie Götter willkommen geheißen, da sich mit ihrem Erscheinen eine uralte Prophezeiung zu erfüllen schien.

Was für ein Irrtum!

Schließlich war sein eigener Vater, der alte König, von den eigenen Leuten gesteinigt worden, weil die Verheißung sich als brutale Zerstörung entpuppte. Er, der Sohn des alten Königs, wollte diesen verheerenden Fluch, der sein Volk erfasst hatte, endlich brechen und Frieden finden, vielleicht sogar mit den Spaniern.

Nun aber hat er es nicht einmal bis an die fremden Ufer geschafft.

Warum, Huitzilopochtli, Höchster aller Götter, hast du uns verlassen? Nie hätte ich gedacht, dass mir auf dieser Reise etwas geschehen könnte.

Wie eine Antwort auf seine verzweifelte Anklage gegen den obersten seiner Götter, wurde das Bündel in seinen Armen mit einem Mal furchtbar schwerer. Die Last kämpfte mit seinen schwindenden Kräften, als hätte er das Recht verwirkt, den Schatz länger zu behüten.

Weil er versagt hatte?

»Habe ich versagt?«, rief der Prinz verzweifelt. Es spielte keine Rolle mehr; er war alleine hier auf dem Meer, mitten im Nirgendwo. Der Letzte seiner Art. Warum sollte er da nicht laut und verzweifelt rufen, auch wenn es sein Ehrgefühl verletzte?

Und warum sollte er dieses dumme Bündel weiter bewachen? Mit seinem Leben. Ja, noch war er am Leben, und auch das Bündel war noch da ... aber war es noch zu etwas nütze?

Nein, sie beide waren verloren, dem Untergang geweiht.

Der Prinz ließ das schwere, in Blei eingeschlagene Bündel auf die von den Wellen nassen Deckplanken fallen.

Ein drohendes Ächzen des Schiffes war die unmissverständliche Antwort auf diesen Frevel, doch dem Prinzen war es egal. Er lehnte sich an die Reling, wie er es die vielen Tage zuvor auf hoher See bereits so gerne getan hatte, und schaute in die Ferne, dorthin, wo sein Ziel und seine Liebe sein mussten, wobei ihn ein schreckliches Gefühl der Einsamkeit überkam. Er war der Letzte auf diesem todgeweihten Schiff.

Ein plötzliches Geräusch ließ den stolzen Mexikaner voll schrecklicher Ahnung herumfahren. Es war ein Unheil verkündendes Krachen, das von den Füßen auf den Deckplanken aus seinen ganzen Körper durchlief. Das Schiff bebte und bäumte sich auf, sträubte sich gegen das Unvermeidliche, kämpfte mit den Mächten der Tiefe, die auch diese Beute wollten.

Ein letztes verzweifeltes Rucken; dann suchten die Wellen sich mit wachsender Geschwindigkeit einen Weg übers Deck, und der Indianer musste sich an der Reling festhalten, um nicht hinaus aufs Meer gerissen zu werden. Dann schlug auch schon das Wasser über seinem Kopf zusammen, und er spürte die letzte verzweifelte Gegenwehr des Schiffes, hinunter in die unbekannten Tiefen des Meeres gezogen zu werden.

Mit einem letzten Blick durch das trübe Licht des Ozeans, ehe das in seine Lungen eindringende Salzwasser ihn erstickte, sah der Indianer das bleierne Bündel zur Mitte des sinkenden Schiffes rutschen, wo die geöffnete und zerschlagene Ladeluke war, und im dunklen Inneren der Galeone verschwinden.

2.

ZEHN TAGE SPÄTER AM TEJO-UFER BEI LISSABON

Mit wachsender Sorge suchte der noch jugendlich wirkende Mann den scheinbar unendlichen Horizont des Meeres ab, des *Ocean Occidental* oder *Atlantique*, wie man ihn ebenfalls noch immer nannte. Dieses Meer hatte viele Namen. Und sicher noch viel mehr Geheimnisse in seinen dunklen Tiefen.

Wo blieb die *Flor de la Mar?* Sie müsste doch längst mit stolz geblähten Segeln den Torre de Belem in der Mitte der breiten Tejomündung passiert haben! Wo war das Schiff abgeblieben?

Amman Sachs konnte seine wachsende Unruhe nicht länger bändigen. Zu lange schon war er jeden Morgen bei Sonnenaufgang von seinem Quartier in der Fugger-Faktorei hinunter zum Flussufer gegangen, um nach dem kostbaren Schiff Ausschau zu halten. Wäre alles nach Plan verlaufen – nach dem von ihm, Amman Sachs, sorgfältig ausgearbeiteten Plan –, hätte die spanische Galeone längst im Hafen von Lissabon festgemacht haben müssen, wo kein Feind der spanischen Krone normalerweise eine spanische Goldgaleone vermutet hätte.

Aber das Schiff kam und kam nicht. Düstere Ahnungen überfielen Amman Sachs. Das Ausbleiben des Schiffes und seiner unvorstellbar wertvollen Fracht erfüllte ihn mit tiefer Sorge. Sachs wollte sich gar nicht erst ausmalen, was es für ihn bedeutete, den für eine solche Aufgabe eigentlich noch zu unerfahrenen Agenten des Kaufmannshauses der Fugger.

Amman Sachs kam ein plötzlicher Gedanke, und er blickte statt nach Westen auf die offene See nun nach Osten in den wie ein Binnenmeer wirkenden Flusslauf – in der Hoffnung, dass sein Schiff, getragen von einem günstigen Wind, vielleicht an Belem und Lissabon vorbei weiter den Strom hinauf getrieben wurde.

Aber das war eine törichte Idee. Auch dort war das gesuchte Schiff nicht zu sehen – natürlich nicht.

So schaute Sachs wieder nach Westen, in die Weiten des großen Meeres, das seit mehreren Jahrzehnten seine scheinbare Unendlichkeit eingebüßt hatte. Es war ein großes Meer, oh ja, mit vielen Gefahren – gewaltige Stürme, riesige Wellen und schreckliche Meeresungeheuer, größer noch als die größten Schiffe, die die Fugger in die Ferne schickten.

Hatte die *Flor de la Mar* vielleicht den Weg einer solchen Kreatur gekreuzt und war an dem Ungeheuer gescheitert? Solche Katastrophen ließen sich nie voraussehen und bildeten eines der größten Risiken einer Handelsexpedition, da sie in ihrer Zufälligkeit nicht zu kalkulieren waren. Kein Kaufmann, kein noch so kluger Kopf war vor einem solchen Unglück gefeit.

Oder ob es einer der Feinde war?

Diese Feinde waren allerdings nicht so unberechenbar wie die schrecklichen Untiere des Meeres oder die Launenhaftigkeit des Wetters. Die Feinde waren durchschaubare Menschen, jedoch listig und schlau, sodass sie es erforderlich machten, dass man noch listiger und schlauer sein musste als sie, um den immerwährenden Kampf für sich zu entscheiden.

Und das gewaltige Königreich Spanien, Kunde der Fugger für die gewagte Passage der *Flor de la Mar*, hatte viele Feinde, mächtige Feinde, in deren Reihen es gerissene Menschen gab, die unentwegt grübelten, wie sie Philipp, dem König von Spanien und verhassten Gegner, neuen Schaden zufügen konnten.

Amman Sachs erschien es plötzlich absurd, dass er einmal geglaubt hatte, der gewaltigen Aufgabe gewachsen zu sein, die Passage einer großen Goldgaleone zu planen. Es gab so viele Gefahren, so viele Risiken, so viele unkalkulierbare Faktoren …

Was war mit der *Flor de la Mar* passiert?

Mittlerweile sah es danach aus, als wäre etwas Schlimmes mit dem Schiff geschehen. Und mit jedem verstreichenden Tag, den der Segler nicht in den Hafen von Lissabon einlief, wurde Amman Sachs' Furcht größer, dass mit seinem verwegenen Plan irgendetwas schiefgegangen war.

Sachs spuckte aus bei dem Gedanken, dass er gleich zurück ins Kontor der Faktorei musste, wo deren Leiter ihn mit einer Mischung aus Schadenfreude, Häme und geheuchelter Besorgnis empfangen würde, nur um sich dann wieder einmal zu erkundigen, ob »sein Schiff schon gesichtet« worden sei. Und er, Amman Sachs, würde erneut verneinen müssen, worauf der Faktor, immer noch lächelnd, in seiner Schreibstube verschwinden würde, um eine weitere, Unheil versprechende Depesche nach Augsburg zu schicken, zur Zentrale des größten Handelshauses der Welt.

Amman Sachs ärgerte sich maßlos über die Schadenfreude des Faktors, dem Stellvertreter ihres gemeinsamen Geschäftsherrn. Was hatte der Kerl eigentlich davon, wenn diese bedeutende Mission scheiterte? Schließlich ging es um unvorstellbare Mengen Gold und Silber, die sich an Bord des sehnlichst erwarteten Schiffes befanden – und für die der König das Haus Fugger würde haftbar machen, falls das Schiff gesunken war oder sonst wie nicht das Ziel erreichte. Es würde ihrer aller Status gefährden, wenn das Handelshaus eine neuerliche schmerzliche Niederlage hinnehmen musste.

Vor allem aber er, Amman Sachs, würde dies zu verantworten haben, auch wenn er den entstandenen Schaden natürlich niemals tragen konnte – das vermochten nur die Fugger. Aber waren die Fugger noch so mächtig, dass sie den ungeheuren Wert einer Goldgaleone würden ersetzen können? Seit der alte Anton Fugger vor ein paar Jahren gestorben war, ging es spürbar und sichtbar bergab mit dem einst größten Handelshaus der Welt. Immer wieder waren wichtige Geschäfte geplatzt; immer wieder gingen riesige Kredite verloren. Und auch ihr wichtigster Kunde, der Habsburger auf dem spanischen Thron, König Philipp, war alles andere als verlässlich. Ohne die verfluchte Goldgaleone war er vermutlich gar nicht mehr zahlungskräftig.

Das alles ging Amman Sachs durch den Kopf. Doch er nahm sich vor, den Besuch in die Faktorei nicht etwa aufzuschieben, wie er es in den Tagen zuvor immer wieder getan hatte, um die Begegnung mit dem Faktor und den Versand der unvermeidlichen Depesche nach Augsburg noch ein wenig hinauszuzögern. Nein – heute wollte er das Unabänderliche eingestehen und von sich aus die Nachricht an seinen Dienstherren übermitteln: Die *Flor de la Mar* war wahrscheinlich verloren.

Er durfte nicht länger untätig bleiben und warten, bis andere die Initiative ergriffen. Er musste selbst handeln und das Heft in die Hand nehmen, statt wie ein vom Blick einer Schlange gebanntes Kaninchen auf das drohende Unheil warten.

Doch Amman Sachs konnte der Versuchung nicht widerstehen, einen kleinen Umweg zur Faktorei zu nehmen, um in einer gewissen Pension vorbeizuschauen. Eigentlich war es gar keine Pension oder gar ein Gasthaus, sondern ein normales kleines Bauernhaus, in dem vom Eigentümer, weil es sich so ergab, eines seiner wenigen Zimmer an Fremde vermietet wurde. Das Haus stand am Rande Lissabons, fast eigentlich schon außerhalb der Stadt in Richtung Belem, das sich westlich zum offenen Meer hin am Ufer des Tejo erstreckte.

Das kleine Haus war kastenförmig im maurischen Stil errichtet, mit kleinen Fenstern, und erstrahlte in frischer weißer Farbe. Um das Haus herum war ein üppiger Gemüsegarten angelegt, dem der ordnende Einfluss und die liebevolle Pflege durch die Mönche eines nahen Klosters anzusehen war. Einem Kreuzgang gleich führte ein Weg durch die sauber ausgerichteten Beete. Die

Erde war schwarz und fruchtbar und wurde offensichtlich auch bei größter Hitze feucht gehalten. Erste Frühlingsblumen blühten; ein leichter Wind trug Amman Sachs ihren Duft entgegen.

Wegen der Schönheit und Stille hatte Amman seine Schritte zu diesem kleinen idyllischen Fleck gelenkt. Denn egal wie düster seine Gedanken zuvor auch gewesen sein mochten: Die Freundlichkeit dieses üppigen kleinen Gartens vertrieb alle dunklen Wolken von seiner Seele, wenngleich auch heute wohl wieder nur für kurze Zeit.

Außerdem wohnte in diesem beschaulichen kleinen Haus zurzeit eine außergewöhnliche Person, deren Schicksal im Augenblick auf wundersame Weise mit seinem eigenen verwoben war – ein Umstand, der es dem Agenten der Fugger bisher sehr erleichtert hatte, auf die *Flor de la Mar* zu warten. Denn jeden Tag, den das Schiff sich verspätete, war ein Tag mehr, den er mit der wunderschönen mexikanischen Prinzessin Tecuichpo verbringen konnte, die ebenso wie Amman Sachs auf das Eintreffen der Goldgaleone wartete. Der Mexikanerin ein freundlicher Gesellschafter zu sein gehörte zu Ammans angenehmsten Pflichten als Fugger-Agent hier im fremden Lissabon.

Sachs hielt einen Moment inne, um sich vom Duft der Blumen betören zu lassen und sich an die schönen Augenblicke während der vergangenen Tage zu erinnern, die jedoch immer mehr von zunehmender Ungeduld getrübt worden waren. Seine Schutzbefohlene Tecuichpo und er hatten am Ufer des Flusses lange Spaziergänge unternommen, hatten in großen Lissabonner Kirchen Schutz vor der mitunter bereits heißen Frühlingssonne gesucht und über die Pracht der Gotteshäuser und die Schönheit der Gemälde, Schnitzereien und Plastiken im Kircheninnern gesprochen. Einmal hatten beide sich zum Leuchtturm Torre de Belem rudern lassen, um von dort eine Zeitlang den Blick über die weite Küstenlinie schweifen zu lassen. Und sie hatten die orientalisch anmutende, verwinkelte Oberstadt Lissabons erkundet, in der man noch immer die verwirrende Nähe der Mauren auf der iberischen Halbinsel spüren konnte und deren Exotik half, jene Kluft zu überwinden, die zwischen ihm, dem aus dem Land der Eidgenossen stammenden und in deutschen Diensten stehenden Handelsagenten, und der edlen Mexikanerin bestand.

Sie hatten die Bedenken in den Wind geschlagen, die sie mahnten, nicht die Stadt zu betreten, da es nicht lange her war, dass der schwarze Tod in den Gassen Lissabons gewütet hatte – auch wenn es unter anderem die Pestangst gewesen war, die Lissabon für Amman Sachs zum idealen Landeplatz für die *Flor de la Mar* hatte werden lassen: Angst war ein guter Schutzschild. Und statt Pest und Elend hatten Amman Sachs und die schöne Mexikanerin eine atemberaubende Kulisse für ihre Erkundungs- und Entdeckungstouren in diese für sie beide fremde Umgebung gefunden.

Amman Sachs liebte es besonders, wenn sich Emotionen auf dem ebenmäßigen, dunklen Gesicht der Mexikanerin abzeichneten. Tecuichpos Antlitz besaß eine natürliche Hoheit und strahlte Stolz und Erhabenheit aus; umso reizvoller war es, wenn sich ein Ausdruck der Freundlichkeit oder des Mitgefühls auf ihrem Gesicht zeigte – etwa beim Anblick einer alten Frau, die an einer Straßenecke einsam Früchte zum Kauf anbot, oder eines Kindes, das hingefallen war und sich die Knie blutig gestoßen hatte, oder eines Bettlers, der sein Augenlicht eingebüßt hatte. Amman Sachs ließen insbesondere die dunklen Augen der Mexikanerin nicht mehr los, die erst die Menschen genau studierten, um zu erfassen, ob deren Not tatsächlich echt war oder bloß gespielt und nur zum eigenen Vorteil. War der Schmerz echt, gewann man in der Mexikanerin eine starke Verbündete, die für einen Augenblick alles Leid teilte und dadurch ein wenig milderte.

In diesen Momenten beneidete Sachs die alte Frau, das Kind und den Bettler, da sie einer Zuneigung teilhaftig wurden, nach der er sich als anständiger und verheirateter Mann allenfalls sehnen durfte. Doch er wurde nicht müde, Tecuichpo ins nahe Lissabon zu führen und die armseligsten und verruchtesten Gassen mit ihr aufzusuchen, um diese Szenen der reinen Nächstenliebe immer wieder aufs Neue zu erleben und sich an deren Hoheit zu erfreuen – denn er ahnte, dass dieser Zauber viel zu rasch vergehen würde.

»Einen schönen guten Tag, Herr Sachs!« Die feste und mittlerweile vertraute Frauenstimme mit dem ganz und gar fremdländischen Akzent riss den Agenten der Fugger aus seinen Gedanken. Verblüfft drehte er sich um, denn nicht vom Bauernhaus her war die Stimme der Mexikanerin erklungen, sondern hinter ihm, von der Straße aus.

»Ihr seid früh auf den Beinen«, sagte Sachs lächelnd und betrachtete die schöne Mexikanerin, die völlig unpassende Kleidung nach spanischer Art trug. »Ich wollte Euch gerade besuchen kommen. Darf ich fragen, was Euch zu dieser Stunde aus dem Haus gerufen hat?«

Dem schönen Gesicht Tecuichpos war keine Regung zu entnehmen. »Aber das wisst Ihr doch«, sagte sie. »Es gibt immer noch keine Nachricht von unserem Schiff.«

Sachs freute sich, dass Tecuichpo von »unserem Schiff« sprach, denn die *Flor de la Mar* war tatsächlich die größte Gemeinsamkeit, die sie beide hier an der Westspitze der Alten Welt verband.

»Es wird bald kommen.« Amman hatte es nur so dahin gesagt, unbedacht, in der vergeblichen Absicht, der schönen Mexikanerin Mut zu machen. Doch der Ausdruck in ihren unergründlichen schwarzen Augen entlarvte seine fromme Lüge.

»Ich glaube nicht. Es ist zu lange überfällig«, erklärte Tecuichpo bedrückt.

»Ihr habt recht, Prinzessin.« Er nannte Tecuichpo fälschlich »Prinzessin«: Obwohl sie einer der führenden Familien in Neuspanien entstammte, die zur Oberschicht des alten Mexikos zählte, war sie keine Königstochter. Allerdings sollte sie bald einen wirklichen Prinzen heiraten, den Sohn des so grausam und kläglich gescheiterten Montezuma – eben jenen Botschafter der westindischen Eingeborenen, der auf der *Flor de la Mar* all die großartigen Schätze begleitete, die den spanischen König endlich zu einem friedlichen Miteinander mit seinen neuen Untertanen jenseits des großen Meeres bewegen sollten.

Amman Sachs glaubte zwar nicht, dass selbst *alles* Gold der Erde die Haltung der Spanier zu ihren Kolonien würde ändern können; aber wenigstens dieser stolzen und schönen Frau wollte er jene Achtung und jenen Anstand entgegenbringen, die seiner Meinung nach allen Menschen zustand, nicht nur denen in der Alten Welt.

»Ihr habt recht«, wiederholte der Agent. »Auch ich glaube nicht mehr, dass unser Schiff noch kommt. Ich werde Euch von jetzt an nichts mehr vormachen.«

»Ihr könnt mir auch nichts mehr vormachen, Herr Sachs.« Der Angesprochene hörte eine neue tiefe Traurigkeit in der Stimme Tecuichpos. »So sehr Eure Bemühung Euch ehrt – ich *weiß*, dass unsere Blume des Meeres nie mehr blühen wird. Sie ist vergangen.«

Amman wusste nicht gleich, was diese seltsam pathetische Rede bedeuten sollte; aber dann erkannte er die Hoffnungslosigkeit in den Worten der Mexikanerin und gab es auf, mit einer hohlen Phrase zu antworten.

»Woher habt Ihr dieses Wissen, Prinzessin?«, fragte er stattdessen förmlicher, als er beabsichtigt hatte. »Habt Ihr eine Nachricht erhalten, die ich nicht bekommen habe?«

Das Gesicht Tecuichpos blieb verschlossen und ruhig.

»Nein«, sagte sie. »Die Nachricht war nur für mich bestimmt, da Ihr meinen Göttern ja nicht zu lauschen wagt.«

Amman Sachs war sich nur zu bewusst, dass unter anderen Umständen und in einer anderen Situation diese Worte den Tod Tecuichpos als Ketzerin bedeutet hätten. Zugleich erfüllte den Agenten zusätzliche Traurigkeit, da er so hochmütig über seine geheimnisvolle und doch so vertraute neue Freundin dachte. Sie fühlte sich bei ihm offenbar sicher und sprach entsprechend frei und ungezwungen. War das nicht eine erfreuliche Erkenntnis unter so schmerzhaften Umständen?

»Habt Ihr Zeit, Prinzessin? Begleitet Ihr mich zur Faktorei und erzählt mir von Euren Göttern und deren schlechten Botschaften? Ich muss eine ähnliche unerfreuliche Nachricht abschicken – ins ferne Augsburg, wo mein Handelsherr sein Hauptkontor hat und wo auch ich eigentlich zu Hause bin.«

»Zusammen mit Eurer Frau.«

Der Satz war bloß eine Feststellung und durchaus treffend in seiner Aussage, und doch erschütterte er Amman bis ins Innerste, vernichtete dieser Satz doch jede vage Hoffnung auf eine innigere Beziehung zu Tecuichpo – eine geheime Sehnsucht, die der Agent sich niemals eingestanden hätte. Stattdessen richtete er den Blick kurz auf den unbefestigten Fahrweg, um dann wieder der schönen Mexikanerin in die schwarzen Augen zu schauen.

»Kommt Ihr mit?«

Wortlos drehte Tecuichpo sich um und ging los, sodass Amman zwei, drei rasche Schritte tun musste, um zur ihr aufzuschließen.

»Von welchen Göttern oder welchem Gott reden wir denn?«, versuchte Sachs das Gespräch wieder in ungefährlichere Bahnen zu lenken. »Ich gebe zu, ich kenne mich in den traditionellen Religionen Neuspaniens nicht aus.«

»In Eurer Sprache heißt unser höchster Gott ›wohlscheinende

Feder‹. Wir nennen ihn Huitzilopochtli, oder auch Vitzliputzli«, sagte Tecuichpo. »So wie ihr Menschen auf dieser Seite des großen Meeres die Gestalt eines Mannes verehrt, der an einem Balkenkreuz angehängt wurde, so verehren wir Bewohner Mexikos als unseren höchsten Herrscher eine Figur, die wir Guacas nennen, vergleichbar mit eurem Kruzifix. Und auch wir reden zu unseren Guacas. Auch wir sprechen mit ihnen, wenn wir in Not oder traurig sind und Antworten auf unsere Fragen erflehen.«

»Und werden eure Gebete erhört?«, fragte Sachs. Die Antwort der Mexikanerin ließ ein wenig auf sich warten. In diesem Zögern glaubte der Fugger-Agent die Missbilligung für seine Skepsis zu erkennen.

»Meistens«, sagte Tecuichpo schließlich. »Bei der Mitteilung über das Wesen der gottgleichen Neuankömmlinge aus den Ländern der aufgehenden Sonne jedoch haben unsere Götter sich geirrt.«

Amman biss die Zähne zusammen. Auch wenn die Offenheit der Mexikanerin ihn schockierte, weil sie gewiss auch in ihm einen der brutalen Eroberer aus dem Osten erkannte – er musste ihr recht geben. Man hatte die spanischen Konquistadoren in den mittlerweile ebenfalls »Amerika« genannten südlicheren Gegenden des Kontinents mit offenen Armen und meist freundlich empfangen, da es offenbar uralte einheimische Prophezeiungen gab, die die Ankunft von Göttern auf großen Schiffen vorhergesagt hatten; gedankt aber hatten die Konquistadoren es mit Tod, Vernichtung und totaler Ausbeutung. Sie waren rücksichtslose Eroberer, deren Helfershelfer auch er nun war, Amman Sachs, Handelsbeauftragter des größten Handelshauses der Welt.

Amman ließ die entstehende peinliche Pause vorüberziehen und blieb stumm in der Hoffnung, dass Tecuichpo dies als stummes Schuldeingeständnis akzeptierte. Tatsächlich verzichtete sie darauf, die Wunden zwischen ihren beiden Kulturen weiter aufzureißen.

»Vielleicht sind unsere Guacas nur für uns persönlich da, als unsere individuellen Ratgeber«, fuhr sie dann fort, »und gänzlich unbrauchbar, wenn es um die großen Dinge der Welt und der Zeit geht. Was mein eigenes Leben angeht, so hat mein Idol sich niemals geirrt.« Die Stimme mit dem fremdartigen Akzent stockte. »Daher weiß ich nun, dass mein Bräutigam, und mit ihm das riesige Schiff, in den Fluten des großen Meeres versunken ist. Mein Guacas hat es mir heute gesagt; er hat es mir auf unmissverständliche Art und Weise mitgeteilt, sodass es für mich nun keinen Zweifel mehr geben kann.«

Tecuichpo hatte ohne spürbare Emotionen, beinahe gleichgültig gesprochen. Doch die Worte selbst und deren Bedeutung straften sie Lügen. Amman Sachs fühlte, wie tief die Traurigkeit seiner Begleiterin wirklich sein musste. Nur fiel ihm keine geeignete Möglichkeit ein, die schöne Frau an seiner Seite angemessen zu trösten. So blieb er still in der Hoffnung, sein Schweigen würde diesmal Mitgefühl ausdrücken.

Doch auch die Mexikanerin machte keine Anstalten mehr, ihre Rede fortzusetzen. So ging das ungleiche Paar schweigsam und nebeneinander her die staubige Straße oberhalb des Flussufers entlang in Richtung der großen Festung Castelo de São Jorge auf das alte maurische Stadtviertel Alfama zu, der Altstadt Lissabons, die sich unterhalb des mächtigen Kastells mit seinen hohen Natursteinmauern und den prächtigen Burgzinnen zum Tejo hin erstreckte.

Hier, nicht weit von den hölzernen Anlegeplätzen für die Handelsschiffe entfernt, hatten die Vertreter der Fugger sich in einem verhältnismäßig bescheidenen Gebäude niedergelassen, das als Faktorei sowohl für die Handelsverwaltung genutzt wurde als auch für die Lagerung der kostbaren Waren aus aller Welt, die hier im Lissabonner Hafen angelandet wurden und von hier aus mit anderen Schiffe, aber auch auf dem Landweg etwa nach Madrid verschickt wurden, der alten Hauptstadt Spaniens. In einem rückwärtigen Gebäudeteil gab es zudem einige Stallungen und Gästezimmer, in dem Kuriere mit ihren Pferden untergebracht wurden und in denen auch Amman Sachs alles andere als standesgemäß einquartiert worden war – mit der Erklärung, dass man in dieser kleinen Handelsniederlassung räumlich noch sehr beschränkt sei; die Möglichkeiten seien in nichts mit den Faktoreien beispielsweise in Brügge, Antwerpen, Frankfurt, Hamburg oder Nürnberg zu vergleichen. Amman Sachs hatte diese Erklärungen ohne Protest akzeptiert und sich ganz auf seine Aufgaben konzentriert, die ihn ohnehin mehr zum Hafen und in die Nähe der Prinzessin Tecuichpo führten als in seine allenfalls als Kammer zu bezeichnende Unterkunft in diesem Handelshaus.

Amman blickte zu den Fenstern der Faktorei auf; durch die Lamellen der schweren, geschlossenen Läden konnte er den Faktor erkennen, der ihn und die Mexikanerin an seiner Seite offensichtlich beobachte. Sachs nickte dem Mann zu, um ihm zu zeigen, dass er ihn entdeckt hatte, woraufhin der Faktor sich sofort ins Dunkle des Zimmerinnern zurückzog.

Die beiden Ankömmlinge betraten den Durchgang zum Hof, wo sich auch die Tür zu den Kontoren der Niederlassung befand. Amman betätigte den großen, aus Messing gearbeiteten Türklopfer, der einen Löwenkopf darstellte, worauf innen ein schwerer eiserner Riegel aufgeschoben wurde und sich der eichene Türflügel in seinen Angeln öffnete. Ein Kontorgehilfe ließ die Ankömmlinge mit einer freundlichen Bemerkung und einem aufdringlichen Blick auf die Frau herein, ehe er die Tür sorgsam wieder verschloss und Sachs und Tecuichpo zum Hauptkontor führte, wo der Faktor an seinem Schreibpult stand und so tat, als würde er ihr Kommen nicht bemerken.

Amman kam die Verstellung des düsteren Mannes, der wie stets schwarze Kniehosen und ein schwarzes Samtwams trug, albern vor, doch er hüstelte artig, um ihre Ankunft anzukündigen. Und tatsächlich ließ der Faktor sich dazu hinreißen, den Überraschten zu spielen.

»Ah, mein guter Herr Sachs! Ihr seid heute aber sehr früh dran. Wir hatten Euch erst deutlich später erwartet.«

Amman war die Überschwänglichkeit des Faktors unangenehm. Er ermahnte sich, die Initiative zu übernehmen, wie er es vorgehabt hatte.

»Ja, Meister de Alcácer. Aber ich fürchte, wir müssen den unabänderlichen Tatsachen ins Auge sehen. Der *Flor de la Mar* muss ein Unglück zugestoßen sein; sie ist nun schon mehr als deutlich verspätet. Wir hätten längst Nachricht von ihr erhalten müssen. Ich möchte Euch daher bitten, einen Kurier nach Augsburg zu schicken und dort zu melden, dass wir mit einem Verlust von Schiff und Ladung zu rechnen haben. Und um neue Weisung zu bitten, wie wir uns verhalten sollen.« Sachs machte eine Pause, ehe er hinzufügte: »Auch der spanische Hof sollte möglichst schnell informiert werden.«

Das Gesicht des Fugger-Faktors zeigte ein gemeines Lächeln.

»Ihr seit in Begleitung unterwegs, Sachs? Dies hier ist ein Kontor, kein *teatro obskura*.«

Der Angesprochene fühlte, dass sein Gegner ihn aus dem Gleichgewicht bringen wollte, indem er sich weigerte, auf Sachs' Äußerung einzugehen, und ihn stattdessen provozierte. Für den Faktor waren Indios offensichtlich nicht mehr als exotische Tiere oder Jahrmarktsattraktionen. Amman kochte innerlich, zwang sich jedoch, dem Schlagabtausch standzuhalten.

»Ein *teatro* sicherlich nicht, Herr«, sagte er. »Von einem Kontor aber ist es nicht immer sehr weit bis zu einem Kabinett, und Ihr habt hier ja bereits so manche Kuriositäten zusammengetragen.« Jetzt war es an Amman, ein überhebliches Lächeln zu zeigen. »Leiht Ihr mir Euer Pult und Eure Feder, dass ich rasch die Meldung nach Augsburg aufsetzen kann? Und habt Ihr einen geeigneten Mann da, der die Depesche besorgen kann?«

Die Miene des Faktors verfinsterte sich, und Sachs sah im Zwielicht der geschlossenen Fensterläden die Augen Batalha de Alcácers böse funkeln. Am liebsten hätte der Faktor seinem Widersacher ins Gesicht geschlagen, doch Alcácer riss sich zusammen.

»Sicher dürft Ihr das, Sachs. Nehmt Euch Pergament und Tinte. Es ist frische chinesische Tinte, erst gestern aus dem fernen Osten angekommen. Ich werde derweil schauen, ob ich einen vertrauenswürdigen Boten für Euren Auftrag beschaffen kann. Bestimmt wird sich irgendein Halunke finden lassen, der das Kuvert zumindest bis nach Madrid bringt. Von dort kann es vom regelmäßigen Reiter weiter befördert werden. Nur zu, fühlt Euch wie zu Hause in meinem Kabinett.«

Damit verschwand der Faktor aus dem Zimmer, und Amman hörte, wie er sich leise fluchend in den rückwärtigen Bereich des Hauses entfernte. Er selbst nahm ein Pergament aus dem Fach des Studierpults und machte sich daran, in kurzen klaren Worten seinen Bericht abzufassen. In den Augenwinkeln verfolgte er, wie Tecuichpo begann, den Raum langsam abzuschreiten und zu erkunden, indem sie sich jedes Detail genau anschaute. Vor allem ein großer Schrank mit allerlei Kodizes, Schriftrollen und Karten schien sie zu interessieren. Auch die wenigen Bilder an den Wänden – Porträts zumeist – erregten ihre Aufmerksamkeit.

Der Fugger-Agent war mit seinem Brief noch nicht ganz fertig, als ein Tumult im hinteren Bereich des Hauses ihn von der Arbeit ablenkte. Offensichtlich war ein Bote eingetroffen, der nun lautstark den Faktor zu sprechen wünschte. Augenblicklich schien das ganze Haus in spürbare Aufregung versetzt zu sein.

Schließlich kam der Kontorgehilfe, der Sachs und die Mexikanerin vorhin eingelassen hatte, ins Arbeitszimmer.

»Herr, es wurden Segel gesichtet!«, meldete er. »Gegen Abend zu, von der offenen See her. Es können also keine Küstenfahrer sein.«

Amman Sachs überkam neue Hoffnung.

Ein Schiff! *Das* Schiff?

Er hielt mit dem Schreiben inne, steckte den Federkiel ins Tintenfässchen und schaute die Mexikanerin an, die ebenfalls auf ihrem kleinen Rundgang innegehalten hatte.

»Euer Guacas hat sich geirrt, Prinzessin«, sagte er.

Das schöne Gesicht blieb ausdruckslos. »Vielleicht.« Mehr sagte sie nicht.

Amman Sachs verwunderte diese Reserviertheit ein wenig, wobei er jedoch gestehen musste, dass die gesichteten Segel alles Mögliche bedeuten konnten; schließlich gab es mehr als genug Schiffe, die zwischen Lissabon und den Inseln von Madeira oder den Azoren verkehrten, die ja ebenfalls alle gegen Abend lagen, also im Westen, von wo auch die *Flor de la Mar* erwartet wurde. Und doch wollte Sachs sich an diese Hoffnung klammern. Die Segel, die man gesehen hatte, mussten zu seinem Schiff gehören – es *musste* so sein. Sonst war alles verloren.

Der Weg von der Fugger-Faktorei hinunter zum Tejo und den Hafenanlagen war nicht weit. Und da es von dem Hügel, auf dem das Castelo de So Jorge thronte, zum Fluss bergab ging, konnte man zwischen den Häusern der Stadt hindurch immer wieder einen Blick auf das Meer erhaschen. Es waren mehr als ein Segel, die Amman Sachs nun in rascher Fahrt bereits auf Höhe des Torre de Belem erkennen konnte. Den Agenten der Fugger überkam ein ungutes Gefühl. Das war nicht die *Flor de la Mar* – es war der nachfolgende Konvoi, welcher der Goldgaleone in einem Abstand von rund einer Woche folgen sollte. Acht kleinere und größere Schiffe, die normale Fracht, Handelsware und Passagiere von der Neuen in die Alte Welt transportierten. Normalerweise hätte auch die Goldgaleone sich innerhalb des Schiffsverbandes auf die gefahrvolle Reise begeben, um auf diese Weise zusätzlichen Schutz zu haben – zum Beispiel, wenn ein Sturm eines der Schiffe in Seenot brachte. Wobei es umgekehrt gewiss eher funktioniert hätte, denn aufgrund ihrer schieren Größe war die *Flor de la Mar* das sicherste Schiff und hätte auch die meisten Kanonen innerhalb dieses Konvois getragen. Genau diese gewaltige Bewaffnung aber hatte letztlich zu der Einschätzung geführt, dass die Galeone sich sehr gut würde alleine schützen können, zumal auf einer Überfahrt, die mittlerweile fast zu einer Routine auf dem Atlantik geworden war.

Und so hatte Amman Sachs vor nunmehr fast zwei Monaten die verhängnisvolle Entscheidung getroffen, die *Flor de la Mar* allein auf die Reise über den Atlantik zu schicken – heimlich, um den Überraschungseffekt zu nutzen, falls feindliche Kriegsschiffe an irgendwelchen fernen Küsten dem Konvoi auflauerten.

3.

Vier Monate zuvor in Nombre de Dios, Panama

Was für ein dreckiges Nest dieses Nombre de Dios doch war! Und welch eine Ironie, dass Nombre de Dios nichts anderes bedeutete als »Name Gottes«. Überall Elend und Verwahrlosung, Dreck und Seuchen. Und dazu die unerträgliche Hitze, die Myriaden von Fliegen und die alles durchdringende Feuchtigkeit.

Amman Sachs schwitzte unsäglich in seinen Hosen und dem Wams aus Schafswolle. Er hatte an alles gedacht, nur nicht an die richtige Kleidung. Mit dem Schwitzen kam der Durst. Wasser gab es zwar reichlich in Nombre de Dios, denn es regnete viel und regelmäßig, doch es war kein gutes Wasser. Ausgedehnte Sümpfe umschlossen die Stadt am Fuße der niedrigen Berge. Von diesen Sümpfen stieg ein übler Geruch auf, der fast noch schlimmer war als die Myriaden winziger Insekten, die über jeden ungeschützten Flecken menschlicher Haut herfielen. Wie abscheulich es hier war!

Und die vielen Menschen an diesem offensichtlich von Gott verfluchten Ort verschlimmerten die Situation sogar noch. Es war keine zwei Jahre her, dass die Engländer Nombre de Dios überfallen hatten; wer genau es gewesen war, wusste niemand von denen, die mit Amman Sachs über dieses Thema zu reden bereit waren. Doch dank eines glücklichen Umstands war dem Ort damals die völlige Zerstörung erspart geblieben: Der Anführer der Angreifer war bei den Scharmützeln verwundet und von seinen Leuten so überstürzt in Sicherheit gebracht worden, dass keine Zeit geblieben war, die Schätze des Hafenstützpunkts zu plündern – sehr zur Verwunderung der Einwohner von Nombre de Dios.

Trotzdem waren die Gebäude der von den Spaniern errichteten Siedlung bei dem Angriff stark in Mitleidenschaft gezogen worden, und noch immer waren die Schäden nicht restlos beseitigt. Wie aber auch konnte man hier, mitten im Morast und in beständiger Schwüle, eine Stadt errichten? Wurde auf der einen Seite etwas aufgebaut, faulte es auf der anderen Seite bereits wieder weg.

Dabei war Nombre de Dios ein ungemein wichtiger Ort, liefen hier doch sämtliche Handels- und Transportlinien des Vizekönigreichs Neu-Kastilien zusammen. Man munkelte sogar, dass hier auch die Reichtümer aus den noch weiter westlich gelegenen neuen Gebieten hergeschafft wurden, denn jenseits der Berge Panamas sollte es noch ein weiteres Meer geben, größer sogar als der Atlantik, den Amman Sachs selbst nun zum ersten Mal überquert hatte. Doch wenn er, der Eidgenosse, nach diesem anderen geheimnisvollen Meer fragte, traf er nur auf eine Mauer des Schweigens. Kein Spanier wagte es, mit dem Ausländer darüber zu reden. Und die einheimischen Indios – selbst die, die ein wenig Spanisch sprachen – wussten nichts bis auf ein paar Legenden und Mythen über riesige Königreiche weit jenseits im Westen.

Amman Sachs war im vergangenen August mit der *Nueva Espana*-Flotte von Sevilla aus in die Neue Welt gestartet, voller Stolz und Tatendrang und ausgestattet mit einem der sehr seltenen Passierscheine des spanischen Königs für Nicht-Spanier, um die überseeischen Kolonien besuchen zu dürfen. Seit einigen Jahren gab es jährlich zwei dieser großen Schiffskonvois, die die überseeischen Gebiete der spanischen Krone versorgten, neben der *Nueva Espana*-Flotte, die eigentlich für das Vizekönigreich Neu-Spanien zuständig war, gab es noch das *Tierra Firme*-Geschwader, das später im Jahr nach Neu-Kastilien aufbrach, dafür allerdings eine südlichere Route wählte als der Mittelamerika-Konvoi.

Noch vor wenigen Jahren waren die beiden Flotten, die regelmäßig einmal im Jahr zwischen der Neuen und der Alten Welt verkehrten, gemeinsam die gefährliche und entbehrungsreiche Reise angetreten. Doch es hatte sich gezeigt, dass viel Zeit gespart und viele Gefahren vermieden werden konnten, wenn die Konvois getrennt auf Fahrt gingen. Früher teilte die Armada sich erst nach der gemeinsamen Reise über den Ozean und der darauffolgenden Passage durch den Dominica- oder den Martiniquekanal in die karibische See. Die eine Flotte nahm dann die nördliche Route durch die Karibik, um Mexiko und den Hafen Veracruz zu erreichen; die anderen Schiffe steuerten über Cartagena den Hafen von Nombre de Dios an, wo sie jedes Mal bereits sehnlich erwartet wurden.

Mittlerweile waren die Fahrten in die Kolonien beinahe schon Routine. Und in den Jahren seit der Unterwerfung der indianischen Königreiche der Inkas in Neu-Kastilien, der Mayas vor allem auf der Halbinsel Yucatan und der Mexikaner weiter im Norden, hatten die Spanier viel gelernt über die Verhältnisse in diesen Gewässern, die trotzdem immer noch weitgehend unbekannt waren. So entschieden sie sich schließlich, die großen Handelsflotten getrennt auf die Reise in die Neue Welt zu schicken, um die jeweils besten Winde für die unterschiedlichen Routen im Norden und im Süden ausnutzen zu können. Über nautische und meteorologische Dinge führten die Spanier akribisch Buch.

Amman Sachs faszinierte diese systematische Organisation der Spanier. Jede Reise eines spanischen Schiffes wurde genau protokolliert, jeder Wind, jede Wellenbewegung wurde mit der Tages- und Jahreszeit in Beziehung gesetzt, studiert und notiert. Jede Landsichtung wurde in Karten eingetragen, ja, sogar jede Wolke am Himmel wurde exakt beobachtet und beschrieben. Zurück in Spanien wurden diese Informationen in Salamanca, der wichtigsten spanischen Universität, zusammengetragen und ausgewertet. Ständig entstanden auf diese Weise neue Karten für die Navigation der Schiffe und neue Anweisungen für die Kapitäne und Admirale, wie sie auf ihren Kommandos am besten vorzugehen hätten. Es war ein faszinierendes, perfekt organisiertes Unternehmen, das bestens funktionierte und einen schier atemberaubenden Profit brachte.

Umso unverständlicher war es, dass sich die »Universidad de los cargadores a las Indias«, wie die reiche und mächtige Organisation der Sevillaner Kaufmannschaft sich seit ihrer Gründung im Jahre 1543 offiziell nannte, ausgerechnet diesen Flecken als ersten Stützpunkt für den Südamerikahandel aussuchte – und dann auch noch »Nombre de Dios« nannte. Die Kaufleute aus Sevilla waren im spanischen Amerika-Geschäft unbestritten die Herrscher; sie waren sogar mit einem königlichen Privileg zur Ausübung einer eigenen Handelsgerichtsbarkeit ausgestattet worden. Damit waren sie in den Kolonien eigentlich keine bloßen Händler mehr, sondern so etwas wie eine Staatsmacht, die nicht nur für die Abwicklung des Handels und die Ausbeutung der natürlichen Ressourcen zuständig war, sondern auch für die Aufrechterhaltung der öffentlichen Ordnung, die Förderung des Handels und den Bau von Ortschaften, Straßen und Brücken.

Amman Sachs sah sich auf der völlig verschlammten Hauptstraße von Nombre de Dios um, die kaum mehr war als ein matschiger Fahrweg. Mit Schotter aus den nahen Bergen oder Sand von der Küste hätten sich die schlimmsten Missstände beseitigen lassen; aber das würde Arbeitskraft und damit Geld kosten. Und wenn der Handelsagent des Kaufmannshauses der Fugger eines ganz genau wusste: Geld gab ein Kaufmann niemals gerne aus. Vielleicht hatten sie Nombre de Dios ja deshalb »Name Gottes«

genannt, weil man hier ständig über den Zustand des Ortes und die Lebensumstände fluchen musste und weil man nur unter ständiger Anrufung des Herrn dieses Seuchennest überleben konnte.

Mit unsicheren Schritten auf dem glitschigen Grund setzte Amman Sachs seinen Weg zum Haus des Gouverneurs von Nombre de Dios fort. Der zweigeschossige Bau war der größte der Stadt, sogar größer noch als die örtliche Kirche, die ebenfalls einen so jämmerlichen Anblick lieferte wie der Rest der Siedlung. Kein Wunder, dass der Gouverneurspalast größer war als das Haus Gottes, lagerten dort doch all die Schätze, die von der Flotte am Ende des Sommers nach Europa transportieren werden sollten.

Amman Sachs hatte noch keine Ahnung, wie große diese Schätze waren. Er konnte nur Vermutungen anstellen und Schätzungen machen auf der Grundlage des außerordentlichen Aufwands, den die Spanier für ihre Handelsfahrten nach Amerika betrieben. Und es mussten gewaltige Schätze sein, denn in diesem Jahr waren nicht weniger als neunzig Schiffe von Sevilla aus in die Neue Welt aufgebrochen, darunter einige der größten Galeonen, die der Fugger-Agent in seinem bisherigen Leben gesehen hatte. Sie alle brachten Waren aus Spanien, die aufgrund eines königlichen Edikts nicht in Amerika hergestellt werden durften; also fast alles, was die Siedler in den Kolonien zum täglichen Leben brauchten. Und all diese Schiffe würden auf der Rückreise bis unter die Mastspitzen mit Waren beladen sein – mit Schätzen, genauer gesagt. Außer dem Gold und Silber, das die Spanier aus den Kolonien nach Europa schafften, waren dies vor allem Koschenille, der scharlachrote Farbstoff, der aus der Schildlaus gewonnen wurde und die Roben der Macht färben sollte, sowie Indigo, Häute, Leder, Zucker, Heilpflanzen, Perlen und Edelhölzer.

Der Fugger-Agent hatte auf dem großen Markt mit eigenen Augen gesehen, zu welchen Preisen die Kaufleute aus Sevilla diese Schätze einhandelten; es waren Bruchteile dessen, was in den Städten der Alten Welt damit würde erzielt werden können. So konnte Amman Sachs sich sehr gut ausmalen, wie gewaltig die Profite der Spanier wirklich sein mussten. Und er konnte noch weniger verstehen, warum ausgerechnet der König der Spanier, Philipp der Zweite, ständig so in Geldnot war, wo doch eigentlich er der Gebieter über all diese Reichtümer hätte sein müssen. Bei Amman Sachs' Herren, den Fuggern, galt der Habsburger als der Mann mit den größten Geldsorgen aller Zeiten. Aber das sollte sich ja nun auf absehbare Zeit ändern.

Amman war sich seiner Bedeutung bewusst. Er war hier in den Kolonien, um wahrscheinlich genau diesen Missstand für die spanische Krone zu beheben. Die Gewinne aus den amerikanischen Kolonien machten fast ausschließlich die Kaufleute von Sevilla. Und er, Amman Sachs, repräsentierte hier, in der Höhle des Löwen, das andere riesige Handelsimperium Europas, das mit den Habsburgern auf dem spanischen Thron Geschäfte machte. Amman wusste, dass er hier war, um die Vorherrschaft der Kaufleute von Sevilla bei der Ausbeutung der Neuen Welt zu beenden. Aber das würde sicher keine leichte Aufgabe werden.

Niemand hatte es so ausdrücklich gesagt, als man dem unerfahrenen Eidgenossen seine seltsame, geheimnisvolle Mission antrug. Ein spezielles Schiff sollte auf besonderem Weg und mit besonderer Fracht sicher über den Atlantik gebracht werden. Man konnte keinem trauen; niemand durfte zu viel wissen, niemand durfte je erfahren, was die Fracht dieser besonderen Galeone sein würde. Insbesondere durfte kein Spanier außerhalb der Mannschaft der Galeone in diese Mission eingeweiht werden, war Amman eingeschärft worden.

Aber es konnte keinen besseren Grund für diese Geheimniskrämerei und den merkwürdigen Umstand geben, dass man ausgerechnet einen Fugger in die spanischen Kolonien schickte, als dass man die Vormacht der übermächtigen spanischen Kaufleute bei der Ausbeutung der Kolonien brechen wollte – genauer gesagt, dass der spanische König diese Vormacht brechen wollte, um selbst mehr von dieser Quelle unermesslicher Reichtümer zu profitieren.

Amman Sachs musste aufpassen, dass er nicht auf den glitschigen Treppen ausrutschte, die zum Portal des Gouverneurspalastes führten. Auf halber Höhe hielt er kurz inne, um die feuchte, modrige Luft einzuatmen und den Blick über das Chaos dieser Siedlung schweifen zu lassen. Durch die überraschende Ankunft der Handelsarmada hatte sich die Einwohnerschaft des kleinen Hafennests binnen kürzester Zeit mehr als verzwanzigfacht. In Zelten und provisorisch errichteten Hütten hatten die Händler aus dem gesamten Vizekönigreich Neu-Kastilien rund um den Ort ihr Quartier aufgeschlagen, weil die wenigen festen, aus Stein erbauten Gebäude bei weitem nicht ausreichten, all die Menschen zu fassen.

Sie alle waren gekommen, um ihren Teil von der wertvollen und so dringend benötigten Fracht der spanischen Flotte zu erhandeln. Im Gegenzug hatten sie die Schätze mitgebracht, auf die man in Spanien wiederum so dringend wartete. Doch bis alle großen und kleinen Transaktionen abgeschlossen waren – was nach Auskunft der Einheimischen einige Monate dauern konnte –, verseuchten die vielen Menschen hier die Luft und das Land und verbrauchten obendrein den letzten Tropfen sauberes Wasser. Amman Sachs hoffte, diesen grässlichen Ort so schnell wie möglich verlassen zu können.

Im Salon des Gouverneurs musste der Handelsagent eine ganze Weile auf einer aus ihm unbekanntem, dunkel schimmerndem Holz gezimmerten Bank sitzen, auf der kostbare Kissen aus Samt als Polster lagen. Amman schaute sich aufmerksam um und staunte vor allem über die kostbare Verglasung der Fenster: Kleine runde Scheiben waren in Blei gefasst worden und ergaben zusammen große rechteckige Gevierte, durch die ein diffuses, jedoch ausreichend helles Licht fiel. Es war überraschend kühl im Haus, und dank der Fenster und aufgestellter Schalen mit frischen Früchten waren auch die Gerüche hier sehr viel angenehmer als draußen in all dem Schmutz.

Die Wände waren weiß getüncht und schmucklos; wahrscheinlich würden Bilder und Leinwände bei der extremen Luftfeuchtigkeit bald zu schimmeln anfangen und keine dauerhafte Freude bringen. Die Zimmerdecke jedoch war mit einer sorgfältigen und kostbaren Arbeit verziert, die aus dem gleichen dunklen Holz gefertigt war wie die Bank, auf der Amman saß. Der Raum war insgesamt nach Art der Spanier sehr hoch, sodass die warme Luft stets nach oben entweichen konnte.

Das alles war gut durchdacht, lobte der Fugger-Agent im Stillen die Erbauer dieses Gebäudes. Ein Lichtblick in dem Dreck und Schmutz dieser Siedlung. Trotzdem wunderte er sich, als er schließlich ins Empfangszimmer des Gouverneurs geführt wurde und dieser die gleiche unpassende Kleidung aus Wolle trug wie Amman selbst.

»Pedro Antonio Fernández de Iturrizana, Gouverneur von Nombre de Dios. Zu Euren Diensten, Meister Sachs.« Der Gouverneur war ein Schöngeist, kein Raubein; das sah der Fugger-Agent auf den ersten Blick. Zartes Gesicht, perfekt geschnittener Spitzbart und kleine weiche Hände, die niemals schwere Arbeit verrichtet hatten. Keine Risse in den Fingernägeln, kein Schmutz darunter. Welch einen Kontrast dieser Mann zu all den anderen Eindrücken bot, den diese Siedlung am Ende der Welt sonst auf Amman Sachs gemacht hatte!

Da der Besucher wohl zu lange in seine Beobachtungen vertieft war und daher auch zu lange geschwiegen hatte, fuhr der

Hausherr fort: »Ich habe die Papiere geprüft, die Ihr mit Euch führt. Es ist überaus ungewöhnlich, dass der König selbst solche Dokumente ausstellt. Es muss eine besonders wichtige Aufgabe sein, die Euch hierher führt. Ihr seid Schweizer?«

»Auch wenn diese Bezeichnung mehr und mehr in Mode kommt, mag ich doch eher von Eidgenossen oder Helvetier sprechen. Meine Familie stammt aus dem oberen Rheintal – die Freiherren von Hohensax.«

Der Gouverneur legte die Stirn in Falten. »Damit wird immer interessanter, was alles *nicht* in Euren Papieren stehen mag. Freiherr von Hohensax? Aber Ihr nennt Euch nur Amman Sachs, wie ein Bürgerlicher. Habt Ihr Eure alten Rechte eingebüßt? Oder seid ein Bastard Eures Vaters? Verzeiht meine Direktheit, aber die guten Sitten verrohen ein wenig in wilden Ländern wie diesem.«

Hinter dem vermeintlichen Feingeist steckte offenbar ein hellwacher Verstand. Amman Sachs ermahnte sich, von nun an noch wachsamer zu sein. Deshalb beließ er es bei einem Lächeln als Antwort auf die Fragen seines Gegenübers.

»Ihr schweigt, Sachs? Nun, das ist sicher die beste Entscheidung, wo ich doch gemäß dieser Urkunden hier kein Recht habe, Euch so zu befragen. Aber der Escorial, von dem aus Philipp regiert, ist weit – und das hier ist nur ein Stück Pergament mit einem wächsernen Siegel, das schon der Flamme der Kerze auf meinem Schreibpult nicht widerstehen könnte. Und würde dieses Dokument nicht mehr existieren, wärt Ihr nur ein Fremder unter Fremden. Und in diesem Seuchenloch stirbt es sich leicht und leise. Was sagt Ihr dazu?«

Amman Sachs war erschrocken. Mit solch offenen Drohungen hatte er nicht gerechnet. Mit einem heimlichen Dolchstich durchaus, weshalb er unter seinem Wams die zusätzliche Last eines fein gearbeiteten Kettenhemds trug, das seine körperliche

Not noch schlimmer machte. Doch ein solcher Schutz war unverzichtbar, wollte Amman Sachs jemals ins Land seiner Väter zurückkehren.

Jedenfalls hätte er niemals mit diesem frontalen Angriff des Gouverneurs gerechnet – was ihm offenbar anzusehen war, denn Fernández de Iturrizana lachte lauthals.

»Da habe ich den wackeren Reisenden wohl getroffen, dass ich die Regeln der Gastfreundschaft so grob und sträflich verletze«, sagte er. »Aber seid versichert, mein Freund, das geschieht nur zu Eurem Besten. Von dem Augenblick an, da Ihr den Boden Amerikas betreten habt, habe ich die Verantwortung für Euer Leib und Leben übernommen. Und da auch ich darauf hoffe, einst als reicher Mann in meine spanische Heimat zurückzukehren, würde es sich nicht gut machen, wenn ich dann Euren Tod zu verantworten hätte.

Also weiht mich in Eure Geheimnisse ein, damit ich Euch auch wirklich schützen kann. Es ist ein sehr gefährliches Land, in das Ihr aufgebrochen seid. Und es nützt uns beiden nichts, wenn ich nicht weiß, was Ihr hier bei uns vorhabt und vor welchen Gefahren ich Euch bewahren soll.«

Es klang vernünftig, was der Gouverneur da gesagt hatte. Und doch war Amman Sachs klar, dass die Wahrheit ihn in noch viel größere Gefahr gebracht hätte. Deshalb war er froh, mit einer passenden Schwindelgeschichte auf diese Situation vorbereitet worden zu sein.

»Ihr habt sicher recht, Meister Iturrizana. Und ich überschreite gewiss nicht meine Befugnisse, wenn ich Euch mitteile, dass ich Angehöriger der Schweizergarde seiner Heiligkeit Papst Gregors bin.« Sachs horchte in sich hinein, ob er diese wohl überlegte Lüge überzeugend vorgebracht hatte. Immerhin konnte er sich dabei auf sicherem Boden bewegen: Tatsächlich war Sachs einst Soldat der Schweizergarde gewesen, die seit einem dreiviertel Jahrhundert die Leibgarde des Papstes stellte. Aber das schien ihm eine Ewigkeit her zu sein.

»Ihr reist im Auftrag Roms *und* der spanischen Krone?«, fragte der sichtlich verwunderte Gouverneur.

»Der El Escorial, der Palast Philipps von Spanien, ist näher als Ihr glaubt, Gouverneur. Und es ist vor allem auch ein katholisches Kloster, in dem Euer König residiert. Ist es da so unglaublich, dass einer wie ich hier seiner Mission folgt?«

Der ungläubige Ausdruck auf dem Gesicht des Gouverneurs wich allmählich wieder der alten Verschlagenheit.

»Auf jeden Fall seid Ihr kein Vertreter der Geistlichkeit, Sachs. Ihr seid ein Söldner, so viel ist klar. Und die Söldner des Papstes haben viele Aufgaben zu erfüllen. Lasst mich raten: Ihr sollt schauen und berechnen, was der Kirchenzehnte aus den Kolonien eigentlich wert sein müsste.« Der Gouverneur lachte. »Oh ja, Ihr seid Eures Lebens nicht sicher, wie jeder Steuereintreiber! Da werde ich wohl wirklich gut auf Euch aufpassen müssen. Denn auch Rom ist sehr weit weg.«

Amman Sachs war erstaunt: Offensichtlich wusste der Gouverneur nicht, wer die Kosten für die Schweizergarde trug, das Söldnerheer des Papstes. Und falls er es doch wusste, zog er die falschen Schlüsse aus diesem Wissen. Sonst hätte der spanische Repräsentant in Nombre des Dios, der mehr für die Kaufleute von Sevilla sprach als für die spanische Krone, sich fragen müssen, was hier ein Mann wollte, der vorgab, auf der Lohnliste der Fugger zu stehen.

4.

Amman Sachs merkte rasch, wie der Schutz aussah, den Gouverneur de Iturrizana ihm gewährte – nach der Unterredung mit dem Befehlshaber von Nombre de Dios schien es in der Stadt keinen Spanier mehr zu geben, der nicht ein wachsames Auge auf dem Fremdling hatte. Bei jedem seiner Schritte war der Fugger-Agent sich der nahezu lückenlosen Überwachung durch die Konquistadoren bewusst. Und das war ein sehr großes Problem. Aber in weiser Voraussicht hatte Sachs vorgesorgt.

Auf einer der größeren Karavellen der im natürlichen Hafen vor Nombre de Dios ankernden Flotte war eine liebreizende junge Frau als Passagierin mitgereist. Dieser jungen Dame machte Amman schon am folgenden Tag von seiner Galeone aus seine Aufwartung. Da Nombre de Dios mit Händlern und Kaufleuten dermaßen überbelegt war, gab es keine andere Möglichkeit, als weiterhin an Bord der im weiten Rund der natürlichen Hafenbucht vor der Stadt ankernden Schiffe Quartier zu behalten, um überhaupt halbwegs anständig untergebracht zu sein.

So wunderte sich niemand, dass Amman Sachs aufbrach, um sich mit einem kleinen Boot zur Karavelle hinüberrudern zu lassen. Diese Besuche zwischen den Passagieren der verschiedenen Schiffe konnten häufig beobachtet werden; meist waren sie Teil der Gespräche zwischen den Kaufleuten, die seit der Ankunft der Handelsflotte häufig stattfanden.

Der Umstand, dass Amman Sachs dabei tatsächlich die Kajüte einer jungen Frau besuchte, blieb allerdings selbst aufmerksamen Beobachtern verborgen. Und diejenigen, die es doch bemerkten, dachten sich grinsend ihren Teil und wandten sich wieder ihren Aufgaben zu. So entging es der allgemeinen Aufmerksamkeit, dass bald nach Amman Sachs' Eintreffen auf der Karavelle ein offensichtlich spanischer Herr an Deck des Schiffes trat und von einem der Matrosen an Land gebracht zu werden verlangte.

Der Fugger-Agent hatte eine schwarze Perücke unter seinem breitkrempigen Hut aufgesetzt, sich mit Hilfe von verflüssigtem Baumharz einen künstlichen Spitzbart angeklebt und seine Schweizer Handelstracht, die er gewöhnlich trug, mit dem strengen schwarzen Aufzug der Spanier getauscht. Nun sah er aus wie die meisten spanischen Händler, die in Nombre de Dios ihr Glück machen wollten. Niemand fragte sich, wer der Mann sei und woher er auf einmal gekommen sein könnte.

An Land schlug Amman Sachs den Weg zu einem größeren Steinhaus am südlichen Rand der Siedlung ein. Wieder schien niemand Notiz zu nehmen von dem gemächlich einherschreitenden Edelmann, der sich durch Morast und Menschengewühl einen Weg bahnte. Sachs achtete allerdings peinlich genau darauf, unterwegs niemandem in die Augen zu schauen, um sich nicht doch noch unnötigerweise zu verraten.

Schließlich betrat er das Haus, ein schon älteres Gebäude, ohne an die Tür zu klopfen oder sich auf andere Art und Weise bemerkbar zu machen, und betrat ein Zimmer mit dunklen Aktenschränken und Regalen. Auch hier gab es die kostbaren, in Blei gefassten Fenster, die diesmal allerdings hinter dicken Fensterläden verborgen waren und den Raum in dunkles Zwielicht tauchten. Trotzdem sah der Ankömmling das erstaunte Gesicht des Spaniers, der an einem Stehpult gerade etwas in ein dickes Buch eintrug.

»Was ...?«, setzte der Mann an.

Sachs ließ dem Spanier keine Zeit, unnötige Aufmerksamkeit zu erregen.

»Die Sonne wird niemals untergehen im Reiche Karls des Fünften«, sagt er. Trotz der kümmerlichen Beleuchtung konnte der Fugger-Agent sehen, wie sein Gegenüber blass wurde.

»Möge dieses Glück auch seinen Nachkommen stets beschieden sein . . .«, antwortete der Spanier auf die Parole. »Zu Euren Diensten, Herr.«

Amman Sachs nickte zufrieden. Es war ein gutes Gefühl, dass die Magie des Namens Fugger auch an diesem Ort noch immer seine ungeheure Macht entfaltete, wenn auch nur im Verborgenen. Wahrscheinlich hatten alle anderen Einwohner von Nombre de Dios – einschließlich des Gouverneurs – längst vergessen, dass vor mittlerweile mehr als vier Jahrzehnten dieses Gebäude am Rande ihrer Siedlung eine richtige Fuggerfaktorei gewesen war.

Unter dem großen Anton Fugger hatten die Geschäftsbeziehungen des Augsburger Handelshauses ihre größte Ausdehnung besessen; damals hatte auch das Vizekönigreich Neu-Kastilien vollständig zur Einflusssphäre der Fugger gezählt – zumindest theoretisch. Karl der Fünfte, der Vater Philipp des Zweiten auf dem deutschen und dem spanischen Thron, hatte dieses gewaltige Lehen an den großen Kaufmann verpfändet, als die Habsburger die damals größte Anleihe aller Zeiten aufnahmen, um zugleich gegen die Franzosen und die Türken Krieg um die Vormachtstellung in Europa führen zu können.

Tatsächlich hatten die Fugger auch in diese überseeische Unternehmung investiert; sie hatten drei große Flotten ausgerüstet und in die Neue Welt geschickt. Doch Karl hinterging die Fugger und schloss zeitgleich eine Vereinbarung mit dem Konquistador Francisco Pizarro González, der den Fuggern zuvorkam und das bis dahin nur gerüchteweise bekannte Reich der Inkas an der Westküste Südamerikas im Handstreich unterwarf, unterjochte und unter seinen Halbbrüdern und Getreuen aufteilte.

Die Fugger blieben letztlich auf den immensen Kosten für ihr Amerika-Abenteuer sitzen und zogen sich zumindest offiziell aus den spanischen Kolonien zurück. Doch es konnte immer von großem Nutzen sein, wenigstens die inoffiziellen und informellen Verbindungen aufrechtzuerhalten – und das taten die Fugger denn auch, wobei Amman Sachs seine stille Bewunderung nicht verleugnen konnte, dass die Magie dieser mächtigen Handelsfamilie auch nach so vielen Jahren und an einem gottverlassenen Ort wie Nombre de Dios noch so eindrucksvoll wirkte.

Amman Sachs fixierte sein Gegenüber.

»Ihr seid Hernando Hörl, nicht wahr?«, sagte er. »Ein Sohn des Veit Hörl aus seiner Zeit als Fuggerfaktor am spanischen Hof. Ich freue mich, Euch persönlich kennen lernen zu dürfen. Es gäbe bestimmt tausend Dinge, die ich von Euch gern über Euren berühmten Vater erfahren würde. Aber meine Zeit drängt, wie Ihr Euch denken könnt.«

»Wer seid Ihr, Herr? Und was wollt Ihr hier, um Gottes willen? Die Fugger sind an diesem Ort alles andere als gern gesehen. Ich zittere jeden Tag, dass man meine wahre Herkunft enthüllen könnte.«

Sachs ahnte, dass er die Personifizierung sämtlicher Albträume dieses Mannes darstellen musste, eine Heimsuchung aus einer längst erloschen geglaubten Vergangenheit. Und doch konnte er keine Rücksicht nehmen auf die Ängste dieses geheimen Faktors in den Reihen der gegnerischen Kaufmannszunft.

»Ihr habt meinen Namen und meine offizielle Mission bestimmt schon vom hiesigen Gouverneur erfahren, ist es nicht so?«

Das Gesicht des Faktors wurde noch bleicher. »Der Schweizgardist! Ihr tragt eine Maske!«

Dem Agenten der Fugger kam die Situation allmählich albern vor.

»Natürlich! Und wie Ihr wohl ahnen könnt, stehe ich unter ständiger Beobachtung. Deshalb brauche ich Eure Hilfe. Ihr wisst, dass der größte Teil des Vermögens Eurer Familie in der Obhut der Fugger liegt; also erwägt gar nicht erst, ein doppeltes Spiel zu treiben. Es wäre nur zu Eurem und Eurer Angehörigen Nachteil.«

Wieder schluckte der Spanier.

»Gut«, fuhr Amman Sachs fort. »Ich denke, wir verstehen uns jetzt. Ich habe hier eine Order von Seiner Majestät König Philipp.« Der Agent übergab dem anderen Mann ein gefaltetes Pergament, das er aus einem Futteral unter seinem Mantel hervorgeholt hatte. »Wie Ihr seht, ist es in Gold gesiegelt. Damit dürfte an der Echtheit kein Zweifel bestehen. Lest es.«

Ungläubig nahm Hernando Hörl das Dokument entgegen und begann es aufmerksam zu studieren. Sachs selber kannte den Inhalt des Schriftstücks nur zu gut, bildete es doch gleichsam den Kern seiner Mission. Es war der geheime Befehl des spanischen Königs, umgehend eine der Galeonen der vor Nombre de Dios ankernden Flotte mit einer Hand voll Begleitschiffen fertig auszurüsten und unter größter Geheimhaltung auf den Weg nach Veracruz zu entsenden, den Haupthafen der Spanier in Mexiko, westlich der Halbinsel von Yucatan. Sachs selbst konnte diesen Befehl nicht der Kommandantur von Nombre de Dios übergeben; zu groß die Gefahr, dass der Gouverneur oder einer der Kapitäne misstrauisch wurde und das Vorhaben sabotierte. Immerhin hielt man Sachs für einen Repräsentanten Roms, und als solcher war er mindestens so gefürchtet wie die Heilige Inquisition. Und den Befehl zu verbrennen und das Siegel einzuschmelzen war für die hiesige Obrigkeit ein Leichtes, wie Amman Sachs wusste, um auf diese Weise zu verhindern, dass Kirche und Krone sich zu sehr in die gut gehenden Geschäfte hier einmischten.

»Man wird mir nicht glauben«, hörte Amman Sachs den Spanier nach einer ganzen Weile mit trockener Stimme sagen.

»Man wird dem goldenen Siegel des Königs glauben, mein

Freund. Das reicht. Aber beeilt Euch. Unsere kostbare Fracht darf nicht zu lange warten, sonst wird der Vizekönig von Neuspanien darauf aufmerksam. Und auch der gehorcht eher den Kaufleuten von Sevilla als seinem König.« Mit Nachdruck fügte Sachs hinzu: »Mit diesem Befehl wird es keiner hier wagen, sich Euch zu widersetzen, Meister Hörl. Ihr seid Spanier. Und Kaufmann der Universidad de los cargadores a las Indias. Dass der König Euch Schiffe für einen streng geheimen Auftrag geben lässt, ist völlig normal.«

Der Blick des Spaniers blieb skeptisch, doch Amman Sachs war sicher, dass dem Befehl Folge geleistet würde. Es kam nur darauf an, dass es viel schneller geschah als gewöhnlich, denn die Zeit drängte tatsächlich.

»Darf ich fragen, um was es sich bei dieser ganz besonderen Fracht handelt, die in Veracruz an Bord genommen werden soll? Es wird notwendig sein, darüber Bescheid zu wissen, um die richtigen Schiffe, die richtige Besatzung und die richtige Ausrüstung festzulegen.«

Hörls Frage war heikel, doch er hatte jedes Recht, diese Überlegungen anzustellen. Nicht jedes Schiff war für jede Art von Ladung geeignet. Und manchmal brauchte man tatsächlich eine besonders verschworene und erfahrene Mannschaft, um eine gefährliche Reise zu bestehen.

Der Fugger-Agent entschied, dass er in diesem Fall mehr preisgeben musste, als die Vorsicht es normalerweise erlaubt hätte.

»Es handelt sich um eine sehr schwere Fracht, für die wir ein großes Schiff brauchen, dass sich unter der Wasserlinie gut trimmen lässt. Außerdem benötigen wir erstklassige Quartiere für einige Passagiere von besonderer Bedeutung ... wenn Ihr wisst, was ich meine, Meister Hörl. Natürlich sollte auch die Bewaffnung für die ungemein wertvolle Fracht und die bevorstehende, noch gefährlichere Passage angemessen sein.«

Der Angesprochene nickte, während er angestrengt nachdachte. Sachs vermutete, dass der Händler tat, was er wohl am besten konnte: Er kalkulierte bereits die zu bewältigende Fracht. Amman Sachs war erleichtert: Offenbar war die Mission auf einen guten Weg gebracht.

Er verabschiedete sich von dem Spanier und machte sich auf den Rückweg zu den Schiffen, nicht ohne noch einmal das rege Markttreiben in der Stadt zu beobachten. Trotz des augenscheinlichen Elends in Nombre de Dios war eine faszinierende Aufbruchsstimmung zu spüren, die vor allem von den feilschenden, heftig gestikulierenden und laut diskutierenden Kaufleuten ausging. War es Gier oder Tatendrang, was diese Männer antrieb? Sachs wusste, dass die Frage müßig war; es gab keine Antwort darauf.

Die Rückkehr zur Karavelle und die Verwandlung zurück in Amman Sachs erfolgten problemlos. Und als Schweizergardist kehrte der Agent abermals zurück an Land, um – wieder selbst unter Beobachtung – genau zu verfolgen, wie der kaiserliche Befehl ohne Verzögerung, im allgemeinen Trubel der Stadt jedoch nur für den Eingeweihten sichtbar, in die Tat umgesetzt wurde. Boten begannen zwischen den großen Häusern hin und her zu eilen; immer wieder näherten sich Eselskarren mit in Bündel verschnürten Waren dem Hafen; Fässer wurden herbeigerollt, dann wurde alles mit kleinen Tenderbooten zu verschiedenen Schiffen der großen Flotte gebracht, die weiter draußen in der großen natürlichen Bucht ankerten.

Zu seiner Freude stellte Amman Sachs fest, dass die Galeone *Flor de la Mar* auserwählt worden war, den Befehl des Königs zu erfüllen. Es war das Schiff, auf dem der Fugger-Agent selbst in die Neue Welt gereist war und sich daher bestens eingerichtet hatte. So erregte es auch kaum Verwunderung, als Sachs sich später beim Kapitän des Schiffes nach dem Grund für die Eile und die Geschäftigkeit erkundigte.

»Wir haben den Befehl erhalten, so schnell wie möglich nach Norden aufzubrechen, um dort neue Fracht an Bord zu nehmen«, antwortete der Kapitän. »Es ist ein Segen, früher als geplant aus diesem Dreckloch verschwinden zu können.«

Der Passagier aus der Schweiz konnte dem nur zustimmen. Förmlich bat er den Kapitän um die Erlaubnis, diese Etappe der Reise mitfahren zu dürfen. Da er gemäß seinen Papieren unter dem Privileg des Königs reiste, wurde ihm dieser Wunsch natürlich nicht abgeschlagen.

Es stellte sich heraus, dass auch die Karavelle mit der geheimnisvollen jungen Dame an Bord dem Konvoi der *Flor de la Mar* zugeordnet wurde. Und tatsächlich war die kleine Flotte nur eine Woche nach dem Besuch von Amman Sachs bei Hernando Hörl zur Abfahrt bereit.

Noch einmal machte der Fugger-Agent in der Verkleidung eines spanischen Kaufmannes seinem Kollegen in dessen Kontor seine Aufwartung, um sich zu bedanken und zu verabschieden. Doch zu seiner Überraschung war der Spanier nicht allein: Ein Mann mit kurzen dunklen Haaren, schwarzen Augen und heller, beinahe weißer Haut stand bei Hörl an dessen Schreibpult.

»Oh, verzeiht. Ich dachte, Ihr wärt allein, Meister Hörl.« Wieder war Sachs ohne anzuklopfen ins Kontor eingetreten und wurde sich seiner groben Unhöflichkeit mit einem Mal bewusst.

Eine Pause entstand, in der Sachs und der Fremde einander aufmerksam und misstrauisch musterten. Hernando Hörl seinerseits machte keine Anstalten, seine beiden Gäste einander vorzustellen.

Schließlich sprach der Fremde als Erster.

»Die Sonne wird niemals untergehen im Reiche Karls des Fünften.«

Amman Sachs bemerkte einen fremden Akzent, den er aber nicht gleich einzuordnen verstand. Der Fremde, in teure spanische Tücher gewandet, war zweifellos ein Edelmann. Und wenngleich er offenbar Ausländer war, kannte er die geheime Parole der Fugger. Sachs hatte nicht die leiseste Ahnung, wer dieser Mann sein konnte.

»Möge dieses Glück auch seinen Nachkommen stets beschieden sein.« Der Fugger-Agent hätte vor Überraschung beinahe vergessen, auf die verabredete Losung zu antworten. »Wer seid Ihr, Herr?«

Ein feines Lächeln spielte um die Lippen des Angesprochenen.

»Sagen wir, ein Freund. Was bedeuten schon Namen zwischen zwei Männern, die in der Kleidung fremder Länder reisen müssen, nicht wahr?«

Sachs stutzte. Dieses nachgeschobene »Nicht wahr« kam ihm bekannt vor. »Ihr solltet an einem Ort wie diesem äußerste Vorsicht walten lassen«, sagte er. »Ich glaube nicht, dass die Einwohner von Nombre de Dios sehr gut auf Engländer zu sprechen sind ...«

Das Lächeln des Fremden wurde noch intensiver.

»Glaubt Ihr?«, erwiderte er. »Nun, die Engelländer dürften hier mindestens so beliebt sein wie die von einer feindlichen großen Kaufmannschaft bezahlten Söldner des Heiligen Stuhls. Zumal solche, die beim Heiligen Vater längst in Ungnade gefallen sind, nicht wahr?« Der Fremde lachte leise. »Wobei solche unheiligen heiligen Krieger gerade hier, am Ende der Welt, genau am richtigen Ort sind – wo doch dem missglückten Angriff der angeblichen Engländer auf Nombre de Dios einige seltsame, für die hiesige Obrigkeit jedoch erfreuliche Todesfälle folgten, die man den Angreifern in die Schuhe schieben konnte, die längst mit ihrem verwundeten Anführer geflüchtet sind.«

Sachs glaubte seinen Ohren nicht zu trauen.

»Ja, die Welt ist ein verruchter Ort, mein Freund, voller Pest und Schwefel. Und Nombre de Dios ist die Hauptstadt dieser

Hölle«, fuhr der Unbekannte fort. »Aber ich halte die Herren offensichtlich auf. Meister Hörl ...« Der Engländer nickte dem Spanier zu, eher er vor Amman Sachs hintrat und diesem aus nächster Nähe fest in die Augen sah. »Herr von Hohensax? Es hat mich gefreut, Euch kennen zu lernen.« Er lächelte. »Wir werden uns ganz bestimmt wiedersehen.« Damit nickte der Fremde auch Sachs zu, ging an ihm vorbei aus dem Raum und verließ das Haus, wie der dumpfe Klang der Tür verriet, als der seltsame Mann sie hinter sich zuschlug.

»Wer war das, Meister Hörl?« Sachs konnte seine Neugier nicht mehr zügeln.

Der Kaufmann, der noch immer hinter seinem Schreibpult stand, blickte ihn nachdenklich an. »Das kann und darf ich Euch leider nicht sagen. Aber Ihr habt es ja gehört – auch er kennt die Parole. Zwanzig, dreißig Jahre gab es keinen Fugger in diesen Breitengraden, und jetzt geht es hier zu wie in einem Taubenschlag.«

Der Spanier klang ehrlich bestürzt, sodass Sachs nicht weiter nachbohrte, um vielleicht doch noch den Grund für die Anwesenheit des Engländers zu erfahren. Stattdessen bedankte er sich, wie er es ursprünglich geplant hatte, bei Hörl für die geleistete Arbeit und entschuldigte sich für die Mühen und die zusätzlichen Gefahren, die sein Auftauchen für den Spanier in deutschen Diensten zweifellos bedeuteten.

Am nächsten Tag, im ersten Morgengrauen, wurden auf der Galeone endlich die riesigen Segel mit den Kreuz der Christusritter in den Wind gezogen, und auch das halbe Dutzend anderer Schiffe machte sich zur Abfahrt bereit. Langsam setzte sich der Tross, nahezu unbemerkt von dem größtenteils noch schlafenden Nombre de Dios, nach Norden in Bewegung.

Der Konvoi, in dessen Mitte die *Flor de la Mar* als Flaggschiff segelte, hielt sich während der darauffolgenden Tage bei günstigem Wind aus Südost stets in Sichtweite der Küste. Man passierte die »Reiche Küste«, von den Spaniern *Coste Riche* genannt, die von ihrem Entdecker Christoph Kolumbus jedoch bewusst irreführend so bezeichnet worden war, um den Eindruck zu erwecken, dass sich in der Neuen Welt unermessliche Reichtümer verbargen; auf dies Weise wollte Kolumbus die Spanier dazu bewegen, in die neuen Kolonien zu investieren. In Wahrheit war dieser Landstrich bettelarm und gänzlich ohne Bodenschätze, wie der Kapitän dem interessierten Fugger-Agenten während der Vorbeifahrt erklärte.

Dann kam das Cap de Honduras in Sicht, ehe man die Halbinsel Cap de Fondura umrundete. Vor den Insulas Mulierum schwenkte die kleine Flotte schließlich nördlich auf das offene Meer ein, um auf direktem Weg die Südküste von Yucatan zu erreichen, ungefähr auf Höhe der alten Siedlung Merida, einem kleinen Hafennest gegenüber einer Insel, die von Seehunden bevölkert wurde.

Auch wenn diese Fahrt über das offene Meer ein zusätzliches Risiko bedeutete, wäre eine landnahe Passage zwischen den Halbinseln Fondura und Yucatan noch um einiges gefährlicher gewesen, da es viele unterseeische Riffe gab, die schon mehr als einem wagemutigen Segler zum Verhängnis geworden waren. Der Kapitän der *Flor* zeigte Sachs seinen ganzen Stolz – eine, wie es aussah, neue und erst kürzlich gezeichnete Karte von der Karibik, auf dem diese Riffe und Untiefen detailliert eingezeichnet waren. Die Karte war eine Arbeit aus Salamanca, wie die kunstvolle Beschriftung dem Agenten verriet.

»Die Küstenlinien haben wir seit der ersten Fahrt des großen Kolumbus schon sehr gut studieren müssen«, kommentierte der erfahrene Seemann ernst. »Diese Karten sind mit Blut geschrieben, mein Herr. Ja, mit dem Blut vieler ehrbarer Seeleute, die in diesen tückischen Gewässern scheiterten, wodurch sie die Gefahren für jene erkennbar machten, die ihnen folgten, so wie wir.«

»Ist denn auf dieser Seite der westindischen Lande bereits alle See erforscht und kartographiert?«, wollte Sachs wissen.

Der Navigator sah ihn einen Moment lang mit einer Spur von Misstrauen an, antwortete dann aber wahrheitsgemäß: »Nein, gewiss nicht. Das wird noch viele Jahre dauern. Da die Schiffe, die in diesen Gewässern die meiste Zeit unterwegs sind, häufig auch kostbare Waren transportieren, gilt der Sicherheit bei jeder Überfahrt die oberste Priorität.«

»Ich verstehe nicht ...«, gab Amman Sachs zurück.

Der Zeigefinger des Kapitäns fuhr auf der Karte von der mit kräftigem Strich gekennzeichneten Küstenlinie Yucatans in Richtung der offenen See der Karibik, die im Osten unter anderem von den großen Inseln Cuba, Jamaica, Hispaniola und Borichen begrenzt wurde. Außerdem waren viele kleinere Inseln eingezeichnet – als Grenze der karibischen See zum riesigen Atlantik hin.

»Schaut Euch die zahlreichen Eilande an, die wir bereits entdeckt und in Besitz genommen haben«, sagte der Kapitän. »Es sind unglaublich viele, und stets kommen weitere hinzu. Man könnte den Eindruck haben, als entstünden gleichsam über Nacht immer neue Inseln. Man fährt eine freie Passage mit sicherer Fahrt, wählt sie im nächsten Jahr wieder – und plötzlich liegt eine Insel im Kurs, die im Jahr zuvor auf keinen Fall an der Stelle gewesen sein kann, an der man nun auf sie trifft. Ein andermal will man eine Insel anlaufen, weil man dort im Jahr zuvor frisches Wasser und schmackhafte Früchte entdeckt hatte, und dann findet man sie nicht mehr. Sie ist verschwunden, eine ganze Insel! Von den Fluten verschluckt, von Ungeheuern verschlungen ... wer weiß.

Schaut da oben auf der Karte, im Norden bei La Florida. Die Inseln gegen Mittag sind am übelsten; kein noch so guter Nautiker oder Kartograph war bisher auch nur annähernd in der Lage, ihre genaue Anzahl oder die Positionen zu bestimmen. Der ohne Zweifel vortreffliche Zeichner dieser Seekarte vermochte es offensichtlich auch nicht. Er hat da nur etwas hineingemalt, um zu zeigen, dass sich dort Inseln befinden, die noch unbekannt sind und mit einem Mal vor dem Bug erscheinen können. Deshalb sind die Angaben nutzlos – das weiß jeder Seemann, den unglückliche Winde schon einmal dorthin verschlagen haben und der sich in diesem Wald aus Inseln verirrt hat.«

Amman Sachs schaute auf die weiten Flächen auf dem großen Pergament, die den Golf von Mexiko und die karibische See darstellen sollten. Dies hier war tatsächlich ein noch unbekanntes, unerforschtes Meer.

Die Fahrt nach Veracruz – La Villa Rica de la Vera Cruz, die »Reiche Stadt des Wahren Kreuzes« – sollte schließlich fast einen ganzen Monat dauern. Aber da man in Küstennähe segelte, um sich in diesen immer noch geheimnisvollen Gewässern besser orientieren zu können, konnte nur tagsüber mit sicherer Fahrt navigiert werden. Bei Sonnenuntergang wurden in Sichtweite der Küstenlinie die Segel eingeholt und die Anker ausgeworfen. An Land zu gehen wagte man allerdings nicht; zwar reiste eine Anzahl Bewaffneter mit, doch die Ureinwohner der Landstriche, die der Konvoi seeseitig passierte, galten als unberechenbar. Sie hatten offenbar zu viele Jahre lang schlechte Erfahrungen mit Konquistadoren gemacht, vermutete Amman Sachs. Doch auch ihm war deutlich wohler bei dem Gedanken, in sicherer Entfernung zu den von wilder Vegetation überwucherten Landstrichen unterwegs zu sein, als womöglich zu stranden und sich in einem düsteren Dschungel durchschlagen zu müssen, in dem es von unbekannten Bestien wimmelte.

Der Hafen von Veracruz war schwer zu erreichen. Er lag einen kleinen Flusslauf hinauf, der gleich nach der Mündung einen scharfen Bogen machte. So war der eigentliche Ort vom Meer aus uneinsehbar, doch eine gewisse Betriebsamkeit an der Flussmündung und den sandigen Uferstreifen zu beiden Seiten des Stroms zeigte die Anwesenheit einer Siedlung an.

Die Schiffe des Konvois ankerten nach ihrer Ankunft erst einmal auf dem offenen Meer, da niemand wusste, wie groß der Hafen von Veracruz eigentlich war und ob nicht vielleicht schon sämtliche Liegeplätze belegt waren. Ein kleinerer Kuriersegler wurde ausgeschickt, die Lage im Ort zu erkunden; schließlich konnte nicht ausgeschlossen werden, dass Feinde in der Stadt lagen, denn dieses Veracruz war bereits der zweite Ort mit diesem Namen an der Ostküste Mexikos.

Das ursprüngliche Veracruz, das der erste Konquistador in diesen Breiten, Hernando Cortés, gegründet hatte, lag als Geisterstadt einige Meilen weiter nördlich: Diese Siedlung hatte schon nach wenigen Jahren aufgegeben werden müssen, da sie von der Landseite her schwer zu befestigen war. Das neue Veracruz war auf der einen Seite vom Meer abgegrenzt, auf der anderen Seite vom Fluss, der hier eine Neunzig-Grad-Biegung machte; somit blieben Angreifern nicht viele Möglichkeiten für einen Einfall in den Ort. Die Lage für den Hafen war also eine sehr gute Wahl, wie Amman Sachs fand.

Schließlich erhielt die *Flor de la Mar* als Leit- und Flaggschiff des unerwartet aufkreuzenden Konvois die Erlaubnis der Hafenkommandantur, in den Fluss und den Hafen von Veracruz einzulaufen. Schon vom Wasser aus sah man die große Kirche des Ortes sowie ein imposantes Gebäude, das vermutlich dem hiesigen Gouverneur als Wohnhaus und Lager diente; nur war hier alles noch ein wenig größer als in Neu-Kastilien.

Amman Sachs schaute in der flirrenden Luft der Mittagshitze genau hin, was es in der neuen Stadt für ihn zu entdecken geben könnte. Es waren deutlich weniger Menschen zu sehen als in Nombre de Dios, wenngleich der Anteil von Indios hier in Mexiko höher schien als in Panama. Die mexikanischen Indios waren auch spärlicher bekleidet; es war für den Europäer ein ungewöhnlicher Anblick, so viel nackte Haut zu sehen, obwohl Sachs aus verschiedenen Berichten über die Neue Welt von einigen Sitten und Gebräuchen der Ureinwohner wusste, die in der Heimat schlichtweg unvorstellbar waren.

Auch wenn der Konvoi nicht erwartet wurde, sodass die Händler und Kaufleute fehlten, die sonst der Ankunft einer Flotte beiwohnten, bildete sich doch rasch eine ansehnliche Menschenmenge an der provisorischen Hafenmauer. Amman Sachs hörte nicht nur spanische Worte in dem Getümmel; auch ihm völlig fremde, kehlige Laute mischten sich in die Willkommensrufe.

Erst jetzt, fast schon in der Stadt, erkannte der Fugger-Agent, dass die wenigen festen Häuser und Mauern aus Flusssteinen, Ziegeln und einstigen Ballaststeinen großer Schiffe errichtet waren, sodass jede Hauswand und jede Mauer ein buntes Durcheinander aus diesen verschiedenen Materialien darstellte. Baumaterial schien rar zu sein in diesen Breiten.

Beim Anblick der Ballaststeine fiel Sachs die Legende ein, dass in der Meeresbucht vor Veracruz – also genau dort, wo die *Flor de la Mar* eben noch geankert und auf die Erlaubnis zur Einfahrt in den Hafen gewartet hatte – Hernando Cortés, der Erbauer der Stadt und Eroberer von Neuspanien, seine gesamte eigene Flotte mutwillig versenkt haben soll, um seine Männer an einer Meuterei und einer Flucht aus der neuen Welt zu hindern. Fürwahr ein Land der rauen Sitten.

Wahrscheinlich würde sich auch hier wiederholen, was Amman Sachs schon bei seiner ersten Station in der Neuen Welt erlebt hatte: Wie in Nombre de Dios würde er sich auf Geheiß eines Hafenbeamten beim Gouverneur vorstellen und seine Begleitschreiben herzeigen müssen, um sich in Neuspanien – dessen wichtigster Hafen Veracruz war – frei bewegen zu dürfen. Doch wie schon in Panama rechnete Sachs damit, dass seine Freiheiten auch hier in Veracruz beschränkt sein würden; auch hier würden sicherlich sämtliche Spanier, allen voran die Kaufleute, ein wachsames Auge auf den Ausländer haben, der unter dem Schutz des spanischen Königs zu reisen vorgab.

Doch Amman Sachs konnte an Land keine Männer erblicken, die nach Kaufleuten oder Händlern aussahen. Die Leute, die er auf dem kleinen Hafenkai sah, trugen ausnahmslos die schlichte Kluft von Handwerkern und Landarbeitern. Außerdem waren die Harnische einiger Soldaten zu erblicken. Doch nicht eine einzige, vornehm gekleidete Person war zu sehen. Amman Sachs war alarmiert. So sah kein Empfangskomitee an einem regen Handelsplatz aus.

Erst jetzt fiel ihm auch auf, dass außer der *Flor de la Mar* kein anderes Schiff im Fluss oder an der Hafenmauer lag; überhaupt kam es Sachs jetzt so vor, als könnte dies nie und nimmer der berühmte Silberhafen der Spanier sein, über den angeblich der gesamte Mittelamerikahandel abgewickelt wurde. Dazu war er zu klein und beengt.

Sachs wurde misstrauisch und fragte sich, ob er sich mit seinen Sorgen an den Kapitän der Galeone wenden sollte, der das Schiff ja schließlich hierher manövriert hatte. Er schaute zum Navigator hinüber – und stellte fest, dass dieser ihn die ganze Zeit beobachtet haben musste.

Grinsend trat der Navigator auf den Fugger-Agenten zu.

»Ihr fragt Euch, was an dem Anblick von Veracruz nicht stimmen kann, Meister Sachs, richtig?«

Sachs nickte. »Woher wisst Ihr das?«

»Man konnte es eben deutlich an Eurer Miene ablesen.«

»Ist das hier denn nicht Veracruz? Wohin habt Ihr uns gebracht? Was sollen wir hier? Die Befehle waren doch eindeutig.«

Das Grinsen des Seemannes wurde eine Spur gefährlicher.

»Habt Ihr Euch jetzt nicht verraten, Meister Sachs? Woher kennt Ihr meine Befehle? Aber Ihr seid ja sowieso ein sonderbarer Passagier, den der König selbst mir da wohl eingebrockt hat. Doch um Eure Frage zu beantworten – ja, dies hier ist Veracruz, nur eben das *ältere* Veracruz. Dort«, der Kapitän zeigte auf das größte Gebäude des Ortes jenseits der Kaimauer, »seht Ihr die Casa de Cortés, das ›Wohnhaus des Cortés‹.«

Amman Sachs war verblüfft.

»Wir sind im alten Veracruz? Aber wieso?«

»Das neue Veracruz liegt ein paar Meilen südlich. Wir konnten von See aus die Landzunge sehen, hinter der sich der Hafen verbirgt und wo bereits seit einigen Jahren die Festung San Juan de Ulúa gebaut wird. Ein schwieriges Unterfangen, das könnt Ihr mir glauben. Gutes Baumaterial ist in dieser Region nicht so leicht zu bekommen. Doch ohne die Festung wird es auf Dauer nicht gehen. Es muss drei oder vier Jahre her sein, dass ein paar Engländer sich im neuen Veracruz festsetzen konnten, nach heftigen Gefechten das Admiralsschiff der jährlichen Silberflotte versenkten und das Vize-Admiralsschiff in Brand setzten. Damals starben viele Menschen.«

Der Fugger-Agent verstand allmählich. »Es ist eine Finte, hier mit unserem kleinen Konvoi zu landen, weil man uns an diesem Ort wahrscheinlich nicht suchen wird! Ganz schön gerissen, das muss ich schon sagen.«

»Ja, die Engländer haben Blut gerochen. So viele Schätze in so vielen Schiffen! Bisher sind sie uns auf See noch haushoch unterlegen, deshalb greifen sie vorzugsweise auf dem Landweg an, wie in Nombre de Dios. Und auch im neuen Veracruz nahmen sie erst den Hafen ein und attackierten dann von Land aus die Flotte. Eigentlich nicht zu glauben, wo diese Männer doch von einer Insel stammen! Aber hier im alten Veracruz werdet Ihr, Herr Sachs, alles bestens bereitet finden.«

Amman merkte, wie ihm das Blut ins Gesicht schoss. War seine Tarnung aufgeflogen?

»Ihr müsst Euch nicht noch mehr erschrecken, Meister Sachs«, fuhr der Kapitän fort. »Ich bin auf Eurer Seite. Diese Mission hat mir meine erste eigene Galeone eingebracht. Wie Ihr wisst, müssen wir Navigatoren uns das Kommando auf diesen wertvollen Schiffen erkaufen. Ohne diese Mission, die uns beide hierher führt, hätte ich mir nie Hoffnung auf ein solches Kommando machen dürfen.« Der Seemann lachte. »Ja, ich bin eingeweiht – offensichtlich besser als Ihr. Aber jetzt macht die Heimlichtuerei zwischen uns keinen Sinn mehr, denn Ihr seid der Mann, der die Verantwortung vor meinem König trägt für das, was vor uns liegt. Und ich wiederum bin für Euer Schiff verantwortlich. Also lasst uns zusehen, dass wir diese Aufgabe zum Stolz Spaniens erledigen können.«

Für einen Moment war Amman skeptisch, konnte es doch sein, dass der Kapitän ihm eine geschickte Falle stellte; dann aber beschloss er, dem Mann in der schwarzen Tracht der Spanier zu glauben.

»Gut.« Sachs nickte. »Dann lasst uns schauen, ob wir unsere Fracht, wie Ihr andeutet, hier wohlbehalten antreffen ... und auch unsere besonderen Passagiere. Wenn wir alles wie erhofft vorfinden, lasst uns Kriegsrat halten, wie wir alles Weitere organisieren sollten.« Er lächelte. »Wenn man bedenkt, mit welcher List Ihr diesen vortrefflichen Landeplatz für uns ausgesucht habt, müssten wir auch den Rest unserer schweren Aufgabe lösen können. Ich freue mich, in Euch einen wahren Verbündeten zu finden.«

Damit schüttelten die beiden Männer sich zum ersten Mal auf ihrer nun schon mehrere Monate dauernden gemeinsamen Reise die Hände. Und Amman Sachs fühlte, dass es ihm sehr guttat, diesen achtbaren Offizier an seiner Seite zu wissen. Wobei er sich auch ein wenig ärgerte, dass er von seinen Auftraggebern nicht in dieses sicherlich nützliche Arrangement eingeweiht worden war. So geheim, wie Amman Sachs gedacht hatte, war diese Mission denn wohl doch nicht ...

Als das Schiff schließlich vertäut war und ein breites Brett als Brücke zur Kaimauer hinüber gelegt wurde, verließen der Kapitän und Amman Sachs als Erste die Galeone; während der Kapitän am Ufer zurückblieb, um das Löschen der verbliebenen Waren zu überwachen, machte Sachs sich auf den Weg zur Casa de Cortés, um sich dort vorzustellen und Erkundigungen über die erwartete Fracht für die *Flor de la Mar* einzuholen.

Man brachte den Neuankömmling sogleich in die überraschend gut ausgestattete Empfangshalle. Und zum größten Erstaunen Amman Sachs' trug der Mann, der ihn hier in aller Förmlichkeit begrüßte, weit kostbarere Gewänder, als er es beim Kommandanten eines eher zweitrangigen Ortes wie diesem erwartet hätte. Dann aber erkannte Sachs, wem er völlig unerwartet gegenübergetreten war.

»Exzellenz! Ihr seht mich überrascht, Euch hier zu treffen.« Amman Sachs erinnerte sich, den amtierenden Vizekönig von Neuspanien, Martín Enríquez de Almansa, vor einigen Jahren während seiner Dienstzeit bei der Schweizergarde als Gesandten des spanischen Hofes im Vatikan kennen gelernt zu haben. Den weiteren Aufstieg dieses Mannes hatte Sachs aus den Berichten der Fuggeremissäre verfolgen können.

»Ich kann nicht glauben, Exzellenz, dass es sich bei unserem neuerlichen Zusammentreffen in diesem Winkel der Welt um einen Zufall handelt.« Amman war sich mittlerweile sicher, dass die Mission, die er zu erfüllen hatte, weit komplexer und größer war, als er bisher geahnt hatte. Aber warum? Und worum ging es bei diesen komplizierten Händeln, in deren Mittelpunkt er sich inzwischen befand?

»Freiherr von Hohensax! Ihr seid aber auch weit weg von Eurem stolzen Zuhause! Nein, ein Zufall ist es sicher nicht, wenn ich mich persönlich in einem so unsicheren Land um die Sicherheit eines Mannes kümmere, der unter dem Schutz der spanischen Krone steht.« Für einen Moment glaubte Sachs, er selbst sei gemeint. Dann aber erinnerte er sich, wen er hier an Bord der Galeone nehmen sollte, um ihn sicher nach Europa zu bringen.

»Der Prinz ist hier?«

»Oh ja. Hier in diesem Haus, als mein persönlicher Gast. Zusammen mit seinem ganzen Gefolge. Auch deshalb sind wir hier im *alten* Veracruz; im neuen würde es vermutlich einen Aufstand geben, würde ich einem Indianer eine solche Ehre angedeihen lassen. Aber setzen wir uns doch. Wir haben sehr viel zu besprechen.«

An den Wänden gab es die obligatorischen langen Holzbänke, die in den Ecken zusammenliefen. In einer dieser Ecken setzten sich die beiden Männer einander gegenüber. Als der Fugger-Agent die dabei entstehende Gesprächspause nutzte, um sich kurz umzusehen, bemerkte er, dass der Raum keine der in Blei gefassten Fenster besaß. Das deutete darauf hin, dass dieses Gebäude und das Zimmer nicht mehr oft benutzt wurden; daher wurde dieser edle Zierrat hier nicht gebraucht. Stattdessen sorgten Holzläden mit Lamellenöffnungen für Sonnenschutz und frische Luft. Allerdings fanden auf diesem Weg auch Heerscharen an Ungeziefer den Weg ins Hausinnere.

Eine Frage brannte Amman Sachs besonders auf der Zunge, weshalb er nach der Musterung des Raumes sofort zur Sache kam.

»Exzellenz, wenn Ihr so gut über die Mission, die mich hierher geführt hat, unterrichtet seid – was mich doch sehr überrascht, um ehrlich zu sein –, wie kann dieser heikle Auftrag denn überhaupt noch geheim gehalten werden? Es gibt doch sicherlich auch hier in Mexiko genug Vertreter der Kaufleute von Sevilla; und die werden nicht gutheißen können, was ein Mann wie ich für den spanischen König zu erledigen hat. Oder irre ich mich da?«

Sachs musterte aufmerksam den Vizekönig, konnte aber keinerlei Verschlagenheit in seinem Gesicht entdecken.

»Wundert Ihr Euch nicht, Hohensax, dass ich Euch hier ganz alleine empfange? Wir sind vielleicht nur zwanzig Meilen von der Festung San Juan de Ulúa im Hafen von Veracruz entfernt; aber glaubt mir, dass sind Welten in einem Landstrich wie diesem. Dort ahnt niemand etwas von unserem Zusammentreffen. Allein Eure Schiffe wurden bemerkt, als sie Veracruz passierten, doch wurde der Konvoi als Versorgungsfahrt nach Florida angesehen. Kein Angehöriger der Universidad de los cargadores hat Kenntnis von dem, was hier passiert.« Und nach einer nachdenklich Pause sprach der Vizekönig tatsächlich die magische Parole: »Und Ihr wisst doch: Die Sonne wird niemals untergehen im Reiche Karls des Fünften!«

Fast wie von selbst sprach Amman Sachs die Antwortformel: »Möge dieses Glück auch seinen Nachkommen stets beschieden sein.«

Sachs war erschüttert, wer alles zu diesem einzigartigen Kosmos des Fuggerimperiums gehören musste. Sogar der Vizekönig von Neuspanien – ein Spion des großen Augsburger Kontors! Eine solche Akquisition war ganz sicher nicht billig; umso fassungsloser machte Sachs diese Entdeckung.

Martín Enríquez de Almansa genoss seinen Überraschungscoup und die sichtbare Verblüffung, die er bei seinem Besucher damit ausgelöst hatte.

»Ihr seht also, mein Freund, Euer Geheimnis ... oder besser, *unser* Geheimnis ... ist bei mir sehr gut aufgehoben. Die Männer hier im Ort sind handverlesen und eingeschworen. Sonst wäre es auch nicht möglich gewesen, diese Indianer überhaupt halbwegs unter ausreichendem Schutz hierher zu bringen.« Der Spanier blickte Sachs fragend an. »Ihr seid nicht sehr vertraut mit den besonderen Gegebenheiten hier im Okzident Neuspaniens, nicht wahr?«

Der Fugger-Agent überlegte, worauf der Vizekönig anspielte, denn er wollte gut informiert erscheinen. Dann aber schüttelte er schweigend den Kopf.

»Also gut«, fuhr de Almansa fort, »Ihr wisst, dass der Prinz der Sohn Montezumas ist, der Sohn, der nie auf den Thron der Mexikaner gelangen sollte. Was Ihr vielleicht nicht wisst: König Montezuma wurde seinerzeit gesteinigt, von seinen eigenen Leuten. Das Volk von Mexiko nahm es ihm übel, dass er mit uns, den Spaniern, gemeinsame Sache gemacht hatte. Ich würde sagen, er hat zu spät erkannt, wer wir wirklich waren und was wir wirklich wollten, aber es ist doch offensichtlich, dass die Mexikaner – und mit ihnen ihr großer Herrscher – eine völlig falsche Vorstellung von uns hatten. Ich denke, sie hielten uns tatsächlich für Götter. Zumindest anfangs.

Als sie ihren Irrtum schließlich doch bemerkten, war es längst zu spät. Und ihr eigener König musste büßen, wofür eigentlich wir Spanier verantwortlich waren.« Nach einer Pause fügte er hinzu: »Und diese Wut der Mexikaner hat sich in den letzten fünfzig Jahren seit Montezumas Tod niemals wirklich gelegt.«

Endlich begriff Amman Sachs. »Selbst seine eigenen Leute würden ihn umbringen, wenn sie wüssten, wer er wirklich ist.«

Der Vizekönig nickte. »Ja. Erst recht, wenn sie erkennen müssten, was ihr eigentlicher Thronfolger im Augenblick vorhat.« Ein Funkeln erschien in den Augen de Almansas. »Wollt Ihr es sehen?«

Amman Sachs begriff nicht sogleich, worauf der Vizekönig anspielte, gab dann aber seine Zustimmung.

Wortlos stand de Almansa auf. Sachs folgte seinem Beispiel. Gemeinsam verließen sie die Empfangshalle, durchquerten einen Flur in Richtung des rückwärtigen Gebäudeteils und traten schließlich durch eine schlichte, zweigeteilte Hintertür auf einen ausgedehnten Hof, der von zwei niedrigen Stallgebäuden flankiert wurde.

Die beiden Männer wandten sich nach rechts und näherten sich dem Gebäude, das dort stand. Der Vizekönig hob den schweren Riegel des mächtigen, eisenbeschlagenen Zugangstors hoch und öffnete die Flügel, worauf sofort zwei grimmig dreinblickende Milizionäre mit gefährlich aussehenden langen Piken in der Toröffnung erschienen. Doch sie wichen sofort wieder ins Innere zurück, als sie die Ankömmlinge erkannten.

Sorgfältig verschloss de Almansa das Tor von innen; dann führte er seinen Besucher in einen rückwärtigen, hinter dicken Bretterwänden versteckten Bereich, wo im spärlichen Licht, das durch Mauerritzen in den Raum sickerte, große Bündel zu sehen waren; manche waren in Leinentücher eingeschlagen, andere aus grobem Holz gearbeitet. Eines dieses Bündel war deutlich größer als die anderen, fast übermannshoch. Zwei lange, große Tragestangen schauten unter den Leinenüberwurf hervor, sodass sich der Eindruck aufdrängte, es handele sich bei dem Gebilde unter dem Tuch um eine große Sänfte.

Und genau auf dieses sänftenartige Stück trat der Vizekönig nun zu, sah dann noch einmal kurz zurück auf seinen Begleiter und versicherte sich dabei, dass die beiden Milizionäre außer Sichtweite waren; dann schlug er die Leinenumwandung zurück.

Was Amman Sachs nun sah, verschlug ihm den Atem.

Im ersten Moment erkannte er das Etwas vor ihm nicht. Zu

ungeheuerlich, zu unglaublich war dieser Anblick. Dann drang der Anblick des selbst in diesem spärlichen Zwielicht unglaublich hell schimmernden Metalls in sein Bewusstsein: Eine Wand aus Gold. Ein Berg aus Gold! Massives, geschmiedetes Gold, über und über mit seltsamen Figuren und fremdartigen Ornamenten verziert, wie Amman Sachs sie nie zuvor gesehen hatte. Es war offensichtlich ein Thron, was er hier in diesem kläglichen Stall sah. Der Thron eines großen König, eines mächtigen Herrschers. Ein Thron aus massivem Gold, unfassbar schön und unermesslich kostbar.

Nach dem ersten Schock suchte Sachs nach Anzeichen, dass der Thronkörper vielleicht nur mit Blattgold überzogen oder mit Goldblech beschlagen war; aber er entdeckte keine verräterische Holzmaserung, die einen unter dem Metall befindlichen, formgebenden Körper verriet. Er sah auch keine gelötete oder geschlagene Naht, wo Metallplatten zusammengefügt waren. Er erblickte nur die Spuren von gegossenem und mit unbekannten Werkzeugen verziertem Gold. Massives Gold! Man spürte beinahe körperlich das Gewicht und die ungeheure Masse an reinem, edlem Metall. Es mussten Tausende Pfund Gold sein, die der Schweizer hier sah.

Sachs merkte erst jetzt, dass sein Mund offen stand, während er diesen immensen Schatz bewunderte. In Gedanken maß er die langen Stangen, mit denen der Goldthron getragen werden konnte. Wie sonst ließe sich eine solche Menge massiven Goldes von einem Ort zum anderen bewegen?

An den vier Enden der beiden Tragstangen mussten jeweils zehn oder mehr kräftige Männer Platz und sicheren Griff haben, um die Stangen, den Thron und den darauf sitzenden Herrscher in die Höhe heben zu können. Wenn jeder dieser Männer über längere Zeit hinweg gut hundert Pfund auf den Schultern tragen konnte, waren das viertausend Pfund Gewicht, die auf diese

Weise gehoben und fortbewegt wurden. Zog man das Körpergewicht des Herrschers, das Gewicht der Tragstangen und dergleichen ab, blieben mindestens dreitausend Pfund an reinstem Gold.

Dreitausend Pfund!

Amman Sachs spürte, wie sein Herz einen Schlag aussetzte. Dies hier musste zweifellos der größte Schatz der Menschheit sein.

Doch als wäre das noch nicht genug, machte de Almansa sich daran, einige der Leinenbündel und Holzkisten zu öffnen, woraufhin weiteres Gold zum Vorschein kam: Altartafeln für fremde Götter; kunstvolle Masken; prächtig verzierte Teller sowie Kultgefäße und Idole in allen nur erdenklichen Größen und Formen. Wohin der Fugger-Agent auch blickte, sah er den mystischen Glanz des magischen Metalls.

»Mein Gott«, war alles, was Amman Sachs bei diesem Anblick hervorbrachte. Seine Fassungslosigkeit und seine Erschütterung reichten bis auf den Grund seiner Seele.

5.

Die nächsten Tage im alten Veracruz waren von konzentrierter Geschäftigkeit geprägt. Mit den Notwendigkeiten des Überseehandels seit vielen Jahren vertraut wusste jeder an Land und auf den Schiffen der kleinen Flotte, was für die schnellstmögliche Abfahrt nach Spanien noch alles zu tun und zu organisieren war.

Die meiste Arbeit machte zweifellos das Verladen des schweren mexikanischen Goldthrons, der zwar in seine großen Leinentücher gehüllt war, doch das Raunen und die erstaunten Blicke der Menschen ließen erkennen, dass sie zumindest ahnten, um was es sich bei diesem behutsam transportierten und aufwendig eskortierten Stück handeln musste. Und als Dutzende von Männern – Spanier wie Mexikaner – das riesenhafte, schwere Gebilde über die Bordwand der Goldgaleone hieven wollten, verrutschte ein Stück der schützenden Leinentücher und gab den Blick auf das in der Sonne blitzende Metall frei. Die Fassungslosigkeit und die ehrfürchtige Andacht der Schaulustigen und auch der Träger über diesen unfassbaren Schatz waren mit den Händen zu greifen. Aber auch Gier nach diesem unermesslichen Reichtum war zu spüren.

Amman Sachs machten diese Beobachtungen einige Sorgen. Viel zu viele Menschen bekamen mit, was hier verladen wurde. Sicher, die Leute aus der Stadt – egal ob aus dem alten oder neuen Veracruz – waren die Anwesenheit großer Schätze gewohnt und hatten eine gewisse Gelassenheit gegenüber solchen Verlockungen entwickelt. Aber dieser Goldschatz war etwas Außerordentliches, auch für die Menschen im größten Silberhafen der Welt; das war Amman Sachs auf jeden Fall klar. Und wo die Gier auf den Plan trat, war die Verschlagenheit nicht weit.

Amman Sachs zermarterte sich das Hirn, wie er seinen Auftrag ausführen sollte, diesen unermesslichen Schatz sicher nach Europa und nach Spanien zu bringen. Er konnte sich gut vorstellen, dass Leute den Ort verließen – verstohlen und im Schutz der Nacht –, um Verschwörern von den bald aufbrechenden Schatzfahrern Nachricht zu geben.

Und gerade die Engländer waren ja schon in früheren Jahren nie weit weg gewesen, wenn es galt, den Spaniern empfindliche Verluste zuzufügen, zumal, wenn es um deren Schätze aus der Neuen Welt ging ...

Ja, vor allem vor den Engländern würde er sich mit seiner kostbaren Fracht in Acht nehmen müssen. Und wieder einmal kam Amman Sachs die Anwesenheit des rätselhaften Engländers in Nombre de Dios mehr als ungewöhnlich vor.

Sachs dachte nun eingehend darüber nach, wie er die Passage seines Schiffes sicherer machen konnte. Und je länger er darüber nachsann und sich vom Ufer aus die große *Flor de la Mar* mit ihren hohen Steven, dem aufwendig geschnitzten Heckkastell und die Kanonenluken dazwischen anschaute, umso deutlicher fühlte er, wie eine Idee in ihm reifte, eine wagemutige List, die vielleicht sogar ein wenig verrückt war. Doch umso interessanter fand Sachs schließlich diese Alternative für die geplante Überfahrt des Konvois.

Doch er kam auch nicht umhin, seine sich verändernden Pläne mit dem Vizekönig von Neuspanien, Martín Enríquez de Almansa, zu besprechen. Denn schließlich konnte letztlich nur er die notwendigen Befehle für die Kommandeure und Kapitäne der Flotte aussprechen. Also bat der Fugger-Agent abermals in der Casa de Cortés um Einlass und wurde sogleich wie bei seinem ersten Besuch in die Empfangshalle geführt, wo der Vizekönig ihn bereits erwartet zu haben schien.

Als der Schweizer seine Idee vorgebracht hatte, herrschte für einen Moment tiefes Schweigen in dem großen Raum. Amman Sachs sah, wie der Vizekönig und Stellvertreter Philipp des Zweiten in Mexiko langsam die Augen schloss, als müsste er intensiv über das Gehörte nachdenken. Dann öffnete er wieder die Augen und fixierte seinen Besucher mit einem wohl kalkulierten Blick. Und das Lächeln, das de Almansa dabei aufsetzte, wollte Amman Sachs gar nicht gefallen.

»Was für ein brillanter Vorschlag, mein Freund. Was für ein Wagemut! Aber ja, die *Flor de la Mar* ist ein ausreichend großes Schiff, das sich auch sehr gut alleine verteidigen könnte. Und als Leitschiff eines Konvois würde es nur durch zusätzliche Pflichten belastet, falls es beim Angriff eines Feindes andere Schiffe der Flotte verteidigen müsste. Wenn die *Flor de la Mar* jedoch allein segelte, wie Ihr es vorschlagt, wäre sie beweglicher und dank ihrer riesigen Segelfläche auch viel schneller als mit den alten Karavellen und Karacken im Schlepptau.« Der Vizekönig nickte. »Ja, Ihr habt recht. Sogar bei der Wahl seiner Fahrtroute wäre der Kapitän der Galeone freier. Er könnte sich dank der Größe seines Schiffes weiter von den bekannten Küsten entfernen und eine verwegenere Route wählen, auf die ein Gegner sich niemals wagt und wo er eine allein segelnde Galeone ohnehin nie vermuten würde.«

So viel Lob und Zustimmung kamen dem Agenten der Fugger denn doch ein wenig seltsam vor, zumal er selbst noch Bedenken hatte, was seine auf den ersten Blick so grandiose Idee betraf, die *Flor de la Mar* alleine auf See zu schicken, womit wohl keiner der möglichen Feinde von sich aus rechnete.

»Aber würde dem Schiff trotz allem etwas zustoßen, wäre niemand da, ihm zu Hilfe zu eilen«, wandte er ein. »Kann man bei einer so wertvollen Fracht dieses Risiko eingehen?«

Wieder nickte der Vizekönig. »Es ist eine Abwägung zwischen zwei Alternativen, die beide nicht erstrebenswert sind, Meister Sachs«, sagte er. »Es ist nur ein kleiner Konvoi, der überhaupt auf Fahrt gehen kann. Einer gegnerischen Flotte, die auch nur halbwegs gut organisiert ist, wären unsere Schiffe bestimmt unterlegen. Doch auf den großen Konvoi könnt Ihr nicht warten, denn er wird erst in einem halben Jahr aufbrechen, und bis dahin wäre der Tempelschatz der Mexikaner hier bei uns nicht sicher, ganz zu schweigen von Euren Passagieren.

Andererseits wäre ein allein reisendes Schiff von der Größe der *Flor de la Mar* für eine gegnerische Flotte schwerer auszumachen. Außerdem wird die Galeone trotz der kostbaren Fracht leichter sein als ein gewöhnliches Schatzschiff, das neben seiner normalen Fracht stets auch das Schmuggelgut der Besatzung und vor allem der Offiziere transportieren muss. Ihr wisst, dass ein normales Frachtschiff meist die doppelte bis dreifache Menge der verzeichneten offiziellen Fracht trägt. Ein Kommando für ein Amerikaschiff ist teuer; diese Kosten wollen für die Offiziere wieder hereingeholt sein. Bei Eurem Schiff ist das alles anders. Es wird leichter und damit schneller sein. Mit dem vielen Gold im Leib wird es gut im Wasser liegen und sich sicher steuern lassen. Ein Vorteil, wenn man auf den Feind trifft. Ein Vorteil, der sich jedoch ins Gegenteil verkehren kann, wenn die Galeone anderen Schiffen im Zweifel zur Hilfe eilen müsste. Nein, mein guter Sachs. Eure Idee ist vortrefflich. Sie hätte von mir sein können. Der König hat eine kluge Wahl getroffen, als er Euch diese heikle Mission anvertraut hat.«

Plötzlich veränderte sich die Gestik des Vizekönigs, und mit höfischer Theatralik versuchte er, einen offenbar wichtigen Gedanken in Worte zu kleiden. Amman Sachs wusste dieses inszenierte Getue nicht auf Anhieb richtig zu deuten und wartete gespannt, was der Vizekönig zu sagen hatte. Schließlich erklärte der:

»Mein lieber Hohensax, mir fällt noch etwas ein, das von außerordentlicher Bedeutung sein dürfte. Ich vermute stark, dass der Feind gezielt Eurer Person folgt, um auf diese Weise auch dem Gold zu folgen. Ah, ich sehe Euch an, dass Ihr in dieser Sache genauso denkt wie ich. Jedenfalls dürfte es angeraten sein, dass Ihr getrennt vom Schatz und der *Flor de la Mar* in die Heimat reist, damit auch Ihr selbst zu einem Teil des geschickten Verwirrspiels werdet, zu dem Ihr die Überfahrt der Galeone machen wollt. Das Beste wäre, Ihr fahrt dem Goldschiff im Konvoi voraus, damit der Feind im schlimmsten Fall zu einem für ihn wertlosen Schiff gelockt wird, falls er sich auf Eure Fährte setzt.«

Was für ein beängstigender Gedanke. Er, Amman Sachs, sollte der Köder sein, mit dem die Widersacher auf eine falsche Spur gelockt werden sollten! Aber glaubte der Feind tatsächlich, dass das Gold der Mexikaner dort sein musste, wo Amman Sachs war?

Wenn es so war, dann war es ein guter Vorschlag, den Feind auf diese Weise in die Irre zu führen. Eine solche Vorgehensweise bot obendrein einen weiteren Vorteil: Da er, Amman Sachs, vor dem spanischen König ja für den Transport von Fracht *und* Passagieren verantwortlich war, endete seine Pflicht nicht mit der Ankunft in einem Hafen der Alten Welt, sondern erst im El Escorial, dem Palast König Philipps. Würde er der Goldgaleone also vorausreisen, könnte er den notwendigen und ebenfalls nicht ungefährlichen Weg des Schatzes über Land besser vorbereiten und organisieren.

Der Vizekönig hatte offensichtlich an Sachs' Mienenspiel dessen Zustimmung zum vorgebrachten Plan ablesen können.

»Ich freue mich, mein Freund, dass Ihr meinem Vorschlag Vertrauen schenkt«, sagte er. »Und es ist ja auch so, dass hochrangige Mitarbeiter der Fugger sich nie in unnötige Gefahr bringen, indem sie zusammen mit einer wertvollen Fracht reisen, weil dann besagte kostbare Fracht und wertvolles Personal auf einen Schlag verloren gehen könnten. Es ist schlimm genug, eines von beiden zu verlieren. Wie schwer wiegt da erst das Risiko, Fracht *und* treue Gefolgsleute in die Hände der Feinde fallen zu sehen?«

Ammann Sachs hatte von einer solchen Strategie der Fugger zwar noch nie gehört, doch es erschien ihm vernünftig, was Vizekönig da Almansa vorbrachte: Jede Fracht war wertvoll, und jeder loyale Mitarbeiter noch um einiges mehr.

In diesem Moment öffnete sich unvermittelt die Tür der Empfangshalle, sodass beide Männer wie auf ein Kommando aufschauten. Eine wunderschöne Frau betrat den Saal, eine Indiofrau in spanischer Kleidung. In stolzer, aufrechter Haltung trat sie mit geschmeidigen Schritten vor den Vizekönig hin.

Der Fugger-Agent schaute de Almansa an, aber der machte keine Anstalten, sich aus Höflichkeit zu erheben. Anscheinend stand seiner Ansicht nach einer Indianerin – selbst einer offenbar vornehmen Dame – diese Ehrerbietung nicht zu. Also blieb auch Sachs sitzen, wenngleich er diese grobe Unhöflichkeit fast als körperlichen Schmerz empfand.

»Exzellenz haben mich rufen lassen?«

Sachs wunderte sich über das gute Spanisch der Frau, das jedoch von einem exotischen Akzent gefärbt war.

Der Blick, mit dem der Vizekönig die vielleicht zwanzigjährige Frau musterte, verriet unverhohlene Lüsternheit. Doch auch Amman Sachs konnte den Blick nicht von den langen schwarzen Haaren der Schönen, der tiefbraun schimmernden Haut und den dunklen Augen nehmen, die wie unergründliche schwarze Seen waren. Er spürte die blühende Vitalität des Mädchens geradezu körperlich, und es erschreckte ihn, als mit einem Mal die Begierde in ihm erwachte. Was für einen machtvollen erotischen Zauber diese schöne Frau besaß!

Doch die nächsten Worte des Vizekönigs holten Sachs aus seinen Träumen zurück. »Danke, dass du meiner Bitte nachgekommen bist«, sagte er zu der jungen Frau. »Ich möchte dir den Mann vorstellen, der dich und den Prinzen nach Spanien bringen wird. Freiherr von Hohensax«, wandte der Vizekönig sich an den Agenten der Fugger, »das ist Tecuichpo, eine Mexikanerin von edler Herkunft. Sie war die ausersehene Schwiegertochter König Montezumas. Eine rassige Stute, wie Ihr gewiss bestätigen werdet ...« Als Sachs schwieg, fuhr der Vizekönig fort: »Eine süße Frucht, wie ich aus zuverlässiger Quelle weiß. Bei Gelegenheit solltet Ihr davon kosten.«

Amman Sachs war irritiert von der Wortwahl des Vizekönigs, sprach er von der schönen Mexikanerin doch wie von einer Ware, einem guten Wein vielleicht, den man unbedingt probiert haben sollte, oder einem saftigen Stück Fleisch, das an Geschmack nicht zu übertreffen war. Sachs bemerkte aber auch, dass die Mexikanerin sich durch die beleidigenden Worte in keiner Weise aus der Ruhe bringen ließ. Jede europäische Frau wäre bei solchen Worten vor Scham im Boden versunken. Doch Tecuichpo behielt ihre Würde und ihren Stolz bei und degradierte allein durch ihr Schweigen den Vizekönig zu einem verachtenswerten, ungehobelten Barbaren.

Doch durfte Amman Sachs es wagen, gegenüber seinem Gastgeber für die Ehre Tecuichpos einzutreten?

»Ich glaube nicht, dass ich einer solch köstlichen Speise der Götter würdig wäre«, erwiderte er schließlich auf die derben Worte des Vizekönigs. »Ich werde mich darauf beschränken, mich am Anblick von so viel Schönheit zu erfreuen.«

Während er sprach, versuchte Amman einen Blick in die Augen der schönen Mexikanerin zu werfen. Und für einen Moment meinte er das erwartete leichte Funkeln tatsächlich darin erblicken zu können. Der Vizekönig jedoch hatte offensicht lich nicht verstanden, was Amman Sachs eigentlich gesagt hatte.

»Wie Ihr meint, Hohensax. Aber glaubt mir, Ihr lasst Euch da eine echte Gaumenfreude entgehen.« Plötzlich änderte sich der Tonfall de Almansas. »Da fällt mir ein, mein Freund – was würdet Ihr davon halten, wenn Tecuichpo mit Euch zusammen in die Heimat reist? Zumindest in mein heimatliches Spanien? Der Prinz mit dem Gold und der Galeone, und Ihr und die Mexikanerin mit einem der schnellen Pinassschiffe voraus? Meint Ihr nicht, dass unsere kostbare Fracht dann noch sicherer ist? Wo eine Mexikanerin ist, könnte ein Verräter auch den Rest eines gesuchten Schatzes vermuten. Es würde die Tarnung noch ein wenig besser machen.«

Sachs suchte den Haken an diesem Vorschlag, nach irgendeiner Niedertracht, nach einer den lästerlichen Reden des Vizekönigs angemessenen Gemeinheit. Doch außer der angenehmen Aussicht, eine lange Schiffspassage über den Atlantik in Gesellschaft dieser schönen Frau verbringen zu können, entdeckte er keine Bedrohung in der Idee de Almansas. Deshalb sah Sachs schließlich auch keinen Grund, dem Plan einer gemeinsamen Überfahrt nach Europa mit Tecuichpo als Begleiterin zu widersprechen.

Also war es abgemacht.

Tatsächlich wurde in den nächsten Tagen in aller Windeseile eine schlanke und offensichtlich schnelle Pinasse aus der kleinen Flotte, die in der Bucht vor dem alten Veracruz ankerte, in den kleinen Flusshafen beordert und hier für eine Alleinfahrt nach Spanien ausgerüstet. Amman Sachs zog von der großen Galeone auf den kleineren, aber trotzdem hochseetauglichen Segler um; so zumindest hatte man ihm versichert. Auch sein neues Quartier hier war deutlich kleiner als auf der *Flor de la Mar*, aber da er Tecuichpo auf dem gleichen Schiff wusste – man hatte ihr auf Sachs' Bitten hin die Kapitänskajüte überlassen –, waren ihm diese Widrigkeiten erst einmal egal.

Auf Sachs' Vorschlag wurden einige Stücke des Tempelschatzes der Mexikaner ebenfalls auf das Pinassschiff verladen; allerdings ließ der Vizekönig es nicht zu, dass sehr viel mehr als ein paar Exemplare der kostbaren Schmuckstücke mit Amman Sachs reisen würden. Angeblich, wie de Almansa sagte, wurde so viel wie möglich von der schweren metallenen Fracht benötigt, um ausreichend Ballast für die große Goldgaleone zu haben, sodass diese während der Überfahrt tief genug und gut im Wasser lag.

Schließlich ging es sehr viel schneller als von Amman Sachs erwartet, und bald war das Pinassschiff für seine Abfahrt nach Osten bereit. Die letzten Befehle von Vizekönig de Almansa an die Offiziere des schnellen Seglers wurden erteilt, und mit dem nächsten Sonnenaufgang sollten zum ersten Mal die Segel gesetzt werden. Das Etappenziel war Havanna auf der Insel Kuba, wo noch einmal frischer Proviant und frisches Wasser für die weitere Überfahrt nachgeladen werden sollten.

Einmal noch verließ Amman Sachs die Pinasse, um auf dem kleinen Kai im Hafen von Veracruz hinüber zur *Flor de la Mar* zu gehen. Die kurze Abenddämmerung war längst in eine dunkle, sternenlose Nacht übergegangen. Nur ein paar Fackeln und Laternen an Land und auf den beiden Schiffen erleuchteten die Szenerie. In der Ferne hörte man seltsame Laute von Tieren, deren Gestalt Amman Sachs sich nicht einmal vorzustellen wagte. Aus einer kleinen Hafenschenke, der einzigen im alten Veracruz, erklang das Johlen und Grölen später Zecher.

Die Goldgaleone war in erstklassigem Zustand. Die Planken waren frisch geteert und schlossen fugenlos den Schiffskörper.

Die Seile der Takelage waren sauber und regelmäßig gedreht und ohne Fransen. Jede der vielen großen Kanonen des Schiffes hatte Sachs überprüft – die Geradheit der Rohre, die Unversehrtheit des Luntenlochs und die Sicherungsleinen der Kanonenwagen, die den Rückstoß der gewaltigen Waffen auffangen mussten, damit die schweren Geschütze beim Einsatz auf dem eigenen Schiff keinen Schaden anrichten konnten und im Ernstfall so schnell wie möglich wieder zum Nachladen bereitstanden.

Mit einem freundlichen Gruß vom Land bat der Fugger-Agent die Wachen der Galeone, an Bord kommen zu dürfen. Da Amman Sachs und seine Bedeutung bekannt waren, wurde ihm dieser Wunsch sofort gewährt.

Mit ruhigen Schritten nahm Sachs seinen Rundgang auf dem unteren Deck der *Flor de la Mar* auf. Es war mehr ein Schlendern über das für sein weiteres Leben so wichtige Schiff, ein sentimentaler Abschied, da das weitere Geschick des Schiffes – und damit auch sein eigenes – vom morgigen Tag an in anderen Händen liegen würde. Vielleicht war es auch eine heimliche Beschwörung der guten Geister, dass sie in den nächsten Tagen und Wochen besonders gut auf »sein« Schiff aufpassten. Unermessliche Schätze waren wenige Meter unter seinen Füßen in den Tiefen des Schiffsrumpfs versteckt – Schätze, von denen in der Alten Welt sehr viele Schicksale abhängen würden. Das seines Handelsherren zum Beispiel, und natürlich auch sein eigenes und das seiner Familie.

Und dann war da noch das Schicksal des Habsburger Königs auf dem Thron der Spanier, der um sein Riesenreich so viele erbitterte Kämpfe und Kriege führen musste und deshalb in beständiger Geldnot steckte.

Was würde geschehen, wenn der Schatz auf der *Flor de la Mar* durch ein unglückliches Schicksal verloren ging?

Amman Sachs lehnte sich für einen Augenblick mit dem

Rücken an das Achterkastell, von dem aus der Navigator später seine für die sichere Überfahrt so entscheidenden Kommandos geben würde, und blickte beschwörend über das nun vor ihm liegende Schiff, als wollte er die *Flor de la Mar* mit der Kraft seiner Gedanken schützen und vor den Widrigkeiten der langen Überfahrt bewahren. Doch die Angst vor dem eigenen Versagen blieb.

»Herrgott, wir bitten dich«, betete er leise, »beschütze dieses Schiff und die Männer, die es über das große Meer fahren wollen. Schicke ihnen günstige Winde. Mach sie und ihr Schiff stark und wende alles Unheil von ihnen ab.«

Sachs atmete tief durch und wollte sich gerade von der hölzernen Wand des Achterkastells abstoßen, um seinen Rundgang fortzusetzen, als er im Augenwinkel unter dem Aufgang zum Kastell eine leichte Bewegung wahrnahm. Reflexartig fuhr er herum, doch schon legte eine weiche Hand sich auf seinen Mund, und zu seiner Überraschung trat Tecuichpo für einen Moment aus dem Schatten des Aufgangs in das spärliche Licht der Laternen, um sofort wieder in der undurchdringlichen Finsternis ihres Verstecks zu verschwinden.

Mit der Hand, die sich eben auf Amman Sachs' Lippen gelegt hatte, um ihn verstummen zu lassen, zog die Mexikanerin den verdutzten Agenten nun mit sich in die dunkle Nische.

»Seid leise«, flüsterte sie.

»Was ist denn?« Sachs war die Sache nicht geheuer.

»Pssst, seid still. Sonst bringt man Euch um.«

Die Mexikanerin hatte ruhig und gelassen gesprochen; umso schwerer wogen ihre Worte, und der Fugger-Agent gehorchte, auch wenn ihm die Situation höchst seltsam vorkam.

Ganz entspannt, wie es schien, beobachtete Tecuichpo die Finsternis und lauschte still in die Nacht, wobei sie zwischen den Stufen des Aufgangs zum höher gelegenen Kommandodeck hindurch auch das vor ihnen liegende Hauptdeck beobachtete. Irgendetwas veränderte sich, ohne dass Sachs sofort hätte sagen können, was es war. Ein zischendes Geräusch vermischte sich mit den anderen nächtlichen Lauten, die vom Land herüber klangen. Dann endlich erkannte Sachs, was sich in seinem Blickfeld verwandelte.

»Sie löschen die Lichter . . .«, sagte er flüsternd. Er fühlte mehr das zustimmende Nicken der Mexikanerin, als dass er es sah. Sachs fragte sich verwirrt, wo die Wachen waren, die an Land und auf dem Schiff das Gold in den Frachträumen bewachen sollten. Und er wunderte sich immer mehr darüber, was die schöne Mexikanerin zu dieser Zeit und an diesem Ort eigentlich machte. Dass ihr Hiersein ihm selbst und seiner Sicherheit galt, auf diesen Gedanken kam Amman nicht.

Für einen Moment umfing ihn und Tecuichpo völlige Finsternis. Sämtliche Lichter waren von unbekannter Hand gelöscht worden. Amman Sachs fühlte, wie das Verlangen in ihm wuchs, die Frau neben sich zu berühren und ein verbotenes Spiel zu spielen, wie nur die Nacht es erlaubte. Doch augenblicklich, als hätte die Mexikanerin ihn mit einem bloßen Gedanken dazu ermahnt, wurde er sich wieder der eben erst ausgesprochenen Warnung bewusst.

Erneut waren verräterische Laute zu vernehmen: ein leichtes Schaben auf Holz, als würde jemand barfuß über das Deck schleichen. Rasch waren es mehr als ein Paar Füße, und bald schon glaubte Amman Sachs, eine ganze Prozession nackter Sohlen vernehmen zu können, die sich über Deck bewegten. Doch so sehr er sich auch anstrengte, in der völligen Finsternis auf der Galeone konnte er nichts und niemanden ausmachen.

Ein beklemmendes Gefühl machte sich in der Brust des Fugger-Agenten breit, eine unbestimmte Sorge, beinahe schon Angst, wie man sie nur in unerforschten Regionen des eigenen Innern verspüren kann, oder in einem fremden Land auf einem fremden Kontinent unter einem fremden Sternenhimmel mit fremdartigen Geräuschen, unbekannten Gerüchen und mit fremdartigen Menschen um sich herum, über die man wenig mehr wusste, als man in ein paar Begegnungen mit diesen Menschen erlebt hatte.

Amman Sachs hätte nicht sagen können, was es auslöste – ob der Mond durch die Wolkendecke brach oder gar die Goldgaleone selbst zu leuchten begann –, doch allmählich konnte er Schemen auf dem Deck erkennen, dunkle Silhouetten, die sich vor einem nur wenig helleren Hintergrund abzeichneten. Sachs erkannte die massigen Körper großer, kräftiger Männer; er sah das Spiel der Muskeln unter nackter Haut und vermeinte, Lendenschurze ausmachen zu können, mit denen die Männer spärlich bekleidet waren.

Als seine Augen sich immer besser an die Dunkelheit gewöhnten, sah er die scharf umrissenen Profile der Gesichter, erblickte die festen Kinnpartien, die kühnen geraden Nasen und seltsame Frisuren: Das Haar der Männer schien in unnatürlich langen Strähnen von den Köpfen abzustehen. Dann aber erkannte Sachs seinen Irrtum. Im Spiel der Schatten sah er lange Vogelfedern, die den Männern als Kopfschmuck dienten.

Die Hand von Tecuichpo legte sich auf seinen Arm, doch er hatte keine Gelegenheit, diese beinahe zärtliche Berührung auszukosten – zu sehr drückte Tecuichpos Geste die Sorge aus, sich durch irgendeine Regung, eine Bewegung, ja einen Atemzug zu verraten. Die ungeheure Spannung, die über dieser verschwörerischen Szenerie lag, war beinahe mit den Händen zu greifen. Und Amman Sachs konnte sich ausmalen, dass die Akteure dieses seltsamen und auf eine nicht zu entschlüsselnde Weise gefährlichen Schauspiels die Wachen auf der *Flor de la Mar* entweder bestochen oder beseitigt hatten, um diesem gewiss verbotenen Treiben ungestört nachgehen zu können.

Das unbestimmte Leuchten wurde heller und klarer. Amman Sachs konnte jetzt einzelne Gesichter der Männer erkennen, die sich um die große Ladeluke zwischen Besanmast und Großmast aufgestellt hatten. Einer von ihnen, ein hoch gewachsener, würdevoller Indianer, der die anderen um Haupteslänge überragte, war offensichtlich der Häuptling dieser düsteren Gruppe von vielleicht einem Dutzend Männern.

Mit wachsender Beklemmung erkannte Sachs jetzt auch, dass die Gesichter und die glänzenden nackten Oberkörper der Gestalten mit ihm unbekannten Symbolen und Zeichen bemalt waren; grobe Linien und Zick-Zack-Muster, die die menschlichen Gestalten im fahlen Nachtlicht merkwürdig verfremdeten und ihnen eine seltsame mystische Aura verliehen.

Plötzlich entstand Bewegung. Der fremde Häuptling hob einen Gegenstand in die Höhe, der wie ein grauer Stoffballen aussah. Doch der Ballen musste sehr schwer sein: Amman sah aus seinem Versteck, wie die Muskeln des großen Mannes sich spannten, als er das Bündel mit beiden Armen hoch über den Kopf hob, als wollte er ihn den anderen mit besonderem Nachdruck zeigen. Stummer, lautloser Jubel schien loszubranden. Die anderen Männer hoben ebenfalls ihre zu Fäusten geballten Hände und schüttelten sie, die Köpfe in den Nacken gelegt, die Münder weit geöffnet, ohne dass ein Laut zu hören gewesen wäre, wie die stummen Schreie von Gespenstern.

Jetzt nahm der riesenhafte Indianer die Arme und das Bündel wieder herunter, und auch die anderen Männer beruhigten sich. Dann begann der Häuptling die Reihen seiner Leute abzuschreiten, wobei er jedem das schwere Bündel zeigte. Und jeder Mann legte für einen kurzen Moment seine Stirn auf das Bündel. Der Hüne umschritt einmal die Ladeluke, bis er wieder den Ausgangspunkt seiner Wanderung erreichte. Alles geschah in völliger Stille, ohne das leiseste Geräusch.

Schließlich blickte der Hüne seine Anhänger an, einen nach dem anderen. Dann trat er einen Schritt zurück und nickte bedächtig. Mit einer Plötzlichkeit, die Amman Sachs, den heimlichen Beobachter, vor Schreck zusammenfahren ließ, schritten nun alle anderen Männer auf den Häuptling zu, wobei jeder ein langes Messer aus dem Gürtel an der Schürze zog und sich in einer ruckartigen Bewegung den Unterarm ritzte.

Augenblicke später erreichten die Männer den Häuptling, der das seltsame Bündel noch immer in Händen hielt, und drückten die blutenden Unterarme auf den offenbar mystischen Gegenstand.

Zum ersten Mal fragte sich Amman Sachs, was in dem Bündel sein mochte, das durch einen heidnischen Zauber verflucht zu sein schien.

Als der Häuptling das Bündel jetzt nahm und durch die Luke hinunter in den Laderaum stieg, überlegte der Fugger-Agent erneut, was es mit diesem Bündel wohl auf sich hatte. Doch ihm fiel keine Erklärung ein.

Für einen Moment herrschte wieder völlige Stille auf dem Schiff, als würde die Zeit den Atem anhalten. Selbst die Tiere an Land ließen keine Geräusche mehr vernehmen. Dann kam der schön geschnittene Kopf des hünenhaften Indianers im schwarzen Viereck der offenen Luke wieder zum Vorschein; in einer geschmeidigen Bewegung kletterte er zurück ins Freie, allerdings ohne das Bündel. Er musste es irgendwo im Laderaum versteckt haben. Amman Sachs nahm sich vor, später einmal nachzusehen, was der Häuptling auf das Schiff gebracht haben könnte.

Dann waren die Männer mit einem Mal verschwunden. Und zu seinem größten Erstaunen sah Amman Sachs, wie sich die Fackeln und Laternen auf dem Schiff und an Land wie von Geisterhand selbst wieder entzündeten; auch die ursprünglichen Geräusche der Tiere, der Natur und auch der späten Zecher in der Hafenspelunke stellten sich wieder ein. Es schien, als wäre das heimlich beobachtete, rätselhafte Schauspiel nur Einbildung gewesen, eine Ausgeburt der Phantasie.

6.

Am Tejo-Ufer bei Lissabon

An der Kaianlage des Lissabonner Hafens hatte sich, wie stets, wenn die Ankunft neuer Segler angekündigt worden war, eine große Menschenmenge versammelt. Bestimmt hatte sich auch das Gerücht verbreitet, dass ein Schatzschiff der Spanier hätte eintreffen sollen, das jedoch vermisst wurde. Solche Sensationen ließen sich nie gänzlich verheimlichen, vor allem nicht in einer Stadt, in der jeder jeden kennt und die Leute ständig miteinander umgingen.

Mit unruhigen Blicken suchte Sachs in der mittlerweile gleißenden Sonne die Reihen der Schiffe in der Flussmitte ab. Er musste sich eingestehen, dass es das Ende sein könnte: Es war der kleine Konvoi, doch er lief ohne die Goldgaleone in den Hafen von Lissabon ein.

Trotz seiner düsteren Gedanken konnte Amman nicht umhin, die Schiffsführer zu bewundern, wie sie ihre von der langen Überfahrt unübersehbar müden Schiffe sicher und gekonnt an die Anlegeplätze steuerten. Für einen Moment herrschte atemlose Stille an Land und auf den Schiffen, die nun eines nach dem anderen festmachten und dabei nebeneinander zum Liegen kamen.

War es eine erfolgreiche Überfahrt gewesen? Brachten die Besatzungen gute Nachrichten mit? War eine Seuche an Bord eines der Schiffe ausgebrochen? Die Menschen lauschten, beobachteten und warteten gespannt, wie die Stimmung auf den Seglern war, doch die Seeleute hatten wegen der vielen notwendigen Manöver erst einmal alle Hände voll zu tun und waren vollauf damit beschäftigt, die Schiffe sicher an die Liegeplätze zu bringen. Erst als der Vor-, Hinter- und Nebenmann bestens vertäut und alle Segel geborgen waren, schweiften die Blicke der Männer auf den schnittigen Karavellen und den hochgewölbten Karacken hinüber zu der Menge an Land, und fröhliche, hin und her geworfene Begrüßungsrufe lösten rasch die bis eben noch greifbare nervöse Spannung.

Landungsbretter wurden von den Schiffen auf den Hafensteg geschoben. Die Kapitäne und Navigatoren waren die Ersten, die den festen Boden betreten durften. Wenn man genau hinsah, war zu erkennen, dass die ersten Schritte der Männer an Land noch unsicher und ihre Knie noch wacklig waren.

Sachs suchte den Blick des Kapitäns der den Konvoi anführenden Karavelle – ein kleiner, dicker, linkischer Mann von vielleicht fünfzig Jahren, der so gar nicht dem Bild eines stolzen Kommandeurs entsprach, sein schwieriges Handwerk jedoch umso besser verstand. Der Mann war glatt rasiert und in saubere Gewänder gehüllt, was nach einer mehrwöchigen Überfahrt über schwierige Gewässer einem Kunststück gleichkam. Die Nord-Passage über den Atlantik zurück nach Europa führte an den Bahamas und den Azoren vorbei – auch nach den wenigen Jahrzehnten, die die Segler diese Route nun benutzten, bereits eine berüchtigte Fahrt.

Der Kapitän hatte nun auch Sachs entdeckt und nickte ihm leicht zu. Die Augen zeigten keinerlei Heiterkeit. Der Blick des Seemannes war ernst, ließ sogar Betroffenheit erahnen – eine Betroffenheit, die im Gegensatz zu der sonstigen, sich jetzt beinahe stürmisch ausbreitenden Fröhlichkeit an Land und auf den Schiffen stand.

Sachs musste sich vom Blick des Kapitäns losreißen, um abermals die Schiffe des Konvois abzusuchen, bis er an der Reling des Leitschiffs entdeckte, wonach er Ausschau hielt. Diesmal nickte Sachs stumm einem Gegenüber zu, und wieder sah er in tief besorgte Augen. Amman merkte, wie ihm mit einem Mal übel wurde, als hätte jemand ihm in den Leib geschlagen. Tränen schossen ihm in die Augen, doch er kämpfte verbissen dagegen an.

Eine Hand legte sich ihm plötzlich in einer vertrauten Geste auf den Arm – es war die Prinzessin, deren Anwesenheit Sachs im Tumult der Schiffsankunft völlig vergessen hatte.

»Ist alles in Ordnung, Herr Sachs? Ihr seht mit einem Mal so blass aus.« Echtes Mitgefühl klang aus diesen Worten. In diesen Sekunden seelischer Not erhielt Sachs von der rätselhaften Frau jene Zuwendung, um die er in den vergangenen Tagen die armen Menschen Lissabons beneidet hatte. Sachs genoss ihre aufrichtige und liebevolle Anteilnahme, erschrak aber auch, dass er ihrer so sehr bedurfte.

»Es ist alles verloren …« Mehr brachte er nicht hervor; dann versagte ihm vor Erschütterung die Stimme. Zugleich genoss er die Berührung durch Tecuichpos Hand, die ihm auf so angenehme Weise Halt gab. Warum konnte nur Schmerz die Grenzen durchbrechen, die zwischen dieser begehrenswerten Frau und ihm lagen?

Wieder ersparte es sich die Mexikanerin, Sachs' Schmerz durch unnütze Worte zu schüren. Doch auch sie selbst machte sich nichts vor: Sie half lieber und spendete Trost, als über ihren eigenen Verlust nachzugrübeln, den die ausgebliebene Galeone für sie bedeuten musste: Der Bräutigam war tot, die eigene Existenz für immer im Leib eines versunkenen Schiffes verschlossen. Damit war sie der Identität beraubt. Nicht nur der Traum als Ehefrau und Geliebte war dahin; auch das Dasein ihres Volkes war nun wahrscheinlich für immer vernichtet und versunken mit dem letzten großen Erben ihrer einst so stolzen und mächtigen Herrscherfamilie. Es war aus und vorbei.

Tecuichpo wusste, sie brauchte die Berührung mit diesem festen Männerarm wahrscheinlich ebenso sehr wie Amman Sachs das Gefühl ihrer Finger auf der Haut. Und sie beide merkten sehr wohl, dass ihre private, ja intime Verbundenheit inmitten dieser tobenden Menge viel länger währte, als schicklich gewesen wäre.

Wieder war es die Mexikanerin, die zuerst aktiv wurde und sich von Amman löste. Für einen Moment blickten sie einander tief in die Augen ... und es war Amman Sachs, als würden er und Tecuichpo einen Pakt schließen, der für die Ewigkeit galt: Egal, was in dieser oder jener Welt geschehen mochte, sie würden einander beistehen.

Amman Sachs blickte wieder zu den Schiffen hinüber. Die beunruhigten Augen, die ihn so erschreckt hatten, waren jetzt im Tumult der Menge verschwunden. Amman schaute, ob er sie doch noch irgendwo entdecken konnte, aber seine Suche blieb erfolglos. Er sah lediglich den Kapitän des Leitschiffs, der ein Stück abseits stand und das Entladen der Schiffe beaufsichtigte, das nun begann.

Wortlos verabschiedete sich der Handelsagent von der Prinzessin, die mit einem Nicken ihr Einverständnis gab; dann trat er zu dem Seemann, der lässig an ein aufgestelltes Fass gelehnt das Treiben beobachtete.

»Bringt Ihr keine Nachricht von der Galeone, Kapitän?«

Der Angesprochene blickte Sachs nachdenklich an. »Sie ist pünktlich von Veracruz in See gestochen und muss Kuba, die Bahamas und die Azoren passiert haben. Aber wie ich sehe, ist sie nicht hier. Also wird sie irgendwo zwischen den Azoren und Lissabon aufgehalten worden sein.«

»Madeira?«

»Der Wind war günstig, die See sehr ruhig. Es bestand für uns keine Notwendigkeit, Funchal nach Süden anzulaufen. Wieso hätte die *Flor* es tun sollen?«

Amman überdachte das Gehörte. Ruhige See – das sprach gegen Unwetter und Stürme und eine dadurch entstandene Seenot. Außerdem war die Galeone ein relativ neues Schiff; da konnte man auch Seenot aufgrund von Materialermüdung – morsches Holz, morsche Taue und Ähnliches – so gut wie ausschließen.

»Gibt es sonst irgendwelche Hinweise, die Aufschluss über den Verbleib der *Flor* geben könnten? So ein riesiges Schiff kann doch nicht einfach verschwinden.«

»Oh doch. Es wäre nicht das erste und sicher nicht das letzte Schiff, das verschwindet und von dem man nie wieder etwas hört, Herr Sachs.« Der Kapitän atmete tief durch. »Aber wir haben eine Tagesreise von den Azoren entfernt reichlich Treibgut auf dem Wasser entdeckt. Leere Fässer, Lukenholz und dergleichen ...«

»Von der *Flor?*«, fragte Sachs aufgeregt und ängstlich zugleich.

»Woher soll man das wissen?«, gab der Kapitän achselzuckend zurück. »Die Trümmer könnten von allen möglichen Schiffen stammen, oder sie wurden irgendwo von Land aus ins Meer geworfen und sind von der Strömung mitgetragen worden, die ja auch wir zur Überfahrt nutzen.«

»Warum habt Ihr es dann überhaupt erwähnt, Kapitän?«

»Weil die Luken, von denen ich sprach, deutliche Kampfspuren aufwiesen. Ich konnte Kerben sehen, die von schweren Säbeln stammten, und auch Planken, die gesplittert waren, als wären sie von Geschossen getroffen worden.«

Amman Sachs war wie vom Donner gerührt. Kampfspuren! Das konnte doch nicht sein? Wer würde es wagen, sich mit einer so schwer bewaffneten Galeone auf offener See anzulegen? Und wer könnte es schaffen, ein so großes Schiff zu besiegen, obendrein auf offener See?

»Vielleicht hat die *Flor de la Mar* einen Angreifer versenkt oder schwer beschädigt in die Flucht geschlagen«, meinte Sachs, »und sie musste wegen eigener Schäden nach Funchal, um sie dort beheben zu lassen. Der Kapitän der *Flor* ist ein sehr gewissenhafter Mann.«

»Ich weiß, ich habe mit ihm zusammen in Salamanca die Kunst des Navigierens erlernt. Wir wurden dort auch im Schiffsbau ausgebildet, weil es ja geschehen kann, dass man in der unbekannten und geheimnisvollen Neuen Welt sein Schiff verliert und aus dem, was man noch hat, sich selbst ein neues Schiff bauen muss.«

Sachs erkannte, dass der Seemann dieses Thema nicht ohne Grund ansprach. »Worauf wollt Ihr hinaus, Kapitän?«

»Wenn es nicht unsere Galeone war, deren Reste wir auf dem Meer treiben sahen, muss sie von einem spanischen Schiff angegriffen worden sein. Die Luken waren aus spanischem Kiefernholz gearbeitet, das erkennt man an seiner großen Maserung. Und die Fässer hatten spanische Brandzeichen.«

»Aber wer würde es wagen, solch ein großes und gut bewaffnetes Schiff wie die *Flor* anzugreifen? Meint Ihr nicht auch, dass es eher mit einem Meeresungeheuer zusammengestoßen ist?« Es war nicht mehr als eine fatale Hoffnung, die Sachs diese Vermutung aussprechen ließ.

»Ihr vergesst die Säbelkerben. Ich wünschte, ich könnte Euch etwas anderes berichten, Herr Sachs. Aber was ich gesehen habe, war eindeutig. Die *Flor de la Mar* ist gescheitert. Warum oder wodurch, ist nicht zu ermitteln. Ich würde mir aber gerne Scherereien und peinliche Befragungen ersparen, wenn ich behaupte, ich hätte unterwegs nichts Auffälliges bemerkt. Es nützt ja keinem, was ich gesehen habe. Oder irre ich mich?«

Der Fugger-Agent überlegte. Es war ein seltsamer Handel, der ihm da angeboten wurde. Wieso sollte der Kapitän nur ihm etwas erzählen wollen, das doch ganz sicher für die folgenden Ermittlungen und Untersuchungen eine weitreichende Bedeutung haben musste? Andererseits ... der Kapitän war Spanier, und offensichtlich von eher phlegmatischer Natur. Würde ruchbar werden, was der Mann tatsächlich wusste, würde er die nächsten Monate sicher in irgendwelchen unsinnigen Befragungen festsitzen, anstatt zur See fahren zu können. Insofern war sein Wunsch, mit dieser Sache in Ruhe gelassen zu werden, nur zu verständlich.

»Ihr habt recht, Kapitän. Wenn die *Flor* verloren ist, ändern ein paar im Meer treibende Trümmer nichts daran. Soweit Ihr sie nicht habt bergen lassen ...«

»Kein Gedanke! Außer mir hat niemand das Treibgut entdeckt, da bin ich sicher.« Der Kapitän lächelte. »Bis auf den geheimnisvollen Passagier, dem ich Eurem Wunsch gemäß meine Kabine überlassen habe. Aber ich denke, auch der wird nichts von seinen Beobachtungen erzählen. Was meint Ihr?«

»Sicher nicht«, erwiderte Sachs. »Ihr werdet nichts zu befürchten haben, Kapitän, ich gebe Euch mein Wort. Wenn das Schiff tatsächlich verloren ist, ist es eh einerlei, was Ihr gesehen habt. Es bringt uns die Galeone und ihre Ladung ja nicht zurück. Ich danke Euch für Euer Vertrauen. Aber bleibt bitte bei Eurer Geschichte. Wie ich sehe, kommt der Faktor zu uns, also wird gleich Eure zweite Befragung beginnen ...«

Amman Sachs wandte sich ab. Er hatte nicht das Verlangen, den Fuggerfaktor von Lissabon, Batalha de Alcácer, im Augenblick dieser Niederlage abermals gegenüberzutreten. So beeilte er sich, im Gedränge auf dem Kai unterzutauchen und nach dem »geheimnisvollen Passagier« Ausschau zu halten, von dem der Kapitän eben gesprochen hatte.

In einer der Straßen, die vom Hafen hinauf zur Festung führten, sah er den unauffälligen Umhang, den er suchte, gerade um eine Ecke verschwinden. Sachs verfiel in Laufschritt, um zu seinem Kundschafter aufzuschließen, den er mit dem Konvoi zusammen hatte reisen lassen. Dabei schaute er einige Male besorgt über die Schulter, um sich davon zu überzeugen, dass niemand seine wahrscheinlich seltsam anmutende Hast beobachtete. Doch die Leute waren voll und ganz mit den Arbeiten am Hafen beschäftigt, sodass ein davoneilender Edelmann keine Aufmerksamkeit erregte.

Keine fünfzig Schritt vor sich sah Amman Sachs schließlich den Gesuchten in einem Gasthaus verschwinden. Eine gute Wahl, bemerkte der Agent sofort. Nicht zu nah am Hafen, um dem dort umherstreifenden Gesindel aus dem Weg zu gehen, und auch ein gutes Stück von der Poststation entfernt, die der Kontrolle eines der großen Handelshäuser unterstand. Dieses Gasthaus würde die bestmögliche Verschwiegenheit bieten.

Über dem Eingang des dreigeschossigen Hauses hing ein eisernes Schild mit dem Namen der Schänke: »Coroa«, das Kreuz. Rasch betrat Sachs den verdunkelten Gastraum.

Mit einem Blick erfasste er die Anwesenden, die auf grob gezimmerten Bänken ohne Lehnen an den zwei langen Tafeln saßen, vor sich hölzerne Teller und Schüsseln sowie irdene Trinkbecher. Nur vor einem des Gäste, der hinten in einer Ecke saß, stand noch kein Geschirr. Und anders als die übrigen Zecher hatte dieser Gast seinen großen Hut mit der breiten, nach oben gewölbten Krempe nicht abgesetzt, sondern ganz im Gegenteil tief ins Gesicht geschoben, sodass man, wie Sachs beim Näherkommen bemerkte, außer Nasenspitze und Kinn nichts vom Gesicht sah. Aber dieses Kinn verriet einen vermutlich noch jungen Mann, denn es zeigte keinerlei Bartwuchs.

Amman Sachs stieg über die Sitzbank und nahm gegenüber dem jungen Burschen Platz.

»Gaston?«, sagte Amman Sachs.

Der Angesprochene hob den Blick und schaute Sachs freundlich aus klaren blauen Augen an.

»Schön, dich wieder zu sehen, Amman. Auch wenn die Umstände wohl nicht so erfreulich sind. Wir können hier frei reden.

Es sind alles Portugiesen hier, ich habe mich vergewissert. Sie verstehen uns nicht.«

Sachs ließ den Blick durch die Schänke schweifen. Da er einen Mann in der Kutte eines Ordensbruders erblickte, schied die Möglichkeit aus, Latein als geheime Sprache zu verwenden. Mit Deutsch jedoch waren sie hier wohl auf der sicheren Seite.

Sachs wandte sich wieder dem vermeintlichen jungen Mann zu. »Wie du meinst«, sagte er. »Dann kann ich dich wohl auch mit deinem richtigen Namen anreden, meine gute Gemma. Du ahnst nicht, wie glücklich ich bin, dass du nicht mit der *Flor de la Mar* gereist bist. Sie ist wohl tatsächlich verloren. Aber wie ist es dir ergangen? Ist deine Tarnung nicht aufgeflogen?«

»Du meinst, ob ein Mädchen in Männerkleidung unter einem Haufen von Raufbolden an Bord eines Schiffes tatsächlich unentdeckt bleiben kann? Ja, es hat geklappt, denke ich, zumal ich ja in geheimer Mission gereist bin und deshalb die Kapitänskajüte benutzen durfte, war ich wie eine Unberührbare in Indien. Wahrscheinlich hielten die Männer an Bord mich für die göttliche Inquisition. Alle gingen mir aus dem Weg, wenn ich das Oberdeck betrat. Ich glaube, nie ist ein Mädchen sicherer gereist als ich auf dieser Überfahrt.«

Amman überlegte, ob er seiner vertrauten Gehilfin verraten sollte, was er dem Kapitän vor Antritt der Fahrt über den »geheimnisvollen Passagier« gesagt hatte, entschied sich dann aber, zu schweigen.

»Besser so, als wenn dreißig Mann mitbekommen, dass ein hübsches und wehrloses Mädchen an Bord ist«, sagte er. »Wobei man natürlich nicht sagen kann, wer mehr gefährdet gewesen wäre – du oder die Männer.«

Die junge Frau, die in der Männerkleidung ziemlich verwegen aussah, musste bei diesen Worten ebenfalls lächeln. Dann wurde ihre Miene wieder ernst.

»Du hast den Kapitän gesprochen? Er hat dir von den Trümmern erzählt, die wir östlich der Azoren im Meer treiben sahen?«

Amman nickte. »Was der Mann gesehen haben will, deutet auf ein schlimmes Gefecht hin, ein mörderisches Gemetzel auf hoher See. Wäre irgendwo ein Schiff mit Überlebenden eingetroffen, hätte die Meldung uns erreichen müssen.«

Die junge Frau schien zu überlegen. »So viel Zeit ist noch nicht vergangen. Vielleicht ist die Nachricht noch auf dem Weg hierher nach Lissabon«, sagte sie schließlich.

Sachs schüttelte entschieden den Kopf.

»Wer Überlebende einer solch großen Galeone aufnimmt, muss den nächsten Hafen anlaufen, egal um was für ein Schiff es sich handelt. Weiter würden die Vorräte an Bord niemals reichen. Und ausgehend von dem Gebiet, in dem der Kapitän die Schiffstrümmer gesichtet hat, liegen die nächsten Häfen auf den Azoren oder eben hier an der portugiesischen Küste.«

Gemma kniff die Lippen zusammen. »Ob es die Engländer waren?«, fragte sie dann.

Der Fugger-Agent nickte.

»Da bin ich sicher. Die Franzosen haben nicht die Schiffe und auch nicht die Seeleute, um ein so großes Schiff wie die *Flor de la Mar* anzugreifen und zu besiegen. Die Holländer mögen ihre spanischen Herren zwar auch nicht besonders, haben aber andere Ambitionen. Ja, es bleiben eigentlich nur die Engländer, die ja auch in der Neuen Welt den Spaniern schon arg zugesetzt haben. Wenngleich ...« Amman Sachs zögerte kurz, ehe er fortfuhr: »Wenngleich es ein unglaublich wagemutiges Unterfangen wäre, eine so große Galeone aufzubringen, und dann auch noch auf offener See. Bisher haben die Engländer Schiffe höchstens in einem Hafen angegriffen, aber nie auf hoher See. Und ein einzelnes Schiff hätte die *Flor de la Mar* niemals besiegen können, höchstens eine Flotte der Engländer. Aber die müsste auffallen, müsste Spuren hinterlassen und aufzuspüren sein ...«

Amman Sachs verfiel in düsteres Schweigen, während er wieder einmal die Tragweite seiner Schlussfolgerungen zu ermessen versuchte. Ob er wirklich recht hatte mit seinen Vermutungen? Oder übersah er etwas Wesentliches? Doch er konnte nichts entdecken. Es blieben nur die Engländer – oder unbekannte Meeresungeheuer.

Der mit leeren Holztellern und gefüllten Bechern heranschlurfende Wirt riss den Agenten der Fugger aus seinen Gedanken. Klappernd landete das Geschirr auf dem Tisch zwischen Sachs und Gemma, die vorsorglich den Kopf gesenkt hatte, damit der Hut wieder ihr Gesicht verdeckte.

Der Wirt seufzte, zog geräuschvoll die Nase hoch und verschwand wieder in Richtung der Küche, um sofort wieder mit einer großen Schüssel und zwei hölzernen Löffeln zurückzukehren, wobei er alles so geschickt auf die Tischplatte warf, dass nichts vom Essen daneben schwappte. Dann bewunderte der Wirt kurz sein Werk – den gedeckten Tisch –, nickte und zog sich wieder zurück.

Sachs begutachtete den Eintopf, der überraschend appetitlich roch und auch gut aussah. Sogar große Fleischstücke waren neben Rüben, Zwiebeln und Kohl in der fetten Sauce zu erkennen. Amman füllte seinen Teller, nahm dann den Becher und roch an dessen Inhalt. Ein ebenfalls angenehmes Aroma von würzigem Wein stieg ihm in die Nase.

Ohne auf Gemmas Reaktion zu warten, nahm Sachs einen kräftigen Schluck aus dem Becher, zog sein Messer, das am Gürtel hing, aus der Scheide und begann von dem dampfenden Eintopf zu essen, indem er Fleisch- und Gemüsestücke mit dem Messer aus der Schüssel spickte.

»Ja, wir müssen schauen, ob wir Nachrichten von englischen

Seglern bekommen können«, nahm er kauend seinen ursprünglichen Gedankengang wieder auf. »Vielleicht sogar Nachricht von einer englischen Flotte, die irgendwo hier oder ...« Er brach mitten im Satz ab und ließ das Messer sinken. Gemma sah seinen Adamsapfel auf und ab hüpfen, als Sachs den letzten Bissen herunterschluckte.

»Was ist?«, wollte sie wissen.

Der Fugger-Agent schluckte ein weiteres Mal. »Eigentlich wage ich es gar nicht zu denken.« Amman Sachs senkte beim Sprechen die Stimme, bis sie nur noch ein Flüstern war, und beugte sich über den Tisch, um den Abstand zu seiner Gehilfin zu verringern und noch leiser sprechen zu können. »Aber ich habe mich gerade an diesen Engländer erinnern müssen, den ich in Nombre de Dios im Hause des Hernando Hörl angetroffen habe und der die alte Fuggerlosung kannte«, raunte er. »Wenn wir nicht völlig falsch liegen, muss es da einen Zusammenhang geben!«

Die junge Frau machte ein erschrockenes Gesicht. »Du meinst, unsere Kontaktleute in Neu-Kastilien oder Neuspanien haben uns verraten? An die Engländer?«, flüsterte sie.

»Warum sonst dieser Engländer?«, fragte Sachs leise zurück. »Was wollte er da? Er war in Nombre de Dios und hatte genug Zeit, mit einem Schiff der *Flor de la Mar* vorauszufahren und irgendwo eine Flotte zu organisieren, um eine Falle aufzubauen.«

Sachs warf das Messer, das er immer noch in der Hand hielt, auf seinen Teller. »Es nützt nichts. Ich muss zurück in die Faktorei und herausbekommen, welche Beziehung unser Handelsherr mit diesem und oder anderen Engländern unterhält. Auch wenn es mir gegen den Strich geht, diesen de Alcácer, unseren Faktor hier in Lissabon, so schnell wieder treffen zu müssen. Ein unangenehmer Kerl, kann ich dir sagen. Aber es lässt sich wohl nicht vermeiden.«

Sachs erhob sich. »Ich nehme an, unsere nächste Etappe führt nach Augsburg, in die Höhle des Löwen. Ich werde mich dort sicher für diese Katastrophe zu verantworten haben. Und dabei werde ich wieder deine Hilfe brauchen, Gemma. Also sollten wir uns als Nächstes dort treffen.«

Amman Sachs wünschte der jungen Frau, die ihm schon so oft in schwierigen Situationen geholfen hatte, eine sichere Reise, warf ein paar Münzen auf den langen Tisch und verließ mit eiligen Schritten die Gaststube. Draußen überlegte er kurz, ob er den Faktor unten am Hafen suchen sollte, beschloss dann aber, den direkten Weg durch die verwinkelten Gassen der Lissabonner Altstadt direkt zur Faktorei zu nehmen.

Wieder dauerte es eine Weile, bis der schwere eiserne Riegel innen zur Seite geschoben wurde und der Kontorgehilfe den Agenten einließ.

»Der Herr ist leider noch nicht zurück«, ließ der Gehilfe sich vernehmen und zeigte dabei einen erst suchenden, dann enttäuschten Gesichtsausdruck, als er die schöne Mexikanerin nicht in Sachs' Begleitung entdecken konnte. »Möchtet Ihr warten, Herr Sachs? Oder wollt Ihr noch einmal wiederkommen?«

Amman Sachs ließ sich ins Kontor von Faktor de Alcácer führen und eilte sogleich an das große Stehpult, als müsse er seine wegen die Ankunft der Schiffe vergessene dringliche Depesche fertig stellen. Der Gehilfe machte erst Anstalten, als wollte er den Besucher bei dieser Arbeit nicht aus den Augen lassen; dann aber kam es ihm wohl selbst ziemlich seltsam vor, und Sachs sah in den Augenwinkeln, wie der misstrauische Kerl mit den Schultern zuckte und mürrisch den Raum verließ.

Sofort eilte Sachs zur Tür des Kontors, um zu schauen, ob der Gehilfe außer Hörweite war. Als er sich vergewissert hatte, machte er sich daran, den Raum genauer zu inspizieren.

Sachs wusste nicht genau, wonach er eigentlich suchen sollte, doch er hatte das unbestimmte Gefühl, dass hier irgendetwas im

Hintergrund ablief, in das er nicht eingeweiht war. Der Engländer in Nombre de Dios ... der Vizekönig von Neuspanien, der die alte Fuggerlosung kannte, die er eigentlich nicht kennen konnte ... der verschlagene Fuggerfaktor in Lissabon, der nicht um die wertvolle Fracht der *Flor de la Mar* zitterte, sondern mit Schadenfreude auf das Ausbleiben des Schiffes reagierte, und die Bestätigung, dass die Goldgaleone tatsächlich verloren war, offenbar gar nicht abwarten konnte.

Sicher, das konnte auch an Alcácers miesem Charakter liegen; schließlich war er ein Mann, der lieber anderen alles Übel der Welt an den Hals wünschte, als mit ihnen um ihr Wohl zu bangen. Aber schließlich waren sie beide – Amman Sachs und de Alcácer – vom Handelsglück der Fugger abhängig, bekamen sie doch beide ihr Lohn und Brot aus Augsburg. Wieso also diese offensichtliche Missgunst des Faktors?

So leise er konnte, öffnete Sachs Schubladen, Truhen und Fächer. Selbst in auffälligen Büchern suchte er nach verräterischen Eintragungen, wobei er stets aufmerksam lauschte, ob sich vom Flur Schritte näherten oder Stimmen zu vernehmen waren. Doch er fand und hörte auch nichts Verdächtiges.

Schließlich setzte er sich in einer Ecke des Raumes auf einen auffälligen Stuhl, um von hier aus noch einmal in Ruhe das gesamte Kontor zu überblicken und zu überlegen, wo vielleicht ein Geheimarchiv oder Ähnliches von de Alcácer angelegt worden sein könnte. Jede Wand, jedes Regal, jeden Schrank, jeden Winkel schaute Amman Sachs sich ganz genau an, um möglicherweise verräterische Spuren zu entdecken. Dann rutschte er auf dem Stuhl herum, um auch die Wand hinter sich genau zu studieren.

Plötzlich stutzte er. Augenblicke später wurde ihm klar, was seine Aufmerksamkeit geweckt hatte. Er stand auf und betrachtete den Stuhl, auf dem er eben erst Platz genommen hatte.

Natürlich! Was für ein gerissenes Versteck ...

Bei genauerer Betrachtung entdeckte Sachs, dass die Sitzfläche des Stuhls an winzigen eisernen Scharnieren hing; deren minimales seitliches Spiel hatte Sachs' Misstrauen geweckt, als er eben auf dem Stuhl herumgerutscht war.

Nun öffnete Sachs den Sitz. Darunter kam ein zweiter Deckel zum Vorschein, der offensichtlich mit einem versenkten Schloss gesichert war. Sachs versuchte den Deckel zu heben, doch das Schloss war verriegelt.

Der Fugger-Agent schaute sich das Schlüsselloch genauer an. Es war winzig; die gesamte Konstruktion hätte einem Hebel und ordentlichem Krafteinsatz nicht lange standhalten können. Doch Sachs mochte diesen Frevel nicht offen begehen. Wie hätte er ihn erklären sollen, wenn man das aufgebrochene Schloss entdeckte?

Amman Sachs zog die Spange aus seinem Wams, mit der er sonst seinen Mantel festmachte, steckte die aus Bronze gefertigte Spitze in eine Fuge im Dielenboden und bog die Spange zur Seite, sodass die Spitze einen rechten Winkel bildete. Dann zog er die Spange aus der Dielenfuge und machte sich mit dem provisorischen Werkzeug am Schloss des Stuhlfaches zu schaffen.

Er musste ein wenig herumprobieren, bis er im Innern des Schlosses die Mechanik gefunden hatte; kurz darauf hörte er das verräterische Knarren des versteckten Riegels. Der Deckel ließ sich nun leicht öffnen, indem Sachs die Spange als Hebel benutzte.

Wie Sachs erwartet hatte, befanden sich im Innern des versteckten Fachs Papiere und Urkunden. Er überflog sie und entdeckte unter anderem geheime Depeschen, die für ihn jedoch weniger interessant waren. Auch mehrere aufwendig gesiegelte Besitzurkunden lagen in dem Versteck; doch auch deren Inhalt erwies sich als unergiebig. Sachs wühlte noch einmal sämtliche

Unterlagen durch und wollte den Deckel des Fachs gerade wieder schließen, als er in dem Stapel Dokumente die Ecke eines offensichtlich kleineren Zettels hervorstehen sah.

Sachs zog das Papier hervor und überflog die Notiz. Las sie noch einmal. Und ein drittes Mal, um ganz sicher zu sein, dass er die offensichtlich vom Hauptfaktor aus Augsburg stammende Notiz richtig verstanden hatte. Ehe er entscheiden konnte, ob er den Zettel einstecken sollte oder nicht, entstand Unruhe am Haupteingang der Faktorei. Die Stimme de Alcácers war zu hören, der seine Rückkehr mit einigen gebrüllten Befehlen anzeigte. Sachs verschloss rasch das geheime Fach im Stuhl, steckte die Notiz hastig in den Ärmel seines Hemdes und hatte sich gerade auf den Stuhl gesetzt, als auch schon de Alcácer ins Kontor trat und den Besucher erstaunt und misstrauisch musterte.

»Sachs? Müsstet Ihr nicht unten am Hafen sein und Euch um Eure verschwundene Galeone kümmern?« Wieder war eher Schadenfreude und Häme aus den Worten des Fuggerfaktors zu hören als echte Sorge eines mitbetroffenen Kollegen des gleichen Handelsherren.

»Ich wollte mit Euch sprechen, Alcácer. Und zwar vertraulich, unter vier Augen. Also seid bitte so freundlich und schließt die Zimmertür. Ich bin mir sicher, dass diese Räume Ohren haben.«

Der Angesprochene sah für einen Moment überrascht drein, schloss dann aber wie geheißen die Tür und trat wortlos ein paar Schritte auf den Agenten der Fugger zu. Um freier reden zu können und vom verräterischen Stuhl fort zu kommen erhob sich Amman Sachs und ging im Kontor auf und ab.

»Sagt einmal, Faktor, von Kollege zu Kollege – gibt es Bewegungen in unserem Handelshaus, von denen auch ich wissen müsste?« Sachs blieb stehen und blickte fest in die Augen seines Gegenübers. Eine theatralische Geste, die ihre Wirkung jedoch nicht verfehlte: Der Faktor war sichtlich erschrocken, sogar bestürzt.

»Wie kommt Ihr darauf, Meister Sachs? Ich weiß nicht, was Ihr meint ...« Es klang unaufrichtig, also war wohl tatsächlich eine Verschwörung im Gange, auch wenn Sachs sich noch keinen Reim darauf machen konnte.

»Haltet mich nicht für beschränkt, Alcácer«, fuhr er den Hausherrn heftiger an als gewollt. »Ihr wisst, für wen ich einst in Rom tätig war. Und noch habe ich nicht alle meine alten Freundschaften und Privilegien eingebüßt!« Sachs spielte mit hohem Einsatz, doch er musste dieses Wagnis eingehen, um endlich handfeste Hinweise zu erhalten, was hier eigentlich vorging. Ein sagenhafter Goldschatz war verschwunden, für den er, Sachs, verantwortlich war. Ihm blieb gar keine andere Wahl, als alles zu wagen.

»Es mag ja sein«, versuchte der Faktor seine Selbstsicherheit wiederzugewinnen, »dass Euch einige Leute zu Dank verpflichtet sind, Meister Sachs. Aber der erlauchte Anton Fugger, zweifellos Euer wichtigster Mentor, ist schon eine ganze Weile tot. Und seine Erben sind vielleicht glücklicher darüber, als Ihr Euch vorstellen könnt ...«

Amman Sachs glaubte, seinen Ohren nicht trauen zu können. Was hatte der Faktor da eben gesagt? Die Fugger-Erben, die derzeit als so genannte »Regierer« die Macht im größten Kaufmannshaus der Welt innehatten, waren nicht dem Ethos verschworen, den einst der große Anton Fugger, der größte Kaufmann aller Zeiten, der sich sogar Könige und Kaiser kaufen konnte, seiner Familie für alle Zeiten auferlegt hatte?

Sachs dachte fieberhaft nach. Ja, Anton Fugger war sein wichtigster Mentor gewesen. Und dass er überhaupt noch in Ehren seinem Dienst nachgehen konnte, verdankte er in der Tat ausschließlich diesem großen Mann, weshalb er ihm und seiner

Familie, den Fugger von der Lilie, ewige treue Gefolgschaft geschworen hatte. Doch beruhte diese Loyalität bei den Erben Anton Fuggers noch auf Gegenseitigkeit? Wenn de Alcácer die Wahrheit sagte, ganz sicher nicht.

Doch Amman Sachs wusste, dass er seinen einmal eingeschlagenen Weg nicht ohne Schaden wieder verlassen konnte.

»Alcácer, Ihr wisst, dass Rom um einiges älter ist als Augsburg. Und auch wenn es manchmal anders aussehen mag – die Macht Roms reicht noch sehr viel weiter als die der Fugger. Glaubt Ihr ernsthaft, Ihr könnt es mit der Heiligen Inquisition aufnehmen? Als kleiner Faktor am Rand des alten Abendlandes? Also, sprecht. Was geht da vor, von dem Ihr wisst – und von dem ich wissen sollte? Ich werde darauf achten, dass Eure Antwort Euch keine Nachteile bringt.«

Sachs wusste den Ausdruck nicht zu deuten, der nun auf dem Gesicht de Alcácers erschien. Irgendetwas zwischen Wut, Verachtung und Angst. Bevor der Portugiese endlich zu sprechen begann, holte er tief Luft, als wäre es von allergrößter Bedeutung, was er nun zu sagen hatte.

»Ihr glaubt, mir drohen zu können, Sachs? Dass Ihr Euch da mal nicht irrt! Da draußen wirken Kräfte, von denen Ihr nicht die geringste Ahnung habt! Wie habt Ihr nur glauben können, Eure Mission würde ein Spaziergang? Wie konntet Ihr so vermessen sein? Andere, größere Männer, als Ihr einer seid, sind an geringeren Aufgaben kläglich gescheitert. Die *Flor de la Mar* ist verloren. *Ihr* habt sie verloren! Und mit ihr all das Gold der Mexikaner. Es ist verloren für die Welt, und es wird für immer verloren bleiben. Und nur Ihr, Amman Sachs von Hohensax, werdet Euch dafür zu verantworten haben! Ihr werdet die Last dieser Verantwortung noch mit all ihren schrecklichen Auswirkungen zu spüren bekommen, glaubt mir. Solche unermesslichen Schätze verliert man nicht einfach und geht dann ungestraft seiner Wege. Mich mag die

Heilige Inquisition bedrohen – Euch aber drohen der Zorn und Strafe des größten Kaufmannshauses der Erde und des mächtigsten Königs der Welt. Über Eurem Kopf, mein lieber Sachs, schwebt ein Damoklesschwert, das Euch ohne Zweifel vernichten wird!«

Der Faktor ließ seine Rede mit einem hämischen Lachen ausklingen. Dann warf er dem Agenten einen letzten funkelnden Blick zu, drehte sich um und verließ eilends das Kontor. Sachs blieb schweigsam, aber deutlich weniger betroffen in dem dunklen, schweren Hauptraum der Fuggerfaktorei zurück, als es nach den Worten de Alcácers hätte der Fall sein müssen.

7.

Noch einmal schaute Sachs sich in dem düsteren Kontor um, betrachtete die dunklen Karteischränke, das hohe Schreibpult und den verräterischen Stuhl. Letzterer erinnerte ihn an die Notiz, die er eben in aller Eile eingesteckt hatte. Nun kramte er sie noch einmal aus dem Hemdsärmel hervor, um sie ein weiteres Mal zu lesen.

Sollte er den Zettel dorthin zurücklegen, wo er ihn her hatte? Das Papier war jetzt sichtbar zerknittert; seine Entdeckung würde sich ganz sicher nicht mehr verheimlichen lassen. Nun – dann konnte er diesen sicher noch wertvollen Beweis ebenso gut auch gleich ganz einstecken, entschied der Fugger-Agent und faltete den Zettel diesmal sorgfältig zusammen, um ihn zwischen seinen übrigen Papieren in der unter dem Wams verborgenen Brusttasche zu deponieren.

Was gab es hier jetzt noch für ihn zu tun? Nichts, entschied Amman Sachs. Er suchte seine kleine Kammer im rückwärtigen Bau der Faktorei auf, um seine noch verbliebenen Sachen zu packen. Mehr als in einen leichten Beutel ging, war es eh nicht, sah man von den kleinen Stücken ab, die von dem Goldschatz stammten und die er in Veracruz vorsorglich an sich genommen hatte.

Doch er würde den Faktor noch einmal sprechen müssen, denn er brauchte ein Pferd, um seine bevorstehende Reise möglichst schnell hinter sich bringen zu können. Am besten, er nahm eines der Tiere, die unter seiner Kammer in den Ställen der Faktorei stets für Boten des Kaufmannshauses bereitstanden.

Mit schnellen Schritten sprang Sachs die schmalen hölzernen

Treppen hinunter und eilte über die dunklen Flure, um sich dieser letzten unangenehmen Pflicht zu entledigen. Ohne Anmeldung stürzte er erneut ins Hauptkontor, wo er sicher war, de Alcácer antreffen zu können – und erschrak heftig, als er schwungvoll durch die geöffnete Tür eintrat: Der Faktor von Lissabon war tatsächlich in der Schreibstube, aber er war nicht allein. Bei ihm standen zwei spanische Soldaten, wie Sachs an den glänzend polierten eisernen Harnischen erkannte. Und ein weiterer, in kostbare Gewänder gekleideter Mann, der wie ein Gesandter oder Botschafter aussah. Erst als er sich von seinem ersten Schreck erholt hatte, erkannte der Fugger-Agent das in goldenen, roten, blauen und schwarzen Fäden kunstvoll aufgestickte Wappen auf der Brust dieses Mannes. Er musste ein hoher Beamter des spanischen Königs Philipp sein.

Aber wie konnte der so schnell hier sein?

Und womöglich von der Katastrophe der *Flor de la Mar* wissen ...

Amman Sachs hatte augenblicklich das zwingende Gefühl, dass dieser Besuch, von dem eine spürbare Bedrohung ausging, ihm galt. Und er war zu verwirrt von der Plötzlichkeit dieser Bedrohung, als dass er in dieser Situation etwas Kluges hätte sagen können.

»Ah, Freiherr von Hohensax höchstselbst!«

Der spanische Höfling ergriff als Erster das Wort. Amman Sachs bemerkte, dass die beiden Soldaten sich bei der Nennung seines offiziellen Namens merklich anspannten. Zum Sprung bereit, weil sie offensichtlich meinten, von ihm müsse irgendeine Gefahr ausgehen.

»Wir sprachen gerade von Euch«, fuhr der Fremde fort und kam dabei einige Schritte auf Sachs zu, der immer noch im Türbogen stand. Die Soldaten folgten in geringem Abstand, die Hände an den langen Schwertern, die an ihren Gürteln baumelten.

»Ich bin Alfonso de Escobar, Cancellarius Seiner Majestät des Königs von Spanien«, stellte der Fremde sich vor.

»Woher kennt Ihr mich und meinen Namen?« war alles, was Amman Sachs im Moment hervorbrachte.

Der Fremde lächelte. »Ihr erinnert Euch nicht? Nun ja, den Mann, der die königliche Kanzlei führt, übersehen viele gerne, das ist keine große Sache. Aber die Urkunden und Dokumente, die ich Euch im Namen des Königs ausgestellt habe, an die erinnert Ihr Euch sicher.« Der bisher durchaus freundliche Tonfall Escobars nahm an Schärfe zu. »Ich muss Euch nun leider bitten, Meister Hohensax, mir die Euch verliehenen Privilegien der Krone Kastiliens wieder auszuhändigen. Sie haben hiermit ihre Wirksamkeit verloren. Darf ich bitten?« Damit streckte der Gesandte, dessen Hände in langen schwarzen Handschuhen aus Leder steckten, ihm die Linke entgegen.

Amman Sachs zögerte einen Moment; dann öffnete er seinen Wams und zog seinen vom König selbst unterschriebenen Passierschein für die amerikanischen Kolonien hervor. Zu spät bemerkte er, dass er dabei auch die kleine verräterische Notiz hervorgezogen hatte, die er vorhin aus dem geheimen Versteck des Fuggerfaktors entwendet hatte. Da waren die beiden Papiere auch schon Escobar zusammen ausgehändigt.

Ohne die Dokumente eines Blickes zu würdigen – die Siegel reichten ihm wohl als Nachweis, dass ihm das Geforderte tatsächlich übergeben worden war –, steckte der Spanier die Unterlagen nun seinerseits in seinen schwarzen Wams. Die kleine Notiz bemerkte er dabei allerdings nicht. Dann nickte er zufrieden.

»Gut«, sagte Escobar. »Nun muss ich Euch leider auch noch bitten, mich zum Escorial zu begleiten. Wie ich sehe, habt Ihr Euer Bündel ja schon gepackt. Das passt dann ja perfekt. Also sollten wir uns auch nicht länger als nötig hier aufhalten. – Faktor?«, wandte der Cancellarius sich an Alcácer. »Entschuldigt noch einmal die Aufregung, die wir in Euer Haus gebracht haben. Aber außergewöhnliche Ereignisse brauchen außergewöhnliche Vorgehensweisen. Ich vertraue auf Eure Diskretion.«

Worauf der Faktor sich tief vor seinem hohen Besucher verneigte, um dann einen letzten hämischen Blick auf Amman Sachs zu werfen.

Zwar verließ der Fugger-Agent zusammen mit Alfonso de Escobar die Faktorei, aber es schien ihm doch irgendwie, als würde er hier auf königlichen Befehl verhaftet und abgeführt. Eine solche Situation und dieses Gefühl kannte Sachs nur zu gut.

Vor dem Haus auf der Straße wartete ein geschlossener Kutschwagen mit sechs schwarzen Pferden im Geschirr, die den gesamten Fahrdamm versperrten. Der Wagen war schlicht in Schwarz gestrichen und wirkte dadurch bestechend vornehm. Kleine Lamellenfenster sorgten im Innern für Frischluft, erlaubten aber keinen Blick hinein. Die beiden Kutschführer standen regungslos vorne neben den Pferden.

Einer der Soldaten öffnete die Tür der Kutsche, die sich auf der Rückseite des Gefährts befand, und Escobar und Amman Sachs stiegen ein, während der zweite Soldat sich bereits an der Seite der Kutsche als Wache auf ein kleines Podest stellte. Dann begann die Fahrt auch schon.

Das Tempo der Kutsche war gemächlich. Amman Sachs bemerkte, dass der Wagen nach der neuen ungarischen Art gefedert sein musste. Erstaunlich wenige Schläge der schlechten Straße übertrugen sich von den großen Rädern der Kutsche auf die beiden Insassen.

In Gedanken versuchte der Fugger-Agent zu überschlagen, wie lange sie bei dieser Geschwindigkeit von Lissabon aus bis auf die Hochebene bei Madrid brauchen würde, wo sich der Escorial befand, der Königspalast.

Alfonso de Escobar schien Sachs' Gedanken zu erraten.

»Vergesst das schwierige Grenzgebirge zwischen Kastilien und Portugal nicht«, sagte er. »Da müssen wir hinüber, wenn wir Philipps Residenz schnellstmöglich erreichen wollen. Acht, eher noch zehn Tagesreisen von hier, würde ich schätzen.« Der Cancellarius grinste. »Wir aber werden es in nur zwei Tagen schaffen!«

Amman Sachs stutzte; dann aber verstand er das Rätsel und dessen Lösung, die sich in Escobars besonderer Wortwahl verbargen.

»Der König hat also tatsächlich seine Klosterresidenz verlassen? Warum? Ich hoffe nicht wegen mir?«

Escobar lachte laut auf. »Sicher nicht! Ihr habt eine gesunde Meinung von Euch, das muss man Euch lassen.« Wieder lachte Escobar. »Ein Schiff mit ausreichend Gold an Bord, um zwei große Kriege gleichzeitig zu finanzieren, und ein mexikanischer Prinz, der dieses Gold als Zeichen seiner Demut übergeben will – das sind sehr gute Gründe, einmal mit fest gefügten Gewohnheiten zu brechen, auch für einen König, und die edle Klause zu verlassen. Ja, Philipp ist Euch und Eurem Goldschiff entgegen gereist, mein lieber Sachs.«

Dass der geheime Kanzler des spanischen Königs ihn bei seinem bürgerlichen Namen nannte, hatte beinahe schon etwas Vertrauliches. So schöpfte der Fugger-Agent neue Hoffnung, noch nicht gänzlich in Ungnade gefallen zu sein.

»Zwei Tagesreisen haben wir also vor uns? Und unsere Kutsche hat eine nord-nordöstliche Richtung eingeschlagen? Fahren wir nach Coimbra?«

Der Cancellarius schüttelte den Kopf. »Das wären drei Tagesreisen, mein Freund. Aber die Richtung, die Ihr bei Eurer Raterei eingeschlagen habt, stimmt schon.«

In Gedanken ging Amman Sachs die ihm bekannten Karten der Iberischen Halbinsel durch.

»Alcobaça vielleicht. Das dortige Zisterzienserkloster müsste doch ganz nach dem Geschmack des Königs sein. Oder das Mosteiro de Santa Maria da Vitória, das Dominikaner-Kloster der heiligen Maria des Sieges in Batalha?«

Wieder schüttelte Escobar sichtlich amüsiert den Kopf.

Weitere Orte zwischen Lissabon und Coimbra, die auch nur annähernd dem Aufenthalt des mächtigsten Mannes der bekannten Welt würdig gewesen sein könnten, fielen Sachs nicht ein. »Dann treffen wir den König vermutlich in irgendeinem Gasthaus am Wegesrand«, gab der Fugger-Agent endlich seiner Resignation nach, den aktuellen Aufenthaltsort Philipps nicht erraten zu können, wenngleich ihm dieses Ratespiel mittlerweile albern vorkam. Escobar machte aber auch keine Anstalten, das Rätsel aufzuklären, und genoss es stattdessen sichtbar, seinen Begleiter im Ungewissen zu lassen.

So verlegte Amman Sachs sich schließlich aufs Schweigen und versuchte lediglich durch Beobachtung der langsam an den Fensteröffnungen vorüberziehenden Landschaft zu entschlüsseln, wohin diese seltsame Reise wohl führen mochte und was ihn am Ziel erwartete. Schließlich hatte er als Verantwortlicher für die sichere Überfahrt der so wertvollen Goldgaleone kläglich versagt. Und außer einigen vagen Verdächtigungen würde er – endlich zur Rede gestellt – nicht viel zu seiner Verteidigung vorzubringen haben.

Die gesamte Fahrt führte mehr oder weniger in Sichtweite des großen Rio Tejo durch üppiges und weitgehend ebenes Marschland, was das Vorankommen sehr erleichterte. In einem kleinen Ort, den der Cancellarius seinem Begleiter als »Vila Franca de Xira« vorstellte, wurden sie von den Einheimischen zwar wie exotische Tiere bestaunt, aber auch mit einfachen, jedoch guten

Speisen für eine komfortable Rast versorgt. Amman Sachs bemerkte zahlreiche schwarze Stiere auf den Wiesen rund um das Dorf und hätte bei all dieser friedlichen Ländlichkeit beinahe den Anlass der Reise vergessen.

Als der kleine Tross die Fahrt bald darauf flussaufwärts fortsetzte, veränderte sich der Rio Tejo ziemlich plötzlich, und aus der eben noch breiten Wasserfläche wurde ein normaler, überschaubarer Flusslauf, der sich sanft mäandernd seinen Weg in die Landschaft gegraben hatte.

Nur einmal unterbrach Amman Sachs das Schweigen zwischen Alfonso de Escobar und ihm, und zwar, als er in den Wäldern auf den immer deutlicher ansteigenden Hügeln, die nun die Ufer des Tejo markierten, eine stark befestigte Stadt erkannte. Eine hohe Burg thronte geradezu auf einem der Hügel und überblickte das lichte Flusstal.

»Ist das nicht Santarém?«, fragte er den Spanier, als er sich an diesen Ort erinnerte, der zu Zeiten der Reconquista, der christlichen Rückeroberung der iberischen Halbinsel von den Mauren, heftig umkämpft war. »Und der Königspalast Portas do Sol?« Aber die Kutschführer machten keine Anstalten, ihr wuchtiges Gefährt zu diesem Ort hinaufzuführen, woraus Amman Sachs schloss, dass der spanische König auch hier nicht seinen Aufenthalt gesucht hatte.

Eine weitere halbe Tagesreise nach Santarém bemerkte der Fugger-Agent durch die Fensterluken, dass sie sich nun mehr und mehr vom Fluss und dem Marschland entfernten. Die Fahrt wurde ruckiger, da es nun stärker bergauf ging, hinein ins Landesinnere.

Amman Sachs sah zunehmend dichtere Pinien- und Korkeichenwälder; der Fahrdamm wurde schmaler und die Arbeit der Pferde auch für die Insassen der Kutsche spürbar mühseliger. Mehr und mehr zermarterte Sachs sich den Kopf, wohin nun hier, im Nirgendwo, die Reise führen sollte. Einen angemessenen Ort für einen königlichen Hof kannte er in dieser immer rauer werdenden Wildnis beim besten Willen nicht. Und der verschlossene Escobar machte auch weiterhin keine Anstalten, ihm die erhoffte Aufklärung zu geben.

Als sie einen besonders dichten Waldabschnitt passiert hatten und die Landschaft wieder etwas weiter wurde, entdeckte Amman Sachs einen neuen kleinen Flusslauf als ihren Begleiter, an dessen Ufer sich ihr immer dürftiger werdende Pfad weiter ins Hügelland hinaufschlängelte. An einer der vielen Wegbiegungen, die der kleine Zug dabei zu bewältigen hatte, bekam Amman Sachs für einen Moment freien Blick auf das vor ihnen liegende, nun wieder sanft ansteigende Flusstal – und entdeckte an dessen scheinbarem Ende auf einem hohen Felssporn eine schier unglaublich mächtige, zinnenbewehrte Befestigungsmauer, hinter der ein noch eindrucksvollerer Burgfried emporragte. Die gewaltige Festung schien aus einem hellen Sandstein gebaut. Der Fugger-Agent hatte nicht die leiseste Ahnung, um welchen Bau es sich bei dieser Festung handeln konnte.

»Ist das unser Ziel?«, fragte er schließlich den immer noch entspannt dasitzenden Cancellarius, als der kolossale Anblick mit der nächsten Biegung, die der Weg ihrer Kutsche nahm, aus seinem Blickfeld verschwunden war.

»Oh ja«, antwortete der Angesprochene. »Zwei Tagesreisen, wie ich es Euch gesagt hatte. Wenn wir Glück haben, werden wir es noch bis vor Sonnenuntergang hinauf zur Burg geschafft haben.«

Amman Sachs war die Frage unangenehm, aber er mochte auch nicht länger im Ungewissen bleiben: »Dann sagt doch bitte endlich, wo wir sind. Eine solche mächtige Burg ... wie kann es sein, dass ich noch nie davon gehört habe?«

Der Spanier schaute den Schweizer nachdenklich an. »Ihr wisst wirklich nicht, an welchem Ort wir hier sind? So lassen sich in unserer immer kleineren Welt solch große Geheimnisse doch noch verbergen! Also gut, es ist noch ein Stück Weges, das wir vor uns haben, mein Freund. Dann will ich Euch enthüllen, welche Bewandtnis es mit der Burg hat, zu der wir gleich hinauffahren werden.

Unser Ziel ist das Convento da Ordem de Cristo, die Klosterburg und Residenz der Christusritter. Und der Ort zu Füßen der Festung heißt Tomar. Ein bemerkenswerter Ort, wie Ihr sicher sehr bald sehen werdet.«

Amman Sachs spürte, wie sein Mund trocken wurde.

»Die Kreuzritterburg!«, stieß er hervor.

Konnte das sein? Durfte das sein?

Er hatte von diesem Ort gehört. Legenden, Mythen – nicht mehr. Ein verborgener Ort der Geheimnisse sollte die Kreuzritterburg sein; zumindest raunte man sich das allenfalls zu. Offen auszusprechen, dass es diesen Ort tatsächlich gab, wagte keiner. Zumindest war es während seiner Zeit bei der Schweizergarde so gewesen, wurde der Fugger-Agent sich bewusst. Da flüsterte man sich allenfalls nach Dienstende in der Taverne aufgeschnappte Geschichten über diesen von der Welt entrückten Ort zu, der nicht real sein konnte, den es gar nicht geben durfte. Weil er tabu war. Weil es die Grenzen des christlich und sittlich Erlaubten überschreiten würde, sollte dieser Ort tatsächlich existieren.

Es war ein Bollwerk des geheimen Wissens des Abend- und Morgenlandes, wenn die Gerüchte auch nur einen Kern Wahrheit enthielten. Eine verborgene Festung, in der möglicherweise das an anderen Orten restlos vernichtete Wissen der Mauren im Okzident bewahrt worden sein könnte. Verbotenes Wissen. Verbanntes Wissen. Unaussprechliches Wissen.

Amman Sachs spürte, wie er am ganzen Körper eine Gänsehaut bekam, wenn er an die gewisperten Legenden über diesen entrückten Ort dachte. Und nun sollte er selbst ihn schauen dürfen, ihn erleben dürfen, diesen magischen Ort der düsteren Wissenschaften ...

Doch was den Agenten am meisten erschreckte war die Vorstellung, dass er ausgerechnet hier den streng katholischen Habsburger auf dem spanischen Thron treffen sollte. Kein anderer Herrscher lebte das klösterliche, enthaltsame Ideal eines christlichen Königs so vorbildlich wie Philipp von Spanien – so hieß es zumindest stets von diesem Monarchen. Und jetzt hatte dieser höchste weltliche Fürst ausgerechnet diese vermeidliche Ketzerschmiede zu seinem geheimen Domizil in Portugal gemacht?

Die Auffahrt den Hügel hinauf, wo sich die Kreuzritterburg befand, wurde nach der eher ruhigen Fahrt durch die Tejomarschen noch einmal zu einer echten Herausforderung für die beiden Kutschführer, die große Mühe hatten, das halbe Dutzend Pferde mit ihrer schweren Fracht die enge Serpentinenstrecke hinauf zu treiben. Insgesamt war der zu bewältigende Höhenunterschied vom Ort Tomar hinauf zum Kloster des Christusordens zwar nicht gewaltig, doch der Weg zu den Toren der Festung war mit Bedacht so steil angelegt worden, dass mögliche Angreifer beim Emporsteigen ermüdeten.

Erschwert wurde die Passage noch dadurch, dass der Aufweg auch zu dieser fortgeschrittenen Stunde – die Dämmerung brach bereits über Hügel und Tal herein – noch rege von Händlern, Landsknechten und Marketendern genutzt wurde, die offensichtlich Waren zur Burg brachten oder nach erfolgreichen Geschäften von dort zurückkehrten. Immer wieder kam es zu Unterbrechungen der Fahrt, die von lautem Geschrei begleitet wurden, weil die große Kutsche und entgegenkommende Fuhrwerke nicht auf Anhieb aneinander vorbeikamen.

Amman Sachs verfolgte von seinem Platz an einer der kleinen

Fensteröffnungen des Kutschwagens aus die zum Teil waghalsigen Manöver der Fuhrleute mit ihren Gefährten und entdeckte, wie er glaubte, als Erster das hinter einer Wegbiegung auftauchende Tor der jetzt aus der Nähe betrachtet noch wuchtigeren Burganlage.

Die großen massiven Holzpforten waren weit geöffnet, und im letzten Licht der Abendsonne glänzten die Rüstungen zahlreicher Wachsoldaten. Zur Verwunderung des Fugger-Agenten sah er ausschließlich spanische Uniformen, was in der Tat überraschend war, trennten doch Spanien und Portugal, wie ganz Europa wusste, jahrhundertealte Grenzstreitigkeiten. Aber wenn der spanische König hier weilte, war es wohl nur selbstverständlich, dass er sich nur von seinen eigenen Soldaten beschützen ließ.

Doch für Amman Sachs lag in diesem Bild eine unbekannte Dimension großer Diplomatie verborgen: Spanische Soldaten, die eine nur als Mythos bekannte portugiesische Klosterburg bewachten. Das war in der Tat eine Ungeheuerlichkeit. Sachs ahnte, dass er hier Zeuge noch unbekannter Entwicklungen wurde – allmählicher, von der Öffentlichkeit unbemerkter Veränderungen, die das Bild der Welt nachhaltig verändern würden.

Und auch gefährden konnten.

Und da die Kutsche des Cancellarius, die man hier offensichtlich gut kannte und auch erwartet hatte, vor allen anderen Fuhrwerken Vorfahrt erhielt und das erste Tor ohne Aufenthalt passieren durfte, wuchs auch ein eigenes Gefühl von Bedeutung bei Amman Sachs, der ein wenig von den Privilegien Escobars auf sich abstrahlen sah. Die Ehrfurcht, die die Kutsche, in der sie saßen, allein durch ihren Anblick bei den Passanten verursachte, war für den Fugger-Agent mit allen Sinnen spürbar. Und er genoss voll heimlicher Freude diesen kleinen Triumphzug, dessen Ausgang aber nach wie vor voller Ungewissheit für ihn war.

Da sich das Rollgeräusch der großen Räder des Kutschwagens

für einen Moment änderte, erkannte Amman Sachs, dass sie jetzt wohl ein zweites, inneres Tor erreicht hatten, das durch eine wahrscheinlich hölzerne Zugbrücke davor gesichert wurde. Die veränderten Geräusche waren aber nur kurz zu hören; dann knirschte auch schon wieder Kies unter den eisernen Laufflächen der Räder.

Durch die Fensterluken erkannte Amman Sachs nun in langen Reihen aufgestellte Fackeln, die den Weg ins Innere der offensichtlich weitläufigen Anlage erhellten. Die letzten Sonnenstrahlen des Tages gaben zur Überraschung des Fugger-Agenten den Blick frei auf einen üppigen Obstgarten, der sich in mehreren Terrassen im Schutz der weiten Festungsmauer leicht den Burghügel hinunterzog.

»Es ist schon eine Ironie«, hörte Sachs hinter sich unvermittelt die Stimme Escobars. »Da erreichen wir das so genannte Sonnentor dieser Kreuzritterburg ausgerechnet in dem Moment, in dem sich das Sonnenlicht zur Nacht verabschiedet. Hoffen wir, dass das kein schlechtes Zeichen ist.«

Wieder konnte der Fugger-Agent die Worte des Cancellarius nicht deuten. Aber seine Sinne waren auch noch immer gefangen von der geradezu magischen Wirkung der mächtigen Festungsmauern und des Plateaus, das den riesigen Vorplatz zur eigentlichen Klosteranlage bildete.

In weitem Bogen wurde der Kutschwagen vor einer großen und hohen Freitreppe in Position gebracht, die zu einer Kirche und weiteren Gebäuden auf einer höheren Ebene der Klosterburganlage hinauf führte. Die Kutschtür wurde von außen geöffnet. Als Escobar und Amman Sachs ausstiegen, wurde der vorhin schon überwältigende Eindruck von der gesamten Anlage noch einmal gesteigert.

Erst jetzt erkannte der Fugger-Agent, dass die beiden Tore der Festung von einer für sich stehenden, gewiss Jahrhunderte alten eigenen Burg gesichert wurden, zu der auch der Burgfried gehörte, den man vom Tal aus hatte sehen können. Über lange, gotisch wirkende Arkadenbauten war diese erste Burg mit der eigentlichen Klosteranlage dahinter verbunden, die aus einem zentralen, zwar eher kleinen Dom bestand, um den herum sich jedoch eine Vielzahl weiterer Arkadenbauten anschlossen – wahrscheinlich Kreuzgänge und die eigentlichen Klosterräumlichkeiten, wie Sachs vermutete. Wie weit diese sich vom Plateau weg erstreckten, auf dem sie sich jetzt befanden, konnte man nicht erkennen – was den Eindruck nährte, diese Bauten müssten unendlich groß sein.

»Und keine Seele auf der Welt ahnt, dass es diese gewaltige Burg tatsächlich gibt! Unfassbar!«

Dieser Ausruf des Erstaunens entfuhr dem Schweizer, ohne dass er sich dessen bewusst gewesen wäre. Escobars Reaktion erfolgte denn auch unmittelbar: »Vergesst nie, dass es auch noch möglichst lange so bleiben soll«, ermahnte er seinen Begleiter. »Alles, was Ihr hier sehen und hören werdet, darf niemals und unter keinen Umständen über Eure Lippen kommen. Denkt immer daran!« Dann schnaufte Escobar und machte sich daran, die große Freitreppe zu ersteigen. »Folgt mir!«

Amman Sachs war überwältigt. Die Inszenierung der Reise von Lissabon hierher nach Tomar ... die Entdeckung, dass der Mythos der Kreuzritterburg der Christusritter Wirklichkeit war ... der Eindruck dieser riesigen Anlage selbst ... das alles ließ sämtliche Eindrücke zu einem Rausch der Sinne werden. Und der Fugger-Agent war sich sicher, dass er nun tatsächlich vor König Philipp gebracht würde. Er würde sich vor dem Herrscher auf die Knie werfen und mit aller Inbrunst für den Verlust der *Flor de la Mar* um Vergebung bitten. Nur wahre Ritterlichkeit, mutmaßte Sachs, würde vor einem solchen Herrscher Gnade finden können.

Doch zu seiner großen Enttäuschung wurde Sachs nicht in eine Kanzlei oder Klause des düsteren Königs geführt, um sofort seine theatralisch geplante Entschuldigung vorbringen zu können. Stattdessen geleitete der Kanzler ihn durch kunstvoll verzierte, mit unglaublichen Schnörkelarbeiten versehene Gänge und Flure, über die sie offensichtlich in einen der rückwärtigen Flügel des Klosters gelangten. Sachs hatte rasch die Orientierung verloren; zu sehr konzentrierte er sich auf die üppige Pracht der Ausstattung, mit denen jeder Zoll der Bauten verziert war.

Auch die geheimnisvollen Männer in den schwarzen Kutten mit großen roten, aufgestickten Kreuzen auf der Brust, die ihnen immer wieder in kleinen Gruppen begegneten, fesselten Sachs' Aufmerksamkeit. Echte Ritter, vermutete er. Auch sie waren wie diese Burg eigentlich längst ein romantischer Mythos, der sich durch Vieles von dem unterschied, was der Fugger-Agent selbst als Soldat der Schweizergarde über das Militärwesen kennen gelernt hatte. Hier jedoch liefen die Ritter vergangener Jahrhunderte in stiller Andacht oder regem brüderlichen Disput umher, als wäre es das Selbstverständlichste auf der Welt.

Als sie einen menschenleeren Flur entlanggingen, fragte Amman Sachs seinen Begleiter: »Also sind die Mythen tatsächlich wahr? Die Templer haben doch überlebt?«

Alfonso de Escobar blieb stehen und schaute den Jüngeren eindringlich ein.

»Wagt diese Ungeheuerlichkeit noch nicht einmal zu denken! Und sprecht nie wieder diesen Gedanken aus! Die Templer gibt es seit zweieinhalb Jahrhunderten nicht mehr. Sie wurden von der Heiligen Inquisition vom Antlitz der Erde getilgt, für immer und alle Zeiten!«

Kopfschüttelnd setzte Escobar den Gang durch die Klosterflure fort, wobei er eher beiläufig fortfuhr: »Wenngleich es natürlich stimmt, dass diese Klosterburg einst durch den damaligen Großmeister der Tempelritter, Gualdim Pais, gegründet wurde, und dieser noch heute hier begraben liegt – im so genannten Claustro do Cemitério, dem Kreuzgang der Gräber.«

Amman Sachs verstand. Es war eine Form von geheimem Ungehorsam gegenüber der gläubigen Öffentlichkeit und wahrscheinlich der Kirche Roms, dass man die Existenz der Templer leugnete, deren Tradition unter dem verschwiegenen Mantel des Christusordens an diesem Ort jedoch irgendwie fortführte. Wahrscheinlich wäre es wohl ein zu großer und schmerzlicher Verlust gewesen, auf den Wissensschatz und die Erfahrungen dieser weltgewandten Tempelritter zu verzichten, die ja wie keine zweite Gemeinschaft in Berührung mit fremden Kulturen an den Grenzen des Abendlandes gelebt hatten.

Wissen!

Dem Agenten der Fugger fielen im Gehen nun erstmals die Verzierungen der Arkadenbögen, die Fenstereinfassungen und Säulen und Kapitelle auf, die im flackernden Licht der Laternen und Fackeln seltsam lebendig schienen. Er erkannte im Schattenspiel hüpfende orientalische Ornamente, schwankende Symbole aus der Welt der maritimen Entdeckungen, sich grotesk gebärdende heidnische Götterfratzen und immer wieder stilisierte Globen, auf deren Ringen, die die Wendekreise der Sonne darstellten, das lebendige Licht tanzte. Die Globen jedoch bildeten auch ein Zeichen des portugiesischen Königtums, wie Amman Sachs wusste. Doch in welcher Gesellschaft sich diese Symbole hier befanden!

Geheimes Wissen ...

Was nur hatten diese Zeichen in einer vorgeblich christlichen Klosteranlage zu suchen? Amman Sachs spürte, wie seine Erregung wuchs, als würde hier an diesem so geheimnisvollen Ort eine verwegene Initiation auf ihn warten.

Schließlich blieb der Cancellarius wieder stehen, diesmal vor einer schweren hölzernen Tür, die von einem breiten, eher schlichten Flur abging. Sie hatten das große Dormitorium erreicht, wie Escobar seinem Begleiter erläuterte; den Schlaftrakt mit den kleinen Zellen, die den Mönchen als private Rückzugsorte dienten.

»Hier könnt Ihr Euch erst einmal ausruhen, Meister Hohensax«, erklärte der Ältere, während er die Eichentür entriegelte und öffnete. Ein kleiner Raum wurde sichtbar, in dem ein einfaches Holzlager, ein Stuhl und ein grob gezimmerter Tisch standen, auf dem ein Krug mit Wasser und ein Teller mit Brot bereitgestellt waren. Durch eine winzige Luke fiel schwaches Nachtlicht herein. Die Sonne war längst untergegangen.

Also bin ich doch ein Gefangener, dachte Amman Sachs. Ein Gefangener an einem Ort, den kein rechtschaffener Mensch in der Welt außerhalb dieser Mauern und dieses geheimen Tals wirklich kannte. Und folglich wusste da draußen nun auch niemand mehr, wo er, der Agent des großen Kaufmannshauses, wirklich abgeblieben war.

Ergeben betrat Amman Sachs die kleine Klause und hörte, wie hinter ihm die Tür geschlossen und der eiserne Riegel vorgeschoben wurde.

8.

Die Nacht war unruhig. Durch die glaslose Fensterluke der kleinen Mönchsklause drangen immer wieder ungewöhnliche Laute an die Ohren des Fugger-Agenten. Einmal war ihm, als hätte der verzweifelte Schrei eines grausam Gefolterten ihn aus dem unruhigen Halbschlaf gerissen.

Als die ersten fahlen Sonnenstrahlen endlich den neuen Tag ankündigten, fühlte Amman Sachs sich grässlich. Er hatte kaum geschlafen, und selbst dann hatten schreckliche Albträume ihn geplagt. Nun lag er erschöpft auf seiner Pritsche und versuchte die Dämonen der Nacht zu vertreiben. Doch ein unangenehmes Echo, das sich nicht mehr niederringen ließ, blieb in seinem Bewusstsein zurück.

Die grausige Nacht an diesem düsteren Ort hatte Sachs eine neue Erkenntnis gebracht, von der er wusste, dass ihr Fluch ihn sein künftiges Leben nicht mehr loslassen würde: Unermessliche Schätze waren mit der *Flor de la Mar* verloren gegangen – riesige Vermögen, die ein gewaltiges Königreich am Leben erhalten konnten. Doch mitsamt dem stolzen Schiff und dem sagenhaften Goldschatz war ein noch viel wertvollerer und sehr viel schwerer wiegender Schatz für immer verloren, für deren Verlust ebenfalls er, der glücklose Agent des großen Handelshauses, die wesentliche, wenn nicht gar alleinige Verantwortung trug.

»All die unglücklichen Menschen, die mit diesem vermaledeiten Schiff verloren gegangen sind!«, sprach Amman Sachs laut seinen bis jetzt verdrängten größten Schmerz aus. Es ging hier nicht allein um Gold und andere Kostbarkeiten. Es ging vor allem um die vielen Menschen, die ihr Schicksal mit dem der unglückseligen Galeone verknüpft hatten und nun wahrscheinlich mit ihr zusammen auf dem unerreichbaren Grund des Ozeans lagen. Konnte jemand, der den Tod so vieler Menschen auf dem Gewissen hatte, überhaupt noch weiterleben?

Amman Sachs spürte, wie Angst und Verzweiflung sich in ihm ausbreiteten.

Der Riegel der schweren Tür der Zelle wurde geräuschvoll zur Seite geschoben, und begleitet vom Knarren der Scharniere trat der Cancellarius in den kleinen Raum. Einen Moment lang überlegte Amman Sachs, ob er seinem ersten Impuls folgen und an dem Spanier vorbei ins Freie fliehen sollte, aber dann hätte er sich immer noch im Innern einer schwer befestigten Burganlage befunden; und ob er es geschafft hätte, sich aus dieser Festung zu befreien, war sehr fraglich.

»Ihr seht aus, als hätten Euch endlich die Tränen übermannt, Hohensax«, begann der Spanier. »Das ist gut. Der Anlass für euer Hiersein rechtfertigt diese Trauer. Ja, die Kammern eines Klosters sind nun einmal der beste Ort für eine gründliche innere Einkehr.«

Erst jetzt bemerkte Amman Sachs von seiner Liege aus, auf der er immer noch kraftlos lag, dass der Kanzler eine große Dokumentenrolle in Händen hielt. »Bringt Ihr bereits mein Urteil, noch ehe die Beweisaufnahme angefangen hat, Meister Escobar? Oder was ist das für eine Urkunde, die Ihr dort mit Euch tragt?«

Der Angesprochene entrollte das Pergament und studierte es mit flüchtigem Blick. Dann wickelte er es wieder in seine ursprüngliche Form, trat auf den schlichten Tisch zu, auf dem immer noch Wasser und Brot standen, ohne dass Sachs es angerührt hatte, und legte das Schriftstück ebenfalls dort ab. Aus einer Tasche seines Wamses holte er dann ein kleines, mit einem

Korken verschlossenes Tintenfass hervor; dann zauberte er eine prächtige Schreibfeder aus einer Innentasche.

»Noch nicht das Urteil, mein Freund. Aber Seine Majestät König Philipp hat die Nacht damit zugebracht, sich von mir die jüngsten Ereignisse in Lissabon berichten zu lassen und Euch persönlich seine Fragen aufzuschreiben. Der König ist ähnlich übermüdet wie Ihr. Im Gegensatz zu Euch aber hat er sich noch einmal zur Ruhe begeben können. Ihr hingegen werdet jetzt schreiben, denn wenn der König erwacht, erwartet er Euren Bericht. Aber ich warne Euch, Hohensax, fasst Euch kurz. Nutzt den freien Platz auf dem Pergament, doch je knapper und präziser Eure Aussagen und Angaben sind, desto mehr werdet Ihr den König für Euch und Euer Los einnehmen können.«

Damit schritt der Kanzler wieder zur Tür. »Wenn Ihr fertig seid mit Eurem Protokoll, klopft einfach an die Tür. Ein Ordensbruder steht draußen bereit, mich zu rufen. Übergebt das Pergament niemandem außer mir, habt Ihr verstanden?« Mit einem ernsten Blick fixierte Escobar den Schweizer. Amman Sachs nickte. »Gut. Dann erhebt Euch jetzt von Eurem Lager und hört auf, Euch zu bemitleiden. Macht Euch endlich an die Arbeit.«

Geräuschvoll wurde die Tür geschlossen. Amman Sachs war wieder allein mit sich und seinen Gedanken. Einen Moment zögerte er noch; dann erhob er sich tatsächlich von der unbequemen Pritsche und trat ebenfalls an den Tisch. Er brach sich ein Stück vom immer noch saftigen Brot ab und steckte es sich in den Mund, klopfte Mehlreste von seinen Fingern und nahm das Pergament.

Die Fragen, die er darauf las, waren in einer offensichtlich befehlsgewohnten, geradlinigen Sprache verfasst: »Mit wem hat Er bis heute über die Passage der *Flor* gesprochen?« – »Welche Fracht befand sich nach Seinen Kenntnissen an Bord? Material, Aussehen, Gewicht.« – »Wie hoch schätzt Er den genauen Verlust ohne den Wert des Schiffes?« – »Welche Ursachen für das Verschwinden der *Flor* hält Er für möglich?«

In diesem Tonfall waren auf dem Pergament eine Vielzahl von Fragen aufgeführt, mit jeweils gerade so viel Platz zwischen den Zeilen, dass dort allenfalls eine nur knappe Antwort eingefügt werden konnte.

Alle Fragen waren in einer schönen, gleichmäßigen Schrift verfasst. Und in der Tat waren es ausschließlich Fragen, die sich ohne Umweg dem Kern eines Problems näherten. Amman Sachs war beeindruckt, als er erkannte, dass gerade die präzise Sprache ein sehr gutes Instrument war, um die vielen Probleme rasch lösen und die richtigen Entscheidungen treffen zu können, die das Regieren eines so riesigen Landes wie Spanien mit seinen Überseekolonien notwendig machte. Der Fugger-Agent schob den Stuhl an den Tisch, öffnete das kleine Tintenfässchen und stippte den Federkiel in die schwarze Flüssigkeit.

Amman Sachs ließ sich Zeit mit der Ausfertigung seiner Antworten. Jeden Satz, jedes Wort wog er sorgfältig ab, bevor er es auf der fein schimmernden Lämmerhaut des Pergaments niederschrieb. Er ahnte, dass dies die wichtigste Arbeit seines Lebens werden könnte. Und er gab sich die größte Mühe, die verlangten Auskünfte in der bestmöglichen Form zu geben.

Als er fertig war, las er noch einmal die einzelnen Fragen und seine Erwiderungen durch, Wort für Wort. Dann erhob er sich vom Stuhl und klopfte fest an die Tür, wie der Kanzler ihn angewiesen hatte. Sofort hörte er, wie sich auf dem Gang vor der Zelle jemand rasch entfernte. Es dauerte nicht lange, bis die schweren Schritte des Cancellarius sich deutlich hörbar näherten. Der Türriegel wurde wieder geöffnet, und der Kanzler und der Agent standen sich für einen Moment schweigend gegenüber und musterten sich mit einer Mischung aus Misstrauen und Hoffnung.

Schließlich übergab Amman Sachs dem spanischen Beamten

das beschriebene Pergament, der es einen Moment in den Händen wog, sich dann umdrehte und ohne Hast das Dormitorium verließ. Der Fugger-Agent schaute den Ordensbruder an, der den Cancellarius geholt hatte und mit ihm auch in den Schlaftrakt zurückgekehrt war.

»Dürfte ich mir draußen ein wenig die Beine vertreten, oder muss ich hier in der Zelle bleiben?«

Der Angesprochene lächelte nur gemein und verschloss ohne Erwiderung die Tür.

Der lichte Tag war schon eine ganze Weile von der dunklen Nacht abgelöst wurden, als der Fugger-Agent abermals hörte, wie der eiserne Riegel bewegt wurde. Diesmal trat ein Mönch herein, in einen schwarzen Mantel gehüllt; das Gesicht des Mannes wurde von einer weiten, über den Kopf gezogenen Kapuze verdeckt. Amman Sachs suchte vergeblich das aufgestickte rote Kreuz des Christusordens auf dieser Kluft.

»Folge Er mir bitte«, hörte der Agent eine tiefe Stimme aus dem dunklen Innern der Kapuze sagen.

»Wo geht es denn hin?«, fragte Amman Sachs, bekam aber keine Antwort.

Stattdessen ging der Mönch ihm mit ruhigen, gemessenen Schritten voraus über den breiten Gang des Dormitoriums bis zu einer Tür, die der vor Sachs' Zelle bis ins Detail glich. Der Mönch öffnete und bedeutete Sachs, hindurchzugehen. Zu seiner Überraschung erkannte der Schweizer, dass keine weitere Zelle hinter der Tür lag, sondern eine in ein tiefer gelegenes Geschoss führende Wendeltreppe.

Eine Geheimtreppe!

Die Männer stiegen die Stufen hinunter und traten durch eine weitere Tür in eine Kanzlei, die fast bis ins Detail dem Kontor einer Faktorei glich. Große dunkle Schränke mit unzähligen Karteischubladen reihten sich an den Wänden. An einem imposanten Schreibpult stand im Schein einer großen Laterne der Cancellarius und schrieb in einem großen Pergament. Der Mönch stellte sich nahe der Eingangstür auf, als wollte er verhindern, dass Amman Sachs auf diesem Weg fliehen konnte.

»Alfonso de Escobar!«, versuchte Amman Sachs eine freundliche Begrüßung, doch seine Neugierde und Ungeduld waren größer. »Habt Ihr vom König Nachricht für mich? War er mit meinen Auskünften zufrieden?«

Der Kanzler hielt inne und sah auf.

»Meister Sachs! Ich hoffe, Euch ist die Zeit so allein in Eurer Mönchsklause nicht zu lang geworden. Vielleicht habt Ihr ja die Gelegenheit genutzt, reiflich über die ganze Angelegenheit nachzudenken und Eure neuen Dämonen zu besiegen.«

Der Kanzler schaute für einen Moment an Amman Sachs vorbei und fixierte offenbar einen Punkt irgendwo hinter ihm. Im Reflex folgte der Agent dem Blick und sah gerade noch, wie der hinter ihm stehende Mönch rasch den Kopf senkte.

»Nun?«, forderte Escobar wieder Sachs' ganze Aufmerksamkeit.

»Was soll ich sagen?«, erwiderte der Fugger-Agent. »Die Gewässer waren ruhig, die *Flor de la Mar* in einem sehr guten Zustand, die Mannschaft von ausgesuchter Loyalität, der Kommandant erfahren, die Fracht von einem unvorstellbaren Wert – und der nachfolgende Konvoi berichtet von Kampfspuren in Gestalt von Trümmern, die von einem spanischen Schiff stammen müssen. Für mich gibt es keine andere Schlussfolgerung, als dass die Goldgaleone von einer unbekannten Macht aufgebracht, gekapert, ausgeraubt und zerstört wurde.«

Der Kanzler rieb sich nachdenklich das Kinn. Dann fragte er: »Und was ist mit der Mannschaft?«

Amman Sachs überlegt kurz. »Ein solches Schiff auf offener

See aufzubringen und zu attackieren ist ein ganz ungeheuerlicher und bisher nie da gewesener Frevel. Egal, wer dazu in der Lage war und diesen Überfall verübt hat – er durfte keine Zeugen übriglassen. Nur seine eigene, eingeschworene Mannschaft.«

»Also ein Akt der Piraterie?«

Der Fugger-Agent versuchte, die Tragweite seiner gewagten These zu erfassen. »Ich glaube schon«, sagte er schließlich. »Ein solches Schiff und eine solche Ladung lassen den größten Wagemut entstehen. Und es ist leider zu vermuten, dass die *Flor* selbst ahnungslos war und auf offener See keinen derartigen Angriff fürchtete.«

Escobar hob eine Augenbraue. »Ihr habt die Mannschaft also nicht zur äußersten Wachsamkeit angehalten?«

Amman Sachs spürte die Falle, die er sich gerade selbst gestellt hatte. »Oh doch«, erwiderte er rasch. »Aber wir alle haben allenfalls mit Angriffen in Landnähe gerechnet, niemals auf offener See. Die Wahrscheinlichkeit, dass dort ein Schiff einem anderen auflauert, ist viel zu gering.«

Der Kanzler lächelte schief. »Offensichtlich nicht … wenn es stimmt, was Ihr berichtet.«

Der Agent nickte gezwungen.

»Gibt es wirklich keine andere Möglichkeit, wie das Schiff verloren gehen konnte? Oder wo es sich jetzt aufhält?«, hakte der Spanier nach.

»Ich fürchte nein. Es sei denn, wir ziehen die Existenz der unbekannten Meeresungeheuer in Betracht, von denen verängstigte Schiffsmannschaften immer wieder einmal berichten.«

»Die Ausgeburten der Hölle …«, murmelte Escobar.

»Wenn Ihr es so nennen wollt. In dem Fall war es das Schicksal oder die Vorsehung, die verhindert hat, dass die Mexikaner mit ihrem Gold zu uns in die Alte Welt gelangen konnten.« Amman Sachs glaubte allerdings nicht ernsthaft an das, was er da sagte.

Und seinem Blick nach zu urteilen, stimmte Escobar in dieser Einschätzung mit ihm überein.

»Habt Ihr eigentlich eine Ahnung, Meister Hohensax, welche Funktion diese Kreuzritterburg, auf der wir uns befinden, eigentlich erfüllt?«, wechselte der Spanier ganz unvermittelt das Thema. Tatsächlich hatte sich Amman Sachs die letzten Stunden viel intensiver mit dieser Frage beschäftigt als mit dem Verbleib der Goldgaleone.

»Ich kann nur mutmaßen, Herr. Es ist auffällig, dass die Ordensbrüder hier – mit Ausnahme des Bruders hinter mir – das gleiche rote Christuskreuz auf der Brust tragen wie die Schiffe der Konquistadoren auf ihren Segeln. Dann finden sich überall in dieser Klosterburg diese Zeichen und Symbole aus fremden Landschaften und Kulturen. Ich hatte bisher stets geglaubt, Salamanca sei die Ausbildungsstätte der Weltreisenden und Eroberer. Doch allmählich begreife ich, dass das wahre Wissen der Seefahrer hier in diesen Mauern weitergegeben wird. Es scheint in dieser Burg eine geheime Universität der Entdecker der Neuen Welten zu geben, von der nichts bekannt ist.«

Wieder nickte der Kanzler, tief in Gedanken. »Ihr habt recht. Ja, Ihr habt es sehr gut getroffen. Habt Ihr gewusst, dass vor hundert Jahren Heinrich von Portugal, genannt der Seefahrer, der Großmeister des Ordens der Christusritter war? Und im Augenblick ist Portugals so junger und so glückloser König Sebastian selbst der Großmeister dieses Ordens. Ihr seht also, wie bedeutend diese Organisation ist und welches ungeheure Gewicht ihr beigemessen wird.«

»Warum aber diese unglaubliche Geheimniskrämerei?«, wagte Amman Sachs eine ihm selbst ungeheuerlich erscheinende Nachfrage; und er rechnete eigentlich nicht mit einer Antwort, doch er sollte sich irren.

»Ihr meint das Mysterium, das diesen Ort, die Klosterburg,

umgibt? Warum möglichst kein Mensch erfahren darf, was für Wissen und welche Wahrheiten in diesen Mauern bewegt und bewahrt werden?« Der Cancellarius holte tief Luft. »Nun, unsere Welt verändert sich, mein junger Freund. Sie verändert sich mit rasender Geschwindigkeit. Und sie verändert sich, weil *wir* es so wollen. Als die Tempelritter vor nunmehr viereinhalb Jahrhunderten im Morgenland als Kreuzfahrer keinen Krieg führten und stattdessen Freundschaft schlossen mit den Heiden des Orients, gewannen sie Zugang zu einem ungeheuren Wissensschatz. Das Wissen der Alten, wie wir es nennen. Unglaubliches Wissen, unfassbare Wahrheiten, die unsere abendländische und christliche Welt ins Wanken brachten.

Zugleich aber war es wertvolles Wissen, das es uns ermöglicht hat, große Schiffe zu bauen, mit denen wir die weiten Meere bereisen konnten, um sagenhafte neue Länder zu erobern – für unseren Gott und unsere weltlichen Herren. Doch es bleibt in erster Linie auch gefährliches Wissen, das die unfehlbare Autorität von Papst und König erschüttern kann, falls es an die Öffentlichkeit dringt.

Überlegt Euch nur Folgendes: Als Christoph Kolumbus vor nicht einmal einem Jahrhundert im Zeichen des Christusordens aufbrach, um die Westroute nach Indien zu erkunden, waren dieser größten Expedition der Menschheit umfangreiche astronomische Berechnungen vorausgegangen, um die Dauer der Fahrt möglichst genau zu bestimmen. Wenn es einen Weg in Richtung Osten nach Indien und in den fernen Orient gab, war es nur selbstverständlich, dass eine Route auch andersherum um den Globus führen musste. Kolumbus fand seinen Weg. Aber er fand nicht Indien, sondern die Länder, die heute Amerika genannt werden. Gottes Vorsehung, Gottes Segen, königliche Weitsicht!

Und doch, diese königliche Weitsicht ... Hätte es nicht zufällig diese amerikanischen Lande auf den Weg nach Westen gegeben, wären Kolumbus und seine Leute auf hoher See elendig verhungert und verdurstet. Das wissen wir heute, wo wir die tatsächliche Größe unserer Erde zu ergründen verstehen. All die klugen, unfehlbaren Herren, die diese Reise vorbereitet haben, hatten sich mit der Westroute nach Indien dramatisch verrechnet, um einige tausend Meilen. Hätte er nicht zufällig Amerika entdeckt, wäre Kolumbus verschollen; er und seine Leute wären qualvoll verreckt.

Heute wissen wir das. Damals hätten wir es uns denken müssen. Das haben wir aber nicht – beziehungsweise unsere Vorgänger. Nicht auszudenken, was passieren würde, wenn solche Fehler der Obrigkeit beim Volk bekannt würden. Jede Autorität und damit jegliche Ordnung wären gefährdet. Könnt Ihr das verstehen, Meister Hohensax?«

Wieder entdeckte der Fugger-Agent, dass der Kanzler an ihm vorbei den Mönch, der immer noch hinter ihm stand, fixierte, als wollte er sich dessen Zustimmung vergewissern. Das verwirrte Sachs genauso wie die Tatsache, dass er den Grund nicht erkennen konnte, warum der Spanier ihn in diese unerhörten Geheimnisse einweihte.

»Es geht um die Aufrechterhaltung der Ordnung«, versuchte der Fugger-Agent eine Erwiderung. »Das ist es doch, was Ihr mir zu sagen versucht, nicht wahr? Um die Gestaltung der Welt, die Eroberung der Welt, die gottgewollt scheint und doch in erster Linie ein von Menschen getriebenes Unterfangen ist. Und Menschen machen Fehler. Aber Gott, und der König von Gottes Gnaden, dürfen keine Fehler machen. Also limitiert Ihr das Wissen, um eventuelle Fehler nicht als solche erkennbar werden zu lassen!«

Der Kanzler nickte. »Und damit die öffentliche Ordnung aufrechtzuerhalten. Überlegt nun weiter, Hohensax. Die *Flor de la Mar*, über die Ihr zu wachen hattet, war mit Gold und Juwelen im Wert von mehr als einer Million Pesos beladen. Was würde passieren, wenn außerhalb dieser Mauern bekannt würde, dass die Krone Kastiliens so viel Geld verloren hat, weil sie Fehler macht wie jeder gewöhnliche Sterbliche?«

Amman Sachs begann endlich zu verstehen. »Die Feinde Spaniens würden augenblicklich die Messer wetzen, die Menschen im Land würden das Vertrauen in ihre Herrschaft verlieren, und die öffentliche Ordnung würde unweigerlich zusammenbrechen ...« Der Schweizer erschauerte, als er die ungeheuerliche Dimension erkannte, die sein Scheitern und der Untergang der Goldgaleone bedeuteten. »Spanien, ja ganz Europa würde ins Chaos taumeln!« Amman Sachs stockte vor Schreck der Atem. Auch den Mönch hinter sich hörte er trocken hüsteln.

»Ganz recht, mein Freund«, fuhr der Cancellarius nach einer Kunstpause mit seinem Gedankengang fort. »Und bedenkt dabei, dass unsere Welt ohnehin schon verunsichert ist durch das Auftauchen des schädlichen Protestantismus in allen Landen. Wenn nun alle Welt erführe, dass das heilige katholische Spanien seines größten und derzeit sicher wichtigsten Kronschatzes beraubt wurde – durch wen oder was auch immer –, die verwerflichen Reaktionen der Feinde des Stuhles Petri und der Krone Kastiliens würden unmittelbar zu spüren sein. Mit unabsehbaren Folgen für uns alle.«

Amman Sachs verkniff sich eine Erwiderung, denn nun wusste er, worauf all diese vertraulichen Erklärung und damit verbundenen düsteren Prophezeiungen letztlich hinauslaufen sollten.

»Ich sehe, Ihr schweigt lieber«, kommentierte der Kanzler die Reaktion des Agenten. »Dann ist Euch wohl endlich die gesamte Tragweite Eurer Schuld in all ihren Dimensionen bewusst geworden, Meister Hohensax, nicht wahr?«

Der Angesprochene kniff für einen Moment sein linkes Auge leicht zusammen, dann drehte er sich um, um noch einmal zu versuchen, das Gesicht des Mönchs zu erkennen. Aber der senkte wieder schnell den Kopf, sodass seine Züge in der weiten Kapuze seines Mantels verborgen blieben. Trotzdem ließ Amman Sachs den Blick weiter auf dem Ordensmann ruhen, während er sich gleichzeitig rückwärts wandte und sich mit dem Rücken seitlich an einen der Karteischränke lehnte. So stand er nun nicht mehr genau zwischen Mönch und Kanzler, sondern ein wenig seitwärts. Und konnte jetzt seinen Blick frei zwischen den beiden Männern hin und her schweifen lassen.

»Könnte es sein«, begann er vorsichtig in einem plötzlich nüchternen und gar nicht mehr ehrfurchtsvollen Tonfall, »dass wir uns hier längst in Kreditverhandlungen befinden, meine Herren? Wenn der Verlust einer königlichen Goldgaleone im Wert von einer, vielleicht einer Million zweihunderttausend Pesos die öffentliche Ordnung Europas gefährdet, dann wird nur ein vergleichbarer Kredit eines wirklich potenten Geldgebers diese unglaubliche Gefahr verlässlich abwenden können, nicht wahr?«

Blitzschnell schossen jetzt Blicke zwischen Amman Sachs, dem Kanzler und dem Mönch hin und her, denn auch Letzterer hatte nun den Kopf leicht gehoben, sodass man im Laternenlicht funkelnde Augen erkennen konnte, ohne dass die Gesichtszüge zu deuten gewesen wären.

Alfonso de Escobar ergriff als Erster wieder das Wort.

»Findet Ihr es nicht unverschämt, Hohensax, seiner Majestät König Philipp erst seinen Kronschatz zu nehmen und ihm dann in aller Ruhe einen teuer verzinsten Kredit als Ersatz dafür anbieten zu wollen? Ihr befindet Euch hier immerhin in seiner Gewalt und seid weit davon entfernt, sein Gastrecht als einer seiner Handelspartner genießen zu dürfen.«

Amman Sachs dachte kurz über das Gehörte nach; dann entgegnete er: »Nach meiner Erinnerung waren die Verträge zwischen dem Haus Kastilien und meinem Handelsherrn eindeutig.

Die Schätze, die sich an Bord der *Flor der la Mar* befanden, gehörten formal noch den Mexikanern, die die Schätze auch aufs Schiff gebracht hatten und dort beaufsichtigten. Die Wertgegenstände waren offiziell noch nicht an König Philipp übergeben worden, als die Galeone in See stach, wenn ich mich nicht täusche. Also könnten allerhöchstens die Mexikaner in dieser Sache einen Anspruch an das Kaufmannshaus der Fugger stellen. Aber die Mexikaner hatten diesbezüglich keine Abmachung mit meinem Handelsherrn. Korrigiert mich, Meister Escobar, wenn ich einer Fehleinschätzung unterliege.«

Sachs hatte versucht, nicht zu selbstgefällig zu klingen, um seine Verhandlungspartner nicht unnötig zu provozieren. Doch die Erkenntnis, dass eigentlich nicht er sich hier in der Defensive befand, um sich für den Verlust der Goldgaleone zu verantworten, sondern die Spanier in einer viel größeren Bredouille steckten, weil sie nun so schnell wie möglich irgendwo anders die gewaltigen Geldmittel beschaffen mussten, um ihre riesigen Staatsausgaben zu bestreiten, erfüllte ihn mit einer gewissen Genugtuung. Außerdem war damit seine Sorge vor etwaiger Bestrafung wie weggeblasen. Es ging hier nicht um sein Leben; es ging hier nur um Geld.

»Er unterliegt einer schweren Fehleinschätzung!« Der Mönch hatte unvermittelt gesprochen. Die Plötzlichkeit, mit der seine tiefe und ernste Stimme die Stille durchbrach, erschreckte Amman Sachs bis ins Mark. Mit einer beiläufigen Bewegung schob der Ordensmann die Kapuze zurück, die bisher sein Gesicht verhüllt hatte, und der Fugger-Agent erkannte unmittelbar sein Gegenüber: Es war König Philipp von Spanien höchstpersönlich!

»Sein Handelsherr hatte mit uns den unmissverständlichen Vertrag, Fracht und Passagiere sicher und geheim nach Spanien zu bringen.« Der Tonfall in der Stimme des Monarchen war von ätzender Kälte. »Und dieser Vertrag wurde bisher nicht erfüllt. Wie Er selbst in seinem schriftlichen Bericht protokolliert hat, steht es auch nicht mehr in Aussicht, dass der Vertrag überhaupt noch erfüllt werden kann. Also stehen Er und sein Herr in *unserer* Schuld! Und Wir haben vor, diese Schuld unmittelbar einzufordern! Hat Er uns verstanden?«

Amman Sachs schluckte schwer, nickte aber widerwillig.

»Also«, fuhr der König fort. »Er wird schnellmöglich nach Augsburg aufbrechen und unsere Bedingungen für einen sofort zu gewährenden Kredit vortragen. Anderthalb Millionen Pesos oder der entsprechende Gegenwert in Gold, zahlbar innerhalb von zwei Monaten an unsere Unterhändler. Eine Verzinsung akzeptieren Wir nicht, denn durch Sein und Seines Herren Versagen entbehren Wir ja erst dieser Geldmittel. Warum sollten Wir also auch noch Zinsen für Sein Versagen zahlen?«

Als Agent des Handelshauses der Fugger wusste Amman Sachs, dass die Forderungen des Königs völlig inakzeptabel waren. Aber es gehörte wohl auch zu den Ritualen von Finanzverhandlungen, dass man sich erst einmal gegenseitig unerfüllbare Bedingungen diktierte, um dann irgendwann einen für beide Seiten tragfähigen Kompromiss zu finden. Die wichtigste Information, die der König preisgegeben hatte, war die: Philipp brauchte so schnell wie möglich anderthalb Millionen Pesos, möglichst in Gold. Und er, Amman Sachs, konnte so schnell wie möglich nach Hause reisen, nach Augsburg.

Der Schweizer verneigte sich kurz, um zu zeigen, dass er verstanden hatte. Aber der König war offensichtlich noch nicht mit ihm fertig, denn er trat jetzt noch einmal ein paar Schritte auf Amman zu, bis er unmittelbar vor ihm zu stehen kam.

»Eines noch.« Der Monarch schaute dem Agenten der Fugger sehr tief in die Augen. »Er und Wir werden hier einen weiteren Handel abschließen. Er wird nicht eher ruhen, bis Er uns bei seinem Leben und allem, was Ihm heilig ist, hier und vor Gott schwören kann, dass die *Flor de la Mar*, dieses verfluchte Schiff, wirklich und wahrhaftig für immer und alle Zeit verloren bleibt! Er wird sich Gewissheit verschaffen und uns dann auf sein Leben einen Eid leisten, dass nichts, auch nicht der kleinste Kienspan von diesem Schiff jemals wieder in dieser und allen anderen Welten wird auftauchen können! So wahr Wir der Herrscher des Königreichs Spanien sind und der gnädige Sohn unseres Vaters, Kaiser Karls des Fünften, des größten Herrschers aller Zeiten – Wir müssen absolute Gewissheit gewinnen! Unumstößliche Gewissheit! Er wird dieses Rätsel ein für alle Mal aufklären, hat Er uns verstanden?«

Für einen Moment herrschte völlige Stille in der kleinen Kanzlei. Amman Sachs überlegte fieberhaft, was diese seltsame Rede des Monarchen zu bedeuten hatte, doch er konnte sich keinen Reim darauf machen, was diese unerklärliche Heftigkeit verursacht haben könnte. Aber er spürte auch neue Gefahr, wo er sich eigentlich schon wieder in Sicherheit geglaubt hatte.

Einer spontanen Eingebung folgend riss Sachs sich schließlich von den bohrenden Blicken des Königs los und wandte sich vorsichtig dem Cancellarius zu.

»Verzeiht, Meister Escobar, aber habt Ihr noch die Dokumente bei Euch, die Ihr mir in Lissabon in der Faktorei abgenommen habt? Meine Privilegien für Neuspanien? Meinen königlichen Passierschein?«

Der Angesprochen schien unschlüssig, öffnete dann aber doch das große Fach seines Stehpults und nahm die verlangten Papiere heraus. »Was wollt Ihr damit? Seine Majestät hat Euch eine klare Aufgabe gestellt, und dafür werdet Ihr diese Dinge wohl nicht brauchen, oder?«

»Und ich gedenke diesen Handel mit aller notwendigen Akkuratesse zu erledigen. Wenn Ihr also, Escobar, für mich die

Dokumente durchsehen mögt, ob Ihr noch einen kleinen Bogen dazwischen finden könnt, nicht mehr als eine hingeworfene Notiz, der akribische Vermerk eines Buchhalters.«

Der Kanzler schaute überrascht, begann dann aber mit der Durchsicht der Papiere und fand tatsächlich schnell den gesuchten Zettel. »Lest ihn«, forderte Sachs den Beamten auf. Er sah, wie die Miene Escobars sich rasch aufhellte, bis dieser seinerseits sich dem König näherte und ihm die kurze Notiz in die Hand legte.

»Das ändert manches«, ergriff König Philipp als Erster wieder das Wort, als auch er gelesen hatte – wobei sein Gesicht sich im Gegensatz zu dem des Kanzlers weiter verfinsterte. »Da wird sich unsere werte Schwägerin Elisabeth von England aber freuen! Als sie mir nach dem Tod unserer Gemahlin, ihrer Schwester, die Ehe verweigerte, haben Wir ihr vorhergesagt, dass sie mit ihrer eigenen Regentschaft würde scheitern müssen – ohne unser starkes Spanien an ihrer Seite. Aber es scheint, als wären Wir zu voreilig gewesen und als hätte sie doch einen Weg gefunden, ihre gewaltigen Probleme bewältigen zu können. Wir hätten es selbst nie für möglich gehalten.«

Für einen Augenblick legte der König die Stirn in tiefe Falten.

»Aber gut, Wir haben keine Ahnung, wo Freiherr von Hohensax diese bemerkenswerte Notiz hat einsammeln können. Aber Wir sehen, dass Er bereits eine Spur aufgenommen hat. Also, erfülle Er unseren Pakt: Finde Er heraus, was es mit dieser Katastrophe unserer Goldgaleone wirklich auf sich hat. Sei Er für diesen Handel unser Spion, um Licht in diese ganz unglaubliche Intrige zu bringen. Wenn Ihm das gelingt, verpfänden Wir unser Siegel darauf, dass Wir unsere ganze Kraft dafür einsetzen werden, die Ehre der Familie von Hohensax wiederherzustellen – vor allen Familien der Christenheit!«

9.

Die Heimreise nach Augsburg war für den Agenten der Fugger eine unvorstellbare Tortur. Zwar war er in Tomar aus den Stallungen des Christusordens mit einem guten Pferd ausgestattet worden, doch nach einem Tag auf den Rücken eines Gauls schmerzten Sachs alle Knochen. Ein Tagesritt war aber erst die Hälfte der Strecke nach Madrid. Und von da sollten es noch einmal zwölf Tagesreisen werden, bis er endlich die Pyrenäen überquert und das mächtige Alpenmassiv im Westen umrundet hatte.

Doch Amman Sachs war glücklich darüber, dass ihm ab Madrid der regelmäßige Kurierreiter der Fugger auf seiner Reise Gesellschaft leistete. Das Handelshaus der Fugger unterhielt die besten Nachrichtenverbindungen überhaupt; keine andere Institution, kein Herrschaftshaus war stets so gut informiert wie die Kaufleute aus Augsburg.

Für Amman Sachs bedeutete die Begleitung durch den erfahrenen Kurier an seiner Seite, dass sie ohne Umwege stets den besten Weg, die besten Herbergen und die sichersten Städte für ihre Rast fanden. Trotzdem machte sich mit jedem Tag größere Erschöpfung beim Schweizer bemerkbar. Und auch die Aussicht, nach all den Monaten in allen Teilen der Welt nun auch einmal wieder seinen eigenen Haushalt – und seine Ehefrau – besuchen zu können, war nicht dazu angetan, seine Laune wesentlich zu verbessern.

Oh ja, seine gute Johanna. Amman Sachs dachte mit einem sehr schlechten Gewissen an sie. Wie war sie stolz gewesen, den jungen Offizier der prächtigen Schweizergarde als ihren Gatten in Besitz zu nehmen. Und wie groß war dann die Enttäuschung gewesen, als er seine unehrenhafte Entlassung hatte erdulden müssen.

Amman Sachs stutzte bei diesem Gedanken. Hatte er seine Degradierung und die unstandesgemäße Ausmusterung wirklich nur akzeptieren *müssen* oder aus übermächtiger Loyalität zu seinem Dienstherren akzeptieren *wollen?* Hatte er sich nicht in einer langen, durchwachten Nacht sehr genau überlegt, was er im Namen der Ehre einfach zu tun hatte – egal, welchen Preis er dafür zahlen musste? War es nicht recht, den eigenen Herren zu schützen und dessen Leben über das eigene zu stellen?

Durch sein Eingreifen hatte er Anton Fugger, den wohl größten Handelsherren aller Zeiten, vor dem schändlichsten und übelsten Absturz bewahrt. Und damit auch das größte Handelshaus der Welt vor einen unvorstellbaren Schaden bewahrt. Anton Fugger hatte diese uneigennützige Tat des Amman Sachs nie vergessen und sich in der Folge in jeder erdenklichen Form erkenntlich gezeigt. Allein die Ehre der Hohensax konnte auch der große Fugger nicht wiederherstellen, ohne dabei das eigenen Ansehen und das seiner Familie der Fugger von der Lilie unwiederbringlich zu beschädigen.

Doch Johanna Sachs hatte nie verstanden, dass Loyalität manchmal über die eigene Ehre gehen muss, um noch viel größeren Schaden von sich und anderen abzuwenden. Nicht auszudenken, was alles hätte passieren können, wäre Anton Fugger tatsächlich gestrauchelt, wäre das gigantische, scheinbar die ganze Welt umspannende Handelsimperium ins Wanken geraten! Chaos allenthalben; das Ende der Ordnung, wie es offensichtlich auch jetzt wieder drohte, weil der spanische König durch Amman Sachs' Scheitern an den Rand der Zahlungsunfähigkeit gebracht wurde.

Nein, seine Johanna würde auch das nicht verstehen. Sie

würde nur sehen, dass ihr gar nicht mehr so stolzer Schweizergardist abermals gescheitert war. Nicht einmal ein einziges Schiff über ein ruhiges Meer zu bringen war er in der Lage. Welche Schmach für die Ehefrau daheim, die sich zum Gespött der ganzen Stadt gemacht sehen musste. Nein, Freude erwartete ihn daheim ganz sicher nicht. Und Amman Sachs bedauerte es nicht zum ersten Mal, dass nicht wenigstens ein fröhlicher Sohn oder eine hübsche Tochter seiner Heimkehr ein wenig mehr Freude und Heiterkeit verleihen konnte. Allein die Aussicht, auch seine treue und mutige Gehilfin Gemma in Augsburg wieder zu treffen, hellte die Stimmung des Fugger-Agenten ein wenig auf.

Die beiden eiligen Reiter erreichten die weiten Stadtmauern von Augsburg an einem frühen Nachmittag. Unbehelligt passierten sie das Stadttor – jeder hier konnte einen Gesandten der Fugger leicht auf hundert Schritt erkennen; da bedurfte es keiner weiteren Überprüfung durch die Schildwache.

Die Stadt wirkte ein wenig schläfrig, beinahe so wie ein mediterraner Flecken zurzeit der Siesta. Die schnellen Pferde waren daher wie ein Fremdkörper auf der Via Claudia, und die wenigen Passanten sahen verwundert auf, als das Hufgeklapper sich vom alten Weinmarkt her auf der zentralen Hauptstraße näherte, die ihren Namen noch aus den Zeiten der alten Römerstadt hatte.

Die so genannten Fuggerhäuser, die hier in der weitesten Front der Stadt die Straße flankierten, leuchteten geradezu in ihrer orangefarbenen und bronzenen Bemalung. Zwei Häuser – der Stadtpalast der Regierer-Familie des Fugger-Clans, die im alten Handelshaus jeweils das Regiment innehatte, und ein mindestens ebenso großes Lagerhaus – bildeten zusammen die gewaltige Fassade, der sich versteckt über mehrere Innenhöfe noch weitere, unglaublich weitläufige Gebäudeteile im rückwärtigen Bereich anschlossen.

Eine Stadt in der Stadt ... ein Schloss ... eine Handelsburg, als Bürgerhäuser getarnt, ging es Amman Sachs durch den Kopf, als er zusammen mit dem Kurier an seiner Seite durch das weite Adlertor in diese abgeschlossene Welt des Fuggerimperiums eintauchte, die Heimstatt des alten Kaufmannshauses.

Der stolze Ahnenherr der Handelsfamilie, Jakob Fugger, genannt der Reiche, hatte diesen Gebäudekomplex einst nach seinen eigenen Entwürfen bauen lassen. Und man sah dem Bau und seinen pompösen Ausstattungen an, dass er dabei den Florentinern, etwa den Medici, nachzueifern versuchte. Deren feiner Kunstsinn muss ihn einst sehr beeindruckt haben, als er ihnen mit aufwendigen Arkadengängen, kostbaren Mosaiken, viel toskanischem Marmor und verspielten Wasserbecken in seinen eigenen prachtvollen Fuggerhäusern gleichkommen wollte. Selbst der so genannte Reiterhof schwelgte in höfischer Pracht, wo er doch eigentlich nur die profanen Stallungen beherbergte.

Genau hier übergaben Amman Sachs und der Kurier ihre erschöpften Pferde in die Obhut eines herbeieilenden Knechts. Einem ungeschriebenen Gesetz folgend führte der erste Weg sie in den Fuggerhäusern zur so genannten »Goldenen Schreibstube«, der Schaltzentrale des mächtigen Kaufmannshauses. Hier liefen alle Fäden des Handelsimperiums zusammen; hier wurden die Nachrichten gesichtet, die aus den unzähligen Faktoreien der Fugger in sämtlichen Teilen Europas und der ganzen Welt geschickt wurden, und hier residierte üblicherweise der alles beherrschende Prinzipal der Fugger, der *Regierer*, dessen Privileg es natürlich ebenfalls war, jeden ankommenden Gesandten des Hauses als Erstes nach wichtigen Neuigkeiten zu befragen.

Doch seit dem Tod von Anton Fugger, dem letzten großen Prinzipal der Kaufmannsdynastie, hatte es schon verschiedene Regierer in der Goldenen Schreibstube gegeben, die zwar den Glanz dieses Amtes sichtbar genossen, jedoch nicht annähernd der Aufgaben- und Pflichtenfülle dieser Position gewachsen waren und daher lieber im berühmtem Lustgarten der Fuggerhäuser – dem Damenhof genannten ersten Prachtkarree hinter dem Stadtpalast – mit den Frauen der Familie scherzten, als die vielen Depeschen zu sichten und auf deren Grundlage die notwendigen und üblicherweise weitreichenden Entscheidungen zu fällen, die für die Führung eines so großen Imperiums notwendig gewesen wären.

So folgten Amman Sachs und der Kurier zwar der alten Pflicht, warteten schließlich aber vergeblich auf den Fluren vor der Goldenen Schreibstube auf die früher übliche erste Befragung eines Gesandten durch den Regierer der Fugger. Stattdessen erschien nach einer ganzen Weile der Hauptfaktor in der Tür einer der bescheideneren Kanzleien und bat den spanischen Kurier zu sich herein.

Da der amtierende Fugger ohne erkennbares Talent für das Geschäft lieber seinen privaten Vergnügungen frönte, war Kaspar Peutinger im Augenblick der eigentlich mächtige Mann des Handelshauses. Er wirkte überraschend elegant in seiner nach Art der Fugger schwarzen Kanzleitracht, die für ihn aber offensichtlich aus seidenglänzendem Atlas gemacht war – ein Stoff, der gemäß allgemeiner Kleiderordnung nur Königen und Kaisern zustand, auf keinen Fall einem gewöhnlichen Kaufmann und erst recht nicht einem Angestellten eines Kaufmannshauses. Doch in den Räumen der Fuggerhäuser spielte dieses weltliche Recht wohl keine Rolle.

Doch Peutinger war nicht nur eitel, er war auch ein verschlagen wirkender Mann, dessen fischartige Augen nie offen und ehrlich, sondern immer wie aus einem Hinterhalt dreinzublicken schienen. Und genauso schaute er jetzt für einen Moment auf Amman Sachs, ehe er hinter sich und dem Nachrichtenboten die Tür zur Kanzlei wieder verschloss. So wartete der Agent weiterhin regungslos auf der Bank in diesem dunklen Flur des großen Fuggerhauses, dass er seine Geschichte erzählen konnte –

jemanden, der in der Lage sein würde, die nun notwendigen und fälligen Entscheidungen zu treffen.

Während Amman Sachs so dasaß und sich wieder und wieder seine Geschichte neu zurechtlegte, die er – wem auch immer – erzählen würde, vernahm er nach einiger Zeit erhitzte Männerstimmen aus der so genannten Goldenen Schreibstube. Da der Hauptfaktor den Kurier zum Rapport geholt hatte, war Sachs davon ausgegangen, dass der aktuelle Regierer der Fugger auch heute nicht in seiner Kanzlei war. Doch das wütende Gezeter bezeugte diesmal etwas ganz anderes. Worüber dort allerdings so erregt gestritten wurde, konnte der brave Agent durch die geschlossene Tür nicht verstehen.

Erst als sich vom Innern der großen Kanzlei her jemand der Tür näherte, wurden die Stimmen klarer und verständlicher. Erregt schrie jemand: »... niemals deren Tod gewollt!« In diesem Moment wurde die schwere Tür aufgerissen, und ein Mann in indigoblauer Tracht mit großer weißer Halskrause trat sichtlich erzürnt in den Flur hinaus – und erschrak auf dem Schritt, sodass er mitten in seiner Bewegung innehielt.

Auch Amman Sachs hatte den Mann augenblicklich erkannt. Es war der unbekannte Engländer aus Nombre de Dios, den er dort als Gast des geheimen Fuggerfaktors angetroffen hatte. Es war ein Schock für den Agenten, dass genau dieser Mann ihm nun am anderen Ende der Welt im Machtzentrum der Fugger gegenübertrat. Mit allem hatte er gerechnet, aber nicht mit diesem völlig überraschenden Wiedersehen, und dann auch noch in einer so angespannten Situation.

Als der Engländer sich von seinem Schrecken erholt hatte, nickte er dem Schweizer mit dem Anflug eines Lächelns kurz zu, ging dann aber mit hastigen Schritten an ihm vorbei. Währenddessen erschien ein weiterer, wuchtiger und sehr aufwendig gekleideter Mann in sichtbar großer Erregung in der Tür der Goldenen Schreibstube. Er setzte an, dem davoneilenden Besucher ein paar Beschimpfungen hinterher zu schicken, als er den wartenden Amman Sachs bemerkte. Für einen Moment schien er sich zu besinnen; dann zwang er sich Beherrschung auf, schaute dem davoneilenden Engländer noch einmal hinterher und wandte sich dann an den Agenten, der sofort dienstbereit von seinem Platz aufsprang.

»Und Ihr? Was wünscht Ihr?« Amman Sachs vermutete in seinem Gegenüber Martin Fugger, jenen meist abwesenden Regierer, der derzeit das große Handelsimperium führte. Von Angesicht zu Angesicht hatte er diesen Mann noch nie getroffen und hatte eigentlich auch erwartet, dass dies bei den bekannten gesellschaftlichen und amourösen Neigungen des noch jungen Prinzipals so bald auch nicht der Fall sein würde. Martin Fugger hatte viele Jahre die Faktorei des Kaufmannshauses in Nürnberg geleitet und von dort die Bergwerksgeschäfte der Fugger im Osten mehr schlecht als recht geführt. So konnte es sein, dass er und Amman Sachs einander bisher nie über den Weg gelaufen waren. Und seit Anton Fugger das Zeitliche gesegnet hatte, waren schon einige Regierer gekommen und gegangen, während die verschiedenen Teile der großen Familie um das gewaltige Erbe zankten.

Doch offensichtlich hatten sich in den Monaten seiner Mission und seiner Abwesenheit die Verhältnisse gewandelt, und der Prinzipal kümmerte sich nun tatsächlich um die Geschäfte der Fugger. Das war ein gutes Zeichen, auch wenn die mit dem Kurier auf der Reise hierher nach Augsburg ausgetauschten Informationen über den Zustand des Handelshauses Amman Sachs eigentlich keinen Grund zu großer Hoffnung gaben. Der aktuelle Regierer galt als Wichtigtuer und als Mann ohne das rechte Fortune für die Arbeit eines Kaufmanns, und der erste Eindruck, den Martin Fugger auf den Agenten machte, bestätigte leider diese Einschätzung.

Wie der Hauptfaktor Kaspar Peutinger trug auch Martin Fugger eine zu pompöse Tracht, die keine Ehrfurcht einflößte, wie es hätte der Fall sein sollen, sondern die eher albern wirkte. Der in der traditionelle Fuggerfarbe Schwarz gehaltene Kaufmannsanzug aus glänzender Seide war überladen mit Schmuckborten, Rüschen, Krausen und Bändern, die den Reichtum und die Bedeutung ihres Trägers ausdrücken sollten, doch aus dem Regierer eher einen Trauer tragenden Pfingstochsen machten. Hinzu kam, dass man dem Prinzipal seine Genusssucht ansah; er hatte trotz seiner vielleicht dreißig Lenze bereits einen beachtlichen Leibesumfang erreicht, was die Wirkung seiner ohnehin lächerlichen Kostümierung unvorteilhaft hervorhob.

Der Fugger-Agent war sich sicher, dass seine Anliegen und Sorgen bei diesem Mann in keinen guten Händen sein würden.

»Mein Name ist Amman Sachs, Herr. Ich bin Euer Handelsagent für besondere Aufgaben und komme gerade aus Portugal und Spanien, wohin Ihr mich in einer Mission für König Philipp geschickt habt.« Es entstand eine kurze Pause. »Ich bringe keine guten Nachrichten ...«

Martin Fugger hob eine Augenbraue. »Der Mann, dem die Goldgaleone abhanden gekommen ist? Wie passend. Herein mit Euch!«

Damit rauschte der Regierer zurück in seine Goldene Schreibstube. Amman Sachs folgte ihm betreten und schloss dabei die Kanzleitür. Also war die Nachricht von seinem Misserfolg ihm schon vorausgeeilt; das bedeutete für Amman Sachs auch, dass der Haussegen bei ihm daheim bereits schief hängen würde, ehe er überhaupt einen Schritt über die Schwelle seiner ehelichen Wohnung gesetzt hatte.

Die Hauptkanzlei der Fuggerhäuser war ein riesiger Raum, der mit Ahornholz vertäfelt und mit unzähligen goldenen Leisten verziert war. Auch hier gab es die kunstvoll gearbeiteten großen Karteischränke, in denen das Wissen und das Kapital des Kaufmannshauses schlummerten – die vielen Kredit-, Schuld- und Pfandverträge. Stühle und Bänke gab es nicht; gearbeitet wurde hier im Stehen. Auch Martin Fugger stellte sich nun hinter einem mächtigen Schreibpult auf, wobei Sachs jedoch bemerkte, dass seinem Gegenüber das Stehen sichtlich schwerfiel.

»Nun, dann berichtet, Meister Sachs, was Ihr zu berichten habt. Ich bin sehr gespannt.« Der Regierer nahm eine frische Schreibfeder, tauchte sie in ein Tintenfass und nahm Positur ein, als wollte er sich gleich Notizen machen.

Amman Sachs schluckte verlegen. Dann aber begann er seinen Rapport wahrheitsgemäß, erzählte von seinen in Neuspanien getroffenen Entscheidungen, den Bedingungen der Reise, berichtete von der kostbaren Fracht, dem Zustand der Galeone und den Umständen von deren Verschwinden. Auch von seinem Zusammentreffen mit dem spanischen König berichtete der Fugger-Agent, allerdings ohne seine ganz eigene Abmachung mit Philipp zu erwähnen. Auch über den Ort der Zusammenkunft mit dem Monarchen verlor er lieber kein Wort.

Anders als erwartet schockierten die Forderungen Philipps den Prinzipal der Fugger nicht. Ganz im Gegenteil schien der Regierer sogar geschmeichelt zu sein von der Bedeutung, die ihm diese Forderung des derzeit mächtigsten Königs der Welt verlieh.

»Anderthalb Millionen Pesos in Gold, sagt Ihr? Eine stolze Summe!« Ein verlegenes und zugleich lüsternes Grinsen erschien auf dem Gesicht von Martin Fugger. »Keine Zinsen, das ist natürlich lächerlich.« Er hatte mit kindlichem Pathos gesprochen und fuchtelte dabei mit der tintennassen Schreibfeder in der Luft herum, als wollte er diese inakzeptable Forderung dadurch aus der Welt streichen.

Amman Sachs war allerdings froh über diese Reaktion, schien damit doch seine Taktik aufzugehen, mit dem vermeintlich neuen

Finanzprojekt vom Fehlschlag mit der Goldgaleone abzulenken. Wenn alle Welt sich damit beschäftigte, über den neuen Kredit für den Habsburger-König zu verhandeln und nachzudenken, würde das Desaster der *Flor de la Mar* schnell vergessen sein. So hoffte der Fugger-Agent zumindest.

Und tatsächlich war Martin Fugger schnell damit beschäftigt, vor seinem Untergebenen laut darüber nachzudenken, wo er – natürlich – so viel Gold würde herbekommen können.

»Eine unglaubliche Summe. Und eine unglaublich kurze Zeit. Zwei Monate für den Gegenwert von einer Millionen fünfhunderttausend Pesos. So viel haben wir natürlich nicht hier in den Truhen.« Wieder das alberne Lachen. »Aber ja, das können wir schaffen. Das werde *ich* schaffen! Wenn die Welt dieses Gold zum Frieden braucht, werden wir es besorgen. Und vielleicht kann Philipp von Spanien in eigener Person dazu beitragen, den Verlust wettzumachen, den er selbst uns mit seinem eigenmächtig proklamierten Staatsbankrott seinerzeit beigebracht hat! Vortrefflich!«

Amman Sachs richtete sich kerzengerade auf. Was hatte der Regierer da gerade gesagt?

Im Jahr 1557 hatte König Philipp sich per Dekret für zahlungsunfähig erklärt, mit der Folge, dass er sämtliche Schuldenzahlungen einstellte. Es hieß, die Fugger als sein größer Gläubiger hätten damals ein Drittel ihres gewaltigen Vermögens verloren. Der alte Anton Fugger selbst hatte diese bis dahin größte Krise des Handelsimperiums schließlich zwar noch bewältigen können, aber vom entstandenen Schaden hatten die Geschäfte sich nie wieder richtig erholt. Und ausgerechnet diese Scharte wollte Martin Fugger als Erbe der Lichtgestalt seines Ahnen Anton Fugger auswetzen?

Amman Sachs hielt das für keine gute Idee. Doch in weiser Voraussicht, dass er an einem solchen, einmal gefassten Entschluss ohnehin nichts würde ändern können, behielt er seine Bedenken für sich – und zog auch sonst still seine ganz eigenen Schlüsse aus dem Gehörten.

Da Martin Fugger offensichtlich bereits mit dem Berechnen des Profits beschäftigt war, den ihm der künftige neue Kontrakt mit dem spanischen König einbringen sollte, bat Amman Sachs um seine Entlassung für heute, weil er seit seiner Rückkehr noch nicht bei sich zu Hause gewesen sei. Der Prinzipal schien froh, den Störenfried in seinen Träumereien loswerden zu können, und winkte seinen Agenten ohne weiteren Kommentar aus der Kanzlei.

Wieder im Flur konnte Amman Sachs sein Glück kaum fassen, so ungeschoren von seinem Misserfolg davongekommen zu sein. Aber er hatte die Rechnung ohne den Hauptfaktor gemacht, der offensichtlich nur darauf gewartet hatte, dass der Schweizer aus der Goldenen Schreibstube herauskommen würde. Er wartete bereits gegenüber in der geöffneten Tür seiner eigenen Kanzlei. Mit dem Kurier war er demnach endlich fertig.

»Ihr seht so gut gelaunt aus, Sachs. Ist das nicht unangebracht, wenn man bedenkt, welchen neuerlichen Misserfolg Ihr verursacht habt? Aber kommt, tretet ein!«

Kaspar Peutinger war ein befehlsgewohnter Mann. Eigentlich war seine Anwesenheit beruhigend, denn seine Zielstrebigkeit war wahrscheinlich das Einzige, was das Fuggerimperium überhaupt am Leben erhielt und noch sicheren Gewinn einbrachte. Trotzdem war der Umgang mit diesem Mann für Amman Sachs aus mancherlei Gründen unangenehm. Und dessen waren beide Männer sich auch bewusst.

Die Kanzlei des Hauptfaktors war wesentlich kleiner als die des Regierers und auch deutlich schlichter ausgestattet. Dafür gab es neben den obligatorischen Schreibpulten große Tische, auf denen eine Vielzahl von Dokumenten, Karten und Kodizes lagen, die von den vielfältigen Arbeiten kündeten, die hier erledigt wurden.

Außer Peutinger und Sachs war noch ein Schreiber anwesend, der mit dem Sortieren von Papieren beschäftigt schien und sich dabei immer wieder Notizen machte.

»Ihr wart bereits beim Fugger?«, begann der Hauptfaktor das Gespräch, wobei er in den Papieren auf dem weiten Tisch zu suchen begann und schließlich eine prächtig gemalte Weltkarte herauszog und vor sich ausbreitete. »Was habt Ihr ihm erzählt?«

Amman Sachs wiederholte seinen Bericht, wobei er die von Peutinger hervorgeholte Karte nutzte, um die Route seiner Reise und auch der Goldgaleone zu zeigen, wie auch den ungefähren Ort, an dem das Schiff verloren gegangen sein musste. Auch von dem Treffen mit dem spanischen König und dessen Forderungen erzählte er ausführlich.

»In der Tat, mit dieser Forderung war nach dem Verlust der *Flor de la Mar* zu rechnen«, kommentierte der Hauptfaktor. Für einen Moment wunderte sich Amman Sachs, woher Peutinger den Namen der Goldgaleone wusste. Aber die nächste Frage des Vorgesetzten ließ kein langes Nachdenken darüber zu.

»Ihr berichtet von Trümmern auf See. Von wem stammt diese Beobachtung?«

Amman Sachs hatte gehofft, dass auch der Hauptfaktor diese Information einfach hinnehmen würde, ohne Interesse für deren Quelle zu zeigen. Dem Kapitän der Leitkaravelle des Konvois hatte Sachs schließlich versprochen, ihn nicht als Zeugen zu benennen. Und von der Existenz seiner Gehilfin Gemma wusste kein Mensch – und das sollte auch so bleiben.

»Ich hatte einen Seemann des nachfolgenden Konvois dafür bezahlt, die Augen mehr als alle anderen aufzuhalten«, log der Agent.

»Und der Mann kannte sich mit den Maserungen der spanischen Kiefer aus?« Dem Hauptfaktor war deutlich anzuhören, dass er Sachs nicht glaubte. »Das muss ja ein ganz besonderer Seemann gewesen sein …« Peutinger holte tief Luft. »Aber sei's drum. Doch zu Heiterkeit, wir Ihr sie vorhin gezeigt habt, gibt das alles keinen Anlass. Ihr seid Euch der verheerenden Konsequenzen Eures Versagens offensichtlich noch nicht bewusst, will mir scheinen.«

Amman Sachs räusperte sich. »Oh doch. Mehr als Ihr sehen könnt, verzehrt mich diese Katastrophe. Wobei mich der Verlust all der Menschen auf der Galeone mehr erschüttert als die Abschreibungen auf Schiff und Fracht. Es sieht ja so aus, als wären sie alle verloren. Ich«, der Agent veränderte nun bewusst seinen Tonfall, »habe niemals deren Tod gewollt!«

Wie erwartet blickte der Hauptfaktor alarmiert auf. Also hatte auch er vorhin den erbosten Ausruf des Regierers gehört. Sachs aber war klug genug, nicht nach der Bedeutung des Engländers und die Ursache für dessen Auseinandersetzung mit dem Prinzipal zu fragen.

»Gewollt hat das wohl niemand«, sagte Peutinger schließlich vorsichtiger als zuvor. »Aber es lässt sich jetzt auch nicht mehr ändern. Leider. Die Seefahrt ist nun einmal ein riskantes und gefährliches Unternehmen. Wer könnte das besser wissen als ein Mitglied des größten Handelsunternehmens der Welt.«

Für einen Moment herrschte eisiges Schweigen in der Schreibstube; sogar der Sekretär schien in seiner Arbeit betroffen innezuhalten.

Schließlich war es wieder der Hauptfaktor, der das Gespräch erneut in Gang zu bringen versuchte. »Aber was fängt man nun mit einer vergeblichen Investition an, zu der man den unglücklichen Umständen nach leider verpflichtet ist?«

Amman Sachs glaubte im ersten Moment, Peutinger würde

immer noch von dem missglückten Goldtransport reden. Doch er irrte.

»Was sollen wir mit Euch anfangen, Sachs, nachdem Ihr unserem Haus einen so schweren Schaden zugefügt habt?«

Amman Sachs überlegte, ob er darauf hinweisen sollte, dass für die Fugger selbst der Untergang der Goldgaleone keinen materiellen Schaden bedeutete, da man nur für die Organisation der Fahrt und die Abwicklung der Fracht zuständig gewesen war. Und diese Leistungen hatte man dem spanischen Hof als Auftraggeber wie üblich vorab in Rechnung gestellt. Wo also war dieser angebliche Verlust?

Auch der Ruf des Kaufmannshauses war eher nicht gefährdet; nach Außen gab es diesen Auftrag ja gar nicht, da alles mit äußerster Geheimhaltung durchgeführt worden war. Und der um seine wertvolle Fracht geprellte Auftraggeber selbst hatte gleich seinen nächsten Kontrakt zur Freude des Handelsherrn unmittelbar eingefordert. Aber der Agent entschied sich, lieber betroffen zu schweigen.

»Zu meinem Bedauern ist es mir versagt, Euch für dieses unfassbare Missgeschick unehrenhaft aus dem Dienst zu entlassen.« Sachs glaubte tatsächlich, den Hauptfaktor mit den Zähnen knirschen zu hören. »Wobei mir scheint, dass Ihr Eure Ehre längst auf dem Feld des Lebens geopfert habt ... erfolglos, möchte man hinzufügen. Was für eine Schande Ihr doch für die Euren seid. Und leider auch für uns!«

Amman Sachs merkte abermals auf. Mit den »Euren« konnte Kasper Peutinger eigentlich nur Sachs Ehefrau Johanna gemeint haben, denn andere lebende Angehörige der Familie Hohensax gab es seit einiger Zeit schon nicht mehr. Zwar war seine Unehrenhaftigkeit tatsächlich ein Problem bei sich zu Hause, überlegte der Fugger-Agent, aber was scherte der Hauptfaktor sich um seine Gattin?

Peutinger hatte inzwischen begonnen, erneut in den Unterlagen auf dem großen Tisch etwas zu suchen; endlich zog er einen ungefalteten Bogen Papier heraus, der in einer sehr regelmäßigen Schrift beschrieben war. Peutinger las kurz den Inhalt; dann wandte er sich wieder Sachs zu.

»Was fangen wir nun mit Euch an? Für weitere überseeische Missionen habt Ihr Euch ja nicht gerade empfohlen, wobei sich just in diesem Moment die nördlich und östlich von Neuspanien gelegenen, noch weitgehend unbekannten Gebiete der Neuen Welt sehr interessant zu entwickeln scheinen. Nicht unter den Spaniern oder Portugiesen, aber ...« Der Hauptfaktor stockte, als würde er in tiefes Nachdenken versinken.

Amman Sachs horchte auf: Welche andere Macht als die Spanier oder Portugiesen war ernsthaft in der Lage, Entdeckungsreisen in unbekannte Gebiete der Welt zu unternehmen? Kein anderes Land außer den beiden Seefahrermächten auf der iberischen Halbinsel hatte das nötige Wissen über Schiffbau und Navigation, um sich in unbekannte Regionen vorzuwagen.

Gewiss, auch die Engländer, Franzosen und Holländer drangen in überseeische Gebiete vor, aber bisher stets ausschließlich in den bekannten Fahrwassern der Spanier und Portugiesen, den einzigen echten Seefahrernationen der Welt. Gestohlene Seekarten und bestochene Navigatoren waren dabei der wichtigste Wegweiser der Verfolger. Aber selbst die unerforschten Meere zu erkunden ...? War irgendein anderes Land tatsächlich schon so weit in die gut gehüteten Geheimnisse der Iberer vorgedrungen?

Amman Sachs hatte ja mit eigenen Augen gesehen, wie gut dieses geheime Wissen an Orten wie der Christusritterburg in Tomar geschützt wurde. Oder war der Umstand, dass jemand wie er, Amman Sachs, diese Geheimnisse schauen durfte, auch ein Indiz dafür, dass dieses Wissen sich nicht länger vor der Welt verheimlichen ließ?

»Von welcher Macht redet Ihr, Meister Peutinger?«, fragte Sachs, den die Antwort auf diese Frage brennend interessierte. Der Angesprochene sah den Fugger-Agenten an, schüttelte aber nur den Kopf und legte das Papier, das er immer noch betrachtet hatte, zurück auf den Tisch.

»Das ist nichts, was Euch interessieren dürfte. Oder sollte. Ich habe nur laut gedacht. Aber ich glaube, ich habe jetzt die geeignete Aufgabe für Euch, Sachs, bei der Ihr keinen weiteren Schaden anrichten könnt. Es hat ja keinen Sinn, Euch hier nutzlos bei Kost und Logis herumlungern zu lassen.« Peutinger sah dem Schweizer nun direkt in die Augen. »Und die Eurigen werden es mir danken, dass Ihr sie nicht allzu lange mit Eurer Anwesenheit belastet!«

Wieder trat eisiges Schweigen ein. Und Amman Sachs war sich nun sicher, worum es dem Hauptfaktor dabei ging, dass er ihn so schnell wie möglich aus Augsburg verschwinden sehen wollte.

10.

Es war kurz nach Sonnenuntergang, als Amman Sachs endlich die Fuggerhäuser verlassen konnte und mit seinem Reisepacken hinaus auf die Via Claudia trat. Er war unschlüssig, ob er jetzt die wenigen Straßen hinüber zur Fuggerei gehen sollte, die von Jakob Fugger erbaute Armensiedlung. In dieser Siedlung südöstlich der Fuggerhäuser, die sich über mehrere Straßenzüge erstreckte, wohnte auch Amman Sachs mit seiner Frau Johanna.

Als sie vor vielen Jahren nach der überstürzten Abreise aus Rom nach Augsburg gekommen waren, hatte Anton Fugger sie dort in einer der großzügigeren Verwalterwohnungen untergebracht. Was ursprünglich nur als Übergangslösung gedacht war, hatte sich zu einer dauerhaften Lösung entwickelt, da Amman Sachs ohnehin die meiste Zeit für seinen Handelsherren auf Reisen war und deshalb kaum Gelegenheit hatte, sich um ein neues Heim für seine Frau und sich selbst zu kümmern.

Doch in einer Armensiedlung leben zu müssen war sicherlich auch ein Grund, warum Johanna Sachs mit ihren Lebensumständen als Angetraute von Amman Sachs alles andere als zufrieden war. Sie hatte einst den Freiherrn von Hohensax geheiratet – und nun?

Amman Sachs seufzte tief. In einiger Entfernung sah er den Nachtwächter mit seiner Laterne und seiner Hellebarde langsam seinen Weg gehen. Der Wächter blickte kurz zu dem späten Passanten herüber, erkannte dann aber wohl den Fuggermann und wandte sich in anderer Richtung wieder seinem Rundgang zu.

Die Stadt war ruhig. Sachs sah zu den Fenstern der Fuggerhäuser hinauf, von denen nicht wenige den Schein von Kerzen und Leuchtern zeigten. »Der Fugger schläft nie.« Wie wahr dieser Ausspruch an diesem Ort doch war!

Amman Sachs beschloss, die Begegnung mit seiner Johanna noch ein wenig hinauszuschieben. Stattdessen machte er sich auf den Weg zum nördlichen Stadttor, wo er die Wachen bestach, um zu dieser fortgeschrittenen Stunde noch aus der Stadt gelassen zu werden. Denn während die stolzen Kaufleute hinter den sicheren Stadtmauern entweder noch arbeiteten oder längst den Schlaf der Gerechten schliefen, gab es zu dieser Stunde vor den Stadttoren noch allerlei Leben. Etwa im Gasthof »Zum Bärenkeller«, der den zu spät ankommenden Reisenden als Herberge offen stand, wenn sie an den Stadttoren keinen Einlass mehr gefunden hatten.

Wie erwartet war der Gastraum noch gut besucht. Schon von der Landstraße aus hatte Amman Sachs ein buntes Stimmengewirr und lustige Fidelmusik gehört. Gegenüber dem »Bärenkeller« auf einer offenen Wiese hatte zudem eine bunte Wagenburg von der Anwesenheit fahrender Leute gezeugt – Gaukler, Wahrsager und Musikanten. Und tatsächlich sah der Fugger-Agent im fahlen Licht der Kerzen und Laternen die dunklen, geheimnisvollen Gesichter zahlreicher Cigány.

Sachs bahnte sich einen Weg in eine ruhigere Ecke, wo er sich einen freien Platz auf der Bank suchte. Er legte sein Bündel neben sich auf den Tisch und musste nicht lange warten, als der Wirt auch schon einen großen Krug mit warmem Bier vor ihn hinstellte. Sachs trank mit Appetit, hatte er doch die vielen Stunden im Fuggerhaus keine Erfrischung angeboten bekommen.

Als er den Krug absetzte, bemerkte er, dass ihn eine der Cigány-Frauen aus einiger Entfernung beobachtete, oder besser: taxierte. Ihr Blick schweifte auffällig zwischen Amman Sachs' Reisepacken und seiner im Vergleich zu den übrigen Gasthausbesuchern vornehmen Kleidung hin und her, bis sie dem Agenten der Fugger schließlich fest und herausfordernd in die Augen blickte.

Amman Sachs fielen die wenigen Goldstücke des Mexikaner-Schatzes ein, die er immer noch bei sich trug. Vielleicht, überlegte er, war es doch keine so gute Idee, als Erstes hierhergekommen zu sein. Er stand von der Bank auf, stopfte den Bündel unter den rechten Arm, ließ den Bierkrug auf dem Tisch stehen und ging zu der Frau hinüber.

»Interessiere *ich* dich, oder geht es dir um mein Gepäck?«, fragte er.

Die Cigány schien nicht im Mindesten überrascht über die freche Anrede. Sie lächelte, drehte sich um, ging ein paar Schritte, drehte sich wieder um und forderte Sachs mit einem Kopfnicken auf, ihr zu folgen.

Der Fugger-Agent zögerte kurz, nahm die Einladung dann aber doch an und ging hinter der dunklen Schönen her in einen Flur. Die Frau zeigte auf einen Durchgang zu einem Treppenabsatz, der in die Tiefe zu den Kellerräumen führte.

Wieder ging die Cigány voraus und stieg die breiten Stufen hinunter in einen Raum, in dem zahlreiche Fässer aufgestellt waren. Eine zweite Treppe wurde sichtbar, die in einen weiteren, noch tiefer gelegenen Keller führte, in den die dunkle Frau nun hinabstieg. Amman Sachs folgte ihr, wobei ihm die Situation zunehmend unheimlich wurde. Seine Sorge wurde dadurch gesteigert, dass nun aus den zunehmend spärlicher beleuchteten Tiefen immer deutlicher ein vielstimmiges Grollen zu hören wurde, dessen Ursprung der Fugger-Agent nicht zu deuten vermochte. Gleichzeitig nahm er einen scharfen, unangenehmen Gestank wahr, wie wilde Tiere ihn verströmten.

Im zweiten Kellergeschoss angekommen zeigte die Frau in die Dunkelheit hinein. Nachdem sich Sachs' Augen an das schummrige Licht gewöhnt hatten, erkannte er mehrere Bären, die mit Ketten an die Wand gefesselt waren.

»Natürlich, die Tanzbären«, erinnerte Amman Sachs sich beim Anblick der Tiere an den Ursprung für den Namen des Gasthofes, in dessen tiefe Keller er gerade mit unbekanntem Ziel hinabstieg.

Auf einer dritten Treppe führte die Frau ihn in ein weiteres Kellergeschoss, in dem Amphoren an den Wänden lehnten, in denen offenbar Wein oder Öl auf ihre Verwendung warteten. Von hier schließlich führten weitere Stufen noch tiefer in eine unterirdische Etage. Längst hatte natürlicher Fels die alten Grundmauern des Gasthauses abgelöst, und der scharfe Gestank des Bärenurins war in dem noch tiefer gelegenen Kellerbereich dem Geruch von Moder gewichen.

Zu Sachs' Erstaunen zeigte eine Falltür im Boden an, dass es *noch* tiefer gehen musste.

Mit dem rechten Fuß stampfte die Cigány-Frau drei Mal auf die hölzerne Luke. Dann herrschte für einen Moment Totenstille, da hier unten selbst das Grollen der Bären nicht mehr zu vernehmen war. Schließlich kniete sich Amman Sachs' schöne Begleiterin hin und öffnete mit einiger Anstrengung die Falltür. Ein überraschend hell erleuchteter Abgrund tat sich auf, sodass Sachs sich wunderte, dass er zuvor keinen Lichtschimmer durch die Fugen der Luke bemerkt hatte.

Die Cigány hatte sich wieder aufgerichtet.

»Komm, geh du voraus«, hörte Amman Sachs das erste Mal die Stimme der Frau. Doch er zögerte unsicher. Trotz der Nähe der geheimnisvollen Schönen fühlte er sich ganz und gar nicht wohl bei dem Gedanken, vor ihr durch die Falltür hinabsteigen zu müssen. Unschlüssig blickte er in den überraschend sauber wirkenden, tiefer gelegenen Raum, wobei sein Sichtfeld jedoch durch die Lukenöffnung eingeschränkt blieb.

»Zier dich nicht«, hörte er abermals die Stimme der Frau.

»Ja, ziert Euch nicht so, Meister Sachs«, erklang zum Schrecken des Fugger-Agenten eine zweite Stimme aus den Tiefen des unbekannten Kellergeschosses. »Ich beiße Euch schon nicht, wenngleich ich Euch sicher auch nicht für die erwarteten Vergnügungen zur Verfügung stehe!«

»Der Engländer!«, entfuhr es Sachs erschüttert. Zu seinem größten Erstaunen erschien unten im Geviert der offenen Luke nun das Gesicht jenes Mannes, den er erst in der geheimen Fuggerfaktorei von Nombre de Dios und dann vorhin im Ausgang der Goldenen Schreibstube des Fugger-Regierers gesehen hatte.

»Teufel auch, was macht Ihr hier?«

Der Fremde lachte. »In erster Linie auf Euch warten. Kommt herunter, dann können wir reden. Meine Freundin Elektra, der Ihr ja schon blind vertraut, läuft Euch nicht davon.«

Immer noch lächelte die Frau den Fugger-Agenten freundlich an und forderte ihn erneut mit einem Nicken auf, endlich die Stiege in den offenbar tiefsten Keller hinunterzuklettern. Zögernd betrat der Fugger-Agent die hölzernen Stufen und stieg hinab ins Tiefgelass. Unten angekommen schlug über ihm geräuschvoll die Falltür zu, und Sachs hörte, wie die Schritte der Frau sich oben entfernten.

Der Raum, in dem er sich nun befand, war nicht besonders groß, aber sehr sauber, wie der erste Eindruck verriet. Trotzdem lag auch hier Modergeruch in der Luft. Eine Vielzahl von Kerzen erleuchtete das Gelass, das mit einem grob gezimmerten Schrank, einem Tisch und Bänken möbliert war. Der Fugger-Agent sah einige Kodizes in dem Schrank, auch Schriftrollen und seltsame, wie Navigationsgeräte anmutende Apparaturen aus Messing. Auf dem Tisch lag ein entrolltes, mit zwei Kerzenständern fixiertes Pergament. Es schien Amman Sachs, als wäre bis eben an diesem Dokument gearbeitet worden.

Der Engländer, der seinen Besucher immer noch grinsend bei dessen Begutachtung des Raumes beobachtete, trat an den Tisch und zeigte auf das Pergament.

»Soll ich Euch ein kleines Zauberkunststück zeigen, das für Euch vielleicht noch von Wert sein wird?«

Der Fremde machte das Pergament los, das seltsamerweise nicht beschriftet zu sein schien, obwohl es so ausgelegt war, als hätte jemand daran gearbeitet. Dann hielt der Engländer die Schreibhaut in geringer Entfernung über eine der brennenden Kerzen. Es rußte leicht, und Sachs sah, dass auf dem Pergament wie von Geisterhand eine Schrift gleichsam aus dem Nichts erschien.

»Zitronensaft. Wenn man damit schreibt wie mit Tinte, kann man nichts mehr davon sehen, sobald die Flüssigkeit eingetrocknet ist. Hält man ein so beschriebenes Schriftstück jedoch an eine Flamme, wird die Tinte sichtbar. Verblüffend, nicht wahr?«

Amman Sachs war in der Tat verblüfft.

»Wer seid Ihr? Und was tut Ihr hier?«

Der Engländer warf das Pergament auf den Tisch.

»Ihr habt recht, ich sollte mich Euch endlich einmal vorstellen. Mein Name ist Francis Walsingham. Ich bin hier im Auftrag meiner Königin, Elisabeth von England.«

Amman Sachs musterte die dunklen Augen, die dunklen Haare und den vornehmen Aufzug des Mannes.

»Und was wollt Ihr von mir? Ihr habt mich doch mit Absicht hier herunter führen lassen. Was ist das für eine Behausung?«

Der andere lächelte. »Ja, es ist ein wirklich ungewöhnlicher Ort für einen Edelmann, sich zu verstecken. Aber ich bin eigentlich schon im Aufbruch begriffen und packe bereits meine Sachen. Ich bin sehr froh, bald nicht mehr hier unten in Moderdampf und Bärenpisse hausen zu müssen. Meine Mission ist fast erfüllt. Also kann ich diesen abscheulichen Ort, dem Abgrund einer Hölle nicht unähnlich, nun bald verlassen.«

Der Mann, der sich Frances Walsingham nannte, versuchte anscheinend, Sachs für seine Geschichte zu interessieren. Und das gelang ihm auch.

»*Welche* Mission habt Ihr *fast* erfüllt?«, fragte der Fugger-Agent, nachdem er sich weiter umgeschaut und die Titel der umherliegenden Kodizes studiert hatte.

»Nun, was mag ein Gesandter der britischen Königin schon in der Stadt wollen, in der die größten Kaufmannshäuser der Welt – die der Fugger und der mit ihnen konkurrierenden Welser – ihre Heimat haben?«

»Dieser Gesandte wird Geld wollen«, sprach der Fugger-Agent die provozierte Antwort aus. »Und? Habt Ihr das Geld bekommen, da Eure Mission fast erfüllt ist? Es klingt sehr danach, aber es wäre im höchsten Maße verwunderlich.«

Walsingham schaute gespielt überrascht. »Warum? Die Basis der Fugger-Macht ist ihre Bank. Und sind Banken nicht dazu da, Geld zu verleihen, um damit ihren horrenden Zins zu verdienen? Und die Königin der Engländer ist doch sicher eine solvente Schuldnerin.«

Amman Sachs zog die Unterlippe hoch, als müsste er die Antwort auf eine schwierige Frage abwägen. »Ist Eure Herrin wirklich solvent? Sie hat keine eigene Handelsniederlassungen, keine eigene Goldvorkommen, und die eigenen Kupfer- und Silberminen sind nahezu erschöpft. Wer einen Emissär schickt, der um einen Kredit bitten soll – hat der nicht bereits seinen Kredit verwirkt? Oder sollte Eure Königin ihr eigenes Land und die darauf ruhenden Steuern hier beim Fugger beleihen wollen? Würden ihr das nicht die Stände übel nehmen und sie aus ihrem Palast verjagen?«

Das Lächeln Walsinghams wurde breiter. »Offenbar kennt Ihr Euch auf dem Feld der Diplomatie ganz gut aus, Amman Sachs. Ihr seid ein weit gereister Mann, und erfahren durch bedeutende Dienstherrn: der Papst, der Fugger, der spanische König …«

Der Fugger-Agent wurde hellhörig. Woher wusste dieser Mann von seinem Auftrag für Philipp von Spanien? Oder meinte der Engländer die Südamerika-Mission, die Sachs ja tatsächlich für Spanien ausgeführt hatte, wenn auch mit nur mäßigen Erfolg.

Walsingham schwieg und beobachtete Amman Sachs aufmerksam. Schließlich schien er zufrieden zu sein mit dem, was er sah.

»Ja, das dachte ich mir«, fuhr er schließlich fort. »Was sollte Philipp auch anderes tun, als Euch ebenfalls nach Augsburg zu schicken, um neues Geld und Gold für seine Kriege beim Fugger anzufordern.«

In Amman Sachs stieg Zorn auf. Er war einer Täuschung des Engländers aufgesessen und hatte sich durch sein Mienenspiel verraten. Dieser Walsingham war gefährlich, wurde Sachs klar. Er nahm sich vor, von nun an besser auf der Hut zu sein vor diesem englischen Fuchs.

Walsingham grinste noch breiter. »Mein Bluff hat erst im zweiten Anlauf funktioniert«, belehrte er jetzt den überraschten Amman Sachs. »Als ich den spanischen König als Euren Dienstherrn erwähnte, war das bloß eine Vermutung. Aber dass Philipp eines seiner Goldschiffe – *das* Goldschiff schlechthin – trotz Eurer vortrefflichen Arbeit in Neuspanien verloren hat, pfeifen die Spatzen in ganz Europa mittlerweile von den Dächern. Und dass Ihr dafür nicht in einem Kerker büßen müsst, zumal Ihr sicherlich nichts für dieses Unglück könnt, legt die Vermutung nahe, dass der König Euch hierher geschickt hat, um den Verlust durch einen neuen Kredit auszugleichen. Was sollte die spanische Krone auch sonst tun, um das Loch im Staatssäckel zu stopfen?

Aber wenn der spanische König Euch schickt, bietet es sich für Euch an, auch ein eigenes Spiel zu spielen, von dem der Fugger sicher nichts erfahren darf. Ihr stellt Vermutungen an, was wohl mit Eurer Goldgaleone passiert ist. Und da komme wohl ich ins Spiel.« Der Engländer lächelte aufdringlicher als zuvor. »Als ich dann eben sagte, ich dächte mir, dass Ihr für Philipp nach Augsburg gekommen seid, war das die zweite Täuschung, denn ich war mir meiner Sache noch gar nicht sicher. Aber da habt Ihr die Maske fallen lassen – aus Bestürzung, ich wäre bereits hinter Euer kleines Geheimnis gekommen. Und damit habt Ihr mir erst recht Euer Geheimnis offenbart! Ja, wenn man sich in das Seelenleben seines Gegenüber hineinversetzen kann, kann das sehr helfen, die wahre Natur der Geschehnisse um einen herum zu ergründen.«

Amman Sachs war wütend und erstaunt zugleich, auf welch einfache Weise der Engländer ihn hereingelegt hatte, um ihm zu entlocken, was er unbedingt hatte für sich behalten wollen und *müssen*: Sachs erkannte, dass Walsingham ihn nun leicht erpressen konnte.

»Kein Grund zur Bestürzung, Sachs«, fuhr der Engländer fort. Offenbar hatte der Fugger-Agent ihm schon wieder sein Seelenleben und seine Sorge verraten. »Ich will mein neu erworbenes Wissen über Eure Mission ja nicht gegen Euch verwenden, ganz im Gegenteil: Ich möchte mit Euch ins Geschäft kommen und ebenfalls einen Handel mit Euch abschließen, wie Ihr ihn mit dem Fugger und dem König von Spanien habt. Ihr und ich, wir sind ja nur kleine Rädchen im großen Getriebe der Weltpolitik und müssen aufpassen, dass wir nicht unter die Räder kommen.«

Dem Fugger-Agenten war nicht geheuer, was er da hörte. Schon das Arrangement mit König Philipp war er nur notgedrungen eingegangen. Jetzt auch noch mit einem englischen Gesandten, der dem spanischen König feindlich gesinnt war, einen Handel einzugehen, erschien Sachs als ein viel zu gewagtes Unternehmen – auch wenn er ahnte, dass es besser wäre, sich mit einem solch verschlagenen Mann wie Walsingham gutzustellen.

»Was könnte ich kleiner Handelsagent denn einem so gerissenen Emissär wie Euch bieten, Herr?«

Walsingham nickte. »Ihr wollt mir schmeicheln, mich durch Untertänigkeit eitel machen, um mich überheblich und damit unvorsichtig werden zu lassen. Eine gute Taktik – aber leicht durchschaubar für jemanden, der diese Strategie oft genug selbst verfolgt hat, vor allem gegenüber seinen eigenen Herren. Aber ich beantworte Eure Frage, wenn Ihr auch die Gründe meines Angebots längst kennt: Natürlich möchten meine Königin und ich genau wissen, auf was die Fugger und die Krone Kastiliens sich bei den nun begonnenen Verhandlungen einigen. Es geht um Informationen, Nachrichten, Wissen. Und natürlich auch darum, was man damit anfangen kann in einer sich immer schneller drehenden Welt.«

»Ihr wollt, dass ich gleich zwei Dienstherren an Euch verrate? Das kann nicht Euer Ernst sein!« Amman Sachs war ehrlich entrüstet.

»Immer mit der Ruhe.« Walsingham blieb gelassen. »Ich biete Euch ja etwas im Gegenzug. Außerdem bleibt diese Abmachung ganz unter uns. Meine Dienstherrin erfährt nichts von unserem Gespräch, und auch Ihr solltet nirgends ein Wort darüber verlieren. Es ist unser ganz persönliches Arrangement, von dem niemand etwas wissen muss. Solange wir beide darüber schweigen, droht uns keine Gefahr. Was sagt Ihr dazu?«

Amman Sachs überlegte nur kurz. »Was für eine Gegenleistung bietet Ihr mir für meinen Verrat?«

Wieder spielte ein feines Lächeln um die Lippen des Engländers. »Das Gleiche, wie Ihr mir liefert – Informationen, Nachrichten, Wissen. Fragt, und ich sagte Euch, was Ihr begehrt.«

Der Fugger-Agent blickte dem anderen fest in die Augen. »Einverstanden. Hier meine erste Frage: Stimmt es, dass Eure Herrin neue Rosenobel prägen lässt?«

Walsingham war sichtlich überrascht. »Wo habt Ihr das her?« Im gleichen Augenblick erkannte er, dass nun er selbst sich verraten hatte. »Ihr habt mich hereingelegt!« Er lachte lauthals auf. »Ihr seid noch besser, als ich dachte, Sachs. Meine Hochachtung! Aber ich stehe im Wort, sodass ich nun mein derzeit kostbarstes Wissen mit Euch teilen muss. Ja, momentan werden Rosenobel geschlagen. Einige tausend Pfund, von gewohnter Güte.«

Walsingham kramte etwas aus seinem Wams und warf es dem Fugger-Agenten zu. »Hier«, sagte er. »Eines der ersten Exemplare, ein Muster sozusagen.«

Amman Sachs fing ein kleines Stück glänzendes Metall auf. Es war eine Goldmünze. Erstaunt wog er sie in der Hand. Sie war ziemlich schwer für ihre Größe, was entweder auf einen Bleianteil oder tatsächlich reines Gold hinwies.

Der Fugger-Agent besah sich die eingeprägten Motive des Geldstücks genauer. Auf der Vorderseite der Münze erkannte er einen gewappneten Herrscher in einem Schiff. Das Schiff war durch eine Fahne mit einem Monogramm, das ein großes »E« zeigte, und durch eine fünfblättrige Rose an der Seitenwand des Schiffes markiert. Der Herrscher war also König Edward IV, der den Rosenobel vor knapp hundert Jahren – gegen Ende des fünfzehnten Jahrhunderts – das erste Mal ausgeben ließ. Die Rückseite der Münze zeigte im Feld eine strahlenförmige Rose, die für die so genannte *weiße Rose* stand, wie Sachs wusste, das Symbol des damals in England herrschenden Hauses York. Es gab auch noch die *rote Rose* des Hauses Lancaster, das in den »Rosenkriegen« von 1455 bis 1485, einem der blutigsten Bürgerkriege dieser Zeit, um den englischen Königsthron stritt.

Nicht nur deshalb war der Rosenobel ein sagenhaftes Geldstück. Er war die Münze schlechthin. Ein Mythos, eine Legende, die seit vielen Jahren in den privaten Schatzkammern der Welt nach und nach verschwunden war. Einst war der Rosenobel das beherrschende Zahlungsmittel auf den großen Marktplätzen gewesen, wo Waren gehandelt wurden, die diesem Goldstück würdig waren. Doch Amman Sachs selbst kannte, obwohl er für das größte Kaufmannshaus überhaupt arbeitete, den Rosenobel nur aus Berichten und von einzelnen Zeichnungen in Registern, in denen sämtliche Münzen der Zeit abgebildet waren, um sie identifizieren und auf ihren Wert hin beurteilen zu können.

Und jetzt hielt er einen funkelnagelneuen Rosenobel in den Händen. Immer wieder wog er ihn, als wollte er seinen Wert taxieren. Schließlich fragte er: »Einige tausend Pfund von diesem Schatz wollt Ihr also in der Münze zu London schlagen lassen?«

Walsingham nickte und schaute Sachs mit einem Ausdruck an, als hätte er dessen nächste Frage bereits erraten.

»Wo aber hat ein Land, das doch über keine eigenen Goldgruben mehr verfügt, so viel Gold her? Oder habt Ihr das goldene Vlies in der Themse gefunden?«

Der Engländer hielt Sachs die geöffnete Hand hin, um anzuzeigen, dass er den kleinen Schatz zurückhaben wollte. Der Schweizer kam der stummen Bitte umgehend nach, schaute aber weiterhin seinen Gegenüber fragend an.

Dieser antwortete schließlich: »Wir auf den britannischen Inseln haben in den vergangenen Jahren einige großartige Adepten hervorgebracht, darunter einen Meister der geheimen Alchemie, wie Ihr vielleicht schon vernommen habt. Es gab verheißungsvolle Experimente mit dem Ziel, aus unedlen Metallen, wie auch unsere Böden sie hervorbringen, mittels der großen Transmutation reines Gold herzustellen. Ich selbst hielt bereits das rote Elixier in den Händen. Eine wirklich großartige Magie. Und sie wirkt phänomenal. Ihr selbst habt gerade das Ergebnis dieser Experimente in den Händen gehalten. Dieser Rosenobel hier«, Walsingham hielt noch einmal die Goldmünze in die

Höhe, »ist aus reinstem Alchemistengold geprägt. Das, mein Freund, ist die neue Macht im Universum! Hundertmal sicherer als Goldtransporte über das weite Meer, hundertmal einfacher als der Goldabbau in den Bergwerken. Und dabei so rein und von solch unvergleichlicher Qualität, wie man es auf der Welt noch nie gesehen hat.«

Den Engländer übermannte fast sein eigener Überschwang. »Also, sagt selbst, Sachs: Wäre es nicht besser, dass Ihr Euch unserer Sache anschließt? Meine Königin Elisabeth hat nun Zugang zu unerschöpflichen Geldmitteln. Werden die Franzosen, Spanier oder sonst ein Habsburger ihr da widerstehen können? Was meint Ihr?«

11.

Später in dieser Nacht saß Amman Sachs wieder im Gastraum des »Bärenkellers« und dachte über sein Gespräch mit dem Engländer Francis Walsigham nach. Als er die vielen Treppen aus dem Abgrund der Kellergewölbe hinaufgestiegen war, hatte er noch für einen Moment die dunkle Cigány-Frau gesucht, sich dann aber doch wieder an einen der langen Tische gesetzt. Zu seiner Überraschung stand immer noch sein Bierkrug unberührt an seinem Platz, doch der Trank war durch das lange Stehen schal geworden und schmeckte nun fad, was jedoch gut zu Amman Sachs' Stimmung passte.

Die Schankstube war nun deutlich leerer als vorhin, auch wenn immer noch eine bunte Schar von Menschen an ihren Krügen aushielt und auch noch das ein oder andere späte Mahl verzehrt wurde.

War er jetzt tatsächlich zu einem doppelten Verräter geworden?, trieb Amman Sachs seine düsteren Gedanken vor sich her. Eigentlich nicht, sagte er sich schließlich. Denn im Grunde hatte er nur eine Information gegen eine andere eingetauscht und dabei einen Vorteil erlangt. So gesehen war es also kein schlechtes Geschäft gewesen, das er mit dem Gesandten der englischen Königin abgeschlossen hatte. Und irgendwie machte offensichtlich ja auch der Fugger selbst seinen Handel mit den Engländern – was stets zum Nachteil der Habsburger sein musste. Warum also sollte er, der Fugger-Agent, diese Angelegenheit da anders handhaben als sein Prinzipal?

Amman Sachs nahm einen großen Schluck von dem warmen

Bier und stellte den Krug wieder auf den Tisch, als eine leichte Hand sich auf seine Schulter legte. In gespieltem Erstaunen blickte Sachs sich um, denn er erwartete, die dunkle Cigány-Frau zu erblicken. Doch sein Erstaunen wurde echt, als er seine Gehilfin Gemma in der Verkleidung einer Ordensfrau erkannte.

»Hast du inzwischen das Gelübde abgelegt? Gratuliere, meine Liebe. Aber ist das hier nicht der falsche Ort für eine heilige Frau wie Euch?« Sachs lachte, was nach der Anspannung des Tages etwas Befreiendes hatte, zumal er für einen Augenblick vergaß, dass er den schwersten Gang hier in Augsburg noch vor sich hatte.

Gemma stieg über die Holzbank und setzte sich rittlings neben den Fugger-Agenten, was zwar nicht sehr vornehm oder gar damenhaft wirkte, aber doch eine verschwiegene Vertraulichkeit schaffte.

»Die Nonnentracht war der sicherste Weg, hierher zu kommen, ohne unterwegs den wilden Horden in die Hände zu fallen«, sagte das Mädchen leichthin. »Ich habe alle Gasthäuser vor den Toren nach dir abgesucht, nachdem ich einen Kurierreiter der Fugger von deiner Ankunft erzählen hörte. Ich war vor ein paar Stunden schon einmal hier. Bist du gerade erst gekommen? Warst du schon daheim?«

Die erste Frage war mit echtem Interesse, die zweite mit ehrlicher Anteilnahme formuliert worden. Als Antwort stampfte Sachs zweimal mit dem Fuß auf und deutete dabei nach unten. Dann erzählte er seiner Freundin von der Begegnung mit Francis Walsingham. Auch von seinen Beobachtungen im Fuggerhaus berichtete er, und von seinem Treffen mit dem spanischen König in Tomar. Und dass dies alles irgendwie mit dem Schicksal der *Flor de la Mar* zu tun haben musste. Als er geendet hatte, schaute Gemma sich besorgt um.

»Meinst du, dass die Cigány hier für diesen Engländer arbeiten?«, erkundigte sie sich unsicher.

»Wahrscheinlich«, antwortete Sachs. »Wenn ich mir überlege, was den Wahrsagerinnen der Cigány so alles anvertraut wird ... sicher eine der besten Informationsquellen, die es für Geld zu kaufen gibt. Selbst aus den Reihen der reichen Bürger und der Stände kenne ich genug Leute, die sich bei den Cigány die Zukunft vorhersagen lassen. Die Cigány wissen sicher genauso viel wie ein katholischer Priester, der die Beichte seiner Schäfchen entgegennimmt, *Schwester!*« Sachs lachte fröhlich.

»Stimmt«, antwortete Gemma kokett. »Als deine Beichtschwester weiß ich ja jetzt auch von deinem Verrat. Und wenn du nicht spurst oder mir mein Entgelt erhöhst, werde ich schauen, was ich mit diesem Wissen so alles anfangen kann.« Das Mädchen stimmte in Sachs' Lachen ein.

Doch rasch wurden beide wieder ernst.

»Und was sind jetzt deine nächsten Pläne, Amman? Außer, dich deiner geliebten Gattin zu stellen?«

Schlagartig verflog die gute Laune des Fugger-Agenten. »Ich habe keine eigenen Pläne. Meine neue Mission deckt sich mit sämtlichen Plänen, die ich in Anbetracht der Umstände hätte schmieden können. Hauptfaktor Peutinger hat mir aufgetragen, mich umgehend nach London zu begeben. Was für ein Zufall, nicht wahr? Diesem Walsingham habe ich davon allerdings noch nichts gesagt.«

Gemma zog die Stirn kraus. »Nach England? Der Peutinger schickt dich nach England? Ausgerechnet dich? Was will er damit bezwecken?«

Amman lachte gezwungen. »Natürlich will er mich in erster Linie hier aus dem Weg haben. Es ist ihm noch immer ein Dorn im Auge, dass meine Position im Hause der Fugger durch das Testament des alten Anton Fugger unangreifbar scheint. Aber manchmal glaube ich, dass dieses Testament meines Förderers und Beschützers eher eine schwere Hypothek als ein Segen ist, auch wenn dieser Pakt deine wunderbare Gesellschaft beinhaltet ...« Das gezwungene Grinsen verwandelte sich in ein warmes Lächeln, das Gemma spontan erwiderte und dabei ihre Hand vertraulich auf den Arm des Fugger-Agenten legte.

Er genoss die Berührung, während er seinen Gedankengang fortführte: »Und dann dürfte es auch so sein, dass der Hauptfaktor ganz froh ist, wenn im Hause Sachs der Hausherr gleich wieder abwesend ist, und das wahrscheinlich für längere Zeit. Das wird ihm doch viele Dinge sehr vereinfachen und seinen üblichen Tagesablauf nicht für allzu lange Zeit unterbrechen.«

Der Druck der Frauenhand auf seinem Arm wurde für einen Moment intensiver, und Amman Sachs freute sich über diese Anteilnahme.

»Also nach London!«, sagte Gemma schließlich und ließ dabei zum Bedauern des Fugger-Agenten dessen Arm wieder los. »Ich muss schon sagen, Amman, mit dir kommt man ganz schön in der Welt herum. Was wird bei den Engelländern unsere Aufgabe sein? Und wird es Probleme geben, auf die britannischen Inseln überzusetzen?«

Amman Sachs trank wieder etwas von dem Bier, ehe er antwortete. »Keine Probleme, würde ich sagen. Zurzeit haben die großen Königreiche genug mit sich selbst zu tun. Sämtliche Geldquellen sind versiegt, und jeder versucht, seinen Kronschatz so schnell wie möglich aufzufüllen, auf welche Weise auch immer. Bis dahin regiert Schmalhans – und jede Wache, jede Vorsicht kostet Geld.

Das ist wohl auch der Grund, warum ich als Fugger nach London geschickt werde und dieser Walsigham sich hier in Augsburg herumtreibt: Die Bedingungen für künftige Geschäfte mit dem Hause Tudor scheinen gut zu sein. Die Chance will unser Handelsherr nutzen, um neben den Verträgen mit den immer unsichereren Habsburgern ein zweites finanzielles Standbein aufzubauen. Es ist besser, bei einem großen Konflikt mit beiden Seiten zu paktieren, damit man auf keinen Fall zu den Verlierern gehört, egal wie der Streit am Ende ausgeht. Das ist eine Handelstaktik, wie sie dem alten Jakob oder auch Anton Fugger zur Ehre gereicht hätte.

Ich bin mir aber nicht sicher, ob der jetzige Regierer und seine Vertrauten das notwendige diplomatische Geschick besitzen, eine solche Geschäftsstrategie auch in aller gebotenen Stille umzusetzen. Dass dieser Walsingham an der Sache beteiligt ist, lässt nichts Gutes ahnen.«

Gemma schaute Sachs für einen Moment in die Augen, und dem Agent der Fugger war, als würde er Rosenblüten riechen können. Dann riss der angenehme Blickkontakt wieder ab, und die junge Frau in der Nonnentracht griff nach dem Bierkrug, aus dem bisher Sachs getrunken hatte. Sie nahm einen großen Schluck, wischte sich mit der freien Hand die Lippen ab und stellte das geleerte Gefäß wieder auf den Tisch.

»Was hältst du davon, wenn ich mich an diesen Walsigham dranhänge und ihn ein bisschen im Auge behalte? Kann ja nicht schaden, ein wenig mehr über ihn und sein Treiben zu erfahren.« Gemma hatte sehr überlegt gesprochen. Und der Schweizer konnte nicht umhin, ihrem Vorschlag zuzustimmen. Der Engländer schien eine Schlüsselfigur zu sein bei dem, was vor sich ging. Ihm mehr von seinen Geheimnissen zu entlocken, konnte nur von Vorteil sein. Trotzdem hatte Sachs kein gutes Gefühl bei der Sache.

»Nimm das mit dem ›Treiben‹ aber nicht zur wörtlich«, konnte er sich eine schlüpfrige Andeutung nicht verkneifen.

Gemma machte ein gespielt erstauntes Gesicht.

»Oh, ist da jemand eifersüchtig? Du weißt doch, Amman, du bist der einzige richtige Mann in meinem wilden Leben.« Gemma lächelte; dann wurde sie wieder ernst. »Wie halten wir Kontakt, falls Walsingham nicht nach London reist, sondern woanders hin?«

Das war eine gute Frage. Über die Faktoreien der Fugger Briefe auszutauschen war der zuverlässigste Weg, dafür zu sorgen, dass Nachrichten den anderen erreichten, aber sie würden auf diese Weise viele Mitleser haben, was sicherlich Probleme machen würde. Sachs erinnerte sich an den Trick des Engländers mit der unsichtbaren Tinte aus Zitronensaft und erzählte Gemma davon.

»Sieh also immer zu, dass du Zitronen auftreiben kannst«, endete er. »Schreib mit normaler Tinte irgendetwas Belangloses. Die eigentliche Nachricht notierst du dann auf die freien Stellen auf dem Papier oder dem Pergament. Ich werde es genauso machen, wenn ich dir etwas mitzuteilen habe. Dann senden wir unsere Botschaften an alle Faktoreien, die der jeweils andere wahrscheinlich erreichen kann.«

Gemma gefiel die Idee, Geheimnisse in ganz normaler Korrespondenz zu verbergen. »Wir sollten aber alle Schreiben stets mit einem Datum versehen, damit wir sie nicht durcheinander bringen.«

Sowohl Gemma als auch Amman Sachs versetzte das Planen ihrer nächsten Vorhaben in angenehme Aufregung. Doch immer mehr leerte sich die Gaststube des »Bärenkellers«, und allmählich wurde es auch für sie Zeit, sich aufzumachen. Auch der Wirt wollte schließlich irgendwann zu Bett. Also warf Sachs ein paar kleine Geldstücke auf den Tisch und verließ in Begleitung der Nonne das Gasthaus. Draußen dämmerte bereits der Morgen.

»Ich werde hier irgendwo Wachposten beziehen, damit der hohe Herr im Dienst Ihrer Majestät mir nicht entschlüpft«, verabschiedete Gemma sich mit seltsamer Befangenheit vom Agenten der Fugger. Auch Sachs druckste herum, und endlich umarmten sie sich und wünschten sich Glück und ein frohes Wiedersehen, wohin die Wege sie auch führen würden.

Da die Sonne bereits aufging, als Amman Sachs das nördliche Stadttor von Augsburg erreichte, ließ man ihn ohne großes Aufheben hinein. Auch die Fuggerei, wo der Sachs mit seiner Frau Johanna wohnte, war bereits mit dem ersten Hahnenschrei erwacht, und auch hier konnte er ohne Probleme die Wachtore passieren. Die langen Fassaden der Faktorei mit ihren vielen Wohnungen umschlossen ein eigenes Viertel, das nach außen wie eine Stadt in der Stadt verschlossen werden konnte. Der alte Jakob Fugger, der die Armensiedlung einst erbauen ließ, hatte den Einwohnern der Fuggerei ein strenges Reglement auferlegt: Sie mussten jeden Tag besondere Gebete für ihren berühmten Gönner leisten, um ihm so sein Seelenheil zu sichern, und zudem strenge Nachtruhe einhalten. Dafür wohnten sie nahezu mietzinsfrei in den schmucken Häusern des Viertels; die Wohnplätze waren sehr begehrt beim einfachen Volk.

Amman Sachs allerdings konnte der Fuggerei nichts wirklich Gutes abgewinnen. Nicht kommen und gehen zu können, wie er wollte, empfand er als Bevormundung, auch wenn er dank einer der großzügigen Verwalterwohnungen privilegierter war als die übrigen Leute in der Siedlung. Und die pflichtschuldigen Gebete überließ er seiner Gattin, die diesen Fron stets gerne leistete, weil sie bei dieser Gelegenheit Gott den Herrn auch gleich um ein wenig mehr eigenes Glück anflehen konnte.

Amman Sachs' Wohnung lag noch still da, als er die unverriegelte Haustür öffnete und eintrat. Er überlegte kurz; dann schloss er die Tür wieder und schob nachdrücklich und geräuschvoll den schweren Eisenriegel vor. Er lauschte, aber nichts regte sich in den wenigen Zimmern, die seine Heimstatt sein sollten und die ihm bisher doch so fremd geblieben waren wie eine der Indiohütten, die er außerhalb von *Nombre de Dios* gesehen hatte.

Als Sachs sich an seine weiten Reisen der letzten Monate erinnerte, an die vielen neuen Eindrücke und Bilder, wurde die Enge in der Fuggereiwohnung noch schmerzlicher. Er empfand regelrechte Beklemmung bei dem Gedanken, nun wahrhaftig zu Hause zu sein, am Ende eines Weges. War das hier das Ziel all seiner Reisen und Abenteuer? Das Ziel all seines Strebens? Der einzige Preis für seine Mühen, den es für ihn zu gewinnen gab?

Amman Sachs fühlte Hoffnungslosigkeit in sich aufsteigen.

Als wollte er vor seinen eigenen Empfindungen fliehen, öffnete er schnell die Stubentür und betrat den adrett aufgeräumten kleinen Raum. Er sah sich kurz um: Nichts in diesem Zimmer erinnerte daran, dass er hier wohnte. Die Möbel waren wuchtig und solide, doch der Fugger-Agent wusste nicht einmal genau, was darin aufbewahrt wurde.

Sachs erinnerte sich, dass sein eigener Vater daheim auf ihrer alten Burg in der Schweiz einen besonderen Platz im großen Saal hatte, von dem aus er Hof hielt oder zumindest am liebsten die Abende im Kreis seiner Familie verbrachte. Vielleicht war gerade ein fahrender Spielmann zu Gast, der noch den Minnesang der alten Zeit kannte. Dann war der große Raum von der Musik erfüllt, und die Gesichter der Anwesenden zeugten von der Heiterkeit, die dieses Erlebnis jedes Mal verursachte. Wenn bei einer solchen Gelegenheit seine Mutter und sein Vater vertraute Blicke voller Lachen und Fröhlichkeit tauschten, war das Glück für den jungen Amman Sachs perfekt.

Doch um wie viel anders hatte sein eigenes Leben sich entwickelt. Er reiste selbst wie der Spielmann seiner Kindheit durch die ganze Welt, stets Gast anderer Leute. Ohne ein eigenes Zuhause. Und das, was sein Zuhause sein sollte – seine warme, liebevolle Heimstatt –, war ihm ein Graus, um den er lange wie ein geprügelter Hund herumschlich, bis er endlich doch sich durch den Eingang stahl, weil er sonst nicht wusste, wohin er gehörte.

Nein, nicht einmal einen besonderen Platz hatte er in dieser Wohnstube. Einen Lieblingsplatz, wo er an langen Winterabenden gerne würde verweilen wollen, um seiner Frau bei den Handarbeiten zuzuschauen und an irgendeiner Korrespondenz zu arbeiten.

Irgendwo in der Wohnung entstand Bewegung. Amman Sachs hörte bloße Füße über Holz scharren und Türen knarren. Er selbst stand noch unschlüssig in der Wohnstube und verließ sie schließlich, um in die Küche zu gehen. Hier könnte er sich vielleicht nützlich machen, indem er sich um das Feuer kümmerte. Doch als er die Küche betrat, sah er seine Frau Johanna, die bereits die letzte Glut des Vortags mit Reisig und Holzspänen neu entfacht hatte.

»Johanna!« Das war die ganze Begrüßung, die Amman Sachs über die Lippen brachte. Seine Frau sah nur kurz von ihrer Arbeit auf, nickte ohne eine Spur der Freude, ihn wiederzusehen, und widmete sich sofort wieder dem Feuer. Sie legte ein paar kräftige Scheite nach und schwenkte dann den an einer Kette hängenden Kessel über die prasselnden Flammen, um Wasser zu erhitzen.

Als das getan war, richtete Johanna sich zur vollen Größe auf. Sie war hoch gewachsen, fast so groß wie Amman Sachs selbst, und immer noch schlank. Keine Schwangerschaft hatte ihren Körper bisher gezeichnet.

Amman suchte den Blick ihrer Augen, die immer noch den alten Glanz besaßen, in den er als junger Schweizergardist so verliebt gewesen war. Auch ihre Haut war noch glatt und von dieser schönen Blässe wie eh und je. Am Morgen wie jetzt, wenn sie ihr Haar noch nicht gemacht hatte und es sich in langen, ungeordneten Wogen um ihre Schulter schmiegte, war sie stets am schönsten, wie er fand. Wären da nicht die kleinen Fältchen links und rechts der Mundwinkel, die von ihrem steten Unglück kündeten, als dessen Ursache sie ihren Ehemann höchstselbst ausgemacht hatte.

Ja, diese Fuggereiwohnung war ganz sicher nicht dasselbe wie die Burg der Hohensax in der Schweiz oder die kleine Villa am Rande von Rom, wo sie ihre glücklichen Jahre verbracht hatten und die sie schließlich bei Nacht und Nebel und in Schimpf und Schande verlassen mussten. Arme Johanna, dachte Amman Sachs, dass wir so schnell aus Rom fliehen mussten, dass wir nicht einmal unser Glück hatten mitnehmen können.

»Bleibst du lange?« Beinahe hätte Amman die Stimme seiner eigenen Frau nicht erkannt. Sie sprach mit einem Kloß im Hals; so klang es zumindest. Als wäre sie befangen durch seine Anwesenheit. Aber nicht in der Art befangen wie früher, als er um ihre Liebe geworben hatte, sondern so, als wäre ihr seine bloße Anwesenheit ein Gräuel, das ihr Unglück nur vergrößern konnte.

»Ich glaube nicht«, erwiderte Amman schließlich. »Kasper Peutinger möchte mich so schnell wie möglich wieder auf Reisen wissen. Ich soll nach England, lauten seine Befehle. Er wird wohl seine Gründe haben ...«, konnte er sich einen Seitenhieb nicht verkneifen. Und tatsächlich schaute seine Frau nun schamhaft auf den Boden.

Nicht einmal das Streiten ist uns geblieben, überlegte der Fugger-Agent. Im Grunde war es ihm egal, was sich zwischen Peutinger und seiner Frau abspielen mochte. Er fand es daheim bedrückend; wieder unterwegs zu sein, diesmal nach London – darüber konnte er sich wirklich freuen. Es schmerzte ihn, seiner alte Liebe durch seine bloße Anwesenheit Pein zu bereiten. Und irgendwie gönnte er Johanna das kleine Glück, das ihr die Affäre mit dem Hauptfaktor vielleicht bedeutete. Immerhin war der Hauptfaktor die Nummer zwei des Fuggerimperiums. Seine Geliebte kam der Mätresse eines Vizekönigs gleich. Wenn Johanna dabei die echte Liebe wiedergefunden hatte, war das sicher mehr, als nach den gemeinsamen Erlebnissen zwischen ihnen beiden noch geblieben war.

»Möchtest du etwas essen? Oder zu trinken? Ich mache Kamillensud.« Johanna hatte den Blick nun wieder gehoben. Amman erkannte ihr Bemühen, nett zu sein. Ob aber aus einem Rest an Zuneigung oder eher aus Verlegenheit, mochte er nicht entscheiden.

»Du siehst müde aus, Amman, als hättest du nicht viel geschlafen.« Das war schon fast ein richtiges Gespräch, fand der Fugger-Agent.

»Habe ich auch nicht«, antwortete er deshalb schnell. Eine wirkliche Unterhaltung hatten sie schon ewig nicht mehr geführt. »Ein wenig heißer Sud wäre genau das Richtige.«

Amman schaute seiner Frau zu, wie sie einen irdenen Krug von einem Bord nahm und mit einer hölzernen Kelle heiß dampfende Flüssigkeit aus dem Kessel schöpfte. Amman genoss den Frieden und die Normalität dieses Anblicks. Es war auf jeden Fall besser als Streiten, auch wenn das wenigstens gezeigt hätte, dass einem der andere noch etwas bedeutete.

Johanna reichte ihm den Krug mit dem heißen Trank. Amman sog das intensive Aroma des Kräuteraufgusses ein. Es tat ihm wohl. Er setzte sich wie ein Hausherr auf die kleine Bank vor dem grob gezimmerten Küchentisch.

»Wie geht es dir, Johanna?« Amman wollte ihre Unterhaltung nicht wieder abbrechen lassen.

Johanna wiegte leicht den Kopf. »Ach, ganz gut. Alles geht seinen Gang. Auch wenn mir das Licht in unserem Haus in Rom immer noch sehr fehlt.«

Amman bemerkte, dass diesmal keinerlei Vorwurf mehr in der

Erinnerung seiner Frau mitschwang. Allenfalls Sehnsucht war in ihrem Hinweis auf ihr gemeinsames früheres Leben zu vernehmen. Vielleicht war das der Lohn, dass er nicht tiefer verletzt war von ihrer Verbindung mit Peutinger. Und ihr diese Verletzung auch nicht mehr zeigen musste.

»Wie würde dir Lissabon gefallen?«, fragte er aus einer spontanen Laune heraus. »Es hat das gleiche Licht und die gleiche Wärme wie Rom, ist aber ... überschaubarer.« Amman suchte ein besseres Wort. »Kleiner« war das Einzige, was ihm einfiel und das er auch aussprach. Aber er wusste, es war das falsche Wort. »Es riecht dort sehr schön«, versuchte er deshalb seine Beschreibung zu retten.

Johanna sah sich kurz in ihrer Küche um. »Klein ist es hier auch!« Die Spitze in ihrer Antwort war nicht zu überhören. »Aber der Duft eines schönen Blumengartens wäre ein wirklicher Gewinn. Dieses Augsburg stinkt. Zu viele Menschen innerhalb der Stadtmauern. Zu viel Unrat. Noch nicht einmal gutes Wasser gibt es mehr. Auch die Brunnen stinken.«

Amman Sachs blickte kurz auf den Krug in seiner Hand und stellte ihn dann wie beiläufig auf den Tisch.

»Ja, es sind keine guten Zeiten.« Er seufzte. Eine klare Antwort auf die Frage, was sie von Lissabon halte, war Johanna ihm schuldig geblieben. Also würden sie auch keine gemeinsamen Pläne mehr machen. Aber hatte er das ernsthaft erwartet? Amman wusste nicht, was er noch von seiner Ehe mit Johanna erwarten sollte und durfte. Sie waren verheiratet; mussten sie beide da nicht versuchen, das Beste aus dieser Verbindung zu machen? Aber wahrscheinlich war es dafür wirklich zu spät. Und er sollte zufrieden sein, dass dem Krieg der letzten Jahre ein Waffenstillstand gefolgt war, der zwar kein neues Glück verhieß, aber zumindest auch keine neue Sorgen.

»Willst du dich ein wenig schlafen legen, Amman? Du kannst

gerne mein Bett benutzen. Es sind saubere Decken drauf. In deinem Zimmer habe ich mir eine Nähstube eingerichtet. Deine Kammer ist näher bei der Küche und beim Herd, deshalb ist es im Winter dort wärmer.«

Also hatte er nicht einmal mehr ein eigenes Zimmer im eigenen Haus. Amman hätte lachen können über diese Ironie. Stattdessen stand er auf, nickte kurz und suchte Johannas Bettstatt auf.

Mühsam quälte er sich dort aus seinen schweren Stiefeln; dann legte er sich in das ungemachte, noch warme Bett. Es roch nach wilden Rosen – nach Johanna. Augenblicklich fiel der Fugger-Agent erschöpft in einen tiefen Schlaf, der ihn in seinen Träumen in längst vergangene glückliche Abenteuer führte.

Als er nach langen Stunden wieder erwachte, war der Geruch von Johanna immer noch da. Und für einen glückseligen Augenblick wähnte er sich im alten gemeinsamen Bett. Dann aber kehrte die Erinnerung wieder, wo er sich wirklich befand. Und augenblicklich spürte er die schwere Last, die sich zwischen dem vergangenen Glück und dem Schmerz der Gegenwart angesammelt hatte.

Sachs lauschte einem Moment ins Haus hinein, doch es war kein Geräusch zu hören. Wahrscheinlich hatte Johanna die Wohnung verlassen, um zum Markt zu gehen oder auch nur Wasser zu holen. Amman stand auf, zwängte sich in die von der langen Reise ausgelatschten Stiefel und hüpfte zweimal auf und ab, um wieder richtigen Halt in ihnen zu finden.

Immer noch war kein Laut aus den anderen Räumen zu vernehmen. So trat Amman Sachs an die Kleidertruhe seiner Frau, öffnete sie und schaute neugierig hinein. Erstaunlich gute Wäsche entdeckte er; alles sah neu und gepflegt aus und duftete intensiv nach den verstreut ausgelegten Rosenblättern.

Mit geübten Fingern tastete Amman die Stofflagen ab, ob sich dazwischen etwas Ungewöhnliches versteckte. Und er wurde alsbald fündig: Er brachte eine kleine Schatulle zum Vorschein, aus einem dunklen Holz gearbeitet mit helleren Intarsien, sodass es aussah wie ein kleines Schmuckkästchen. Sachs öffnete die Schachtel und entdeckte im Innern eine wunderschöne Perlenschnur, die mit einem goldenen Verschluss versehen war. Er hatte dieses Schmuckstück noch nie gesehen, ahnte jedoch, von wem Johanna es hatte.

Amman verschloss die Schatulle wieder, legte sie an ihren Platz und setzte die Durchsuchung der Kleidertruhe noch kurze Zeit fort. Dann verschloss er sie leise und drehte sich zur Tür.

Da stand Johanna, die ihn wohl schon eine ganze Weile beobachtet hatte. Sie hielt seinem Blick gelassen stand, drehte sich dann um und ging ihm voraus in die Küche.

Amman folgte ihr und tat ebenfalls so, als wäre nichts geschehen. Und im Grunde stimmte das ja auch, überlegte er. Er hatte durch den Fund der kleinen Perlenschnur nichts erfahren, was er nicht ohnehin schon gewusst hätte.

»Entschuldige, dass ich deine Truhe durchstöbert habe«, sagte er dennoch. »Ich hatte kein Recht dazu. Ich weiß nicht, was mich getrieben hat.«

Johanna schaute ihn erstaunt an und nickte bloß.

»Schon gut. Ich kenne diese Neugierde. Trotzdem danke für deine Entschuldigung.«

Sie ging zum Herd und nahm ein Brett, auf dem ein Stück Fleisch und gekochtes Gemüse angerichtet war. Ein großes Messer stak in der Mitte.

»Hier, ich habe dir etwas zu Essen zurückgelegt. Du hast bestimmt Hunger, ehe du wieder los musst.«

Amman wusste nicht, was er sagen sollte. Einerseits freute er sich über das Mahl, andererseits verletzte ihn der unverhohlene Rausschmiss. Amman hatte das Gefühl, nirgendwo mehr wirklich hinzugehören.

Während er aß, schaute Johanna ihm schweigend zu. Beinahe so, als wären wir eine richtige Familie, ging es Amman durch den Kopf. Es schmerzte ihn, dass es bloß eine Illusion war, was für sie beide doch hätte Wirklichkeit sein können. Als er den Blick hob, sah er tiefe Traurigkeit in Johannas Augen.

»Vermisst du Rom und unser altes Leben tatsächlich so sehr?« Die Frage war dem Fugger-Agenten eher unbeabsichtigt herausgerutscht, und er bereute sie sofort. Denn diese Frage zerstörte augenblicklich den Hauch von Zauber, der dieser irreale Besuch in seinem eigenen Zuhause bisher für Sachs gehabt hatte.

Johanna riss für einen winzigen Moment die Augen weit auf, als hätte sie einen Schreck bekommen. Dann senkte sie den Blick, stand vom Küchentisch auf und schaute sich unschlüssig um. Schließlich verließ sie ohne ein Wort Küche und Wohnung – ohne Hast, ohne Eile. Ganz so, als wäre ihr noch eine wichtige Besorgung eingefallen.

Auch Amman Sachs beendete sein Mahl ohne jede Hast. Dann reinigte er das Brett mit etwas Sand und dann mit Wasser und räumte alles weg, sodass nichts mehr an seine Anwesenheit erinnerte. Schließlich nahm er seine Sachen und verließ das Haus, ohne einen Blick zurück zu werfen. Er schloss die Tür und ging seines Weges.

Sachs war froh, dass ihm auf den Straßen der Fuggerei niemand begegnete, der ihn möglicherweise kennen konnte. So bemerkte auch niemand seine bittere Erregung und die tiefe Traurigkeit, als er sein Heim ohne jeden Abschied verließ.

12.

Amman Sachs' erstes Ziel waren die Fuggerhäuser ein paar Straßen von der Fuggerei entfernt. Eigentlich wollte er sich dort nur ein Pferd geben lassen, mit dem er die Reise nach London antreten konnte, doch als der Hauptfaktor erfuhr, dass Sachs nach nur einem Tag in Augsburg bereits wieder abreisen wollte, rief er ihn noch einmal in seine Kanzlei.

Kasper Peutinger händigte seinem Agenten mehrere Depeschen und Dokumente aus, die Sachs in Antwerpen dem dortigen Faktor der Fugger übergeben sollte.

»Von Antwerpen aus könnt Ihr Euch leicht nach London einschiffen. Es geht im Augenblick fast wöchentlich ein Schiff von uns hinüber zu den britischen Inseln.«

Amman Sachs tat so, als würde ihn das nicht sonderlich interessieren. Dabei war die Information, dass die Fugger einen ständigen Handelskontakt mit England unterhielten, eine echte Neuigkeit für ihn. Bisher war er davon ausgegangen, dass es seine Aufgabe in London sein sollte, einen solchen Kontakt aufzubauen und einzurichten. Sachs verkniff sich die Frage, was er dann eigentlich in England ausrichten sollte. Er würde es sicher noch früh genug erfahren.

»Wenn Ihr in Antwerpen seid, wendet Euch an den Herrn Bonaventura von Bodeck. Über ihn laufen derzeit die meisten unserer Geschäfte dort. Er kennt die alte Parole.«

Sachs blickte den Hauptfaktor nun doch fragend an, sodass dieser fortfuhr: »Es sind unsichere Zeiten. Ihr wart während der vergangenen Monate in der Neuen Welt, deshalb mag Euch entgangen sein, dass der Konflikt der niederländischen Provinzen mit dem spanischen Königshaus sich zuspitzt. Noch kann sich Antwerpen als reichste Stadt des Nordens behaupten. Dass sie reformiert ist und in Opposition zu den katholischen Habsburgern steht, ist da im Augenblick noch ein Vorteil, weil die Stadt unbehelligt den Warenverkehr hinüber zu den Engländern abwickeln kann. Aber Philipp hat in seiner ewigen Geldnot seine Hand nach Antwerpen ausgestreckt. Und da sind wir als Bankiers der Habsburger sicher gut beraten, einen Intermediär, einen Zwischenhändler, als Treuhänder für unsere Geschäfte einzusetzen. Das versteht Ihr doch, Sachs?«

Da ging er also doch in ein offenes Dornenfeld! Amman Sachs' Besorgnis über seine neue Mission wuchs. Doch er hütete sich, dies gegenüber dem Hauptfaktor offen auszusprechen. Stattdessen entgegnete er: »Ich werde also wieder unter einer frommen Legende reisen. Mich als Fugger zu erkennen zu geben, wäre vor allem auf der anderen Seite des Kanals nicht zu meinem Vorteil.«

Peutinger lachte.

»Es ist ja gerade Eure Aufgabe, auch dort einen Vorteil daraus zu machen, dass Ihr ein Fugger seid. Bei Eurer Ankunft solltet Ihr allerdings Vorsicht walten lassen. Äußerste Vorsicht! Das zarte Pflänzchen, das zwischen Augsburg und London sprießt, ist noch sehr empfindlich und steht in keinem strammen Wuchs. Das gerade sollt Ihr ja erst schaffen!«

Hastig schrieb der Hauptfaktor noch einen weiteren Brief fertig, den er faltete, umständlich siegelte und dann ebenfalls Sachs überreichte.

»Hier gebe ich Euch noch ein besonderes Empfehlungsschreiben für den Herrn von Bodeck mit auf den Weg. Er wird Euch schon die richtige Legende zu verschaffen wissen. Unter seinem Schutz sollte es Euch gelingen, zwischen den eifersüchtigen Kaufleuten der Engelländer unbehelligt zu bleiben. Von Bodeck wird auch dafür sorgen, dass Ihr ein geeignetes Entree beim englischen Hof bekommt. Seht nur zu, dass Ihr dort reichlich genug für unsere Sache und die Sache der Fugger ausrichten könnt. Aus Spanien habt Ihr ja auch immerhin die Anfrage eines ganz ordentlichen Kreditgeschäfts mitgebracht – auch wenn die Umstände für uns dabei denkbar ungünstig sind.«

Mit diesen Worten entließ Kasper Peutinger seinen Agenten. Amman Sachs suchte sich im Reiterhof, wo sich die Stallungen der Fuggerhäuser befanden, ein gutes Pferd heraus, mit dem er die weite Reise über Nürnberg und Frankfurt nach Antwerpen wagen konnte.

Als Sachs die Fuggerstadt Augsburg durch das nördliche Stadttor verließ und den »Bärenkeller« passierte, fragte er sich, was seine gute Gemma jetzt wohl machte und ob es ihr wirklich gelingen könnte, diesem Francis Walsingham auf den Fersen zu bleiben. Einst hatte Sachs geschworen, dieses Mädchen – damals noch ein Kind – unter seine Obhut zu nehmen. Er sollte für ihre Ausbildung und Erziehung sorgen und sie beschützen. Und was hatte er aus ihr gemacht? Eine Abenteuerin, die in falscher Nonnentracht durch die Lande streifte und ihm immer wieder dank ihrer heimlichen Existenz aus schwierigen Situationen half.

Nein, wie eine Tochter hatte Amman Sachs die gute Gemma nie behandelt. Eher wie den Sohn, den er nie hatte und wohl auch nie haben würde, wenn nicht zwischen Johanna und ihm noch ein Wunder geschah. Aber dieses Wunder war für Amman Sachs völlig undenkbar. Und so war es gewiss ein guter Tausch, dafür Gemma zu haben, auf die er sich immer und überall verlassen konnte.

Auf seiner Reise vergaß der Fugger-Agent nie, bei den jeweiligen Faktoreien nach einer Nachricht für ihn nachzufragen, obwohl Gemma ja dann – falls überhaupt – nur einen geringen Vorsprung zu ihm haben konnte. Aber tatsächlich händigten ihm die Kanzleischreiber in der Faktorei von Frankfurt einen Brief aus, den er sofort als Botschaft von Gemma erkannte.

Da das Schreiben kein Siegel mehr aufwies, war Sachs sich sicher, dass der hiesige Fuggerfaktor den Brief gelesen hatte. Aber der Inhalt war wie verabredet belanglos. Und Amman Sachs konnte es kaum erwarten, endlich eine geeignete Herberge zu finden. Er wollte ein Gastzimmer für sich mieten, um dort vor neugierigen Augen verborgen die Korrespondenz nach einer geheimen Schrift zu untersuchen. Irgendwie fand er das alles auf gewisse Weise auch sehr aufregend.

Tatsächlich wurde durch die Flamme seiner Kerze eine unsichtbare Botschaft erkennbar:

»W. gen Abend unterwegs. Reist allein. Gibt sich als Spanier aus.«

Sachs wunderte sich über den sehr knappen Schreibstil seiner Gehilfin. Dann erinnerte er sich daran, dass Zitronen rar und schwer zu bekommen waren. Da konnte es nur sinnvoll sein, mit dem so kostbaren Saft dieser Frucht nach Kräften hauszuhalten.

Also nach Westen wollte Walsingham. Amman Sachs überlegte, ob es ein Problem für ihn werden könnte, falls er den Engländer ausgerechnet in London wieder treffen würde – schließlich kannte der seine wahre Identität als Angehöriger des Kaufmannshauses der Fugger. Andererseits arbeiteten sie beide offensichtlich an der gleichen Sache, nur eben von unterschiedlichen Seiten aus. Und sie verband ein gemeinsamer Handel, eine kleine Konspiration gegen ihre jeweiligen Herren. Es würde sich zeigen, was dieses ganz eigene Band zwischen ihnen wert war.

Die weitere Reise bis Antwerpen verlief ohne erwähnenswerte Zwischenfälle, wenngleich die gespannte Atmosphäre in den spanischen Niederlanden für Amman Sachs sofort nach Überschreiten der nur unsichtbar vorhandenen Grenze spürbar wurde. Die

Gesichter der Menschen, denen er begegnete, waren mit einem Mal verschlossen, wenn sie seiner ansichtig wurden. Sachs schob dies einmal mehr auf seine schwarze Kaufmannstracht, verlieh sie ihm doch sehr das Aussehen eines der hier verhassten Spanier. Er nahm sich daher vor, in Antwerpen unbedingt eine unverfänglichere Garderobe zu erwerben.

So führte ihn sein erster Weg in der Stadt an der Schelde zu einem Kleidermacher. Dort tauschte er seine schlichten schwarzen und doch so auffälligen Kaufmannsanzug gegen die weiten, kurzen Pluderhosen samt Strümpfen und dunklen Gehrock eines niederländischen Edelmannes. Amman Sachs fühlte sich in diesem Aufzug knallbunt wie ein Paradiesvogel, doch der gestrenge Kleidermacher beteuerte ihm, dass er nun ganz vortrefflich nach der neuesten Mode der Zeit gewandet sei.

Sein nächster Gang galt dem Herrn Bonaventura von Bodeck, ganz so, wie der Hauptfaktor es ihm aufgetragen hatte. Der schon ältere Kaufmann musterte den unbekannten Besucher sehr genau. Dann führte er ihn ohne einen weiteren Kommentar in einen großzügigen, aber fast gänzlich leeren Empfangssalon seines großzügigen Stadtpalasts. Amman Sachs nahm an, dass sein Gegenüber gleich einem Fugger sehr, sehr reich sein musste, wenn er sich in der reichsten Stadt des Nordens eine solche Hofhaltung leisten konnte.

Als die großen Türen sich hinter ihnen geschlossen hatten, sprach Amman den alten Erkennungssatz seines Prinzipals: »Die Sonne wird niemals untergehen im Reiche Karls des Fünften!« Bonaventura von Bodeck nickte langsam, wobei er erwiderte: »Möge dieses Glück auch seinen Nachkommen stets beschieden sein. Wie darf ich Euch nennen, mein Freund?«

Der Fugger-Agent erkannte in der jovialen, verbindlichen Art dieses eindrucksvollen Mannes sofort das Erfolgsgeheimnis eines großen Kaufmannes. Bei von Bodeck waren alle Menschen gleich Freunde.

»Mein Name ist Amman Freiherr von Hohensax. Es mag sein, dass Ihr bereits von mir gehört habt.«

Der Hausherr schien sich jetzt ehrlich zu freuen. »Aber sicher, sicher! Ihr seid Eidgenosse. Ein wunderschönes Land! Obwohl meine Familie und ich aus den östlichen Reichsteilen stammen, sehne ich mich bereits nach dem Land Eurer Heimat – und trage mich gerade jetzt mit dem Gedanken, im Schatten der gewaltigen Berge eine Burg oder einfach nur ein schönes Bürgerhaus zu erwerben. Schloss Elgg bei Zürich wurde mir gerade heute von einem Unterhändler des Heinzel von Tägernstein zum Kauf angeboten. Ihr kennt derer von Tägernstein? Sie haben ihr Vermögen einst in Augsburg gemacht. Ihr müsstet sie kennen. Jetzt allerdings haben sie ihr ganzes Vermögen durchgebracht und leiden unter großen Schulden – die unselige Alchemie ist Schuld. Der alte Traum der Goldmacher.«

Amman Sachs schwirrte der Kopf. In kurzer Zeit hatte dieser Mann viele unterschiedliche Themen gestreift; eigentlich hätte Sachs selbst gerne bei jedem dieser Themen die eine oder andere Nachfrage angebracht. So aber blieb er beim Stichwort Alchemie hängen.

»Kann man denn mit dem *Herstellen* von Gold sein ganzes Gold verbrauchen?«, täuschte Amman Verwunderung vor.

»Aber gewiss«, gab Bonaventura von Bodeck zurück. »Ich kenne niemanden, der ernsthaft von sich behaupten kann, nach vielen vergeblichen Mühen bei seinen obskuren Experimenten wirkliches Gold zustande gebracht zu haben. Außer vielleicht Kaiser Maximilian in seiner Wiener Hofburg. Ihr kennt den Vers, den Euer Verwandter, der Meistersinger Hans Sachs, einst im Namen eines Alchemisten auf ihn dichtete?

O Keyser Maximilian!
Wellicher diese Künste kann,

Sieht dich noch römisch Reich nit an,
Dass er dir solt zu Gnaden gan.

Wer diese Kunst wirklich sein Eigen nennen will, würde sie nie und nimmer mit einem Reichen und Mächtigen teilen. Er würde sein Wissen doch gewiss allein dazu nutzen, selbst mächtig und wohlhabend zu werden.«

Der Fugger-Agent konnte nicht umhin, sich über das Wortgewaltige in den Reden seines Gastgebers zu wundern. Es erinnerte ihn aber auch an sein Gespräch mit Francis Walsingham.

»Ich hörte kürzlich aus einer sehr verlässlichen Quelle, dass es aber doch gelungen sei. Ich hielt wahrhaftig eine neu geschlagene Münze aus tingiertem Gold in Händen.«

Herr von Bodeck schien belustigt. »Woher wisst Ihr, dass es das Gold eines Adepten war? Hat man es Euch gesagt? Seit wann glaubt ein leibhaftiger Schweizer, was man ihm sagt, ohne dass er es mit eigenen Augen nachgeprüft hat?«

Der Gastgeber fixierte sein Gegenüber ganz genau. Und er schien mehr verstanden zu haben, als Amman Sachs gesagt hatte. Nachdenklich fuhr von Bodeck fort: »Geht morgen bei Tage einmal ins jüdische Viertel, zu den Wechslern. Die haben seit den Tagen des falschen Adepten Leonhard Thurneysser ihre Lektion gelernt. Der Thurner hatte ihnen übergoldetes Blei für reines Gold verkauft und stattlichen Gewinn dabei gemacht, bis man ihn bei seinem falschen Treiben erwischte. Lasst dort einfach ein Goldstück aus Eurem Besitz auf seine Echtheit und seinen Goldgehalt prüfen. Wenn die Alchemie wirklich etwas gebracht hat, dann das Wissen, wie man falsches Gold am besten identifiziert!«

Sachs war verblüfft: »Man kann den Gehalt des Goldes tatsächlich näher bestimmen? Ich habe noch nie gehört, dass so etwas möglich ist . . .«

»Glaubt einem erfahrenen Kaufmann. Wer schon einmal auf

falsches Gold hereingefallen ist, der weiß, wie man auf sichere Art und Weise bestimmt, was wirkliches Gold ist und was Betrug. Aber sagt, woher habt Ihr das Wissen über die Münze aus Alchemistengold? Vielleicht bekommt Ihr sie ja noch einmal in die Hände und könntet die Goldprobe dann selbst vornehmen.«

Noch eine ganze Weile unterhielten sich die beiden Männer über die geheime Kunst der Adepten; Bonaventura von Bodeck versprach schließlich seinem Gast, ihn am nächsten Tag tatsächlich zu einem ihm bekannten jüdischen Wechsler und Goldschmied zu führen, der sich angeblich auf die Goldprobe verstand und Amman Sachs vielleicht sogar in dieser besonderen Fertigkeit unterweisen würde.

Außerdem bestand der Antwerpener Kaufmann darauf, dass Amman Gast in seinem Haus bleibe, bis sich ein geeignetes Schiff gefunden hätte, das ihn sicher nach England und nach London bringen würde. Zwar sei es so, wie Hauptfaktor Peutinger ihm vor seiner Abreise aus Augsburg gesagt hatte, dass regelmäßig ein Schiff unter dem geheimen Kommando der Fugger zwischen den noch spanischen, aber bereits seit geraumer Zeit protestantischen Niederlanden und dem ebenfalls protestantischen England der Königin Elisabeth verkehrte – aber nur, wenn sich für diesen Transfer ein geeigneter Vorwand und eine sichere Legende fänden, die der Überprüfung durch die Engländer standhielten.

Auch dies nahm der Fugger-Agent schweigend zur Kenntnis, wenngleich es ihn verwunderte, dass die Probleme der Fugger in Antwerpen und London tatsächlich so groß sein sollten – beziehungsweise, dass man daheim in Augsburg ein so falsches Bild von der Situation hier vor Ort hatte.

Der nächste Tag war ein schwülwarmer Sommertag, der den Gestank des Flusses und des Unrats in den Straßen von Antwerpen bis zur Unerträglichkeit ansteigen ließ. Bonaventura von Bodeck und Amman Sachs liefen daher mit schnellen Schritten durch die Gassen des Judenviertels, als wären sie auf der Flucht vor der verpesteten Luft. So dauerte es nicht lange, und der Fugger-Agent war in seinen neuen Kleidern durchgeschwitzt – gerade so, wie seinerzeit in *Nombre de Dios* in Neu-Kastilien. Laut fluchend machte er schließlich seinem Unmut Luft.

»Ihr wart in der Neuen Welt?« Von Bodecks Frage klang unschuldig, doch Amman Sachs wusste, dass er einen Fehler gemacht hatte. Er musste wirklich besser lernen, sich zu verstellen und mit seinem wahren Wissen hinter dem Berg zu halten. Doch für den Moment war es zu spät.

So antwortete er wahrheitsgemäß: »Ja, Meister Bodeck. Der Fugger hat seine alten Privilegien in Neu-Kastilien noch nicht ganz abgeschrieben. Ich war dort, um verlorenes Terrain für Augsburg zurückzugewinnen.«

Der alte Kaufmann hielt für einen Augenblick inne, um Sachs genau ins Auge fassen zu können. »Und nun seid Ihr hier, Hohensax! Entweder war Eure Mission im Vizekönigreich Neu-Kastilien ein Fehlschlag – oder sie war so erfolgreich, dass Euch gleich der nächste heikle Fall anvertraut worden ist. Der Fugger kann ja jeden guten Mann gebrauchen, der zu haben ist.«

Amman Sachs wusste nicht recht, was er mit diesem Einwurf anfangen sollte. Doch eine Entgegnung erübrigte sich, da die beiden Männer offenbar das Ziel ihrer gemeinsamen Hatz durch die Straßen von Antwerpen erreicht hatten.

Der alte Kaufmann und der Fugger-Agent betraten einen geradezu aberwitzig winzigen Verkaufsraum in einem heruntergekommen wirkenden Haus. Amman Sachs wunderte sich einen Moment lang, ob sie wirklich am richtigen Ort sein könnten, als ein orthodoxer Jude durch einen Vorhang den Verkaufsraum betrat.

»Welch erlesener Besuch! Ein großer Kaufmann beehrt einen kleinen Krämer. Womit darf ich zu Diensten sein?«

In knappen Worten erklärte von Bodeck ihr Anliegen. Seiner Miene nach zu urteilen, war der Goldschmied nicht begeistert von dem Gedanken, einen Fremden in sein Wissen einzuweihen. Amman Sachs sah ihm deutlich an, wie er das Für und Wider der vorgebrachten Bitte abwog. Schließlich aber beschloss der Wechsler, einen so mächtigen Mann wie von Bodeck nicht zu enttäuschen, und mit einem Wink lud er seine beiden Besucher in den Raum hinter dem Vorhang.

Amman Sachs erkannte, dass es die Werkstatt oder das Laboratorium des Goldschmieds sein musste – wobei ein Ofen zum Erhitzen der zu verarbeitenden Metalle seltsamerweise fehlte. Der musste demnach im rückwärtigen Bereich des Hauses untergebracht sein.

Auf einer langen hölzernen Werkbank lagen die verschiedensten Werkzeuge, deren Verwendungszweck sich Amman Sachs jedoch völlig entzog. Auch zahlreiche Fläschchen und Tiegel standen herum. Und über allem schwebte ein strenger Geruch nach unbekannten Reagenzien.

»Ihr wollt also das Geheimnis der Goldprobe kennen lernen? Demnach hat man Euch Französisches oder Nordisches Gold für echtes Gold verkauft, nicht wahr? Und um künftig solchen Schaden zu vermeiden, wollt Ihr von nun an gewappnet sein.« Der Jude lachte leise. »Aber ich warne Euch! Nutzt dieses Wissen niemals für eine Anklage oder gar für ein Urteil. Die Erkenntnis, die Ihr aus einer Goldprobe gewinnen könnt, hilft nur Euch selbst – indem sie Euch eine Möglichkeit bietet, eine gut begründete Entscheidung zu treffen. Nämlich die, ob Ihr etwas als Gold Angepriesenes erwerben solltet oder nicht. Manchmal hilft dabei sogar schon, nur die Möglichkeit einer Goldprobe auszusprechen. Beschimpft Euch dann der Verkäufer, dass Ihr ein ehrloser Kaufmann seid, weil Ihr ihm nicht vertraut – lasst den Mann und sein Gold ziehen. Echtes Gold und wahre Redlichkeit scheuen diese Probe nicht, hört Ihr? Niemals! Merkt es Euch. Dieser Ratschlag war gratis …«

Zum Glück verstand Bonaventura von Bodeck den Hinweis des Goldschmieds, und er warf zur Bezahlung der folgenden Erklärungen und Vorführungen einen Gulden auf die Werkbank. Amman Sachs indes grübelte immer noch über das Gehörte nach.

»Habt Ihr denn etwas Goldenes, das wir prüfen könnten?«, fragte der Jude nun. »Oder wollt Ihr etwas von meinen Kleinodien erwerben – und gleich auf seine Güte prüfen?«

Da erinnerte Amman Sachs sich an die wenigen Goldstücke, die er vom Schatz des Montezuma hatte retten können. Er holte eines davon aus der Tasche und übergab es dem Goldschmied. Der machte große Augen, als er das fremdartig wirkende Geschmeide in den Händen wog.

»Was für eine außergewöhnliche Arbeit«, sagte der Jude schließlich. Doch er war diskret genug, an diesem Ort nicht nach dem Ursprung des Schmuckstücks zu fragen, zumal die Umstände, unter denen ein solches Werk nach den Spanischen Niederlanden gekommen sein konnten, klar sein mussten.

»Auch ohne Goldprobe wage ich zu behaupten, dass dieses Exemplar aus allerbestem Material gearbeitet ist. Auch wenn ich mir nie erlauben würde, darüber nachzudenken, welchen Baal dieses kleine Idol wohl darstellen sollte.« In der Tat wirkte das Amulett wie eine geheimnisvolle Götzenstatue in Miniaturformat. »Also entlocken wir dem fremden Gott seinen wahren Wert.«

Mit konzentrierter Geschäftigkeit suchte der Goldschmied sich nun eine kleine geriffelte Schiefertafel, einen Glasflakon mit einer klaren Flüssigkeit darin und ein kleines hölzernes Etui zusammen. Er breitete alles vor sich auf der Werkbank aus; dann zog er sich einen niedrigen Schemel heran, auf den er sich setzte.

Sein Gesicht war nur noch wenige Handbreit von der Oberfläche der Werkbank und seinen Utensilien entfernt.

Nun nahm der Goldschmied die kleine indianische Figur und prüfte sie von allen Seiten. Schließlich rieb er mit einer der Kanten der Unterseite des Idols mit einem kräftigen Strich kurz über die kleine Schiefertafel. Amman Sachs sah, wie sich ein leichter goldener Strich auf der Oberfläche des rauen Steins abzeichnete.

Während der Goldschmied die Schiefertafel ganz nah vor seine Augen führte, um den Goldstrich genauer untersuchen zu können, erklärte er: »Ihr braucht keine Angst um Euer Schmuckstück zu haben; die Menge des Goldes, die dabei verloren geht, ist so gering, dass keine Waage dieser Welt sie messen könnte. Aber zum Erkennen der Güte des verwendeten Goldes ist es doch genug.«

Als der Goldschmied endlich mit der Untersuchung des Goldstrichs auf der Schiefertafel zufrieden schien, nahm er den Glasflakon, öffnete ihn, indem er mit einiger Mühe einen kleinen Glaskolben aus dem Flaschenhals zog, und träufelte dann ein paar Tropfen der klaren Flüssigkeit auf Schiefertafel und Goldstrich. Ein nadelspitzengroßes Luftbläschen wurde an einer Stelle des Goldstrichs sichtbar.

»Unglaublich!«, entfuhr es Bonaventura von Bodeck, der bisher der Prozedur schweigend zugesehen hatte und offenbar wusste, was vor sich ging. Auch der Goldschmied schien über die Maßen erstaunt vom Ergebnis, das seine Untersuchung erbracht hatte. »In der Tat, ich habe so etwas noch nie gesehen! Es ist das reinste Stück Gold, das jemals durch meine Finger gegangen ist!« Er sah Amman Sachs offen ins Gesicht. »Passt nur sehr darauf auf, mein Herr. Es ist von einer unvergleichlichen, beeindruckenden Güte. Dreiundzwanzig, wenn nicht vierundzwanzig Karat, würde ich sagen. Reineres Gold werdet Ihr nirgendwo auf der Welt finden können.«

Nun wandte er sich wieder der Schiefertafel zu. »Aber zur letzten Sicherheit machen wir noch die Nadelprobe.«

Für einen Moment war Amman Sachs irritiert, denn er kannte die Nadelprobe nur als Teil der peinlichen Befragung bei Hexenprozessen, wenn man der Angeklagten eine Nadel in ein Hexenmal jagte, um zu sehen, ob es blutete und Schmerzen verursachte. Blieben Blutfluss und Schmerzempfinden aus, galt die Hexe als überführt – was allerdings selten gelang, wenn man nicht gerade ganz besondere Nadeln dafür verwandte.

Hier aber öffnete der Goldschmied für seine Nadelprobe das bereitgelegte hölzerne Etui, in dem nun verschiedene, aus Gold gearbeitete Nadeln zum Vorschein kamen.

»Dies sind Nadeln bekannter Goldgüte«, erklärte der Goldschmied seinen beiden Zuschauern. »Dieses hier ist beispielsweise eine Nadel aus dreiundzwanzig Karat Gold.«

Der Jude nahm die bezeichnete Nadel und strich mit ihr ebenfalls über die Schiefertafel – genau parallel zum ersten Strich aus dem Gold des mexikanischen Götzen. Wieder tröpfelte der Goldschmied anschließend etwas von der klaren Flüssigkeit aus dem Flakon auf den Stein und den Goldstrich, und diesmal wurden zwei winzige Luftbläschen sichtbar.

»Falls Ihr es Euch fragt: Die Flüssigkeit ist das überaus kostbare und schwer zu beschaffende *aqua fortis**, auch *aqua valens* genannt. Im englischen Sprachraum nennt man dieses Elixier *strong water*, was die Natur dieses Wässerchens sehr gut beschreibt. Ihm kann nichts und niemand widerstehen. Seht Euch bloß vor, wenn Ihr mit diesem starken Wasser umgeht, dass Ihr niemals den Kampf mit ihm aufnehmt! Ihr könnt auf keinen Fall siegen. Und die Verletzungen, die es Euch zufügen würde, wären von äußerster Grausamkeit.«

---

* modern: Salpetersäure

Der Jude ließ das Gesagte einen Moment wirken. Dann fuhr er fort: »Allein das all-eine, geläuterte Gold mag dem *aqua fortis* unbeschadet widerstehen. Weshalb es der einzige und beste Weg ist, die Verunreinigung des göttlichen Metalls durch andere, minderwertige Metalle zu entdecken. Ein Gold mag noch so sehr nach Gold aussehen, wenn es im *aqua fortis* in Dampf aufgeht, war es nicht mehr als nur eine gute Täuschung und ohne besonderen Wert.

Aber wenn ein Gold diese Probe besteht so wie Euer Schmuckstück hier, dann ist es eine der besten und wertvollsten Arbeiten, die man für Geld kaufen kann. Seht selbst, die beiden Goldstriche gleichen sich wie Zwillinge!« Und damit hielt der Goldschmied Amman Sachs die Schiefertafel mit den Goldspuren hin, der sie nun ebenfalls ganz nah vor seinen Augen untersuchte. In der Tat, beide goldenen Linien waren von gleicher Farbe und Intensität.

Ohne zu fragen, nahm der Fugger-Agent nun eine der anderen Goldnadeln aus dem Etui und führte wie zuvor der Jude einen dritten Goldstrich über den Schiefer. Dann legte er die Schiefertafel auf die Werkbank und träufelte ebenfalls von der Flüssigkeit aus dem Fläschchen darauf. Diesmal wurde eine ganze Reihe von Bläschen sichtbar, als sich Metalle minderer Güte in der Probe augenblicklich zu zersetzen begannen.

»Ihr habt da eine Nadel von gerade einmal acht Karat gewählt. Das bedeutet, dass eigentlich nur der dritte Teil dieses Goldes wirkliches Gold ist. Der Rest mag Kupfer, Zinn oder Blei sein, das mit dem Gold legiert wurde. Doch der Stein und das starke Wasser machen die wahre Seele dieses Goldes sofort sichtbar.«

Amman Sachs war beeindruckt von der Vorführung. Er begann mit dem Goldschmied zu handeln, ob dieser ihm nicht die notwendigen Utensilien für die Goldprobe verkaufen mochte. Erst sträubte sich der Mann und erklärte erneut, dass das *aqua fortis* schwer zu beziehen sei und nur sehr wenige Gelehrte überhaupt das Wissen hätten, es aus den richtigen Zutaten zu brauen. Und dann seien ja auch die Goldnadeln in ihrer genau bestimmt Güte eine Seltenheit, die den eigentlichen Wert weit über den reinen Goldwert hinaustreiben würden. Schließlich aber einigten die Feilscher sich doch auf einen für beide Seiten akzeptablen Preis. Und so wechselten die Schiefertafel, der Glasflakon und das Etui mit den Probenadeln den Besitzer.

13.

Sechs Tage musste Amman Sachs als Gast des Bonaventura von Bodeck in Antwerpen aushalten, in denen er viel über die komplizierten Handelsbeziehungen zwischen den britischen Inseln und Kontinentaleuropa erfuhr. Dann endlich konnte er seine Reise nach London fortsetzen. Herr von Bodeck vertrat in ihren Gesprächen die in Antwerpen immer noch sehr gefährliche Meinung, dass sich die Hanse als größtes Handelskonsortium des Nordens langsam erledigt habe. Die Briten unter Elisabeth seien raffinierter, geschickter und auch sehr viel erfolgreicher geworden in ihren Bemühungen, Anschluss zu finden an die großen Handelsnationen Spanien, Portugal und vor allem den Niederlanden.

So erzählte Herr von Bodeck, die Engländer hätten – noch weitgehend unbemerkt vom Rest der Welt – die *Moskau Company* gegründet, die die sagenhaften Gewässer nördlich und östlich des Nordlandes beherrsche und über die Stadt Archangelsk am so genannten Weißen Meer den Russlandhandel kontrolliere.

»Die Engländer haben große Ambitionen«, erklärte der Kaufmann dem aufmerksam zuhörenden Fugger-Agenten, wobei sich Letzterer jedoch immer auch fragte, mit welchen eigenen Ambitionen Herr von Bodeck ihm diese intimen Details des Kaufmannshandwerks anvertraute.

»Wenn Ihr in London weilt, merkt auf, solltet Ihr etwas von der ›Mystery and Company of Merchant Adventurers for the Discovery of Regions, Dominions, Islands, and Places unknown‹* vernehmen. Sie vor allem wird es sein, die König Philipp von Spanien das Leben schwer machen wird. Aus den Reihen dieser geheimen Gilde droht Euch, mein Freund, die größte Gefahr, auch wenn man Euch wie einen alten Bekannten in die Arme schließen sollte ... was ich aber nicht glaube.«

Höflich erkundigte sich Amman Sachs, warum sein großer Gastgeber ihn nicht auf die Reise zu den Engelländern begleiten wollte; er würde dessen guten Rat in den unbekannten Straßen der großen Stadt London sicher mehr als einmal bedürfen. Doch von Bodeck winkte müde ab. »Wie schon gesagt, es sind unsichere Zeiten. Und es wird Zeit, dass ich meinen geordneten Rückzug aus dem schönen Antwerpen rechtzeitig plane. Nicht mehr lange, dann werden hier der Kriegsschrecken und das grausame Blutvergießen wieder losbrechen. Es geht um zu viel Geld, zu viel Macht und zu viel Einfluss, als dass es eine friedliche Lösung geben könnte. Auch das solltet Ihr auf Eurer Mission nie vergessen, Hohensax.«

Und wieder bekam der Fugger-Agent einige Depeschen und Empfehlungsschreiben mit auf den Weg, die ihn in London in die richtigen Kreise einführen sollten.

»Haltet Euch an meinen Freund, Sir Thomas Gresham«, erklärte von Bodeck. »Er ist Kaufmann und hat ebenfalls den alten Anton Fugger noch selbst gekannt. Er hat immer für alle Schuld seines Landes gegen Augsburg und auch Antwerpen gebürgt; und nie ist einer seiner Wechsel geplatzt. Er wird Euch kein Freund sein, weil Ihr Spanien näher seid als England. Aber er wird Euch ein verlässlicher Gesprächs- und Verhandlungspartner sein. Und ein ehrlicher Ratgeber, damit Ihr Euch in London und seinen ganz eigenen Gepflogenheiten besser zurechtfindet.«

---

* privilegierte englische Handelskompanie, die als eine Vorläuferin der Britischen Ostindien-Kompanie gilt

Damit entließ der Kaufmann seinen Gast. Und Amman Sachs bestieg ein kleines Pinassschiff, das von Antwerpen aus mit Waren nach London aufbrechen sollte. Die Worte des Bonaventura von Bodeck hatten zumindest bewirkt, dass der Fugger-Agent sehr nachdenklich dem nächsten Abschnitt seiner Reise entgegensah.

Zwei Tage waren sie auf See – die Winde waren sehr ungünstig. Und Amman Sachs litt mehr als auf seinen Reisen zur und von der Neuen Welt. Schließlich aber fuhr der Segler in die Flussmündung der breiten Themse hinein. Ein Lotse wurde in einer halsbrecherischen Aktion in einem Ruderboot an Bord gebracht, und der Kapitän erläuterte Amman Sachs, dass sie ein ganzes Stück den seichten Fluss hinauf fahren müssten, bis zur London Bridge, der ersten festen Querung des Stroms. Die Themse sei berüchtigt, fügte der Kapitän hinzu, für ihre ständig die Lage und Form verändernden Sandbänke, die schon vielen Seefahrern zum Verhängnis geworden seien. Auch diese Information trug nicht wesentlich dazu bei, dass Amman Sachs' Stimmung sich verbesserte.

Sie mussten die Einfahrt an die Kais von London bei Tageslicht schaffen, so viel hatte der Fugger-Agent verstanden. Doch auch im Fluss ging die Fahrt nur sehr langsam voran, und es dämmerte bereits, als das seltsame Bild der London Bridge im Westen erschien. Genau neunzehn steinerne Brückenbögen zählte Amman Sachs, unter denen der Fluss sichtbar eingezwängt hindurchströmte. Der Schweizer erblickte gefährliche Strudel und Strömungen. Er hoffte sehr, dass der Lotse sein Geschäft verstand.

Über den Bögen der London Bridge waren zahlreiche Häuser errichtet worden, von denen Sachs teilweise die unerhörte Zahl von sieben Hochgeschossen zählte. Wie eine Festungsmauer lagen die Gebäudefronten über dem breiten Strom; nur zwei schmale Durchlässe mit je einer Klappbrücke waren an beiden Enden der Brücke erkennbar, wo also auch Segelschiffe mit ihren hohen Masten die Brücke gegen Entrichtung eines Zolls passieren konnten.

»Seht Ihr das südliche Tor, das Stone Gateway?«, machte der Kapitän seinen Passagier auf ein burgartiges Gebäude aufmerksam, das von ihrer Position aus linker Hand auf der Einfahrt der Brücke lag. »Dort hat man auf langen Pfählen die Köpfe von Verrätern aufgespießt – als Mahnung, wie London und die Briten mit Feinden umzugehen pflegen. William Wallace ist einer der Unseligen, der berühmte Thomas Cromwell ein anderer. Auch Thomas More soll dort oben auf dem Dach des Tores in der Sonne bleichen.«

Der Fugger-Agent hoffte, dass dieses grausame Symbol kein schlechtes Omen für sein eigenes Vorhaben sei. Und er schaute lieber zu, wie die Seeleute nun mit dem Anlegemanöver gegen den Strom am so genannten Billingsgate unmittelbar vor der London Bridge am Nordufer begannen. Da bereits einige andere Schiffe am Kai lagen, musste ihre Pinasse in zweiter Reihe festmachen, was das Manöver erheblich erschwerte. Doch mit den letzten Sonnenstrahlen war das Schiff fest vertäut, und Amman Sachs konnte den Segler endlich über das Deck einer anderen Pinasse verlassen.

Mit den Papieren des Herrn von Bodeck, die aus Amman Sachs einen Schweizer Handelskorrespondenten in dessen Diensten machten, konnte er die Zollformalitäten ohne Verzögerung erledigen und sich ein Gasthaus suchen. Sachs entschied sich, ein wenig abseits des Hafens nach einer geeigneten Herberge Ausschau zu halten, und kehrte schließlich im »Ye Olde Cheshire Cheese« auf halber Strecke Richtung Westminster ein, das schräg gegenüber dem »Temple« genannten Bezirk der Londoner Rechtsgelehrten lag.

Nach einer weiteren Nacht voll düsterer, unheilvoller Albträume in seinem Gastzimmer begann Amman Sachs am nächsten Tag die ihm unbekannte, riesige Stadt zu erkunden. Die

Geschäftigkeit der Händler und die allgemein spürbare Aufbruchstimmung erinnerten ihn an seinen Aufenthalt in Nombre de Dios, wo ja ebenfalls die vielen Kaufleute in einer wahren Goldgräberstimmung ihren Transaktionen nachgingen. Hier aber war er nicht in einem wilden Flecken im Urwald in den neuen spanischen Kolonien, hier war er in der wahrscheinlich größten Stadt der bekannten Welt. Und in einem Land fast ohne nennenswerter Bodenschätze, das war das eigentlich Ungewöhnliche. Hatte das neue Amerika Gold, Silber und andere natürliche Ressourcen in schier unerschöpflichen Mengen – die Engländer hier auf den britischen Inseln hatten das alles bekanntermaßen nicht. Und doch wurde hier, so wirkte es zumindest auf Amman Sachs, an allen Ecken und Enden der Stadt eifrig Handel getrieben.

Allerdings sorgten die Menschenmassen in London auch dafür, dass die hygienische Situation hier ebenfalls große Ähnlichkeit mit der in Nombre de Dios hatte. Wo so viele Menschen wie in London auf engsten Raum eine Stadt bildeten, waren Dreck und Gestank allgegenwärtige Geißeln der Menschheit.

Auf einem seiner Erkundungsgänge durch London entdeckte Amman Sachs zu seinem allergrößten Erstaunen ein sehr neu und wie ein geputztes Juwel aussehendes Gebäude. Es war die »Royal Exchange«, die neue Londoner Börse, die von eben jenem Thomas Gresham gegründet worden war, an den Amman Sachs sich auf von Bodecks Geheiß hier in London wenden sollte. Amman hatte ein normales Gebäude, vielleicht eine Halle erwartet, in der die Londoner Händler ihre Geschäfte unter sich verabreden konnte. Doch die Royal Exchange war ein Gebäude von gewaltigen Ausmaßen – ein Palast fürwahr, ein vierflügeliger, dreigeschossiger Bau mit einem großen, von Arkaden gesäumten Innenhof, wie ihn andernorts Könige und Kaiser bewohnen mochten. Hier jedoch war es der Handelshof der Kaufleute, der von der finanziellen Größe Englands kündete.

Amman Sachs betrat durch einen großen Durchgang den Innenhof der Royal Exchange. Er entdeckte eine steinerne Tafel, die an einer der Hauswände eingelassen war. Der Fugger-Agent las zu seiner Überraschung: »Hierda von seiner Exzellenz Sir Thomas Gresham gestiftet und von Ihrer Majestät, Königin Elisabeth I, am 23. Januar des Jahres 1571 seiner Bestimmung übergeben.«

Konnte das sein? Dieses monumentale Gebäude sollte von einem einzigen Mann gestiftet, also finanziert worden sein?

Amman Sachs kannte die Stiftungen seines Prinzipals, des Fuggers. Auch die waren groß in ihrem Wert und eindrucksvoll in ihren Ausmaßen, wenn man sich beispielsweise die Fuggerei in Augsburg anschaute. Aber das Gebäude der Royal Exchange, der Londoner Börse, übertraf alles, was die Fugger je an Prachtbauten errichtet und der Öffentlichkeit gestiftet hatten. Sachs musste sich eingestehen, dass er darauf brannte, diesen Gresham endlich kennen zu lernen. Und der Wunsch des Fugger-Agenten sollte sich schneller erfüllen, als er es für möglich hielt.

Mit langsamen Schritten, den Kopf in den Nacken gelegt, schlenderte Amman Sachs über den Innenhof der Börse. Er bewunderte die Regelmäßigkeit der Gebäude und die Präzision der Fassadengestaltung. Jeder Stein hier schien Ordnung und Gleichmaß auszudrücken.

Zahlreiche Männer in kostbaren Gewändern waren zu sehen, die wie Amman Sachs über den Hof wandelten, jedoch in kleinen Gruppen und in Gespräche vertieft, wie ihr zum Teil heftiges Gestikulieren verriet. Der Fugger-Agent hörte ihm fremde Dialekte. Doch was ihm an diesen Männern vor allem auffiel, waren die auserlesenen Tücher, aus denen die Mäntel und Wamse geschneidert waren.

Sachs sah an sich hinunter. Obwohl sein Anzug nagelneu und vom besten Kleidermacher Antwerpens geschneidert worden war, kam er sich gegenüber den Kaufleuten, die er hier im Hof der Londoner Börse sah, wie ein Bettler in Lumpen vor.

Sachs hatte den würdevollen alten Mann gar nicht bemerkt, der sich ihm genähert hatte, als er die Kaufleute um sich her musterte.

»Ihr müsst Euch über die eitlen Pfauen hier nicht weiter wundern, mein Herr«, richtete der Fremde das Wort an Amman Sachs. »Hier in der Royal Exchange wird vor allem mit Tuch gehandelt. Wenn diese Händler sich morgens ankleiden, ziehen sie sich die besten Auslagen ihres eigenen Krämerladens an.«

Amman Sachs musste lächeln bei der Vorstellung, die diese Worte in seiner Phantasie hervorrief. Er musterte den Mann, der ihn angesprochen hatte. Der Fremde war in weitem schwarzem Samt gekleidet, mit schmalem weißem Kräuselkragen, der oben aus dem hochgeschlossenen Mantel herausschaute. Insgesamt strahlte der Mann jene Strenge aus, wie sie besonders spanischen und deutschen Kaufleuten eigen war.

»Ich wundere mich auch weniger über meinen Aufzug, als dass ich mich seinetwegen gräme. Ich habe mich vor meiner Reise hierher extra neu einkleiden lassen – nach der neuesten Mode, wie mir versichert wurde. Und jetzt sehe ich aus wie ein Pfeifenspieler.« Amman Sachs war ehrlich belustigt. »Ich hätte meine schwarzen Gewänder behalten sollen, wie Ihr sie tragt, mein Herr.«

Eine leichte Veränderung vollzog sich im Gesicht des Fremden. Er schien einen Deut wachsamer zu werden. Amman Sachs erkannte sofort, dass er zu weit gegangen war und mehr von sich preisgegeben hatte, als ratsam gewesen wäre.

»Ihr seid also vom Festland und kleidet Euch gewöhnlich nach spanischer Art.« Der Mann sprach jetzt deutlich leiser als zuvor. »Ihr wart gut beraten, Euch neue Kleider machen zu lassen. Spanier und deren Freunde sind nicht wohl gelitten im Land der mächtigen Elisabeth.« Der Mann überlegte, während Amman Sachs sich auf die Lippen biss.

»Ich könnte mir vorstellen …«, begann der Fremde, brach dann aber ab und sagte stattdessen: »Vielleicht sollte ich mich Euch vorstellen, und wir klären und verkürzen die Formalitäten. Mein Name ist Thomas Gresham.«

Amman Sachs wurde blass. So plötzlich dem Mann gegenüberzustehen, den er hier in London vor allen anderen suchte, verschlug ihm die Sprache, sodass er erst einmal vergaß, sich selbst vorzustellen. Stattdessen verneigte er sich nun vor seinem Gegenüber.

Als er sich wieder aufrichtete, fiel ihm ein, dass Thomas Gresham ja im Grunde der Hausherr der Royal Exchange war. »Darf ich Euch sagen, Master Gresham, dass Eure Börse das Großartigste ist, was ich je zu sehen bekommen habe? Wahrlich eine Kathedrale des Handels, wie sie als Krönung eines gewaltigen Lebenswerks nicht besser sein könnte. Ich habe schon viel von Euch gehört.«

Thomas Gresham nahm das Lob ohne große Gemütsregung entgegen. Auch das imponierte Amman Sachs. Dieser Mann schien völlig in sich zu ruhen.

»Ihr habt vergessen, mir Euren Namen und Euer Anliegen zu nennen. Niemand besucht diesen Ort, nur um die Bauten zu bewundern und mich in Verlegenheit zu bringen.«

Der Fugger-Agent schluckte. »Ich bin Freiherr Amman zu Hohensax. Ich komme aus dem Land der Eidgenossenschaft und reise in Geschäften des Herren Bonaventura von Bodeck, den Ihr gewiss sehr gut kennt. Er gab mir Empfehlungsschreiben für Euch mit. Ich habe Euch gesucht. Ihr aber habt mich gefunden … und das in der wohl größten Stadt der Welt. Findet Ihr das nicht auch bemerkenswert?«

Gresham schaute ihn belustigt an. »Weniger bemerkenswert als Ihr. Das Geld und seine Emissäre finden sich immer wie von selbst. Genau dafür sind die schön geputzten Fassaden dieses Gebäudes. Sie sind ein Wegweiser für jeden, der Handel treiben will. Und dieser Hof als Vorstufe zur Hölle – also zu den Sälen, wo dann die Geschäfte ausgehandelt werden – ist vor allem mein Fischbecken. Und Ihr habt mir nach einem frischen Fang ausgesehen.« Gresham lachte. »Und mein Instinkt hat mich nicht getrogen.«

Der Fugger-Agent erkannte nun die Strategie des Kaufmannes. »So habt Ihr diese Börse also vor allem für Euch selber gegründet?«, sagte er. »Um Euch die fettesten Happen wie von alleine direkt vors Maul führen zu lassen? Ich bin noch mehr von Euch beeindruckt, als ich es ohnehin schon war.«

Thomas Gresham lud seinen Besucher in sein Handelskabinett ein. In einer Ecke des mit dunklem Eichenholz getäfelten Raumes standen sich zwei mit Samt bespannte, schwere Stühle gegenüber, ohne einen Tisch dazwischen oder in der Nähe. Die Stühle waren so gestellt, dass zwei Personen sich dicht gegenüber saßen. Amman Sachs war sicher, dass auch dies eine wohlüberlegte Taktik seines Gastgebers war. Er konnte sich ausmalen, dass man einen Gesprächspartner auf diese Weise beim Verhandeln sehr gut beeinflussen, wenn nicht sogar beherrschen konnte.

Auf diese beiden Stühle setzten sich nun Gresham und Amman Sachs und schauten einander erst einmal offen in die Augen. Es war ein Ausloten, ein Taxieren.

Gresham war es, der schließlich das Schweigen brach: »Darf ich Eure Aufmerksamkeit, werter Freund, auf das Ölgemälde hinter Euch an der Wand richten? Es wird Euch interessieren, dürfte einiges klären und uns vor unnötigen Legenden bewahren.«

Amman Sachs stand von seinem Stuhl auf, um besagtes Gemälde, das er eben im Vorbeigehen gar nicht bemerkt hatte, genau zu betrachten. Wie Gresham vorhergesagt hatte, war die Wirkung des Bildes nachhaltig auf Amman Sachs. Er sah ein

Dreifachporträt. In der Mitte Königin Elisabeth, deren Darstellung ihm von anderen Bildnissen vertraut war. Neben der Monarchin standen links und rechts zwei Männer, die der Fugger-Agent ebenfalls kannte. Links von Elisabeth war Thomas Gresham zu sehen – in einer Tracht, wie er sie auch jetzt trug. Und rechts neben der Königin stand Francis Walsingham!

Amman Sachs überlegte, wie er hatte glauben können, eine wirklich sichere Tarnung in der britischen Hauptstadt haben zu können. Doch er erinnerte sich auch daran, dass von Bodeck Thomas Gresham einen ehrlichen und aufrichtigen Verhandlungspartner genannt hatte, der den Fuggern wenn zwar nicht wohl gesonnen, so doch ein verlässlicher Handelspartner war. Außerdem war er dem alten Anton Fugger persönlich verbunden.

Aber was wusste Gresham von der Begegnung Walsinghams mit ihm in Augsburg und vorher in Nombre de Dios?

»Ihr habt recht, Master Gresham«, sagte Amman Sachs vorsichtig, »ein bemerkenswertes Motiv. Das Geld und das Wissen als linke und rechte Hand der Regentin. Das erinnert mich an einen Sinnspruch, der beschreibt, was man als Monarch mit Geld und Wissen alles erreichen kann: Die Sonne wird niemals untergehen im Reiche Karls des Fünften!«

Der Fugger-Agent riss seinen Blick von dem Ölgemälde los und sah seinen Gastgeber an. Dabei setzte er sich wieder auf den Stuhl diesem unmittelbar gegenüber.

»Ihr meint, es bedürfe nur der richtigen Geldmenge und des nötigen Wissens, um die Herrschaft über die Welt zu gewinnen, wie sie einst der große Habsburger Karl gewonnen hat?«

Amman Sachs nickte leicht, aber eigentlich nicht als Zustimmung zu dem, was Gresham gesagt hatte. Vielmehr quittierte er damit die Unkenntnis des anderen, wie man die alte Fuggerparole richtig zu beantworten hatte. Walsingham kannte die Parole, also mochten sich Walsingham und Gresham kennen und der gleichen Herrin dienen; aber all ihr Wissen teilten sie nicht!

Sachs versuchte sich zu konzentrieren; schließlich hatte der alte Kaufmann ihm eine Frage gestellt. »Man könnte zumindest den Eindruck gewinnen, wenn man sich in der Welt umschaut. Erst wenn die große Persönlichkeit eines machtvollen Regenten auf die gut gefüllten Taschen eines Kaufmannes und die nüchterne Weitsicht seines gut informierten Beraters trifft, scheint eine Regentschaft auch Erfolg haben zu können. Und zu wachsen.«

Gresham legte einen Zeigefinger an seine Nase, aber nur kurz. »Ich ahnte, dass Ihr meinen Freund Francis Walsingham erkennen würdet. Ja, er ist der gut informierte Mann an der Seite einer Herrscherin, die ihre größten Erfolge weiß Gott noch vor sich hat. Denkt an meine Worte: England hat seinen Weg zur Größe gerade erst begonnen.«

Die beiden Männer sahen sich für einen Moment wieder schweigend an. Dann fuhr der Ältere fort: »Aber ich werde das wohl nicht mehr aktiv erleben. Mein Bein macht mir zu schaffen, die Gesundheit verlässt mich langsam. Und ich denke, ich habe es vielleicht verdient, auch einmal ein wenig von den Früchten meiner Arbeit zu zehren.« Die Stimme Greshams klang jetzt sehr müde und hatte nicht mehr den gleich Biss wie zuvor.

Sachs sah den alten Kaufmann an. Der mochte vielleicht sechzig Jahre alt sein. Anton Fugger war siebenundsechzig Jahre alt gewesen, als er starb. Doch aus dem Geschäft zurückgezogen hatte der große Fugger sich nie.

»Meint Ihr wirklich, dass es so einfach sein kann, von der alten Leidenschaft zu lassen – vom Handel? Ich traf Euch im Zentrum des Handels, das Ihr selbst aufgebaut habt.« Sachs sah, wie Gresham müde abwinkte.

»Die Zeiten ändern sich, und Menschen wie ich sterben aus. Die großen Medici, die großen Welser, die großen Fugger und auch mein Freund Bonaventura und ich – wir sind aus einer anderen Epoche, haben nach anderen Maßstäben gelebt. Jetzt fressen uns die Geister, die wir mit unserem Hexenhandwerk ins Leben gerufen haben.«

Amman Sachs verstand die Metaphern, die sein Gesprächspartner benutzte, nicht sogleich.

»Ihr fragt Euch, was ich meine, Hohensax? Nun, Männer wie ich sind es gewohnt, nach einer Chance zu suchen, irgendetwas an einem Ort billig einzukaufen und an einem anderen Ort teuer zu veräußern, um möglichst viel Gewinn zu machen. Den Preis messen wir in Gold oder Silber, oder in Kurantmünzen von gleichem Wert. Wir zählen die Münzen in unseren Depots, und daran erkennen wir, ob wir gut gewirtschaftet haben oder nicht – halt nach der alten Art.«

Der Fugger-Agent begriff jetzt, was Gresham sagen wollte. »Und Ihr meint, Master, dass der Wert der Münzen nun nicht mehr verlässlich ist, wenn man den Kurant realisieren kann, ohne dass Gold und Silber ehrlich verdient werden.«

Die Veränderung, die im Gesicht des alten Kaufmannes vor sich ging, war bemerkenswert. »Ihr wisst viel, Hohensax. Von Bodeck hat Euch gut beraten, Euch zuerst zu mir zu schicken.« Gresham stand mühsam von seinem Stuhl auf und ging zu einem Tisch, auf dem eine kleine, eisenbeschlagene Schatulle stand. Diese öffnete er und entnahm ihr einen kleinen Gegenstand, mit dem er zu Amman Sachs zurückkehrte. Der Fugger-Agent bemerkte jetzt, dass der Kaufmann beim Gehen ein Bein nachzog.

»Hier.« Gresham reichte ihm den kleinen Gegenstand, den er aus der Schatulle genommen hatte. Sachs erkannte eine der »Rosenobel« genannten neuen Goldmünzen. »Ihr habt gewiss dieses gute Stück gemeint, als Ihr von den Kurantmünzen ohne sicheren Wert gesprochen habt.«

Gresham setzte sich mit einem Ächzen. Der Fugger-Agent besah sich unterdessen die Münze. Sie glich der, die Walsingham ihm im »Bärenkeller« gezeigt hatte, bis ins Detail. Sachs wog sie in der Hand und überlegte, ob er die Chance nutzen sollte, um gleich jetzt den Goldgehalt des Rosenobels mit dem Besteck aus Antwerpen zu prüfen.

Doch er entschied, erst einmal abzuwarten. Stattdessen fragte er den Kaufmann: »Glaubt Ihr an das Alchemistengold, Master Gresham?« Sachs hatte aufgehört, die Hand mit der Münze zu wiegen. Wie beiläufig legte er die Hände in den Schoß, wobei er die Münze im Innern der Handfläche zu verbergen suchte.

Er hörte den Angesprochenen mühsam ächzen. »Ich hoffe eigentlich, dass es eine Mär ist, auch wenn meinem Land dieser Schatz sicher gut zustatten käme – gerade jetzt, wo die Gegensätze zwischen Protestanten und Katholiken oder England und Spanien immer mehr zu eskalieren scheinen. Aber wohin soll es führen, wenn ein jeder Gold in einer Suppenküche kochen kann? Überlegt Euch nur die Konsequenzen, Hohensax, wenn Gold nicht mehr mühsam im Bergwerk abgebaut oder im fließenden Gewässer ausgewaschen werden muss, sondern mit ein wenig magischem Staub aus den billigsten Metallen gezaubert werden kann. Es wäre auf lange Sicht ein Desaster! Aber leider bin ich nur ein einsamer Rufer in der Wüste, mein Freund.«

Wieder wurde Sachs »mein Freund« genannt, wie auch von Bodeck es getan hatte. Der Fugger-Agent war auf der Hut.

»Ist es denn tatsächlich so einfach, tingiertes Gold zu brauen?«, fragte er. »Ich mag es mir nicht vorstellen, wenngleich die Alchemie ja viele Wunder für uns bereithalten soll.«

Gresham blickte ihn mit einem Anflug von Resignation an. »Ich habe es mit eigenen Augen gesehen, habe es mit meinen eigenen Sinnen geprüft. Vorher war es billiges Quecksilber, nachher pures Gold, aus dem man dann diese Münze hier schlug. So werde ich wohl glauben müssen, dass künftig ein simples Kochrezept ersetzen wird, was ich mir in jahrzehntelanger Übung aufgebaut habe: die Fähigkeit, aus dem Nichts ein Vermögen zu schaffen.«

Der Fugger-Agent verstand die Resignation des Kaufmanns als sentimentale Eifersucht auf die neue Zeit, die mit einfachen Mitteln bewerkstelligte, wofür seine Generation noch schwer arbeiten musste. Und er verstand Greshams Furcht vor dem Untergehen der alten Traditionen und Tugenden.

»Ihr müsst Euch das einmal sehr genau in allen Konsequenzen überlegen, Hohensax«, entwickelte der alte Kaufmann seinen Gedanken weiter. »Auf einmal gibt es scheinbar die Möglichkeit, unbegrenzt Gold herzustellen. Das muss früher oder später eine ungeheure Wirkung auf den Preis dieses Metalls haben. Alle unsere Geldströme, alle unsere Vermögen, jeder Handel gründet auf dem Gold. Und nur die Gier der Menschen nach dem Gold treibt sie an. Doch was soll geschehen, wenn diese Gier befriedigt ist? Welchen Wert hat ein Ding, wenn es frei verfügbar ist und kein Mangel mehr daran herrscht? In der Münze, die Ihr in Händen haltet, Hohensax, vereinen sich alle Schrecken, die ein Kaufmann wie ich sich auszumalen wagt.«

Allmählich begriff Sachs, was Thomas Gresham am Ende seines Lebensweges die Energie und Kraft raubte: Er sah in näherer Zukunft die Welt des Handels zusammenbrechen: Gab es alchemistisches Gold, das künstlich hergestellt wurde und immer und überall das wertvollste aller bekannten Metalle verfügbar machte, war die Grundlage des Geldsystems bald vernichtet.

»Glaubt Ihr denn, Master Gresham, dass es echt war, was man Euch gezeigt hat? Dass man Euch nicht doch mit irgendeinem Taschenspielertrick hinters Licht geführt hat? Habt Ihr die Güte des falschen oder auch nur künstlichen Goldes verlässlich prüfen können?«

Der Kaufmann blickte seinen Gast abschätzend an. »Ja, mein Freund, ich habe die Güte geprüft. Ich bin Kaufmann, ein Mann der Zahlen und nüchternen Bilanzen. Ganze dreiundzwanzig Karat, wenn nicht mehr, auf jeden Strich, den ich dem starken Wasser preisgab, dem *strong water*. Der Rosenobel in Eurer Hand hat dreiundzwanzig Karat! Versteht Ihr? Ihr reist für Bonaventura und vielleicht unter seinem Schutz für wer weiß wen ...«

Amman Sachs fuhr der Schreck in die Glieder.

»Kein Grund, blass zu werden, Hohensax. Von Bodeck schützt Euch. Und ich werde seine Freunde ebenfalls schützen, wenn es notwendig werden sollte. Aber – dreiundzwanzig Karat! Es gibt kein besseres, reineres Gold auf der Welt als das, aus dem diese Münze geschlagen wurde. Und mein Königreich, das keine Goldminen besitzt und dessen großer Fluss Themse nicht der Fluss Paktolos ist, in dem König Midas einst seinen Fluch abwusch, dass alles zu Gold wurde, was er anfasste – mein Königreich also gibt diese unglaubliche Goldmünze in unerhört großen Mengen aus. Der Markt wird derzeit geradezu mit diesem Geld überschwemmt – mit dem reinsten Gold, das je ein Kaufmann sah. Könnt Ihr Euch das vorstellen?«

Der Fugger-Agent entspannte sich wieder ein wenig. »Master Gresham«, antwortete er schließlich, »wenn Ihr gesehen habt, wie dieses Gold gemacht wurde – könnt Ihr mir dann sagen, an wen ich mich wenden muss, um dieses Wunder mit eigenen Augen zu schauen? Ich werde Euch glauben, was Ihr sagt. Ich werde diesem Gold in meiner Faust glauben. Aber noch mehr werde ich glauben, was ich selbst überprüft habe. Ihr kennt dieses eherne Prinzip der Kaufmannschaft, nicht wahr? Es ist von großer Wichtigkeit für meine Mission, dass ich nicht nur *glaube*, dass die Adepten das Geheimnis des Goldmachens tatsächlich kennen, sondern dass ich *verstehe*, dass ihr Treiben nicht nur Blendwerk ist.«

Der Kaufmann studierte aufmerksam Amman Sachs' Miene.

»Ihr habt also doch eine Mission, Hohensax«, sagte er endlich. »Ich kann Euch nur warnen, dass dieser Auftrag, den Ihr zu erfüllen habt, nicht gegen meine Königin gerichtet sein sollte. Ihr habt Francis Walsingham ja bereits kennen gelernt. Ich kann Euch versichern, dass seine Befugnisse sehr weitreichend sind und seine Methoden ... nun, sagen wir, subtil.«

Gresham schien zu überlegen. Dann schüttelte er den Kopf. »Ich kann Euch auf diesem Weg nicht begleiten, dazu bin ich zu alt und unbeweglich. Wenn Ihr sehen wollt, Hohensax, was ich gesehen habe, müsst Ihr allein den Weg in die Londoner Münze finden, wo die Alchemistenküche im Dienste der Königin untergebracht ist. Doch ich glaube nicht, dass Ihr einen Weg finden werdet, denn die Münze ist im Tower of London untergebracht, dem wohl sichersten Ort der Welt, an dem auch die Kronjuwelen untergebracht sind und wo die königliche Familie eines ihrer Domizile hat. Wie solltet Ihr dort hineinkommen?«

14.

Ja, wie kommt man in den Tower of London hinein – und möglichst ungeschoren wieder heraus?

Die mächtige Burganlage war nicht weit von der Royal Exchange am Themseufer gelegen. Dicke Mauern schützten das gewaltige Bauwerk; ein breiter Graben, der durch das Wasser der Themse gespeist wurde, sicherte die gesamte Festung zusätzlich. Amman Sachs zählte nicht weniger als neunzehn Türme der Burg, die zur Bewachung einer inneren und einer äußeren Wallanlage dienten. Auf den Türmen und Mauern sah er zahllose Soldaten in blau-roten Uniformen patrouillieren. Thomas Gresham hatte nicht übertrieben: Der Tower war unglaublich gut gesichert.

Amman Sachs fragte sich immer wieder, ob er wirklich selbst in die Werkstatt hinein musste, in der angeblich die Alchemisten ihr künstliches Gold herstellten, aus dem dann die Rosenobel geschlagen wurden. Doch die Konsequenzen wären wirklich unabsehbar, wenn es stimmte, was Walsingham bei ihrem Treffen in Augsburg angedeutet und der alte Kaufmann bestätigt hatte. Auch für Sachs' Prinzipal wären die Folgen weitreichend, denn was ist ein Schuldner wert, der sich seinen Goldbedarf selber *herstellen* kann? So wären für die Fugger sicherlich keine Geschäfte mehr mit der britischen Krone möglich.

Ja, Amman Sachs musste in den Tower, um das Wunder der Alchemisten zu überprüfen.

Der Fugger-Agent bezahlte einen Bootsführer, der ihn auf der Flussseite um den Tower herumrudern sollte. Die Anlage lag östlich der London Bridge. Und Amman Sachs erkannte bald, dass die Wasserseite den Hauptzugang zur Burg bildete. Er erkannte den Zufluss, der den Graben um die Burg speiste, sowie eigene Kaianlagen, an denen verschiedene Schiffe festgemacht waren – neben solchen, die Waren zur Versorgung der Burg brachten, auch eine Prunkbarke, die wohl den Ausfahrten der königlichen Familie diente. Auch hier waren auf der Uferbefestigung zahlreiche Soldaten zu sehen.

»Ihr überlegt hoffentlich nicht, wie Ihr unerlaubt in den Tower eindringen könnt, Sir«, wandte der Bootsführer sich plötzlich an Amman Sachs. Der Mann hatte sich wohl über das auffällige Interesse des Fremden für die Burg gewundert. »Seid Ihr etwa ein feindlicher Spion, der den Tower auskundschaften sollt?«

Der Fugger-Agent hätte über die Naivität der Frage lachen können, wäre er nicht so überrascht gewesen. Tatsächlich brachte die Frage Amman Sachs dermaßen aus dem Konzept, dass er die Antwort schuldig blieb: Genau das, was der Bootsführer vermutete, war ja sein Anliegen.

»Ich kann Euch nur warnen, dort hineinzugehen. Es ist sehr gefährlich«, fuhr der Bootführer fort. »Es geht dort nicht mit rechten Dingen zu. Geister gibt es dort, die Geister der Geköpften, denn der Tower ist auch der Richtplatz von London. Und unsere Königin soll sich dort ganz seltsame Wesen zu ihrem Vergnügen halten. Weiße Bären zum Beispiel, riesengroß und schrecklich gefährlich. Sie fressen einen Soldaten am Tag, erzählt man. Auch gewaltige Tiere mit Schwänzen am Rücken und im Gesicht soll es geben, größer als ein Tagelöhnerhaus. Die können einen Menschen mit einem einzigen Tritt ihrer Füße töten, heißt es. Scheußliche Wesen! Kein guter Ort! Und dann noch die königlichen Löwen … Wer das Schloss als Besucher betreten will, muss etwas Lebendiges mitbringen, das diese Löwen zu Tode hetzen können. Es ist das größte Vergnügen der Königin, so sagt man, eine arme verlorene Seele den Löwen zum Fraß vorzuwerfen.«

Amman Sachs hatte einst in Rom gelebt, im Dienst des Papstes. Er hatte das Kolosseum gesehen und die Berichte über die Zirkusspiele der alten Lateiner gelesen. Für so abwegig hielt er die Aussage des Bootsführers also nicht. Herrscher mussten manchmal grausam sein; nur so konnte ihre Macht fortbestehen, weil sonst ihre Autorität nicht gefürchtet wurde.

Er würde sich also doppelt vorsehen müssen, wollte er tatsächlich in diese Festung hinein. Nicht nur von den vielen Soldaten drohte ihm Gefahr – auch von den wilden Tieren, die es im Innern der Anlage offenbar gab.

In diesem Moment sah Amman Sachs, wie sich am westlichen Rand der zum Fluss gelegenen Burgmauer mit lautem Knarren ein schweres eisernes Tor öffnete. Der Schweizer erkannte mehrere Personen, darunter eine prächtig gekleidete Frau mit einem funkelnden Diadem im Haar, die durch das Seitentor auf die Kaimauer schlüpften und von dort zur Prunkbarke schlenderten. Nur wenige Augenblicke später war das Boot los und die zwei Dutzend Ruder ausgelegt, die mit kraftvollen Schlägen die Barke flussaufwärts trieben.

»Da habt Ihr aber Glück, Sir«, sagte der Bootsführer, der das Schauspiel ebenfalls verfolgt hatte. »Das war die Königin mit ihrem kleinen Gefolge. Wahrscheinlich fährt sie hinüber zum Palast von Whitehall, wo sie seit dem verheerenden Feuer in Westminster meist residiert. Die nehmen immer das Boot. Auf die Straßen Londons würden die sich niemals trauen.«

Schließlich ließ Sachs sich wieder an Land bringen. Den ganzen restlichen Tag streifte er durch die weitläufigen Anlagen rund um den Tower of London, um eine Möglichkeit zu finden, wie er bis zur Küche der Alchemisten im Innern der Burg vordringen könnte. Doch das Unternehmen schien ganz und gar undurchführbar.

Auch den nächsten und übernächsten Tag grübelte der Fugger-Agent über sein verwegenes Vorhaben nach. Dann glaubte er endlich eine Möglichkeit gefunden zu haben, wie er sein Vorhaben in die Tat umsetzen konnte.

Nach Einbruch der Dunkelheit ging Sachs auf den so genannten Lionstower zu, der vom Westen her den Zugang für Besucher der Burg zu bilden schien. Hier standen außerhalb der Burgmauern Wachen mit Hellebarden auf Posten. Auf diese Männer ging Sachs nun zu, nachdem er sich davon überzeugt hatte, dass die königliche Barke vor der Burg an der Kaimauer lag. Der Hof mit seinem Gefolge befand sich also im Innern der Festung.

»Guten Abend. Freiherr von Hohensax bittet auf Geheiß von Sir Thomas Gresham um Einlass.« Feierlich zog Sachs sein aufwendig gesiegeltes Empfehlungsschreiben des Bonaventura von Bodeck an Thomas Gresham hervor, entfaltete es umständlich und reichte es den Wachen. Er hoffte mehr als dass er glaubte, mit dieser Täuschung Erfolg zu haben. Doch er war überzeugt, dass die einfachen Soldaten nicht lesen konnten.

Die Wachen besahen sich das förmlich aussehende Dokument und befühlten das Siegel, das sie offensichtlich nicht kannten. Dann falteten sie das Schreiben wieder zusammen und gaben es ohne Kommentar an Amman Sachs zurück.

»Kann passieren!«, hörte er den Soldaten schließlich den erlösenden Satz rufen. Das hölzerne Tor unter dem Lionstower wurde geöffnet, und mit festen Schritten betrat Sachs das Innere der Festung. Vor sich sah er ein zweites Türmchen mit einem Tor, das der Middle Tower sein musste. Auch hier standen Wachen, und auch hier wurde er auf die gleiche Art und Weise kontrolliert wie am ersten Tor.

Mit einem Mal hörte Sachs wildes Gebrüll. Tumult entstand in der Dunkelheit zwischen den Türmen. Da er jedoch bis aufs Äußerste angespannt war aus Furcht, sein Betrug könnte auffliegen, erschrak er nicht, was ihm die Anerkennung der Soldaten einbrachte, die ängstlich auf das Getöse reagierten.

»Es sind die königlichen Löwen«, erklärte einer von ihnen dem unbekannten Besucher. »Sie sind dort in den Käfigen. Ich weiß, dass die Käfige sicher sind, aber es ist doch zum Fürchten, die Bestien in der Nähe zu wissen.« Der Soldat hatte voller Angst gesprochen. Amman Sachs ahnte, dass der Dienst vor den Toren und Wachtürmen bei den Soldaten des Towers sehr unbeliebt sein musste.

Nach Passieren des zweiten Tores sah Amman Sachs im fahlen Nachtlicht ein weiteres Tor vor sich, das gleich von zwei Türmen flankiert wurde: den Byward Tower. Auch hier wiederholte sich die Prozedur. Der Fugger-Agent sagte seinen Spruch auf und zeigte sein Schreiben vor, worauf die Wachhabenden das Schriftstück betrachteten, ohne es lesen zu können, und ihn schließlich durchließen, was weniger Gefahren barg, als einen Edelmann zu brüskieren.

»Die Residenz der Königin befindet sich gleich hier rechts der Münzgasse«, sagte einer der Soldaten und zeigte einen Weg hinauf, der vom Byward Tower am Themseufer landeinwärts führte. »Soll Euch jemand den Weg zeigen?« Sachs winkte ab und schritt in angezeigter Richtung davon, wobei er die Reihenhäuser, die die Münzgasse linker Hand begrenzten, im Vorbeigehen aufmerksam musterte. Rechter Hand entlang der schmalen Straße zog sich der zweite Burgwall hin, hinter dem der eigentliche innere Burgbezirk liegen musste – mit der Residenz der Königin und dem White Tower, der alten, ursprünglich normannischen Festung.

Der Fugger-Agent suchte nach Anzeichen, dass sich im Innern der Reihenhäuschen an der Münzgasse irgendetwas rührte. Doch die Gebäudezeile lag im Dunkeln. Allerdings hörte er in unregelmäßigen Abständen ein kräftiges Schlaggeräusch wie von Eisen auf Eisen. Sachs erkannte die Geräusche als die eines Münzmachers, wenn der Münzstempel mit dem zusätzlichen Gewicht des Hammers wuchtig auf den Münzrohling traf.

Sachs versuchte dem wiederkehrenden Geräusch zu folgen, das lauter wurde, je weiter er die Münzgasse hinaufging. Schließlich meinte er das Gebäude erreicht zu haben, aus dessen Innern der Münzhammer zu hören war. Doch es war kein Licht in dem Haus zu sehen. Sachs ging näher an die bleiverglasten Fenster heran und sah, dass sie von innen mit dicken Decken zugehängt sein mussten.

Wieder war der wuchtige Schlag des Münzhammers zu vernehmen. Amman Sachs ging zur Tür den Hauses und versuchte sie zu öffnen, doch sie schien von innen mit einem Riegel gesichert zu sein. Er überlegte kurz; dann zog er sein Messer aus der Scheide am Gürtel und führte es in den Spalt zwischen Türsturz und Tür. Sachs war klar, dass er auf diese Wiese nur Erfolg haben würde, wenn ein Kippriegel die Tür sicherte; gegen einen Schiebериegel konnte er auf diese Weise nichts ausrichten. Doch er hatte Glück. Er spürte kurz den Widerstand; dann klappte der Bügel des Riegels mit einem leisen Geräusch zurück, und die Tür ließ sich öffnen.

Amman Sachs horchte durch die offene Tür ins Innere des Hauses. Er vernahm die Geräusche von Handwerkern, die in einer Werkstatt arbeiteten. Vorsichtig betrat Sachs den Flur des Hauses und verschloss lautlos die Tür hinter sich. Er fühlte, wie sein Herz schneller schlug. Schweiß trat ihm auf die Stirn. Langsam ging er weiter über den Flur.

Links von ihm führte ein Durchgang weg, der wie die Fenster mit einem dicken Vorhang zugezogen war. Sachs trat langsam an diesen Vorhang heran und schob ihn einen kleinen Spalt zur Seite. Für einen Moment war er von plötzlicher Helligkeit geblendet; dann hatten seine Augen sich an das Licht gewöhnt, das von zahlreichen Laternen ausging.

Sachs sah zwei Männer, die emsig beschäftigt waren. Der Ältere, ein kräftiger Kerl mit breiten Schultern und einer ledernen Schürze, schien der Meister zu sein, der Jüngere sein Geselle, der ihm zur Hand ging. Mitten im Raum war ein Klippwerk aufgebaut, ein einfache Maschine, mit der Münzen von gleicher Qualität hergestellt werden konnten. Amman Sachs sah, wie der Geselle einen Münzrohling, den Schrötling, auf den Unterstempel legte, der wiederum auf einem schweren Amboss ruhte. Der Unterstempel würde später die Münzunterseite prägen.

Dann steckte der junge Mann den Oberstempel mit dem Klischee der Münzvorderseite in eine einfache Halterung, die den Stempel aus reinem Stahl genau oberhalb des Unterstempels mit dem Rohling darauf fixierte. Nun nahm der Meister einen schweren Schmiedehammer, holte weit aus und schlug denn mit genau bemessener Kraft auf den Oberstempel – der wuchtige Schlag ließ das Haus erbeben und schmerzte in den Ohren.

Sofort hob der Geselle den Oberstempel an und nahm die fertige Münze aus dem Klippwerk. Amman Sachs erkannte von seinem Beobachtungsposten aus, dass das Metall der Münze reines Gold war. Und es wurde beim Schlag so in die Klischees der Stempel gepresst, dass auch die Ränder der Münze ein einfaches Muster annahmen – der beste und sicherste Echtheitsnachweis für Kurantmünzen, wie der Fugger-Agent wusste.

Der Geselle gab die fertige Münze nun dem Meister, der sie von allen Seiten begutachtete und dann zufrieden nickte. Beinahe achtlos warf er dann die Goldmünze – zweifellos ein Rosenobel – in eine große offene Holztruhe. Erst jetzt sah Amman Sachs, dass die Holztruhe fast bis obenhin mit goldenen Münzen gefüllt war.

Der Schweizer staunte noch über den gewaltigen Schatz, den er da sah, als er aus einem rückwärtigen Raum der Werkstatt Schritte hörte, die sich näherten. Er sah einen Soldaten, offensichtlich ein Offizier, in vollen Waffen die Münzstätte betreten. Der Mann schaute sich kurz um, sodass Sachs rasch den Vorhang zuzog. Dann vernahm er ein leises Gespräch, konnte die Worte aber nicht verstehen, da der Geselle geräuschvoll das Klippwerk für den nächsten Schlag vorbereitete.

Plötzlich trat völlige Stille im Haus ein. Das Werken und das leise Gespräch waren verstummt. Der Fugger-Agent schob vorsichtig den Vorhang zur Seite und spähte in den Raum. Er war jetzt leer. Die beiden Handwerker und der Soldat mussten sich von der Werkstatt aus in den rückwärtigen Raum begeben haben. Schnell schlüpfte Amman Sachs in die Werkstatt, huschte zur Holztruhe mit den Goldmünzen und nahm zwei der frisch geschlagenen Rosenobel heraus. Er besah sie sich kurz und machte dann, dass er wieder herauskam. Auf Zehenspitzen ging er zurück zum Flur und zur Haustür, öffnete vorsichtig den Kippriegel und trat hinaus in die Nacht. Mit Hilfe seines Messers verriegelte er die Tür wieder. Erst jetzt steckte Sachs die beiden gestohlenen Münzen in seinen Geldbeutel.

Er überlegte noch, was er nun tun sollte, als er hörte, wie der Riegel der Tür zur Münzwerkstatt abermals geöffnet wurde. Mit schnellen Schritten flüchtete Amman Sachs in Richtung der inneren Festungsmauer, in deren Schatten er um die nächste Ecke huschte. Dort erst hielt er inne, drehte sich um und lugte um den Mauervorsprung.

Er sah, wie der Offizier mit einem zweiten Soldaten das Reihenhäuschen mit der Werkstatt verließ. Sie gingen in Richtung des Byward Towers und der Themse. Kurz entschlossen folgte Sachs den beiden Bewaffneten in sicherem Abstand im Schatten der Festungsmauer.

Gegenüber vom Byward Tower betraten die Männer den Eingang zum so genannten Bell Tower. Sachs überlegte kurz, ob er es wagen konnte, die Verfolgung fortzusetzen. Kurz entschlossen öffnete dann auch er die schwere Eichentür und betrat das Innere des Turms.

Drinnen sah er, dass die zwei Soldaten schon weiter vorausgeeilt waren. Der Gang aus grauen Natursteinen führte vom Bell Tower in östliche Richtung und wurde von vereinzelten Fackeln spärlich erleuchtet. So war es Amman Sachs leicht möglich, unentdeckt seinen Weg fortzusetzen.

Schließlich bogen die Soldaten wieder im rechten Winkel nach links ab, nun also in nördliche Richtung. Sachs vermutete, dass dies der Weg zum zentralen White Tower der Anlage war. Und richtig, nun ging es über eine Treppe, die die gesamte Breite des Gangs ausfüllte, in eine höhere Etage. Der White Tower, der große quadratische Bau mit den vier unterschiedlichen Ecktürmen, der den ältesten Teil der gesamten Festung bildete, war aus Sicherheitsgründen nur über einen Zugang im ersten Stockwerk zu erreichen. Zu ebener Erde war kein Hineinkommen in das stark befestigte Bauwerk.

Sachs spürte, wie sein Herzschlag sich mit jedem Schritt weiter beschleunigte. Er lief wieder auf den Zehenspitzen, weil er Angst hatte, dass jeder unnötige Laut ihn verraten könnte.

Er hatte jetzt den höher gelegenen Flur erreicht, der allerdings bald vor einem Durchgang endete, der ins Freie führte. Amman Sachs schaute hinaus und sah, dass der Weg mit einem Wehrgang auf einer weiteren Schutzmauer unmittelbar am White Tower fortgeführt wurde. Die beiden Soldaten hatten den Wehrgang bereits passiert und einen Vorturm zum White Tower betreten, der offenbar den Eingang zur Festung barg.

Wieder achtete Amman Sachs darauf, sich ganz nah an der Wand des White Towers zu halten, sodass man ihn von unten nicht sehen konnte. Doch fühlte er sich wie eine Fliege auf einem weißen Tuch, da der White Tower nicht ohne Grund »Weißer Turm« genannt wurde: Er war vollständig gekalkt. Trotz der lichtlosen Dunkelheit der Nacht schienen die Wände zu leuchten.

Sachs war froh, als auch er den kleinen Turm betreten konnte, von dem aus es zur eigentlichen Festung ging. Er lauschte kurz, konnte aber nur die Schritte der Soldaten in einiger Entfernung voraus vernehmen. Also schlüpfte er hinterher, wobei er sich zunehmend Sorgen machte, wie er den ganzen Weg wieder zurück schaffen sollte. Und wie sollte er sich herausreden, falls man ihn entdeckte?

Gerade als er den Bewaffneten eine Treppe hinunter in die dunklen Abgründe des Tiefgeschosses im White Tower folgen wollte, vernahm er eine vertraute Stimme aus einem angrenzenden Raum. Die Tür stand offen, und Sachs erblickte keinen Geringeren als Francis Walsingham. Aber das war es nicht, was seine Aufmerksamkeit in erster Linie fesselte und ihn zutiefst erschütterte: Auf einen Stuhl saß, an beiden Armen mit Lederriemen an die Lehnen gefesselt, seine Gehilfin Gemma, die einen bemitleidenswerten Eindruck machte.

Verdammt!, durchfuhr es den Fugger-Agenten. Wie hatte er das Mädchen einer solchen Gefahr aussetzen können?

Er überlegte fieberhaft, wie er Gemma aus der bedrohlichen Situation befreien konnte. Walsingham überwältigen und Gemma losbinden war das eine; aber wie sollten er und das Mädchen aus der Festung herauskommen?

Sachs fluchte lautlos und biss sich auf die Lippen. Da war er der Lösung der Aufgabe, die ihn hier hinein geführt hatte, so nahe – und nun das!

Noch einmal schaute er vorsichtig in den Raum mit dem Engländer und der gefangenen Gemma. Walsingham hatte sich auf einen zweiten Stuhl der Gefesselten gegenüber gesetzt und sprach leise auf sie ein. Unmittelbare Gefahr bestand offenbar nicht; zumindest schien Gemmas Leben nicht in Gefahr zu sein. So entschied Sachs sich schweren Herzens, den beiden Soldaten erst einmal in die Tiefe des White Towers zu folgen. Später würde er zurückkehren und schauen, ob er den Engländer überwältigen und Gemma befreien konnte.

Aufgewühlt näherte Sachs sich der Treppe, die nach unten führte. Dicht an die Mauer gedrückt schlich er hinunter. Je weiter er sich von Gemma entfernte, desto mehr machte sein Gewissen ihm zu schaffen, sie ohne Hilfe zu lassen. Aber er musste herausfinden, wo die geheime Küche der Alchemisten sich befand – und ob sie wirklich das Mysterium der Goldmacher gelöst hatten.

Sachs stieg der Geruch von Feuchtigkeit in die Nase. Er war jetzt auf dem unteren Treppenabsatz angelangt. Feiner Rauch lag zudem in der Luft. Von den zwei Soldaten war hier unten nichts mehr zu sehen. Sachs lauschte. Die Mauern mussten hier sehr dick sein; die Gänge waren enger als oben. Und Fenster oder auch nur Schießscharten gab es keine. Wieder waren es Fackeln, die das einzige Licht spendeten und wahrscheinlich für den leichten Rauchgeruch verantwortlich waren.

Sachs schlich aufs Geratewohl den Gang hinunter. Er erkannte, dass er in einem Kerker sein musste, dem Verlies der Festung. In regelmäßigen Abständen waren Eisenringe in die Wände eingelassen, und statt Türen deuteten eiserne Pforten mit vergitterten Luken auf dahinterliegende Zellen hin.

Als Amman Sachs um eine Ecke des Steinganges bog, sah er vor sich wieder die beiden Soldaten, die soeben mühsam eine der schweren Pforten öffneten. Sofort hielt der Agent inne und horchte, ob er entdeckt worden war. Doch die Männer vor ihm waren so mit ihrer Aufgabe beschäftigt, dass sie ihn gar nicht bemerkten.

Schließlich hatten sie die schwere Tür aufgebracht und verschwanden im Innern der Zelle. Sofort eilte Sachs ihnen nach und spähte ihnen vom Gang aus hinterher. Die Kammer, die er jetzt sah, war von Laternen hell erleuchtet. Im Zentrum des Raumes stand ein großer Ofen – ein Athanor, wie Amman Sachs erkannte, allerdings mit einer ungewöhnlichen, aus Kupfer gearbeiteten Haube, die augenblicklich eine gewaltige Hitze auszuströmen schien. Für den Rauch des Ofens war nach oben weg eine Esse zu sehen, die sich im darüber liegenden Geschoss verlor.

Außer den beiden Soldaten hielt sich nur ein anderer einzelner Mann in der Zelle auf. Er hantierte eifrig mit großen Tiegeln, die er abwechselnd in den Ofen schob oder herausholte. Der Unbekannte hatte schulterlanges dunkles Haar, das ihm schweißnass das Gesicht verklebte. Als der Mann dem Fugger-Agenten kurz den Kopf zudrehte, erkannte Sachs, dass der Langhaarige keine Ohren mehr besaß.

»Master Talbot, welches ist das fertige Gold?«, fragte einer der Soldaten, wobei er sich in der Zelle umsah. »Der Münzer fragt nach Nachschub.«

Der Angesprochene richtet sich zu seiner vollen Größe auf und starrte den Frager unwirsch an. »Ich kann zaubern, aber keine Wunder vollbringen. Wir müssen den Kronschatz nicht in einer Nacht erretten. Sagt das dem Münzer. Er soll für heute aufhören und morgen bei Tagesanbruch weitermachen; dann habe ich genug neues Gold für ihn. Und jetzt lasst mich arbeiten!«

Die Soldaten schauten sich ratlos an. Dann trollten sie sich und verließen achselzuckend die Alchemistenküche.

Amman Sachs rannte schnell den Gang, in dem er sich befand, ein Stück weiter hinauf. Da er keine Nische zum Verstecken fand, warf er sich in der Dunkelheit flach auf den Boden und hielt den Atem an. Er hörte, wie die Zellenpforte wieder mühsam geschlossen wurde – sie musste sich durch die Hitze des Ofens wohl verzogen haben. Dann verklangen auch bald die Schritte der Soldaten in der anderen Richtung des Ganges.

Sachs stand wieder auf, klopfte seine Kleidung ab und ging zu der jetzt verschlossenen und, wie er sah, sorgsam verriegelten Zellenpforte. Er schaute hinein. Der langhaarige Alchemist wischte sich gerade mit einen Tuch den Schweiß aus dem Gesicht. Dann warf er das Tuch auf eine niedrige Bank und setzte sich.

»Dr. Dee, was habt Ihr mir da eingebrockt?« Der Mann, den die Soldaten »Master Talbot« genannt hatten, hatte mit normaler Lautstärke zu sich selbst gesprochen und dabei erschöpft auf seine Hände geschaut. Die Haare waren ihm vors Gesicht gefallen, sodass Sachs im Zwielicht des Kellers die Augen Talbots nicht mehr erkennen konnte.

Jetzt stand der Langhaarige wieder auf und nahm dabei einen der kalten Tiegel vom Boden, den er seitlich auf ein Tischchen stellte. Unter dem Tisch holte er eine kunstvoll gearbeitet Flasche aus Glas hervor, wie Amman Sachs sie noch nicht oft gesehen hatte. Zu seiner Verwunderung konnte er nun beobachten, wie der Alchemist den Korken zog und eine wie flüssiges Silber wirkende Substanz in den Tiegel goss.

Dann griff er in eine verborgene Tasche seines bläulich schimmernden Umhangs und holte eine vollkommen ebenmäßige Kugel hervor, die von Farbe und Gestalt her aus Elfenbein gemacht schien. Auch hier löste der Alchemist einen winzigen Korken und schüttete dann, wie es dem Fugger-Agent schien, ein feines Pulver über das flüssige Silber im Tiegel.

Amman Sachs ahnte, dass er hier tatsächlich Zeuge der Offenbarung des größten aller alchemistischen Geheimnisse wurde – des Geheimnisses der wahren und echten Goldmacherei. Und obwohl er nicht glauben konnte, was er da sah, beeindruckte ihn das rätselhafte Hantieren des Alchemisten, der durch das Fehlen seiner Ohren und den ganz unglaublichen Ort, an dem sie sich befanden, dem Schweizer wie eine Ausgeburt der Hölle erschien. Ein Schauer lief ihm über den Rücken, als der Mann in der Zelle den Ofen öffnete und den Tiegel mit einer schweren Eisenzange ins Innere der Glut schob.

Sofort verschloss Talbot die Klappe des Athanors und nahm

wieder das Tuch von der Bank, um sich den Schweiß abzuwischen. Dann tunkte der Langhaarige sein Tuch in ein Fass mit Wasser und bestrich zischend die Kupferhaube des Ofens. Dicke Dampfschwaden stiegen auf und ließen die Szenerie noch diabolischer erscheinen.

Nach kurzer Zeit, so kam es Sachs zumindest vor, öffnete der Mann die Ofenklappe wieder. Er schien den Tiegel und dessen Inhalt mit der großen Eisenzange kurz zu überprüfen; dann nickte er selbstgefällig, holte den Tiegel mit Schwung aus dem Ofen und warf ihn regelrecht in das Wasserfass. Zischend stieg eine Dampfwolke auf. Dann griff der Alchemist auch schon ins Wasserfass, ohne darauf zu achten, ob sein Mantel nass würde. Nun hatte er den abgekühlten Tiegel in der Hand und schlug diesen im nächsten Augenblick mit großer Wucht verkehrt herum auf die Platte des Tischchens.

Sachs konnte einen erschrockenen Ausruf nicht unterdrücken, als er sah, was sich da mit einem Ruck aus dem Tiegel gelöst hatte: Im Licht der Laternen und Fackeln erkannte er das Funkeln und Leuchten puren Goldes – nicht bloß einer kleinen Kugel oder einiger Krümel, nein: Der Tiegel musste fast zur Gänze mit reinstem Gold gefüllt gewesen ein! Zum Glück schien der Ohrlose Amman Sachs nicht gehört zu haben.

15.

Amman Sachs war fassungslos, ja erschüttert. Er war überzeugt gewesen, dass die Goldmacherei der Adepten nichts als Schwindel und Betrug war. Nun aber hatte er selbst gesehen, wie aus flüssigem Silber – Quecksilber, wie man es auch nannte – Gold wurde, durch nichts weiter als Feuer und einem geheimnisvollen Pulver, das nur der Stein des Weisen sein konnte, jenes rote Elixier, von dem die Schriften der Alten berichteten und seine ungeheure Wirkung priesen. Und nun war er selbst dabei gewesen, wie dieser magische Staub seinen unfassbaren Zauber entfaltet hatte.

Sachs riss den Blick von dem Bild los, das er im Innern der Zelle beobachtet hatte. Er tauchte wieder ein in die Dunkelheit des Kellerganges. Für einen Moment überlegte er, ob er in die Küche des Alchemisten eindringen sollte, um sich eine Probe des Goldes zu sichern. Aber er hatte die beiden Rosenobel in seinem Geldbeutel; da würde es wohl nicht nötig sein, auch noch das Ursprungsmetall an sich zu bringen. Es musste sich ja um dasselbe Gold handeln.

Jetzt müsste er vor allem Gemma aus ihrer misslichen Lage befreien. Amman Sachs bog um die Ecke in den Gang, der zur Treppe in das höher gelegene Geschoss führte – und erschrak: Vor ihm standen die beiden Soldaten und hielten die Hellebarden auf ihn gerichtet. Hinter ihnen im Halbdunkel erkannte er Francis Walsingham, der schief lächelte.

»Guten Abend, Master Sachs!« Der Engländer schien einen Triumph zu feiern. »Seltsam, dass wir uns stets in Kellergeschossen treffen, findet Ihr nicht? Ich muss Euch leider unter Arrest nehmen. Ihr habt keine Berechtigung, Euch an diesem Ort aufzuhalten. Dass Ihr es überhaupt bis hierher geschafft habt, nötigt mir Respekt ab. Ihr seid wahrscheinlich hier, um Eure kleine Freundin zu befreien, nicht wahr?«

Der Fugger-Agent sagte nichts, blickte nur wie starr auf die funkelnden Spitzen der Hellebarden in den Händen der beiden Soldaten. Es waren sehr gefährliche Waffen, mit denen man zustechen, wie mit einem langen Beil zuschlagen und wie mit einem Knüppel prügeln konnte. Doch wegen ihrer Länge waren Hellebarden nur sehr schwer zu handhaben, wie der ehemalige Schweizergardist aus eigener Erfahrung wusste.

Amman Sachs machte einen leichten Schritt zur Seite, dem man ihm als unwillkürlichen Fluchtreflex auslegen konnte. Tatsächlich aber brachte er sich so in einen besseren Winkel zu den auf ihn gerichteten Waffen. Sachs spürte das Blut in seinen Adern, als er mit einem weiteren geschickten Ausfallschritt nach dem Schaft der ersten Hellebarde griff und die mächtige Waffe blitzschnell an sich brachte. Der Soldat hatte mit Gegenwehr offenbar nicht gerechnet und war zu überrascht, um angemessen zu reagieren. Ein kurzer Ruck mit der Hellbarde, und Amman Sachs hatte seinen Gegner entwaffnet.

Mit einer schwungvollen Bewegung drehte Sachs die Waffe um und richtete sie nun auf den Mann. Ohne zu zögern, stach er zu und traf den Gegner in den rechten Oberschenkel. Der Getroffene schrie auf. Es war keine unbedingt tödliche Verletzung, wie Sachs wusste, aber sie machte den Gegner weitgehend bewegungsunfähig.

Im Augenwinkel sah Sachs das jetzt nicht mehr überhebliche, sondern erschrockene Gesicht Walsinghams. Doch seine Aufmerksamkeit gehörte nun ganz dem zweiten Soldaten, der ein Stück zurückgewichen war und seine Waffe fester packte. Er würde sich von dem Fremden nicht so überrumpeln lassen wie sein Kamerad. Der war inzwischen zusammengebrochen, jammernd vor Schmerz, und bildete mit seinem Körper eine Barriere zwischen Sachs und dem noch bewaffneten Soldaten.

Wie zwei Raubkatzen belauerten sich die beiden Kämpfer, wobei sie einander mit den Hellebarden auf Abstand hielten. Sachs wusste, dass er nur wenig Zeit hatte, bis weitere Soldaten auf den Tumult aufmerksam würden oder Walsingham zusätzliche Hilfe holte. Im Moment war der Mann zwar noch zu geschockt von der plötzlichen Wendung der Ereignisse, aber das konnte sich schnell ändern.

Sachs musste angreifen, um die verbleibende Zeit bestmöglich zu nutzen. Er hob die nach vorne gerichtete Hellebarde mit beiden Händen hoch über den Kopf, wodurch sie auf den Soldaten, auf den die Spitze gerichtet war, noch bedrohlicher wirken musste – wie eine riesige Schlange, die sich zum Angriff aufgerichtet hatte. Und dann stach Amman Sachs mit aller Kraft zu, wohl wissend, dass dieser Stich ins Leere gehen würde. Doch er nutzte den Schwung seines Angriffs, um mit einer schnellen Körperdrehung um die eigene Achse die Waffe zu einem zweiten Streich zu führen, der diesmal den Soldaten direkt oberhalb der Hüfte erwischte.

Der Schweizer sah das verblüffte Gesicht des Mannes, als die Waffe ihn traf. Der Schwung der Hellebarde riss ihn von den Beinen, und er prallte gegen die Wand des Kellerganges.

Nun standen sich nur noch Amman Sachs und Francis Walsingham gegenüber. Sachs atmete schwer und richtete seine Waffe auf den Engländer, wobei er näher trat, bis die Spitze der Hellbarde Walsinghams Wams auf Höhe von dessen Herzen berührte.

»Los, die Treppe hoch!«, herrschte Sachs den anderen an. »Und keine plötzlichen Bewegungen. Ihr würdet es nicht überleben!«

Der Engländer hatte sich jetzt wieder gefangen. Er nickte überlegt, drehte sich um und ging voraus zur Steintreppe, die ins Obergeschoss führte. Sachs ahnte, dass der andere irgendwo am Körper ein Messer oder einen Dolch trug, wollte aber nicht näher als die Länge der Waffe an ihn herantreten, um ihn zu durchsuchen.

Langsam, Schritt für Schritt, gingen beide Männer hintereinander die Treppe hinauf. Amman Sachs überlegte fieberhaft, was für ihn weiter zu tun sei. Im Augenblick war er Herr der Lage. Und er dankte Gott und seinen Ausbildern bei der Schweizergarde, dass er den Drill im Nahkampf immer wieder hatte üben müssen.

Aber wie sollte er es aus dieser Festung heraus und später aus London schaffen? Sollte er Walsingham – den einzigen Menschen, der ihn sicher enttarnen konnte – einfach töten, indem er ihn hier auf dem Aufgang in den Rücken stach? Dann könnte er Gemma holen, und sie könnten zusammen zum Tor hinaus spazieren, Verkleidungen anlegen und das Land verlassen. Niemand würde wissen, wer das Blutbad hier angerichtet hatte. Der verletzte Soldat konnte nur eine unsichere Beschreibung seines Gegners geben, den er lediglich im Halbdunkel eines Kellerganges gesehen hatte. Und Gemma war eine Frau wie viele andere.

Doch einen bereits Überwältigten wie Walsingham einfach töten …?

Mit einem Mal kam Sachs ein verstörender Gedanke: Woher hatten die Engländer gewusst, wo sie auf ihn warten mussten? Woher hatten sie wissen können, dass er beim Alchemisten war und diesen beobachtete? Und dass sie ihm dort würden auflauern können? Walsingham schien sich seiner Sache sicher gewesen zu sein. Er schien gewusst zu haben, nicht irgendjemanden, sondern Amman Sachs gefangen nehmen zu können. Aber wie konnte das sein?

Der Schweizer stach dem Mann vor sich mit der Spitze der

Hellebarde leicht in den Rücken, sodass ihre Schärfe zu spüren war, ohne ihn zu verletzen. »Redet, Walsingham. Wieso habt Ihr mich da unten erwartet? Woher habt Ihr gewusst, dass ich da bin?« Sie waren mittlerweile am oberen Treppenabsatz angekommen.

Der Angesprochene drehte sich um und blickte Sachs fest in die Augen. »Ihr seid nicht der Einzige, der sein Handwerk versteht. Seit unserer letzten Zusammenkunft in diesem stinkenden Keller in Augsburg habe ich einen Schatten gehabt. Einen sehr niedlichen Schatten, zugegeben, aber doch einen Schatten, der sich nicht leicht abschütteln ließ. Ein gerissener Einfall, Hohensax, ein Mädchen für Eure Dienste einzuspannen. Und sie ist giftig und widerborstig, sogar unter der peinlichen Befragung. Ihr könnt versichert sein, ich habe alles versucht, sie für meine Dienste anzuwerben. Aber ich habe noch nicht einmal den Namen Eurer Freundin herausgebracht. Meinen Respekt für diese Gehilfin.«

Amman Sachs erkannte, dass der Engländer ihn abzulenken versuchte. Seine Frage hatte Walsingham jedenfalls nicht beantwortet.

»Hört auf mit dem Unsinn, Walsingham«, sagte Sachs ungehalten. »Wo ist das Mädchen?«

Der Engländer wies mit einem Nicken in Richtung der Tür, durch die Amman Sachs vorhin Walsingham bei Gemmas Verhör beobachtet hatte. Wieder piekste Sachs den anderen mit der Hellebarde, um ihm zu verstehen zu geben, dass er in den Raum hineingehen sollte. »Los!« Zu seiner Beunruhigung sah Amman Sachs, dass sich wieder das überhebliche Lächeln auf dem Gesicht des Engländers zeigte.

Da Walsingham vor ihm ging, erkannte Sachs zu spät die Gefahr. Diesmal war es Walsingham, der durch einen seitlichen Ausfallschritt das Blatt wendete. Aber er griff den Fugger-Agenten nicht an – das war gar nicht notwendig. Amman Sachs sah auch so, dass er keine Chance mehr hatte, und warf nach der ersten Schrecksekunde die Hellebarde einfach vor sich auf den Boden. Er starrte auf Gemma, die immer noch auf dem Stuhl saß, an den sie gefesselt war. Dann blickte er in die Runde der vielleicht zwanzig, fünfundzwanzig im Raum anwesenden »Yeomen Warders«, wie die Wachen des Towers of London auch genannt wurden. Gegen diese Übermacht an schwer bewaffneten Soldaten hatte er keine Chance.

»Festnehmen!«, lautete der schlichte, unheilvolle Befehl von Francis Walsingham, der auch sofort von den Yeomen Warders erfüllt wurde.

Zu Amman Sachs' Erstaunen wurden er und Gemma, die während seiner Verhaftung und auch danach kein Wort sagte, nicht ins Tiefgeschoss des White Towers eingesperrt, wo man den Adepten im fensterlosen Kerker seiner Alchemistenküche inhaftiert hatte. Stattdessen wurden sie zu einem einzeln stehenden, schmucken Fachwerkbau gebracht, der sich als das Queen's House erwies. Man brachte sie in zwei freundlichen, von zahlreichen Kerzen hell erleuchteten Zimmern unter, die eine offene Verbindungstür besaßen, zum Flur hin jedoch abgeschlossen wurden. Die Zimmer waren hübsch eingerichtet mit großen Schränken, gepolsterten Sesseln und geschnitzten Tischen. In beiden Zimmern standen schwere Betten, die mit sauberer, nach Rosen duftender Wäsche bezogen waren. Die Bettdecken waren weich und offensichtlich mit Vogelfedern gefüllt, was schon luxuriös zu nennen war.

Als die Türen geschlossen waren, schauten Gemma und Amman Sachs sich für einen Moment fassungslos an. Waren sie nun Gefangene oder besondere Gäste? Nicht einmal sein Messer hatten Walsingham oder die Soldaten Amman Sachs abgenommen.

Sofort machten Gemma und Sachs sich daran, die beiden

Zimmer zu durchsuchen. Die Schränke waren verschlossen, die bleiverglasten Fenster fest eingesetzt. Es gab in jedem Zimmer großzügige Kamine, in denen zurzeit aber keine Feuer brannten. Sachs schaute in die Essen, die für einen Menschen jedoch zu eng waren, um dorthinaus zu kommen.

»Was denkst du, was die mit uns vorhaben?«, fragte Sachs seine geschäftige Gehilfin.

»Danke, mir geht es auch gut. Und wie ist es dir ergangen?« Gemma wünschte sich offenbar ein wenig Anteilnahme, fuhr aber fort, an jeder Schranktür zu rütteln und unter jedem Möbel nachzusehen. »Du siehst übrigens ziemlich albern in deinem neuen Anzug aus!«

Amman Sachs hielt in seiner Beschäftigung inne und sah an sich herab. »Soll die neueste Mode in den Niederlanden sein. Steht es mir nicht?«

»Du sieht aus wie ein schillernder Gaukler. Schwarz steht dir besser.« Gemma machte sich mit einer Kleidernadel am Schließmechanismus eines der großen Schränke zu schaffen.

Sachs trat näher, um zu begutachten, was sie tat.

»Und wo ist deine Kutte? Oder hast du die Tracht einer katholischen Ordensschwester für die Engelländer unpassend gefunden, wo sie hier die Katholiken von der Insel verjagt haben? Wer oder was bist du denn im Augenblick? Ich habe gehört, du hast den Avancen des guten Walsingham tapfer widerstanden?«

Nun hielt auch Gemma in ihrer Tätigkeit inne und zeigte mit der Kleidernadel auf Amman. »Und dabei hat dieser Kerl mir ein viel besseres Angebot gemacht, als du jemals in deinem oder meinem Leben. Ich weiß gar nicht, was mich davon abgehalten hat, sein Angebot zu akzeptieren. Der Mann weiß sich wenigstens zu benehmen. Und er ist tausendmal besser gekleidet als du.«

Amman lachte. »Oh, ich kann dich gerne auch mal an einen Stuhl fesseln und dich der peinlichen Befragung unterziehen.«

Als Antwort knuffte die junge Frau ihm mit Schwung in den Bauch und wandte sich dann wieder dem Schloss zu, das sie nach kurzer Zeit tatsächlich aufbekam. Schwungvoll öffnete sie die Schranktür. Die Überraschung war groß, was im Innern des aus Eichenholz gearbeiteten Möbels zu Tage kam: Ein kleiner, schmächtiger Mann in einem schlichten Anzug schaute Gemma und Amman mit verdutzter Miene an.

»Deshalb also dieses schöne Zimmer«, sagte Sachs schließlich, nachdem die erste Überraschung sich gelegt hatte. »Walsingham wollte uns in Sicherheit wiegen, um uns in Ruhe belauschen zu können.« Und an den unbekannten Lauscher: »Dich zu verprügeln macht sicher keinen Sinn. Du bist ja wohl nicht aus freien Stücken hier. Aber wolltest du die ganze Nacht im Schlafzimmer einer jungen Frau zubringen?«

Der Schmächtige hatte sich von dem Schreck erholt, in seinem Versteck entdeckt worden zu sein. »Das sind die angenehmen Seiten meines Berufes«, sagte er frech, worauf Gemma ihm eine schallende Ohrfeige versetzte.

Mit rotem Gesicht ging der enttarnte Spitzel zur Zimmertür und klopfte dreimal leise an. Sofort wurde der Riegel geöffnet. Die Tür ging auf, und der Kerl schlüpfte hinaus. Augenblicklich wurde die Tür wider verschlossen und verriegelt.

»Ob in deinem Zimmer auch so einer im Schrank hockt, Amman?« Gemma blickte den Fugger-Agenten fragend an. Gemeinsam gingen sie in Sachs' Zimmer, wo Gemma erneut mit der Haarnadel den Schrank öffnete. Doch der enthielt nur Wäsche, vermutlich Bettwäsche für die besonderen Gästezimmer.

»Meinst du, wir können jetzt reden?« Gemma schien immer noch unsicher. Auch Amman Sachs war nicht überzeugt, dass Sie jetzt tatsächlich ungestört waren. Er wusste von seiner elterlichen Burg im Schweizer Bergland, dass solche Gebäude mit Vorliebe doppelte Wände, geheime Nischen und andere verborgene Vorrichtungen hatten, um die Insassen zu belauschen oder auszuspionieren – und manchmal Schlimmes mit ihnen anzustellen. Mitunter dienten diese Vorrichtungen aber auch rein amourösen Zwecken, wie Amman sich schmunzelnd erinnerte.

»Was erheitert dich denn so?«, wollte Gemma wissen.

»Ich musste gerade daran denken, was so ein Schrank mit deiner eigenen Geschichte zu tun hat«, sagte er, während er sich in einen der bequemen Sessel fallen ließ. Auch das ein Luxus, den er noch nie genossen hatte. Aufgeräumt fügte er hinzu: »Wir sollten aber nur über Dinge sprechen, die Walsingham ohnehin schon weiß oder die er sich aus den Umständen zusammenreimen kann. Wir sind und bleiben seine Gefangenen. Und diese Räume haben mehr als zwei Ohren.«

Amman berichtete von seinen Beobachtungen im Tiefgeschoss des White Towers und wie er in die Festung gekommen war; von seinen Besuchen bei Bonaventura von Bodeck und Thomas Gresham sagte er nichts. Doch er zeigte Gemma die beiden Rosenobel, die er an sich gebracht hatte – wobei er allerdings den Zeigefinger auf die Lippen legte, um ihr anzudeuten, dass sie nicht darüber laut sprechen sollte.

Gemma erzählte von ihrer Verfolgung Francis Walsinghams, die zunächst wohl recht einfach gewesen war, da der Engländer auf dem üblichen Handelsweg nach London reiste. In Antwerpen habe er dann einen Segler bestiegen, berichtete Gemma; sie habe ihm erst mit einem späteren Schiff auf den Fersen bleiben können. In London habe sie einfach den Tower überwacht, in der festen Erwartung, Walsingham dort irgendwann im Gefolge der Königin zu entdecken. Und so sei es denn auch gewesen; allerdings habe Walsingham sie entdeckt, sofort gefangen genommen und einem Verhör unterzogen. Doch sie habe kein Wort gesagt.

Amman Sachs war erstaunt, wie lange Gemma sich bereits in

der Gewalt des Engländers befand: Sie hatte keine Stunde im Verhör zugebracht, als er sie auf dem Stuhl gefesselt bei Walsingham entdeckt hatte. Dabei war Sachs davon ausgegangen, dass Gemma sich schon seit Stunden und gar Tagen im Tower befunden haben musste. War es nur ein Zufall, dass sie beide fast gleichzeitig in dieser Festung eintrafen?

Gemma spielte nachdenklich mit dem Rosenobel, den Sachs ihr gegeben hatte, und ließ die Münze mit atemberaubender Geschwindigkeit auf der Rückseite ihrer Hand durch die Finger wandern. Sachs erhob sich aus seinem bequemen Sessel, nahm die zweite Goldmünze und legte sie auf einen Tisch, der vor einem Fenster stand. Wortlos holte er ein paar der Kerzen herbei, um den Tisch heller zu erleuchten. Dann holte er die Utensilien aus seiner Tasche, die er in Antwerpen dem Goldschmied abgekauft hatte: die Schieferplatte, das Holzetui mit den Goldnadeln und das Fläschchen mit dem *aqua fortis*. Dies alles gruppierte er um die Goldmünze herum auf den Tisch.

Gemma hatte mit ihrem nervösen Spiel aufgehört und war zu Amman Sachs getreten, um zu verfolgen, was er tat.

Sachs bedeutete ihr zu schweigen; dann strich er mit dem Rosenobel über die kleine Schieferplatte und zeigte Gemma den dabei entstandenen goldenen Strich, den sie ein wenig ratlos betrachtete. Doch als Sachs ein wenig von der Reagenz auf die Schiefertafel tropfte und sich bald eine Gasblase bildete, nickte sie erkennend: Sie hatte verstanden, was ihr Oheim tat.

Der führte nun mit der Goldnadel aus dem Etui, das Gold von der höchsten bekannten Güte enthalten sollte, den Vergleichsstrich aus. Und wieder entstanden nur zwei kleine Gasbläschen. Der Fugger-Agent folgerte daraus, dass das Gold der Goldmünze noch ein wenig besser sein musste als das der Vergleichsnadel.

Sachs war erschüttert. Er musste an sein Gespräch mit Thomas Gresham denken. Ja, die Welt stand vor gewaltigen Veränderungen, wenn es so einfach war, edelstes Gold aus so etwas Gewöhnlichem wie Quecksilber herzustellen.

Gemma betrachtete immer noch die Schiefertafel mit den Goldproben. Sie schien sich ihre Worte reiflich zu überlegen. Schließlich sagte sie: »Wenn der Alchemist im White Tower tatsächlich ein Adept ist, der Gold höchster Güte kochen kann, wird es verheerend für den Handel sein. Was unbegrenzt verfügbar ist, verliert seinen Wert. Das hat mein Vater mir noch beibringen können – so jung ich auch gewesen bin, als er starb.«

Amman Sachs nickte beipflichtend. Gemma hatte die Bedrohung, die von der Entdeckung der Alchemisten ausging, richtig erkannt. Er selbst hatte ja mit eigenen Augen gesehen, wie einfach es war, größere Mengen vom künstlichen Gold herzustellen. Und der Fugger-Agent erkannte immer deutlicher, wie weitreichend die Bedrohung war, die von dieser neuen Situation ausging.

»Es wird schwer für König Philipp, aus seinen spanischen Kolonien Gewinn zu ziehen, wenn sein Gold aus Neuspanien sich gegen diese Münzen wird behaupten müssen«, mutmaßte er. »Die Engländer überschwemmen den Markt regelrecht mit ihren Rosenobel. Wie soll Philipp seine Söldner bezahlen, wenn sein Gold früher oder später nichts mehr wert ist?«

Stumm ergänzte Sachs: Und was wird aus den Fuggern, wenn ihre in Gold bemessenen Kredite allein mit der Arbeit einiger Nächte beglichen werden könnten?

Sachs wusste jetzt, warum der Adept namens Talbot im Kerker des Tower of London eingesperrt worden war: Talbot war kein Gefangener, sondern der kostbarste Besitz des Königreichs. Wenn die Fähigkeiten dieses Mannes bekannt wurden, würde jeder Herrscher der Welt mit allen Mittel versuchen, ihn zu bekommen. Es war mehr als ratsam für die Engländer, Talbot in der sichersten Festung der Welt unterzubringen, um ihn vor dem Zugriff feindlicher Mächte zu schützen. Dass er, Amman Sachs, bis zu der Alchemistenküche hatte vordringen konnte, war pures Glück gewesen, erkannte er jetzt. Oder Pech, wenn man bedachte, was nun auf Gemma und ihn zukommen konnte. Denn am Leben lassen konnten die Engländer ihn auf keinem Fall mehr.

Sachs erhob sich, um die Papiere und Dokumente, die er noch bei sich trug, im Kamin zu verbrennen. Eigentlich ein Wunder, dass man sie ihm noch nicht abgenommen hatte. Doch wenn er die Unterlagen behielt, würden sie andere Menschen nur unnötig in Gefahr bringen.

16.

Zwei Tage verbrachten Gemma und Amman Sachs in ihrem luxuriösen Gewahrsam. Sie wurden gut versorgt mit schmackhaftem Essen und frischem Bier, wobei der Fugger-Agent stets mit einem mulmigen Gefühl von den Speisen aß, aus Angst, sie könnten vergiftet sein. Doch nichts geschah. Auch weitere Verhöre blieben aus. Die einzigen Menschen, die Sachs und Gemma zu Gesicht bekamen, waren die Wachen, die ihnen das Essen brachten.

Als sie dann doch geholt wurden, befürchtete Amman Sachs, dass ihnen eine peinliche Befragung bevorstand. Denn mit der Folter konnte man – so seine Überlegung – noch am besten den plötzlichen und unerwarteten Tod von Gefangenen aus anderen Ländern erklären.

Stattdessen aber wurden sie zu dem eisernen Tor geführt, durch das Sachs bei seiner ersten Inspektion des Towers das Gefolge der Königin die Festung hatte verlassen sehen, um die königliche Barke zu besteigen. Nun wurden Gemma und er auf diesem Weg aus dem Tower gebracht, wobei man ihnen aber nicht einmal die Hände oder gar die Füße fesselte.

Auf dem Landungskai der Festung angekommen erkannte der Fugger-Agent, dass die königliche Barke für sie vorbereitet war: Einige Dutzend Ruderer in der Uniform der königlichen Garde saßen bereit und schauten erwartungsvoll zu ihnen herüber. Gemma und Amman Sachs betraten über eine breite Planke die Barke und wurden von einem Offizier in ein schlichtes Zelt geführt, das in der Mitte des Bootdecks aufgestellt war. So würde von Land oder von anderen Schiffen aus nicht zu beobachten sein, wer sich an Bord der Barke befand. Amman Sachs schaute nach Westen. Die Sonne stand bereits tief über dem Horizont; bald würde die Dämmerung einsetzen.

Sobald sie sich im Innern des Zeltes gesetzt hatten, wurde ein Befehl gebrüllt. Die beiden Gefangenen spürten, wie die Barke vom Ufer loskam. Sofort nahm sie Fahrt auf, leicht ruckend im Rhythmus der Ruderschläge, wobei der Takt von einem Rufer lautstark vorgegeben wurde.

Sie waren noch nicht lange unterwegs, als ein anderes Kommando ertönte, gefolgt von einem besonders kräftigen Ruderschlag. Anschließend hörte man, wie die Ruder auf die Planken gestellt wurden. Das Boot trieb nun für einen Moment mit spürbar hoher Geschwindigkeit geradeaus; dann erklang wieder das ursprüngliche Kommando, und erneut begann das leichte Rucken der Barke, als die Ruderer wieder in Aktion traten. Amman Sachs vermutete, dass sie die London Bridge passiert hatten und nun westlich davon sein mussten.

Im Westen der London Bridge aber befand sich der Palast von Whitehall, die königliche Residenz; in unmittelbarer Nachbarschaft stand der Palast von Westminster, der früher ebenfalls als königliches Domizil genutzt worden war, jetzt aber das Parlament beherbergte.

Amman Sachs fragte sich, ob die englische Königin selbst ihn sprechen wollte. Dann aber fiel ihm ein, dass er Elisabeth ja im Tower of London gesehen hatte. Sie hätte ihn also zweifellos dort schon aufgesucht, wenn dies ihre Absicht gewesen wäre. Welche mögliche Erklärung gab es dann? Sollte er sich vielleicht gegenüber dem Parlament verantworten, der Versammlung der englischen Stände? Das schien dem Agenten der Fugger am wahrscheinlichsten, wobei er sich wünschte, Francis Walsingham noch einmal im Vertrauen sprechen zu können. Denn sie hatten damals in Augsburg ja eine Vereinbarung getroffen. Und auch wenn Sachs nicht glaubte, dass diese Abmachung noch Bestand hatte, so hoffte er aus seinem Wissen über den von Walsingham verübten Verrat doch einen Vorteil für Gemma und sich selbst herausschlagen zu können.

Francis Walsingham – Amman Sachs konnte nicht umhin, mit einiger Bewunderung an diesen Mann zu denken. Der undurchsichtige Engländer konnte agieren, wo der Fugger-Agent selber nur reagieren konnte. Ausgestattet mit Privilegien, die ihm eine Königin verliehen hatte, besaß er eine ganz andere Macht als Amman Sachs selbst, die Dinge und Geschehnisse in seinem ganz eigenen Interesse zu lenken und zu leiten.

Und mit einem Mal wusste der Fugger-Agent instinktiv, wohin ihn diese Ruderpartie auf der Themse führen, was das Ziel ihrer Überführung aus dem Tower von London sein würde: der historische, *Inner Temple* genannte Bezirk, genau zwischen Themse und jener Straße gelegen, wo Sachs im »Ye Olde Cheshire Cheese« Quartier bezogen hatte. Sachs hatte von dem Gasthaus aus die »Honorable Society of Inner Temple« sehen können. Es war der Sitz der Rechtsgelehrten und der Kronanwälte.

Sie waren jetzt ein wenig länger unterwegs, als vom Tower bis zur London Bridge, aber wieder kam das besondere Kommando; die Ruder wurden aufgestellt, und dann schlug das Boot auch schon sacht gegen eine Kaimauer und wurde Augenblick später abrupt gestoppt, wahrscheinlich durch ausgeworfene Taue. Die Barke lag fest, und sofort kamen die Soldaten ins Zelt und forderten Gemma und Amman Sachs auf, voraus an Land zu gehen.

Amman sah, dass seine Ahnung ihn nicht getrogen hatte: Vom Ufer aus war ein Spalier aus bewaffneten Fackelträgern aufgestellt, die den Weg zu einem eigenwilligen, kirchenartigen Bau markierten, der ein wenig weiter landeinwärts lag. Das musste der Inner Temple sein.

Während er und seine junge Gehilfin durch das Spalier gingen, hielt Sachs nach einem bekannten Gesicht Ausschau, das sich für ihn und seine Sache verwenden ließ. Doch die Männer, die die Fackeln hielten, waren ihm allesamt unbekannt, auch wenn die purpurroten Umhänge, die sie trugen, erkennen ließen, dass sie von Stand sein mussten – reiche Söhne aus gutem Hause, die für eine Position in der Führung des Königreichs hier in der Honorable Society of Inner Temple in den Rechtswissenschaften ausgebildet wurden.

Amman Sachs erkannte jetzt, dass sie direkt auf einen kreisrunden Bau zu geführt wurden, der bereits sehr alt sein musste. Aufgrund der einfachen, schlichten Architektur vermutete der ehemalige Schweizergardist, dass es sich um einen originalen Templerbau handeln musste. Die Templer! Amman Sachs fluchte leise in sich hinein. Also auch hier die Templer!

Er hatte vor gar nicht langer Zeit schon einmal solch einen Kirchenbau gesehen – kreisrund und von einer bestechenden Schlichtheit. Nachfolgende Kirchen waren in dieser klaren Formensprache nicht mehr denkbar. Deren überbordende Ornamentik hatte der Florentiner Giorgio Vasari erst unlängst in einem Pamphlet abfällig als *gotico* bezeichnet, als barbarisch, nach dem Germanenstamm der Goten. Nach dieser Beschimpfung nannte man den Baustil vor allem der großen christlichen Kathedralen nun »Gotik«. Und Amman Sachs hatte gut verstehen können, was Vasari meinte, als er dessen flammende Kritik über die Kathedralen der christlichen Kirchen gelesen hatte, wenn auch aus anderen Gründen.

Die schlichte Ausführung, wie sie die Templerkirche vor ihm zeigte, war der ursprünglichen Kirche des heiligen Grabes in Jerusalem nachempfunden. Jede Niederlassung der Templer hatte ursprünglich solch eine Kirche besessen. Doch nach der offiziellen Zerschlagung und Auflösung des Ordens waren viele dieser Bauwerke in der alten Welt zerstört worden. Ausgerechnet hier im protestantischen England hatte eine dieser in Sachs' Augen wunderschönen Kirchen überlebt; und sie glich fast bis ins Detail jenem Gotteshaus, das er im Zentrum der Klosterburg von Tomar gesehen hatte, wenngleich dort nur kurz und im Vorbeigehen.

Hier aber, erkannte Sachs, wurden er und Gemma direkt in den Kirchenraum geführt. Das Fackelspalier endete am westlichen Portal des kreisrunden Bauwerks. Sie betraten das ebenfalls durch zahllose Fackeln erhellte Innere. Amman sah, dass innen an der gekrümmten Wand der Kirche Nischen eingelassen waren, in der auf einer umlaufenden Bank jeweils weitere Männer saßen, die die Fackeln in den Händen hielten. Die Männer hier drinnen waren älter als die Novizen draußen. Es waren wahrscheinlich »Barrister« genannte, fertig ausgebildete Anwälte, vermutete Sachs. Auch sie trugen den roten Umhang ihrer ehrbaren Gemeinschaft. Doch ein ihm bekanntes Gesicht sah Amman Sachs auch hier nicht.

Im Zentrum des Kirchenraums war durch sechs prächtige, massive Säulen ein Bereich abgetrennt, der wohl das Allerheiligste der alten Templerkirche darstellte. Das Dach über dem runden Kirchenschiff reichte höher als das des Umgangs, wo die Barrister saßen. Amman sah im Boden eingelassene prächtige Reliefs von liegenden Rittern, die wohl Gräber an diesen Stellen markierten. Der Schweizer wunderte sich, dass im Bildersturm der Templervernichtung und später der Vertreibung der Katholiken von den britischen Inseln diese Zeugnisse altchristlicher Tradition an diesem Ort überlebt hatten.

Er erinnerte sich, einmal eine Unterredung zweier Priester im Vatikan mit angehört zu haben, die über den ganz eigenen Rechtsstatus des Temple of London diskutiert hatten. So viel hatte Amman Sachs behalten: Obwohl säkularisiert und offiziell im Besitz der englischen Krone, war dieser Tempel keiner Obrigkeit unterstellt außer der eigenen – und in der galten die alten Tempelritter und ihre Ideale noch sehr viel. Eine seltsame Parallele zu dem, was er auch in der Kreuzritterburg in Tomar erlebt hatte, überlegte der Fugger-Agent. Er fragte sich, ob die Existenz dieses Tempels und seiner Brüder den gleichen Gründen geschuldet war wie dem merkwürdigen Gegenstück in den Bergen Portugals.

Amman schaute sich weiter um, während Gemma und er zur Mitte des Allerheiligsten geleitet wurden. Er entdeckte seltsam groteske, doch umso kunstvoller bemalte Masken in der Wand über den Nischen, in denen die versammelten Anwälte saßen. Auch diese verzerrten Gesichter hatte er bereits in Tomar gesehen. Und noch etwas fiel ihm auf: Mit der Zahl »Sechs« schien es in diesen alten Mauern eine besondere Bewandtnis zu haben: Sechs Säulen begrenzten das Allerheiligste; jeweils sechs Nischen befanden sich unter den großen Fenstern des Kirchenbaus, und auch über ihm in dem Türmchen, das die Decke über dem Kirchenschiff bildete, sah er jeweils sechs Fächer eine Abteilung der Wand bilden. Allein die Fensterrosette über dem Portal, durch das Gemma und er die Templerkirche betreten hatten, wich von dieser seltsamen Symmetrie ab: Die Rosette hatte acht Fächer, die mit geradezu orientalischer Ornamentik geschmückt waren.

Ein Knuff mit dem Ellenbogen, den Gemma ihm von der Seite versetzte, riss Sachs aus seinen Betrachtungen. Erst jetzt bemerkte er, dass sich in der Kirche völlige Stille ausgebreitet hatte. Nicht einmal ein Hüsteln war trotz der zahlreichen Anwesenden zu vernehmen.

Vom Portal her kam nun ein Mann auf sie zu, der wie die anderen eine rote Robe trug; bei ihm jedoch war sie mit schneeweißen Säumen aus Seide besetzt. Auf dem Kopf trug der Ankömmling eine weite, schwarze Mütze.

Bevor der prächtig gekleidete Mann Gemma und Sachs erreicht hatte, nahm der Fugger-Agent über sich in den Augenwinkeln eine Bewegung wahr. Abermals blickte er in den Turm oberhalb des Allerheiligsten und sah, dass einige der Nischen, die er vorhin dort oben entdeckt hatte, nicht nur zur Zierde dienten, sondern Fenster zu einem weiteren Umgang bildeten, der sich in den Turmwand verbergen musste. Und an einer der Fensternischen sah er jetzt Francis Walsingham stehen und ihn beobachten. Walsingham nickte kurz, als sein Blick sich mit dem von Amman Sachs traf. Doch sein Gesicht zeigte dabei eine verschlossene, undurchdringliche Miene.

Wieder stieß Gemma den neben ihr stehenden Schweizer leicht in die Seite, um seine Aufmerksamkeit auf den Ankömmling zu lenken. Der war mittlerweile keine zwei Schritte vor ihnen stehen geblieben und blickte missbilligend auf Amman Sachs, der ihn zu missachten schien.

Jetzt, da auch Sachs ihn anschaute, richtete der Unbekannte sich noch ein wenig gerader auf. Mit künstlich erhobener Stimme fragte er: »Ist Er jener, der Freiherr Amman von Hohensax genannt wird, Eidgenosse von Geburt?«

Amman Sachs war im ersten Moment irritiert von der überförmlichen Ansprache. Dann antwortete er: »Ja, das ist mein Name. Und wer seid Ihr?«

Der Unbekannte blickte Sachs für einen Moment schweigend an. Schließlich nickte er und sagte wie zuvor mit feierlicher Wichtigkeit: »Ich bin Thomas Bromley, Großmeister des Tempels zu London und Vorsteher des geheimen Gerichts, vor dem Er sich wegen Hochverrats zu verantworten hat.«

Sachs spürte, wie sich ihm die Nackenhaare aufstellten. Das also hatten sie mit Gemma und ihm vor! Hier im Verborgenen sollte ihnen ein kurzer Prozess gemacht werden, ohne großes Aufsehen. Und das Urteil würde wahrscheinlich sofort vollstreckt werden. Den Fugger-Agenten verließ der Mut, denn in jedem Land der Welt wurde Hochverrat mit dem Tod bestraft.

»Bekennt Er sich schuldig? Auch für das Weib, das in seiner Begleitung ist und ihm zur Komplizin diente?«

Amman Sachs blickte in die Runde der Männer, die in den Nischen entlang der Außenmauer der Templerkirche saßen. Ihre Gesichter waren verschlossen; nur zwei von ihnen wirkten erheitert, als würden sie sich über irgendeinen Scherz amüsieren.

Der Fugger-Agent richtete den Blick wieder auf Thomas Bromley. »Wenn Ihr die Güte hättet, mir genauer zu erklären, was mir vorgeworfen wird, werde ich mich angemessen dazu bekennen. Ich bin es gewohnt, für meine Taten und meine möglicherweise begangenen Vergehen einzustehen. Also erklärt Euch, wenn das hier ein ehrliches, nicht nur ein heimliches Gericht sein soll.«

Sachs spürte, dass er ein gefährliches Spiel spielte. Aber da er ohnehin mit einem Todesurteil wegen Hochverrats rechnete, kam es darauf nicht mehr an. Doch er hatte offensichtlich richtig geraten – hier wussten die wenigsten Anwesenden, worum es eigentlich ging. Denn die in den Nischen verharrenden Anwälte, die eben noch mit versteinerten Mienen dagesessen hatten, zeigte nun einen Anflug von Neugierde; die beiden Erheiterten von eben ließen sogar Besorgnis erkennen, wie sich an ihren Mienen ablesen ließ.

»Wenn Er unbedingt sein Verbrechen in der Öffentlichkeit ausgesprochen hören will«, erklärte Bromley, »um sein Urteil zu empfangen: Er ist in den Tower of London eingedrungen, um den Kronschatz zu stehlen, wobei Er einen gefälschten Passierschein vorlegte, um die Wärter zu täuschen. Als Er bei seiner Tat gestellt wurde, tötete Er im Kampf einen Untertan Ihrer Majestät der Königin, einen weiteren verwundete Er so schwer, dass dieser für den Rest seines Lebens gezeichnet sein wird. Was sagt Er zu dem Vorwurf?«

Was Amman Sachs auf diese Anschuldigungen erwidern wollte, sprach er wohlweislich nicht aus. Bromley hatte kein Wort über den Alchemisten gesagt, den der Fugger-Agent bei seiner merkwürdigen Arbeit beobachtet hatte. Kein Wort war bisher auch über den Herrn gefallen, in dessen Auftrag Sachs reiste – und der dem Engländer Walsingham ja sehr gut bekannt war. Auch standen die Anschuldigungen in keinem Verhältnis zu ihrer durchaus angenehmen Unterbringung und Verköstigung. In Sachs keimte der Verdacht auf, dass hier ein mindestens doppeltes Spiel getrieben wurde. Er hatte aber keine Ahnung, von wem und vor allem weswegen.

Ganz kurz blickte Sachs zu dem verborgenen Umgang hinauf, wo er Francis Walsingham gesehen hatte. Der aber hatte sich jetzt offenbar ins Zwielicht der Balustrade zurückgezogen. Amman Sachs jedoch war sicher, dass Walsingham noch dort oben war und das Schauspiel hier unten beobachtete.

Der Fugger-Agent blickte wieder in die Runde der Anwälte. »Ihr hohen Herrn behauptet also allen Ernstes, dass ein einfacher Mann wie ich in der Lage ist, die sicherste Festung der Welt zu erobern, um den Schatz eurer Königin zu rauben? Wenn es tatsächlich so gewesen sein sollte – glaubt ihr nicht, dass diese Information eure Königin zutiefst erschüttert? Wenn es nicht sogar das Vertrauen in ihre wichtigsten Würdenträger zerstört, die für die Sicherheit in diesem Königreich verantwortlich sind?«

Amman Sachs glaubte für einen Moment, von oben aus dem Umgang ein unterdrücktes Lachen zu hören. Doch das Geräusch wurde sofort vom aufbrandenden Gemurmel der anwesenden Anwälte übertönt.

»Zur Ruhe!«, versuchte Großmeister Bromley seine Brüder

zur Ordnung zu rufen, was ihm auch gelang: Auf sein Kommando breitete sich wieder völlige Stille im Kirchenraum aus.

»Er will die ehrwürdige Tempelgemeinschaft verhöhnen?« Bromley kochte offensichtlich vor Wut. »Wie es scheint, ist Ihm der Ernst seiner Lage immer noch nicht bewusst. Der Tower, in den Er einzubrechen begehrte und in dem Er nun gefangen gehalten wird, ist auch eine Richtstätte. Und es haben dort schon Größere als Er den Kopf verloren. Auf dem Stone Gateway der London Bridge ist sicher noch ein Spieß für Ihn frei!«

Gemma, die bisher still der Verhandlung gelauscht hatte, rührte sich neben Amman Sachs. Leise flüsterte sie ihm zu: »Du hast es geschafft, unseren Richter wütend zu machen. Glückwunsch, gute Strategie! Jetzt muss ich wohl versuchen, den Kerkermeister zu verführen, um hier rauszukommen. Und was wirst du tun?«

Sachs blickte überrascht auf Gemma; dann aber forderte Großmeister Bromley wieder seine ganze Aufmerksamkeit.

»Nun? Schuldig? Oder was höre ich?«

Amman Sachs schluckte. Dann beschloss er, den einmal eingeschlagenen Weg weiterzugehen, koste es, was es wolle.

»Ihr müsst zugeben, Master Bromley, das Euer trefflich formulierter Vorwurf völlig haltlos ist. In den Tower von London kann niemand hinein, der nicht die Erlaubnis dazu hat. Ich bin mir sicher, dass jede der treuen Wachen an den Toren des Towers einen heiligen Eid darauf schwören wird, dass ich einen echten Passierschein hatte, ausgestellt von keinem Geringeren als Sir Thomas Gresham, der Euch gut bekannt sein dürfte und der mich höchstselbst zum Besuch der königlichen Menagerie berechtigt hat. Ich bin ein Tierfreund, müsst Ihr wissen, und habe meine Freude vor allem an den wilden Löwen. Sir Gresham kam meinen Bitten gerne nach, als ich ihn um das Patronat bat, mir den Zugang zu den edlen Tieren der Königin zu ermöglichen.«

Da seine Worte von den Anwesenden mit Staunen aufgenommen wurden, ohne dass man ihn unterbrach, fuhr Sachs fort: »Doch es war leider schon dunkel, als ich endlich den Weg zum Tower fand. Im Labyrinth seines Innern muss ich mich dann verirrt haben. Es war nie meine Absicht, in den White Tower zu geraten und dort in den Kerkern zu schauen, was ich besser nicht geschaut hätte – was ich aber ohnehin nicht verstand, wie ich hinzufügen muss, weil ich mit dem, was der Mann ohne Ohren an dem schrecklichen Ort tat, nichts anfangen konnte.«

Amman Sachs hoffte, dass er mit dieser Lüge vielleicht sein eigenes und auch Gemmas Leben würde retten können. Vorausgesetzt, er lag mit seiner Vermutung richtig, dass die Engländer um jeden Preis das Geheimnis um den Adepten namens Talbot verborgen halten wollten – zur Not auch vor den eigenen Leuten. Allerdings hatte er jetzt wohl Thomas Greshams Schicksal besiegelt, denn diejenigen, die wussten, was im Tower wirklich vorging, kannten nun den Mann, der ihn, Amman Sachs, unerlaubt dorthin geführt hatte.

Thomas Bromley jedoch wirkte jetzt so, als wollte er Amman Sachs gleich eigenhändig köpfen. Während der Fugger-Agent dem Blick des Großmeisters ungerührt standhielt, brandeten die Diskussionen der übrigen anwesenden Männer erneut los. Außerdem bemerkte Sachs, dass hinten an der Wand einer der beiden Männer, die bisher anders reagiert hatten als die anderen Anwälte in den Nischen, nun aufstand und mit raschen Schritten auf das Allerheiligste zukam.

Als der Mann bis auf Armeslänge an Bromley herangetreten war, blieb er stehen und fragte: »Erlaubt Ihr, Master? Ich würde die Situation gerne klären.«

Bromley überlegte offensichtlich, ob das Ansinnen des Mannes eine Unverfrorenheit war oder eine Hilfe in einer unerwarteten Situation darstellte. Schließlich gab er dem Mann mit einer knappen Geste freie Hand für dessen Vorhaben.

»Nur zu, Drake, er gehört Euch«, sagte Bromley und trat ein paar Schritte zurück, um dem Barrister das Feld zu überlassen.

Drake trat dicht vor Sachs hin und schaute ihm mit Gelassenheit und einer geradezu unheimlichen Ruhe in die Augen. Sachs hielt dem Blick Drakes stand. Erst jetzt fielen ihm die dunklen Haare, der dunkle Bart und die offensichtlich von Wind und Wetter rosige Haut des Mannes auf. Drake musste ein Seemann sein – ein Seemann, der überdies Mitglied einer juristischen Fakultät war, die wie ein geheimer und längst ausgelöschter Orden organisiert war. Auch das erinnerte Sachs an seine Beobachtungen in der Kreuzritterburg in Tomar.

»Hohensax«, richtete Drake schließlich das Wort an den Fugger-Agenten, »Ihr sagt, Ihr habt ein Wesen ohne Ohren in den Tiefen des Tower gesehen. Nun, ich kenne die Menagerie der Königin. Dort gibt es ganz unglaubliche Wesen, nicht wahr? Unter anderem menschenähnliche Geschöpfe, größer als der Größte von uns, die ganz von Fell sind und *keine Ohren* besitzen.

Ich selbst habe einst von den ›grünes Kap‹ genannten Inseln im Atlantik nahe dem Äquator die schon von Hanno dem Seefahrer ›Gorillai‹ genannten Wesen für die Menagerie der Königin mitbringen dürfen. Im Zwielicht der Nacht kann man diese Kreaturen leicht für einen Menschen halten. Somit ist Euer Irrtum verständlich. Und auch das Geheimnis seines Treibens ist schnell gelüftet: Der Gorillai tat, was diese Wesen immer tun: unverständliche Dinge für uns wirkliche Menschen, die wir die Krone der Schöpfung sind. Dann seid Ihr in Panik geraten und habt die armen Wachen verwundet, die vom Tumult herbeigerufen worden waren.«

Wieder herrschte völlige Stille im Kirchenraum. Sachs begriff nicht sofort, was Drakes Lügengeschichte, die noch dreister war als seine eigene, für ihn bedeuten sollte, zu sehr verwunderte ihn diese aberwitzige Erklärung. Dann aber ging Sachs allmählich auf, dass der Seemann ihn soeben vollständig entlastet hatte.

Und der Fugger-Agent hatte keine Erklärung dafür.

17.

Eine Zeitlang blicken die beiden Männer einander an, bis der Seemann namens Drake den Mund zu einem schiefen Lächeln verzog. Sachs erkannte, dass es kein ehrliches, freundliches Lächeln war, sondern dass Drake es mit Berechnung genau dosierte – wie dieser Mann wohl alles im Leben mit kaltem Kalkül unternahm.

Den Fugger-Agenten beschlich das unbestimmte Gefühl, dass er durch diese unehrliche Entlastung von allen Anschuldigungen vor diesem mehr als merkwürdigen Geheimgericht der Honorable Society of Inner Temple lediglich die eine düstere Bedrohung durch eine andere ausgetauscht hatte. Dieser Seemann rettete ihn nicht aus purer Menschenliebe vor dem Schafott, sondern weil er sich davon einen Vorteil versprach. Doch welchen?

Großmeister Bromley, der die vorangegangene Szene regungslos mitverfolgt hatte, trat nun wieder ein Stück näher an Amman Sachs heran. »Kann Er bestätigen, was der Ritter Francis Drake vor diesem Gericht zur Entlastung Seiner Anklage vorgebracht hat?«, fragte er den Fugger-Agenten.

Sachs zögerte einen Moment, bis er wieder Gemmas Ellenbogen in den Rippen spürte. »Ja, ich bestätige die freundliche Aussage des Ritters. Es wird so gewesen sein, wie Master Drake es geschildert hat. Ich war nur nicht in der Lage, die verwirrenden Details meiner Erlebnisse in jener Nacht richtig zu deuten.«

Und weil er gerade so schön im Schwunge war, fügte er hinzu: »Mir werden jetzt noch die Knie schwach, wenn ich bedenke, was für einer grässlichen Kreatur ich dort in den Tiefen des finsteren Kerkers begegnet sein muss. Ich bin nur froh, dass ich diesem Unheil ohne Schaden entkommen konnte!«

Amman Sachs hatte bei seiner Rede nicht aufgehört, Drake weiterhin genau zu beobachten. Und für einen Moment funkelte sogar Freundlichkeit in dessen Augen.

»Nun gut«, versuchte Thomas Bromley die Aufmerksamkeit der Anwesenden wieder auf sich zu lenken, »so spreche ich Kraft des mir verliehenen Amtes als Großmeister des Inner Temple folgendes Urteil: Der Angeklagte Freiherr Amman von Hohensax wird schuldig gesprochen, den Tower of London unerlaubt, und ohne im Besitz einer königlichen Legitimation zu sein, betreten zu haben.« Amman Sachs setzte für einen Moment das Herz aus, weil dieser Schuldspruch ihn nun doch wieder unerwartet traf.

»Der Angeklagte wird verurteilt«, fuhr Bromley in seiner gestelzten, nasalen Sprache fort, »das Land auf dem schnellsten und direktesten Weg zu verlassen und es nie wieder zu betreten. Sollte er diesem Urteil zuwider handeln, wird ihn der Bannstrahl Ihrer Majestät der Königin Elisabeth treffen, was er mit dem Tod durch die Hand des Henkers von London zu büßen hätte!«

Bromley blickte den Fugger-Agenten fragend an: »Hat Er den Urteilsspruch verstanden? Möchte Er noch etwas sagen?«

Verbannung! Das war sicherlich noch die beste Alternative, die er unter den gegebenen Umständen erhoffen konnte, überlegte der Fugger-Agent. Zumindest bedeutete es, dass er am Leben bleiben würde.

»Ich habe verstanden. Und ich akzeptiere das Urteil dieses Gerichts.«

Amman Sachs spürte, wie sich mit einem Ruck eine bisher unbemerkte Anspannung bei allen Anwesenden löste. Großmeister Bromley nickte zufrieden. »Damit ist die Sitzung des hochehrwürdigen Geheimgerichts geschlossen«, sagte er, ehe er mit einem kleinen Gefolge würdevoll die Kirche verließ.

»Ihr kommt mit mir, Hohensax!« Francis Drake, der Seemann, hatte seine Hand schwer auf die Schulter des Fugger-Agenten fallen lassen, so als wollte er ihn abführen. »Und Ihr, edles Fräulein ohne Namen, ebenfalls.«

»Wo bringt Ihr uns hin?«, fragte Gemma.

»Auf mein Schiff. Es liegt an der Anlegestelle jenseits der London Bridge. Ich muss morgen früh mit der ablaufenden Flut auslaufen, da kann ich Euch und Euren verbannten Herrn gleich mitnehmen.«

»Ihr besitzt ein eigenes Schiff? Seid Ihr Navigator? Kommandant?«

»Ja, und obendrein noch Kapitän«, erwiderte der Angesprochene. »Und ich habe sogar mehr als nur *ein* Schiff. Aber um Euch aufs Festland zu bringen, genügt meine *Falcon*, denke ich.«

Die anderen Männer in den roten Roben hatten sich mittlerweile von ihren Plätzen in den Nischen erhoben und zerstreuten sich nach und nach. Einige musterten Sachs und Gemma immer wieder mit misstrauischen oder neugierigen Blicken. Aber sie hielten einen unbewussten Abstand zu den Verurteilten, als hätten diese irgendeine ansteckende Krankheit.

Zu Amman Sachs' Verwunderung fuhren sie nicht in einem bewachten Boot zurück zur Billingsgate, wo das Schiff Drakes ja liegen sollte, sondern verließen ohne besondere Begleitung die Templerkirche und gingen unbehelligt die Straßen Londons entlang – zu dritt, ohne eine bewaffnete Eskorte.

»Habt Ihr keine Angst, dass wir Euch überwältigen und flüchten könnten, Master Drake?«, fragte Sachs nach einer Weile, in der sie schweigend nebeneinander durch die weitgehend leeren Straßen der schlafenden Stadt gegangen waren.

»Angst? Eigentlich nicht«, antwortete der Seemann, der sich im Gehen die rote Robe auszog und über den Arm legte. Darunter trug er einen schwarzen Anzug, ein wenig nach der Art der Spanier, wie Amman Sachs registrierte. »Ihr seid so auffällig, Hohensax, dass Ihr in diesem Land keine zwei Tage unentdeckt bleiben würdet. Und überhaupt, was solltet Ihr in einem Land, das Eure Anwesenheit nicht wünscht, noch länger verweilen? Eure Mission ist wiederum gescheitert!«

Amman Sachs fragte sich, auf welche Mission Drake anspielte. Was wusste der Mann?

»Wer seid Ihr wirklich, Master Drake?«, fragte er.

Der Seemann blickte ihn im schwachen Schein einer fernen Laterne an, wobei Sachs den Ausdruck in den Augen des anderen nicht zu erkennen vermochte. »Ihr kennt mich wirklich nicht, oder?« Drake klang ehrlich erstaunt. Dann sagte er leichthin: »Ich bin nur ein Seemann, der sein Glück sucht und seiner Königin treu dient. Meine Königin ist meine Herrin. Wen habt Ihr, Hohensax, dem Ihr Euch verpflichten und dem Ihr treu dienen könnt? Wer seid Ihr wirklich, Hohensax? Wisst Ihr das noch?«

Amman Sachs schwieg betroffen. Mit einem Mal wurde ihm bewusst, dass er tatsächlich erneut bei einer ihm aufgetragenen Mission versagt hatte. Erst der Verlust der *Flor de la Mar* mit ihren Schätzen – und jetzt musste er die englische Hauptstadt überstürzt verlassen, ohne die ihm aufgetragene Aufgabe seines Prinzipals auch nur annähernd erfüllt zu haben. Sachs hatte die zart sprießenden Handelsbeziehungen zwischen Augsburg und London festigen und ausbauen sollen; stattdessen war er beim Einbruch in eine königliche Festung erwischt, dafür verurteilt und außer Landes gewiesen worden. Eine Katastrophe, die Sachs erst jetzt in ihrer vollen Tragweite erkannte.

Allein das Wissen, dass die Engländer wahrhaftig künstliches Gold machen konnten, brachte er seinem Handelsherrn als Ergebnis seiner Mission mit. Und das war nun wirklich keine gute Nachricht; sie war eher dazu angetan, den Regierer oder den Hauptfaktor zu beunruhigen.

Über seine düsteren Überlegungen waren Amman Sachs, Gemma und der Engländer endlich am Billingsgate angekommen, wo Sachs eine dreimastige Fregatte spanischer Bauweise am Kai liegen sah.

»Ist *das* Euer Schiff, Drake?« Sachs' Frage hatte besorgter geklungen als gewollt, doch er wusste, dass ein Engländer ein solches Schiff nur führen konnte, wenn er es gekapert hatte.

»Das ist die *Falcon*, ja. Mein Schiff«, antwortete Drake. »Ihr solltet Euch besser informieren, mit wem Ihr es zu tun habt, ehe Ihr Euch auf gefährliche Missionen mit ungewissem Ausgang einlasst. Habt Ihr nie von der Schlacht von San Juan de Ulúa gehört?«

Sachs erinnerte sich, dass San Juan de Ulúa der Name der Festung des neuen Veracruz war, des Haupthafens in Neuspanien. Der Kapitän der *Flor de la Mar* hatte von dem Überfall erzählt; Engländer waren mit Spaniern aneinander geraten, und es hatte zahlreiche Tote gegeben.

»Das wart Ihr?« Amman Sachs' Überraschung war echt. Er begriff, dass er hier mit einem möglicherweise bedeutenden Feind der spanischen Krone in den Straßen Londons unterwegs war. »Ihr seid ein Pirata!«

Drake lachte. »Ihr wart zu lange in Rom, mein Freund. Lateinisch spricht man in diesen Breiten nicht mehr sehr gerne. ›Freibeuter‹ nennt man das bei uns. Aber die wilden Zeiten sind ja im Augenblick vorbei, nachdem meine Königin Elisabeth und Euer König Philipp ihre Geheimvereinbarung abgeschlossen haben.« Drake blickte den Fugger-Agenten an. »Von der Ihr, Hohensax, auch noch nicht gehört habt, wie ich sehe. Beide Könighäuser haben sich gegenseitig versichert, keine Rebellen des jeweils anderen Landes mehr zu unterstützen. Schauen wir einmal, wie lange dieser seltsame Pakt halten wird.«

Sie betraten nun die Fregatte, ein schlankes und niedriges Schiff, das ganz ohne die sonst üblichen Bug- und Achterdeckkastelle auskam. Es schien eine eher leichte Bewaffnung zu haben, die oben auf Deck aufgestellt und mit dicken Tauen fixiert war. Weitere Kanonenklappen unter Deck konnte Amman Sachs nicht ausmachen. Zwei Männer saßen als Deckswache auf einigen Tauen. Sie sprangen auf, als sie Drake erkannten, und verzogen sich zum Heck des Schiffes.

»Wir haben leider keine Quartiere für euch, aber unsere Passage wird ja auch nur von kurzer Dauer sein«, sagte Drake, der sich jetzt, an Bord des Schiffes, zu verwandeln schien: Er wirkte fröhlicher, frischer, sogar größer, als wären Schiff und Wasser sein eigentliches Element.

»Und was wird das Ziel unserer kleinen Reise sein?« Gemma, die bisher geschwiegen hatte, schien nach einer geeigneten Möglichkeit Ausschau zu halten, sich irgendwo an Deck niederzulassen.

»Brügge«, antwortete Drake wie aus der Kanone geschossen. »Wir werden euch in Brügge an Land setzen. Wenn ich mich nicht täusche, gibt es dort noch eine alte Fuggerfaktorei, wo ihr erst einmal eine Anlaufstelle habt. Ich selbst werde dort Fracht aufnehmen. So lässt sich das eine mit dem anderen verbinden.«

»Fracht aus Brügge?« Amman Sachs wurde immer verunsicherter. »Ist nicht der Hafen dieser Hansestadt längst versandet und sämtliche Handelsprivilegien an Antwerpen übergegangen? Was gibt es denn in Brügge noch zu handeln? Und wie wollt ihr den trockenen Hafen erreichen? Kann Euer Schiff etwa über Land fahren, Drake?«

Statt eine Antwort zu geben, lächelte Kapitän Drake nur hintersinnig und ließ seine Passagiere ohne ein weiteres Wort an Deck zurück, während er selbst zu einem Niedergang schritt, wahrscheinlich, um sich in seine Kabine zu begeben. Sachs und Gemma, die sich auf Deck irgendwie einrichten mussten, sahen ihn erst wieder, als die Morgendämmerung anbrach und Drake seinen Kommandoplatz in der Nähe des Steuerpodests einnahm. Mit ihm erschien nach und nach die Mannschaft, die das Schiff zum Ablegen bereitmachte.

Mit den ersten Sonnenstrahlen wurden die Leinen losgemacht, und mit der Strömung des Flusses und der zusätzlichen Gezeitenströmung kam der Segler rasch frei und nahm Fahrt auf, auch ohne dass Segel gesetzt waren. Das aber wurde bald nachgeholt, und Sachs staunte über die Geschwindigkeit, die die Fregatte erreichte. Er war sicher, nie auf einem schnelleren Schiff gewesen zu sein.

Gemma und Sachs saßen ziemlich genau in der Mitte des Schiffes auf einem Lukendeckel. Als die *Falcon* sicher im Ruder lag, ertönte eine Glocke. Die Matrosen, die an Deck und in den Segeln waren, beeilten sich, unter Deck zu kommen. Wahrscheinlich gab die Kombüse die erste Mahlzeit des Tages aus. Und tatsächlich brachte nach einer Weile einer der Seeleute den beiden Passagieren eine Schüssel mit Getreidebrei, in den dicke Fleischstücke eingerührt waren, und zwei Krüge mit warmem Wein. Drake versorgte seine Mannschaft gut, was darauf schließen ließ, dass er ergebene Matrosen haben dürfte.

Als Sachs die leere Schüssel und den geleerten Krug zur Seite schob, schaute er zum Kapitän hinüber, der selbst das Ruder übernommen hatte. Sachs bemerkte, wie Drake das Steuer mit einem Seil auf Kurs fixierte und dann irgendetwas aufnahm, um damit zur Steuerbordseite des Schiffs zu gehen, die im Luv lag, dem Wind zugewandt. Sachs stand auf und trat ebenfalls an die

Reling, um besser beobachten zu können, was der Kapitän vorhatte.

Drake hatte ein Stück Holz aufgenommen, das die Form eines Viertelkreises besaß. Es war offenbar mit Blei beschwert und hing an einer dünnen Leine, die in regelmäßigen Abständen geknotet war und lose auf Deck lag. Nun holte Drake eine Sanduhr aus einem kleinen Verschlag in der Bordwand und stellte sie auf die Reling. In dem Moment, in dem er die Sanduhr umdrehte, sodass der Sand im Innern zu rieseln begann, warf der Engländer das Holzstück an der Leine über Bord und ließ die Leine dabei durch seine Hand laufen.

Der Fugger-Agent fragte sich, wozu diese Prozedur dienen konnte, und trat näher an den Kapitän heran. »Was tut Ihr da?«, fragte er. Doch Drake schüttelte nur den Kopf, als wollte er sagen: »Lass mich in Ruhe, nicht jetzt!« Sachs erkannte, dass der Kapitän irgendetwas zu zählen schien. Es mussten die Knoten der Leine sein, die durch Drakes Hand liefen. Dabei starrte er konzentriert auf die Sanduhr.

Als der Sand nach kurzer Zeit durchgerieselt war, hielt Drake die noch immer durch seine Hand laufende Leine abrupt an und schien dabei im Kopf irgendetwas auszurechnen. Sachs stand jetzt direkt neben ihm, wagte es aber nicht, ihn noch einmal anzusprechen.

Schließlich holte der Kapitän die Leine mit dem Holzstück ein und legte sie zusammen mit der Sanduhr zurück an ihren Platz auf Deck. Dann ging er wieder zum Steuerstand, nahm eine Schreibfeder aus einem Tintenfass und schrieb etwas in ein gebundenes Buch.

Währenddessen kam der Steuermann vom Essen zurück, wobei er einen Blick auf das nasse Holzstück an der Leine mit den Knoten warf. Als Drake ihm den Steuerstand überließ, fragte der Rudergänger kurz: »Und?« Der Kapitän blickte kurz auf den in

Hörweite stehenden Sachs, antwortete dann aber: »Knapp vierzehn Knoten ohne die Strömung.«

Offenbar meine Drake die Knoten, die an der Leine durch seine Hand gelaufen waren. Aber was dieser Code zwischen Kapitän und Steuermann wirklich bedeutete, konnte Sachs sich nicht einmal denken.

Nachdenklich ging er zurück zu Gemma, die von ihrem Platz aus ebenfalls die seltsame Prozedur mit der Knotenleine beobachtet hatte. Auf Deutsch, in der Hoffnung, dass niemand an Bord sie verstehen würde, fragte Sachs: »Hast du eine Ahnung, was das gerade war?«

Gemma überlegte. »Nun, sie werfen einen Gegenstand über Bord, der auf dem Wasser liegen bleibt. Und dann messen sie mit der ausgeworfenen Leine die Entfernung, die das Schiff sich in einer bestimmten Zeit von diesem Gegenstand entfernt. Entfernung und Zeit ...« Gemma blickte verwundert. »Natürlich! Die messen die Geschwindigkeit des Schiffes!«

Sachs riss erstaunt die Augen auf. Er wusste, dass die Geschwindigkeit eines Schiffes üblicherweise von einem erfahrenen Kapitän geschätzt wurde – eine zwar sehr ungenaue Methode, aber durchaus praktikabel. An Bord brauchte man diese Information, um in einer Umgebung ohne Bezugspunkt – etwa auf hoher See – ungefähr ermitteln zu können, wo man sich befand. Konnte man die Geschwindigkeit genauer bestimmen, als es nur durch Schätzung möglich war, wurde auch die Positionsbestimmung des Schiffes wesentlich exakter.

Amman Sachs hielt für einen Moment den Atem an, so sehr überraschte ihn die Erkenntnis. Dieser Engländer wusste, wie man die Geschwindigkeit eines Schiffes *messen* konnte. Damit konnte er auch die Position seines Schiffes wesentlich genauer bestimmen als bisher. Und hatte Drake nicht eben davon gesprochen, dass er seinen »Knotenwert« ohne die Strömung ermittelt hätte?

Sachs ahnte die Bedeutung dieser Erkenntnis und die ungeheuerlichen Konsequenzen, die sich daraus ergaben. »Wenn das stimmt, Gemma, werden Spanier und Portugiesen ihre Vormachtstellung auf den Weltmeeren an die Engländer abgeben.«

Sachs überlegte, ob er eine Chance hatte, das Holzstück, oder wenigstens die magische Leine mit den seltsamen Knoten, an sich zu bringen. Doch er sah keine Möglichkeit. Dabei war er sicher, dass in der Anordnung der Knoten die geheime Formel verborgen war, die irgendein kluger Mathematicus ausgetüftelt haben musste.

Schließlich schlenderte er zurück an die Reling, wo die Knotenleine auf dem Decksboden lag, um zumindest den Abstand zwischen den Knoten zu schätzen und sich einzuprägen.

Die Fahrt aus der Themse hinaus aufs offene Meer verlief ohne Probleme. Schon bald kam bei der raschen Fahrt, die sie mit dem guten Wind machten, der Landstrich in Sicht, den sie zu erreichen versuchten. Doch je näher sie der Küste kamen, auf die sie schnurgerade zuhielten, desto seltsamer erschien Sachs das Vorhaben des Francis Drake, ausgerechnet das vom Meer abgeschnittene Brügge ansteuern zu wollen. Er sah vom Schiff aus keine geeignete Bucht, keinen geeigneten Flusslauf oder gar Kanal, in den sie mit der *Falcon* hätten einlaufen können. Nur ein flacher Streifen Sandstrand war zu erkennen, der weiter im Landesinnern durch grüne Salzwiesen begrenzt wurde.

Doch als die schnelle *Falcon* vielleicht noch eine halbe Meile vom Ufer entfernt war, ließ Kapitän Drake die Segel der kleinen Fregatte nicht sichern. Nun endlich erkannte Amman Sachs, was der Engländer vorhatte: Sie waren die ganze Zeit mit dem ablaufenden Gezeitenstrom unterwegs gewesen. Die Wasserlinie musste also bereits erheblich niedriger sein als zur höchsten Flut. Drake wollte mit möglichst viel Schwung möglichst nahe an die

Küste herankommen und das Schiff dann durch Niedrigwasser trocken fallen lassen. So brauchte er keinen Hafen, um das Schiff zu beladen und vielleicht auch zu entladen. Alles könnte direkt hier am Strand erledigt werden, sobald das Wasser verschwunden war. Und kam die Flut dann später am Tag wieder, würde das neu beladene Schiff ganz von allein freikommen.

Amman Sachs bewunderte Francis Drake immer mehr. Der Mann ging als Seefahrer und Kapitän seinen ganz eigenen Weg, hielt sich an keine Traditionen und nutzte dabei offensichtlich sämtliche Möglichkeiten, die das Meer und sein Schiff ihm boten.

»Festhalten!«, sagte Sachs zu Gemma, als die *Falcon* auch schon mit einem knirschenden Geräusch, das vom Kiel des Schiffes zu hören war, auf eine Sandbank nicht weit vor der Wasserlinie auflief, die Segel noch immer im vollen Wind. Drake brüllte ein Kommando, das Sachs noch nie gehört hatte. Sofort kletterte die Mannschaft in die Masten, um die Segel zu bergen.

Wieder musste der Fugger-Agent staunen. Hatte er Drake nicht vorhin einen »Pirata« genannt, wie Seeräuber von den Lateinisch sprechenden Katholiken genannt wurden? Na, dieser Pirata hatte sogar eine eigene Kommandosprache entwickelt! Einen Geheimcode, den nur seine Mannschaft verstand, damit ein Gegner bei einem Kampf seine Kommandos nicht im Voraus verstehen konnte. Auch das war an Raffinesse nicht zu übertreffen, befand der staunende Amman Sachs.

Der Fugger-Agent erhob sich von dem Lukendeckel, auf dem er und Gemma sich festgeklammert hatten, als die *Falcon* mit einem mächtigen Ruck auf Grund gelaufen war. Sachs wunderte sich, dass das Schiff sicher und aufrecht stand. »Kippen wir nicht um, wenn wir nur auf dem schmalen Kiel stehen?«, fragte er Drake, der aufmerksam das Deck umrundete, um die Wassertiefe um die Fregatte herum zu erkunden. Nun sah er auf. »Keine Bange. Bei der hohen Fahrt, die wir hatten, hat der Kiel sich tief in den hier bei Flut weichen Grund gegraben. Je mehr Wasser abläuft und je trockener der Grund wird, desto fester wird der Boden. Das Schiff wird liegen wie fest gemauert.«

Tatsächlich lief die Ebbe weiter ab, und die *Falcon* blieb sicher aufrecht stehen. Schließlich hoben die Matrosen eine lange Leiter über die Bordwand, und die ersten Männer stiegen hinab und sprangen ins nur noch niedrige Wasser. Mehrere Männer machten sich daran, die Schiffswand zu inspizieren und kleine Fugen mit Werg auszustopfen oder mit Teer abzudichten. Andere ließen an Seilen Fässer und Kisten hinab, die leer sein mussten, da sie kaum Arbeit beim Tragen machten.

Amman Sachs erkannte, dass für ihn und Gemma jetzt wohl der Zeitpunkt gekommen war, die *Falcon* zu verlassen. Gerade als er sich von Kapitän Drake verabschieden wollte, sah er über dessen Schulter hinweg am Land schwer bewaffnete Soldaten aufziehen.

»Mein Gott!«, entfuhr es ihm.

Sofort drehte Drake sich um. Dann lachte er. »Keine Sorge, mein Freund. Das ist meine Fracht. Die *Falcon* ist ein Kriegsschiff – zwar klein, aber eben doch ein Kriegsschiff. Und ein solches Schiff hat nun mal Soldaten als Fracht.«

Drakes Lachen erstarb, als immer mehr Bewaffnete in voller Rüstung an Land erschienen. »Das sind aber deutlich mehr als angekündigt«, sagte er eher zu sich selbst als zu Sachs und Gemma. »Hoffentlich werden wir nicht zu schwer und kommen bei Flut wieder vom Meeresgrund frei.«

Dann erinnerte er sich an seine Passagiere, die von Bord wollten. »Nun ja, wenn wir zu schwer sind, schmeißen wir einfach welche über Bord!« Drake lachte.

Gemma und Amman Sachs machten, dass sie die Leiter von

Bord hinunterkamen. Das Wasser war jetzt fast vollständig abgelaufen; das frei stehende Schiff gab von unten ein seltsames Bild ab, wie es da ganz ohne Wasser auf dem Trockenen lag.

Sachs und Gemma machten sich zu Fuß auf den Weg zur Küstenlinie. Sie waren schon ein gutes Stück entfernt, da rief Drake ihnen hinterher: »Haltet euch an den schmalen Wasserlauf, den ihr linker Hand sehen werdet. Er führt euch nach Brügge, gut ein Tagesmarsch von hier. Alles Gute und auf ein glücklicheres Wiedersehen!«

Gemma und Sachs hatten jetzt die Soldaten erreicht, die sich von Land her der *Falcon* näherten. Der Fugger-Agent erkannte an den Gesichtern der Männer, dass es Söldner sein mussten, die offenbar aus den verschiedensten Landstrichen stammten. Einen von ihnen, der ihm nach einem verarmten Offizier von Stand aussah, hielt Sachs am Ärmel fest, nachdem er sich durch einen Blick zurück zum Schiff versichert hatte, dass ihn von dort keiner mehr beobachtete.

»Wo geht Eure Reise hin, Freund?«, fragte er den Offizier.

Der schaute ihn misstrauisch an, schätzte den Fugger-Agenten dann aber wohl als ungefährlich ein, da er ja unbehelligt von dem Schiff kam, das er gleich selbst besteigen sollte. »Irland, soweit ich weiß«, sagte der Offizier. »James Fitzmaurice Fitzgerald, der Earl of Desmond, gibt dort wohl noch immer keine Ruhe und will die Iren zur Unabhängigkeit von den Engländern führen. Gut für unsereins. So wird dieser Krieg einen wie mich noch lange ernähren!«

Beim Weitergehen überlegte Sachs laut: »Damit dürfte klar sein, wofür diese seltsamen Rosenobel zuerst einmal gebraucht werden: Um Söldner im Krieg gegen die Iren zu bezahlen.« Gemma erwiderte nichts, und so fuhr Sachs nach einer Weile fort: »Solange die Engländer sich um ihre eigenen Angelegenheiten kümmern, droht wohl kein neuer Konflikt mit den Spaniern.

Irgendwie ist es beruhigend, dass ein Mann mit den Fähigkeiten eines Francis Drake hier als Truppentransporteur unterwegs ist. Nicht auszudenken, was mit dem größten Schuldner der Fugger passieren könnte, wenn dieser Freibeuter sich wieder auf Kaperfahrt begeben würde.«

18.

Der Fußmarsch durch die ebene Landschaft zwischen Meer und der alten und schon lange nicht mehr reichen Stadt Brügge war anstrengender, als von Amman Sachs erwartet. Der Weg führte die meiste Zeit an der Zwin entlang, einem alten Wasserlauf, der Brügge einst mit dem Meer verbunden und in der Zeit vor den großen Entdeckungsreisen in die Neue Welt zur reichsten Metropole der Welt gemacht hatte.

Doch seit einigen Jahrzehnten war die Zwin vollständig versandet und die einstige Hansestadt Brügge vom Meer abgeschnitten. Das Leben in der Stadt war praktisch zum Erliegen gekommen. Den einzigen echten Vorzug, den Brügge noch gegenüber dem benachbarten Antwerpen besaß, das ihm längst in allen Belangen den Rang abgelaufen hatte, war die Spanientreue. Während Antwerpen mit Unterstützung der Engländer schon seit einigen Jahren den Aufstand gegen Philipp von Spanien probte, war Brügge zu arm und zu abhängig von den Habsburgern, um sich an diesem Abenteuer zu beteiligen.

Wo die Spanier waren, konnte sein Handelsherr mit einer Faktorei nicht weit sein; das wusste Amman Sachs. Trotz des unaufhörlichen Niedergangs Brügges unterhielten die Augsburger Kaufleute hier ein Kontor, dass trotz seiner Größe auf den ersten Blick jedoch einen ähnlichen heruntergekommenen Eindruck machte wie die gesamte, im längst vergessen geglaubten dunklen Zeitalter stecken gebliebene Stadt. Amman Sachs fühlte sich an die Burg seiner Familie erinnert, Hohensax im Alpenrheintal, die seit mindestens einem Jahrhundert keine Renovierung mehr erlebt hatte. Alles war von gestern. Überall sah man Stillstand.

Umso mehr überraschte es Gemma und Amman Sachs, von dem mürrischen Hauptfaktor Kasper Peutinger begrüßt zu werden, als sie im Kontor der Brüggener Faktorei erschienen. Sachs hatte mit allem gerechnet, nur nicht damit, den Galan seiner Frau an einem ohnehin trostlosen Ort wie diesem anzutreffen.

»Ihr reist mit Dame?« Peutinger hielt sich gar nicht erst mit einer Begrüßung auf, was seine Wut erkennen ließ. »Ihr zertrampelt das zarte Pflänzchen einer neuen Handelsbeziehung, die zwischen London und Augsburg zu sprießen begann – und dann habt Ihr auch noch die Stirn, Euch mit einer Dirne herumzutreiben, Sachs?«

Der Schweizer sah im Augenwinkel, wie Gemma sich versteifte. Sie war offenbar kurz davor, dem Hauptfaktor die Augen auszukratzen. Auch Sachs musste zugeben, dass er Peutinger am liebsten eine runtergehauen hätte. Dass dieser Mann ausgerechnet ihm einen liederlichen Lebenswandel vorwarf, war ein Witz, und auch in Bezug auf Gemma waren Peutingers verletzende Äußerungen fehl am Platz.

Doch Sachs musste sich zusammenreißen. Peutinger gehörte nicht zu denen, die das Geheimnis kannten, das ihn und Gemma verband. Und das sollte nach Möglichkeit auch so bleiben. Deshalb entgegnete er dem Hauptfaktor: »Ihr schickt mich durch die halbe Welt, Peutinger. Da bekomme ich mein eigenes Bett nicht oft zu sehen. Als Mann müsstet Ihr das verstehen.«

Sachs warf einen kurzen Blick auf Gemma; sie begriff die Situation und Sachs' Vorhaben, Peutinger von ihrer eigenen Existenz abzulenken. So senkte sie den Kopf und zog sich aus dem Kontor zurück.

Peutinger taxierte Gemma mit finsteren Blicken, als sie den Raum verließ. »Ein erstaunlich junges Ding«, sagte er anzüglich.

»Da geben andere sich mit gewöhnlicherer Hausmannskost zufrieden.« Peutinger richtete den Blick auf Amman Sachs. »Nur gut, dass Eure Johannen Euch nicht im Mindesten vermisst.« Nach einer Pause fügte er hinzu: »Wie ich Euch auch nicht vermisst habe, Sachs! Mit Eurer Unfähigkeit habt Ihr die Arbeit zweier Jahre in weniger als sechs Monaten vernichtet! Ich weiß nicht, warum ich Euch in diesem gottlosen Land nicht einfach erschlage wie einen räudigen Hund!« Peutinger fluchte sich offensichtlich in Rage. »Wisst Ihr eigentlich, welche Vermögen Ihr durch Euer grandioses Versagen zerstört habt? Erst die Goldgaleone, die Euch verloren ging – und damit auch das Handelsglück der Fugger mit Spanien und der Neuen Welt. Und jetzt hat man Euch nach nicht einmal einer Woche aus England verwiesen. Wegen Hochverrats! Was habt Ihr Euch dabei gedacht?«

Amman Sachs fragte sich, ob Peutinger auf diese Frage wirklich eine wahrheitsgemäße Antwort erwartete oder ob er seinen heiligen Zorn kühlen wollte. Wahrscheinlich Letzteres, sagte der Fugger-Agent sich schließlich und ließ die Strafpredigt über sich ergehen – wobei er überlegte, wie es kam, dass der Hauptfaktor hier in Brügge weilte. Offenbar hatte er unmittelbar nach ihm, Sachs, ebenfalls Augsburg verlassen. Doch es war sehr ungewöhnlich, dass Peutinger die Zentrale der Fugger verließ. Es musste ein Geschäft von großer Wichtigkeit sein, das ihn hierher nach Flandern gerufen hatte.

Sachs sollte eine Erklärung bekommen, allerdings erst nach weiteren Beschimpfungen. »Ich kann nicht verstehen, Sachs, wie man etwas so Simples wie Eure Mission nach England so kläglich beenden kann. Ich war eigentlich hierher nach Brügge gekommen, um mich mit einem Unterhändler aus dem Frankenreich zu treffen. Seit dem Tod von König Karl ist die Lage auch dort unübersichtlich geworden. Und dann muss ich erfahren, was Ihr in London angerichtet habt! Es kommt mir so vor, als ob Ihr alles, was andere mühevoll aufbauen, mutwillig vernichtet.«

Amman Sachs hielt den Zeitpunkt für gekommen, Peutinger von den zwar mageren, aber greifbaren Ergebnissen seiner Reise zu berichten. Er holte einen der Rosenobel aus seinem Geldbeutel, die er im Tower von London an sich genommen hatte, und reichte ihn dem Hauptfaktor.

Der schaute im ersten Moment überrascht, fuhr dann aber in seinem Zorn fort: »Seid Ihr irre? Wie könnt Ihr glauben, Eure Schuld mit dieser lächerlichen Münze bezahlen zu können? Eine Kiste voll Gold reicht nicht, den Schaden zu ermessen, den Ihr bereits angerichtet habt!«

Sachs hielt Peutinger weiterhin das Goldstück hin: »Das hier ist der Grund, weshalb man mich bei den Engelländern gefangen nahm und des Landes verwies. Es ist das seltsamste Gold, das Ihr je in die Hand bekommen werdet. Und es ist der Grund, warum Königin Elisabeth und ihr Hof niemals wirkliche Geschäfte mit dem Fugger machen werden. Ihr solltet mir dankbar sein, statt mich zu schelten. Ihr wisst ja nicht einmal den Grund für das, was vorgefallen ist!«

Tatsächlich schwieg der Hauptfaktor jetzt, nahm die Münze von Amman Sachs entgegen und besah sie sich von allen Seiten.

»Welche Bewandtnis hat es mit diesem Rosenobel?«, fragte er schließlich.

Der Fugger-Agent berichtete ihm ausführlich von dem unglaublichen Geheimnis dieses Goldes, aus dem man die Münze geschlagen hatte. Den hohen Reinheitsgrad des Goldes jedoch erwähnte er nicht.

Als Sachs seinen Bericht beendet hatte, starrte Peutinger ihn ungläubig an. »Alchemistengold?« Er schüttelte den Kopf. »Das sind doch Ammenmärchen!«

»Ich habe mit eigenen Augen gesehen, wie der Adept im Kerker des Towers aus gewöhnlichem Quecksilber die Transmutation zustande brachte«, entgegnete Sachs. »Deswegen hat man mich verhaftet und aus dem Land verwiesen. England hat eine unerschöpfliche Quelle des Reichtums aufgetan. Die Fuggerkredite braucht dort niemand mehr!«

Sachs sah, wie die Augen Peutingers sich zu schmalen Schlitzen verengten. »Und das ist alles, was Ihr als Erklärung für Euer Versagen aufzutischen habt?«

Sachs konnte verstehen, dass Peutinger ihm nach allem, was in den Wochen zuvor geschehen war, nicht auf Anhieb glaubte. Doch er fand es merkwürdig, dass der Hauptfaktor nicht weiter nachfragte, den Bericht über den Adepten in englischen Diensten ohne Weiteres hinnahm und dann das Thema wechselte, als wäre er nie wütend auf Sachs gewesen.

»Was mache ich nun mit Euch?«, überlegte Peutinger laut, wobei mit einem Mal jede Schärfe aus seiner Stimme verschwunden war. »Schicke ich Euch zurück nach Augsburg zu Eurer Johannen? Aber dann würdet Ihr mir womöglich dort das Leben schwer machen.« Auch das klang nicht erbost, eher belustigt, als müsse der Hauptfaktor über einen Scherz lachen, den er eben gemacht hatte. »Wobei Ihr es doch verdient hättet, nach Hinterrussland entsandt zu werden, wo Ihr mir bei den Pelztierjägern weniger Ungemach bereiten könnt als irgendwo sonst auf der Welt ...«

Peutinger verstummte ein weiteres Mal. Dann schien er endlich die in seinen Augen richtige Idee zu haben, mit der er das Thema Amman Sachs ein für alle Mal abschließen zu können glaubte: »Nein, jetzt weiß ich, was ich mit Euch mache.« Peutingers Freundlichkeit gewann wieder an Gefährlichkeit. »Ihr werdet für mich an den Ort Eures ersten Desasters zurückkehren.«

»Wie meint Ihr das?« Amman Sachs wusste nicht auf Anhieb, was der Hauptfaktor meinen oder im Schilde führen könnte.

»Ihr macht Euch unverzüglich wieder auf den Weg nach Amerika, Sachs. Ich werde Euch in Nombre de Dios vergammeln lassen. Da seid Ihr weit genug weg, dass ich mich nicht mehr mit Euch und Eurer Unfähigkeit befassen muss. Hernando Hörl will in die Alte Welt zurückkehren, also werdet Ihr ihn in Neu-Kastilien ersetzen.«

Peutinger hatte weiterhin mit giftiger Freundlichkeit gesprochen, die ihre Wirkung beim Schweizer nicht verfehlte. Zurück nach Nombre de Dios sollte er also, in diesen dreckigen Sumpf im Nirgendwo der Neuen Welt, wo einem die ewige Feuchtigkeit und das Ungeziefer das Leben mehr als nur schwer machten. Andererseits war die Neue Welt sicherlich eine Welt mit unendlichen Möglichkeiten. Und wenn Amman Sachs ehrlich zu sich war, hatte die Aussicht, nach dem neu entdeckten Kontinent zurückkehren zu können, durchaus Reiz für ihn, denn in der Alten Welt würde er wohl immer nur wieder an seine Niederlagen erinnert werden.

»Wie Ihr wünscht«, sagte Sachs. »Wie aber bekomme ich eine Erlaubnis der Spanier für meinen Aufenthalt im Vizekönigreich Neu-Kastilien? Nichtspanier sind dort ja immer noch nicht gerne gesehen.«

Kasper Peutinger blickte seinen Agenten nachdenklich an. »Ihr scheint Euch über Eure Strafversetzung ja zu freuen, Sachs«, sagte er. »Das mit Eurer Aufenthaltserlaubnis lasst nur meine Sorge sein. Ihr vergesst, dass die Spanier einen Kredit aus Augsburg benötigen. Ich bin unter anderem deshalb hier in Flandern, um persönlich eine Inventur unserer Faktoreien vorzunehmen und diese gewaltige Summe für König Philipp aufzutreiben. Dabei wird sicher so etwas wie ein Passierschein für Euch herausspringen. Meldet Euch später bei meinem Schreiber; er wird Euch sagen, wo und wann Ihr Euch einzuschiffen habt!« Damit war die ungeplante Zusammenkunft beendet.

Amman Sachs verließ die Faktorei. Es war spät geworden. Der lange Fußmarsch, die Unterredung mit Kasper Peutinger, die Niedergeschlagenheit wegen seiner Misserfolge – der Fugger-Agent fühlte sich unendlich müde.

Ein Stück die Gasse vor der alten Faktorei hinunter entdeckte er Gemma, die an einem Brunnen auf einem Stein saß und sich mit dem frischen Wasser das Gesicht kühlte.

Sachs setzte sich zu ihr, nahm selbst ein Hand voll Wasser und trank. Dann erzählte er vom Gespräch mit dem Hauptfaktor, und dass es zumindest für ihn jetzt zurück nach Amerika gehen würde. Gemma ließ ihn in Ruhe ausreden. Dann sagte sie nur: »Neu-Kastilien also.« Für sie schien bereits festzustehen, dass sie Sachs auch auf dieser Reise begleiten würde.

»Willst du wirklich mit? Es wird wahrscheinlich eine Fahrt ohne Wiederkehr. Peutinger will mich in den fieberfeuchten Wäldern dort verschimmeln lassen, wie er sich ausgedrückt hat. Du solltest dir hier lieber einen ehrlichen Mann suchen und dein Glück finden.«

Gemma blickte Sachs mit einem undeutbaren Ausdruck in den Augen an, ehe sie erwiderte: »Ich habe vielleicht mein Glück noch nicht gefunden, aber den ehrlichen Mann an meiner Seite schon. Einst bist du überall dorthin gegangen, wo ich war; nun werde ich dir folgen, wohin du auch gehst.« Als Sachs einen Einwand vorbringen wollte, kam Gemma ihm zuvor: »Keine Widerrede. Das ist ein Versprechen!«

Im Grunde war Amman Sachs froh über die Aussicht, die weite Reise ins Ungewisse nicht alleine antreten zu müssen. Als Erstes suchten er und Gemma sich eine Herberge, wobei es im heruntergekommenen Brügge keine guten Gasthäuser mehr zu geben schien. So waren sie froh, dass sie bereits einen Tag später ihre sehr einfache Pension verlassen konnten, um sich zu Fuß nach dem benachbarten Ostende zu begeben. Dort sollte Sachs sich auf Anweisung der Brüggener Faktorei auf einer Pinasse einschiffen, die ihn nach Lissabon bringen würde, von wo aus seine weitere Passage organisiert werden sollte.

Ostende mit seinen gewaltigen Wallanlagen lag südwestlich von Brügge und war in einem Tagesmarsch gut zu erreichen. Der Ort lag direkt am Meer und hatte einen kleinen, gut befestigten Hafen.

Das angekündigte Schiff traf nach rund einer Woche in Ostende ein. Gemma und Amman nutzten die Zeit, die für die Reise notwendigen Besorgungen zu machen; Sachs kleidete sich obendrein nach spanischer Art neu ein. Da Sommer war, suchten sie wie die Einheimischen die Strände auf, von wo aus man bei Ebbe den Frauen der Fischer zusehen konnte, wie sie Muscheln und andere Meerestiere im freiliegenden Meeresgrund suchten. Die beiden Fremden fragten, ob sie von den für sie ungewöhnlichen Speisen kosten dürften und stellten bald erstaunt fest, dass die salzige Frische dieser Seefrüchte ihnen ausgezeichnet schmeckte.

Als der kleine Einmast-Segler mit Name *Minion* schließlich in Ostende einlief, bedauerte Amman Sachs beinahe das Ende der unbeschwerten Zeit hier am Meer. Die klare Luft, die stetige frische Brise und das gute Essen hatten ihn den ganzen Ärger vergessen lassen, der ihn und Gemma hierher geführt hatte.

Die *Minion* war ein offener Küstensegler von etwas mehr als zehn Tonnen Gewicht. Er fuhr am Tag, stets in Küstennähe, suchte für die Nacht einen sicheren Hafen auf oder ließ sich von der Ebbe auf einer Sandbank festsetzen. Der Schiffsführer, der zwei Matrosen hatte, die ihm zur Hand gingen, war gesprächig und berichtete die ganze Zeit von seinen Abenteuern, die er mit seiner kleinen Pinasse schon erlebt hatte. Es wurde bald offensichtlich, dass er vor allem vom Schmuggel lebte, was ihn einerseits zwielichtig erscheinen ließ, andererseits ein Garant dafür war, dass dieser Seemann sein Boot und die Gewässer, in denen er sich bewegte, sehr gut kennen musste.

Die Reise entlang der Küste nach Süden und dann um die Nordküste der iberischen Halbinsel herum dauerte lange. Und gerade die gefährlichen Gewässer der Biskaya machten den Passagieren arg zu schaffen, als der hohe Seegang das winzige Boot immer wieder zu überwältigen schien. Doch der Schiffsführer an der Ruderpinne lachte den Wind und die Wellen nur aus und schrie Gemma und Amman zu, sie sollten sich mit den Tauen an die Beplankung oder den Mast binden, damit sie nicht über Bord gingen, während sie gegen den scharfen Wind aus Südwest ankreuzten.

Tatsächlich dauerte die Fahrt am Ende über zwei Wochen. Und Amman Sachs war überzeugt, dass sie dabei jeden Hafen zwischen Ostende und Lissabon angelaufen haben mussten. Als sie endlich den Cabo da Roca Sintra umrundeten, die mächtige Felsensteilküste westlich von Lissabon, und auf Höhe des Ortes Belem mit seinem Torre de Belem bald darauf in den Tejo einfuhren, war es für den Fugger-Agenten wie eine bittere Rückkehr. Erst im vergangenen Frühjahr hatte er schon einmal auf diesem Weg die portugiesische Königsstadt erreicht. Damals noch voller Hoffnung, dass seine Abenteuer in der Neuen Welt von Erfolg gekrönt sein würden; jetzt mit der düsteren Gewissheit, dass er als gebrochener Mann nach Amerika zurückkehren musste, damit die Alte Welt ihn vergessen konnte.

Die kleine Pinasse machte nicht am offiziellen Hafenkai fest, an dem Sachs vor einigen Wochen noch sehnsüchtig die *Flor de la Mar* erwartet hatte, sondern weiter den Tejo aufwärts, wo es ein paar in den Uferboden gerammte Holzpoller gab, an denen man ein kleines Schiff wie die *Minion* sicher vertäuen konnte. Ein schmales Brett wurde über die Reling zum unbefestigten Ufer geschoben, auf dem Gemma und der Fugger-Agent hinüber ans Ufer balancieren mussten.

Jetzt war es Amman Sachs, der sich erst einmal mit schwankenden Schritten an den wieder festen Boden unter seinen Füßen gewöhnen musste. Dann schaute er sich um: Lissabon mit der Festung und der maurischen Altstadt lag westlich von ihnen. Wieder brauchten sie erst einmal eine geeignete Herberge, wollten sie vermeiden, dem Fuggerfaktor in Lissabon, Batalha de Alcácer, zu früh in die Arme zu laufen. Amman Sachs mochte gar nicht daran denken, mit wie viel Schadenfreude de Alcácer sein Scheitern zur Kenntnis nehmen würde.

Schließlich nahmen sie Quartier im Gasthaus »Coroa«, in dem Gemma und Amman damals das spurlose Verschwinden der Goldgaleone das erste Mal diskutiert hatten und der Fugger-Agent noch hoffnungsvoll gewesen war, das Geheimnis um den Verbleib des großen und kostbaren Schiffs bald lösen zu können. Doch wie sehr hatten sich das Bild und auch seine eigene Stimmung gewandelt.

»Die Engländer waren es nicht«, sprach Amman Sachs seine Resignation aus, als Gemma und er den dunklen Gastraum betraten. Offenbar waren nur zwei Gäste anwesend: eine Dirne, wie es aussah, und ein Pater, der in seiner Kutte über einen Teller gebeugt saß, von einer Ecke aus die Neuankömmlinge begutachtete und dann kurz wie zur Begrüßung nickte. Unwillkürlich erwiderte der Schweizer das Nicken, ohne allerdings den Geistlichen wirklich zu kennen.

»Wie meinst du das? *Was* waren die Engländer nicht?«, fragte Gemma, als sie zu ihrem Platz gingen, an dem sie sich auch damals in dieser Gaststube gegenüber gesessen hatten.

»Das mit der *Flor.* Ich hatte den Verdacht, die Engländer könnten sie bei der Überfahrt über den Atlantik gekapert haben.« Sachs hatte wieder die Stimme gesenkt. »Wir hatten ja schon in Neu-Kastilien und Mexiko erfahren, dass die Engländer die Spanier dort einige Male mächtig geärgert hatten – beim Angriff auf Nombre de Dios zum Beispiel, und bei der Belagerung des neuen Veracruz. Und dann entdeckte ich noch diese verräterische Notiz im Geheimfach de Alcácers, in der er über die Ausgabe der neuen Goldmünzen der Engländer informiert wurde, wo doch Königin Elisabeth über keinerlei natürliche Goldvorräte verfügt. Es hatte alles so schön zusammengepasst. Und nun war es doch ein gewaltiger Irrtum.«

Gemma schaute Sachs mit stummem Mitgefühl an. »Vielleicht war es ja doch bloß ein Sturm, der die Blume des Meeres gepflückt hat. Und die Kampfspuren, die der Kapitän und ich auf den Trümmern im Meer sahen, waren vielleicht nur ein Zeugnis der Verzweiflung, mit der die Mannschaft der *Flor* ums Überleben gekämpft hat.«

Amman Sachs blickte hinüber zu dem Pater, der sie immer noch zu beobachten schien. Dem Fugger-Agenten schien es mit einem Male, als hätte er dieses runde, glatte Gesicht mit dem dunklen Haarkranz schon einmal gesehen. Aber wo? Nein, er musste sich irren. Sachs wandte sich wieder Gemma zu.

»Wahrscheinlich hast du recht. Vermutlich war es ein Unglück. Ein unvorhersehbarer Schicksalsschlag, der einigen Herrschaften aber ganz gut zupass kam, wenn man es recht überlegt. Eine verlorene Goldgaleone. Ein verlorener Kriegsschatz. Ein vermisster Indianerhäuptling. Ein gewaltiger Kreditbrief. Ein Friedensschluss zwischen den Erzfeinden England und Spanien, der England Luft verschafft, gegen die Aufständischen vorzugehen. Es scheint, als würden alle aus dieser Situation als Gewinner hervorgehen – nur ich nicht.«

Amman Sachs schaute sich um, als suchte er nach etwas, an

dem er die in ihm aufsteigende Wut auslassen konnte. Doch er sah und fand nichts. So kämpfte er seinen Zorn schließlich mit gesenktem Haupt und geballten Fäusten nieder. Als er sich einigermaßen beruhigt hatte und den Kopf hob, schaute Gemma ihn an, als hätte sie eine Idee.

»Was ist?«, fragte Sachs, noch immer gereizt.

»Überleg doch mal, was du eben gesagt hast, Amman. Alle profitieren vom Untergang der *Flor*, einschließlich der Spanier. Die sehen sich durch diese Fügung des Schicksals vom letzten Anführer der Mexikaner befreit, dem Sohn des großen Montezuma. Vielleicht waren es ja die Spanier selbst, die dich ins offene Messer haben laufen lassen.«

Sachs dachte nach. »Gut möglich«, sagte er schließlich. »Deswegen auch ein Fugger als Organisator der angeblich so geheimen Überfahrt, von der aber schließlich doch sehr viele Menschen zu wissen schienen.« Der Schweizer schlug mit der Faust auf den langen Gasttisch. »Diese Dreckshunde! Sie haben mich die ganze Zeit benutzt ... als Sündenbock, dem man die Schuld an dem angeblichen Desaster in die Schuhe schieben konnte. Die verfluchten Spanier!« Amman Sachs war immer lauter geworden, und der Wirt und die Dirne sahen sich jetzt zu ihm um. Der Pater aber stand auf und verließ mit einem »Vergelt's Gott!« ohne zu bezahlen den Gastraum. Sachs beachtete ihn gar nicht mehr.

»Es macht auf einmal alles Sinn«, führte der Fugger-Agent stattdessen seinen zornigen Gedankengang fort. »König Philipp lässt mich zu sich nach Tomar schleppen, um herauszufinden, ob die Galeone tatsächlich untergegangen ist. Er hatte ja noch einmal eindringlich nachgefragt, ob die *Flor* auch wirklich verloren sei und bestimmt nie wiederkehren würde. Es ging gar nicht um den verlorenen Schatz – den würde er schon bei den Fuggern wiederbeschaffen können, die er ja unter Druck setzen konnte, da ihr unglücklicher Agent Amman Sachs verschuldet hatte, dass die Krone Kastiliens sich in plötzlicher Zahlungsnot befand. Philipp wollte sichergehen, dass dieser Mexikaner und sein Gefolge ein für alle Mal von der Bildfläche verschwinden. Und es musste wie ein unvermeidbares Unglück aussehen! Verdammt!« Wieder schlug der Schweizer mit der Faust auf den Tisch.

»Erinnerst du dich noch an die allgemeine Empörung, als vor zwei Jahren der Vizekönig von Neu Kastilien, Francisco de Toledo, den Inka-König Tupaq Amaru hinrichten ließ?«, fragte er nach einer kurzen Pause Gemma. »Der gesamte Klerus bis hinauf zum Papst hat bei Philipp wegen dieser grausamen Tat protestiert. Wenn er nun das Gleiche mit dem Herrscher der Mexikaner gemacht hätte, wären die Proteste noch vehementer ausgefallen als damals. Ganz sicher! Mein Gott, das war ein grandioser Mordanschlag, von den Spaniern selbst ausgeführt!«

19.

Die Wut über seine Entdeckung half Sachs, wieder genug Energie aufzubringen, um dem Fuggerfaktor in Lissabon, Batalha de Alcácer, schon am nächsten Tag einen Besuch abzustatten. Die Begrüßung der beiden Männer fiel erwartet unterkühlt aus, doch war de Alcácer über die Strafmission des Schweizers bereits informiert. Ein berittener Kurier der Fugger hatte die Nachricht knapp eine Woche vor Sachs' Ankunft überbracht. Und es hatte dem Faktor offensichtlich große Freude bereitet, sich höchstselbst um diese Angelegenheit zu kümmern. Sogar ein geeignetes Schiff war bereits aufgetrieben, das den in Ungnade gefallenen Fugger-Agenten über den Atlantik bringen sollte – ohne dass er im angenehmen Lissabon auf eine der jährlichen großen Flotten würde warten müssen.

Die *Aviso* war ein eher kleines Depeschenboot von vielleicht sechzig Tonnen Gewicht, das vor allem für den schnellen Transport der offiziellen Korrespondenz der spanischen Verwaltung und der Kaufmannschaft sowie die Organisation der großen Flottenfahrten eingesetzt wurde. Sie war wie ein Pinassschiff gebaut, hatte aber ein größeres Achterdeckkastell, um dort mehr Passagiere unterzubringen. Frachträume jedoch fehlten fast ganz. Die Bewaffnung war eher leicht; dafür waren die drei Masten mit ihren Segelflächen für ein Schiff dieser Größe sehr üppig. Amman Sachs entdeckte am hinteren Besanmast über dem traditionellen Lateinersegel noch ein zusätzliches Bramsegel, das er bei Schiffen dieser Klasse so noch nie gesehen hatte. Die wichtigste Waffe der *Aviso* war denn auch zweifellos ihre Schnelligkeit, nicht ihre gusseisernen Kanonen, die nur für verhältnismäßig kurze Distanzen reichten.

Der schnittige Segler kam von La Coruña im Nordwesten der iberischen Halbinsel nach Lissabon, um von hier aus so rasch wie möglich die Weiterreise zur Insel Madeira anzutreten. Je früher man diesen üppigen Garten in der Weite des Meeres erreichte, desto größer die Hoffnung, schon hier den schnellen, aus Nordost kommenden Wind zu erwischen, der sie bis in die karibische See treiben würde. Und je rascher die *Aviso* wieder in See stechen würde, desto schneller würde das Problem Amman Sachs aus der Welt sein.

Der Fugger-Agent war von der Faktorei gleich hinunter zum Hafen gegangen, um sich den von de Alcácer so gepriesenen Segler anzusehen. In der Tat sah man dem Schiff seine wahrscheinlich große Schnelligkeit an, doch besaß es den für alle älteren spanischen Schiffe auffällig wulstigen, breiten Rumpf – ganz anders als die Fregatte, mit der Francis Drake ihn, Sachs, und Gemma aus England fortgebracht hatte. Sachs meinte bereits spüren zu können, wie die starken Winde in den Segeln zerrten und das Schiff vorwärtstrieben, die Wasser am Rumpfspiegel jedoch dagegenhielten. Oh ja, es war ein gewaltiger Kampf im Gange: der Mensch gegen die Elemente. Und es siegte ganz sicher der, der sich auf die Seite der Elemente zu stellen verstand.

Hinter der *Aviso* war eine alte Karacke am Hafenkai vertäut, wie sie einst Cristóbal Colón, der als Kolumbus die Neue Welt entdeckt hatte, für seine Fahrten benutzt haben mochte. Der Rumpf der Karacke war im Verhältnis zu ihrer Länge noch breiter als der des Depeschenboots. Die Karacke sah fast wie ein übergroßes Weinfass aus, dem man oben einen Mast verpasst hatte. Wieder konnte Amman Sachs geradezu spüren, wie dieser Schiffskörper eher übers Wasser trieb als fuhr, da er die Trägheit des flüssigen Elements nicht zu besiegen, ja nicht einmal zu durchschneiden vermochte. Erst mussten die Wellen weichen, ehe die Karacke fahren konnte. Die Fregatte hingegen, die Francis Drake *Falcon* genannt hatte, hatte das Meer zu ihrer Beute gemacht, wo immer der schmale Bug des Schiffes es durchschnitt.

Amman Sachs bat den Wachhabenden, an Bord der *Aviso* kommen zu dürfen. Nachdem er sich als künftiger Passagier erklärt hatte, erlaubt man ihm, das Deck zu betreten, und ein Matrose eilte los, um den Kapitän zu holen. Es dauerte eine Weile, bis dieser in der Tür erschien, die ins Achterkastell führte. Der Fugger-Agent erblickte einen Mann von vielleicht vierzig Jahren. Mit knappen Worten stellte Sachs sich vor.

»Also Ihr seid das«, erwiderte der Kapitän, ohne seinen eigenen Namen zu nennen. »Es wurde ein guter Preis bezahlt, dass wir Euch mitnehmen. Und es wurde ein noch besserer Preis geboten, dass wir Euch unterwegs über Bord werfen.« Der Seemann lachte rau. »Aber wir sind keine Piraten. Drüben werdet Ihr eh nicht lange überleben, wenn Ihr reisen müsst, ohne es zu wollen. Sehnsucht nach der alten Heimat hat noch jeden in der Neuen Welt umgebracht!«

Amman Sachs wusste nicht, ob der Kapitän derbe Scherze machte oder die Wahrheit sprach. Doch er musste den Mann bitten, noch eine weitere Person mit an Bord zu nehmen.

»Wenn es kein Weib ist, könnt Ihr gerne Eure Koje mit einem weiteren Passagier teilen«, erwiderte der Seemann. »Auf dieser Überfahrt essen Landratten eh nie viel, da werden wir ein zusätzliches Maul leicht satt bekommen. Aber es reicht ein Frauenzimmer pro Passage.« Der Kapitän blickte Sachs fragend an, und der beeilte sich zu versichern, dass der zusätzliche Fahrgast keine Frau sei. Da würde Gemma sich halt wieder als junger Mann verkleiden müssen; das wäre kein großer Aufwand. Sich eine Koje zu teilen, würde da größere Schwierigkeiten bereiten.

Schließlich bezahlte Amman Sachs den sehr hohen Preis für

den zusätzlichen Passagier und kehrte ins Gasthaus »Coroa« zurück, um Gemma zu berichten. Zu seiner Verwirrung quittierte die junge Frau die Aussicht, wieder als Mann die weite Reise antreten zu müssen, mit einem undefinierbaren Lächeln. Sie vereinbarten, dass sie sich die Kabine und Koje so teilen würden, dass Amman Sachs die Schlafstatt in den Nächten nutzen und am Tag auf Deck sein würde, während Gemma die Nächte an Deck und die Tage im Bett verbrachte.

Am selben Abend noch fanden Gemma und Amman Sachs sich an Bord der *Aviso* ein. Sie bezogen eine kleine Kajüte mit einer Luke nach achtern, in der sie über dem Wasser des Tejo die schmale Mondsichel leuchten sahen. Zu ihrem großen Erstaunen spürten sie bald, dass im Licht der klaren Nacht die Leinen eingeholt wurden und das Schiff mit einem leichten ablandigen Wind in den Tejo und dann weiter hinaus aufs Meer fuhr.

Sachs erklärte Gemma, sie könne in der ersten Nacht die gemeinsame Koje nutzen; dann trat er hinaus aufs Freideck, auf dem kein Laut zu hören war bis auf das leise Plätschern der Wellen an der Schiffswand und das Knarren der Masten und Tampen, die die Segel hielten. Der Fugger-Agent trat auf den Kapitän zu, der nahe dem Steuerstand an der Reling lehnte.

»Ist eine Fahrt in der Dunkelheit nicht gefährlich?«, fragte Sachs den Seemann, wobei er unbewusst die Stimme senkte.

Der Kapitän sah ihn an. »Ein Depeschenboot wird nach der Zeit bezahlt, die es braucht, eine wichtige Korrespondenz von einem Ort zum anderen zu bringen. Die Nacht ist klar, der Wind ungewöhnlich günstig und das Gewässer, in dem wir uns erst einmal bewegen, gut bekannt. Da kann man eine nächtliche Ausfahrt schon wagen. So sparen wir einen halben Tag ein.«

Amman Sachs sah in einiger Entfernung auf der Steuerbordseite die Silhouette des Torre de Belem in der Dunkelheit vorbeiziehen.

Der Kapitän fuhr fort: »Außerdem ist nachts mit dem Blick auf die Sterne die Navigation ungleich einfacher als tagsüber, wenn nur die Sonne zu sehen ist, die einem vielleicht den Breitengrad verrät, auf dem man sich bewegt, aber selten den Längengrad.« Der Seemann lachte leise. »Und dann, Ihr seht es ja selbst, ist heute eine wunderschöne Nacht.«

Er hatte recht. Die Luft war rein, mild und warm; eine Wohltat nach dem Gestank der Stadt. Nur ganz leicht nahm man den Geruch des Teers wahr, der aus Baumrinden gekocht und zum Abdichten und Konservieren des Holzes vor Beginn der Überfahrt überall auf dem Schiff neu aufgetragen worden war.

Sachs sah, wie der Kapitän eine gravierte runde Scheibe aus Messing aufnahm, die er – an einem Ring aufgehängt – vor sich hochhob. Es war ein Astrolabium, mit dem nach dem Sonnenstand oder den Sternen die genaue Uhrzeit bestimmt werden konnte, ebenso die genaue Position, vorausgesetzt, man hatte ein Gerät, das auf den Breitengrad abgestimmt war, den man gerade befuhr.

Als der Kapitän nach einer Weile zufrieden mit seinen Berechnung war, fragte Sachs ihn, ob er sich das magische Gerät einmal ansehen dürfe. Der Navigator gab es ihm, um dann mit den schweren Seilzügen das Ruder auf einen neuen Kurs einzustellen. Dabei warf er immer wieder prüfende Blicke auf den großen Kompass, der in eine ebenfalls aus Messing gefertigte Apparatur eingebaut war. Der Richtungsmesser lagerte im Innern eines Metallringes, in dem zwei weitere Metallringe – die Achsen jeweils um einen Viertelkreis gegeneinander versetzt – ineinander drehbar eingebaut waren. Das eigentliche Instrument war im innersten Ring befestigt.

Sachs hatte einst, als er noch in Rom lebte, den Meister Gerolamo Cardano kennen gelernt, den er solche Aufhängungen hatte bauen sehen. Durch sie schien der Kompass frei im Raum zu schweben; jede Bewegung des Schiffes wurde durch die in sämtlichen Richtungen sich gegenläufig drehenden Ringe ausgeglichen. Jetzt sah Amman Sachs ein solches Wunderwerk das erste Mal im Einsatz.

»Ihr habt erstaunliche Apparate auf Eurem Schiff«, konnte der Fugger-Agent seine Bewunderung nicht verhehlen und riss den Blick von dem Kompass los, um das Astrolabium in seinen Händen genauer zu betrachten. Es war voller eingravierter Skalen, Linien und magischen Formeln. Amman Sachs erblickte ins Messing gearbeitete Formen, die wie Flügel von Engeln aussahen, deren Bedeutung er jedoch nicht kannte. An der Mittelachse des Astrolabiums, die man offensichtlich lösen konnte, um Skalen auszutauschen, waren Zeiger angebracht, von denen Sachs nicht wusste, was sie anzeigten. Überhaupt war die Verwendung des Astrolabiums ihm stets ein Geheimnis gewesen, obgleich er schon in der Kindheit seinen Vater mit einem solchen Instrument Himmelsbeobachtungen hatte machen sehen.

Als der Kapitän mit dem neuen Kurs der *Aviso* zufrieden war – sie hatten nach Südwesten abgedreht – wandte er sich wieder dem Schweizer zu. »Könnt Ihr mit dem Astrolab umgehen?«

Sachs schüttelte den Kopf. »Schon die Engelsflügel bringen mich zur Verzweiflung. Die auf Eurem Astrolabium sehen zwar anders aus als jene, die ich einst auf der Zauberscheibe meines Oheims sah, aber mehr vermag ich nicht zu erkennen.«

Der Fugger-Agent hielt die Messingscheibe in der linken Hand und fuhr mit dem Zeigefinger der Rechten über die Biegungen und Schwingungen der »Engelsflügel«, wie er die vermutlich mathematischen Kennzeichnungen nannte.

Der Kapitän folgte mit Blicken der Bewegung von Sachs' Fingern, wobei er erklärte: »Ihr meint die Kurvenschar. Ja, eine seltsame Zeichnung, die wie zufällig aussieht, und die doch so voller Geheimnisse ist. Man braucht sie, um die wahre Zeit zu berechnen.«

Amman Sachs verstand nicht. »Was meint Ihr mit ›wahrer Zeit‹?«

Der Kapitän schien einen Moment zu zögern, als wüsste er nicht, ob er seinen neugierigen Passagier in dieses verwegene Wissen einweihen durfte oder nicht. Dann aber fuhr er fort, indem er den Fugger-Agenten eine Frage stellte: »Ihr wisst, wie viele Stunden der Tag hat?«

Natürlich kannte Sachs die Antwort, doch er ahnte, dass daran etwas falsch sein würde. »Von Sonnenaufgang bis Sonnenuntergang sind es zwölf eherne Stunden.« Und da er nicht allzu dumm klingen wollte, fügte er hinzu: »Und weitere zwölf Stunden für die Nacht. So hat man es mir beigebracht, und so ging es Zeit meines Lebens sehr gut. Doch in Eurer Frage, Kapitän, steckt die Andeutung, dass die Zeit so gar nicht abläuft.«

Der Kapitän nickte. »Ihr seid ein aufmerksamer und scharfsinniger Beobachter. Ist Euch nie aufgefallen, dass an manchen Tagen die Sonne früher aufzugehen scheint und an anderen später? Dass es im Sommer länger hell und im Winter länger dunkel ist?«

Sachs wusste immer noch nicht, worauf der andere hinauswollte. »Sicher«, erwiderte er. »Die Sonne verändert ihren Lauf am Firmament. Mal steht sie höher, mal niedriger. Das ändert sich mit den Jahreszeiten. Aber was hat es mit den Stunden des Tages zu tun?«

Der Kapitän zeigte auf das Astrolabium. »Seht Ihr diese Skala? Sie ist in vierundzwanzig vollkommen gleiche Kreisabschnitte unterteilt. Zwölf für die Stunden der Nacht, und zwölf für die Stunden des Tages. Vierundzwanzig völlig gleiche Kreisabschnitte. Und doch verändern sich unsere Tages- und Nachtstunden mit dem Lauf der Sonne. Mal sind es zwölf kurze Nachtstunden und zwölf lange Tagstunden im Sommer; mal zwölf lange Nachtstunden und zwölf kurze Tagstunden im Winter. Aber immer sind es zwölf Stunden, von Sonnenaufgang bis Sonnenuntergang und wieder bis Sonnenaufgang. Aber nie sind es gleiche Stunden ...«

Amman Sachs war nie bewusst geworden, dass die Stunden gar nicht gleich waren, ja, dass die Zeit als solche nicht festgefügt war. Es gab nicht *eine* Stunde – es gab unendliche viele unterschiedliche Stunden.

»Man nennt die üblichen Stunden ungleiche Stunden«, erläuterte der Navigator seinem erstaunten Zuhörer, »weil sie eben nie gleich zu sein scheinen. Sie unterscheiden sich je nach der Jahreszeit, dem Tag und der Stunde des Tages – und wo man sich gerade auf der Erdkugel befindet. Mit den Engelsflügeln, wie Ihr sie nennt, kann man nun diese ungleichen Stunden in gleiche umrechnen. Gleiche Stunden, die exakt den vierundzwanzigsten Teil eines ganzen Tages ausmachen. Ohne dieses Wissen, welche Zeit nach den Gestirnen gerade die wirklich richtige ist, würde kein Seemann je herausbekommen können, wo er sich zu einem bestimmten Zeitpunkt tatsächlich befindet.«

Sachs strich immer noch über die Kurvenschar auf dem Astrolabium. Er war wie gebannt von ihrer Schönheit und ihrer ungeheuren Bedeutung. Sie konnte die Zeit der Menschen in eine kosmisch gültige Zeit verwandeln ...

Der Kapitän nahm Sachs die Messingapparatur aus der Hand, hob sie hoch und fixierte über einen der Zeiger einen Stern am Nachthimmel an. »Hier auf dem Meer benötigen wir die wahre Zeit. Nicht die üblichen Stunden, die ein Gläubiger allein für seine Arbeit und seine Gebete braucht. Seht dort die Vega im Sternbild der Leier.« Sachs folgte dem Blick des Navigators und erkannte am südlichen Nachthimmel einen Stern, der heller zu sein schien als die anderen. »Mit der Rete des Astrolab, wie der Zeiger hier genannt wird, peile ich die Vega jetzt an und kann so auf der Winkelskala die Höhe des Sterns über dem Horizont ablesen – und davon abhängig, im Bezug auf den heutigen Tag, auf der zweiten Skala die genaue Stunde, bezogen auf unsere Position.«

Ungläubig erkannte der Fugger-Agent die faszinierende Präzision der Apparatur, die das mystische Licht der göttlichen Gestirne mit etwas so Unbegreiflichem wie der Zeit verbinden konnte. »Und wie ermittelt Ihr mit diesem Zaubergerät die Position, wenn Ihr draußen auf den unendlichen Weiten des Meeres seid?«, fragte er schließlich.

Der Kapitän nahm das Astrolabium wieder herunter. »Das ist viel schwieriger. Dafür muss ich die genaue Zeit schätzen und die Zeiger der Apparatur auf der entsprechenden Skala ausrichten; wenn ich dann wieder die Position der Gestirne über dem Horizont ausmesse, kann ich – bezogen auf dem Breitengrad, auf den das Astrolabium ausgerichtet ist – herausbekommen, auf welchem Längengrad ich mich befinde. Der Schnittpunkt von Breiten- und Längengrad ist dann meine Position.

Das Problem liegt darin, dass ich für jeden Breitengrad eine andere Skala in das Gerät einlegen muss. Und bei der Bestimmung der Zeit muss ich mich auf meine Erfahrung verlassen, wenn Wolken die Sicht auf Sonne oder Sterne verwehren, oder ich bin auf der Weite des Meeres verloren.«

Amman Sachs bewunderte noch eine Weile die runde Messingscheibe in den Händen des Kapitäns und versuchte, das verschlüsselte System der vielen Zeichnungen und Gravuren zu begreifen. Doch auch wenn er jetzt erfahren hatte, was man mit einem Astrolabium alles anzustellen vermochte, hatte er noch immer nur einen ungefähren Eindruck davon, wie man dem Apparat diese Magie entlocken konnte.

Mit einem freundlichen Nicken ließ der Kapitän seinen Fahrgast schließlich stehen, um das Astrolabium zurück in seine Kajüte zu bringen. Amman Sachs schlenderte indes im Licht der hellen Nacht über das Deck, am vorderen Fockmast vorbei zum

Schiffsbug. Er genoss das sanfte Schaukeln des Schiffskörpers auf den Wellen und freute sich darüber, den vielen Enttäuschungen, die die Alte Welt für ihn bereitgehalten hatte, entfliehen zu können.

»So schickt man Euch also auch einfach weg? Und auch Ihr seht nicht allzu traurig darüber aus.« Sachs hatte die Stimme, die ihn in dieser wundervollen Nacht so unvermittelt ansprach, schon bei der ersten Silbe erkannt.

»Prinzessin Tecuichpo!« Sachs hatte sich umgedreht und sah nun, dass die schöne Mexikanerin mit dem Rücken an den Fockmast gelehnt dastand; deshalb hatte er sie nicht bemerkt, als er eben an ihr vorbeigegangen sein musste. Nun erinnerte sich Sachs, dass der Kapitän davon gesprochen hatte, es sei bereits ein Frauenzimmer an Bord. Damit war also Tecuichpo gemeint!

Sachs konnte seine Freude darüber, die Reise in Begleitung der vornehmen Mexikanerin zu unternehmen, kaum verbergen. Dann verstand er plötzlich, was Tecuichpo eben zu ihm gesagt hatte, und so fragte er: »Warum *müsst* Ihr denn das Land verlassen, verehrte Freundin?«

Der Anflug eines Lächelns, der eben noch den vollen Mund der Mexikanerin umspielt hatte, war bereits wieder verschwunden. Ihre Lippen wurden schmal. »Der Erbe des alten Königreichs Mexiko ist tot, deshalb gibt es für seine Braut keine Verwendung mehr. Eine Zeitlang war sie vielleicht noch als Attraktion für eine Gesellschaft ganz unterhaltsam, aber dann war sie doch zu fremd, zu sehr anders, als dass man sie noch hier dulden konnte.«

Tecuichpo machten eine Pause, ehe sie weitersprach. »Also reise ich nun zurück in das Land meiner Väter. Spanien hat sein Interesse an meinem Volk nun endgültig verloren. Mit meinem Bräutigam und dem Gold meines Volkes scheint auch unsere Bedeutung untergegangen zu sein.« So resignierend ihre Worte klangen, sprach die junge Frau doch mit dem gewohnten ruhigen Stolz.

»Ich glaube nicht, dass der Wert eures Reiches sich allein nach dem des Goldes bestimmen lässt«, entgegnete Sachs, »auch wenn es einige Menschen geben dürfte, die das anders sehen.«

Die junge Frau erwiderte nichts. Doch der Stolz schien nun doch aus ihrem Gesicht fliehen zu wollen, und Sachs erkannte die unendliche Müdigkeit und Trauer, die Tecuichpo beherrschten. Ihr Blick löste sich von ihm, schweifte hinaus auf die nächtliche See und verlor sich in der schieren Unendlichkeit. Schließlich sagte sie: »Die Morgenröte lasset uns erwarten.« Sie sprach, als würde sie aus einer sehnsuchtsvollen Erinnerung einen einstudierten Text von unergründlicher Tiefe rezitieren. Und tatsächlich blieb Amman Sachs die Bedeutung ihrer Worte verschlossen.

»Auf denn!«, setzte Tecuichpo ihre seltsame Rede fort. »Lasst uns ein Zeichen der Verehrung suchen, vor dem wir ein Feuer entzünden! Denn noch haben wir niemanden, der uns behütet.«

Unvermittelt blickte sie Sachs mit dem gewohnt stolzen Ausdruck an. »Endlich denn dämmerte es, und Sonne, Mond und Sterne erschienen. So wurde es Licht durch Sonne, Mond und Sterne. Groß war die Freude der alten Menschen, als sie den Sonnenträger sahen. Schimmernden Antlitzes stieg er vor der Sonne empor. Da holten sie den Weihrauch hervor, den sie aus dem Osten für diese Stunde mitgebracht hatten. Die drei Bündel knüpften sie auf, als Weihegabe ihres dankbaren Herzens. Alle drei hatten ihren Weihrauch. Den verbrannten sie und tanzten zum Osten gewendet. Unter Freudentränen tanzten sie, Weihrauch brennend, den heiligen Weihrauch. Darauf weinten sie nochmals, da es noch nicht hell wurde, da sie der Sonne Antlitz nicht sahen. Dann erschien schließlich die Sonne. Und alle Tiere freuten sich. Alle, bis zum Geringsten, erhoben sich in den Tälern und Schluchten, auf den Höhen versammelten sie sich, und alle schauten gen *Osten!*«

Die schöne Frau verstummte, blickte Amman Sachs noch einen Moment in die Augen und ließ dann wieder mit einem weicheren Ausdruck den Blick übers Meer schweifen. Der Fugger-Agent versuchte die Botschaft zu verstehen, die in diesem irgendwie vertraut und doch so fremd klingenden Zeilen verborgen sein musste. Und da er eben erst mit dem Kapitän des Schiffes über Positionsbestimmungen gesprochen und das Astrolabium sowie den kunstvollen Kompass bewundert hatte, fiel ihm endlich der Zusammenhang auf, auf den die Mexikanerin ihn offenbar aufmerksam machen wollte.

»Osten!«, sprach er laut aus. »Das Licht der alten Völker Amerikas kam aus dem Osten! Wie die Spanier! Sie hadern mit ihren Göttern, nicht wahr? Weil die Guacas das Volk der Mexikaner nicht rechtzeitig vor der Gefahr gewarnt haben, die aus dem Osten kommen sollte. So haben sie alles verloren – ihren Prinzen, ihre Zukunft und das Vertrauen in ihre Götter ...«

Tecuichpo schloss die Augen und erwiderte: »Ja, in dem Punkt irrten sich meine Götter. Außer dem Sonnenaufgang kam kein weiteres Heil mehr aus Osten. Sie ahnten wohl nicht, wie groß der Osten wirklich war. Doch das ist nur ein Teil der Wahrheit, welche die alten Legenden zu erzählen wissen und die mein Volk in den vergangenen Zeitaltern gesammelt hat. Doch dieses Wissen löst sich langsam auf, zerfällt, verschwindet von dieser Welt. Unsere alten Legenden werden getilgt, und neue werden erzählt. Und ich werde alleine um dieses Vergessen weinen.«

Amman Sachs sah im Mondlicht eine Träne in den Augenwinkeln der Mexikanerin blitzen. Er vermutete, dass es die Traurigkeit eines geschlagenen Volkes war, dass sich dem Verlust seiner alten Traditionen und dem Wandel zu einem noch sehr fremden Leben gegenübersah. Doch die seltsame Theatralik entsprach nicht dem sonst so besonnenen Wesen Tecuichpos. Sachs hatte schon einige Male erlebt, wie sie das Leid anderer Menschen aus echter Zuneigung mitempfand. Aber konnten bloße Geschichten – und mehr waren diese Legenden ja eigentlich nicht – einen solch beherrschten Menschen wie Tecuichpo so traurig machen?

Amman Sachs spürte wieder, dass er diese geheimnisvolle Frau aus einer fremden Welt immer noch nicht wirklich verstand. Egal, mit welchen seiner Erfahrungen er die Mexikanerin auch beurteilen wollte – sein Horizont reichte nicht aus, die rätselhafte Seele und das verborgene Wesen dieser Frau auszuloten. Sie blieb für ihn ein schmerzhaft anziehendes Mysterium. Doch wie bei allen Mysterien, war diese Anziehungskraft auf den Unwissenden schier überwältigend.

Der Fugger-Agent gestand sich zum ersten Mal ein, dass er diese Frau aus tiefstem Herzen liebte und mit jeder Faser seines Körpers begehrte.

20.

Die weitere Reise über den Atlantik verlief ohne besondere Höhepunkte. Der planmäßige Aufenthalt auf der Insel Madeira dauerte nur zwei Tage, in denen offensichtlich wichtige Schriftstücke das Schiff verließen und neue an Bord gebracht wurden. Zudem füllte man die Vorräte an Lebensmitteln und Wasser noch einmal auf. Auch ein neuer Passagier richtete sich für den bevorstehenden größeren Teil der Überfahrt auf der *Aviso* ein: Ein Jesuitenpater, José de Acosta genannt, der mit erstaunlich großem Gepäck unterwegs war, wie Amman Sachs befand. Es schien, als brächte der Mann, der in Sachs' Alter sein musste, die Ausstattung für einen ganzen Kirchenbau mit an Bord. Fast einen vollen Tag sollte es dauern, bis sämtliche Kisten und Bündel, die der Geistliche mit sich führte, sicher verstaut waren.

Das Wetter blieb dem gesamten Verlauf der weiteren Reise über günstig. Der Kapitän erklärte Sachs bei einem ihrer vielen Gespräche, dass in diesem Jahr der Wind, den die Portugiesen »Passar« nannten, sie ungewöhnlich weit im Norden erfasst habe. Eigentlich hätten sie noch viel weiter südwärts segeln müssen, fast bis zu den »grünes Kap« genannten Inseln – auf Portugiesisch nannte man sie »Cap Verden« –, um diesen günstigen Wind zu erreichen. Bei ihrer Geschwindigkeit rechnete er mit einer Fahrt von dreißig, höchstens vierzig Tagen, bis sie wieder Land sehen würden.

Da die Winde bei der Überfahrt so außergewöhnlich günstig seien und sie auf nördlicherem Kurs führen als gewöhnlich bei einer Fahrt in die Neue Welt, erklärte der Kapitän weiter, überlege er, ihre Route jenseits der Insel Hispaniola zu ändern und nicht, wie geplant, erst Nombre de Dios und dann Veracruz anzulaufen, sondern die Reihenfolge umzukehren. Dann würde er auch den auf Madeira zugestiegenen Priester früher los sein; denn der Mann müsse im Hafen von Santiago de la Vega auf der Insel Jamaika von Bord.

Als der Fugger-Agent, ohne groß darüber nachzudenken, den Kapitän fragte, was denn so schlimm mit dem Geistlichen sei, dass er ihn schnellstmöglich vom Schiff haben wollte, zwinkerte der Seemann ihm zu. »Er nimmt zu viel Platz weg«, sagte er nur. Und Amman Sachs erinnerte sich, dass spanische Kapitäne ihr Kommando ja bezahlen mussten und nur den Schmuggel hatten, um ihre Ausgaben wieder hereinzuholen. Der Fugger-Agent war überrascht, dass diese Praxis offensichtlich auch für die Depeschenboote galt. Und er war froh, dass er mit wenig mehr als dem unterwegs war, was er stets bei sich trug.

Am zweiunddreißigsten Tag nach ihrer Abfahrt von Madeira kam tatsächlich backbord Land in Sicht. Und nach den ersten freudigen Ausrufen der Mannschaft erklärte der Kapitän nicht ohne Stolz, dass sie tatsächlich Hispaniola erreicht hätten, das alte »Hayti Sive Spaniola«. Er hätte die Insel an ihrer Silhouette erkannt. Doch da die Vorräte noch gut waren, verkündete er, dass man Hispaniola nicht direkt ansteuern, sondern nördlich passieren werde.

Als sich später ergab, dass Amman Sachs und der Kapitän nebeneinander vom Schiff aus zu dem in einiger Entfernung vorbeiziehendem Land hinüberschauten, erklärte der Seemann, dass die alte Siedlung La Isabela im Norden der Insel schon lange aufgegeben worden sei. Der neue Hauptort, La Nueva Isabela, liege nun im Süden. Doch dafür extra um das große Eiland herumzusegeln, würde zu viel Zeit kosten. Außerdem sei das Land immer noch nicht sicher. Es gebe dort noch viele Indios und Cimarrones, entlaufene Sklaven, die sich in den Bergen und Wäldern verschanzt hätten. Deshalb sei es sehr gefährlich, irgendwo auf Hispaniola an Land zu gehen.

Der Kapitän lud den Fugger-Agenten zu sich in seine Kajüte ein. Dort nahm er eine große Pergamentrolle von einem Bord und entrollte sie auf dem Kartentisch. Sachs sah, dass es eine kunstvoll gearbeitete Karte der bekannten Neuen Welt war. Der Kapitän zeigte auf den Umriss von Hispaniola und das in seine Grenzen eingemalte Profil des Gebirges, das sie vom Deck aus gesehen hatten. Sachs entdeckte, dass zu jeder eingezeichneten Landmasse die Silhouette und Geländemarken aufgemalt waren, die man von einem Schiff aus sehen würde.

Mit einem Messinglineal deutete der Kapitän die Route an, die sie zwischen Hispaniola und der nordwestlich davon liegenden Insel Kuba nehmen würden, um so das südlich von Kuba liegende Jamaika zu erreichen. Von Jamaika aus sollte es dann nordwestlich durch den Canal de Yucatan in das jetzt »Golf von Mexiko« genannte Meer gehen, das zwischen Mexiko im Westen und Florida im Norden sowie Yucatan im Süden begrenzt wurde.

Auf der Route zwischen Jamaika und dem Canal de Yucatan sah Amman Sachs zwei kleine Inseln eingezeichnet, die mit »Caymanes« beschriftet waren. Die Inseln lagen im offenen Meer, und der Fugger-Agent erinnerte sich, was ihm damals der Kapitän der *Flor de la Mar* gesagt hatte, als sie auf den Weg nach Veracruz waren: Dass immer wieder neue Inseln in der Karibischen See auftauchten. Auf den Karten der *Flor* waren die »Caymanes« noch nicht eingezeichnet gewesen, da war Sachs sicher.

»Ja, das kann gut sein«, erläuterte nun der Kapitän der *Aviso*, als der Schweizer ihn nach den Caymanes fragte. »Es sollen nur zwei flache Eilande sein, ganz voller Schildkröten und Echsen. Schmackhaft, wenn man kein anderes Fleisch mehr hat. Aber das Wasser dort soll schlecht sein und die Vegetation nicht der Rede wert. Wegen der Schildkröten nannte man die beiden Inseln noch vor wenigen Jahren Islas de las Tortugas.«

Amman Sachs wunderte sich. »Seit wann ist die Existenz der Caymanes denn bekannt?«

Der Kapitän überlegte kurz. »Ich glaube, der große Kolumbus selbst hat sie auf einer seiner Rückreisen entdeckt. Das muss auf seiner letzten Reise gewesen sein, im Jahre des Herrn 1503.« Er kratzte sich kurz am Kopf, ehe er fortfuhr. »Diese flachen Felsen im Meer haben keinen anderen Nutzen, als für eine gut gefüllte Speisekammer zu sorgen. Solch einen wichtigen Stützpunkt, auch wenn er sonst keine strategische Bedeutung hat, behält man gerne für sich. Man weiß ja nie, wem eine Goldgaleone in die Hände fällt.« Der Kapitän blickte Sachs kurz in die Augen. »Da ist es gut, wenn auf den Karten nicht sämtliche Geheimnisse eingetragen sind. Eine große, wertvolle Galeone ist ja deutlich gefährdeter, in die Hände von Piraten zu fallen, als ein kleiner Kurierfahrer wie unsere *Aviso*.«

Plötzlich hatte Sachs eine Idee. »Gibt es viele solcher Inseln, die von den Kartographen *vergessen* wurden? Die ein Schiff ins Verderben reißen können, wenn der Kommandant nichts von ihrer Existenz weiß und eines Nachts an den Ufern Schiffbruch erleidet?«

Der Kapitän zog misstrauisch eine Augenbraue hoch. »Worauf wollt Ihr hinaus?«

»Vor einiger Zeit ging ein Schiff meines Prinzipals auf der Überfahrt von Veracruz nach Lissabon in den Weiten des Atlantiks bei völlig ruhiger See verloren. Ein nachfolgendes Schiff entdeckte nur Trümmer im Meer. Aber vielleicht waren diese Trümmer gar nicht von dem vermissten Segler.«

Der Kapitän überlegte. »Wo ungefähr wurde Euer Schiff das letzte Mal gesehen?«

»Auf den Azoren. Östlich der Inseln wurden dann die Reste eines Schiffes im Wasser treibend gesichtet«, erklärte Sachs.

Der Kapitän schüttelte den Kopf. »Ich bin oft zwischen Lissabon und Vila do Porto auf der Azoreninsel Santa Maria hin und her gefahren. Dazwischen ist nichts. Und Ihr sagt, bei ruhiger See?« Der Kapitän verfiel in düsteres Schweigen.

Schließlich stand er auf und holte aus einer Schrankklappe eine unförmige Flasche aus blasigem grünem Glas, in der eine dunkle Flüssigkeit schwappte, sowie zwei Zinnbecher. Dann schenkte er dem Fugger-Agenten und sich großzügig ein. Augenblicklich stieg Amman Sachs ein beißender Geruch in die Nase. *Aqua ardens*, wie er vermutete, »brennendes Wasser«. Branntwein.

»Ein Seemann hört es nicht gerne, wenn von gescheiterten Kameraden die Rede ist. Trinkt. Die Franzosen nennen es Armagnac. Ich habe ihn in Bilbao bekommen, stets der nördliche Endpunkt meiner Reisen. Er ist sehr gut.«

Der Fugger-Agent trank einen Schluck, und augenblicklich brannte ihm der ganze Mund bis tief in den Rachen und in den Hals hinein. Er hatte nur einen kleinen Schluck genippt; trotzdem brannte es wie Feuer an seinem Gaumen. Sachs hustete und keuchte und hielt sich den Leib.

»Was für ein Teufelszeug«, stieß er hervor.

Der Kapitän trank einen großen Schluck, ohne eine Miene zu verziehen. Nur ein wenig Luft sog er durch die Mundwinkel ein. »Ja, Ihr habt recht. Deshalb ist es genau das Richtige, um Kameraden zu gedenken, die wahrscheinlich zur Hölle gefahren sind.«

Amman Sachs nahm tapfer noch einen Schluck von dem Armagnac, der um ein Vielfaches kräftiger war als gewürzter Wein. Beim zweiten Mal ging es besser, und sein Mund schien sich halbwegs an die Schärfe des Getränks gewöhnt zu haben. Sachs machte es wie der Kapitän, kniff die Lippen zusammen und zog Luft durch die Mundwinkel ein.

Jemand klopfte an die Tür der Kajüte, und ein Matrose trat ein.

»Käpt'n, ein Unwetter zieht auf«, meldete er kurz und knapp.

Der Kapitän verschloss sofort die Flasche mit dem *aqua ardens* und stellte sie zurück in den Schrank. Dann ging er eilig hinaus. Sachs hörte seine schweren Schritte im Gang, der zum Freideck führte. Der Fugger-Agent nahm seinen Zinnbecher und leerte ihn, ehe er dem Kapitän folgte.

Als Sachs ebenfalls aus der Tür des Achterdeckkastells trat, sah er, warum der Kommandeur der *Aviso* geholt worden war. Der Fugger-Agent trat an die Bordwand, um freien Blick auf das Schauspiel zu haben, das sich von ihrer Position aus südlich von ihnen zutrug, also backbord voraus. Die Sonne stand jetzt an steuerbord tief über dem Horizont. Aber das war es nicht, was die Aufmerksamkeit aller auf dem Schiff fesselte.

Sie hatten die Insel Hispaniola offenbar längst hinter sich gelassen, als der Kapitän und Amman Sachs die Karten unter Deck studiert und von dem Branntwein probiert hatten. Nun fuhren sie in die offene See hinein und auf einen Himmel zu, der vom Horizont her schwarz zu werden schien. Es war ein so unglaubliches, intensives, absolutes Schwarz der Wolken, wie Amman Sachs und sicher alle anderen auf der *Aviso* es noch nie gesehen hatten. Dieses Schwarz schien alles Licht zu verschlingen und unaufhörlich anzuschwellen, als wollte es die ganze Welt in sich aufsaugen.

Amman Sachs suchte nach einer Beschreibung, einem Bild, um sich erklärbar zu machen, was er da sah. Es war sichtbar gewordene Angst, ein erlebter Schrecken, ein Albtraum, der sich jedoch nicht in einem selbst abspielte, in der eigenen Seele. Nein, dieser Schrecken war da draußen am Firmament und kam unaufhaltsam näher, immer finsterer, immer bedrohlicher. Als hätte jemand ein Tintenfass ausgegossen, und die schwarze Farbe strömte nun über ein schneeweißes Blatt Papier und fraß alles auf, was eben noch rein und sauber gewesen war, überzog es mit einem Schwarz, das auf eine grausame Weise schön war, bei dem man jedoch alles Unheil spüren konnte, das davon ausging.

Sachs fragte sich, ob sie sich der unglaublich dunklen Wolkenbank in diesem atemberaubenden Tempo näherten, oder ob es die Schwärze selbst war, die so schnell über den Himmel trieb. Erst dann fiel dem Fugger-Agenten auf, dass jeder Laut auf dem Schiff erstorben war. Kein Geräusch ging mehr von dem Schiff aus. Die Männer standen wie in Trance an der Reling. Als Sachs in die Masten hinauf schaute, erkannte er, dass die Segel schlaff von den Rahen hingen. Zwar hatte das Schiff noch Geschwindigkeit, doch konnte man spüren, dass die Fahrt immer langsamer wurde.

Die Ruhe vor dem Sturm, überlegte Amman Sachs. Und dann blickte er wieder hinaus auf das Meer und zum Himmel, wo das grandiose Spektakel weiter vorangeschritten war.

Der Fugger-Agent sah jetzt, wie innerhalb der pechschwarzen Wolkenbank in unregelmäßigen Abständen helle Blitze leuchteten, die allerdings nicht die Erde zu erreichen schienen. Es schien, als gingen die Leuchterscheinungen von den schwarzen Wolken aus und würden auch wieder darin enden.

Aber das war noch nicht einmal das Unheimlichste. Was Sachs am meisten ängstigte, war der Anblick nach jedem aufflackernden Blitz: Dann nämlich erkannte man die innere Struktur dieser gigantischen schwarzen Wolkenmasse. Und was man dann für den Bruchteil eines Augenblickes sehen konnte, war eine unfassbare, lebendig erscheinende, brodelnde Masse ungeheuren Ausmaßes, die sich ständig in sich selbst umzuwälzen und ihr dämonisches Wachstum aus sich selbst heraus zu speisen schien. Und trotz der Blitze ging kein Geräusch, kein Donnern, kein Dröhnen, nicht einmal ein Sausen von diesem Ungetüm aus.

Wo die schwarze Tinte dieser Wolke den Himmel noch nicht mit seiner alles erstickenden Finsternis überzogen hatte, sah man jetzt das friedlichste Abendrot leuchten, das die übrigen, noch sichtbaren Bereiche des Himmels in ein glühendes Türkis zu verwandeln schien. Und der Kontrast zwischen strahlendem Abendhimmel und absolutem Schwarz steigerte die unerhörte Dramatik dieses Schauspiels der Elemente noch um ein Vielfaches.

»Refft die Segel!«, dröhnte plötzlich der Ruf des Kapitäns durch die bis dahin drückende Stille. Sachs war bei dem plötzlichen Ruf zusammengezuckt, und allen anderen an Bord war es wohl ähnlich ergangen. Denn für eine Schrecksekunde reagierte kein Matrose auf den Befehl des Kapitäns.

»Ihr Höllenhunde! Rauf mit euch in die Masten! Refft die Segel! Der Allmächtige kommt uns holen!« Die Stimme des Kapitäns klang, als wollte er es dem Allmächtigen möglichst schwer machen. Wenige Augenblick später waren die eiligen Schritte der Seeleute und ihre Stimmen auf dem ganzen Schiff zu vernehmen, und es dauerte nicht lange, da wurden die großen Segel sorgfältig zusammengezogen und ihre Angriffsfläche für den Wind deutlich verringert, doch vollständig geborgen wurde keines.

Das Unwetter zog derweil weiter von Süden her auf. Und wo das Schwarz der Wolken stand, verlor der Horizont sich nun zwischen Wasser und Himmel. Alles, was sich in dieser Richtung befand, war in eine einheitliche, vollständige Finsternis getaucht. Nach Norden jedoch breitete das verlöschende Abendrot sein letztes Licht noch aus, und auch die ersten Sterne erschienen.

Mit dem letzten Schwung des Schiffes schien der Kapitän den Segler in den schräg von vorne heranbrausenden Sturm legen zu wollen. Die *Aviso* beschrieb eine leichte Kurve nach Steuerbord, sodass die Backbordseite des Schiffes nun fast direkt nach Süden zeigte – und damit dem aufziehenden Sturm die Breitseite darbot. So viel verstand Amman Sachs von der Kunst der Schiffsführung, dass sie dem Sturm auf diese Weise einen Großteil seiner Wucht nehmen würden, indem sie vor dem Wind seitwärts auszuweichen versuchten.

Der Kapitän war jetzt backbord an die Reling getreten und

schaute hinaus auf das immer größere schwarze Loch, dass so viel anders aussah als jede andere Nacht, die sie jemals gesehen hatten.

»Gott stehe uns bei! Es sieht aus wie das Ende der Welt!«, hörte der Fugger-Agent den erfahrenen Seemann sagen. Das schwarze Wolkenmonster hatte jetzt den Himmel oberhalb des Schiffes erreicht und verlöschte mit beängstigender Geschwindigkeit alles Sternenlicht.

»Brasst die Segel nach Lee!« Diesmal hatte jeder Matrose aufmerksam den Worten des Kapitäns gelauscht, und sofort wurden die Rahen mit den gerefften Segeln weiter horizontal um den Mast herum in den Wind gedreht, der allerdings noch immer nicht wehte. Weiterhin herrschte eine totale Flaute.

Wieder war es für einen langen Moment totenstill auf dem Meer, während die schwarze Hülle sich um sie herum immer weiter zuzog. Sachs bemerkte, dass der Kapitän langsam an seine Seite rückte. Als er unmittelbar neben ihm stand, hörte Sachs ihn leise flüstern: »Ausgerechnet jetzt sind wir blind. Unbekannte Gewässer. Unbekannte Strömungen. Ich bin so herum noch nie in diesem Meer unterwegs gewesen. Und nun erwartet uns ein gewaltiger Sturm ...«

Eine leichte Brise von Süden begann ihnen übers Gesicht zu streichen. Der Fugger-Agent hatte mit einem Mal den Geruch von vermoderndem Tang oder auch von altem Fisch in der Nase. Für einen Moment wurde der Gestank intensiver; dann war es so schnell vorbei, wie es gekommen war. Doch die Brise hielt an. Und es schien, als würde sie stetig an Macht gewinnen. Sachs schaute auf die sich zunehmend kräuselnde Wasseroberfläche, konnte das Meer jetzt aber nur noch eine Schiffslänge weit erkennen.

»Zündet die Ankerlaterne an und bindet sie auf dem Achterdeck fest!«, befahl der Kapitän mit erneut kräftiger Stimme. Wenige Augenblicke später leuchtete eine große, in Messing gefasste

Öllampe hinten am höchsten Punkt des Kastells. Wieder musste der Fugger-Agent staunen, über was für eine Ausstattung dieses kleine, aber schnelle und offensichtlich wichtige Schiff verfügte. Die Lampe hatte einen aus kleinen Tropfenscheiben geformten Glaszylinder, wie Sachs ihn noch nie gesehen hatte. Dahinter brannte der dicke Docht, geschützt vor Wind und Wetter. Außerdem erkannte der Fugger-Agent jetzt, dass das Messing, mit dem die Lampe gefasst war, aus drei ineinander greifenden und gegenläufig beweglichen Ringen bestand, wie sie auch der Kompass des Kapitäns besaß. Egal, welche Bewegung das Schiff auch ausführen würde, die Öllampe würde stets horizontal ausgerichtet bleiben; kein Öl konnte verschüttet werden.

Die Laterne spendete zwar nur vergleichsweise schwaches Licht, doch da die Augen sich immer mehr auf die Dunkelheit einstellten, war noch ausreichend Helligkeit vorhanden, sodass man sich zumindest auf der *Aviso* einigermaßen orientieren konnte.

Ein Ruck ging durch das Schiff, als der Wind jene Schwelle überschritt, dass er die Segel zu blähen vermochte. Das Depeschenboot nahm langsam wieder Fahrt auf. Und es fühlte sich an, als ob nun eine lang anhaltende Beschleunigung begann. Immer weiter nahm die Geschwindigkeit zu, trotz der gerefften Segel, die dem Wind vielleicht nur ein Viertel der vollen Segelfläche preisgaben. Die Brise frischte ständig weiter auf, und der Segler begann sich immer mehr gegen steuerbord und damit gegen Lee zu neigen. Neben der Vorwärtsfahrt des Schiffes wurde nun auch eine seitliche Drift mit dem Wind spürbar. Der Kapitän verließ seinen Posten neben Amman Sachs an der Reling, um zum Steuerstand zu eilen und das Ruder stärker gegen den Wind zu stellen.

Die unheimliche Schwärze der Wolkenbank hatte jetzt den gesamten Himmel verschlungen. Kein heller Fleck am Firmament war von der alles bedeckenden pechschwarzen Tinte verschont geblieben. Die Finsternis um die *Aviso* war so vollständig, als wäre das Schiff im Nichts unterwegs.

Als Amman Sachs hinter sich ein Geräusch hörte, drehte er sich um und sah, wie sich einer der Matrosen mit einem dicken Tau am Fockmast festband. Als der Mann bemerkte, dass der Fugger-Agent ihm bei seiner seltsamen Beschäftigung zuschaute, brüllte er ihm durch den immer stärken tosenden Sturm zu: »Es ist schon mancher von einem solchen Unwetter von Bord geschleudert worden!« Damit setzte er seine Bemühungen fort.

Auch Sachs fiel es zunehmend schwerer, sich auf dem sich immer stärker neigenden Schiff auf den Beinen zu halten. Der Wind toste. Der Kampf mit den Elementen wurde verbissener. Sachs kam der erschreckende Gedanke, dass die Geschwindigkeit des Schiffes dramatisch zunahm und niemand an Bord mehr wusste, wohin sie eigentlich steuerten. Der Fugger-Agent betete, dass ihnen in den nächsten Stunden, die dieses Unwetter noch andauern mochte, keine Insel oder ein Riff in den Weg geriet.

Sachs beschloss, seinen Platz am Bug der *Aviso* aufzugeben. Der Segler stieg nun vor dem Wind auf immer höhere Wellenberge, um dann wieder abzutauchen; die Gischt schlug bereits bis aufs Deck. So berauschend die zunehmende Geschwindigkeit auch war – der Kampf mit dem Sturm und dem Meer, der Körper und Geist in helle Aufregung versetzte und die Furcht, von einem Brecher über Bord gerissen zu werden, ließ Sachs jetzt zum Heck des Schiffes und auf das Deck des Achterkastells flüchten, wo die Ankerlaterne unbeeindruckt vom Unwetter tapfer brannte.

Wegen der gefährliche Schräglage, die die *Aviso* vor dem Wind eingenommen hatte, war es mühsam, sich über Bord voranzukämpfen. Doch Sachs hangelte sich an der Reling entlang, wobei er gelegentlich abzurutschen drohte, doch er hielt sich. Dann kämpfte er sich den Aufgang zum Achterdeck hinauf und darüber hinweg. Schließlich lehnte er sich an die rückwärtige Reling oberhalb des Heckspiegels, hielt sich mit ausgebreiteten Armen daran fest und schaute voraus über das Schiff. So konnte er die ganze Bewegung des Seglers im Auge behalten. Neuerliches Entsetzen durchfuhr ihn, als er durch die unheimliche Dunkelheit den großen Schiffskörper wie ein lebendiges Wesen mit dem Meer kämpfen und sich bewegen sah. Sachs schluckte und schmeckte das Salz in der Luft und der übers Deck sprühenden Gischt auf der Zunge.

So also schmeckt das Meer und die Angst, schoss es ihm durch den Kopf. Wie als Antwort begann ein bedrohliches Knistern die Luft zu erfüllen, wie Amman Sachs es nie zuvor vernommen hatte. Das Geräusch wurde lauter. Und mit einem Mal brannte die Luft, so schien es. Ein gespenstisches Licht flackerte über die Decks, von dem Sachs im ersten Augenblick nicht wusste, wo es eigentlich herkam. Es schien zu leben, dieses Licht; es zuckte umher und schwankte in seiner Intensität.

Für einen Moment dachte Sachs, die Ankerlampe wäre von der Gewalt des Orkans nun doch geborsten und ihre Flammen hätten das hölzerne Schiff erfasst. Doch so war es nicht. Die Laterne, die an einem dicken Pfahl am Heck des Schiffes befestigt war und somit ein Stück über Amman Sachs' Kopf leuchtete, verbreitete unbeeindruckt von dem Chaos um sie her ihr Licht.

Der Fugger-Agent drehte sich, da er gesehen hatte, dass mit der Öllampe alles in Ordnung war, zum Großmast um. Erkennen und Erschrecken waren eins: Der Mast glühte! Er lebte! Zahllose Blitze verteilte er von der Spitze bis in die Schwärze des Himmels hinein, in denen sich das gespenstische Leuchten und Flackern verlor. Immer neue Blitze züngelten aus der hohen Mastspitze. Und jetzt war es nicht nur der Großmast, der stets weitere Lichtäste zu gebären schien; auch der kleinere Fockmast davor und der Besanmast dahinter streuten nun knisternde, lodernde Blitze in die Finsternis.

»Elmsfeuer!«, hörte Sachs eine erstickte Stimme durch das Chaos brüllen. Er glaubte, es müsse der Kapitän gewesen sein, der dem Angst einflößenden Phänomen einen Namen geben wollte.

Der Fugger-Agent wusste nicht, welchem Geschehen er zuerst seine Aufmerksamkeit schenken sollte. Zu viel geschah jetzt gleichzeitig, zu viel Neues wurde für seine überlasteten Sinne sichtbar und hörbar. Er konzentrierte sich auf das nun gleichmäßig wiederkehrende Blitzen auf den Masten. Eine Böe erfasste das Schiff, sodass es sich für einen Moment noch stärker gegen die Wasseroberfläche neigte; dann schaukelte der Bug in ein besonders tiefes Wellental, und die Gischt spritzte in einer hohen Woge über das Hauptdeck bis zum Achterkastell hinauf.

Von einem Moment auf den anderen setzte das Elmsfeuer aus. Masten und Schiff lagen wieder in Dunkelheit, nur die Ankerlaterne spendete weiter ihr Licht. Dann brannte ein gewaltiger Blitz durch die Sturmnacht. Er war backbord voraus ins Meer geschlagen, nach Süden hin, also aus der Richtung, aus der das Unwetter über sie hereingebrochen war. Sachs fühlte, wie sich ihm die Nackenhaare aufstellten. Einen Augenblick später krachte das Getöse eines gewaltigen Donners, und das ganze Schiff schien zu erzittern. Doch das war es nicht allein, was Amman Sachs vor Entsetzen aufschreien ließ: Er hatte im grellen Schein des Wetterleuchtens irgendetwas gesehen, hatte aber nicht erkennen können, was es war.

Das Elmsfeuer leuchtete wieder auf und ließ die Masten der *Aviso* erneut aufflammen. Der Fugger-Agent schaute hinauf. Er sah, wie der Orkan an den Segeln zerrte. Zwar ächzte und stöhnte die gesamte Takelung, aber noch hielt sie der Gewalt des Sturmes stand.

Wieder erlosch das Geisterlicht an den Masten. Instinktiv

blickte Sachs nach Süden, wo eben der gewaltige Blitz eingeschlagen war, als auch schon ein weiterer Lichtstrahl durch die Nacht zuckte, an der Unterseite der Wolkenbank entlang, deren wirbelnde Dynamik für eine schreckliche Sekunde erneut sichtbar wurde. Dann lenkte der gleißende Lichtast nach unten ab und schlug in einen gespenstisch illuminierten, riesigen Wellenkamm ein. Doch die gigantische Woge, die in vielleicht einer halben Meile Entfernung direkt auf die *Aviso* zuzurollen schien, war es nicht, was die Aufmerksamkeit des Fugger-Agenten fesselte. Seine Augen weiteten sich, so unglaublich war der Anblick dessen, was mit erschreckender Geschwindigkeit auf sie zukam.

Es war ein anderes Schiff, das mit voll gesetzten Segeln vor dem Wind den Wasserberg herunterraste und die Fahrrinne der *Aviso* zu kreuzen drohte. Der Anblick war so geisterhaft, so unfassbar, dass Sachs ihn für ein Trugbild hielt, nachdem das grelle Licht des Blitzes verloschen und die Welt wieder vom tiefen Schwarz verschluckt worden war.

Diesmal aber kehrte nicht erst das Elmsfeuer zurück. Das Inferno des Gewittersturms brach jetzt mit aller Gewalt los. Immer neue Feuerstrahlen schossen durch die Nacht und ließen den heranbrausenden anderen Segler nun zur Gewissheit werden.

»Schiff voraus!«, gellte auch schon ein Schrei über das jetzt von immer neuen Wellen umtoste Deck des Depeschenboots. Der Fugger-Agent fühlte, wie der hölzerne Körper der *Aviso* für eine Schrecksekunde im Nichts zu verharren schien. Dann schlug das Schiff mit ungeheurer Wucht nach Steuerbord herum und in den Wind hinein, um dem heranrasendem Klipper auszuweichen, indem es sich parallel zu ihm stellte. Sachs erkannte, dass es in der noch verbleibenden knappen Zeit bis zur anderenfalls unvermeidbaren Kollision die einzige Möglichkeit war, dass Depeschenboot aus der Fahrlinie des anderen Schiffes zu manövrieren.

Dem Fugger-Agenten fiel es schwer, auf den Beinen zu bleiben, so sehr stampfte und schlingerte die *Aviso* jetzt. Mit beiden Händen hielt er sich krampfhaft an der Reling hinter sich fest. Genau auf dem Zenit der Wende, die das Schiff beschrieb, hörte er den lauten, verzweifelten Schrei eines Seemanns, der oben in den Rahen gehangen haben musste, um die Segel zu sichern, und der nun in hohem Bogen vom vorderen Fockmast ins Meer stürzte. Für einen Moment sah Amman Sachs in einem aufflackernden Blitzschein die panisch zappelnde Gestalt vorbeifliegen. Dann verschluckte Dunkelheit die Gestalt des Mannes, und das Meer erstickte seine Schreie.

Der Fugger-Agent wusste, dass es keine Chance gab, den Mann zu retten. Wahrscheinlich war er bereits tot. Und Amman Sachs wurde nun mit brutaler Klarheit bewusst, in welcher mörderischen Gefahr sie alle hier schwebten. Das Meer würde niemanden mehr preisgeben, wenn es ihn erst in seinen Fängen hatte. Einen Toten hatte es nun bereits gegeben, und das Grauen hatte gerade erst begonnen, zumal das unbekannte Schiff, das auf so beängstigende und unerklärliche Weise aus den Weiten des Meeres aufgetaucht war, ihnen immer näher kam.

Nach wie vor machte die *Aviso* hohe Fahrt, auch wenn das starke Krängen bei der plötzlichen Wende das Schiff abgebremst hatte. Doch sofort trieb der Sturm den Segler wieder voran – mit einer Leichtigkeit, dass man kaum glauben konnte, dass es sich um ein immerhin sechzig Tonnen fassendes Großschiff handelte. Das ganze Schiff ächzte und stöhnte unter den gewaltigen Anstrengungen, die es auszuhalten hatte.

Amman Sachs hielt den Atem an. Die Gefahr war noch nicht gebannt, dann das andere Schiff war irgendwo da draußen in der Finsternis, wahrscheinlich viel zu nah und viel zu schnell. Würde es noch zur Kollision kommen? Dann war alles aus. Rettung würde es hier draußen für niemanden geben.

War dies vielleicht auch das Schicksal der *Flor de la Mar* gewesen? War sie irgendwo in den unbekannten Weiten des Meeres mit einem anderen Schiff kollidiert und ohne Aussicht auf Hilfe von den Fluten verschlungen worden?

Das ungewisse Horchen in den Sturm hatte jetzt schon viel zu lange gedauert. Das Gefühl sagte Amman Sachs, dass es jeden Augenblick zum Zusammenstoß kommen musste. Oder hatten sie es dank des waghalsigen Manövers des Kapitäns tatsächlich geschafft, der Gefahr auszuweichen?

Die *Aviso* fuhr jetzt vor dem Wind, also mit der Windrichtung gegen Norden. Das andere Schiff musste nun also backbord hinter ihnen sein. Sachs begriff, dass er in die falsche Richtung schaute und drehte sich um.

Der Blitz jagte in einer breiten Bahn unter den schweren Wolken entlang und beleuchtete erneut deren brodelnde Struktur. Doch der gewaltige helle Impuls illuminierte für einen langen Augenblick auch die ungeheure Weite des kochenden Meeres. Erschreckend nah und wie ein wütendes Monster zeichnete sich das Schattenspiel des von hinten beleuchteten fremden Seglers keine halbe Schiffslänge hinter dem Depeschenboot ab. Und das kurze Leuchten des Blitzes reichte aus, um zu erkennen, dass der andere Segler schneller war als die *Aviso* und mit voller Fahrt auf sie zuhielt.

Dann verlosch das Licht des Blitzes, und die Dunkelheit war wieder so undurchdringlich wie zuvor. Nur das Ankerlicht des Depeschenbootes leuchtete unbeirrt in die Nacht, reichte aber längst nicht so weit, dass man das andere Schiff auf seiner verhängnisvollen Drift durch die Finsternis hätte erkennen können. Doch Amman Sachs meinte jetzt fühlen zu können, wie das Unheil seinen Lauf nahm und der hoch getakelte fremde Segler die letzten noch trennenden Wellen durchschnitt, um gleich mit mörderischer Wucht die *Aviso* zu rammen. Instinktiv krampfte der Fugger-Agent die Hände um die Reling, in der sicheren Erwartung des Zusammenstoßes.

Für einen Augenblick fragte sich Amman Sachs, warum der andere Segler nichts gegen das drohende Unglück unternahm. Auch wenn die Ankerlaterne kein helles Licht lieferte, hätte man sie auf dem anderen Schiff längst als ein Warnsignal erkennen müssen, dem es auszuweichen galt. Warum hielt es trotzdem weiter auf das Depeschenboot zu? Und warum hatte das fremde Schiff selbst kein Signallicht entzündet oder wenigstens die Nebelglocke geläutet? War die dämonische Dunkelheit, diese alles verhüllende Schwärze des Sturms so undurchdringlich, dass kein Licht von hier nach drüben zum anderen Schiff reichte – und zurück? Oder war das fremde dunkle Schiff vielleicht sogar die Ursache des Sturms selber?

Dem Fugger-Agenten blieb keine Zeit, eine Antwort auf diese Fragen zu finden. Der Aufprall war gewaltig und ließ das Schiff erbeben. Sachs verlor den Halt und schlitterte übers Achterdeck, dessen Reling zum Glück geschlossen war, sodass er nicht über Bord rutschte. Im Straucheln konnte er spüren, wie das andere Schiff an der Backbordwand entlang schlitterte, wie die Planken brachen und das Holz splitterte, wie die Rümpfe sich gegeneinander drängten, sich ineinander verkeilten und zu einer plumpen Masse wurden. Da das fremde Schiff beim Aufprall ungleich schneller gewesen war als die *Aviso*, wurden die Schiffe über steuerbord herumgerissen, was die nach Lee gebrassten Segel der *Aviso* mit der falschen Seite – der Segelvorderseite – in den Sturm schob.

Ein gewaltiges Knirschen war zu vernehmen, als die beiden unheilvoll ineinander verkeilten Schiffswände sich mit den Wellen und der Windbewegung senkrecht gegeneinander verschoben. Dann gab es wieder einen gewaltigen Ruck, und Amman Sachs spürte, wie der Segler vom anderen Schiff freikam.

Der Fugger-Agent hatte sich mittlerweile aufgerappelt und horchte noch einen Moment in seinen Körper, ob er beim heftigen Sturz eine Verletzung davongetragen hatte. Dann hob er im blassen Schein der Ankerlaterne den Blick und taumelte im tosenden Chaos des Orkans zur vorderen Balustrade des Achterdecks, um zu sehen, wie die Lage auf dem Hauptdeck sich darbot. Als Sachs hinunterblickte, durchfuhr ihn eisiger Schock.

Wie Horden wilder Barbaren sprangen immer neue Männer mit grausamem Gebrüll vom anderen Schiff auf das Deck der *Aviso*, gezückte Säbel in den Händen, manche mit einem Messer zwischen den Zähnen. Mit schnellen Schritten verteilten sie sich auf dem Hauptdeck und setzten den Kapitän am Steuerstand und die Mannschaft an ihren Posten fest. Einige verschwanden in der Tür des Achterkastells, die unter Deck führte. Es dauerte nur Augenblicke, da hatten die Angreifer das Depeschenboot vollständig unter ihre Kontrolle gebracht, ohne dass ein einziger Tropfen Blut vergossen wurde.

Sachs war fasziniert und beeindruckt – auch dann noch, als einer der fremden Männer zu ihm heraufkam und ihm den Säbel an den Hals legte. Sachs versuchte gar nicht erst, sich zu wehren. Sein Messer, das er fast nur zum Essen benutzte, wirkte lächerlich angesichts der Waffen, die die Angreifer benutzten.

Der Bewaffnete stieß den Fugger-Agenten zum Niedergang des Hauptdecks, und Sachs beeilte sich, hinunterzukommen. Unter der geschlossenen Ladeluke waren bereits der Kapitän und Teile der Mannschaft zusammengetrieben worden, umstanden von den Angreifern, die immer noch drohend ihre Säbel schwangen. Amman Sachs sah sich um und erkannte nun, dass der Segler, der sie so heftig gerammt hatte, inzwischen wieder freigekommen sein musste.

In diesem Moment flammte in einiger Entfernung voraus ein Licht auf. Sachs vermutete, dass man drüben nun auch das Ankerlicht entzündet hatte, damit die beiden Schiffe ihre jeweilige Position erkennen konnten. Weitere Lichter erschienen unterhalb der ersten Lampe; das konnte nur bedeuten, dass auch in den Kajüten drüben auf dem Klipper die Lichter wieder aufleuchteten.

Amman Sachs schüttelte den Kopf. Was für ein Husarenstück. Und die *Aviso* hatte mit ihrer aus Vorsicht aufgehängten Signallampe den Feind in der schwärzesten Nacht direkt zu sich geführt!

Das erste Mal, seit die Angreifer an Bord gestürmt waren, hörte Sachs, wie zwei der fremden Matrosen ein paar Worte wechselten. Der Fugger-Agent erkannte, dass sie Englisch sprachen. Und das bedeutete, dass Besatzung und Passagiere eines spanischen Depeschenbootes von einem englischen Seefahrer auf offener See überfallen und gekapert worden waren ...

Amman Sachs wurde erst jetzt die ganze Tragweite dieses ungeheuerlichen Geschehens bewusst. Hatte man ihm nicht erst vor wenigen Wochen, unmittelbar vor seiner Abfahrt aus der Alten Welt, gesagt, dass zwischen England und Spanien eine Art Waffenruhe herrschte? Dass beide Länder sogar einen Vertrag darüber abgeschlossen hatten? Und nun waren sie hier von einem britischen Piraten geentert worden.

Doch Sachs kam nicht dazu, darüber nachzudenken, was dies für seine eigene Situation bedeuten konnte, denn mit harschen Kommandos wurden er und die anderen Männer der *Aviso* unter Deck getrieben, wo man sie in die Mannschaftsquartiere sperrte und die Tür hinter ihnen verbarrikadierte. Später stieß man noch den Priester zu ihnen hinein, der als Passagier an Bord des Depeschenbootes war. Weder Tecuichpo noch Gemma konnte der Fugger-Agent im spärlichen Licht der Öllampen entdecken.

Sie waren Gefangene auf ihrem eigenen Schiff. Doch die Mannschaft der *Aviso* fand sich schnell in die neue Situation hinein, hatte es doch auch was Gutes, dass nun andere Männer ihre Pflichten auf dem Segler erledigen mussten. Wer keine der wenigen Pritschen ergattern konnte, setzte sich, vom Kampf gegen den Sturm erschöpft, auf den Deckboden. Gesprochen wurde kaum.

Bald darauf war zu spüren, wie die zuletzt quer zum Wind treibende *Aviso* wieder in den Wind gedreht wurde und deutlich Fahrt aufnahm. Da das Schiff dabei schnell in ein regelmäßiges Auf und Ab überging und die hohen Wellen es von achtern zu überholen schienen, vermutete Sachs, dass sie einen nördlichen, vielleicht nordwestlichen Kurs eingeschlagen hatten. Nach einer Weile legte der Segler sich mehr nach steuerbord in den Wind, was auf einen westlichen Kurs schließen ließ.

Sachs suchte im Zwielicht die Blicke des Kapitäns, der sich ebenfalls gesetzt hatte, mit dem Rücken an einen Stützbalken gelehnt. Für einen Moment schauten sich beide Männer fragend an. Dann sprach der Fugger-Agent aus, was beide dachten: »Wohin bringen uns diese Mistkerle? Was zum Teufel wollen die von uns?«

21.

Die Gefangenschaft unter Deck sollte insgesamt drei Tage dauern – die längsten drei Tage, die Amman Sachs je durchgemacht hatte. Zwar hatte der Sturm nach Ablauf mehrerer Stunden deutlich an Intensität verloren, doch ein paar Dutzend Männer auf engstem Raum wurden schnell zu einer gegenseitigen Belastung. Die gewöhnlichen Matrosen waren die Enge und Nähe zu ihren Kameraden vielleicht gewöhnt und möglicherweise auch mit den Nachteilen eines längeren Aufenthalts in einer fensterlosen Kammer vertraut. Der Fugger-Agent aber litt schon bald unter dem Gestank und den wachsenden Spannungen zwischen den Eingepferchten. Nach einiger Zeit schmerzten ihm die Knochen und Gelenke vom harten Holzboden; es bestand ja kaum die Möglichkeit, sich richtig zu bewegen. Und nach dem zweiten Tag verspürte Sachs den unbändigen Wunsch, das Sonnenlicht wieder zu sehen.

Durch Ritzen in der Beplankung war zu erkennen, wann draußen Tageslicht herrschte, doch mehr als ein Schimmer drang nicht zu den Eingepferchten durch. Von ihren Bezwingern sahen sie in dieser Zeit bloß die paar Mann, die ihnen Zwieback und auch mal einen großen Eimer mit kaltem Eintopf brachten. Von den Kommandeuren der Truppe bekamen sie die ganze Zeit niemanden zu Gesicht.

Amman Sachs fragte sich, was die Eroberer der *Aviso* mit den beiden Frauen an Bord gemacht hatten. Er hoffte, dass diese Engländer Männer von Ehre waren. Zumindest waren sie Seeleute, die ein Schiff grandios beherrschten, was für eine gute Ausbildung und erfahrene Steuerleute sprach – und die gab es nur unter Männern von Stand. Auch ihr Schiff, das Sachs jedoch nur als Schemen gesehen hatte, war erstklassig gewesen – schlank und pfeilschnell. Wenn der Klipper nicht die Beute eines Raubzugs gewesen war, mussten die Eigner ihn bei einem guten Schiffsbauer in Auftrag gegeben haben, der sein Handwerk bestens verstand. Und das kostete Geld, sehr viel Geld. Amman Sachs arbeitete für das größte Kaufmannshaus der Welt; er wusste nur zu gut, wie teuer solche Schiffe waren.

Und doch blieb ein letzter Rest Sorge um die Frauen, die beide auf ihre Weise dem Fugger-Agenten viel bedeuteten. Er konnte nur hoffen, sie möglichst bald wohlbehalten wiederzusehen.

Während der drei Tage, die Sachs und die Männer in ihrem Verlies zubringen mussten, war das Schiff in spürbar schneller, gleichmäßiger Fahrt unterwegs gewesen. Dann legte die *Aviso* sich aus dem Wind. Jeder unter Deck wusste, dass sie ihr Ziel erreicht haben mussten, auch wenn niemand ahnte, wo sie sich befanden.

Das hielt die Männer aber nicht davon ab, darüber zu spekulieren, wohin die Fahrt gegangen sein könnte. Drei Tagesreisen, wahrscheinlich in westlicher, vielleicht nordwestlicher Richtung. Einige tippten auf einen verschwiegenen Hafen auf Kuba, andere glaubten, dass sie die Passage zwischen Kuba und Hispaniola zurückgefahren seien. Dort, im Nordwesten von Hispaniola, gab es eine vorgelagerte, kleinere Insel, die ein idealer Stützpunkt für Seeräuber wäre. Wieder andere hielten es für möglich, dass sie um Jamaika herum gesegelt waren, um den Hafen von Santiago de la Vega anzulaufen. Und der Kapitän der *Aviso* berichtete Amman Sachs im Vertrauen, dass er von Kaufleuten aus Sevilla von einem geheimen Stützpunkt wisse, Fort Diego genannt, den die Engländer auf einer Insel gegenüber von Nombre de Dios angelegt hätten. Aber Fort Diego lag viel weiter als nur drei

Tagesreisen von ihrer letzten bekannten Position entfernt. Doch da der unbekannte englische Kapitän des Schiffes, das die *Aviso* angegriffen hatte, ja ohnehin mit dem Teufel im Bunde zu stehen schien, war ihm alles zuzutrauen. Alle Engländer waren ja Protestanten, und welcher ehrliche Seemann sonst würde sich trauen, in einem Sturm im vollen Wind zu fahren und dabei ein anderes Schiff zu rammen, ohne dass er mit Mann und Maus versank?

Amman Sachs spürte, wie das Schiff den schweren Anker warf. Ansonsten lag das Depeschenboot völlig ruhig auf dem Wasser. Offenbar waren sie in einer geschützten Bucht, zumindest im Windschatten einer Landmasse.

Mehrere englische Seeleute erschienen unter Deck bei den Gefangenen und erteilten auf Spanisch die Anweisung, dass der Kapitän, der Priester und Amman Sachs herauskommen sollten. Sie wurden auf Deck geführt, und der Fugger-Agent erkannte, dass das Schiff tatsächlich vor Land lag. Es war heller Tag, und nun sah er zum ersten Mal das ganze Ausmaß der Schäden, die bei der Kollision mit dem anderen Schiff entstanden waren. Bordwand und Deck waren über die halbe Schiffslänge beschädigt, und mehrere der quer zu den Masten stehenden Rahen fehlten auf der Backbordseite. Die Reparaturen waren nur notdürftig ausgeführt worden.

Sachs erschreckte der Anblick der *Aviso*, die nur mit viel Glück die Havarie überstanden haben konnte. Der Fugger-Agent blickte hinauf in den jetzt wieder klaren Himmel und versuchte sich anhand des Sonnenstandes zu orientieren. Die Sonne stand fast senkrecht über ihnen; es musste also um die Mittagszeit sein.

Das Land, dass Sachs in vielleicht einer Viertelmeile Entfernung zum Schiff sah, war flach und spärlich bewachsen. Eine Bebauung konnte er nicht entdecken. Sachs blickte aufs Wasser und sah, dass es hier viele Untiefen geben musste – Riffe, die nah unter der Wasseroberfläche lagen.

Nun wurden auch Tecuichpo und Gemma aufs Deck geführt, und Sachs wich dem Blick des Kapitäns aus, der ihn mit einem Grinsen anschaute, als er in Gemma ein Mädchen erkannte. Da die englischen Matrosen wieder ihre Säbel gezogen hatten, wagte keiner der Gefangenen, etwas zu sagen.

Amman Sachs sah sich weiter um. Er schaute zur offenen See und erblickte den Klipper, der sie im Sturm angegriffen hatte, im vollen Tageslicht. Er lag vielleicht vier, fünf Schiffslängen von der *Aviso* entfernt ebenfalls vor Anker. Das Schiff war an der Steuerbordseite leicht beschädigt; mehrere Matrosen waren bereits damit beschäftigt, die zersplitterte Beplankung zu ersetzen, wobei auch auf diese Entfernung erkennbar war, dass das fremde Schiff eine doppelte Beplankung hatte, also eine doppelte Schiffswand. Das war umso erstaunlicher, als der Fugger-Agent dieses Schiff kannte; er war sogar schon einmal an Bord gewesen, als er mit Gemma aus London verbannt worden war. Das Schiff war die *Falcon*, die Fregatte von Francis Drake.

Aber was machte Drake hier in der Neuen Welt? Und wie war er so schnell hierhergekommen?

Sachs drehte sich um, suchte Gemmas Blick und sah, dass auch sie die *Falcon* erkannt hatte und sich offenbar die gleichen Fragen stellte wie er. Sachs überschlug die Zeit, die vergangen war, seit sie vor Brügge Drakes Schiff verlassen hatten. Wenn Drake unmittelbar von Brügge aus in die Neue Welt gestartet war, hätte er vor ihnen die karibische See erreicht haben können, selbst auf der südlicheren Route. Jedenfalls musste es ein unglücklicher Zufall gewesen sein, dass sie der *Falcon* vor den Steven gefahren waren. Sachs erinnerte sich, wie Francis Drake vor Brügge die *Falcon* mit voller Fahrt auf eine Sandbank gesetzt hatte. Der Engländer hatte offenbar großes Vertrauen in die Stabilität seines Klippers; nur so war dieses Husarenstück zu erklären.

Während Amman Sachs und die anderen auf Deck der *Aviso*

abwarteten, was nun weiter mit ihnen geschehen würde, hatten mehrere Engländer das kleine Beiboot des Depeschenseglers zu Wasser gelassen und eine Fallreep an der Bordwand hinuntergeworfen. Kurze Zeit später saßen die beiden Frauen, der Kapitän der *Aviso*, der Priester und der Fugger-Agent in der Gig, wie das Beiboot genannt wurde. Zwei Ruderer bedienten die Riemen; zwei weitere Männer saßen mit gespannten Puffern, großen Faustbüchsen, mit denen sie tödliche Bleikugeln verschießen konnten, den Gefangenen gegenüber.

Das Wasser schien bald nur wenig mehr als einen halben Klafter* tief zu sein. Helle Steine leuchteten durch die Wellen. Amman Sachs erkannte, dass die Engländer sich hier gut auskennen mussten, wenn sie so nahe an den Untiefen vor Anker gingen und über die Riffe an Land ruderten.

Die Küstenlinie hob sich aus dem Meer empor, je näher sie dem Ufer kamen. Die Gig hielt auf einen strandartigen Abschnitt zu, der von zwei niedrigen, mannshohen Klippen eingefasst war. Bald war am Strand, der aus grobem weißem Kiesel bestand, ein primitives Lager zu sehen, nicht mehr als eine Feuerstelle und ein paar Vorratsfässer. Doch je näher das Beiboot dem Ufer kam, desto mehr Männer waren im Lager auszumachen. Sachs erkannte, dass sie damit beschäftigt waren, Vorräte zu transportieren. Schwere, offenbar gefüllte Wasserfässer wurden ans Ufer gewuchtet, Früchte in Körben herangetragen und große Schildkröten, denen die Beine festgebunden waren, aufeinander gestapelt.

»Sind wir auf den Caymanes?«, fragte Sachs leise den neben ihm sitzenden Kapitän, um nicht die Aufmerksamkeit der Wachen zu erregen.

»Ich weiß es nicht«, antwortete der Angesprochene, ebenfalls

---

* Das Klafter ist definiert als das Maß zwischen den ausgestreckten Armen eines erwachsenen Mannes, traditionell sechs Fuß, also etwa 1,80 Meter.

bemüht, nicht die Lippen zu bewegen. »Aber das Land scheint mir zu groß zu sein. Die Caymanes sind nur zwei winzige Eilande. Auf einem gibt es eine vom Meer deutlich sichtbare Erhebung. Das Land da vor uns aber ist blank wie eine Platte.«

Die Gig konnte nicht ganz bis ans Ufer fahren; sie lief vorher knirschend auf Grund. So stiegen bis auf die Ruderer alle ins Wasser. Sachs fühlte unter den Stiefeln scharfe Kanten, die sich bis in die Fußsohlen durchdrücken. Es war mühsam, an Land zu waten, auch wenn das Wasser nur knietief war.

Als sie den Kieselstrand endlich erreicht hatten, erkannte der Fugger-Agent, dass die niedrigen Bäume aussahen, als wäre ein Sturm darüber hinweggefegt. Hinter der Küstenlinie schien das Land zudem in eine Senke abzufallen, von der ein moderiger Geruch aufstieg. Dort – unsichtbar von See aus – waren niedrige Hütten errichtet worden. Was für ein raffinierter Platz, überlegte Sachs. Da es keinen Hafen gab, war der kleine Stützpunkt von vorbeifahrenden Schiffen nicht zu entdecken.

Sachs und die anderen wurden zu einer der fensterlosen Hütten geführt, die aus massiven Holzstämmen erbaut waren und ein Dach aus Palmenblättern besaßen. Als Sachs an den Bauten vorbei in die dahinter liegende Senke blickte, begriff er auch, was diesen seltsamen Landungsplatz für die Engländer so anziehend machte: Die Senke war am Boden mit Wasser gefüllt, offenbar Regen- und somit Süßwasser. Absolut überlebenswichtig für die Seeleute. Die Briten hatten hier eines der wertvollen Süßwasserreservoirs erschlossen, das nicht unter der Kontrolle der Spanier zu sein schien.

Gleichzeitig sorgte die strategisch geschickte Lage dafür, dass der Stützpunkt nicht im Verband angegriffen werden konnte – jedenfalls nicht von der Wasserseite aus. Die Besatzungen mussten ja in Beibooten an den Strand übergesetzt werden. Und die Schildkröten stellten einen zusätzlich verfügbaren Nahrungsmittelvorrat dar, der sich gut lagern und frisch halten ließ.

Damit war klar, um was es den Engländern bei der ganzen Aktion mittlerweile ging: Dieses Lager war ein idealer Stützpunkt, um Geiseln zu verstecken. Ein unbekannter Landungsplatz in einem unbekannten Land – wahrscheinlich auf einer unbekannten Insel in einem noch weitgehend unbekannten Meer. Ein Lager, das sich selbst versorgen konnte, zumindest vorübergehend, solange die Geiseln versteckt werden mussten.

Als Sachs mit den anderen die Hütte betrat, erblickte er im halbdunklen Innern einen Mann, der mit dem Rücken zu ihnen stand und den Raum zu kontrollieren schien. Als er die Ankömmlinge bemerkte, dreht er sich um. Der Mann war von schwarzer Hautfarbe, jedoch auf nachlässige Weise nach Art eines spanischen Edelmannes gekleidet. Vorn im Gürtel hatte er einen kostbaren goldenen Säbel stecken. Der Mann lächelte aufreizend.

»Willkommen auf Pedro's Pinnacles«, sagte er nach einer Pause in nahezu perfektem Spanisch. Der Unbekannte schien seiner Hautfarbe nach ein Cimarrones zu sein, ein entlaufener oder freigelassener Sklave der Spanier. Hier jedoch schien er das Kommando zu führen.

»Wer seid Ihr?«, fragte Amman Sachs.

»Pedro natürlich! Ihr seid Gäste auf meiner Insel!« Wieder lächelte der Schwarze selbstbewusst und mit einer Souveränität, die den Fugger-Agenten verunsicherte. Er kannte Schwarze bisher nur als unterwürfige Sklaven; dieser Pedro jedoch war eine Führungspersönlichkeit, mit dem selbstverständlichen Stolz und der beeindruckenden Würde ausgestattet wie die Mexikanerin Tecuichpo, die schweigend neben ihm in die Hütte getreten war.

»Ihr habt von den Spaniern, denen Ihr dient, die schlechte Angewohnheit übernommen, keinen anderen Menschen neben Euch zu akzeptieren als Euresgleichen.«

Sachs fuhr beim Klang der Stimme herum. Unbemerkt hatte noch jemand die Hütte betreten: Francis Drake.

»So schnell sieht man sich wieder, Hohensax«, fuhr Drake in perfektem Spanisch fort. »Und diesmal reist Ihr gleich in Begleitung von zwei Damen – eine davon sehr exotisch. Willkommen auf dieser Pirateninsel.«

»Wo sind wir hier?«, fragte Sachs.

Drake lachte. »Ihr interessiert Euch immer noch für die falschen Dinge«, antwortete er. »Ich an Eurer Stelle hätte mich gefragt, was ich hier eigentlich soll, oder wie man mich auf den Weiten des Meeres hat finden können, oder wie ich von dieser Insel wieder herunterkomme. Ihr aber wollt zuerst wissen, wo Ihr seid.« Wieder lachte Drake, als hätte er soeben die lustigste Geschichte seines Lebens erzählt, und auch der Schwarze schien sich auf Kosten des Fugger-Agenten zu amüsieren.

Amman Sachs versuchte derweil, sein Erstaunen zu verbergen, dass er offenbar gezielt an Bord der *Aviso* überfallen und entführt worden war. Man hatte ihn mit Berechnung verschleppt! Aber was machte ihn so wertvoll, dass die Engländer einen solchen Aufwand betrieben? Und wieso ließ man ihn erst in London laufen, um ihn dann unter dramatischen Umständen doch wieder gefangen zu nehmen?

Irgendetwas musste in den Tagen zwischen den Geschehnissen in London und ihrer Ankunft vor Hispaniola passiert sein, das seine Situation und seinen Status grundlegend verändert hatte.

Sachs überlegte. Nein, sagte er sich dann, es musste zwischen Brüssel und Lissabon passiert sein; sonst wäre nicht genug Zeit gewesen, Drake loszuschicken, dass er ihnen eine Falle stellte.

Drake fuhr fort: »Nun, wie mein Freund Pedro bereits sagte, heißt dieser Ankerplatz hier ›Pedro's Pinnacles‹. Auch die Insel, auf der wir uns befinden, trägt diesen Namen. Sie ist noch auf keiner Karte eingezeichnet, außer auf meiner persönlichen Seekarte. Wir haben dieses Eiland letztes Jahr entdeckt, als wir nach meinem Überfall auf eine spanische Karawane in Panama auf der Suche nach frischem Wasser hier vorbeikamen.«

Der Kapitän der *Aviso*, der bisher geschwiegen hatte, meldete sich zu Wort: »Das wart Ihr? Es heißt, der Angreifer sei Franzose gewesen – und er sei enthauptet worden!«

Der Schwarze lachte wieder. »Du sprichst von Kapitän Jean le Testu. Richtig. Den habt ihr Spanier geköpft und ihm das Herz herausgeschnitten, dabei war er nach einem Bauchschuss eh schon halb tot. Was für Barbaren ihr Spanier doch seid. Ihr kennt keine Gnade. Und dabei waren wir mit eurem Gold und Silber längst auf und davon.« Während er sprach, zog er seinen goldenen Säbel und ließ den Daumen der freien Hand über die scharfe Klinge wandern. »Das ist Jean le Testus Waffe. Nicht mal die haben du und deine Leute bekommen.«

Für einen Augenblick wechselten der Schwarze und der Kapitän der *Aviso* funkelnde Blicke; dann drehte der Spanier sich weg und wandte sich demonstrativ an Francis Drake: »Kann es sein, dass dies eine unbekannte dritte Insel der Caymanes ist?«, fragte er.

Drake sah ihn statt einer Antwort nur schweigend an, als wüsste er nicht, was er erwidern sollte. Der Kapitän nickte, als hätte er doch die Information bekommen, auf die er aus gewesen war.

Dann erkundigte er sich nach dem Schicksal seiner Männer: »Was habt Ihr mit meiner Mannschaft vor?«

Drake spitzte den Mund, als wüsste er auch darauf keine passende Antwort, und blickte zum Schwarzen hinüber. Dann aber sagte er: »Wahrscheinlich werden wir sie in einem spanischen Hafen an Land setzen. Es ist ja ein spanisches Schiff unter spanischer Flagge, das besondere Privilegien genießt. Da wird es wohl keine Schwierigkeiten machen, einen eurer Häfen unbeschadet zu erreichen. Was ihr an nennenswerter Fracht an Bord hattet, haben wir ja schon hier bei Pedro in Sicherheit gebracht.« Bei diesen Worten blickte er dem Fugger-Agenten in die Augen. »Alles, was sonst noch von Wert ist, schaffen meine Leute im Augenblick an Land.«

Amman Sachs überlegte, was der Engländer mit »wertvoller Fracht« noch meinen könnte, und erinnerte sich dann, was ein Depeschenboot eigentlich beförderte: königliche Depeschen. Die waren zweifellos für die Briten von großem Interesse.

Doch zu seiner Überraschung hatte Drake es offenbar noch auf etwas ganz anderes abgesehen. Pedro, der Schwarze, der nach wie vor sein selbstgefälliges Lächeln zeigte, ging auf Drake zu, bis er unmittelbar vor ihm stand, und sagte dann: »Amüsier du dich nur mit den billigen Kirchenschätzen dieses seltsamen Pfaffen. Ich werde mich derweil mit dem hier vergnügen!«

Mit einer überraschenden Körperwendung packte er Tecuichpo am Handgelenk und zerrte sie lachend zum Ausgang der Hütte. Amman Sachs war für die Dauer eines Wimpernschlags zu überrascht, um reagieren zu können; dann zog er sein Messer, das er immer noch am Gürtel trug, und stürzte mit einem gellenden Schrei auf den Schwarzen zu, doch sein Angriff erstarb so plötzlich, wie er begonnen hatte. Pedro hatte seinen goldenen Säbel gezückt und die Klinge mit einer geschickten Bewegung an den Hals des Schweizer gesetzt, ohne dabei dessen Haut zu ritzen. Sachs hatte keine Chance, sein eigenes Messer zu benutzen.

»Wag es ja nicht«, zischte der Schwarze dem Fugger-Agenten ins Gesicht. »Schlechte Zeiten für Helden!« Zornig starrte er Sachs in die Augen. Dann ließ er von ihm ab und stieß ihn von sich weg. Ohne ein weiteres Wort verschwand er mit der Mexikanerin aus der Hütte.

Amman Sachs wurde bewusst, wie leichtfertig er gerade sein Leben aufs Spiel gesetzt hatte und wie knapp er davongekommen war. Er begriff, dass er sich – nach Tomar und London – nun im gefährlichsten Gefängnis befand. In einem Gefängnis, in dem keine seiner ihm vertrauten Regeln mehr galten und von dem niemand draußen in der bekannten Welt wusste, dass es überhaupt existierte. Sie waren auf Gedeih und Verderb dem Wohlwollen der wilden Seeräuberbande ausgesetzt.

22.

Pedro's Pinnacles war, wie sich in den folgenden Tagen der Gefangenschaft herausstellen sollte, tatsächlich der Landeplatz auf einer flachen Insel, deren Ausmaße jedoch schwer zu schätzen waren. Das überwiegend von flachem Buschwerk bewachsene Eiland zeichnete sich vor allem durch die völlige Abwesenheit von Hügeln oder gar Bergen aus.

Amman Sachs, der Priester, der Kapitän der *Aviso* und die beiden Frauen durften sich weitgehend frei bewegen, wobei der Fugger-Agent jedoch bald feststellen musste, dass der Untergrund häufig aus splittrigem Fels bestand, der einem das Darübergehen fast unmöglich machte. Wenn man nicht aufpasste, konnte man sich an den scharfkantigen Steinen leicht die Fußsohlen aufschneiden.

Die Mexikanerin Tecuichpo blieb den Rest des ersten Tages zusammen mit Pedro verschwunden, kehrte dann aber still und schweigend zu den Hütten des Lagers zurück, ohne den Blick des Fugger-Agenten zu erwidern. Offenbar hatte sie schmerzliche Erfahrungen gemacht, die sie noch verschlossener werden ließen, als sie ohnehin schon war. Sachs trauerte den unbeschwerten Gesprächen und der angenehmen Nähe hinterher, die er in Lissabon und während ihrer gemeinsamen Überfahrt an Bord der *Aviso* mit der schönen Mexikanerin erlebt hatte.

Als die Reparaturen an dem spanischen Depeschenboot nach wenigen Tagen weitgehend abgeschlossen waren, verschwand die *Aviso* mit einem Teil der englischen Seeleute, darunter Francis Drake. Die *Falcon* indes blieb vor Pedro's Pinnacles mit einer kleinen Wachbesatzung zurück. Und Pedro als Namensgeber des Landeplatzes übernahm das Kommando über das Lager und die ein Dutzend Seeleute, die die Bewachung und Versorgung der Geiseln versahen.

Amman Sachs konnte nicht umhin, den Schwarzen für seine überlegte Führung zu bewundern. Der Tagesablauf war streng organisiert; jeder Mann hatte seine festen Pflichten, die er ohne Murren auszuführen schien. Die meiste Zeit ging mit dem Heranschaffen von Schildkröten, dem Sammeln der spärlich wachsenden Früchte und dem Suchen von Feuerholz drauf. Wobei Feuer nur am Tag gemacht werden durfte, nie nachts, um vorbeifahrenden Schiffen kein verräterisches Zeichen von ihrem geheimen Lager zu geben.

Der Fugger-Agent beobachtete zu seiner Beunruhigung auch, dass sich zwischen dem Schwarzen und Tecuichpo eine seltsame Vertrautheit zu entwickeln schien. Sie sprachen in einer Sachs unbekannten Sprache miteinander, und statt Angst vor dem schwarzen Mann zu haben, begegnete die Indianerin ihm manchmal mit einer Herzlichkeit, die sie Sachs gegenüber wohl nicht an den Tag gelegt hätte.

Gemma wiederum hatte damit zu kämpfen, dass die Mannschaften wie Motten das Licht ihre Nähe zu suchen schienen und Amman Sachs ertappte sich bald dabei, dass er Gemma wie ein besorgter Vater vor den Avancen der Matrosen zu schützen versuchte. Eine Aufgabe, die er nur schlecht erledigte, wie er selbst wusste. Er war nie Vater gewesen, nur Freund.

Mit dem Kapitän der *Aviso* überlegte Amman Sachs bei jeder sich bietenden Gelegenheit, ob es eine Möglichkeit zur Flucht aus Pedro's Pinnacles gab. Aber da das Beiboot der *Falcon* nie lange genug in Reichweite blieb, um die darin sitzenden Seeleute zu überwältigen und die Gig zu kapern, schien die Hoffnung aussichtslos zu sein, sich selbst aus der Gefangenschaft befreien zu können.

Nach nur drei Tagen war Francis Drake mit der *Aviso* wieder zurück vor der öden Insel. Am Abend dieses Tages ließ er Sachs von seinen Leuten an Bord der *Falcon* bringen, wo er den Schweizer in seiner großen Kajüte im Achterdeckkastell erwartete. Ein Tisch war üppig für ein Abendessen gedeckt. Der Fugger-Agent sah gebratenes und gekochtes Fleisch, frische Brotlaibe und die verschiedensten Früchte, von denen er viele noch nie im Leben gesehen hatte.

»Setzt Euch, Hohensax. Ihr seit heute Abend mein Gast. Ich möchte nicht, dass Ihr nach Eurer Freilassung behaupten könntet, ich hätte Euch schlecht behandelt. Außerdem muss ich Euch ja bei Laune halten, wenn ich ein gutes Lösegeld für Euch erhandeln will.«

Amman Sachs setzte sich wie gewünscht. Er entdeckte ein drittes Gedeck mit Teller und Zinnbecher auf dem Tisch. Und als er sah, wie der Engländer sein Messer aus dem Gürtel zog und es demonstrativ vor sich in die hölzerne Tischplatte stach, als auch er sich setzte, tat der Fugger-Agent es ihm gleich.

»Glaubt Ihr ernsthaft, dass Euch irgendjemand auch nur einen Peso für mich zahlt? Ihr überschätzt meine Bedeutung, Drake.« Sachs nahm den gefüllten Zinnbecher, der vor ihm stand, und roch daran: Es war gewürzter Wein, der wundervoll duftete. Er blickte zu seinem Gastgeber.

Drake nahm ebenfalls seinen Becher und prostete dem Schweizer zu. »Auf Eure Freunde! Sachs, Ihr seid von größerem Wert für Eure Herren, als Ihr vielleicht wissen könnt. Wenngleich es mich überraschen würde, wenn ein Mann von Eurer Weitsicht noch nicht erkannt hat, was ihn in den Augen gewisser Parteien unentbehrlich macht. Es ist sogar so, dass zwei dieser Parteien aus ganz unterschiedlichen Erwägungen um Euer Leben mit mir buhlen wollen – was den Preis einer Ware in erstaunliche Höhen treiben kann, wie jeder Kaufmann weiß.«

Drake lächelte listig. Sachs erkannte wieder die ungeheure Verschlagenheit, die diesen Mann auszeichnete und überaus gefährlich machte. Doch Sachs glaubte dem Engländer auch, dass er ihn, den Agenten des größten Handelshauses der Welt, nicht ohne Grund auf so spektakuläre Weise entführt hatte. Und dies führte Sachs zu der Erkenntnis, dass er bei den Vorgängen der letzten Tage, Wochen und Monate irgendetwas für seine derzeitige Situation Wichtiges übersehen haben musste. Zumindest hatte er es nicht in seiner richtigen Bedeutung erkannt.

Sachs beschloss, seiner vertrauten Strategie zu folgen und stellte erst einmal unverfängliche Fragen.

»Verratet Ihr mir, Drake, wie Ihr es angestellt habt, unser Schiff nach zwei oder drei Dutzend Tagesreisen mitten in der Nacht auf hoher See zu finden, noch dazu bei diesem gewaltigen Sturm?« Sachs zog sein Messer aus der Tischplatte und pickte mit der Spitze die gebratenen Fleischstücke von den Holztellern.

Drake schien geschmeichelt von der Frage des Schweizers. »Spanien, Portugal und die Niederlande waren die längste Zeit die Beherrscher der Weltmeere. Von den Franzosen ganz zu schweigen, die auf erschreckende Weise in Bedeutungslosigkeit versinken. Das kommende Volk großer Seefahrer werden wir Engländer sein. Während die anderen verzweifelt damit beschäftigt sind, das Problem zu lösen, wie sie immer größere Schiffe bauen könnten, um immer mehr Schätze aus den neu entdeckten Ländern in ihre Schatzkammern zu schaffen, haben wir den Schiffsbau revolutioniert, indem wir die Grenzen der bisherigen Höchstgeschwindigkeit überschritten haben. Ist Euch schon einmal aufgefallen, dass es auf das Verhältnis zwischen der Länge eines Schiffes zur Breite ankommt, um die später mögliche Geschwindigkeit zu berechnen?

Sicher spielen auch Masten, Takelage, Gewicht und Seefahrerkunst eine Rolle, aber der Grundstein von allem ist das Verhältnis von Längs- und Querachse eines Schiffes. Und unsere Schiffbauer haben die ideale Formel für das schnellste Schiff der Welt gefunden.«

Amman Sachs musste an seine Beobachtungen im Hafen von Lissabon denken, als er die *Aviso* mit der neben ihr liegenden alten Karacke verglichen hatten. Er wusste, dass Drake die Wahrheit sagte.

»Ich habe schon seit unserer gemeinsamen Überfahrt von London nach Brügge die größte Hochachtung vor Euch und Euren neuen Techniken«, schmeichelte Sachs seinem Gastgeber. »Allein, wie Ihr Eure Geschwindigkeit messt und die Robustheit Eures Schiffes richtig einschätzen könnt. Die Navigatoren, die ich vor Euch kennen gelernt habe, waren umsichtige Menschen. Ihr aber seid ein wagemutiger Draufgänger, der sich seiner Sache sicher ist. Aber wie habt Ihr uns gefunden? Was ist Euer Geheimnis?«

Der Fugger-Agent war nicht sicher, ob Drake seine Strategie durchschaute oder ob die Eitelkeit tatsächlich die Achillesferse des Engländers war.

Drake begann jetzt ebenfalls zu essen. »Ich habe den Atlantik in meinem Leben mittlerweile sechsmal nach West wie nach Ost überquert. Ich war unmittelbar nach Euch in Lissabon und habe Eure Abfahrt nur um Stunden verpasst. Da es wahrscheinlich war, dass Ihr Madeira ansteuert, wie jedes spanische Schiff zu dieser Jahreszeit, um günstigen Wind zu finden, war für mich klar, dass es eine Chance gab, Euch genau dort zu überholen. Wir mussten nur den gleichen Wind nutzen wie Ihr und an der erst besten schmalen Stelle, durch die Ihr fahren würdet, auf Euch warten. Das war zwischen Hispaniola und Kuba. Der Sturm war Zufall, aber da Ihr auch schon Lissabon bei Nacht verlassen hattet, war klar, dass wir auch des Nachts nach Euch Ausschau halten mussten. Welches Glück für uns, dass Ihr uns ein Signallicht gehisst habt, das sogar in dem Orkan nicht verlöschen konnte. Den Rest der Geschichte kennt Ihr ja.«

Der Engländer zeigte das überhebliche Lächeln eines Siegers.

Doch Amman Sachs war ehrlich beeindruckt. »Ihr seid wirklich ein Meister, Drake. Ein Zauberer. Und Ihr besitzt ein bemerkenswertes Schiff, das wie eine spanische Fregata ausschaut, aber doch ein englisches Waffenschiff ist. Und das eine doppelte Schiffswand besitzt, wie ich entdeckt habe. Der ganze Aufwand wegen eines unbedeutenden Handelsagenten aus Augsburg?«

Drake trank einen großen Schluck Wein. »Denkt nach, Sachs. Ihr kennt jetzt Francis Drake, kennt ihn persönlich. Ihr habt mit eigenen Augen gesehen, was dieser Francis Drake mit einem Schiff zu leisten vermag ... mit *seinem* Schiff.« Der Engländer machte eine Pause und lehnte sich im Stuhl zurück. »Ist Euch noch nicht aufgefallen, dass der Name *Drake* auf Spanisch wie ›El Draque‹ klingt? Drake, der Drache. Ich bin die Apokalypse für die spanische Flotte! Ich werde ihre Vernichtung sein!« Der Engländer redete immer lauter. Dann aber lehnte er sich vor, stützte sich auf dem Tisch ab und sprach ganz leise: »Und ich habe bereits bewiesen, dass ich diese Apokalypse bin. Ich habe es häufiger bewiesen, als Ihr es noch zu glauben wagt, Hohensax!«

Mit einem Ruck warf Drake sich wieder in den Stuhl zurück; dann nahm er mit dem ausgestreckten Arm einen Apfel vom Tisch und biss von ihm ab.

Sachs fragte sich, ob Drake den Verstand verloren hatte. Oder war es er selber? Weil er nicht verstand, was hier eigentlich vor sich ging? Francis Drake, die Apokalypse der spanischen Flotte? Drake hatte ihm in London erzählt, dass er der Mann war, der die Festung San Juan de Ulúa im Hafen von Veracruz in Mexiko überfallen hatte. Nun hatte er auch vom Überfall auf eine spanische Karawane in Panama berichtet. Amman Sachs dämmerte allmählich, dass jeder Überfall eines Engländers auf Spanier in den letzten Jahren irgendetwas mit dem Mann ihm gegenüber zu tun haben musste.

»Ihr wart es, der Nombre de Dios verwüstet hat, nicht wahr?«

Der Angesprochene lächelte und aß weiter von seinem Apfel. »Nur weiter, mein Freund. Endlich seid Ihr auf dem richtigen Weg der Erkenntnis! Ich habe Euch schon einmal ermahnt, Ihr solltet Euch besser über die Leute informieren, mit denen Ihr zu tun habt. Wissen ist alles!«

Als er selbst den Namen Nombre de Dios erwähnte, fiel Sachs seine Begegnung mit dem Namensvetter Drakes, Francis Walsingham, in diesem fiebrigen Sumpfloch ein. In dem Fugger-Agenten stieg ein alter Verdacht wieder auf, wie sich alle seine offenen Fragen schlüssig zu einer alles erklärenden Antwort verbinden konnten. Aber er war im Tower von London gewesen. Und er hatte *Es* mit eigenen Augen gesehen! Aber hatten seine Augen ihm vielleicht doch nur eine Lüge vorgetäuscht?

»Wo wart Ihr, Master Drake, ehe Ihr nach London gekommen seid, wo wir uns das erste Mal getroffen haben?«

Der Engländer hatte den Apfel jetzt vollständig abgenagt und warf die Hülse auf den Tisch. Statt einer Antwort blickte er den Schweizer weiter herausfordernd an.

Sachs erkannte, dass das wissende Schweigen des Engländers zu einer Bestätigung seiner eigentlichen, versteckten Frage wurde, die schwer auf der Seele des Fugger-Agenten lastete. Er fühlte seine Niederlage beinahe körperlich, als hätte jemand ihm mit einem Säbel bei lebendigem Leib ein Bein oder einen Arm abgeschlagen oder ihm gar die Gedärme aus dem Leib gerissen.

»Was für eine unglaubliche Niedertracht!«, stieß er hervor. Er wollte aufspringen, sich auf den Feind am anderen Ende des Tisches werfen, ihm sein Messer in den Leib stoßen, doch seine Beine versagten ihm den Dienst. Aber nicht, weil er irgendein Gift im Körper hatte – das Gift, das ihn lähmte, war die Erkenntnis der unglaublichen Scheußlichkeit, die man ihm angetan hatte. Sachs fehlten die Worte vor Schmerz und Pein. Er strauchelte, stürzte und hielt sich den Leib, während er sich auf den Planken des Kajütdecks hin und her wälzte. Wäre es wirklich eine tödliche Droge gewesen, die ihm diese Schmerzen bereitete, hätte er wenigstens gewusst, dass ein baldiger Tod ihm Erlösung bringen würde. Doch er war verdammt, seine schwarze Verzweiflung in dem Bewusstsein ertragen zu müssen, den Rest seines Lebens mit der Schande verbringen zu müssen.

Schließlich aber fasste Sachs sich wieder, setzte sich mühsam auf den Stuhl und schaute benommen zu Drake hinüber.

»Ja, manchmal bereitet die Wahrheit Höllenqualen.« Der Engländer griff unter den Tisch und zog einen großen Säbel hervor, den er wohl dort bereit gelegt hatte für den Fall, dass Amman Sachs ihn angreifen wollte. Nun nahm er den Säbel und hieb mit einem kräftigen Schlag einer großen Nuss, die auf dem Tisch lag, die Spitze ab. Dann hielt er sich die geöffnete Nuss unter die Nase, roch daran und trank von einer Flüssigkeit, die im Innern der Frucht gluckerte.

»Dann habt Ihr jetzt verstanden, worum es bei all dem geht?«, fragte Drake.

Sachs fühlte sich unendlich erschöpft und ausgelaugt. Es kostete ihn alle Mühe, sich gerade im Stuhl aufzurichten, um seine Tasche besser öffnen zu können. Ohne hinzuschauen, ertastete er, was er suchte, und warf den Rosenobel auf den gedeckten Tisch, als wollte er für das Mahl bezahlen. Dabei ließ er den Engländer keine Sekunde aus den Augen.

Drake stach seinen Säbel in den Kabinenboden, um die Hand frei zu haben, beugte sich vor und nahm die Münze. Wieder legte sich ein breites Grinsen auf sein Gesicht.

»Ihr habt die hier aus der Münzgasse des Towers entwenden können? Ihr seid doch Schweizer! Denkt einmal darüber nach, ob Ihr nicht mir und England dienen wollt. Ihr habt mit Augsburg, den Spaniern und der ganzen katholischen Habsburger Dynastie nichts zu schaffen. Man hat Euch verraten und verkauft.«

Sachs legte resignierend die Stirn in Falten. »Seid Ihr nicht erst vor wenigen Tagen losgesegelt, um mit der Mannschaft der *Aviso* eine Lösegeldforderung für mich abzusetzen? Seid Ihr nicht der größte aller Verräter, El Draque? Der wahre Unhold? Bloß ein hinterhältiger Strauchdieb und Mörder?«

»Ich kann Euren Unmut verstehen«, sagte der Engländer nach kurzem Schweigen, wobei er zu überdenken schien, was der Fugger-Agent gesagt hatte. »Aber wie Ihr, so bin auch ich nur ein Diener meines Herrn oder besser, meiner Herrin, meiner Königin. Ich tue, was ich am besten kann: ein Schiff führen. Und ich setze mein Können zum Besten meines Landes ein. Was ist verkehrt daran?«

Sachs schwieg und blickte den Mann ihm gegenüber mit einer verzweifelten, finsteren Miene an.

»Ihr müsst erkennen«, fuhr Drake schließlich fort, »dass das alles nicht aus unserer Idee gewachsen war. Ich war bloß der Mann, der Eure Goldgaleone auf dem Meer aufgespürt hat. Es war eine so fette Beute, wir mussten ihr einfach den Hals umdrehen.« Drake blickte jetzt wieder linkisch zum Fugger-Agenten hinüber.

»Ihr habt sie alle umgebracht!«, rief Sachs.

Der Engländer senkte den Blick. »Ja, das gebe ich zu. Kein Ruhmesblatt. Aber der Schatz war größer als je zuvor. Und der Widerstand der mitfahrenden Soldaten und Indianer ebenfalls. Es ließ sich nicht vermeiden. Es gab keinen anderen Weg, an das verdammte Gold heranzukommen. Ja, es ist Blutgold!« Drake sah wieder auf.

»Und die Sache mit dem Alchemistengold war nur eine Täuschung, um den plötzlichen Goldreichtum Englands zu erklären?« Amman Sachs schüttelte resignierend den Kopf.

Drake nickte. »Darum hat man Euch aus London entkommen lassen. Nur wenige waren eingeweiht. Ihr solltet der Bote des Unglaublichen sein – der Mann, der das Wunder des Goldmachens mit eigenen Augen gesehen und voller Überzeugung die Kunde verbreitet.

So jedenfalls war es gedacht. Ich aber hatte von vornherein gesagt, dass dieser lächerliche Plan nie aufgehen würde. Alchemistengold! Wer diese Scharlatane einmal bei ihrem Tun beobachtet hat, durchschaut rasch ihre Täuschungen. Ein Tiegel mit flüssigem Silber wandert in den Ofen, ein Tiegel mit Gold wird herausgezogen. Jeder glaubt, es sei ein und derselbe Tiegel. Dabei ist nur zu offensichtlich, dass es zwei sein müssen. Nichts als Taschenspielertricks!«

Amman Sachs sah mit einem Mal wieder die Szenerie im Keller des Towers vor sich, den Adepten in seiner Alchemistenküche. Damals hatte er geglaubt, mit eigenen Augen gesehen zu haben, wie der Mann Gold gekocht hatte ... dabei hatte dieser Kerl ihm nur ein grandioses Schauspiel vorgeführt. Was für ein Betrug!

»Es ist spanisches Gold, das die Kriegskasse von Königin Elisabeth füllt«, zog Amman Sachs endlich die richtigen Schlüsse. »Indianisches Gold. Mexikanisches Gold. Das reinste Gold der Welt. Dreiundzwanzig Karat. Die Goldprobe hat mich also doch nicht getäuscht ...«

Drake unterbrach ihn: »Geraubtes Gold, das den Räubern nur wieder geraubt wurde. Deshalb haben die Spanier kein Recht, den Stab über England zu brechen. Am Ende hat sich nur der Bessere genommen, was die Bewohner Mexikos um des Friedens willen verschenken wollten; und ihr wisst, dass die Spanier den Indianern niemals Frieden gewähren.«

Amman Sachs dachte über die seltsame Beziehung nach, die

Drake mit dem entlaufenen Sklaven Pedro verbinden musste. Ein Spanier würde eine solche Freundschaft – oder auch nur eine solche Beziehung – niemals dulden. Drake aber suchte offensichtlich eher Verbündete, ehe er jemanden unterwarf oder gar tötete.

»Und wie ist es mit Montezumas Sohn und seinem Gefolge, die Ihr auf der *Flor de la Mar* doch sicher angetroffen habt? Habt Ihr sie etwa verschont?«, suchte der Fugger-Agent nach einem schwachen Punkt in den Erklärungen des Engländers.

Drake senkte den Blick. »Ich sagte doch bereits ... kein Ruhmesblatt. Aber England lebt im Krieg mit Spaniern und dem katholischen Erdkreis, der sich mit dem Bann des Papstes die ganze Welt untertan machen will. Und die so genannten Protestanten sollen da keine Ansprüche erheben dürfen? Ihr wisst, was die Katholen in Paris während der Bluthochzeit der Bartholomäusnacht unter den Hugenotten und anderen so genannten Abtrünnigen angerichtet haben. Messt meine Tat an diesen Taten, und sie sind ein Nichts!«

Kann man einen Toten gegen einen anderen aufrechnen?, überlegte der Fugger-Agent. Er fand es nicht richtig, konnte aber nicht erklären, warum es so war. Stattdessen fragte er: »Was hat sich verändert, dass Ihr mir jetzt diese Schrecken offenbart, nachdem Ihr Euch Euer falsches Spiel so listig überlegt habt?«

Drake hob den Kopf, stand vom Tisch, zog seinen Säbel aus dem Holz und begann in der Kajüte auf und ab zu gehen. »Es war ja nie *mein* falsches Spiel«, sagte er schließlich.

Amman Sachs legte die Stirn in Falten. »Aber Ihr habt mich doch in der Templerkirche befreit, damit ich zurückreisen konnte, um Eure Lügengeschichte von den neuen Rosenobeln zu verbreiten ...« Sachs unterbrach sich, weil ihm ein anderer Gedanke kam. Schließlich schlug er sich mit der flachen Hand vor die Stirn.

»Aber natürlich! Ich Dummkopf! Ihr habt Euren eigenen kleinen Komplott gegen das große Komplott inszeniert. Denn was für eine Verschwendung es wäre, den besten Seemann der Welt für unbedeutende Truppentransporte zu benutzen! Was für eine Vergeudung! Also legt Ihr die Lunte an den schwelenden Konflikt zwischen England und Spanien, um endlich wieder auf große Kaperfahrt gehen zu dürfen. Ihr entert ein kleines Depeschenboot mit dem angeblichen Verräter der Quelle der erstaunlichen englischen Goldvorräte, um aus ihm einen *echten* Verräter dieser erstaunlichen englischen Goldvorräte zu machen.

Ihr seid noch raffinierter, als ich Euch ohnehin schon eingeschätzt habe, Master Drake! Ein doppelter Verrat, damit Ihr statt langweiliger Nachschubfahrten für den langweiligen Krieg gegen die Iren und Schotten weiterhin große Goldgaleonen erobern dürft. Ihr habt Blut geleckt, und jetzt wollt Ihr mehr!«

Drake ging noch immer in der Kajüte auf und ab, ohne dass er Sachs unterbrochen hatte. Nun entgegnete er: »Ich betrachte es tatsächlich als Vergeudung, nur Botendienste erledigen zu dürfen wie in meiner Lehrzeit als Küstenfahrer, wo ich doch Schlachten zu gewinnen weiß! Aber das war es nicht allein, was mich Euch hinterher segeln ließ. Nein, da gibt es noch mehr. Wenngleich es sich doppelt zu meinem Vorteil wenden ließ.«

Drake blieb jetzt stehen und fischte mit seinem Säbel einen weiteren Apfel vom Tisch, den er an seinem Wams blank rieb und dann beim Weiterreden aß. »Und jetzt, da Ihr um die wahre Bedeutung der Rosenobel wisst, ist Euch sicher klar, warum allein die Spanier für Euch und Euer Leben jeden Preis zu bezahlen bereit sein werden, Hohensax. Ihr seid derjenige, der König Philipp sagen kann, wo sein Gold aus Mexiko wirklich abgeblieben ist. Wir beiden wissen, dass es eine schier unvorstellbare Summe an Gold war, die im Bauch der Galeone schlummerte. Es war so unfassbar viel Gold, dass wir gar nicht alles, was die *Flor* an

Schätzen zu bieten hatte, zu unseren Schiffen schaffen konnten. Manches, das von Wert gewesen sein mochte, mussten wir auf dem sinkenden Segler zurücklassen.«

Der Engländer schmatzte bei dem Gedanken an die kostbare Beute. »Wir nahmen alles, was aus Gold war. Auch das meiste von dem Silber konnte unser Schiff ohne Gefahr noch übernehmen. Aber schon den Proviant der Goldgaleone und einige schwere Bündel mussten wir zurücklassen.«

Drake schien sich an eine bestimmte Szene seines Raubzugs zu erinnern: »Da war ein Indianerhäuptling an Bord des Schiffes, ein eindrucksvoller Mann. Aber das wisst Ihr ja sicher. Dieser Indianer trug bei unserem Angriff ein schweres, in Blei geschlagenes Bündel in den Armen, das er offensichtlich mit seinem Leben verteidigt hätte. Ich frage mich bis heute, was in diesem Bündel gewesen sein mag. Aber wir hatten ohnehin schon zu viel Beute gemacht, mehr als wir für die *Falcon* hätten riskieren dürfen. Wir hatten Gold und Silber im Überfluss. Was sollten wir da mit diesen Packen aus Blei? Wobei ich manchmal glaube, dass Edelsteine darin waren, so verbissen hat der Indianer um seinen Besitz gekämpft. Aber diese Wilden halten ja auch billige Glasperlen für kostbare Edelsteine.« Drake blickte Sachs kauend an. »Was für ein Geschenk von Euch, eine solch fette Gans ohne Begleitung auf diese weite Reise zu schicken. Die *Flor* hatte keine Chance gegen uns kleinen schnellen Fuchs. Viel zu schwerfällig. Viel zu tief im Wasser. Wir haben sie wie erwartet eine Tagesreise östlich und zwei Strich südlich des eigentlichen Kurses erwischt.« Drake lachte. »Ja, Ihr werdet König Philipp viel zu erzählen haben, mein Freund. Und wie jeder Bote, der schlechte Nachrichten zu überbringen hat, werdet Ihr diese Mission wohl nicht überleben. Das liegt dann aber nicht mehr in meiner Verantwortung.«

23.

Das gemeinsame Abendessen war beendet. Amman Sachs wurde in der Gig von Kapitän Drake zurück an Land gerudert. Die Sonne ging unter und tauchte den Himmel für kurze Zeit in leuchtendes Rot.

Noch immer machte Sachs das Gespräch mit dem Engländer zu schaffen. Er fühlte sich elend, die unrühmliche Hauptrolle in diesem Ränkespiel übernommen zu haben, ohne bis jetzt erkannt zu haben, worum es dabei ging. Drake hatte recht: Die Spanier würden alles daransetzen, ihn, den Fugger-Agenten, in die Hände zu bekommen, wenn sie erfuhren, dass er das Geheimnis der Goldgaleone kannte.

Francis Drake hatte Dank seines seemännischen Geschicks die *Flor de la Mar* mitten auf dem Meer aufgespürt, da er wie kein Zweiter vorausberechnen konnte, welche Route das Schiff nahm und wann es zu einer bestimmten Zeit an einem bestimmten Ort sein würde. Mit seiner spanisch anmutenden Fregatte *Falcon* konnte er sich dem größeren, ebenfalls spanischen Schiff nähern, das wahrscheinlich völlig ahnungslos war. Und als die *Falcon* dann nahe genug war, griff sie an und erlegte die Beute, bevor diese wusste, was vor sich ging. Ein Angriff auf hoher See, von einem spanischen Schiff, das viel kleiner war als die gewaltige *Flor* ... das musste für die Besatzung der Goldgaleone so undenkbar gewesen sein, so weit weg von der Wirklichkeit, dass sie ahnungslos ins Verderben gesteuert waren.

Und die Engländer hatten gut daran getan, keinen Zeugen dieses Frevels am Leben zu lassen, war dieser Überfall doch der

Bruch eines frischen Friedensvertrages zwischen England und Spanien. Und er offenbarte jedem Feind Englands das Draufgängertum und das sagenhafte seemännische Geschick dieses bisher unterschätzten Landes. Doch dieser Francis Drake wollte nicht länger unterschätzt werden. Er wollte den Ruhm, der ihm zustand. Und nachdem er gewissermaßen im Alleingang mit seinem Schurkenstreich die Kriegskasse seines Landes gefüllt hatte, empfand er es als maßlose Demütigung und Herabsetzung, dass er zum Dank lediglich Söldner vom Festland auf die britischen Inseln hatte befördern sollen.

Denn größer noch als sein Wagemut war bei Drake wohl der Ehrgeiz. Alle Welt sollte erfahren, wer er war und was er dank seines Willens und seiner Erfahrung als Seefahrer ausrichten konnte. Und Amman Sachs hatte selbst am eigenen Leib jetzt mehrmals erfahren, was dieser »Drache« alles zu leisten in der Lage war. Er, Sachs, sollte nun das Werkzeug sein, das Drakes Ruhm bei seinen Feinden mehren würde. Und Drake, dieser durchtriebene Halunke, ließ seine Feinde auch noch ein Lösegeld dafür zahlen, dass sie von seinen Taten erfuhren.

Wieder im Lager von Pedro's Pinnacles berichtete Amman Sachs Gemma von seinem Gespräch mit Drake. Sie teilte sein Entsetzen über die unfassbare Intrige, zu deren Teil sie beide ohne Absicht geworden waren. Sie beratschlagten leise, ob es für Amman Sachs die Möglichkeit gab, aus diesem verhängnisvollen Strudel der Ereignisse herauszukommen. Doch so sehr sie sich auch ihre Situation und die sich daraus ergebenden Konsequenzen ausmalten – es schien kein Entrinnen vor dem weiteren Unheil zu geben, das auf Sachs zukam.

Am nächsten Morgen hatte die *Falcon* ihren Liegeplatz vor Pedro's Pinnacles verlassen. Wohin sie fahren würde, war für die Geiseln nicht zu erfahren, doch vermuteten Sachs und seine Gefährten, dass die Reise wohl mit den Lösegeldverhandlungen zu tun hatte und dass Drake sich irgendwo mit einem spanischen Unterhändler treffen wollte, um die Bedingungen für eine Auslieferung seiner Geiseln festzulegen. Der Kapitän der *Aviso* tippte, dass die Gespräche wahrscheinlich in der Stadt Havanna auf der Insel Fernandina, mittlerweile Kuba genannt, stattfinden würden. Havanna sei schließlich der Sammelplatz der großen spanischen Flotten und Sitz der meisten spanischen Repräsentanten, da dank einer nahen Pechquelle und gewaltiger Holzvorräte in den dichten Wäldern dort exzellente Bootsbauer verfügbar waren. Wer eine weite Reise mit einem Schiff hinter sich hatte, war dort am richtigen Platz. Und an einem solchen Ort würde auch jede Nachricht und jede Information ihren Adressaten finden.

Nach einer guten Woche kehrte die *Falcon* von ihrer Fahrt zurück. Und sie sollte an Bord eine Überraschung für Amman Sachs bereithalten: Noch am Abend ihrer Ankunft wurde der Fugger-Agent abermals zu einem Gastmahl in die Kajüte von Francis Drake gebeten. Wieder war für drei Personen gedeckt, doch diesmal war der dritte Platz am erneut reichlich gedeckten Tisch nicht unbesetzt. Ein Sachs bereits guter Bekannter hatte es sich dort bequem gemacht und lächelte dem Schweizer freundlich entgegen, als dieser von Drakes Matrosen hereingeführt wurde. El Draque selbst stand an den bleigefassten Fenstern seiner Kabine und schaute durch das wellige Glas nachdenklich hinaus aufs Meer.

»Walsingham!«, entfuhr es Sachs beim Anblick des unerwarteten Gastes an der Tafel. Seine Überraschung war echt. Aber auch sein Misstrauen war sofort geweckt. Was hatte nun auch noch dieser hochrangige Engländer hier am Ende der bekannten Welt zu suchen?

Francis Walsingham machte keine Anstalten, von seinem Platz aufzustehen und Sachs bei einer Begrüßung die übliche Ehre zu erweisen. Und Sachs spürte auch die Spannung, die zwischen Walsingham und Drake zu bestehen schien. Es hatte wohl einen Streit oder zumindest eine Auseinandersetzung zwischen den beiden Engländern gegeben, bevor er den Raum betreten hatte.

Sachs bemerkte, dass es offenbar Kontroversen zwischen den beiden Männern gab, und überlegte, ob er einen Vorteil daraus ziehen konnte. Aber dann musste er erst einmal herausbekommen, welche Funktion Walsingham hier ausübte. Sachs glaubte nicht, dass die Anwesenheit dieses Mannes, der mit seinem Prinzipal zwar nicht auf gutem, so doch auf vertrautem Fuße stand, ein Zufall war. Aber war Walsingham Freund oder Feind? Sachs vermochte es wieder einmal nicht zu sagen.

Ohne ein weiteres Wort setzte er sich auf den Stuhl, auf dem er auch bei seinem letzten Besuch auf der *Falcon* gesessen hatte, und beobachtete die beiden Engländer, die sich keines Blickes würdigten. Walsingham schien die Anwesenheit jeder anderen Person in der Kajüte vergessen zu haben und starrte auf die Speisen vor sich. Endlich nahm er seinen gefüllten Zinnbecher und trank ihn in einem Zug leer, ehe er sich Sachs zuwandte.

»Meister Hohensax, entschuldigt meine Unaufmerksamkeit. Schwierige Zeiten sind angebrochen. Aber ich freue mich, Euch wohlbehalten zu sehen, wenn auch leider unter widrigen Umständen. Wie geht es Euch?«

Der Fugger-Agent sah von Walsingham zu Drake und wieder zurück. Der Konflikt der beiden Männer hatte mit ihm zu tun, vermutete Sachs. Nach dem, was Drake ihm vor einer Woche – vor seine Abreise – erzählt hatte, stand er mit seiner Aktion, ihn und die anderen auf so spektakuläre und riskante Weise zu entführen, alleine da. Walsingham repräsentierte damit wohl das offizielle England, dass das Wissen über seine wahre Stärke und seemännische Macht noch eine Weile unter Verschluss halten und ganz sicher nichts darüber verlauten lassen wollte, wer das Gold der Mexikaner an sich gebracht hatte.

Amman Sachs nickte bedächtig. »Wir werden gut behandelt.

Nur den Frauen setzt die Gefangenschaft sehr zu.« Er machte eine Pause. »Was ist Eure Aufgabe hier, Walsingham? Was wollt Ihr von mir? Ihr seid doch wegen mir hier?« Wieder wanderten die Blicke des Schweizers zwischen Walsingham und dem am Fenster stehenden Drake hin und her.

Bevor der Angesprochene antworten konnte, drehte sich der Kapitän auf dem Absatz um und verließ ohne ein Wort und ohne einen Blick auf die anderen Männer seine Kajüte, wobei er die Tür krachend hinter sich zuschlug. Sachs' Verwunderung, was sich vor seiner Ankunft in diesem Raum ereignet haben musste, wuchs.

Walsingham reagierte mit einem ironischen Lächeln auf die Szene. »Er ist ein brillanter Seefahrer und ein begnadeter Stratege. Wenn er auch noch seinen maßlosen Stolz in den Griff bekommt, kann er ein ganz Großer werden. Ja, Hohensax, ich bin wegen Euch hier. Um mich mit eigenen Augen davon zu überzeugen, dass Ihr noch am Leben seid. Ihr erinnert Euch? Wir haben eine Abmachung getroffen. Und ich für meinen Teil stehe zu meiner Verpflichtung, die ich Euch gegenüber eingegangen bin. Ihr seid für mich wertvoller, wenn Ihr lebt, als wenn Ihr tot seid. Das musste auch unser gemeinsamer Freund Drake soeben erfahren, dem ein Menschenleben nur so lange etwas wert ist, wie es ihm und seinem Ruhm nutzt. Ein tüchtiger Mann, aber auch gefährlich, wie Ihr sicher schon gemerkt habt.«

Sachs überkam bei Walsinghams Worten ein ungutes Gefühl. Einerseits schien es ein Strohhalm der Hoffnung zu sein, an den er sich klammern konnte – ein Mann, dem er vielleicht vertrauen konnte. Doch auch Walsingham hatte zweifellos seine ganz eigenen Interessen, die er rücksichtslos verfolgte. Aber vielleicht war es tatsächlich so, dass ihrer beider Fluss zumindest derzeit in die gleiche Richtung strömte – sie also gleiche Ziele verfolgten, wenn auch aus unterschiedlichen Beweggründen, so viel stand fest. Doch Amman Sachs begriff die neuerliche Wendung der

Dinge noch nicht. Was bedeuteten Walsinghams Eingreifen und seine Anwesenheit hier auf der *Falcon?*

Der Engländer fuhr fort: »Ich kann mir denken, was Drake Euch an düsteren Enthüllungen bereits vor meiner Ankunft offenbart hat. Doch egal, was er von den Rosenobeln gesagt hat, es ist auf jeden Fall nur die halbe Wahrheit des Ränkespiels – das kann ich mit Gewissheit sagen, weil es nicht in Drakes Interesse ist, Euch die ganze Geschichte zu erzählen. Und auch nicht im Interesse Englands, um der Wahrheit die Ehre zu geben. Aber ich gab Euch mein Wort. Und nun hoffe ich auf das Eure, falls Ihr es eines Tages seid, der über mein Leben zu wachen hat.«

Sachs hatte Lüge und Falschheit in den Augen des anderen gesucht, aber nicht entdeckt. »Worauf wollt Ihr hinaus, Walsingham? Welchen Teil der Wahrheit kenne ich noch nicht?«

Die Stille in der Kapitänskajüte der *Falcon* war nun mit den Händen zu greifen. Walsingham brach sich schließlich ein großes Stück Brot ab und nahm sich von dem Eintopf, der in einer großen Schüssel aufgetischt war. Dann tunkte er kleine Stücke Brot in das warme Essen und aß bedächtig.

»Woher wusste Drake, was es damals auf der *Flor de la Mar* zu holen gab?« Walsingham hatte beiläufig gesprochen und vermied es, dem Fugger-Agenten in die Augen zu blicken.

Sachs begriff erst jetzt, was der Satz zu bedeuten hatte. Und wie bei seinem ersten Besuch in Drakes Kajüte spürte er den Schmerz, den die plötzliche Erkenntnis in ihm hervorrief, wie eine Woge über sich hereinbrechen. Diesmal aber hatte er sich besser in der Gewalt.

»Also noch mehr Verrat«, sagte er nur. Und diesmal ein Verrat von den eigenen Leuten, fügte er stumm hinzu. Was für eine verkommene Welt war das geworden? Wo war die alte Ritterlichkeit geblieben?

Walsingham spülte seine Mahlzeit mit dem gewürzten Wein

herunter; dann schob er seinen hölzernen Teller von sich weg und lehnte sich im Stuhl zurück.

»Ja, noch mehr Verräter«, sagte er und blickte den Fugger-Agent wieder an – mit einer Spur von Mitleid, wie es schien. »Die Spanier würden ihr eigenes Schiff sicher nicht an den Feind verraten. Ein Einzelner vielleicht, aber keiner von ihnen wusste für sich allein genug über die Passage, als dass er irgendetwas hätte verraten können.

Also bleiben nur die Fugger, die ja für diese Mission verantwortlich waren, als Verräter übrig. König Philipp hatte sich an die Fugger gewandt, weil er glaubte, bei der Ausbeutung der neuen Kolonien von seinen eigenen Kaufleuten übervorteilt worden zu sein. Die Fugger waren seit langer Zeit, schon über Generationen hinweg, eng mit den Habsburgern verbunden. Und Philipp war ihr bedeutendster Schuldner und größter Aktivposten. Da würde er den Fuggern wohl trauen können, diesen wichtigen und so wertvollen Auftrag zu seiner Zufriedenheit auszuführen.

Aber die Augsburger Kaufleute haben noch eine alte Rechnung mit dem König von Kastilien offen, der ihnen ihren Teil an den Reichtümern der Indianer versprochen hatte, dann aber doch anderen den Vorzug gab. Und dann erst der Staatsbankrott des Spaniers, der nicht nur Augsburg so unendlich viel gekostet hat. Zudem saßen längst andere am Ruder der alten Handelsdynastie. Anton Fugger ist bloß noch Erinnerung. Doch mancher Emporkömmling träumte wohl davon, es Antons Geschicklichkeit als Kaufmann gleich zu tun.«

Walsingham trank wieder einen Schluck Wein. »Ein zweites Standbein konnte da nicht schaden. Ein zweiter großer Kunde, ein zweiter mächtiger Schuldner. Und wer bot sich da nicht als vortreffliche Chance an, das eigene ganz große Kreditgeschäft auf ein zweites Standbein zu stellen? Ich denke, man kann jetzt mit Fug und Recht sagen: Es hat nicht funktioniert!«

Amman Sachs spürte, dass er endlich am Abgrund der ganzen aberwitzigen Intrige angekommen war. Die Fugger – ob der Regierer selbst oder der Hauptfaktor, denn niemand sonst konnte ein solch riskantes Unternehmen wagen – hatten die von König Philipp beauftragte Überfahrt der Goldgaleone an die den Spaniern feindlichen Engländer verraten! Und der Beweggrund für einen so unglaublichen Frevel konnte nur darin bestehen, dass der Verräter glaubte, man würde auf diese Weise mit den Briten künftig besser ins Geschäft kommen.

Daher, so überlegte Sachs, auch die verhaltene Euphorie, die er gespürt hatte, als er das letzte Mal nach Augsburg in die Zentrale der Fugger zurückgekehrt war. Trotz der schlechten Nachrichten, die er aus Lissabon und von der Goldgaleone mitbrachte, herrschte damals ja keine Niedergeschlagenheit in den Fuggerhäusern. Er, Amman Sachs, hatte keine Neuigkeiten zu vermelden gehabt, die man in Augsburg noch nicht kannte, so einfach war das! Was für ihn ein Schrecken war – der Verlust der *Flor de la Mar* –, war für seinen Prinzipal der geglückte Abschluss seines eigenen Plans!

Das von den Engländern auf diese Weise geraubte Gold sollte wahrscheinlich das Eintrittsgeld der Fugger zu den britischen Handelsplätzen sein. Der Blutzoll, um von der zunehmenden Bedeutung des Königreichs zu profitieren. Wenn man auch in Augsburg von den unglaublichen Fortschritten der Engländer in der Schiffsbaukunst und Navigation wusste, war das ganze Vorhaben sogar in gewisser Weise verständlich – ein guter Kaufmann hatte an seine Zukunft und die seiner Handelsniederlassungen zu denken. Da gab es keine besonderen Präferenzen, keine anderen Sympathien als die für Geld und Gold.

Aber all die unglücklichen Menschen ... all die armen Seelen ...

Und ihn, Amman Sachs, hatten sie einfach benutzt, da es für

sie egal war, wenn man ihn und seinen Ruf bei dieser von vornherein zum Scheitern verurteilten Mission vernichtete. Er war das Bauernopfer, mit dem der Einstieg in das Englandgeschäft besiegelt werden sollte. Doch wie hatte Walsingham gerade gesagt? »Es hat nicht funktioniert!« Der Betrüger war betrogen worden, von seinem unehrlichen Kumpan, der sich nie wirklich mit seinem Galgenbruder gemein gemacht, sondern die ganze Zeit auf eigene Rechnung agiert hatte.

Führen uns die Fugger zum unglaublich reichen Goldschiff der Spanier?, werden die Briten sich gedacht haben. Wunderbar! Und als sie dann das Gold an sich gebracht und alle Zeugen beseitigt hatten, haben sie sich wieder von ihrem vorübergehenden Geschäftspartner getrennt, nach dem Motto: Danke für den einträglichen Tipp, aber den Rest schaffen wir allein.

Und die Fugger standen mit leeren Händen da.

Deshalb, überlegte Amman Sachs, dieses abermals falsche Spiel mit ihm und Gemma in London. Auch das war nur eine elende Farce gewesen, die den Engländern einen Vorwand liefern sollte, den Fugger aus Britannien zu verjagen – und damit jeden ehrgeizigen Augsburger Kaufmann, der im Königreich Elisabeths Geschäfte zu machen hoffte. Und wieder war er, Amman Sachs, der Sündenbock, der die angebliche Schuld auf sich ziehen sollte. Dabei war alles ein abgekartetes Spiel!

»Ja«, riss Walsingham den Schweizer aus seinen Überlegungen, »es kann niederschmetternd sein, wenn man erkennen muss, wie viel man seinen Herren wirklich wert ist. Glaubt mir, Meister Hohensax, ich weiß, wie Ihr Euch in diesem Moment fühlt. Aber ich bin noch nicht am Ende. Ein paar Schrecken habe ich schon noch für Euch parat . . .«

Amman Sachs erstarrte. Sollte es tatsächlich noch weitere Abscheulichkeiten geben, die andere mit ihm getrieben hatten, ohne dass er eine Ahnung davon gehabt hatte?

»Was kann schrecklicher sein, als von der Hand, die einen ernähren soll, in einen Abgrund gestoßen zu werden? Die Fugger haben mich für einen vorübergehenden Profit verkauft – eigentlich nicht einmal das: Nur für die Möglichkeit eines hübschen Gewinns haben sie mich ins Verderben gestürzt! Was sollte mich noch tiefer verletzten können?«

Walsingham Gesicht schien zu versteinern oder in einer kalten Frostnacht einzufrieren, als er erwiderte: »Ich sagte Euch eingangs, dass Drake Euch nur die halbe Wahrheit über das Komplott anvertraut hat ...«

Sachs starrte ihn an. »Und? Was habt Ihr mir noch zu sagen? Nur heraus damit! Ich bin eh schon für mein Leben verdorben.«

Auf Walsinghams Lippen lag der Hauch eines Lächelns. »Drake wollte damit vor allem Euren Preis in die Höhe treiben. Denn er hat erreicht, dass jetzt drei Parteien um Euren Kopf buhlen und gegenseitig den Preis für Euer Leben in die Höhe treiben. Die einen, um zu erfahren, was Ihr über das Geheimnis der Rosenobel zu berichten habt. Die anderen – einschließlich meiner Königin –, um zu verhindern, dass Ihr dieses Geheimnis der falschen Seite preisgebt. Ich glaube nicht, Sachs, dass Ihr derzeit eine Chance habt, dieses mörderische Feilschen zu überleben ...«

24.

Plötzlicher Lärm auf dem Hauptdeck unterbrach das Gespräch in der Kapitänskajüte. Amman Sachs und Francis Walsingham hörten die Männer der Besatzung über Deck trampeln und johlen, als wäre von einem Augenblick zum anderen eine wilde Feier im Gang. Doch von dem Getöse ging auch eine spürbare Feindlichkeit aus wie von einem derben Schabernack. Pure Fröhlichkeit jedenfalls war es nicht, was die beiden Männer an dem gedeckten Tisch vernahmen.

Walsingham war es, der schließlich aufstand, um dem Ursprung der Heiterkeit auf den Grund zu gehen. Der Fugger-Agent folgte ihm nach kurzem Zögern.

Auf dem Deck zwischen Hauptmast und Besanmast, wo normalerweise während einer Reise das Beiboot und die Gig des Kapitäns nebeneinander festgebunden waren, standen die Seeleute in einem Kreis und verhöhnten einen nackten Mann in ihrer Mitte, der ängstlich seine Scham zu verstecken versuchte. Die Matrosen schubsten den Bedauernswerten hin und her, stichelten ihn mit ihren Messern oder versuchten ihn mit ihren Säbeln in den Unterleib zu stechen.

Amman Sachs sah sofort, dass es der Pater war, José de Acosta, der auf Madeira an Bord der *Aviso* gekommen war. Sachs wollte ihm sofort zur Hilfe eilen, doch Walsingham hielt ihn mit einem Arm zurück.

»Nicht!«, sagte er. »Sonst macht man Euch schneller den Garaus, als Ihr denkt. Und meine Bemühungen um Euer Leben waren vergebens.«

Der Fugger-Agent hielt Ausschau nach dem Kapitän, Francis Drake, ob der seinen Männern nicht Einhalt gebieten könnte. Doch Sachs entdeckte Drake in den Reihen seiner Männer; der Kapitän schien sogar derjenige zu sein, der sich am ungestümsten gebärdete und die Männer immer wilder zu ihrem grausamen Spiel antrieb.

Schon blutete Acosta aus vielen kleinen Wunden, und Sachs sah voller Ekel, wie der Geistliche vor panischer Angst die Gewalt über seine Blase verlor. Doch statt Erbarmen zu zeigen, grölte der Kapitän grausam lachend: »Er scheint leck zu sein! Holt das Pech und dichtet seine Fugen!«

Der Befehl des Kapitäns wurde sofort in die Tat umgesetzt. Und zwei Männer schafften hölzerne Eimer mit zähem schwarzem Pech herbei, mit dem normalerweise die Planken des Schiffs verstrichen wurden. Jetzt begannen die Matrosen, den Priester mit an Holzstielen befestigten Lumpen, die sie ins Pech tauchten, einzuschmieren. Nach kurzer Zeit sah der hemmungslos weinende de Acosta wie ein Stück Holzkohle aus.

Amman Sachs wandte sich an Walsingham, der ihn immer noch mit dem Arm zurückhielt: »Ihr müsst eingreifen! Ihr müsst diesem erbärmlichen Treiben ein Ende setzen, um Gottes willen!«

Der Engländer schüttelte langsam den Kopf, während er die immer grausamere Misshandlung des Paters beobachtete. »Legt Euch nie mit einer tobenden Meute an, wenn Ihr nicht selbst ganz schnell zu deren Opfer werden wollt. Das weiß jeder, der schon einmal eine Jagdgesellschaft mit wilden Hunden mitgemacht hat.«

Walsingham versuchte, zwischen den krakeelenden Männern hindurch zum Kapitän zu kommen und ihn beiseite zu nehmen. Da Drake selbst den größten Spaß an der Quälerei des Paters zu haben schien, war das gar nicht so einfach. Immer wieder stieß Drake seine Kumpane weg, um dem spanischen Priester mit seinem Säbel einen schmerzhaften Strich zu versetzen.

Schließlich gelang es Walsingham aber doch, den Kapitän aus dem mörderischen Kessel wegzuzerren und ihm ein paar eindringliche Sätze ins Ohr zu flüstern. Drakes von der erhitzten Raserei verschwitztes Gesicht wurde schlagartig ernst. Als Walsingham mit ihm fertig war, schien es für einen Moment, als wollte Drake sich wieder ins Getümmel stürzen. Dann bedachte er sich aber doch eines anderen und rief mit kräftiger Stimme seine Männer zur Ordnung.

Es dauerte eine Weile, bis die Matrosen sich beruhigt hatten und von dem armen José de Acosta abließen. Aus wie vielen Wunden der Priester mittlerweile blutete, war wegen des Pechs, mit dem er verschmiert war, nicht zu erkennen. Aber kaum hatten die Mannschaften sich in die Masten oder unter Deck zerstreut, brach der Spanier erschöpft zusammen. Amman Sachs eilte ihm zur Hilfe.

Gemeinsam mit Walsingham brachte er ihn in die Kapitänskajüte. Drake stürzte hinter ihnen her und wollte dies verhindern, doch sie beachteten ihn nicht weiter. In der Kajüte legten sie den Verletzten in Drakes Koje und versuchten ihn mit gewürztem Wein, den sie ihm einflößten, wieder zu Kräften zu bringen. Amman Sachs nahm zudem von dem Linnen, das Drake als Bettwäsche diente, um damit das zähe Pech von der Haut des Priesters abzuwischen.

Schließlich war es Drake, der aus einem Wandschrank eine ähnliche Flasche holte, wie sie auch der Kapitän drüben auf der *Aviso* hatte, und daraus dem Misshandelten kleine Schlucke einflößte. Amman Sachs roch wieder den scharfen Geruch des Armagnacs, des *aqua ardens*.

Langsam kam de Acosta zu sich. Er stöhnte und jammerte. Der Fugger-Agent nahm dem Kapitän jetzt die Flasche aus der Hand und tränkte damit eines der Linnentücher. Mit dem feuchten Lappen begann er, den immer noch verschmutzten Körper abzureiben, was nun deutlich besser ging als zuvor. Doch das Stöhnen des Verletzten wurde heftiger.

»Was tut Ihr?«, protestierte Drake. »Das ist zum Trinken, nicht zum Waschen!«

Ehe Sachs etwas sagen konnte, entgegnete Walsingham an seiner Stelle: »Euer *aqua ardens* nennt man auch *aqua vitae*, das Lebenswasser, weil es Wunden mit seinem Geist ausbrennt. Ihr habt dem Mann diese Wunden beigebracht, nun werden wir sie mit Eurem Branntwein lindern.«

Amman Sachs fuhr fort, das Pech mit dem scharfen Gebräu zu entfernen. Erst jetzt stellte er fest, dass der Priester aus sehr vielen Wunden blutete.

»Was war der Anlass für dieses grausame Schauspiel, Drake?«, empörte sich der Fugger-Agent. »Er ist ein Mann Gottes!«

Francis Drake spuckte aus. »Für Euch vielleicht! Für mich ist er ein Gauner. Wir haben ihn dabei erwischt, wie er drüben auf dem Depeschenboot seine Schätze vor uns verstecken wollte. Wir lassen ihn auf sein Bitten an Bord, damit er für seine Gebete seine Bibel und sein Kreuz holen kann. Und er versucht uns zu betrügen!«

Sachs grunzte abfällig. »Er hat wahrscheinlich nur versucht, sich nicht von Euch bestehlen zu lassen! Und dafür bringt Ihr ihn gleich um? Aber Ihr habt ja schon mehrmals bewiesen, dass Ihr bloß ein erbärmlicher Mörder seid!«

Sofort zückte Drake seinen Säbel und setzte ihn dem Fugger-Agenten an die Kehle. »Passt auf, was Ihr sagt!«, zischte er drohend.

Sachs ließ sich davon nicht beirren. »Wollt Ihr meine Worte jetzt gleich bestätigen? Ich glaube nicht, dass Ihr mich töten werdet, wo Euch ein so gutes Geschäft durch die Lappen gehen würde.« Amman Sachs besann sich. »Welche Schätze sollte der Pater denn eigentlich mit sich führen, die Euch so sehr interessieren? Ihr habt erst vor kurzer Zeit das wertvollste Schiff der Welt gekapert. Und nun seid Ihr beleidigt wegen eines Abendmahlgeschirrs?«

Drake nahm den Säbel wider herunter und steckte ihn weg. »Ihr habt ja keine Ahnung! Wir haben in seinem Bündel einen Jahresvorrat an Weihrauch für die gesamten spanischen Kolonien gefunden. Dafür kann man ein paar Schiffe kaufen. Das ist ein Vermögen! Sicher mehr, als Euer Lösegeld mir bringen wird. Denn so viele Kirchen Ihr Katholen in der Neuen Welt auch schon errichtet habt, Euer allmächtiger Gott hat vergessen, Euren Weihrauch dort wachsen zu lassen.« Drake lachte derb. »Das ist wirklich ein Spaß! Erst rauben wir den Spaniern ihren Weihrauch, und anschließend werden wir ihnen dieses unnütze Räucherwerk wieder teuer verkaufen. Ohne Weihrauch keine Liturgie, ohne Liturgie keinen Gottesdienst, ohne Gottesdienst kein Seelenheil – die Spanier zahlen Höchstpreise für ihren so bedeutenden magischen Stoff!«

Amman Sachs hielt jetzt kurz damit inne, den Priester zu säubern, und schaute den Piratenkapitän an. Er spürte, dass es von großer Bedeutung war, was Francis Drake gerade gesagt hatte, ohne zu wissen, warum es so war. Irgendetwas, das der Engländer eben gesagt hatte, war von größerer Bedeutung, als es den Anschein hatte. Aber was? Der Fugger-Agent kam nicht darauf.

Gegen Mittag des nächsten Tages lichtete die *Falcon* Anker. Amman Sachs betrachtete das majestätische Bild, wie auf dem schmucken Schiff die Segel gesetzt wurden und der schlanke Rumpf sich in den Wind drehte. Die Fregatte gewann langsam an Fahrt. Erst jetzt ging dem Fugger-Agenten auf, dass der Priester José de Acosta noch an Bord von Drakes Klipper sein musste.

Sachs war sich bewusst, dass die Abfahrt der *Falcon* wahrscheinlich das letzte Kapitel seiner Geiselnahme bedeutete. Eine Gleichung mit vielen Unbekannten, überlegte der Schweizer. Doch er hatte sich von den Schrecken, die Walsinghams Offenbarungen ihm gestern bereitet hatten, halbwegs erholt und überlegte sich nun, wie er in diesem schmutzigen Spiel wieder die Initiative übernehmen konnte.

Er hörte, wie jemand über den Kieselstrand zu ihm kam, drehte sich um und sah Gemma, die immer noch Männerkleidung trug und wie ein verwegener Abenteurer aussah. Ihr schien die ganze Sache einen Heidenspaß zu bereiten. Sachs beschloss nach kurzem Zögern, dem Mädchen von der neuerlichen Begegnung mit Walsingham und dessen Enthüllungen erzählen.

Gemmas Miene wurde hart. »Du Armer«, sagte sie schließlich nur. Sie überlegte einen Moment, widerstand dann aber dem Impuls, ihren Oheim in die Arme zu schließen. »Dann ist alles verloren?«

Genau darüber hatte der Fugger-Agent hier am Strand des Landeplatzes schon den ganzen Morgen nachgedacht.

»Vielleicht nicht«, antwortete er. »Walsingham war nicht ohne Grund hier. Er scheint einer der Unterhändler zu sein, und er ist offenbar nicht mit allem einverstanden, was Drake so treibt. Er hat ihn mehr als einmal zur Ordnung gewiesen. Auch mir gegenüber hat Walsingham die Pläne und Motive Drakes enthüllt. Wenn überhaupt, ist Walsingham unsere Hoffnung. Er scheint sich an unsere in Augsburg getroffene Vereinbarung halten zu wollen ... obwohl ich die Natur dieses Pakts immer noch nicht verstehe.«

Gemma setzte sich auf den steinigen Boden und schaute zum Meer, wo immer noch die geschundene *Aviso* vor Anker lag.

»Auch Walsingham verfolgt seine eigenen Ziele«, überlegte sie laut. »Und nur, solange deine Interessen sich mit seinen kreuzen, kann er dir eine wirklich Hilfe sein. In letzter Konsequenz können wir uns nur auf uns selber verlassen.«

Das Mädchen schwieg einen Moment und dachte angestrengt

nach, ehe sie fortfuhr: »Es gibt keine Gelegenheit zur Flucht von dieser merkwürdigen blanken Insel. Und du sagst, es geht letztlich um eine Lösegeldübergabe, wobei die Frage ist, wer am meisten für deinen Kopf bieten wird. Wenn überhaupt, dürfte das die einzige Chance auf ein Entkommen sein – indem man uns ausliefert, an wen auch immer.«

Sachs war klar, dass Gemma recht hatte. »Meine Hoffnung, dass wir aus all dem Unglück wieder herauskommen, ruht auf Francis Walsingham und darauf, dass wir uns auf jeden Fall in spanischer Einflusssphäre bewegen werden. Die größte Gefahr – zumindest für mich – geht von den Fuggern aus, was alles noch viel schlimmer macht. Ich wusste, dass nach dem Tod von Anton die Sympathien für mich dort nicht sehr groß sein würden; aber einen Verrat dieses Ausmaßes hätte ich nie für möglich gehalten.«

Gemmas Körper versteifte sich, als wollte sie mit aller Macht ihre Selbstbeherrschung wahren. Dann fragte sie: »Wo findet sich denn hier in diesen Breiten der nächste Fugger? Für einen Kurier in die Heimat ist doch sicher die Zeit viel zu knapp. Das kann doch nur ein Treuhänder erledigen, der für Augsburg handelt und die Situation überblickt.«

Amman Sachs sog tief die würzige Seeluft ein. »Wir sind drei Tagesreisen von Hispaniola entfernt, wahrscheinlich westlich, womit wir im Süden der Insel Kuba wären. Die Häfen von Havanna auf Kuba oder von Santiago de la Vega auf Jamaika sind daher wohl die Orte, wo die Verhandlungen stattfinden. Von Jamaika weiß ich nicht, ob die Fugger dort noch mit einem Faktor vertreten sind. Ich glaube eher nicht. Aber Havanna ist alt genug, dass es dort bestimmt eine alte Fuggerfaktorei wie in Nombre de Dios geben dürfte. Und vielleicht ist sie noch besetzt. Was der geheime Faktor über diese Sache wissen muss, um im Namen des Regierers unser Schicksal zu verhandeln, werden Kapitän Drake und Francis Walsingham ihm schon richtig beizubringen wissen.«

Es sollte wieder eine gute Woche dauern, bis die *Falcon* erneut nach Pedro's Pinnacles zurückkehrte. Erst auf den zweiten Blick fiel Amman Sachs auf, dass das Schiff deutlich niedriger im Wasser lag als bei ihrer Abfahrt. Sie musste also in der Zwischenzeit Ladung aufgenommen haben – Proviant für eine lange Überfahrt! Der Kapitän bereitete offensichtlich seine Heimreise vor. Demnach waren die Beteiligten sich handelseinig geworden.

Amman Sachs beobachtete, wie die Fregatte ihren Anker auswarf und die Mannschaft die Beiboote zu Wasser ließ. Zwar lag die Reede rund eine halbe Meile vom Ufer entfernt, aber Sachs erkannte in der klaren Luft die Männer, die nun die Fallreep herabstiegen, um sich zur Insel rudern zu lassen. Und er war sehr erstaunt, dass einer von ihnen ganz wie Hernando Hörl aussah, der geheime Fuggerfaktor von Nombre de Dios.

Wie klein doch die Welt ist, dachte Amman Sachs.

Je näher das Boot dem Strand kam, und je mehr Sachs über die unerwartete Ankunft Hörls nachdachte, desto deutlicher wurde ihm, dass er eigentlich niemand anderen als Vertreter der Fugger an diesem merkwürdigen Vorposten hatte erwarten dürfen. War es nicht das Kontor von Hernando Hörl in Nombre de Dios gewesen, wo Sachs das erste Mal dem mysteriösen Engländer Francis Walsingham begegnet war – der damals allerdings noch keinen Namen für ihn getragen hatte, aber die normalerweise so gut gehütete Parole des Augsburger Kaufmannshauses kannte.

Wen sonst, wenn nicht den Spanier Hörl, sollten die Engländer für ihre Verhandlungen wählen? Ihm mussten sie nicht mehr groß erklären, worum es bei alldem ging. Und Hörl stand unter dem Eid der Fugger – und die Fugger in seinem Eid. Was er im Namen der Fugger bei einem Handel akzeptierte, war für Augsburg Gesetz. Hörl hatte wie jeder Fuggerfaktor *procurare*, wie die großen italienischen Kaufmannshäuser es nannten: Prokura, eine nur durch wenige Einschränkungen begrenzte Handelsvollmacht.

Hörl würde hier für seinen Prinzipal Entscheidungen treffen und besiegeln können, an die die Fugger gebunden sein würden. Doch Amman Sachs war sich nicht sicher, ob der verschlagene Hörl sich davon leiten ließ, was im Interesse seines Handelsherren sein müsste. War Hörl vor allem Spanier? Oder Fugger? Oder ein Freund der Engländer? Sachs wusste es nicht einzuschätzen; er war sich nur sicher, dass Hörl auf jeden Fall sein Feind sein würde, egal wie die Verhandlungen um seine Freilassung ausgegangen sein mochten.

Die weiteren Männer, die von den beiden Matrosen im Beiboot von der *Falcon* herübergebracht wurden, waren Francis Drake und Francis Walsingham sowie ein junger Mann, der eine große schwarze Stofftasche trug und wie ein Gehilfe oder Schreiber aussah. Seine Funktion konnte Amman Sachs nicht sogleich richtig einordnen.

Als die Gig sanft auf Grund lief, sprangen die Männer außen Bords ins flache Wasser und kamen die letzten Schritte an Land gewatet. Mittlerweile hatten sich alle Inselbewohner – die Geiseln und ihre Bewachung, einschließlich deren Anführer Pedro – am Landungsplatz versammelt, um die Neuankömmlinge zu begrüßen oder auch nur zu bestaunen. Pedro und Drake wechselte ein paar vertrauliche Worte; dann lief der Schwarze mit geschmeidigen Schritten zurück zu den Hütten und kam nach kurzer Zeit mit einem einfachen gezimmerten Tisch und zwei Hockern zurück, die er ohne Probleme in seinen großen Händen tragen konnte. Er stellte alles mitten auf dem Strand auf, sodass sich nun zwei Personen gegenüber an den Tisch setzen konnten.

»Herr Sachs?« Der Fugger-Agent war überrascht, als er Drake seinen Namen rufen hörte. Mit einer Handbewegung wies der Engländer ihm einen der Hocker an. Auf den zweiten setzte sich schweigend Hernando Hörl, der Fuggerfaktor. Stumm musterten sich die beiden Männer, während die anderen von Drake und Walsingham zum entfernteren Lagerplatz geführt wurden.

»Was habt Ihr mir zu sagen?«, eröffnete Hörl das Gespräch. Offenbar war er nicht in der Lage, Sachs ins Gesicht zu schauen; stattdessen untersuchte er die Oberfläche der groben Tischplatte.

Der Schweizer überlegte, worum es bei dieser Unterredung gehen sollte. Er kam zu dem Schluss, dass Hörl überprüfen wollte, was er vom Komplott um die *Flor de la Mar* wusste; denn nach seinem Wissen würde sich ja der Wert bemessen, den die Fugger als Lösegeld für ihn zu begleichen hätten.

»Was ich Euch zu sagen habe? Dass Ihr ein verfluchter Hurensohn seid, bei dieser Verschwörung mitzumachen. Ihr habt unserem größten Schuldner zwei Millionen Pesos in Gold geraubt, um sie den Engländern in den Rachen zu werfen!« Amman Sachs wusste, dass er übertrieb. Doch an Hörls weit aufgerissenen Augen erkannte er, dass der sich jetzt übers Ohr gehauen glaubte. Selige Zwietracht unter den Gaunern! Bei ihrer Habgier würde nun keiner mehr dem anderen glauben, wie große die Beute der Goldgaleone wirklich gewesen war.

»Ihr seid jetzt in der Höhle der Löwen, Meister Hörl! Willkommen! Ihr werdet niemals mehr einem Spanier begegnen können, ohne die Angst im Nacken zu spüren, ob er von Eurem Verrat erfahren hat und nun auf Rache sinnt! Ihr solltet lieber gleich mit Drake zurück in die Alte Welt reisen; denn in der Neuen Welt wird es keinen sicheren Platz mehr für Euch geben.«

Im Gesicht des Faktors zeigten sich jetzt hektische rote Flecken, die erkennen ließen, dass Sachs sein Ziel erreicht hatte. Aber der Schweizer legte noch einmal nach.

»Habt Ihr Euch eigentlich vor Augen gehalten, wie viele Menschen auf der Goldgaleone ihr Leben lassen mussten, um Euch und den anderen die Taschen zu füllen? Wie hoch war Euer Henkerslohn? Wie reichlich war der Profit, den Ihr aus dem Leiden dieser unschuldigen Menschen gezogen habt?« Amman Sachs spuckte neben den Tisch und wandte sich angewidert ab. Er hatte alles gesagt, was Hernando Hörl als Repräsentant der Fugger wissen musste, um seinen Wert als Geisel genau bestimmen zu können – wenngleich er es auf eine Art und Weise gesagt hatte, wie der Faktor es sicher nicht erwartet hatte.

Walsingham, der die beiden am Tisch aus einiger Entfernung beobachtet hatte, kam nun wieder näher, da die Unterredung am Strand beendet zu sein schien. Ihm folgte in gemessener Entfernung der wie ein Schreiber aussehende Gehilfe mit seiner Tasche.

»Das ging ja schnell«, sagte Walsingham, schob den Gehilfen vor und forderte ihn mit einer Geste auf, etwas aus seiner Tasche zu holen. Der Mann gehorchte augenblicklich und holte ein paar Bogen Pergament sowie ein geschlossenes Tintenfass samt Schreibfeder hervor. Dies alles breitete er vor Hörl auf dem Tisch aus. Als Letztes öffnete er den Verschluss des Tintenfasses und steckte die saubere Feder hinein.

»Also unterschreibt nun, Master Hörl«, wies Walsingham den geheimen Faktor an. »Ich denke, jetzt ist alles gesagt.«

Der Angesprochene zierte sich und schien unschlüssig, ob er tun sollte, wozu man ihn drängte. Da Sachs die Schwäche Hörls erkannte, konnte er es nicht lassen, diesem weiter zuzusetzen: »Ja, Hörl, setzt Euer Zeichen auch unter mein Todesurteil. Verkauft auch den letzten Rest Eurer Seele diesen ungläubigen Teufeln.«

»Unterschreibt!«, befahl Walsingham dem jetzt restlos verunsicherten Hörl und führte ihm tatsächlich die Hand mit der Schreibfeder auf das vor ihm liegende Pergament. Endlich gab der Spanier sich einen Ruck und setzte in großen Schwüngen seinen Namen unter das eng beschriebene Dokument, das vermutlich die Auszahlung des Lösegeldes garantierte, das die Fugger nun für Sachs zu leisten hatten.

Der Gehilfe mit der Tasche holte jetzt einen Stumpf mit Siegelwachs hervor, den er in der Hand weich knetete. Durch zwei kleine Löcher im Pergamentbogen fädelte er schließlich ein Band, dessen beiden Enden er auf der Vorderseite der Urkunde in den weichen Siegelwachs presste. Dann legte er alles wieder vor Hernando Hörl aus.

Der sah noch einmal von dem Gehilfen zu Walsingham und zurück. Dann zog er seinen Siegelring vom Finger und drückte den Stempel kurz in die noch weiche Masse. Man sah Hörl deutlich an, dass ihm nicht wohl war bei dem, was er tat.

Walsingham nahm sofort das Dokument an sich, besah es sich noch einmal kurz und gab es dann dem Gehilfen, der es umständlich um das Siegel herum faltete und zurück in seine Tasche steckte.

»Schön!«, sagte Walsingham endlich und rieb sich die Hände. »Man wird in Augsburg stolz auf Euch sein, Meister Hörl, dass Ihr ganz allein so viel Weitsicht und Mut gezeigt habt, diese kluge Entscheidung zu fällen. Nicht auszudenken, wenn unser Freund Amman Sachs der Krone Kastiliens in die Hände gefallen wäre. Der Zorn König Philipps hätte jeden Fugger von der Erdkugel gefegt – Euch eingeschlossen, Hörl!«

Walsingham grinste gezwungen den immer noch wie gebrochen wirkenden Faktor an. »Kopf hoch«, fuhr der Engländer fort. »Ihr seid ein gemachter Mann. Vielleicht bekommt Ihr sogar das Erbe Eurer Väter zurück.«

Hörl schaute auf Amman Sachs und sagte unsicher: »Wenn Ihr nur Euren Teil unserer Abmachung einhaltet, Engländer, wird es mir genug sein.«

Nun entstand rege Geschäftigkeit auf Pedro's Pinnacles; alle schienen sich für die Abreise bereit zu machen. Die gesammelten Proviantvorräte von der Insel wurden mit den Beibooten zur *Aviso* geschafft. Amman Sachs und die anderen Geiseln setzte man anschließend ebenfalls zu dem Depeschenboot über; diesmal jedoch wurden sie nicht ins Mannschaftsquartier gesperrt, sondern auf die freien Passagierkabinen des Kurierfahrers aufgeteilt. Für den eigentlichen Kapitän der *Aviso* mochte das eine Erniedrigung bedeuten – einer von Drakes Offizieren hatte das Kommando auf *seinem* Schiff übernommen. Auch die Mannschaft setzte sich aus Männern der *Falcon* zusammen.

Amman Sachs war froh, dass Pedro, der schwarze Cimarrones, auf Drakes Schiff gegangen war und so keinen Zugriff mehr auf die Mexikanerin Tecuichpo hatte. Sachs gestand sich ein, dass er die ganze Zeit rasend vor Eifersucht und Schmerz war, der Freundin nicht helfen zu können. Allerdings musste er sich auch eingestehen, dass die Mexikanerin während der ganzen Zeit ihrer Gefangenschaft nie den Eindruck gemacht hatte, dieser Hilfe zu bedürfen.

Da die *Aviso* aufgrund ihrer Bauweise mehr Kabinen bereithielt als Drakes Fregatte, kamen Hernando Hörl und Francis Walsingham an Bord des erbeuteten Depeschenboots. Sachs konnte sich des Eindrucks nicht erwehren, dass dieser Wechsel vor allem der Überwachung seiner Person diente. Auch wenn er sich jetzt frei auf dem Schiff bewegen durfte, kam er sich weiterhin wie ein Gefangener vor, der zu seiner eigenen Hinrichtung geführt wurde.

Rund dreißig Mann hatte Francis Drake als Besatzung für die *Aviso* bereitgestellt. Sie alle schienen, einschließlich der Offiziere, ihrem Kapitän treu ergeben zu sein. Aus einem Gespräch des englischen Kommandeurs der *Aviso* und deren ursprünglichen spanischen Kapitäns, das Amman Sachs mitbekam, erfuhr er den Grund für diese Ergebenheit: Francis Drake hatte seine Mannschaften mit festen Anteilen an allen seinen Beutezügen beteiligt und hatte in den vergangenen Jahren nie sein Wort gebrochen. Angesichts der Beute, die er bereits gemacht hatte, waren einige seiner ehemaligen Matrosen daheim in England bereits zu gemachten Männern geworden. Für seine Leute war Drake fast so etwas wie ein Heiliger, für den sie ohne zu zögern durchs Feuer gegangen wären. Nie zuvor hatte Sachs eine so tiefe Verbundenheit zwischen Befehlshaber und Gefolgsleuten erlebt – außer vielleicht zu Zeiten Anton Fuggers in den Reihen der alten Kaufmannsfamilie. Aber das war lange her.

Die beiden schnellen Segler nahmen wieder zusammen ihren Kurs auf, und rasch wurde klar, dass es gen Morgen ging, also Richtung Osten, der aufgehenden Sonne entgegen, vermutlich in jene Gewässer, in denen die Kaperung der *Aviso* stattgefunden hatte – also zwischen Kuba im Norden und Jamaika im Süden.

Die Schiffe machten gute Fahrt, wobei die *Falcon* bald schon weit voraus war, da sich ihre vorteilhaftere Bauweise durch eine höhere Geschwindigkeit bemerkbar machte. Zum Glück war das Wetter diesmal ruhig und der Wind günstig. Die erste Nacht wälzte sich der Fugger-Agent noch unruhig in seiner Kajüte hin und her; schlafen konnte er nicht. Am zweiten Abend versuchte er gar nicht erst, sich zur Ruhe zu legen, sondern schlich sich aus seiner Kabine aufs Hauptdeck. Die Sterne glühten, und der Mond stand als schmale Sichel am Firmament. Wieder war es eine wunderschöne Nacht, die so gar nicht zu Amman Sachs' Gemützustand passen wollte.

Zu viele Gedanken tobten durch seinen Kopf. Sein Instinkt sagte ihm, dass er so schnell wie möglich von diesem Schiff herunter müsste. Er stand nahe dem Achterdeckkastell und schaute hinaus aufs Meer. Für einen Moment überlegte er tatsächlich, ob er nicht einfach über die Reling steigen und ins Wasser springen sollte. Vielleicht fand er Treibholz, an dem er sich festhalten konnte; viel mehr Chancen, diese Reise zu überleben, hätte er auch so nicht.

Hernando Hörl hatte seinen Teil der Abmachung mit den Engländern erfüllt und seine Unterschrift unter die Urkunde gesetzt, für die das Lösegeld für Amman Sachs aus den Kassen der Fugger ausbezahlt würde. Doch Hörl hatte auch die Engländer aufgefordert, ihren Teil dieser Abmachung einzuhalten – und je länger Sachs darüber nachdachte, umso sicherer war er, dass damit nur eines gemeint sein konnte: Man würde ihn umbringen.

Der Fugger-Agent hörte noch jemanden aus der Tür des Achterdeckkastells treten. Er drehte sich um und erkannte Francis Walsingham, der offensichtlich auch nicht schlafen konnte.

»Wohin geht unsere Reise, Walsingham?«, fragte Sachs ohne Einleitung.

Der Engländer trat näher und stellte sich neben Sachs an die Reling. »Nach Hause, wenn alles gut geht.« Walsingham hatte ruhig gesprochen, fast wie ein Vater, der seiner Familie Sicherheit vermitteln will. Amman Sachs aber hatte einen Verdacht.

»Was könnte denn noch schiefgehen?«, fragte er.

Der Engländer atmete tief durch, ehe er antwortete. »Wir sind in unruhigen Gewässern, als Untertanen Königin Elisabeths sogar in feindlichen Gewässern. Ich muss Euch nicht sagen, Hohensax, was hier draußen alles passieren kann. Allerdings fahren wir unter spanischer Flagge auf einem spanischen Schiff. Das kann ein Vorteil sein.«

Amman Sachs überlegte. »Wieso sagt Ihr, das *kann* ein Vorteil sein? Was befürchtet Ihr?«

Walsingham beugte sich vor und stützte sich dabei auf der Reling ab. »Wenn die falschen Seefahrer uns für Spanier halten, könnten wir für eine lukrative Prise gehalten werden. Dieses Schiff ist ja schon einmal Piraten in die Hände gefallen, nicht wahr?« Der Engländer lächelte. »Seid Ihr der französischen Sprache mächtig, Meister Sachs?«

Der Fugger-Agent glaubte zu verstehen, was der andere meinte. »Sind auch die Franzosen hinter spanischen Schiffen her?«, wollte er wissen. »Kapitän Jean le Testu, mit dem Euer Kamerad

Francis Drake wohl in Panama auf Raubzug war, ist doch tot, oder? Und spanische Schiffe hat er nie angegriffen, nur spanische Siedlungen oder eben die Goldkarawane. Auf offener See hat sich noch kein Franzose an einen spanischen Segler herangetraut.«

Walsingham nickte. »Grundsätzlich habt Ihr recht. Aber habt Ihr je von Jean Fleury gehört, der zwei Goldschiffe König Karls kaperte, dem Vater von König Philipp? Fleury war auch Franzose.«

Sachs stutzte. »Fleury kreuzte vor Lissabon. Er war Küstenfahrer. Über das Meer hat er sich nie gewagt. Er hatte damals gar nicht die nötigen Seekarten. Und selbst wenn er die Karten besessen hätte, hätte er nicht die Geräte gehabt, um auf einer solchen Reise zu navigieren. Er wäre verloren gewesen. Außerdem ist das ein halbes Jahrhundert her.«

Der Engländer schüttelte den Kopf. »Eben weil es ein halbes Jahrhundert her ist, ist es interessant. Fleury hatte zusammen mit Karls Goldschatz auch die Karten und Geräte erbeutet, mit denen auf Karls Schiffen navigiert wurde. Glaubt Ihr nicht, dass die Franzosen nach fünfzig Jahren gelernt haben könnten, damit umzugehen? Denkt an Jean le Testu.«

Amman Sachs schwieg. Walsingham hatte sicher recht.

»Seht Ihr?«, fuhr der Engländer fort. »Man muss also auch mit den Franzosen rechnen, auch auf offener See. Pierre le Grand, falls Ihr noch nicht von ihm gehört habt, ist einer von diesen schlimmen Bengeln. Ein gerissener Draufgänger. Der gleiche Wagemut wie bei Francis Drake drüben auf der *Falcon*. Aber le Grand hat nicht Drakes Klasse, was die Kunst der Navigation angeht. Und er ist auch längst nicht so gut ausgestattet wie Drake. Doch er ist eine echte Gefahr, zumindest für Spanier. Es ist ja so, dass Dank der Spanier die Franzosen und Engländer sich gelegentlich sehr gut verstehen – zumindest fern der Heimat, zum Beispiel in der Karibischen See. Hier ist Pierre le Grand ein echter Bundesgenosse, dem man sich bedenkenlos anvertrauen kann.«

Jetzt endlich begriff Amman Sachs, dass Walsingham ihm etwas sagen wollte, was er wohl nicht offen auszusprechen wagte. Sachs drehte sich kurz um und schaute hinüber zum Steuerstand und dem Rudergänger. Dann blickte er hinauf ins Krähennest ganz oben auf dem Großmast, wo ebenfalls eine Wache in die sternklare Nacht starrte.

»Ihr könnte frei reden, Meister Walsingham, hier hört uns niemand«, sagte er schließlich mit leicht gesenkter Stimme. »Was wollt Ihr mir in aller Vertraulichkeit mitteilen?«

Walsingham richtete sich auf. »Hernando Hörl ist schlauer als Ihr glaubt«, flüsterte er. »Oder auch nur misstrauischer, was in unserem Fall aber auf das Gleiche hinausläuft. Ihr müsst von diesem Schiff herunter, Sachs! Ich will offen zu Euch sein. Ihr werdet über Bord gehen, ehe wir den nächsten Hafen anlaufen. Auf diesem Schiff werdet Ihr die Alte Welt niemals erreichen.«

Walsingshams Flüstern war immer leiser geworden. Als er verstummte, hatte Sachs ihn kaum noch verstehen können, obwohl er direkt neben ihm stand. Der Fugger-Agent jedoch antwortete mit fast normaler Stimme: »Ihr wollt mich also über Bord werfen?«

Der Engländer rückte noch näher an den Schweizer heran und hauchte fast nur noch: »Ja. Uns Engländern ist es mittlerweile egal, was Ihr dem spanischen König alles über die Rosenobel erzählt. Wir wollen früher oder später den Krieg mit Philipp, und wir haben lieber einen brillanten Kapitän glücklich auf Kaperfahrt als einen brillanten Kapitän frustriert als Küstenfahrer. Also geben wir Drakes Ehrgeiz nach.

Aber die Fugger haben noch sechs oder sieben Millionen Pesos von den Habsburgern zurückzubekommen und wollen dank Eurer Vermittlung, Sachs, ja die nächsten anderthalb Millionen

Pesos Kredit an die Krone Kastiliens auszahlen. Wenn Ihr Euer Wissen über die Goldgaleone preisgebt, bricht das ganze Kaufmannswesen zwischen Venedig und Antwerpen zusammen. Und England wird man nicht glauben, ob wir nun die Wahrheit sagen oder nicht. Man wird uns immer alles als politischen Trick auslegen. Euch aber vertraut Philipp, weil Ihr Eidgenosse seid. Und weil Ihr ein Mann von Ehre seid, der schon einmal bewiesen hat, dass er einen Eid, den er seinem Herrn gegeben hat, unter allen Umständen erfüllt, auch wenn es sein Verderben ist. Solche Loyalität ist selten, Sachs. Und deshalb vertraut Philipp Euch.«

Und deshalb willst du mich am Leben lassen, entgegnete Amman Sachs in Gedanken. Denn mit mir hast du einen kalkulierbaren Gegner und Verbündeten in den feindlichen Linien, wenn England den Krieg mit Spanien hat, den es sich offensichtlich wünscht ...

Laut sagte er: »Ihr werft mich also über Bord. Also gut, ich will mich in mein Schicksal fügen. Aber was geschieht mit Tecuichpo und meinem Mündel?«

25.

Der Wind hatte leicht aufgefrischt, und der Rudergänger holte seine Knotenleine wieder ein, mit deren Hilfe er die neue Geschwindigkeit ermittelt hatte.

Die Engländer hatten also ihre neue Technik mit an Bord der *Aviso* gebracht, überlegte Amman Sachs. Dann spürte er, wie der Steuermann den Kurs über Backbord von Ost auf Nord-Nordost korrigierte. Sie würden also jetzt, wenn Sachs sich richtig an die Seekarten erinnerte, in die Meeresstraße zwischen den Inseln Kuba und Hispaniola einfahren.

Und sein Schicksal würde sich bald entscheiden.

Es war immer noch eine klare Nacht. Doch Amman Sachs wunderte sich einmal mehr über die Milde der Luft. Es war dunkel, und sie waren auf See, und doch verströmte die Luft wohlige Wärme. Sachs vermutete, dass es mit der Wärme des Wassers zusammenhing. Während der Zeit auf Pedro's Pinnacles hatte er oft die Füße im Meerwasser gebadet oder sich darin gewaschen, und es hatte sich angefühlt wie das warme Wasser eines Badehauses, wie es sie in vielen Städten der Alten Welt gab. Aber dort musste das Wasser mühsam über Feuer erwärmt werden, bis es so warm war wie hier das ganze Meer.

Sachs musste noch einmal über sein Gespräch mit Francis Walsingham nachdenken, der inzwischen wohl wieder in seiner Koje lag. Walsingham hatte gesagt, dass England den Krieg mit Spanien suchen wollte. Noch vor kurzer Zeit hätte Sachs erwidert, dass kein Königreich es sich erlauben konnte, einen Krieg mit Spanien zu führen. Spanien schien so groß und mächtig, seine Möglichkeiten schier grenzenlos. Doch Sachs hatte in den letzten Wochen und Monaten erkennen müssen, dass Größe auch anfällig macht gegen die Angriffe jener, die kleiner, flinker und ideenreicher waren.

So wie England. Ein Francis Drake allein konnte sicher nichts gegen eine Übermacht wie Spanien ausrichten, doch viele Drakes auf vielen Schiffen würden das Kräfteverhältnis gewaltig verändern. Viele Hunde sind bekanntlich des Hasen Tod. Und die Engländer waren sehr gute Seeleute. Sachs fragte sich, ob man in Tomar, der geheimen Schule der spanischen und portugiesischen Seefahrer, ahnte, wie gut die konkurrierenden Engländer schon auf dem Gebiet der Nautik waren.

Mit einem Mal hatte Sachs das unbestimmte Gefühl, beobachtet zu werden. Instinktiv blickte er zum Deck des Achterkastells und erkannte im Sternenlicht das ebenmäßige Gesicht Tecuichpos. Sie schaute mit ihren großen, schönen Augen zu ihm herunter. Sachs erschrak und freute sich zugleich, dass er ihren Blick gefühlt hatte. Wie lange mochte sie schon da stehen? Hatte sie etwas von seinem Gespräch mit dem Engländer vorhin mitbekommen?

Doch Sachs vertrieb diesen Gedanken. Stattdessen spürte er Wärme in sich aufsteigen. Erst jetzt wurde ihm bewusst, dass die schöne Mexikanerin ihn nicht mit ihrem stets so stolzen und beherrschten Blick anschaute, sondern mit einem sanften und liebevollen Ausdruck, der allein ihm galt. Er spürte wachsendes Verlangen, als er die stumme Verheißung in den schwarzen, geheimnisvollen Augen sah.

Erst zögernd und besorgt, er könne einem Trugbild seiner Sehnsucht erlegen sein, betrat Sachs den Aufgang zum Achterdeck. Tecuichpo verfolgte mit ihren Blicken jede seiner Bewegungen. Sie wich nun katzenhaft vor ihm zurück, blieb dabei aber lockend und zeigte nicht die geringste Furcht.

Amman Sachs hatte nun den oberen Absatz des Aufgangs erreicht. Er sah sich um, ob jemand ihn beobachtete. Doch der Rudergänger lotete gerade wieder die Geschwindigkeit des Schiffes und schaute obendrein nach Steuerbord. Der Mann im Großmast wurde durch das obere Segel am Besanmast verdeckt.

Tecuichpo war jetzt über dem Heckspiegel der *Aviso* angekommen, wo Sachs den gewaltigen Orkan erlebt hatte. Für einen Augenblick hielten beide inne.

»Hast du mich gerufen?«, fragte er.

»Mein ganzes Leben lang«, antwortete sie.

Sachs sah das Sternlicht in ihren feuchten Augen glitzern.

»Was macht dich so traurig?«, wollte er wissen.

Sie wand für einen Moment das Gesicht ab, ehe sie erwiderte: »Ich war einem Mann versprochen, der die Hoffnung meines Volkes verkörperte. Damit war auch ich diese Hoffnung – die Zukunft Mexikos. Doch ich habe meinen Bräutigam verloren. Ich weiß nicht mehr von ihm, als dass er verloren ist. Und mit ihm verschwand alle Hoffnung, jeder Stolz und jede Zukunft, die uns mit deinem Volk hätte versöhnen können. Es ist schrecklich, nicht zu wissen, was aus ihm wurde. Was, wenn er doch noch lebt? Und mein Versprechen weiterhin gilt?«

Amman Sachs überlegte, ob er Tecuichpo von Drakes Bericht über die Eroberung der *Flor de la Mar* und den Kampf ihres Bräutigams erzählen sollte. Doch er sagte nur: »Ich weiß, wer unsere Galeone vernichtet hat. Und ich weiß, dass sie dem Sohn Montezumas nichts anhaben konnten. Er ließ auf diesem Schiff zwar sein Leben, aber nicht durch die Waffe eines Feindes. Und er starb mit dem in Blei eingewickelten Kleinod in den Händen, das wir beide ihn während dieses geheimnisvollen Rituals an Bord haben bringen sehen. Er konnte es gegen die Angreifer verteidigen. Und er nahm es mit dorthin, wohin seine Bestimmung ihn leitete.«

Sachs spürte, wie seine Worte den Schmerz dieser Frau in

Trauer verwandelten und sie langsam ruhiger wurde. Sie schien sich zu bedenken, ehe sie fragte: »Kannst du mir sagen, wo er im Meer versunken ist?«

Sachs fand die Frage seltsam, denn was brachte es, wenn man wusste, wo genau jemand ertrunken war? Aber vielleicht hatte es mit der Religion der Mexikaner zu tun, die er nicht kannte und verstand und die vielleicht das Wissen um den Verbleib einer geliebten Seele forderte. Der Fugger-Agent erinnerte sich, was Drake von der Stelle gesagt hatte, wo er die Galeone aufgespürt hatte – eine Tagesreise östlich der Azoren und zwei Strich südlich vom normalen Kurs nach Lissabon –, und berichtete dies Tecuichpo wahrheitsgemäß.

Er sah, wie die schöne Frau sich weiter beruhigte. Und auch von ihm fiel dank ihrer Gegenwart mehr und mehr die Anspannung der letzten Tage und Wochen ab. Hier, wo Sachs vor nicht langer Zeit den gewaltigen Sturm erlebt hatte, erlebte er jetzt eine unglaubliche Ruhe, die tief in sein Inneres einzog. Doch auch diesmal war es die Ruhe vor dem Sturm – einem ersehnten Sturm der Gefühle und der Leidenschaften, den die Nähe dieser schönen Frau entfesselte und der sich durch keine Macht der Welt mehr bändigen ließ.

Sie blicken einander in stummem Versprechen an. Es waren Blicke, in denen Sehnsucht und Verlangen lagen.

»Amman ...«, flüsterte Tecuichpo.

Mehr musste er nicht hören. Er legte die rechte Hand auf ihre Schulter, die Linke auf ihre weiche Hüfte. Er fühlte das wohlige Schaudern, ihres und seines, als der Sturm der Leidenschaft sich näherte. Tief atmete er ihren Duft und spürte die Glut in seinem Innern heißer werden. Und der Himmel öffnete seine Pforten.

Der Kuss war warm und erregend. Die Weichheit ihrer Haut, diese Lippen ... wie sehr hatte er sich danach verzehrt. Nun konnte er nicht genug davon bekommen. Er tauchte ein in diese

Zartheit, in das wilde Feuer ihres Körpers. Er suchte jeden wohligen Schauer, den ihre Haut ihm zu schenken vermochte, und spürte mit wachsender Begierde, wie auch ihre Finger über seinen Körper tasteten und ihn an Stellen berührten, die schon lange keine Frau mehr berührt hatte. Er musste sich bezähmen, um seine Lust nicht laut hinauszuschreien.

Ihre bloßen Schenkel drückten auf die seinen. Die Ekstase begann. Sie stöhnte vor Schmerz und Wonne. Sachs konnte es nicht fassen: Es war für sie das erste Mal. Wie konnte das sein? Doch schon riss sein Hunger ihn wieder fort und hinein in dieses Paradies. Hinein. Und hinein ...

Amman Sachs vergaß die Welt um sich herum. Tecuichpo war nun seine Welt – eine Welt, wie er sie in seinem ganzen Leben noch nicht kennen gelernt hatte.

Erschöpft ließen die beiden Liebenden schließlich voneinander ab. Erhitzt, die Haut feucht von Schweiß des anderen. Um sie herum war nichts als die milde Nachtluft der karibischen See und das sanfte Licht der Sterne.

Sachs wurde mit einem Mal wieder bewusst, dass sie beide draußen an Deck einen Schiffes waren, auf dem sich noch drei Dutzend andere Menschen befanden. Er hatte tatsächlich alles um sich herum vergessen gehabt, nur Tecuichpo nicht.

»Prinzessin«, sagte er jetzt und half ihr, ihr Kleid zu richten, das nach spanischer Art geschnitten war und so gar nicht zu der leidenschaftlichen Frau passte, die er eben hinter der Fassade der beherrschten Mexikanerin hatte schauen dürfen. »Ich weiß jetzt, wer du wirklich bist.«

Sie nickte. »Und du bist der Einzige.«

Er schaute sie fragend an.

»Ihr Menschen aus der Alten Welt macht Pedro Angst, weil ihr uns wie Tiere benutzt«, sagte Tecuichpo. »Da war ich ihm näher als ihr. Pedro wollte nur die Nähe eines Menschen, vor dem er sich nicht zu fürchten brauchte. Deshalb nahm er mich.«

Sachs erkannte, dass er den schwarzen Cimarrones völlig falsch eingeschätzt hatte. Pedro gab sich zwar verwegen und schien voller ungebändigter Vitalität, doch auch er bewegte sich in einer ihm fremden Welt und war von Feinden umgeben, die nur ihren eigenen Vorteil suchten. Er war stark und doch allein. Es passte zu Tecuichpo, dass Pedro in ihr seine Zuflucht fand.

Auch der Fugger-Agent hatte jetzt seine Kleider wieder gerichtet. Gerade noch rechtzeitig, denn auf dem Aufgang zum Deck des Achterkastells wurden Schritte hörbar. Die Mexikanerin und der Schweizer drehten sich um und erblickten einen der Matrosen, der die Ankerlaterne brachte. Kurz nickte er den beiden zu, dann befestigte er die bereits entzündete Laterne an dem Stab hoch über dem Heckspiegel. Wieder wurde eine leichte Kurskorrektur spürbar, diesmal über Steuerbord; es ging also wieder nach Osten.

»Zieht ein neuer Sturm auf?«, fragte Sachs und suchte dabei den immer noch sternenklaren Nachthimmel nach einer heranrückenden Wolkendecke ab.

Der Matrose schüttelte den Kopf. »Nein. Wir fahren in eine nur drei Meilen breite Seestraße zwischen zwei Inseln ein. Da ist es besser, wenn einen andere Schiffe rechtzeitig erkennen und ausweichen können.«

Sachs schaute backbord aufs Meer hinaus und blickte zum Horizont. Und tatsächlich sah er eine niedrige, langgezogene dunkle Landmasse. »Welche Insel ist das?«, wollte er von dem Matrosen wissen.

»Dort im Norden? Tortuga.« Dann zeigte der Mann in die andere Richtung. »Und dort könnt Ihr Hispaniola sehen. Wir müssten bald die engsten Stelle zwischen den beiden Inseln passiert haben, dann kommen wir wieder auf die offene See und können die Laterne löschen.« Der Matrose machte eine anzügliche Geste; dann drehte er sich um und verschwand vom Achterkastell. Doch am Aufgang wich er kurz zurück und ließ eine andere Person heraufkommen, ehe er selbst die Treppe hinuntersprang.

Der Neuankömmling war Francis Walsingham, der Sachs offenbar gesucht hatte. »Hier also habt Ihr Euch versteckt«, sagte er. Die Männer musterten einander kurz; dann blickte auch der Engländer hinaus auf das vom Nachtlicht beschienene Meer. Die Brise, die von achtern wehte, frischte weiter auf und trieb das Schiff schneller voran.

»Ja, die Wind-Passage. Diese Route trägt ihren Namen nicht ohne Grund«, kommentierte Walsingham die zunehmende Geschwindigkeit. »Wo Drake wohl schon angelangt ist? Seine *Falcon* ist schnell wie der Wind.«

»Ja, Euer Kapitän scheint nur so über die Weltmeere zu eilen, als wären sie sein Zuhause. Aber wäre es nicht sicherer gewesen, bei dieser gefährlichen Überfahrt zusammen zu bleiben? Auch Drake und sein Schiff sind nicht unverwundbar.«

Walsingham hob leicht den Kopf, als hätte er in der Dunkelheit der Nacht irgendetwas entdeckt. »Nun, vielleicht holen wir ihn ja ein. Noch sind wir im Schutz der letzten Eilande. Ich könnte mir vorstellen, dass Drake dort, wo es hinaus auf das scheinbar endlose Wasser geht, tatsächlich auf uns wartet. Bei ihm weiß man nie. Vielleicht hat er ja irgendwo Freunde besucht. Und ich denke auch nicht, dass Pedro viel Lust verspürt, in diese Richtung das große Meer zu überqueren.«

Wieder erklangen Schritte auf dem Aufgang zum Deck des Achterkastells. Beide Männer und die Mexikanerin blickten in diese Richtung. Plötzlich wich Tecuichpo zurück in die Steuerbordecke des Decks. Diesmal war nichts Katzenhaftes mehr an ihr; sie bewegte sich wie ein ängstliches Kaninchen, das sich vor einer herannahenden Gefahr verstecken will, und verkroch sich in dem schützenden Winkel.

Fünf, sechs Mann der englischen Besatzung kamen hinauf auf die Plattform und stellten sich in einem Halbkreis auf. Jeder von ihnen hielt seinen gezückten Säbel in der Hand. Sie alle blickten nun auf Amman Sachs, der sofort die Aussichtslosigkeit seiner Situation erkannte. Wohin auch hätte er fliehen sollen? Womit hätte er kämpfen sollen? Mit dem Messer an seinem Gürtel hätte er gegen diese gut bewaffnete Übermacht nichts ausrichten können.

Francis Walsingham seufzte tief und schlug dem Fugger-Agenten aufmunternd auf die Schulter. Er sagte nichts, ließ die Hand auf der Schulter des anderen und schob ihn hinüber zur Backbordseite des Achterdecks. Beide schauten hinaus in die Nacht und zu der schattenhaft daliegenden Insel Tortuga.

»Es wird Zeit«, sagte der Engländer schließlich.

Amman Sachs sah sich noch einmal um und erblickte einen Mann, der sich hinter den Matrosen mit ihren gezückten Säbeln verschanzt hatte: Hernando Hörl, der linkisch am oberen Absatz des Aufgangs stand und voller Häme auf Sachs schaute. Vor allem für Hörl war diese erbärmliche Inszenierung gedacht, überlegte Sachs. Hernando Hörl hatte im Namen der Fugger seinen Tod erkauft. Und hier nun sollte es sich erfüllen.

Sachs wandte sich wieder um und schaute hinüber zur Insel Tortuga. Rettendes Land? Wohl kaum. Er konnte ja nicht schwimmen. Er hatte einmal Menschen wie Fische im Wasser schwimmen sehen – in Venedig, wo Männer ein Haus errichteten und dafür aus ihren Booten stiegen, ohne zu versinken. Doch Sachs hätte nie damit gerechnet, es einmal bedauern zu müssen, diese Fertigkeit nicht auch erlernt zu haben.

Francis Walsingham stand immer noch neben ihm. Sachs fühlte, wie der Engländer ihn leicht an der Hand berührte, die auf der

Bordwand ruhte. Amman Sachs senkte den Blick und sah nun, wie die Hand Walsinghams vor dessen Bauch, unsichtbar für die anderen auf dem Achterdeck, hinunter auf das Wasser wies. Zuerst begriff Sachs nicht, was das sollte, dann aber sah er den Schimmer im Wasser: ein schwaches grünliches Licht, das seitlich vom Schiff sowie in seinem Kielwasser sichtbar wurde.

Es war unfassbar!

Amman Sachs schaute, ob es das Licht der Ankerlaterne sein konnte, das sich auf den Wellen dort unten brach. Doch es war eindeutig keine Spiegelung der Strahlen, die von der Öllampe in ihrem kunstvollen Gehäuse ausgingen.

Konnten es die unbekannten Meeresungeheuer sein, die sich auf einen unerwarteten Happen freuten? War es vielleicht eine Prozession der Meerjungfrauen, die ihnen folgten und jeden, der über Bord ging, mit sich in die Tiefe reißen wollten? Waren es die verlorenen Seelen der *Flor de la Mar*, die hier ruhelos umgingen, um auch ihn, Amman Sachs, in ihr nasses Grab zu holen?

Das alles war möglich, doch Amman Sachs glaubte es irgendwie nicht. Der grünliche Schweif, den die *Aviso* hinter sich herzog, erinnerte ihn an eines jener Irrlichter, die in lauen Sommernächten in den Gärten seiner Kindheit getanzt hatten. Damals hatten der junge Amman Sachs und seine Spielgefährten sich im Dunkeln aus dem Haus geschlichen, um diese Irrlichter zu fangen. Und sie hatten diesen Zauber greifen können, vor denen abergläubische Weiber sie gewarnt hatten, dass es verräterische Nymphen seien, die sie ins Verderben locken wollten. Dabei waren es bloß Käfer gewesen – Getier, das an winzigen Flügeln durch die Luft flog. Ihr Hinterleib brachte dieses magische Licht hervor. Wie, wusste keiner.

Doch genau so sah das Leuchten aus, das sich nun im Meer um das Segelschiff herum zeigte. Verräterische Nymphen? Oder Getier, vor dem man keine Angst zu haben brauchte?

Im ersten Moment wusste Sachs nicht, wie ihm geschah, als er mit einem Ruck in die Höhe gehoben wurde. Dann begriff er, dass zwei der kräftigen Matrosen ihn an Schultern und Hosenboden gepackt hatten. Jetzt schleuderten sie ihn in hohem Bogen über die Bordwand und hinaus in die Nacht.

Sachs schrie aus Leibeskräften. Und wie ein Echo hörte er den Schrei Tecuichpos über sich. Dann schlug er auch schon auf der Wasseroberfläche auf und spürte, wie ein Strudel ihn mit sich hinabriss.

Also doch verräterische Nymphen, war sein letzter Gedanke.

26.

Beim Aufprall auf das Wasser hatte Amman Sachs die Augen geschlossen. Jetzt öffnete er sie wieder. Statt der tiefen Finsternis, die er um sich herum erwartet hatte, war wieder dieses feine grüne Leuchten zu sehen. Doch hatte er in diesem ungewohnten Element völlig die Orientierung verloren. Er wusste nicht, wo oben oder unten war, und wollte in Todesangst strampeln, während er im Wasser trieb und ihm langsam die Luft knapp wurde.

Mit einem Mal spürte er, wie ihn etwas in eine bestimmte Richtung zog. Und zu seinem grenzenlosen Erstaunen tauchte nach einigen Augenblicken sein Kopf aus den wogenden Wellen auf. Sachs hustete und sog gierig die frische Luft ein. Dann versuchte er, mit Armen und Beinen leichte Ruderbewegungen zu vollführen. Rücklings auf dem Wasser treibend, paddelte er ein wenig, um einen Rundblick zu bekommen, wie seine Situation sich darstellte. Was er sah, nahm ihm alle Hoffnung. Das Ankerlicht der *Aviso* war schon ein ganzes Stück von ihm entfernt. Und dass irgendwo Land sein sollte, war von seiner Position aus nicht zu erkennen.

Amman Sachs war verloren im Nirgendwo des Meeres. Er war am Ende. Dem Tod geweiht. Eingehüllt von einem magischen Licht, das auf seine Bewegungen reagierte, wie er feststellte. Je mehr er mit Händen und Füßen paddelte, desto intensiver wurde das seltsame Leuchten um ihn herum. Und da im gleichen Maße, wie das Depeschenboot sich von ihm entfernte, das Leuchten in dessen Kielwasser erstarb, war der grünliche Schimmer bald nur noch um ihn herum zu sehen.

Amman Sachs dachte im ersten Moment, es wäre ein gewaltiger Fisch, der da durch die flachen Wellen auf ihn zu rauschte, so unerwartet war der Anblick. Dann packten ihn, wie eben auf dem Achterdeck der *Aviso*, wieder kräftige Hände, nur zogen sie ihn mit einem Ruck aus dem Wasser und seitlich in eine winzige Pinasse hinein. Triefend kam Sachs auf dem hölzernen Schiffsboden zu liegen.

Erstaunt schaute er in die ihm fremden Gesichter seiner Retter. Dann blickte er sich in dem kleinen Boot um, das mit zwei Reihen Riemen für vier Ruderer ausgerüstet war. Zwei Männer hatten ihn aus dem Wasser geholt, zwei andere saßen noch auf den Ruderbänken und hatten wohl mit ihrem Gegengewicht dafür gesorgt, dass das Boot bei der Rettungsaktion nicht umkippen konnte.

Einer der Männer schien in der Dunkelheit der Nacht nur aus Augen und Lippen zu bestehen. Dann erkannte Sachs, dass es Pedro war, der Schwarze – der Gefährte Francis Drakes. Jetzt, beim Rudern, trug er sein goldenes Schwert auf den Rücken gebunden.

»Wie …?« Mehr brachte Amman Sachs im ersten Moment nicht hervor.

Der einstige Sklave lachte rau. »Das Meeresleuchten hat uns zu dir geführt. Man muss die See zu lesen verstehen.«

Der Fugger-Agent verstand immer noch nicht.

»Ich erkläre es dir später«, sagte Pedro und wandte sich an die anderen. »Lasst uns von hier verschwinden, Kameraden. Wir haben unsere Beute!«

Die vier Retter nahmen ihre Plätze auf den Ruderbänken ein. Den erschöpften Amman Sachs ließen sie vorne auf dem Schiffsboden liegen, wofür er auch dankbar war.

Im Takt der Ruderschläge erzählte Pedro: »Das Ankerlicht des Spaniers hat uns den Weg zu eurem Kielwasser gezeigt, und das Meeresleuchten ließ uns dann erkennen, wo du im Wasser sein musstest. Gut für dich, dass du gestrampelt hast, denn so ist das Licht nicht erloschen. Es reagiert auf Bewegung, weißt du?«

Es hörte sich einfach an, wie Pedro die ganze Sache darstellte, doch für Amman Sachs war es ein Wunder. Mitten auf dem Meer in dunkler Nacht gerettet zu werden, war schier unglaublich.

Ein neuer Gedanke kam Sachs. »Wie kommst du hierher?«, wollte er wissen.

Pedro zeigte wieder sein breites Grinsen. »Wo ich doch an Bord der *Falcon* sein sollte, nicht wahr? Nun, die Insel Tortuga«, Pedro wies mit einer Kopfbewegung hinter sich, »hat einen natürlichen Hafen, wo Drake mich abgesetzt hat. Auf der Insel hat ein Franzose das Sagen, Pierre le Grand. Dem hat Drake dich verkauft. So kann zweimal für deinen kostbaren Kopf kassiert werden.«

Sachs begriff trotz seiner Erschöpfung, dass er zwar den Wurf ins Wasser auf wundersame Weise überlebt hatte, aber nur vom Regen in die Traufe gekommen war. Er war wieder eine Geisel, nur diesmal nicht der Engländer, sondern der Franzosen. Und wer konnte wissen, welche Interessen die in diesem verwirrenden Spiel verfolgten.

Der Fugger-Agent war zu erschöpft, um einen klaren Gedanken darüber zu fassen, was ihn nun erwarten mochte. Er fiel in einen tiefen Schlaf, der von unruhigen Träumen begleitet war. Und er wachte erst wieder auf, als die niedrige Pinasse im ersten Licht des neuen Tages auf Sand auflief.

Amman Sachs erkannte rund um die flache Wölbung einer natürlichen Bucht einige niedrige Häuser, massiv aus Stein gebaut. Hinter der Siedlung lag eine gerodete Fläche, auf der zwischen alten Baumstümpfen offenbar Feldfrüchte angebaut wurden. Doch der Anblick offenbarte, dass hier alles ein wenig verwahrlost war.

Auf dem Strand lagen einige Boote, keines größer als die Pinasse, mit der Amman Sachs gerettet worden war. An einer einfach, aus Feldsteinen aufgeschichteten Kaimauer lagen Kisten und Fässer bereit, als würde hier gelegentlich ein Handelsfahrer Station machen.

Einige Leute kamen herbeigelaufen, als die Männer, die Amman Sachs gerettet hatten, ihn aus dem Boot hoben und in den Sand legten. Seine wollene Kleidung war immer noch triefnass, und sofort klebten Sand und Muschelreste an Hose und Jacke. Jetzt, da er sich nicht mehr im Schutz der Bootswand befand und der beständigen Brise vom Meer her ausgesetzt war, begann er erbärmlich zu frieren. Er zitterte am ganzen Körper und klapperte mit den Zähnen.

Einer der herbeieilenden Männer war ein noch junger Bursche von kräftiger Statur, der einen aus himmelblauem Tuch gemachten Parademantel trug, mit goldfarbenen Knöpfen, Tressen und Epauletten, doch in einem eher verwahrlosten Zustand. Da alle anderen vor ihm zur Seite wichen, vermutete Sachs in dem jungen Mann den Anführer dieses Haufens – eben jenen Pierre le Grand.

Und in der Tat schien es so, als wollte der seltsame Soldatenoffizier in Amman Sachs seine neueste Beute begutachten. Mit einem Blick erfasste er die bedauernswerte Lage des Schweizers: »Mon dieu! Der Mann muss raus aus seinen nassen Kleidern! Bringt ihn in mein Haus, bereitet ihm den Zuber für ein Bad mit heißem Wasser. Und sorgt dafür, dass er einen guten, heißen Aufguss mit reichlich Tequila bekommt – das wird ihn wieder auf die Beine bringen!«

Der Franzose hatte in klarem Spanisch mit einem deutlichen Akzent seines Heimatlandes gesprochen, was allerdings sympathisch klang, wie Amman Sachs sogar in seinem erschöpften Zustand registrierte.

»Wir müssen ihn erst einmal herrichten, bevor die hohen Herren ihn in Augenschein nehmen können. Für einen kranken

Mann mit zu kaltem Blut zahlt uns keiner mehr einen anständigen Preis«, hörte er le Grand noch sagen, ehe er wieder in einen ohnmachtsgleichen Schlaf sank.

Amman Sachs wurde das nächste Mal wach, als man ihn nackt in ein abgesägtes Holzfass setzte, in das heißes Wasser gefüllt war. Da er immer noch bitterlich fror, störte ihn die zu große Wärme nicht; er genoss es, das Leben in seinen Körper zurückkehren zu fühlen. Wer ihn von seinen nassen Kleidern befreit hatte, wollte er lieber nicht wissen. Er sah aber, dass seine Hose, seine Jacke und sein Wams vor einer großen Kochstelle aufgehängt waren, in der ein munteres Feuer prasselte. Daneben saß der Franzose in der lustigen Uniform auf einem einfachen Schemel und lächelte Amman Sachs an.

Die beiden Männer, die ihn offenbar in den Zuber gesetzt hatten, verließen nun den Raum, dessen Wände nachlässig gekalkt waren; der Boden bestand, wie der Fugger-Agent erkannte, aus gestampfter Erde.

Ohne ein Wort zu sagen, stand le Grand von seinem Hocker auf, nahm einen Zinnbecher von einem Bord und goss aus einem Kessel, der über dem Feuer hing, etwas dampfende Flüssigkeit hinein. Dann nahm er von dem gleichen Bord, von dem er den Becher genommen hatte, eine aus Holz kunstvoll geschnitzte Flasche, die mit einem Korken versehen war, öffnete sie und goss von einer klaren Flüssigkeit in den Becher, den er dann Amman Sachs reichte.

»Hier, trinkt. Es weckt die Lebensgeister.«

Amman Sachs griff nach dem Becher und fühlte die Hitze, die von dem Metall ausging. Er wunderte sich, dass der Franzose den Becher ohne sichtbare Schmerzen hatte halten können, und versuchte es ihm gleichzutun. Doch er musste den Metallbecher dann doch von einer Hand in die andere wechseln, um zwischendurch die Handflächen zu kühlen, indem er darauf pustete.

»Trinkt, solange es noch heiß ist«, forderte le Grand ihn erneut auf. Amman Sachs nahm einen Schluck und hätte fast ausgespuckt, so scharf und undefinierbar im Geschmack war das Getränk.

»Zum Teufel, was ist das?«, fragte er.

Der Franzose schien sich prächtig zu amüsieren. »Tequila. Stammt aus Mexiko. Haben wir von einem spanischen Handelsschiff erbeutet. Soll angeblich aus einer Pflanze gebraut werden, die stechen soll wie dieser Sud. Man mag es gern glauben, findet Ihr nicht?«

Amman Sachs musste ihm zustimmen. Sein Mund fühlte sich an, als hätte er Nadeln gegessen. Trotzdem leerte er den Becher jetzt in einem Zug und fühlte die wohlige Wärme auch im Körper.

»Was geschieht jetzt weiter?«, fragte der Fugger-Agent den Franzosen, als er ihm den leeren Becher zurückreichte.

»Ein Boot ist hinüber nach Hispaniola unterwegs, zur Hauptstadt La Nueva Isabela. Man wird dem dortigen Gouverneur die Nachricht überbringen, dass wir Euch hier Unterkunft gewähren und um Begleichung der uns dadurch entstehenden Kosten bitten. Ich weiß zwar nicht, was für einen Handel Ihr mit den Spaniern habt, aber Drake sagte, dass der spanische König Philipp bereit sei, jeden Preis für Euch zu zahlen, wenn er erführe, dass Ihr noch am Leben seid. Und im Augenblick macht Ihr in der Tat den Eindruck, als würde endlich das Leben zu Euch zurückkehren.«

Amman Sachs, dem es nach dem heißen Bad und dem noch heißeren Trank deutlich besser ging, verbrachte die nächsten zwei Tage in einem erstaunlich komfortablen Bett, das aus einem starken Fischernetz bestand, das man zwischen zwei Tragbalken in der Hütte aufhängen konnte. Sachs hatte so eine Liege noch nie gesehen, und der Franzose erklärte auf seine Nachfrage, dass die Eingeborenen auf Hispaniola diese »Hamáka« genannten Betten benutzten, um im Schlaf vor umherkriechendem Getier sicher zu sein – was sehr hilfreich sei in den Breiten, in denen sie sich befänden, denn gerade hier müsse man sich vor Schlangen sehr in Acht nehmen.

Amman Sachs hatte Fieber, doch Pierre le Grand kümmerte sich weiterhin persönlich um seinen kostbaren Gast und päppelte ihn mit schmackhaftem Eintopf und noch mehr Tequila langsam wieder auf. Nach einer Weile bekam der Schweizer aber auch die Nachteile der Hamáka zu spüren – die stets leicht gekrümmte Körperhaltung, die man in dieser hängenden Matte zwangsläufig einnahm, ließ mit der Zeit die Knochen sehr schmerzen.

So war der Fugger-Agent froh, als er sich endlich so weit genesen fühlte, dass er aufstehen und die Insel Tortuga erkunden konnte. Er unternahm ausgedehnte Spaziergänge durch das wilde Land, auf dem das Meer stets in Sichtweite blieb. Tortuga war eine lang gezogene, jedoch schmale Insel, die durch einen niedrigen Bergrücken gebildet wurde. Aus einiger Höhe hatte man einen phantastischen Blick auf das Meer und die gegenüberliegende Landmasse von Hispaniola. Sachs sah in dem kristallklaren Wasser der schmalen Seestraße zwischen den beiden Inseln tückische Riffe und Kliffe, die jedoch vor dem Landeplatz mit den Hütten eine gut geschützte Hafenbucht bildeten.

Sachs nutzte seine Wanderungen aber auch, um über seine wieder einmal neue Situation nachzudenken. Bei den Spaniern, das erkannte er, würde er in größerer Sicherheit sein als bei den Fuggern. Es war ja bekannt, dass im größten Kaufmannshaus der Welt fast jeder Faktor mittlerweile tat, was er wollte und was ihm persönlich die Taschen füllte.

Das Geschäft mit Königin Elisabeth von England wäre sicher ein gewagter, aber auch lukrativer Coup gewesen – wenn es denn funktioniert hätte. Doch Amman Sachs war sicher, dass die zahlreichen Erben des großen Handelshauses als Nachfahren der berühmten Fugger eine solch verwerfliche Verabredung nie aus freien Stücken getroffen hätten. Für den Regierer Martin Fugger und vor allem für den Hauptfaktor Kasper Peutinger hätte Sachs seine Hand allerdings nicht ins Feuer legen wollen, was deren Integrität betraf.

Amman Sachs kam nach reiflicher Überlegung zu dem Schluss, dass er auf irgendeine Weise an sämtliche Familienmitglieder der Fugger herankommen musste, die das gewaltige Erbe verwalteten, um die Sachverhalte ein für alle Mal zu klären. Was er von Drake über die Geschäfte erfahren hatte, die im Namen der Fugger getätigt worden waren, musste vor diesen selbst besprochen werden. Er, Amman Sachs, stand immer noch unter dem Eid, den er einst Anton Fugger persönlich geleistet hatte – und nur, wenn Anton Fuggers Söhne, Enkel und Neffen für das Schicksal der *Flor de la Mar* tatsächlich die Verantwortung trügen, würde er sich von diesem Eid freisprechen lassen.

Es mochte vier oder fünf Tage her sein, seit Amman Sachs von seinen Rettern aus dem leuchtenden Meer gezogen worden war, als er auf einem seiner Spaziergänge am östlichen Horizont die Mastspitzen eines Schiffes entdeckte. Obwohl der Segler noch viele Meilen entfernt sein musste, erkannte Sachs, dass es eine *caravela latina* war, eine iberische Karavelle mit den typischen dreieckigen Lateinersegeln. Sie mochte vielleicht vierzig bis fünfzig Schritte * lang sein und hatte trotz ihrer vergleichsweise gerin-

* 1 Schritt = ca. 0,75 Meter

gen Größe drei Masten, was sie für eine Karavelle offenbar sehr schnell machte. Das Schiff kam rasch näher, und bald wurde klar, dass es den natürlichen Hafen von Tortuga anzusteuern plante.

Zu seiner Überraschung sah Amman Sachs, als der Segler nahe genug war, dass hoch am Großmast eine portugiesische Standarte wehte. Das war umso ungewöhnlicher, als sich seit dem Vertrag von Tordesillas kein portugiesisches Schiff so weit nach Westen wagte. Im Jahr 1494 hatte der damalige Papst Alexander VI. als Reaktion auf die Entdeckung der Neuen Welt durch Christoph Kolumbus die neu entstandenen Kolonien an einer Demarkationslinie 370 spanische Leguas* westlich der Kapverdischen Inseln zwischen Portugal und Spanien aufgeteilt. Der Vertrag war seitdem nie in Frage gestellt worden.

Erwartet wurden Spanier, die Sachs aus seinem Gastrecht auf Tortuga auslösen sollten – aber kamen jetzt Portugiesen? Der Fugger-Agent erinnerte sich, dass er den spanischen König Philipp seinerzeit auf der geheimen portugiesischen Kreuzritterburg getroffen hatte, in Tomar. Und Sachs hatte einen Verdacht, dass sich an Bord der Karavelle Brüder dieses ganz besonderen Ordens befanden, die ein spezieller Auftrag hierher in die karibische See geführt hatte.

Amman Sachs beeilte sich, zum Strand zu kommen. Die Karavelle hatte mittlerweile ihren Anker ausgeworfen, und es entstand Bewegung auf dem Schiff, als das Beiboot vom Hauptdeck aus ins Wasser gelassen wurde. Amman Sachs sah, dass zwei Ruderer zwei Männer an Land brachten, bei denen es sich um Mönche zu handeln schien. Sachs selbst erreichte in dem Moment das Ufer, als die Männer in den schwarzen Kutten, die rote, aufgestickte Kreuze in Höhe der Brust zeigten, von Pierre le Grand mit großer Geste begrüßt wurden.

---

* ca. 1770 km; entspricht der Länge von 46° 37' West

Amman Sachs sah sich die beiden Neuankömmlinge an. Zumindest einen von ihnen meinte er schon einmal gesehen zu haben. Der teils unterwürfige, teils stolze Gesichtsausdruck des Mönchs kam ihm bekannt vor, doch auf Anhieb konnte er nicht sagen, wo er diesem Mann vorher schon einmal begegnet sein mochte.

Als der Fugger-Agent näher auf den Franzosen und die Geistlichen zutreten wollte, wurde er von einem von le Grands Männern zurückgehalten. So konnte er nur aus der Entfernung verfolgen, was sich zwischen den Personen abspielte, die über sein weiteres Schicksal entscheiden würden.

Es waren offenbar recht schwierige Verhandlungen. Der Franzose schien seinen Standpunkt – und wohl auch seine Preisforderung – mit ausladenden Armbewegungen zu untermauern. Einer der beiden Mönche, offenbar der ranghöhere, reagierte mit abwehrenden Gesten und schüttelte mehr als einmal vehement den Kopf. Die ganze, für Amman Sachs lautlose Szenerie hatte etwas Komisches, da er auch ohne Worte genau zu verstehen glaubte, worüber dort gestritten wurde.

Schließlich winkte le Grand Amman Sachs heran. Der Mann, der den Fugger-Agenten bisher zurückgehalten hatte, führte ihn nun zum Verhandlungsplatz. Beim Näherkommen drehten die Mönche ihm wie beiläufig kurz ihre Gesichter zu, ohne ihre Unterredung mit dem Franzosen zu unterbrechen – und in diesem Augenblick traf den Fugger-Agenten wie ein Blitz die Erkenntnis, wo er den rangniederen von den beiden Geistlichen schon einmal gesehen hatte: Im »Coroa«, dem Gasthaus in der Altstadt von Lissabon.

Beide Male, als er sich dort mit Gemma unterhalten hatte, war dieser Mönch ebenfalls im Gastraum gewesen. Sachs hatte ihm damals keine weitere Beachtung geschenkt, da er ihn für einen der Bettelmönche hielt, die sich eine freie Mahlzeit beim Wirt erbeten hatten. Dieses Gesicht nun hier, am anderen Ende der Welt, wiederzusehen, und dann auch noch unter diesen seltsamen Umständen, bereite Sachs großes Unbehagen. War das Zufall? Oder hatte der Mönch ihn auf allen seinen Wegen überwacht?

Als der Fugger-Agent neben den Verhandelnden ankam, unterbrachen sie ihr Gespräch. Alle drei blickten den Schweizer an. Die Mönche schienen sich mit prüfendem Blick einen Eindruck von seinem Gesundheitszustand machen zu wollen. Schließlich fragte jener, der auch die Verhandlungen mit le Grand geführte hatte: »Ihr seht angeschlagen aus, Meister Sachs. Würdet Ihr nach den Strapazen, die Ihr offenbar durchgemacht habt, eine lange Schiffsreise überstehen?«

Amman Sachs nickte. »Mir geht es gut. Wenn Ihr mich nur vor König Philipp bringen wollt.«

Der zweite Mönch, dessen Gesicht Sachs bekannt vorkam, schaltete sich nun ins Gespräch ein: »Was würdet Ihr dem König denn zu berichten haben, dass er Euch eine seiner seltenen Audienzen gewähren sollte?«

Sachs erinnerte sich, dass der Träger der Krone Kastiliens selbst wie ein Mönch lebte und nur sehr selten Besucher empfing; das galt sogar für höchste Würdenträger.

»Ich weiß ihm zu berichten, was mit seiner Galeone passiert ist. Auch wenn es sicher keine guten Nachrichten für ihn sein werden.« Das Gold der Galeone erwähnte er in Gegenwart von le Grand lieber nicht.

Die Mönche nickten und schauten einander dabei an.

»Also habt Ihr die Euch gestellte Aufgabe erfüllt«, sagte schließlich der ranghöhere Geistliche, während er einen großen Geldbeutel unter seiner Kutte hervorholte und Pierre le Grand zuwarf. »Und das Schiff ist verloren. Hoffen wir, dass es auf immer verloren bleibt!«

Amman Sachs begriff, dass die Transaktion über sein Schicksal nun abgeschlossen war. Doch er verstand den letzten Satz nicht, den der Mönch gesprochen hatte. Aber ihm fiel ein, dass auch der König bei ihrer Unterredung in Tomar nachdrücklich um Bestätigung gebeten hatte, dass die »Flor de la Mar, dieses verfluchte Schiff, auch wirklich und wahrhaftig für immer und für alle Zeit verloren sein wird – und verloren bleibt!« So hatte der Monarch damals gesprochen. Und der König hatte ihm befohlen: »Er wird sich Gewissheit verschaffen und uns dann auf sein Leben einen Eid leisten, dass nichts, auch nicht der kleinste Kienspan von diesem Schiff jemals wieder in dieser und allen anderen Welten wird auftauchen können!«

Ja, es war wohl von außergewöhnlicher Wichtigkeit für den spanischen Thron, dass die Goldgaleone – wenn sie schon ihr Ziel nicht erreichen konnte – so doch auch für den Rest der Welt verschwunden blieb. Amman Sachs hatte kein gutes Gefühl, dass er nun dem König würde beibringen müssen, dass zumindest die Ladung der *Flor* doch nicht ganz verschwunden war, sondern dem mächtigsten Feind Spaniens noch viel mehr Macht in die Hände gab.

27.

Amman Sachs wurde auf die *caravela latina* gebracht. Der Fugger-Agent entdeckte dort, dass die gesamte Besatzung aus Mönchen und ihren Novizen zu bestehen schien, auch wenn nur die Höherrangigen Kutten trugen. Es wurden kaum mehr Worte gewechselt, als für den sicheren Betrieb des Schiffes nötig. Und alle nannten sich untereinander »Bruder«.

Sachs wurde gleich nach seiner Ankunft an Bord des seltsam wirkenden Seglers in eine kleine Kajüte eingesperrt, was ihn doch sehr erstaunte. Man versorgte ihn aber regelmäßig mit gutem Essen und Trinken und leerte seinen Eimer, doch auf Deck durfte er nicht. Als er einen seiner Wächter einmal fragte, warum man ihn nicht hinaus lasse – er sei doch kein Feind, sondern vielmehr ein Freund –, sagte der Mann zu Sachs' grenzenlosem Erstaunen, dass man ihn zu seiner eigenen Sicherheit nur unter Deck lassen könne. Man wolle so vermeiden, dass er vielleicht aus Unachtsamkeit über Bord ginge.

Auch die Tatsache, dass seinem Essen stets ein Bissen und seinem Trinken ein Fingerbreit Flüssigkeit fehlte, schien zu bestätigen, dass die Mönche sehr auf sein Wohlbefinden bedacht waren. Trotzdem vermisste er bald die freie Bewegung auf dem Schiff und die frische Luft.

Die Überfahrt über den unendlich weiten Atlantik war diesmal ein qualvolles Unterfangen. Kaum war der Segler vom Land freigekommen und auf offener See, setzten starke Winde ein, die sich bald zu einem gewaltigen Sturm steigern sollten. Nach etwa sieben Tagesreisen gab der Besanmast den unentwegt heranbrausenden Böen nach und brach auf halber Höhe ab. Amman Sachs hörte das ohrenbetäubende Krachen, und sein Wächter berichtete ihm später seltsam gesprächig, dass die Mannschaft nur mit großer Mühe die Takelage losschlagen konnte, damit der zerstörte Mast nicht das ganze Schiff ins Verderben riss.

Mit den nur zwei verbliebenen Masten wurde die Karavelle deutlich langsamer, doch jeder an Bord war froh, nach dem Unglück überhaupt noch auf einem seetüchtigen Schiff zu sein. Doch wegen der langsameren Fahrt und des Kampfes mit den Stürmen dauerte die Passage nun deutlich länger, als ursprünglich berechnet – und bald wurden die Lebensmittelrationen gekürzt und die Wasserzuteilungen beschränkt. Allein der offensichtlich so wertvolle Passagier bekam weiter seine vorzüglichen Mahlzeiten und litt keinen Mangel, sodass er vom Darben der anderen Männer an Bord eine ganze Weile nichts mitbekam.

Schließlich erreichte die angeschlagene Karavelle den Ort Vila do Porto auf der Azoreninsel Santa Maria. Obwohl man mit Amman Sachs an Bord sehr unter Zeitdruck stand, weil der Fugger-Agent offensichtlich so schnell wie möglich zum König von Spanien gebracht werden sollte, entschlossen sich die Mönche, ihr Schiff erst reparieren und mit einem neuen dritten Mast ausstatten zu lassen, ehe man die letzte Etappe nach Osten in Angriff nahm.

Auch während die Arbeiten an Deck der Karavelle ausgeführt wurden, blieb Sachs die ganze Zeit in seiner Kajüte. Doch man besorgte ihm nun andere Bücher zur Lektüre als nur die Bibel, mit der er die bisherige einsame Zeit in seinem bequemen Arrest verbracht hatte.

Nach zwei Wochen in Vila do Porto waren sämtliche Reparaturen ausgeführt, und die Überfahrt ging auf ihre letzte Etappe. Jetzt waren die Winde günstiger, auch wenn sie aus Nordwest kamen und das Schiff leicht nach Süden abdriften ließen. Man machte aber sichere Fahrt, wobei Sachs ein seltsames Gefühl beschlich, als sie aufgrund der Winde jene Stelle passierten, an der mutmaßlich die Trümmer der gesunkenen Goldgaleone gesichtet worden waren. Sachs war, als würde ihm das gewiss in unendlichen Tiefen liegende Wrack des gescheiterten Seglers etwas zurufen wollen. Es konnte aber auch sein, überlegte der Fugger-Agent, dass ihn das dauernde Alleinsein in der verfluchten Kammer langsam, aber umso nachhaltiger den Verstand raubte.

Tatsächlich war Lissabon das Ziel der Reise, und Amman Sachs vermutete auch darin wieder Zeitgründe, würde man doch von Lissabon aus auf dem Landweg wesentlich schneller vorankommen, als wenn man erst halb um die iberische Halbinsel fahren würde, um Spaniens Haupthafen Sevilla zu erreichen.

Zu seiner abermaligen Verwunderung war es aber nicht Lissabon selbst, was er erblickte, als man ihn eines Abends in der Dämmerung endlich aus seinem Verlies befreite und auf Deck holte. Sie befanden sich offensichtlich auf einem Fluss, nicht im Hafen von Lissabon. Das Beiboot wurde gerade zu Wasser gelassen. Und als Amman Sachs sich zu orientieren versuchte, sagte ihm einer der Mönche, dass man ein Stück vor Vila Franca de Xira liege, also bereits eine gute Strecke den Tejo flussaufwärts. Amman Sachs begriff: In Lissabon gab es eine Fuggerfaktorei und einen Faktor namens Batalha de Alcácers, dem man wohl seine Ankunft in Portugal um jeden Preis verheimlichen wollte.

Als Sachs ans Ufer blickte, sah er dort einen anderen alten Bekannten, dessen Anwesenheit nur zu verständlich war: Es war Alfonso de Escobar, Cancellarius von König Philipp, der wieder seine riesenhafte Kutsche dabeihatte.

Als Amman Sachs aus dem Beiboot an Land trat, reichte der Kanzler ihm einen hilfreichen Arm. Und Sachs fragte anstelle einer Begrüßung nur: »Tomar?« Escobar lächelte nach einer Pause und antwortete dann: »Tomar!«

Während der Fahrt in der Kutsche, die Amman Sachs auf eigentümliche Weise vertraut vorkam, fielen die Last und die Anspannung seiner bestandenen Abenteuer allmählich von ihm ab. Es war nach dem Auf und Ab seiner Reise nun so, als würde sich ein Kreis schließen. Er war wieder auf den Weg zu der alten geheimen Kreuzritterburg, in der er zum dort vorhandenen geheimen Wissen nun neue, nur wenigen bekannte Informationen beitragen konnte. Beim ersten Mal hatte diese Kutschfahrt ins Ungewisse geführt, und Sachs war voller Sorge gewesen, was ihn erwartete. Jetzt war er irgendwie auf den letzten Metern vor seinem Ziel, und das, was damals Ungewissheit gewesen war, hatte sich zwischenzeitlich als die Erfüllung vieler seiner schrecklichsten Albträume erwiesen. Aus manchen dieser schlimmen Visionen hatte Amman Sachs sich allerdings noch nicht völlig wieder befreit.

»Erlaubt Ihr eine Frage, Herr?«, wagte Sachs das erneut zwischen ihm und den Cancellarius herrschende, diesmal jedoch deutlich angenehmere Schweigen zu beenden.

Der Kanzler schaute ihn an, diesmal gutmütiger als bei ihrer ersten Begegnung. »Nur zu«, sagte er dann.

»Ist Spanien auf einen großen Krieg vorbereitet?«, wollte Sachs schließlich wissen, wobei das nicht die eigentliche Frage war, die er ursprünglich hatte stellen wollen. Er hatte an Tecuichpo und Gemma und ihr unbekanntes Schicksal denken müssen. Sie waren vor Tortuga in der Gewalt der Engländer mit unbekanntem Ziel davongesegelt. Von den Engländern waren Sachs' Gedanken zu Francis Walsingham geschweift – und zu dessen Offenbarung, dass die Briten die Entscheidungsschlacht mit Spanien früher oder später suchen würden. So war von Amman Sachs' vielen Gedanken nur die Frage geblieben, ob Spanien auf diese drohende Konfrontation vorbereitet war.

Der Fugger-Agent spürte, wie der Kanzler seine ruhige Gelassenheit verlor. »Also haltet Ihr nach allem, was Ihr erlebt habt, den großen Krieg für unausweichlich, Hohensax?« Escobar atmete tief durch. »Es wirft ein trauriges Licht auf das Ergebnis Eurer vielen Abenteuer, mein Freund. Aber es bestätigt die schlimmen Befürchtungen, die wir und auch der König bereits seit einiger Zeit hegen. Nein, Spanien ist auf einen solchen Krieg schon lange nicht mehr vorbereitet. Spanien ist noch ganz damit beschäftigt, seine überragende Größe zu feiern. Einen Mahner, der darauf hinweist, dass andere größer werden könnten, will hier niemand hören.«

Sie erreichten die Kreuzritterburg am Mittag des nächsten Tages. Wieder herrschte geschäftiges Treiben auf dem Fahrweg, der zur eigentlichen Festung hinaufführte. Diesmal jedoch sorgten Bewaffnete dafür, dass die Kutsche des Kanzlers Vorfahrt vor allen anderen hatte. Als sie auf das große Plateau fuhren, das den Vorplatz des eigentlichen Klosters bildete, schlug die Glocke im Turm des kleinen Doms gerade zum Mittagsgebet.

Sie hielten wieder vor der großen Freitreppe. Noch ehe der Wagen zum Stehen kam, wurde bereits von außen die Tür aufgerissen. Alfonso de Escobar und Amman Sachs stiegen aus. Der Fugger-Agent war vom Anblick der großen Klosteranlage wieder genauso beeindruckt wie bei seinem ersten Besuch.

Doch viel Zeit, das grandiose Bild zu bestaunen, blieb ihm nicht. Der Kanzler mahnte zur Eile und stieg bereits die große Treppe hinauf, als Amman Sachs endlich folgte. Oben auf dem zweiten, kleineren Hof angekommen, führte Escobar seinen Gast diesmal nicht durch die Kreuzgänge zu einer der Klausen, sondern hielt gleich rechts auf die seltsam gedrungene, wuchtig wirkende Kirche zu. Und obwohl der Fugger-Agent das Bauwerk schon einmal im Vorbeigehen gesehen hatte, erschütterte der

Anblick ihn jetzt bis ins Mark: Die ursprüngliche Kirche, die nur noch den Altarraum mit dem angesetzten Campanile, dem Glockenturm, zu bilden schien, war rund! Kreisrund wie die Templerkirche des Inner Temple von London.

Zwei seltsame Kirchenbauten, beide nicht mehr in Besitz der eigentlichen Erbauer, beide nicht mehr von ihnen benutzt – und doch so bedeutend, dass sich hier die mächtigsten Männer ihrer jeweiligen Länder trafen und die Bauwerke zum Zentrum ihrer Wissenschaften machten. Amman Sachs fragte sich, was es zu bedeuten hatte, dass ausgerechnet er in kurzer Zeit diese beiden Orte nacheinander aufsuchen musste.

Escobar und Sachs betraten durch ein reich geschmücktes Portal das eigentliche Kirchenschiff. Während der Cancellarius nach rechts weiter in Richtung des runden Altarraums ging, blieb der Fugger-Agent stehen, gefangen von dem ungewöhnlichen Anblick, der sich ihm bot, und schaute sich um. Linker Hand teilte sich der Raum in ungefähr Mannshöhe horizontal in zwei Hälften, einen oberen und einen unteren Chorraum. Während der obere Chorraum offen und nur durch eine Balustrade abgetrennt war – der Zugang musste außerhalb des Kirchenschiffs liegen –, führte in den unteren Chor nur eine schmale, höhlenartige Türöffnung. Dahinter sah Amman Sachs einen, wie es ihm auf den ersten Blick schien, niedrigen, gewölbeartigen Zeremonienraum.

Der Durchgang zum Altarraum auf der anderen Seite aber verschlug ihm geradezu den Atem: Mit viel Gold und in leuchtenden Farben waren die Wände ausgemalt; die Bilder zeigten biblische und allegorische Motive. Im Zentrum des runden Altarraums, der die alte, eigentliche Kirche der Tempelritter bilden musste, die so genannte Charola, war das hier achteckige Allerheiligste in üppiger Pracht ausgestaltet.

Amman Sachs trat ehrfurchtsvoll näher. Zwar war er aus seiner Zeit bei der Schweizergarde den Anblick von großartigem Kirchenschmuck gewohnt, aber dieses Bild übertraf fast alles, was er bisher gesehen hatte. Der Detailreichtum war verblüffend. Sachs erkannte, dass die Abbildungen auf dem durch Säulen begrenzten Allerheiligsten die großen Reliquien der Christenheit zeigten: Da trug ein himmlischer Engel die Dornenkrone in den Händen, die Christus vor der Kreuzigung aufs Haupt gedrückt worden war; ein anderer Engel zeigte das Leichentuch des Heilands vor, in dem sich dessen Antlitz abgebildet hatte. Wieder ein anderer Engel hielt die Leiter, auf der Joseph von Arimathäa das Kreuz emporstieg, um den Herrn abzunehmen. Und auch die Lanze war dargestellt, mit der ein römischer Soldat prüfte, ob Christus tot sei, indem er ihn in die Seite stach.

Doch nicht nur diese kunstvollen Bildnisse erregten Amman Sachs' Interesse. Direkt unterhalb der Engelsdarstellungen waren in Gold seltsame Ornamente ausgeführt, die auf den ersten Blick wie florale Zeichnungen aussahen. Doch Sachs kam die Gestalt dieses Schmucks seltsam vertraut vor. Die Kurven, Haken und Windungen mochten in ihrer Ausführung für Zeugnisse der schöpferischen Kraft der Künstler gehalten werden, doch Sachs erinnerten sie auf den ersten Blick an andere Engelsflügel, die er vor gar nicht langer Zeit auf einem ganz anderen, profanen Gegenstand gesehen hatte, der jedoch durch ein besonderes Band mit der Kreuzritterburg hier in Tomar verbunden war: Auf dem Astrolabium, das der Kapitän der *Aviso* ihm bei ihrer Ausfahrt aus Lissabon gezeigt hatte! Auf dem Astrolab dienten die Engelsflügel als Ausgleichkurven dazu, die ungleichen Stunden eines Tages in gleiche Stunden umzurechnen. Wozu aber mochten diese Kurven hier dienen?

»Meister Hohensax?«

Alfonso de Escobar war bereits durch einen Durchgang zwischen den Steinsäulen ins Innere der Charola eingetreten, ins Allerheiligste. Erst jetzt erkannte der Fugger-Agent, dass dort

König Philipp war: In tiefem Gebet versunken kniete der Monarch auf dem Boden.

Sachs war unschlüssig, ob er die Andacht des Königs stören durfte. Aber der Kanzler winkte ihn eindringlich heran, und so trat Amman Sachs ins Zentrum des runden Kirchenraums.

Wieder war er wie geblendet von der über und über mit Gold verzierten Ausstattung. Verborgen vor den Blicken aller, die nicht dieses Allerheiligste betreten durften, gab es hier Reliquienschreine, die allerdings geschlossen waren, sodass Sachs nicht sagen konnte, was sie enthielten. Wieder gab es hier eine Vielzahl der angedeuteten Globen, die das Symbol des portugiesischen Königtums darstellten. Dazu zahllose goldene Spitzen und Schleifen.

In den Ecken der Charola standen auf Emporen realistische, lebensgroße Figuren, die teils Mönche, teils – zum maßlosen Erstaunen des Fugger-Agenten – Orientalen zeigten: Er sah dort tatsächlich einen leibhaftigen Pascha, mit kunstvoll ziseliertem Bart, wie die Perser ihn trugen, und einem prächtigen Turban. Und dies in einer christlichen Kirche – einer Ordenskirche, in der der katholischste aller Fürsten gerade sein Mittagsgebet sprach!

Als hätte er Sachs' gedachte Fragen gehört, richtete der König sich jetzt aus seiner knienden Haltung auf und sagte zum Fugger-Agenten: »Huldigten nicht auch die Weisen aus dem Morgenland dem Christuskind? So mögen sie auch in einer Kirche wie dieser seinem ewigen Andenken Genüge tun! Was bringt Er uns für Antworten auf die Frage, mit denen wir Ihn auf seine Reise entsandt haben?«

Amman Sachs wusste zuerst nicht, was er sagen sollte, zu plötzlich war der Übergang von stiller Andacht zum strengen Verhör. Dann aber fasste er sich und berichtete dem Monarchen in kurzen, präzisen Worten, was er vom Engländer Francis Drake über das Komplott erfahren hatte, das zum Untergang der Goldgaleone geführt hatte – und zur Herausgabe der neuen englischen Rosenobel.

Als Sachs seinen Bericht beendet hatte, herrschte Totenstille in der alten Templerkirche. König Philipp kämpfte sichtlich damit, nicht vor hochkochender Wut die Beherrschung zu verlieren. Der Fugger-Agent mochte sich gar nicht ausmalen, was es bedeutete, wenn man Phillips Zorn zu spüren bekam.

Schließlich aber fasste der Monarch sich wieder. »Was meint Er, wer in den Reihen Seines Prinzipals die Verantwortung für diese schändliche Vereinbarung mit den Engländern trägt?«

Amman Sachs hatte viel über diese Frage nachgedacht, doch eine gute Antwort hatte er immer noch nicht gefunden – außer, dass er der Fugger-Familie eine solche Tat nicht zutraute. Aber wer konnte schon sagen, was Habgier und Geltungssucht aus einem sonst ehrbaren Menschen machen konnten?

Einer spontanen Idee folgend, sagte er: »Wie Ihr wisst, Hoheit, wurde die Mission der *Flor der la Mar* von Euch, Eurem Cancellarius Alfonso de Escobar, meinem Hauptfaktor Kasper Peutinger und dem Fugger-Regierer Martin Fugger festgelegt. Doch von der genauen Passage, die die Goldgaleone über das Meer nehmen sollte, wussten nur der Kapitän des Schiffes, Hauptfaktor Peutinger und ich.«

Sachs schluckte, als ihm bewusst wurde, dass er gerade dabei war, sich selbst zu belasten. Doch er fuhr fort: »Der Kapitän ist nach allem, was wir wissen, mit seinem Schiff untergegangen. Ich bin hier bei Euch, um Rechenschaft abzulegen. Bleibt nur . . .« Den zwangsläufigen Verdacht brauchte er nicht auszusprechen.

Der König schien zu überdenken, was er gehört hatte. Er begann auf und ab zu gehen, als er das Gespräch schließlich fortsetzte: »Wir könnten alle überlebenden Mitwisser ersäufen lassen wie den armen Kapitän, um sicher zu gehen, dass alle Schuldigen auf jeden Fall dabei wären . . .«

Amman Sachs schluckte schwer.

»Aber dann würden wir als noch grausamer gelten als ohnehin schon.« Der Monarch unterbrach seine unruhige Wanderung. »Klären wir das später. Wie ist es mit dieser Galeone? Er sagte bei Seinem Bericht, dieser El Draque hätten nur das Gold genommen – sonst so gut wie nichts. Ist das sicher?«

Wieder dieses seltsame Nachhaken, dass auch wirklich *alles* von der Goldgaleone verschwunden sei, wunderte sich Amman Sachs. Er berichtete Philipp von der seltsamen Szene mit dem mexikanischen Häuptling, die er aus Francis Drakes eigenem Mund gehört hatte.

Der Monarch blieb wie vom Donner gerührt vor Amman Sachs stehen. Auch Alfonso de Escobar rückte einige Schritte näher, als hätte der Fugger-Agent eine Ungeheuerlichkeit von sich gegeben.

»Ist Er sicher?«, fragte der Monarch schließlich in einem beinahe hysterischen Tonfall, der Sachs noch mehr erschreckte. »Kann Er dieses Bündel in den Händen des Indianers genauer beschreiben?«

Amman Sachs hatte keine Ahnung, was eine genauere Darstellung an zusätzlicher Klarheit bringen konnte – ein Bündel ist ein Bündel. Aber er ahnte nun doch, dass es mit diesem besonderen Bündel eine noch viel größere Bewandtnis haben musste, als er es nach der von ihm heimlich beobachteten Zeremonie an Bord der Goldgaleone ohnehin schon gemutmaßt hatte. Irgendetwas war mit diesem ... *Ding*, wenn der König von Spanien höchstpersönlich ein solch reges Interesse daran zeigte.

Und Amman Sachs beschrieb das in Blei eingeschlagene, etwa einen halben Schritt lange und breite sowie noch einmal die Hälfte davon hohe Paket. Dem Blick des Königs entnahm der Fugger-Agent, dass Philipp wusste, was dieses mysteriöse Bündel enthielt. Wohl keine Edelsteine, wie Drake vermutet hatte. Das wäre nur ein normaler materieller Wert gewesen wie das Gold –

ein Wert, den man hätte ersetzen können, etwa durch einen Kredit, dessen Zinsen ein König mit den richtigen Argumenten drücken konnte. Nein, dieses Bündel, das der Sohn Montezumas, der Prinz der Mexikaner, mit aller Kraft erfolgreich gegen sämtliche Drachen der Weltmeere verteidigt hatte, musste etwas Bedeutenderes enthalten. Etwas unfassbar Kostbares ... aber auch Beängstigendes, wenn man die Sorge des Königs über den Verbleib des Bündels bedachte.

Amman Sachs jedenfalls hatte keine Ahnung, was es sein konnte. Er sah aber keinen Grund, warum er die beiden Anwesenden, die ihm ja offenbar Aufklärung darüber geben konnten, nicht fragen sollte, was es mit diesem Bündel auf sich hatte. Doch mit der Reaktion des Königs auf seine Frage hatte er nicht gerechnet.

Philipp, der unmittelbar vor Amman Sachs stand, kam so nahe an den Fugger-Agenten heran, dass ihre Nasenspitzen sich fast berührten.

»In diesem Bündel lauert der Teufel!«, sagte der König in einem gefährlich flüsternden, beinahe irrwitzigen Tonfall. »Sämtliche Schliche des Satans und all seine Bosheit wurden in dem Behältnis eingeschlossen und versiegelt. Nicht ohne Grund hat man Blei gewählt, um diese Ausgeburt der Hölle darin zu fangen. Wenn dieses Bündel in die falschen Hände gerät, könnte damit Chaos über die ganze Welt gebracht werden. Das Ende jeder Ordnung!«

Der Monarch besann sich kurz, ehe er gelassener fortfuhr: »Deshalb war diese Bündel auf dem Weg zu uns. Wir wollten es vernichten und ein für alle Mal vom Erdkreis verbannen. Wir hatten in der ganzen Neuen Welt nach diesem Fluch des Leibhaftigen suchen lassen. Doch nun will mir scheinen, dass der Teufel selbst in seiner grausamen Verschlagenheit diesen Francis Drake zu unserer Galeone geführt hat. Der Satan hat die *Flor* mit seinem grausamen Odem besudelt und den falschen Ritter der

Finsternis zu sich geführt. Ja, nur so kann es gewesen sein! Wie sonst sollte jemand ein Schiff in den unendlichen Weiten des Meeres aufspüren können?«

Sachs überlegte für einen Moment, ob er noch einmal darauf hinweisen sollte, dass die Route der *Flor de la Mar* wahrscheinlich verraten wurde und dass Drake mit seinen außergewöhnlichen Fähigkeiten und den neuen Instrumenten auch die *Aviso* nach einer Fahrt über das riesige, aber nicht unendliche Meer treffsicher aufgespürt hatte. Aber er merkte wohl, dass dies nicht der richtige Augenblick für solche Hinweise war, wo doch der König sich gerade in Fahrt geredet hatte mit seiner seltsamen Tirade.

Aber der Fugger-Agent registrierte, dass der Inhalt des merkwürdigen Bündels ziemliche Besorgnis beim mächtigsten Herrscher der Welt auslöste. Und Sachs hatte nicht die geringste Ahnung, welcher Gegenstand solche heftigen Gefühle auslösen könnte. Vielleicht wusste Tecuichpo mehr darüber, aber die schöne Mexikanerin war ja von den Engländern verschleppt worden.

Philipp hatte sich inzwischen von Sachs abgewandt und seine nervöse Wanderung wieder aufgenommen. Dabei verließ er jetzt das Innere der Charola durch einen der Säulendurchlässe und betrat den Umgang, der das Allerheiligste umschloss und von dem aus man die Engelsbilder mit den Reliquiendarstellungen sehen konnte. Der König schaute hoch und besah sich offenbar eines der rückwärtig angebrachten Engelbilder.

»Kann Er genau beschreiben, wo die Goldgaleone untergegangen ist? So genau, dass man es verlässlich in eine Karte eintragen könnte? Dass man die Stelle vielleicht sogar wiederfinden könnte?«

Sachs ging näher an den König heran, wobei er ebenfalls das Allerheiligste verließ und in den Umgang trat. Seine Blicke folgten denen Philipps, und er schaute ebenfalls nach oben – auf ein weiteres Engelbild. Der dargestellte Engel trug ein vollkommen ebenmäßiges, dunkles Paket in den Händen. Was Amman Sachs aber viel nachdenklicher machte, war die freie Stelle unterhalb des Engelbildnisses, die noch nicht bemalt worden war. Bei den anderen Engelbildern waren dem Fugger-Agenten an den entsprechenden Stellen die goldenen Ornamente aufgefallen, die die Form der Engelsflügel des Astrolabiums besessen hatten; hier aber war nichts zu sehen.

»Komme Er mit!«, rief plötzlich der König aus und verschwand auch schon quer durch die Charola aus dem Altarraum und wandte sich nach rechts durch eine Tür, die dem Portal gegenüberlag, durch das Sachs und der Kanzler vorhin die Kirche betreten hatte. Der Schweizer beeilte sich, mit Philipp Schritt zu halten. Escobar folgte den beiden Männern.

Der König lief einen schmalen Durchgang entlang und dann nach links in einen prächtig ausgestatteten Saal, der ihm offenbar als Arbeitszimmer diente. Zwei Schreibpulte standen mitten im Raum; an einer der Längsseiten war ein großer, massiver Tisch aufgestellt, der über und über mit Papieren, Dokumenten und kunstvollen Landkarten belegt war, wie Sachs erkannte. Der König durchsuchte nun den Stapel und zog schließlich eine große, aus vielen Einzelblättern zusammengesetzte Karte hervor. Sie war groß wie eine Tür.

Amman Sachs entzifferte am Rand dieser Karte die Worte: »Nova et aucta orbis terræ descriptio ad usum navigantium emendate accomodata«* sowie den Namen eines bekannten Ketzers: Gerardus Mercator. Auch das war ungewöhnlich an einem Ort wie diesem: Mercator war Flame, ein Protestant noch dazu. Er war schon vor vielen Jahren, wie Amman Sachs nur zu gut

* »Neue und vergrößerte Erdkarte, zum Gebrauch für Seefahrer verbessert und eingerichtet.«

wusste, aus den Spanischen Niederlanden geflüchtet, nachdem er auf päpstliches Geheiß wegen »Lutherei«, der Verbreitung der lutherischen Lehren, gefangen gesetzt worden war. Und nun entdeckte der Fugger-Agent ausgerechnet im Arbeitszimmer des mächtigsten katholischen Herrschers die Hauptarbeit dieses Kartographen. Amman Sachs konnte nicht aufhören, sich zu wundern.

»Zeige Er mir die Stelle, wo Drake die *Flor de la Mar* überfallen hat!«, befahl der König schließlich, nachdem er die Karte glatt gestrichen hatte. Amman Sachs hatte schon einiges von der neuesten und größten Mercator-Karte gehört, hatte dieses gewaltige Kunstwerk aber noch nie mit eigenen Augen gesehen. Das Besondere an dieser Arbeit war eine außergewöhnliche perspektivische Bearbeitung der eingezeichneten Landmassen. Mercator hatte es unbestritten als Erster geschafft, den runden Weltenglobus in der Ebene einer flachen Karte darzustellen.

Doch für Amman Sachs waren die Dimensionen und Proportionen der dargestellten Landmassen sehr gewöhnungsbedürftig. Schließlich fand er aber die eingezeichnete Inselgruppe der Azoren und konnte ungefähr angeben, wo die Trümmer der Goldgaleone entdeckt worden waren. »Drake will die Galeone eine Tagesreise östlich und zwei Strich südlich vom eigentlichen Kurs aufgebracht haben«, erläuterte er.

Der König nahm eine Schreibfeder aus einem bereitstehenden Tintenfass und markierte die Stelle mit einem Kreuz. Dann schien er eine neue Idee zu haben und fragte wie nebenbei, als wäre es ein nur zweitrangiges Detail: »Weiß sonst noch jemand von dieser letzten Position der *Flor der la Mar?* Außer Ihm, uns und diesem Drake?«

Sachs kam die Beiläufigkeit dieser Frage zu gekünstelt vor; und sie passte so gar nicht zu der Vehemenz, mit der der König vorhin das Bündel beschrieben hatte, das an dieser Stelle zusammen mit der Galeone im Meer versunken sein sollte. Der Fugger-Agent vermutete daher eine Fangfrage. Und seine Besorgnis bezog sich nicht nur auf Tecuichpo, der er ja ebenfalls von Drakes Bericht erzählt hatte. Auch im Hinblick auf sein eigenes Schicksal bereitete ihm das plötzliche Interesse des Königs an möglichen Mitwissern der Koordinaten der Unglücksstelle einiges Unbehagen. Da hatte er allerdings schon die ersten Worte eines verräterischen Satzes ausgesprochen: »Nur einer Person habe ich davon berichtet ...«, hatte er wahrheitsgemäß begonnen, ehe seine Sorge ihn stocken ließ. Was, wenn der König sämtliche Mitwisser töten ließ, um das unbekannte, aber offensichtlich schreckliche Geheimnis zu beseitigen, das das Wrack der *Flor* barg? Daher vollendete Sachs das Geständnis anders als ursprünglich geplant, sah er doch die Gelegenheit, sich bei Hernando Hörl für das Erlebnis zu revanchieren, auf hoher See von einem fahrenden Schiff geworfen worden zu sein: »Der Mann, dem ich davon erzählt habe, war Hörl, der Fuggerfaktor, der im Auftrag Augsburgs das erste Lösegeld für mich an Drake zahlte.«

Allein Sachs' Mitteilung, dass Hernando Hörl ein Fuggerfaktor war, hatte eine erstaunliche Wirkung auf seine Zuhörer. Erst recht, als er fortfuhr: »Hörl schien mir auch sehr gut orientiert zu sein, was es mit diesem Bündel auf sich hatte. Er berichtete mir, dass er durch seine Tätigkeit in den Vizekönigreichen davon gehört habe. *Was* er gehört hatte, sagte er mir leider nicht.«

Die seltsame Audienz war beendet. Alfonso de Escobar führte Amman Sachs in den großen Speisesaal des Klosters, wobei der Schweizer im Labyrinth der vielen Gänge und gewundenen Treppen sofort wieder die Orientierung verlor. Die beiden Männer setzten sich an eine der Holztafeln. Ein Novize kam und brachte duftendes Brot, eine Schüssel mit gekochten Gemüse und Fleisch sowie zwei Krüge mit frischem Wein.

Schweigend nahmen die Männer ihre Messer und begannen zu essen. Nach einer Weile, als sie in dem großen Saal ganz allein waren, sagte der Cancellarius mit gedämpfter Stimme: »Was Ihr in der Charola gesehen habt – ich habe Euren Blick bemerkt, Meister Hohensax –, verliert nie im Leben ein Wort darüber. Ich will gar nicht wissen, ob Ihr die Bedeutung dessen, was dort aufgemalt ist, tatsächlich erkennt. Aber wenn Ihr es könnt, solltet Ihr es um Gottes willen für Euch behalten.«

Amman Sachs sah von seinem Essen auf. Die Blicke der beiden Männer trafen sich, und der Schweizer sah die tödliche Drohung in den Augen des Kanzlers.

»Gibt es einen Grund, dass Ihr mich verschont?«, fragte Sachs. »Was macht Euch sicher, dass ich mein Wissen für mich behalte, nur weil Ihr oder der König es wünscht?« Amman Sachs fühlte, dass seine Neugier noch gefährlicher war als sein Wissen.

Escobar wischte sein Messer an der Tischkante ab. »Ihr habt ein verworrenes Rätsel lösen können. Nicht mit irgendwelchem Hokuspokus, wie viele andere Berater es versuchen, sondern indem Ihr ausgezogen seid, die richtigen Dinge von den Leuten zu erfahren, die die Wahrheit wissen mussten. Und Ihr habt dieses Abenteuer überlebt. Stellt Euch vor, der König hätte einen seiner üblichen Berater oder Getreuen auf diese Mission geschickt – er wäre schon an den Stadttoren von Augsburg gescheitert.

Ihr aber seid bis zum Regierer, dem Hauptfaktor und sogar bis zum Inner Temple in London und dem gefährlichen Drachen Francis Drake vorgedrungen, und habt überlebt. So jemanden tötet ein weiser Herrscher nicht; er versucht ihn zu seinem Verbündeten zu machen. Und Ihr, Amman Sachs, seid an König Philipp gebunden – weil er Euch die Ehre wiedergeben kann. Ihr habt Euren Teil der Abmachung erfüllt. Nun wird auch die Krone Kastiliens ihren Teil leisten.«

Der Fugger-Agent schaute den Kanzler an, um zu erkennen,

ob dieser die Wahrheit sagte oder ob es nur eine listige Lüge war. Doch das Gesicht Kanzlers war völlig ruhig.

»Und wie soll das geschehen?«, fragte Sachs. »Das Haus meiner Väter liegt in Trümmern. Ich lebe in einer Wohnung in einer Armensiedlung. Und mein Handelsherr hat meinen Ehrgeiz, mich zu beweisen, gegen mich selber gewendet. Für die Menschen, die mich kennen und die meine Ehre machen, bin ich dem Verderben geweiht.«

Escobar trank von dem Wein. »Das Haus Eurer Väter liegt in Trümmern, sagt Ihr. Ihr meint die Burg Hohensax im Sankt Gallener Land, nicht wahr? Im Westen des Alpenrheins. Nun, da fällt mir etwas ein. König Philipp hat noch eine große Verhandlung mit dem Haus der Fugger. Die Korrespondenz hat bisher zu keinem befriedigenden Ergebnis geführt. Die Vorstellungen liegen noch weit auseinander ...«

Amman Sachs verstand: »Und das macht persönliche Gespräche aller Beteiligten notwendig, nicht wahr? Und solche Verhandlungen sollten natürlich auf möglichst neutralem Boden stattfinden, damit kein parteiisches Hausrecht die Konsultationen belastet. Wir Eidgenossen haben uns stets darum bemüht, eine solche Neutralität gegenüber den Fürsten der Welt einzunehmen.«

Escobar grinste. »Weshalb Ihr selbst trotz Eurer Abenteuer wohlgelitten seid. Sicher würde man den Burgfried und das verfallene Schloss von Hohensax wieder einigermaßen herrichten müssen; unsere Kundschafter sagen, dass das in kurzer Zeit möglich sein dürfte. Was die Ausstattung angeht, wird aber nur das Nötigste aufgestellt. Majestät mag eher die schlichte Strenge einer Klause.«

Also haben sie sich Hohensax bereits angesehen, überlegte Amman Sachs. Und warum auch nicht? König Philipp wollte einen gewaltigen Kredit von den Fuggern, um den Verlust durch die verlorene Goldgaleone auszugleichen. Und durch die neuen Erkenntnisse und das doppelte falsche Spiel der Engländer hatte der spanische König ganz neue, starke Argumente für seine Verhandlungsposition. Wie sollten die Fugger noch groß auf Zinsen bestehen können für die Anleihe, wenn sie selbst für den Raub des spanischen Goldes entscheidend mitverantwortlich waren?

Doch erst musste Spanien den treulosen Verhandlungspartner gutgläubig an einen Gesprächstisch locken. Nach Augsburg zu reisen kam für König Philipp ganz sicher nicht in Frage – dieser Kniefall vor dem Frevler wäre auch zum Schein eine zu große Demütigung. Aber das Sankt Gallener Land, wo die Burg Hohensax auf einem Felssporn im Schatten der hohen Berge des Alpsteingebirges stand, war von Augsburg leicht zu erreichen. Die Fugger mussten glauben, dass ein bittender Philipp sie um Verhandlungen mit ihnen ersuchte – und würden ganz sicher ohne Argwohn anreisen. Eine Kreditverhandlung mit einem König, zudem der mächtigste König der Welt und gleichzeitig der größte Kunde des Hauses, konnte ein Handelshaus wie die Fugger nicht unbeachtet lassen. Es würde eine vortreffliche Falle sein, um die Fugger mit den Vorwürfen der spanischen Krone wegen des Verlusts der Goldgaleone zur Rede zu stellen. Ganz sicher!

Sachs kam eine Idee: »Ich weiß, wie wir den wahren Missetäter ein für alle Mal ins Licht der Wahrzeit zerren können. Wenn Ihr mir tatsächlich helft, Escobar, das Erbe meiner Väter mit dem Besuch des mächtigsten Herrschers der Welt auf Hohensax zu neuen Ehren zu bringen, werde ich Euch den wahren Verräter mit allen notwendigen Beweisen auf einem Silbertablett liefern – zum Wohle Spaniens und Eurer laufenden Kreditverhandlungen. Damit Euer Land sich für den heraufziehenden Krieg mit England rüsten kann.«

28.

Sommer 1575

Amman Sachs stand ganz oben in luftiger Höhe des massiven Bergfrieds. Von dem aus Bergschiefer gebauten Turm hatte man eine weite Sicht über das östlich gelegene Alpenrheintal, das weiter nördlich in den Bodensee mündete. Wie viele Meilen er tatsächlich von hier oben – vielleicht eine Viertelmeile über dem Talgrund – überblicken konnte, mochte Sachs nicht sagen. Aber in der unregelmäßigen Flussaue und den angrenzenden Flussmarschen, in denen wegen der Überschwemmungen, die jedes Frühjahr mit der Schneeschmelze stattfanden, kaum Siedlungen lagen, waren die Reisenden schon in großer Entfernung gut zu erkennen.

Amman Sachs konnte drei große Fahrwagen erkennen, die von ja sechs Pferden gezogen wurden, begleitet von einer stattlichen Anzahl bewaffneter Landsknechte. Sie kamen nur langsam vorwärts, obwohl unten im Tal kaum Steigungen zu bewältigen waren. Aber die Wege waren nicht allzu fest; Amman Sachs konnte sich gut vorstellen, wie die augenscheinlich schwer beladenen Kutschen immer wieder tief in den Fahrdamm einsackten.

Dieses Land ist nichts für Räder, dachte der Fugger-Agent, als er beobachtete, wie mühsam die Delegation seines Handelsherren vorankam. Auf Pferderücken wären sie schon lange hier gewesen.

Sachs stieg die enge Treppe im Burgfried hinunter. Obwohl der quadratische Turm den Grundriss eines Hauses besaß, nahm der Schacht in seinem Innern weniger als die Hälfte des Querschnitts ein. Die bis zu fünf Ellen* dicken Mauern waren der letzte Zufluchtsort bei Belagerungen und hatten schon manchem Hohensax das Leben gerettet – zumal es zu ebener Erde keinen eigenen Zugang gab. Nur über eine hölzerne Leiter erreichte man den Eingang, der vielleicht zehn Ellen über Grund lag.

Unten im Burgfried gab es noch ein tür- und fensterloses Verlies, in dem in vergangenen Zeiten schon manche Übeltäter ein schändliches Ende gefunden hatte. Und Amman Sachs hatte sich die letzten Wochen selbst darum gekümmert, dass der Lukendeckel, der das Verlies nach oben hin abschloss und durch das die Gefangenen hinuntergestoßen werden konnten, neue eiserne Scharniere und Riegel bekam.

Amman Sachs verließ den Burgfried und stieg die neue, hölzerne Stiege hinunter in den Burghof. Das Dach des dreigeschossigen Pallas, des gewaltigen, über fünfzig Ellen langen Wohn- und Prachthauses, war mit Schiefertafeln neu eingedeckt worden. Die Wände waren noch in recht gutem Zustand gewesen und hatten nur da und dort ein wenig ausgebessert werden müssen. Doch die in Blei gefassten Glasfenster waren ein unerhörter Luxus gewesen, den diese Burg nie zuvor gesehen hatte.

Nicht ohne Besitzerstolz schritt Amman Sachs den Burghof ab. Er blickte in den neu gefassten Brunnen, der in die Zisterne führte, die vom Schutt und Unrat der Jahrhunderte befreit worden war. Den großen Wasserspeicher zu reinigen und neu abzudichten war damals die erste Arbeit der herbeigerufenen Handwerker gewesen. Denn frisches Wasser hatten auch sie bei der Arbeit gebraucht. Und die mit Arbeitsbeginn einsetzende Schneeschmelze in den umliegenden Bergen hatte für reichlich Wasser in den Speichern gesorgt.

---

* Elle = ca. 60 Zentimeter (Schweizer Elle)

Es war ein glückliches Gefühl gewesen, das alte Gemäuer sich wieder mit Leben füllen zu sehen. Bald waren auch die eher verschlossenen Menschen dieses Landstrichs gekommen, um nach Arbeit zu fragen und sich nach dem Grund für die neue Geschäftigkeit auf Hohensax zu erkundigen. Rasch hatte sich die Legende verbreitet, der König von Spanien mit seinem Gefolge würde kommen und auf Hohensax wichtige Verhandlungen führen. Und nun weilte König Philipp tatsächlich schon seit fast einer Woche in der hübsch herausgeputzten Burg und wartete auf seinen Bankier, dem er gehörig die Leviten lesen wollte.

Aber das wussten die Fugger natürlich nicht. Amman Sachs fragte sich, ob die Augsburger Gesandten diesmal das gegen sie selbst gerichtete Komplott bemerken würden; schließlich trug die Burg, auf der Phillip sich mit ihnen treffen wollte, den Namen ihres Agenten, den sie in der karibischen See ertränkt zu haben glaubten, der aber soeben vom Bergfried mit eigenen Augen gesehen hatte, dass die Prachtkutschen der Fugger auf dem Weg hierher waren. Und diese Kutschen standen nur dem Regierer, dem Hauptfaktor und den mitreisenden Mätressen zur Verfügung. Also hatten die hohen Herren sich wohl tatsächlich selbst auf den Weg gemacht, eine neue Groß-Transaktion abzuschließen.

Amman Sachs schätzte, dass der Tross aus Augsburg noch bis in die Abendstunden brauchen würde, um die Burg zu erreichen. Er ging zu den Stallungen und Wirtschaftsgebäuden, wo die Handwerker noch mit einigen letzten Arbeiten beschäftigt waren. Die Bauten waren fast so groß wie der Pallas, aber längst nicht so hoch. Der Burgherr schaute in die Vorratkammern und genoss für einen Augenblick den angenehmen Geruch von geräucherten Speckseiten, zum Trocknen aufgehängten Kräutern und frischem Fleisch.

Ja, Burg Hohensax war wieder zu einem Zuhause geworden, schöner sogar, als Sachs es von seinen Kindertagen her kannte. Einen schmerzlichen Augenblick lang dachte er an Johanna, an die er so lange nicht mehr hatte denken müssen. Wenn dies alles hier vorbei war, würde er noch einmal nach Augsburg reisen und sie fragen, ob sie mit ihm die alte Herrschaft am Alpenrhein wieder aufnehmen wolle.

Als Sachs die Tür der Vorratskammern verschloss und sich umdrehte, um zurück zum Pallas zu gehen, sah er Alfonso de Escobar, den spanischen Cancellarius, auf sich zu kommen.

»Ein Reiter wurde geschickt. Die Fugger werden gegen Abend die Feste erreichen«, sagte er.

»Ich weiß«, antwortete Amman Sachs. »Ich sah sie oben vom Turm. Sie mühen sich noch redlich durch den Morast des Fahrdamms. Aber Ihr kennt das ja. Es ist alles bereit. Also lassen wir sie ein.«

Zusammen gingen die beiden Männer zurück zum großen Wohnhaus. »Wollt Ihr ihnen ein Tag Ruhe gönnen?«, fragte Sachs, als sie durch die große Eichentür das Gebäude betraten. »Oder wird Seine Majestät die Gäste gleich heute noch empfangen? Ich habe einen Boten nach Gams reiten lassen, um noch ein paar Spielleute zu holen.«

Der Kanzler hob die Schultern. »König Philipp wird seine Gäste sicher heute noch begrüßen wollen. Nicht, weil er so erpicht darauf ist, dieses Gesindel in Augenschein zu nehmen, sondern weil er weiter nach Wien reisen will, um die notwendigen Allianzen für die Auseinandersetzung mit Elisabeth von England zu schmieden. Für Seine Majestät liegt Hohensax ja gewissermaßen nur auf halber Strecke.« Escobar lachte leise.

Je schneller, je besser, dachte auch Amman Sachs. Dann würde er auch endlich selbst in die Prachtzimmer einziehen können, die einst sein Vater bewohnt hatte und die nun den König beherbergten. Und vielleicht würde dann eine Zeitlang so etwas wie Ruhe in sein Leben einkehren. Doch eigentlich glaubte der Fugger-Agent das selber nicht.

Die beiden Männer schauten in den großen Rittersaal, der fast ein ganzes Geschoss einnahm. Obwohl es Sommer war, brannten dicke Holzscheite in dem mannshohen Kamin und spendeten Licht und Wärme. Doch es war auch ein leichter Modergeruch wahrzunehmen, denn viel zu lange war die nun wieder schmucke Burg eine feuchte Ruine gewesen.

Die einzigen Möbel des großen Saals waren eine lange Tafel mit jeweils ein halbes Dutzend Stühlen auf jeder Längs- und je ein Stuhl an den Kopfseiten sowie schlichte Bänke, die an den Wänden standen. Es war bereits allerlei Zierrat auf dem Tisch aufgestellt wurden, und es würde ein rechtes Festessen geben für die auserlesene Gesellschaft. Amman Sachs bedauerte, dass er selbst nicht daran teilnehmen konnte.

Die Küche der Burg lag unterhalb des Rittersaals im Tiefgeschoss des Pallas. So heizte der große Herd das ganze Gebäude mit. Amman Sachs erinnerte sich wieder an seine Kindheit – der enorme Holzverbrauch, um das große Gebäude zu heizen, war stets eines der größten Probleme beim Betrieb der Burg gewesen. In manchen Jahren hatte seine Familie einen ganzen Wald in Kamin und Herd verbrannt. Und im schwierigen Gelände der Alpen war Feuerholz ein wertvolles Gut.

Zwei Köche, im Gefolge König Philipps aus Spanien mit angereist, leisteten offenbar Schwerstarbeit, um die vielen Speisen für den Abend vorzubereiten. Amman Sachs sah frische Brote, warm dampfendes Bier, alle erdenklichen Gemüse sowie verschiedene, gewürzte Braten. Sachs fragte die Köche, ob man ihm eine Schüssel mit einigen der Spezereien zurechtmachen würde. Und kurz darauf saß er in einer Ecke der Küche, schaute den Männern bei ihrer Tätigkeiten zu und aß von einem hölzernen Teller Dinge, die es in seiner Kindheit hier nie gegeben hatte.

Als er satt war, ging er die steinerne Stiege hinauf ins oberste Stockwerk, wo die eigentlichen Schlaf- und Wohnzimmer lagen. Noch einmal ging er die hergerichteten Gästezimmer ab; nur die Räume, die bereits von den Spaniern bewohnt wurden, ließ er aus. Dann hörte er endlich draußen das Rufen der ankommenden Wagenführer und beeilte sich, dass er hinunter in seine Kammer kam, wo er für die Zeit, die der hohe Besuch auf Hohensax weilen würde, Quartier genommen hatte.

Amman Sachs lauschte ins große Haus. Alfonso de Escobar machte offenbar den Hausherrn und empfing die Gäste aus Augsburg auf dem Burghof. Er führte die lärmende und von der Reise stöhnende Gesellschaft in den Rittersaal. Amman Sachs öffnete einen alten, wie vergessen dastehenden Schrank in seiner Kammer, der wurmstichig und an einigen Stellen morsch war, und stieg hinein. Hinter sich zog er die Schranktür leise zu, denn erst wenn die vordere Tür geschlossen war, konnte man die hölzerne Rückwand in die entgegengesetzte Richtung öffnen, um so in einen schmalen Geheimgang zu gelangen.

Der Gang war stockfinster, doch Amman Sachs kannte die Dimensionen des Flurs noch aus seiner Jugendzeit. Und es erstaunte ihn, wie sicher er nach all den Jahren den Weg zur kaum schulterbreiten Treppe fand. Ohne in der Dunkelheit irgendwo anzuschlagen, schlich er die Treppe hinauf, die ein Geschoss höher in der Wand neben dem Kamin endete. Ein eiserner Schieber bildete hier quasi die Tür, die ins Innere des Kamins führte – dem Anschein nach, um die Luftzufuhr für die Feuerstelle zu regulieren. Tatsächlich aber war es ein Fluchtweg, falls überlegene Angreifer sich von der Haupttreppe her dem Rittersaal näherten.

Amman Sachs öffnete die Luftklappe einen Spalt. Warme Luft

schlug ihm von den brennenden Holzscheiten entgegen, aber sie waren weit genug weg – ungefähr vier Ellen –, um ihn nicht ernstlich zu gefährden. Von seinem verborgenen Platz aus hatte der Fugger-Agent einen guten Blick auf die bunte Gesellschaft, die sich soeben Plätze an der Tafel suchte.

Er erkannte Martin Fugger, der also tatsächlich selbst gekommen war, um sich in seiner vermeintlichen Bedeutung zu sonnen. Hauptfaktor Kasper Peutinger merkte man schon beim Zusehen an, dass es ihm gar nicht passte, hinter dem Regierer hier nur die zweite Geige zu spielen. Ansonsten waren die persönlichen Schreiber der beiden hohen Herren anwesend; auch Escobar und die streng dreinblickenden spanischen Sekretäre betraten bereits den Rittersaal. Fehlte nur noch der König. Aber der würde sich gewiss noch Zeit lassen, bis er sich die Ehre gab, wie es sich für eine wahre Majestät geziemte.

Amman Sachs sah, dass Martin Fugger den Hauptfaktor zu sich winkte, worauf beide Männer sich vor das prasselnde Feuer des Kamins stellten, wohl um ein paar vertrauliche Worte zu wechseln. Der Fugger-Agent trat in seinem Versteck ganz hinter die große Luftklappe, sodass man ihn vom Saal aus nicht mehr sehen konnte und lauschte, ob er etwas vom Gespräch der beiden aufschnappen konnte. Doch außer dem hörbar aufgeräumten Tonfall des Fugger-Erben konnte er nichts verstehen.

Sachs wandte sich um, ging den geheimen Gang ein Stück zurück und stieg dann die schmale Treppe weiter hinauf ins obere Geschoss. Auch hier gab es die sinnreiche Apparatur, die den Verfall der Burg weitgehend unbeschadet überstanden hatte. Wieder öffnete er die Lüftungstür einen Spalt, um ins Innere des Raumes dahinter zu spähen: das Hauptwohnzimmer, das derzeit der spanische König bewohnte.

Philipp stand an seinem Schreibpult, das er nach Hohensax hatte mitbringen lassen. Er unterschrieb augenscheinlich Depeschen, die ihm von seinem Sekretär zugereicht wurden. Die Tür des Zimmers öffnete sich, und ein Kammerherr trat ein.

»Majestät, die Fugger sind jetzt im Rittersaal«, hörte Amman Sachs ihn laut und deutlich sagen.

»Lasst diese widerlichen Geier noch eine Weile schmoren. Schaff Er mir stattdessen diesen Sachs herbei. Wir haben noch eine Frage mit ihm zu klären.«

Amman Sachs in seinem Versteck sah zu, dass er die geheimen Treppen hinunterkam und in seiner Kammer neben der Küche verschwand. Dort zog er sich in aller Eile um, als es auch schon an seiner Tür klopfte. Wie erwartet war es der Kammerherr, den er oben beim König gesehen hatte.

Als König Philipp in Begleitung seines Sekretärs und seines Kammerherrn den großen Rittersaal der Burg Hohensax betrat, verstummte die bereits munter spielende Musik; sofort erhoben sich alle Anwesenden von ihren Plätzen und verbeugten sich tief. Die Damen, die auf den Bänken entlang der Wände saßen, vollführten einen Knicks, als der Monarch an ihnen vorbei zu dem für ihn reservierten Platz am Kopfende der Tafel vor dem großen Kamin schritt.

Der König sagte leise etwas zu seinem Kammerherrn, und der gab den Spielleuten ein Zeichen, dass sie weiter musizieren sollten. Sofort setzte der Klang von Flöte und Laute, Schalmei und Schlagwerk wieder ein, wobei die Musikanten leise genug spielten, dass Unterhaltungen der Gäste nach wie vor möglich waren.

Das Essen war bereits vor der Ankunft des Königs aufgetragen worden, und so bedienten sich die Höflinge an den zahlreichen Leckereien, wobei auch die Frauen ohne Scheu immer wieder aufstanden, um sich mit bloßen Händen von der Tafel zu versorgen. Philipp selbst ließ sich nur einen Laib Brot reichen, von dem er immer wieder kleine Stücke abbrach und in den Mund steckte. Und während die übrigen Gäste sich an dem reichlich aufgetragenen gewürzten Wein und warmen Bier schadlos hielten, brachte ein unauffälliger Mundschenk dem König einen Krug mit warmem, gesüßtem Kräutersud, von dem er immer wieder in kleinen Schlucken trank.

Besprochen wurden Belanglosigkeiten – welche Strapazen das Reisen im Gebirge bereitete, welche Feldfrucht in diesem Jahr gut gedieh, welche Tuchmuster man aus Italien erwartete. Der König indes sprach kein Wort, und keiner der Anwesenden wagte die Rede direkt an ihn zu richten. Vielmehr hoffte jeder Sprecher, einen so geistreichen Beitrag zur Konversation geleistet zu haben, dass er damit König Philipp zu einer gut gemeinten Anmerkung verleitete. Doch der Monarch sah mit ausdruckslosem, geradezu steinernem Gesicht dem Treiben im Saal zu und enthielt sich jedes Kommentars.

So schritt der Abend voran, wobei die übrigen Gäste sich von der Sprödigkeit des Königs nicht allzu sehr beeindrucken ließen. Das Essen und die Musik waren gut, und so hatten alle ihren Spaß – bis auf den König und dessen engstes Gefolge. Draußen waren die letzten Sonnenstrahlen hinter den Bergen verschwunden, und Diener entzündeten zahlreiche Kerzen und legten immer neue Holzscheite im großen Kamin nach, sodass auch dessen Schein den Saal erhellte.

»Meister Escobar! Er hatte wahrhaftig recht! Diese Burg ist eine angemessene Residenz für das Anliegen, das uns in diese raue Bergwelt führt!« Der König hatte plötzlich und mit solcher Lautstärke gesprochen, dass alle Gespräche und sogar die Musik abrupt abbrachen. Eine fast unmerkliche Bewegung des Kammerherrn signalisierte den Spielleuten, still zu bleiben. Zwar hatte der Flötist das nicht sogleich mitbekommen und noch einmal zu einem neuen Ton angesetzt, doch der Musikant mit der Leier brachte ihn sofort zum Verstummen. Wie ein hörbares Menetekel hing der letzte misslungene Flötenton in der Luft.

Alle Anwesenden starrten jetzt auf den spanischen König und seinen Kanzler. Und man sah dem Fugger-Regierer an, dass ihm auf seinem exponierten Platz gegenüber dem König am anderen Ende der großen Tafel augenblicklich unwohl in seiner Haut wurde. Allein der Hauptfaktor durchschaute wohl die sorgsam geplante Inszenierung und war offenbar auch gewarnt durch den eigenwilligen Ort, an dem diese Konsultation stattfand. Er lächelte überheblich und stocherte mit dem Messer in den Resten seines Essens herum.

Alfonso de Escobar, der schräg neben dem Monarchen an der einen Längsseite saß, schaute gewichtig in die Runde. Schließlich richtete er seinen Blick auf den Hauptfaktor der Fugger, der allerdings mit einem hämischen Zug um den Mund weiterhin auf seinen Teller starrte.

»Schade nur, dass der Burgherr diesem Fest nicht beiwohnen kann.« Als der Kanzler den Satz beendet hatte, sah Peutinger endlich auf und erwiderte den Blick Escobars. Doch widerstand er der Versuchung, jetzt schon ein Wort über das Schicksal des Burgherrn zu verlieren. Seine Miene schien nur klar auszudrücken: Ah, die Verhandlungen haben also begonnen!

Philipp von Spanien bemerkte das Blickduell der beiden Kontrahenten. »Kann er nicht an diesem Fest teilnehmen?«, fragte der König mit überspitzter Theatralik. »Was ist denn aus dem vielversprechenden jungen Handelsagenten geworden? Hatten wir nicht *ihm* das uns so wichtige Schicksal unserer letztjährigen Goldgaleone anvertraut?«

Alfonso de Escobar hielt dem Blick des Hauptfaktors noch einen Moment stand; dann richtete er seine Augen auf Martin Fugger. »Es scheint, als wäre er vom Erdboden verschwunden.

Vielleicht kann uns ja sein Prinzipal Auskunft über den Verbleib des Amman von Hohensax geben, wo wir doch Gäste in seinem Hause sind. Herr Fugger?«

Man sah, dass der Regierer stark zu schwitzen begann. Feine Perlen zeigten sich auf seiner Stirn. Sein Blick wanderte unruhig vom Hauptfaktor zum König und dann zum Cancellarius.

»Ich kann Euer Interesse für diesen Mann nicht teilen, Meister Escobar«, sagte Martin Fugger schließlich und klang dabei immer noch viel zu unsicher. »Er trug die Verantwortung für die Galeone, und er hat versagt – das Schiff ging verloren. Doch wir sind ja bereit, den entstandenen Verlust durch eine mehr als großzügige Anleihe auszugleichen. Aber sollten wir das nicht lieber morgen ...«

Weiter kam der Fugger-Regierer nicht, denn Philipp fiel ihm ins Wort: »Großzügige Anleihe? Dass unser Schaden sich durch freche Zinsen noch vergrößere? Wenn ich alle Schiffe und Frachten der Fugger in unseren Landen festsetzen ließe, das würde uns unseren Verlust wirklich ersetzen!«

Nun schaltete sich der Hauptfaktor doch in den Disput ein: »Eure Hoheit würde mit einem solch leichtfertigen Schritt aber auch allen Kaufleuten der Welt den Handel mit Spanien verderben. Wir Händler haben ja den Schock Eures Staatsbankrotts vor einigen Jahren noch gar nicht richtig verdaut; doch ohne Handel in Euren Städten keine Abgaben und Steuern für Euch. Daher denke ich nicht, dass Ihr zu leichtfertigen Maßnahmen greifen werdet.«

Peutinger holte tief Luft. »Ihr habt nach unserem Handelsagenten Amman Sachs gefragt – seinen Titel führt er meines Wissens schon lange nicht mehr. Er hat ihn für seine Familie wohl eingebüßt. Das hätte uns eine Warnung sein müssen: ein Mann ohne Ehre, ein Mann sogar ohne Namen.

Wir haben, um Eure Frage zu beantworten, keinerlei Nachricht von ihm. Wir schickten ihn mit Eurer Erlaubnis in die Neue Welt, nachdem er uns mehrere Male schrecklich enttäuscht hatte. Eigentlich wollten wir ihn dort in irgendeinem Fiebersumpf verrotten lassen. Neuen Schaden jedenfalls hätte er nicht mehr anrichten können – wo uns dort ja kaum nennenswerte Geschäfte verblieben sind. Aber Sachs ging schon auf den Weg dorthin verloren.«

Escobar nickte. »Euch geht viel verloren, Meister Peutinger. Ein Schiff, ein Agent – da wundert es nicht, dass Euch auch die Handelsprivilegien in Westindien oder Amerika, wie es heute genannt wird, verloren gingen. Oder die Wechsel früherer Jahre mit dem Haus Habsburg, deren Zinsen die Fugger zu solch ungeheurer Größe geführt haben. Vielleicht solltet Ihr besser auf Eure Angelegenheiten aufpassen, meint Ihr nicht?«

Kasper Peutinger zeigte keinerlei Verlegenheit. Schwierige Verhandlungen war er gewohnt, das war sein Geschäft. Jeder Angriff auf ihn und seine Person galt in seinen Augen immer nur dem Ziel, den Zins für einen Kredit zu drücken. Allerdings schwankte er stets zwischen der gefälligen Demut des Dienstleistenden und der Wut des Habenden über den Bittsteller. Und der Bittsteller war in diesem Saal der spanische König.

»Ist es nicht so, Meister Escobar, dass Ihr um eine Anleihe von anderthalb Millionen Pesos bitten müsst? Wir werden Euren Rat ganz sicher befolgen und sehr genau aufpassen, dass uns das Geld nicht abhanden kommt. Denn im Gegensatz zu Euch haben wir diese Summe in Besitz, und das sogar in Kurantmünzen – Silber und Gold. Aber wie das so ist, ein Handelshaus ist einfach nur reich. Für das Ausgeben sind andere zuständig. Könige zum Beispiel, wenn sie es sich leisten können und imstande sind, die Ausgaben abzusichern.«

Der Hauptfaktor spürte, dass er Oberwasser gewann. Er sprach unbeirrt weiter, und die Spanier ließen ihn gewähren. »Aber was sage ich Euch, Escobar. Ihr wisst, wie dieses Spiel funktioniert. Ich hatte eigentlich erwartet, dass wir erst morgen über den Handel reden. Aber es soll mir recht sein.«

Einem Bankhaus gegenüber wurde auch ein König zu einem ganz gewöhnlichen Schuldner – vielleicht nicht ganz so gewöhnlich, aber doch ein Schuldner. Das hatte Peutinger gesagt. Ein offener Affront, doch die Vehemenz, mit der die Spanier hier auftraten, brachte den Hauptfaktor zu der Überzeugung, dass er sich die Freiheiten herausnehmen konnte. Es ging nur um Geld. Und um Gold. Um nichts anderes. So dachte er zumindest.

»Er fragt also schlicht und frech nach Sicherheiten«, mischte König Philipp sich wieder in das Gespräch ein. »Ist das größte Königreich der Welt denn nicht mehr Sicherheit genug?« Die Frage war mit einem provozierenden Unterton formuliert, und Peutinger war erfahren genug, die gestellte Falle zu bemerken.

»Ein Königreich macht Euch ganz sicher solvent, Majestät. Deswegen sitzt das größte Kaufmannshaus der Welt gerne an Eurer Tafel. Aber durch einen Staatsbankrott möchte kein Kreditgeber mehr seinen Besitz verlieren. Und Euer Kanzler selbst hat uns ermahnt, unseren Besitz vor Verlusten zu bewahren.«

Der König hob eine Augenbraue. »Was würde uns in seinen Augen denn nicht nur solvent, sondern auch kreditwürdig machen? Wir sind sehr gespannt!«

Kasper Peutinger hatte nun wieder das untrügliche Gefühl, hier in einer ganz gefährlichen Inszenierung vorgeführt zu werden. Er überlegte, ob es wirklich eine so gute Idee war, das viele Gold für das geplante Geschäft mit an diesen Ort zu bringen. Sicher – wo er selbst war, war das Gold vor gierigen Fingern noch am sichersten. Aber was war, wenn dieser verwegene spanische König ihn schlicht und einfach Kraft seiner göttlichen Herrschaft ausraubte? In seiner selbstherrlichen Art könnte der

Monarch das glatt für rechtens erklären – und würde vielleicht sogar damit durchkommen.

»Es sind ganz profane Dinge, die ein Bankhaus in einem solchen Fall begehrt. Ein Schuldrecht eben. Auf Steuereinnahmen, auf Schürfrechte, auf Einkünfte aus den Kolonien. So etwas.« Es widerstrebte der Natur des Hauptfaktors, zu viel Untertänigkeit gegenüber einem feilschenden Kunden zu zeigen.

Jetzt nickte der König nachdenklich. Dann schaute er seinen Kanzler an. »Sicherheiten also begehrt Er. Nun gut, soll Er seine Sicherheiten bekommen. Wir haben aus dem bedauernswerten Schicksal der *Flor de la Mar* gelernt. Unsere persönlichen Goldlieferungen werden künftig nicht mehr mit einem allein fahrenden Schiff transportiert, wie das größte Kaufmannshaus der Welt es uns als ebenso listigen wie kostengünstigen Weg versprochen hatte. Stattdessen werden wir das Gold in den jährlichen Konvois der Kaufleute von Sevilla mitschicken.«

Der König genoss sichtlich seinen neuen Seitenhieb auf die Fugger. Dann erinnerte er sich offenbar an etwas, das er vergessen hatte, griff in eine Innentasche seines seidenen Wamses und holte ein kleines, glänzendes Kleinod heraus: ein goldenes Medaillon in einer fremden Formgebung. Er warf das Stück mit einer lässigen Handbewegung über den Tisch vor Kasper Peutinger hin, so wie man einem Hund einen Knochen zuwirft.

»Neues Gold aus Mexiko. Pro Fracht und Jahr weniger, als die *Flor* in ihren Laderäumen hatte, doch genug, um die begehrte Summe auf zehn Jahre von heute an abzusichern. Und wie Ihr wisst, ist es das reinste Gold der Welt. Dreiundzwanzig Karat.«

Der Hauptfaktor beäugte das funkelnde Medaillon, als wäre es giftiges Getier. Dann nahm er es auf und drehte es in den Händen. Er winkte einen der Diener von der Tür herbei, der ihm eine Kerze bringen sollte, und untersuchte das glänzende Metall im Kerzenschein genauer. Schließlich blickte er zu Martin Fugger, der aber nur die Schultern hob.

»Ihr begehrt den Gegenwert von anderthalb Millionen Silberpesos in gewöhnlichem Gold«, sagte der Hauptfaktor und tat dann, was er am liebsten tat: rechnen. »Das wären ungefähr eine Millionen vierhunderttausend Unzen Feinsilber. In Dukaten zu achtzehn Karat, dem gewöhnlichen Gold, sind das nach meiner Rechnung rund eine Millionen einhundertsiebzigtausend. Stimmt Ihr mir zu?«

Alfonso de Escobar zog ein kleines Stück Papier aus seiner Brusttasche, las und nickte.

»Gut«, fuhr der Hauptfaktor fort. »Eine Millionen einhundertsiebzigtausend Dukaten zu achtzehn Karat haben wir also auf der einen Seite. Wenn wir Euer dreiundzwanzigkarätiges Gold als Wert dagegen rechnen, wären das nach meiner Rechnung ...« Peutinger schien die immensen Zahlen tatsächlich im Kopf ausrechnen zu können, »das wären rund sechstausendvierhundert Pfund in zehn Jahren, plus Zins also siebentausend Pfund mexikanisches Gold. Siebenhundert Pfund pro Jahr. Und das könnt Ihr garantieren?«

Escobar rechnete auf dem Papier mit einem Kohlegriffel nach; dann bestätigte er: »Wenn Ihr die Summe in Dukaten vorlegt, wird Spanien für diese Schuld mit dem mexikanischen Gold einstehen. Allerdings ohne die Zinsen. Sechstausendvierhundert Pfund reinstes mexikanisches Gold.«

Kasper Peutinger wog wieder das goldene indianische Medaillon in den Händen. »Warum glaubt Ihr, Escobar, sollte ein Fugger auf den ihm zustehenden Zins verzichten, wenn er der Krone Kastiliens eine solche gewaltige Summe leiht?«

Der Cancellarius stand nun von seinem Stuhl auf und begann, als müsse er seine Anspannung abreagieren, um die Tafel herum zu schreiten. »Wegen der überall grassierenden Münzverschlechterung. Ihr sagt, Ihr habt diese gewaltige Summe in Dukaten. Nun, wer sollte jede dieser Münzen auf ihren wahren Goldgehalt kontrollieren? Das würde Jahre dauern. Außerdem steht der Fugger immer noch wegen der verlorenen Galeone in der Schuld Spaniens.«

Kasper Peutinger schaute nach oben, als wollte er die himmlischen Mächte um Hilfe bitten. »Die Vereinbarung waren eindeutig«, erwiderte er barsch. »Und was die Reinheit der Münzen angeht, so wird sie von den Münzvereinen garantiert. Solltet Ihr eine schwache Münze in dem Kredit finden, wird sie jederzeit ersetzt. Zehn Prozent Zinsen bei einer solchen Summe sind angemessen. Und wir berechnen den Zins ja nicht per anno, sondern auf die gesamte Laufzeit. Also, was sagt Ihr?«

Der Kanzler wechselte einen Blick mit König Philipp. Der nickte kaum wahrnehmbar.

»Also gut«, erklärte Escobar schließlich. »Lassen wir die Zinsfrage erst einmal ruhen. Sonst irgendwelche Bedingung, die das Haus der Fugger für dieses Geschäft stellen will?«

Ein selbstgefälliges Lächeln erschien auf dem Gesicht des Hauptfaktors, und auch dem Regierer sah man an, dass die Anspannung allmählich von ihm abfiel.

»Wir müssten Euer Gold natürlich prüfen«, meldete Martin Fugger sich zu Wort, »ob es tatsächlich die versprochene Güte hat.«

Alfonso de Escobar war bei seinem Gang um die gedeckte Festtafel gerade hinter dem Stuhl von Kasper Peutinger angekommen. »Gewiss, die Goldprobe«, pflichtete der Kanzler bei. »Aber Ihr erlaubt, dass wir Eure Probe gegenprüfen? Nur für alle Fälle. Es geht schließlich um ungeheure Werte. Ich nehme an, Ihr habt Euren eigenen Sachverständigen dabei?«

Martin Fugger und sein Hauptfaktor waren sichtlich überrascht, dass die Probe des mexikanischen Goldes offenbar sofort stattfinden sollte.

»Hat das nicht Zeit bis morgen?«, fragte der Fugger-Regierer ein wenig verlegen.

»Warum verschieben, wenn wir mit unseren schwierigen Verhandlungen doch schon so weit gekommen sind?«, entgegnete der Kanzler gefällig. »Lassen wir doch den Tisch freiräumen und uns frisch ans Werk machen. Unser Goldprüfer müsste noch auf sein; ich lasse ihn gleich rufen. Werdet Ihr selbst prüfen wollen, Meister Peutinger?«

Und schon wurden die restlichen Speisen, die benutzten Teller, Schüssel und Krüge abgeräumt und reichlich Kerzen auf die lange Tafel gestellt, damit für die Goldproben genug Licht wäre.

Ohne dass die Anwesenden ihr Kommen bemerkt hätten, waren auf einmal rund ein Dutzend Mönche in schwarzen Kutten mit roten Kreuzen auf der Brust im Saal. Die Kapuzen ihrer Mäntel hatten sie über den Kopf gezogen, sodass man ihre Gesichter im Zwielicht nicht erkennen konnte. Sie legten goldene Medaillons, Figuren oder Idole auf den nun freien Tisch. Einer der Mönche holte aus dem Ärmel seiner Kutte zudem eine Schiefertafel, ein kleines Glasfläschchen mit Korken sowie eine hölzerne Schatulle hervor, die er vor dem freien Stuhl ausbreitete, auf dem bisher der spanische Kanzler gesessen hatte.

Als der Mönch fertig war, nickte er Escobar zu. Der wandte sich an Kasper Peutinger, der gerade versuchte, das Gesicht des unbekannten Geistlichen im Kerzenschein besser zu erkennen.

»Wollt Ihr beginnen, Hauptfaktor?«

Peutinger ließ einen mürrischen Laut hören, sagte dann: »Ihr erlaubt?«, und holte seine eigenen Prüfutensilien aus seiner Manteltasche.

Routiniert nahm er nacheinander jedes der Goldstücke und führte damit in rascher Folge den jeweils notwendigen Strich auf seiner Schiefertafel aus. Zum Schluss nahm er aus seinem Etui eine der Nadeln und führte auch mit ihr den Prüfstrich aus. Erst dann öffnete er das mitgebrachte Fläschchen und ließ, jetzt vorsichtiger, je einen Tropfen des *aqua fortis* auf die einzelnen Goldstriche rinnen. Sämtliche Handgriffe waren von Peutinger in geradezu aufreizender Gelassenheit ausgeführt worden. Doch das Ergebnis, dass er jetzt auf seiner Schiefertafel sah, nötigte ihn offenbar Respekt ab. Und ein kleiner Anflug von Habgier schlich sich in sein Gesicht.

»Ihr habt recht, Majestät: Das Gold aus Euren Kolonien ist von einzigartiger Güte. Ich schätze es sogar auf dreiundzwanzig und drei viertel Karat. Wirklich ganz außergewöhnlich. Die Welt kann Euch beneiden um dieses Gold!«

Scheinbar versöhnlich nahm der Monarch die Huldigung entgegen.

Nun war es an dem Mönch, die Goldstücke gegenzuprüfen, wobei er zwar ein wenig umständlicher verfuhr als der Hauptfaktor der Fugger, aber offensichtlich zu dem gleichen positiven Ergebnis kam. Er gab de Escobar seine Schiefertafel mit den Strichproben, der sie genau studierte und dann an Kasper Peutinger weiterreichte.

»Ihr stimmt zu, das identische Ergebnis zu Eurer Probe?«, fragte er ihn.

Auch Peutinger verglich die Farben der Linien genau und nickte dann, wobei er wieder versuchte, das Gesicht des Mönchs zu erkennen, der die Prüfung vorgenommen hatte. Erst jetzt kam es ihm seltsam vor, dass die Spanier eine so positive Probe wie die von ihm ausgeführte zur Sicherheit gegenprüften. Dass er die Spanier bei der Ermittlung des Goldgehalts der Schmuckstücke nicht übervorteilen wollte, war nach dem von ihm verkündeten Ergebnis doch wohl klar.

»Wie ich schon sagte«, ergänzte er, »das beste und reinste Gold, das ich je gesehen habe.«

Wieder wechselten der Cancellarius und der König vertrauliche Blicke, als hätten sie genau auf diese Bestätigung die ganze Zeit abgezielt. Kasper Peutinger fühlte sich mit einem Mal gar nicht mehr wohl in seiner Haut. Er spürte, dass hier im Rittersaal der verfluchten Burg Hohensax immer noch etwas vor sich ging, das er nicht verstand. Überhaupt dieser Ort: Es musste mit ihrem glücklosen Handelsagenten zu tun haben, der nun tot auf dem Meeresgrund lag – so hatte Hernando Hörl es nach seiner Ankunft in Augsburg bestätigt. Hörl hatte mit eigenen Augen gesehen, wie die Engländer Sachs auf hoher See über Bord geworfen hatten. Das war eine gute Nachricht gewesen, in vielerlei Hinsicht. Plagte ihn, Peutinger, jetzt vielleicht das schlechte Gewissen? Oder hatte diese Spanier irgendwas vor? Wussten sie irgendetwas?

Peutinger wusste nicht warum, aber mit einem Mal fiel ihm auf, dass nur zehn Goldschmuckstücke vor ihm auf dem großen Tisch lagen. Elf Striche aber hatte er auf die Schiefertafel gemacht; den elften von der Probenadel, wie sie auch der elfte Mönch bei seiner Probe ausgeführt hatte. Aber es waren zwölf dieser seltsamen Mönche im Raum – wie die zwölf Apostel, hatte Peutinger überlegt, als er sie so plötzlich im Saal bemerkt hatte. Zwölf Apostel, aber nur elf Goldstriche.

Kasper Peutinger hatte das Ding nicht kommen sehen. Es flog von der Seite heran, wo König Philipp saß. Der aber thronte bewegungslos auf seinem Stuhl. Doch neben ihm, an seiner Seite, stand jetzt der zwölfte Mönch. Und der hatte dieses Ding geworfen. Der Hauptfaktor besah es sich, erkannte es aber nicht sogleich. Merkwürdige Ornamentik. Golden und kreisrund. Und mit einem idealisierten Segelschiff im Klischee, das eine schlichte Rose zeigte. Eine Rose, die eigentlich rot und weiß sein müsste wie die Rose des Hauses Tudor. Ein neuer Rosenobel …

Der Hauptfaktor schluckte.

»Ah ja«, setzte der spanische Kanzler an, »ein Goldstück haben wir noch vergessen zu prüfen. Ihr seht es jetzt vor Euch, Meister Peutinger. Und wir alle konnten uns ja eben davon überzeugen, wie vortrefflich und genau Ihr die Goldprobe auszuführen wisst. Wenn Ihr also so freundlich sein wollt ...?«

Kasper Peutinger war wie zur Salzsäule erstarrt. Kein Muskel seines Körpers rührte sich. Nicht einmal seine Augen bewegten sich noch, selbst der Brustkorb ruhte. Er hielt den Atem an und starrte auf die kleine Goldmünze.

»Meister Peutinger?« Die Stimme des Kanzlers hatte eine ätzende Freundlichkeit angenommen. »Bitte!«

Doch der Hauptfaktor blickte weiter wie betäubt auf das glänzende Geldstück vor sich.

»Also gut«, lenkte Escobar schließlich ein, »wenn Ihr nicht wollt, wird der Mönch es tun, dessen Probe ja ebenso vortrefflich ist wie die Eure.«

Es dauerte nur Augenblicke, da war auch dieser Rosenobel auf seinen Goldgehalt untersucht und der Strich mit dem *aqua fortis* gereinigt.

»Dreiundzwanzig und dreiviertel Karat, würde ich sagen.« Kanzler Escobar gab die Schiefertafel des Mönchs an den Hauptfaktor weiter. Doch der reagierte immer noch nicht.

»Was für ein außergewöhnlicher Zufall, findet Ihr nicht?«, sprach der Spanier weiter. »Wo Ihr selbst doch gerade eben gesagt habt, das Gold der Mexikaner sei das reinste der Welt und von unübertroffener Güte. Habt Ihr eine Erklärung dafür, Meister Peutinger? Oder Ihr, Herr Fugger?«

Während der Hauptfaktor endlich wieder flach zu atmen begann, blickte der Fugger-Regierer mehr überrascht als erschrocken von Escobar zu seinem Hauptfaktor. »Was geht hier ...«, setzte er an, stockte dann aber.

»Ich habe es ja nicht glauben wollen, aber Ihr habt es offenbar tatsächlich nie selbst überprüft«, sprach Alfonso de Escobar schließlich weiter. »Die neuen Rosenobel haben die dreiundzwanzigdreiviertel Karat, die das mexikanische Gold hat. Die Münze in London hat sich nie an Eure Bitte gehalten, das Gold zu strecken.«

Escobar kramte einen weiteren kleinen Bogen Papier aus seiner Tasche. »Ich habe hier eine Notiz, die einer unserer Spione uns ... sagen wir, organisiert hat.« Der Kanzler hielt den Zettel in die Höhe. Dann las er vor: »Hinweis an alle Faktoreien. England lässt neue Rosenobel zu einundzwanzig Karat schlagen bei neun Goldgran * Gewicht. Rest Silber. Gezeichnet, Kasper Peutinger.« Escobar machte eine Pause. »So weit Eure Anweisung. Euer Pech, Peutinger, dass England die Idee mit dem Alchemistengold als Legende für seinen neuen Reichtum in die Welt setzen wollte. Und dafür das reinste mögliche Gold vorzeigen musste – wo es doch magisches Gold sein musste. Und Euer Pech, Peutinger, dass England nun, nachdem es gesehen hatte, wie Ihr einen guten Kunden Eures Hauses treulos hintergeht, keine weiteren Geschäfte mehr mit Euch tätigen wollte – bevor Ihr ein solch schändliches Handeln vielleicht auch gegenüber Britannien an den Tag legen würdet. Habt Ihr wirklich geglaubt, ein solcher Schurkenstreich könnte ein gutes Entree für Geschäfte mit London sein?«

Plötzlich fiel die Anspannung von dem Hauptfaktor ab. Er lachte laut und herzhaft und musste sich bald den Bauch halten; Tränen standen ihm in den Augen, und er schüttelte fassungslos den Kopf. Die anderen Anwesenden mussten den Eindruck haben, dass Peutinger nun völlig den Verstand verloren hatte.

---

* 1 Goldgran = ca. 0,813 Gramm

Als er seine Sprache wieder unter Kontrolle hatte, blickte Peutinger zu Escobar. »Ich gebe zu, Ihr versteht Euch aufs Verhandeln«, sagte er, immer noch kichernd. »Ihr wollt mich dafür verantwortlich machen, dass die Engländer Euer Gold geraubt haben? Jetzt verstehe ich! Ich war erschüttert, wegen der Güte dieser Rosenobel. Ihr seht ja selbst an meiner Anweisung, dass ich von anderen Dingen ausging. Das wird uns einen ziemlichen Schaden zugefügt haben. Aber dass Ihr glaubt, wir hätten mit den Engländern ... wie kommt Ihr nur darauf, Escobar? Wenn es nicht so amüsant wäre, wie Ihr Euch verrannt habt, ich wäre ernsthaft erzürnt über Eure Frech ...«

Mitten im Wort brach Kasper Peutinger ab, und auch sein krampfhaftes Lachen erstarb abrupt. Er blickte auf den Mönch, der vorhin der Goldprobe ausgeführt hatte und nach wie vor auf Escobars Stuhl saß – und der nun endlich seine Kapuze heruntergezogen hatte.

»Sachs ...«, war alles, was Peutinger hervorbrachte.

Im nächsten Augenblick brach das Chaos über den Rittersaal der Burg Hohensax herein. Die aufgestaute Wut und Aggression des Hauptfaktors schien sich jetzt mit einem Mal entladen zu wollen. Und sie schien sich auf den falschen Mönch auf der anderen Seite des Tisches zu konzentrieren. Wie ein Blitz sprang Kasper Peutinger von seinem Stuhl hoch, warf sich auf den Tisch und stürzte über diesen hinweg auf seinen Fugger-Agenten zu.

»Du Ausgeburt der Hölle!«, brüllte er dabei, und die im Hintergrund anwesenden Damen schrien erschrocken auf. Sie alle spürten die brutale Gewalt, die gleich ausbrechen würde. Kreischend stürzten sie zur Tür und hinaus in den Vorraum.

Der Hauptfaktor hatte während seiner Attacke sein Messer gezogen, das er nach dem Essen wieder in den Gürtel gesteckt hatte, und wollte es nun Amman Sachs in die Brust stoßen, genau dorthin, wo auf dessen Kutte das rote Kreuz des Christusordens prangte. Doch der Schweizer war schneller und wich dem Angreifer geschmeidig aus. Eine wilde Verfolgung entbrannte, während die anderen Anwesenden, immer noch überrascht, abzuwägen schienen, was sie tun sollten.

Genau so plötzlich, wie Peutinger – der nun tatsächlich den Eindruck machte, als hätte er den Verstand verloren – die Verfolgung Amman Sachs' begonnen hatte, besann er sich nun mitten in der Bewegung eines anderen. Er drehte sich um und blickte auf den König von Spanien, der völlig ungerührt von dem Durcheinander kerzengerade auf seinem Stuhl saß und alle Vorgänge um sich herum mit nahezu stoischer Ruhe verfolgte. Ihn schien der Hauptfaktor nun als neues Ziel seines entfesselten Hasses ausgemacht zu haben. Langsam schritt er auf den Monarchen zu, als würde er jeden Augenblick seines neuen Frevels auskosten wollen. Doch ehe er König Philipp erreichte, dröhnte ein Knall durch den Rittersaal, und Kasper Peutinger stürzte tödlich getroffen zu Boden.

So wild das Chaos eben getobt hatte – jetzt schien für einen Augenblick die Welt stillzustehen. Selbst der König hatte den Atem angehalten. Erst als er deutlich hörbar ausatmete, löste sich auch bei den anderen im Saal der Schrecken.

Amman Sachs starrte auf den Mönch, der immer noch mit ausgestrecktem Arm, eine rauchende Pistole in der Hand, an einer der Wände stand, und er erkannte zu seinem grenzenlosen Erstaunen keinen Geringeren als Francis Walsingham in der Kutte, die ja auch ihm selbst die ganze Zeit als Tarnung gedient hatte.

»Was tut Ihr hier?«, brachte der Fugger-Agent schließlich hervor.

Walsingham senkte die Pistole und versteckte sie wieder unter seinem Umhang. Auch Alfonso de Escobar kam jetzt näher, um den Schützen zu betrachten.

»Eigentlich wollte ich nur auskundschaften, was hier verhandelt werden sollte. Diese Mönche boten eine gute Gelegenheit, hier hereinzukommen. Drüben in den Gesindekammern findet Ihr einen Eurer Geistlichen, der morgen einen Brummschädel haben dürfte.«

Nun erkannte auch der spanische Kanzler den Engländer. »Francis Walsingham, der Spion Ihrer Majestät! Königin Elisabeth wird aber nicht zufrieden mit Euch sein, wenn sie erfährt, dass Ihr ihrem Intimfeind das Leben gerettet habt.«

Viele Männer schüttelten nun dem Engländer die Hand, auch der gerettete König selbst. Allein der Fugger-Regierer saß immer noch wie betäubt auf seinem Platz und wurde schließlich von seinen Dienern als gebrochener Mann aus dem Raum gebracht.

Als die allgemeine Aufregung sich gelegt hatte und man auch den Toten aus dem Rittersaal hinausgebracht und in seine auf dem Burghof abgestellte Kutsche gelegt hatte, trat der Fugger-Agent Amman Sachs noch einmal auf den Engländer Francis Walsingham zu, der inzwischen die Mönchskutte abgelegt hatte und wieder seinen gewohnten schwarzen Anzug trug.

»Ich weiß«, sagte der Schweizer und nahm den Briten beiseite, »dass ich den Held des Tages schlecht über den Haufen schießen kann. Doch als ich Euch das letzte Mal sah, seid Ihr auf einem Schiff davongesegelt, während ich in einem endlosen Ozean um mein Leben strampelte. Und Ihr hattet die beiden Frauen, deren Schicksal mir besonders am Herzen liegt, bei Euch an Bord.«

Walsingham, der nach seiner Heldentat und der vielen Anerkennung, die er dafür geerntet hatte, die Situation gut gelaunt ausgekostet hatte, war mit einem Schlag wieder so ernst und beherrscht, wie Amman Sachs ihn kannte.

»Ihr wart die letzten Monate wie vom Erdboden verschluckt, so konnten wir Euch keine Nachricht zukommen lassen. Erst als in Augsburg Gerüchte laut wurden, der spanische König wolle die Spitzen der Fugger ausgerechnet auf der Burg Hohensax treffen, war jedem nicht von der Geldgier geblendeten Menschen klar, dass Euer Schicksal dahinter stecken musste . . .«

»Ja, ja, alles schön und gut«, unterbracht Sachs die Erklärungen des Engländers. »Aber wo sind Tecuichpo und mein Mündel Gemma?«

Walsingham lächelte mit einer für ihn ungewöhnlichen Wärme. »Eure Indianerfreundin hat ein Schiff nach Veracruz genommen.« Walsingham machte eine Pause, wohl aber nur, um Amman Sachs noch ein wenig zappeln zu lassen. »Und diese Gemma passt auf den armen Mönch auf, dem wir seine Kutte abgenommen haben. Wirklich ein tüchtiges Mädchen, und eine sehr gute Schülerin. Sie hat schließlich meinem besseren Angebot nicht widerstehen können. Ich glaube nicht, dass ich sie gerne zu Euch zurückgehen lasse!«

Ja, das war seine Gemma. Auch Amman Sachs lächelte jetzt. Und er wollte sofort los, das Mädchen zu suchen. Doch dann hielt er noch einmal inne und fragte den Engländer: »Wart Ihr tatsächlich nur wegen dieser Verhandlungen hier?«

Walsingham schien zu überlegen, ob er auf diese Frage antworten sollte. Dann sagte er: »Eigentlich schon. Spanien wird jetzt das Gold bekommen, das es von den Fuggern wollte. Ich glaube nicht, dass der Fugger-Regierer ihm jetzt noch einen Wunsch abschlagen kann. Und das bedeutet, Spanien kann sich nun für den entscheidenden Konflikt mit meinem Heimatland rüsten. Mehr an Erkenntnissen gab es für mich hier nicht zu gewinnen. So gesehen war es doch eine erfolgreiche Mission – meint Ihr nicht auch, mein Freund?«

Amman Sachs blickte den anderen an. »War das wirklich alles?«

Das Lächeln Walsinghams wurde breiter. »Ich weiß es nicht. Francis Drake musste bei seiner ersten verwegenen Kaperung eines Golfschiffs auf dem offenen Meer viele wertvolle Dinge zurücklassen. Er erzählte unter anderem von einem seltsamen Bündel, das dieser mexikanische Häuptling in seinen Armen gehalten hatte, als die *Flor de la Mar* besiegt worden war. Habt Ihr eine Ahnung, Meister Sachs, was in diesem Bündel gewesen sein könnte?«

29.

ZEHN JAHRE SPÄTER

Es war ein drückend heißer Tag in Madrid. Amman Sachs war unterwegs gewesen, um die Börse an der Plaza del Arrabal zu besuchen. Doch zu seiner Verwunderung hatte das große Gebäude sich nur noch als Baustelle erwiesen. Die Baumeister hatten ihm berichtet, dass König Philipp den Bau des Platzes als neues Zentrum der Stadt befohlen habe. Amman Sachs hatte daraufhin mit Bitterkeit registriert, dass die einst so mächtigen Fugger, denen früher keine Entwicklung auf der Welt verborgen geblieben war, offenbar noch nichts davon gehört hatten.

Amman Sachs schlenderte die Carrera de San Jerónimo zurück zur Puerta del Sol, dem alten östlichen Stadttor. Hier befand sich die Gradas de San Felipe, die bekannteste Schänke der Stadt. Hier gab es guten Wein und den meisten Klatsch und Tratsch – so hoffte Sachs jedenfalls. Es sei denn, auch das hatte sich in dieser sich rasant verwandelnden Stadt geändert.

Der Gastraum war bereits ziemlich voll. Amman Sachs sah Handwerker, Marktfrauen und Soldaten. Er kämpfte sich durch die dicht an dicht stehenden oder auf schlichten Holzbänken sitzenden Menschen. Er bemerkte die kritischen Blicke einiger Gäste, die den Mann in den feinen Tüchern mit einigem Argwohn an einem einfachen Ort wie diesem beobachteten. Doch Sachs ließ sich davon nicht beirren. Er schaute, ob er irgendwo einen Angestellten der örtlichen Kaufmannschaft entdeckte, den er zu einem Kelch einladen konnte, um so vielleicht interessante Neuigkeiten zu erfahren.

Mehr im Vorbeigehen sah er das kostbare seidene Kleid, das an diesem Ort ebenfalls wie ein Fremdkörper wirkte. Beim ersten flüchtigen Blick war es das Interesse eines Mannes an einer schönen Frau, das Amman Sachs' Aufmerksamkeit unvermittelt ablenkte. Dann wunderte er sich, dass diese Frau, von der er nur den kostbar gekleideten Rücken und die tiefschwarzen Haare sah, einer anderen, unscheinbaren Frau gegenübersaß – offenbar eine Bettlerin, den Lumpen nach zu urteilen, aus denen ihr Mantel bestand. Der Kontrast der beiden Frauen hätte größer nicht sein können.

Sachs trat langsam näher. Und je deutlicher er das Profil der schönen Schwarzhaarigen sehen konnte, umso größer wurde seine Freude. »Prinzessin!«, rief er.

Die Angesprochene reagiert zuerst gar nicht und fühlte sich offenbar nicht angesprochen. Dann aber gewahrte sie im Augenwinkel den sich nähernden Gast, blickte ihn an – und erstarrte vor Erstaunen, das rasch von ehrlicher Freunde verdrängt wurde.

»Amman Sachs!«, rief sie schließlich. »Was macht Ihr denn hier?«

Der Schweizer war noch ganz fassungslos von diesem unerwarteten Zusammentreffen. So lange Zeit hatte er Tecuichpo, seine Prinzessin, nicht gesehen. Er hatte jeden Tag an sie und an den Sturm ihrer beider Gefühle in jener unvergleichlichen Nacht an Bord des Depeschenbootes gedacht. Waren seitdem tatsächlich bereits zehn, fast elf Jahre vergangen?

Sachs bewunderte die kostbaren, nach der neuesten Mode gefertigten Kleider, die die schöne Frau trug. Die Sachen mussten sehr teuer gewesen sein; das wusste Amman Sachs als Handelsagent eines noch immer großen Kaufmannshauses. Aber das war eigentlich nicht das Erstaunlichste, was Sachs beschäftigte.

»Was macht Ihr in Madrid, Prinzessin?« Die Bettlerin, die hastig einen Teller leer gegessen hatte, schaute verwirrt auf und blickte den Fremden und ihre Wohltäterin nacheinander an, sagte aber nichts.

Tecuichpo lächelte ihr mildes und doch so geheimnisvolles Lächeln. »Ich lebe in dieser Stadt«, sagte sie schlicht. Und da sie die nächsten Fragen des Schweizers ahnte, fügte sie hinzu: »Ich bin verheiratet mit dem Edlen Pedro Gallego de Andrada. Man nennt mich nun Isabel ... Isabel de Montezuma.«

Amman Sachs verstand. Isabel war ein katholischer Name. »So haben Eure Guacas also wirklich versagt, und Ihr habt das Erbe Eures Volkes in Euren Namen gesetzt. Ich freue mich unendlich, Euch zu sehen.«

Die Bettlerin blickte immer noch verwirrt die beiden vornehmen Leute vor sich an. Schließlich war ihr deren Gegenwart wohl nicht mehr geheuer, und sie nahm ihre Schüssel und ihren Krug, stand rasch vom Tisch auf und verschwand in einer dunklen Ecke der Schänke. Amman Sachs setzte sich nach kurzem Zögern auf den frei gewordenen Platz der Mexikanerin gegenüber.

Tecuichpo mochte ihren Namen geändert haben, ihr Gesicht aber hatte sich kaum verändert. Sie war noch immer die schöne, geheimnisvolle Fremde, die Amman Sachs die ganze Zeit seit ihrer letzten Begegnung in seinen Träumen und Gedanken gesehen hatte. Ein wenig reifer war sie vielleicht, die Mundwinkel ein wenig härter, aber immer noch mit verlockender, tiefbrauner Haut und voller Rätsel und Geheimnisse in den schwarzen Augen.

»Ich dachte, Ihr würdet in Mexiko leben, im Land Eurer Väter«, versuchte Amman Sachs den Gesprächsfaden nicht abreißen zu lassen. »So jedenfalls sagte mir damals dieser Engländer, Francis Walsingham, der Euch mitnahm – und mich ins Meer warf.«

Ein Anflug von Melancholie huschte über das Gesicht der Frau. »Ja, ich ging damals zurück nach Mexiko. Aber es schien mir klüger, meinem Schicksal zu folgen und den Antrag eines spanischen Konquistadoren zu akzeptieren. Ich denke, wir haben es gut bei ihm getroffen.«

Amman Sachs wunderte sich kurz, dass die Mexikanerin mit einem Mal in der Mehrzahl von sich sprach, maß dem aber keine weitere Bedeutung zu. Vielmehr genoss er das Gefühl, dieser aufregenden Frau wieder gegenübersitzen zu dürfen – einer Frau, die er noch immer liebte. Er spürte, wie heißes Begehren in ihm aufstieg. Aber diese Frau war jetzt verheiratet. Und ihr gegenüberzusitzen, in ihrer fühlbaren Nähe, war Sachs für den Augenblick Glück genug.

Schweigend sahen beide sich eine ganze Weile an, und jeder von ihnen wusste, dass der jeweils andere sich an die wundervollen gemeinsamen Erlebnisse erinnerte. Darüber zu reden brauchten sie nicht. Die Freude über das Wiedersehen einte sie wie ein festes Band.

Ein kleiner Junge kam an den Tisch und schmiegte sich an die Mexikanerin. »Mutter«, sagte er, »bekomme ich noch einen halben Peso für den Spielmann?«

Amman Sachs war überrascht. Erst jetzt fiel ihm auf, dass der Junge mit seinen schwarzen Haaren und dem dunklen Teint der Mexikanerin wie aus dem Gesicht geschnitten war. Nur die hellgrünen Augen ließen erkennen, dass der Knabe gleichsam zwischen den Kulturen stand, was seine Herkunft anging.

»Ihr habt einen Sohn?«, fragte Amman Sachs verwundert.

Der Junge wandte sich ihm zu. »Ich heiße Juan Andrade Montezuma. Montezuma ist ein mexikanischer Name – und der Name eines großen Königs.«

Der Junge hatte mit kindlichem Nachdruck gesprochen, und Amman Sachs hörte deutlich den Stolz aus seinen Worten.

»Ein großes und eindrucksvolles Volk«, pflichtete Amman dem Knaben bei. »Wie alt bist du denn, mein Junge?«

Die Antwort auf diese Frage machte den Knaben offensichtlich noch stolzer: »Ich bin fast zehn. Nächsten Monat jährt sich meine Geburt!«

Amman Sachs hörte, was der Junge gesagt hatte. Aber er brauchte einen Moment, bis er die Zusammenhänge verstand. Dann erschrak er bis ins Mark und blickte fragend die Mexikanerin an.

Die suchte nun rasch eine Münze aus ihrem Handbeutel heraus, reichte sie dem Jungen und schickte ihn los.

Amman Sachs blickte Juan Andrade Montezuma verwundert nach.

»Jetzt wisst Ihr, warum es richtig war, dem Werben eines spanischen Edlen nachzugeben«, sagte die Mexikanerin schließlich. »Juan brauchte ein gutes Zuhause, eine gute Ausbildung. Er ist nun die ganze Hoffnung Mexikos. Er ist das Band zwischen der Neuen und der Alten Welt.«

Amman Sachs schaute immer noch in das Gewühl der Schänke, dorthin, wo der kleine Junge verschwunden war.

»Er wird nächsten Monat zehn Jahre alt ...«, sagte er nachdenklich.

Tecuichpo schlug die Augen nieder. »Muss ich es wirklich aussprechen? Oder wisst Ihr es auch so?«

Ihre Blicke trafen sich erneut. Und nun hatte Amman Sachs Gewissheit. Er hatte einen Sohn! Er hatte einen gemeinsamen Sohn mit dieser schönen Mexikanerin!

Er hätte so vieles fragen mögen, so vieles sagen wollen, doch beide schwiegen in stillem Einverständnis. Was hätte es mehr Worte bedurft? Es war alles gedacht und alles gefühlt. Alles war geregelt und in sinnvoller Ordnung. Auch wenn Amman Sachs – und gewiss auch Tecuichpo – sich in ihrem tiefsten Herzen einen anderen Lauf der Dinge gewünscht hätten.

Und die brennendste Frage, die Amman Sachs auf dem Herzen lag, sollte nun auch eine Antwort finden.

»Ihr erinnert Euch, Amman«, sagte die Mexikanerin, »was Ihr mir damals in der Nacht gesagt habt, als unser beider Leben sich für die Unendlichkeit kreuzte? Ihr habt vom letzten Kampf erzählt, den mein Bräutigam focht, der Sohn des großen Montezuma. Er fand sein Ende beim Untergang der *Flor*, das Erbe meines Volkes in den Händen. Das Erbe Mexikos, seine Geschichte, seine Vergangenheit. Und vielleicht seine Zukunft. Er trug, in Blei gewickelt, die Geschichten und Legenden unserer Ahnen in diesem Bündel. Unser Buch der Bücher. Die Erzählungen unserer Alten. Zu spät erkannten wir ... erkannte ich die Gefahr und die Bedrohung, die von diesem Buch ausging.«

Amman Sachs sah, wie ergriffen Tecuichpo war. Doch sie fasste sich und fuhr fort: »Das Buch ist sehr, sehr alt, und seine Erzählungen sind noch viel älter. Es berichtet vom Beginn der Welt, von den Mythen meines Landes aus einer Zeit, lange bevor die Spanier es erobert haben. Wir Mexikaner haben das Buch von einem Volk übernommen, das sich Tolteken nennt. Und die wiederum raubten das Wissen von den Quiché.

Wir lernten die Geschichten des Popol Vuh, wie wir das Buch des Rates nennen, von unseren Alten, die uns des Abends im Dunkel von der mythischen Suche nach dem Licht erzählten. Wir lernten die Geschichten auswendig, doch einige Priester schrieben sie auf.

Seit den Zeiten des Cortés berichteten unsere Priester auch den Spaniern begeistert von diesen uralten Erzählungen. Die Spanier aber fanden keinen Gefallen an diesen Geschichten, glichen sie doch – was nur sie damals wussten, wir Mexikaner jedoch nicht – denen der Bibel in vielen Einzelheiten. Die Spanier erschraken sehr über die schier unfassbaren Übereinstimmungen.

Und seit die Spanier begriffen, dass sie uns das Wort ihres Gottes gar nicht zu bringen brauchten, sondern dass wir es schon lange besaßen, trachteten sie danach, alle Abschriften des Popol Vuh in ihren Besitz zu bringen und zu vernichten. Heute wissen wir Mexikaner das, damals aber wussten wir es nicht. Wir hielten es für ein Unglück, ein Versehen. Für die Unwissenheit der Spanier, die nicht verstanden, was wir ihnen sagen und mit dem Popol Vuh zeigen wollten. Also beschlossen wir, unseren Häuptling mit dem letzten verbliebenen Exemplar des Buches auf die Reise zu schicken, um dem König der Spanier von der wunderbaren Übereinstimmung und dem Geschenk des gemeinsamen Ursprungs Eurer und unserer Religion zu berichten. Was für ein naives Unterfangen die letzte Reise meines Bräutigams doch war …

Den Rest der Geschichte kennt Ihr. Das Schiff, das den Sohn Montezumas nach Spanien bringen sollte, wurde von den Engländern erobert, denen von Eurem Handelsherrn die Passage des Schiffes verraten wurde und für dessen sichere Fahrt zu sorgen Euch vom spanischen König aufgetragen worden war. Die Engländer nahmen das Gold und ließen meinen Bräutigam mitsamt dem Gedächtnis meines Volkes untergehen.«

Amman Sachs sah nun Tränen in den Augen der Freundin und einstigen Geliebten. »Also war alles ein noch viel größerer Betrug, als ohnehin schon offenbar war«, sagte er. »Woher aber seid Ihr so sicher, dass es wirklich die gleichen Geschichten sind, die Euer Ratsbuch und die Bibel erzählen?« Der Gedanke war ungeheuerlich, unglaublich – aber doch nicht unmöglich, wie Amman Sachs spürte. Er selbst hatte mehr als einmal erlebt, dass es viel unbekanntes und geheim gehaltenes Wissen gab. Und dass man auch den Atlantik mit Geschick überwinden konnte.

Die Mexikanerin blicke Amman Sachs tief in die Augen und rezitierte dann wie schon einmal: »›Endlich denn dämmerte es, und Sonne, Mond und Sterne erschienen. So wurde es Licht durch Sonne, Mond und Sterne. Groß war die Freude der alten Menschen, als sie den Sonnenträger sahen. Mit schimmerndem Antlitz stieg er vor der Sonne empor. Da holten sie den Weihrauch hervor, den sie aus dem Osten für diese Stunde mitgebracht hatten. Die drei Bündel knüpften sie auf, als Weihegabe ihres dankbaren Herzens. Alle drei hatten Weihrauch, und den verbrannten sie und tanzten zum Osten gewendet, unter Freudentränen, den heiligen Weihrauch verbrennend. Dann endlich erschien die Sonne. Und alle Tiere freuten sich. Alle, bis zum Geringsten, erhoben sich in den Tälern und Schluchten, auf den Höhen versammelten sie sich, und alle schauten gen Osten.‹« Tecuichpo schwieg einen Moment; dann wiederholte sie: »Unter Freudentränen tanzten sie, Weihrauch brennend, den heiligen Weihrauch ...«

Und da begriff Amman Sachs endlich. »›Denn so viele Kirchen Ihr Katholen auch in der neuen Welt schon errichtet habt, Euer allmächtiger Gott hat vergessen, hier Euren betörenden Weihrauch wachsen zu lassen‹«, zitierte nun er. »Francis Drake sprach diese Worte, als er den armen spanischen Priester verhöhnte und teeren ließ, weil er seinen Weihrauchvorrat vor den Piraten verstecken wollte! Es gibt keinen Weihrauch in Amerika!«

Die Mexikanerin nickte. »Und doch erzählen unsere Mythen von dem Weihrauch, den unsere Ahnen vor Freude verbrannten, als sie am Ende ihrer Wanderungen endlich den Lichtträger aus dem Osten erkannten, Kukulkan, den ihr die Venus nennt, den Morgenstern. Sie hatten ihn auf ihren Wanderungen aus den Augen verloren und konnten ihn an der gewohnten Stelle nicht entdecken. Da wanderten sie, bis sie ihn so sehen konnten, wie er am Anfang ihrer Wanderung stand, als sie ...«

»... das Land ihrer Ahnen verließen, in dem es Weihrauch gab. Und den gibt es nur im Orient!«

Amman Sachs konnte das Wissen der Mexikanerin nicht fassen. Es war so klar, es passte zusammen. Irgendein frühes Volk der Antike war in den Westen aufgebrochen, vielleicht zu weit nach Süden oder Norden vom Weg abgekommen, und suchte dann in den Ländern, die man heute Amerika nannte, nach der richtigen Stellung der Venus. Und als sie diese im heutigen Mexiko endlich gefunden hatten, verbrannten sie ihren mitgebrachten Weihrauch, den es in ihrer neuen Heimat nicht gab – von diesem in mythischer Vergangenheit liegenden Zeitpunkt an nicht *mehr* gab, nur noch in den Berichten und Legenden der Alten. Bis die Spanier kamen, und mit ihnen ihre Priester, die neuen Weihrauch mitbrachten ...

Der kleine Junge, Juan, kehrte zurück und beendete den ehrfürchtigen Schauer, der Amman Sachs und die Mexikanerin erfasst hatte. Gleichwohl spürte Juan die Ergriffenheit der beiden Erwachsenen, sagt aber nichts, sondern kuschelte sich an seine schöne Mutter.

Die strich dem Knaben, dessen Gesicht die beiden Welten zu vereinen schien, übers Haar. »Ja, unser Sohn ist nun der Garant für das Fortbestehen der alten Berichte und die Versöhnung der verschiedenen Horizonte, die aus demselben Keim entstanden sein müssen. Er kennt die alten Geschichten bereits sehr gut und wird sie an seine Kinder weitergeben, und die wiederum an ihre Kinder ... und immer so weiter, bis der Mensch eines Tages das Meer nicht nur in Länge und Breite zu durchkreuzen versteht, sondern auch in der Tiefe und hinabstößt bis dorthin, wo mein Bräutigam wartet, mit der letzten vollständigen Kopie des Popol Vuh in seinen Armen. Auf dass alle Menschen dann endlich in Frieden erfahren können, was der gemeinsame Ursprung der Völker sowohl der Alten als auch der Neuen Welt war.«

ENDE

„Kai Meyer – Deutschlands Aushängeschild für fantastische Abenteuerliteratur“

BUCHREPORT

Kai Meyer
HERRIN DER LÜGE
Roman
848 Seiten
ISBN 978-3-404-15891-1

5000 Mädchen unter Waffen – auf dem Weg in die Hölle

Sie brechen auf, weil sie einer Lüge vertrauen: Tausende Jungfrauen, bewaffnet als Armee, Opfer einer teuflischen Verschwörung. Durch ein verwüstetes Land, über ein Meer voller Gefahren, ziehen sie in ihr Verderben. Piraten, Sklavenhändler, Schergen der allmächtigen Kirche – sie alle wollen, dass keines der Mädchen sein Ziel erreicht. Nur eine steht zwischen ihnen und ihren übermächtigen Feinden – Saga, die Herrin der Lüge.

Bastei Lübbe Taschenbuch

Karibischer Voodoozauber und Seefahrerabenteuer zur Zeit der britischen Kolonialherrschaft

Hannes Wertheim
DER SCHWARZE SAPHIR
Roman
384 Seiten
ISBN 978-3-404-15870-6

Ein afrikanischer Königssohn wird zu Beginn des 18. Jahrhunderts nach Haiti verschleppt, wo er als Sklave elend zugrunde geht. Als einziges Erbe hinterlässt er einen magischen schwarzen Edelstein.
Hundert Jahre später verschlägt es den Dandy Tom Elliott in die Karibik, wo seltsame Gerüchte über den geheimnisvollen Saphir kursieren …

Bastei Lübbe Taschenbuch